電脳将ウェブライナー 2

Spirit of transition..
WEB LINER

〜Plague & needle call Chaos〜

吉田 和照
YOSHIDA Kazuteru

文芸社

目次

序章「思い出の彼女は美しかった」…… 5
第一章「この親にして、この息子あり」…… 27
第二章「お久しぶりのご対面」…… 46
第三章「正義と決意と大逃走」…… 104
第四章「光の見えない底無沼」…… 221
第五章「英雄志願者と英雄を滅ぼす者」…… 477
第六章「俺は混沌」…… 736
終章「祝品」…… 809

序　章「思い出の彼女は美しかった」

午後3時48分、稲歌町立稲歌(いなか)小学校。

稲歌町には3つの学校がある。

稲歌町立稲歌小学校。稲歌町立稲歌中学校。そして、稲歌町立稲歌高等学校だ。

これら、3つの学校は町の中心部に位置している。しかも学校間の間が100メートルも離れていない、非常に近距離に固まって配置されている。

この特殊な配置には様々な理由がある。

一番有力な説が『場所がそこしかなかった』からである。

学校を作るには校舎だけでも巨大な面積がいる。それに校庭が加わればさらに広い土地がいる。

そんな都合の良い土地を学校の数、つまり3つ分探すなんてただでさえ骨が折れる。

『どうせなら、巨大な土地を3等分してしまって分ければ良い』

こんなおおざっぱな考えで作られたというのが稲歌町に伝わる学校設立秘話である。

本当か嘘かは定かではないが、この学校の配置、かなり利便性が高い。

町の中央に位置しているため、どこの地区にいても不公平さを感じない距離である。

小学生から中学生、中学生から高校生へと進学するときもわざわざ自転車などを買うなど移動手段を家庭で揃える必要がない。

便利なのは家庭だけではない。生徒もまたしかりだ。中学生、高校生は部活動に入る生徒が多い。

部活動にとって重要なのは部員であり、その質である。どの部活も優秀な部員を獲りたい。日頃から質の良い生徒を見つけるためにも各部活で、『スカウト』という専門の役割を担う者までいる。

この者は部活にも出ず、ずっと小学校や中学校、高校で監視を続けて、他の部活に生徒を取られないように見張っているのである。

あまりにやりすぎてストーカーと間違われることもあるが、不思議と警察を呼ばれたことは少ない。警察も学校の配置上、そのようなことも起こると理解しているのである。

また、小学生や中学生からしても近くに年上の方々が活躍する学校をいつでも見に行けることは『将来設計を行う手助けになる』、『向学心が高まる』と保護者からの評判も良いのだ。もちろん、悪い影響を受ける生徒もいるが、全体から見るとごく少数である。

そんな場所にある学校、稲歌町立稲歌小学校。

学校の周りを桜の木々に囲まれ、校舎は上空から見ると「井」の字に見える稲歌町唯一の小学校だ。

校舎は生徒のクラスがある生徒用校舎。そして音楽室、理科室などの専用の目的で使われる教室、そして職員室がある教師用校舎に分かれる。

校舎はそれぞれ3階まであり、6年生の教室も3階にある。

6年1組。6年生のクラスが3組まである中、担任教師、馬場達也（ばばたつや）がまとめる小学校きってのわんぱくクラスである。

いつも運動会では優勝。ただし、勉強関係では6年生でいつもビリ。

典型的な体育会系クラスであった。

しかし、驚きなのが教師は体育会系、いわゆる熱血ではないという事実だった。むしろ、周りと話すのが苦手で常に悪いことばかり考えてしまうネガティブ根暗（ねくら）系教師だった。

午後の授業も終わり、帰りのホームルームを行うこの時間。

「はあああい……席について、みんな」

いつも通り達也は弱々しい声と共に我が教室へと入ってくる。

最近は外の気温も高くなりいつもの白いYシャツではなく、黒いポロシャツに着替えた。ズボンはいつもの通りスーツスラックスを着用している。

教室にはいつも通りの光景がそこには広がっていた。

掃除も済み机をきちんと並べたというのにふざけあい、大きく歪む机の列。

体育帽子を丸め椅子を盾にして室内ドッチボールを教室の後ろで行う馬鹿生徒、秋山（あきやま）と春海（はるみ）。

最近のイケメン事情に詳しく教室の中央にたむろっている達也命名女子グループ『女王蜂』、うっかり余計な口を挟むと、触れると耳が壊れるような大音量と数の暴力で襲いかかってくる触れてはいけない奴ら。

そしてその他大勢の口うるさい暴走族並みの騒音を出すヤカラ共。

(何で小学生ってこんなに元気なのだろう、ちょっとは落ち着こうと思わないのだろうか？　家でニュースを見たり、漫画読んだり、アニメ見たり、ネットの3チャンネルでコメントを色々投稿したり、特撮ヒーローの変身ポーズを取ったり。他人に迷惑をかけないことはいくらでもあるだろうが?)

(そういうことを行って落ち着きを養おうと思わないのだろうか。少しはオタクを見習え、いやむしろ俺を見習え)

達也は愚痴を心の中で呟きつつ、生徒よりも一段高い場所にある教壇に立つ。背後に電子黒板と呼ばれる、パソコンの情報をそのまま黒板に移し、専用のスティックで情報を書き加え、生徒の机にコピーもでき、あらかじめ授業内容を作っておくことができ、わざわざ黒板に書く時間を取らずに済む、チョークなどの資源の削減、黒板の管理費用の軽減を可能とした次世代型黒板が佇む。

「あ、あの……そろそろ静かにしたほうがいいと………思うんだけどな?」

達也は生徒達の大騒ぎにすっかり腰が引けていた。

声がまるで風の前に消えそうなロウソクの火くらい儚く頼りない声だ。こんなことじゃいつまで経ってもホームルームは始められない。

(大声出して怒鳴ればいいんだ。そうすりゃ、どんな生徒でもビビる。結局、子供は大人に勝てるわけ無いのだ。本気を出せ、俺)

(早く生徒を帰らせて職員室に戻ろう。そして他の先生に隠れてＳＮＳをやるんだ。だから、とっとと終わりにしよう。この動物達の飼育を)

達也は邪な考えを遂行するため、怒鳴りの口を形をした。

「いい加減に静かにして！　ホームルームが始まらないでしょ！」

達也のセリフを誰かが代弁した。

水を打ったように教室内が静かになる。そして一斉に視線がその声の方を向く。教室の窓際、最後列の机にその声の主はいた。

太陽の光を反射し研磨された宝石のように輝く艶やかな黒髪ポニーテール。

赤い上着は胸元に白い雲の柄、背中にオレンジ色の夕焼けをイメージしたであろう太陽が描かれたＴシャツ。下は青色のスカートを穿いている。

顔は小さく、一見可愛らしい印象を受ける。しかし、凛とした大和撫子の風格溢れる少女は教室全体を睨みつけていた。

そんな少女を隣のツインテールの髪型をし、眼鏡をかけた大人しそうに見えつつも可憐な雰囲気を持ったもう１人の少女がなだめる。

「あ、葵～。そんな怒らなくてもいいんじゃない!?」

眼鏡少女はクラスの雰囲気を一変させてしまった葵と呼ばれた少女を必死に抑えている。

するすると、葵の目の前に座っているほっそりといた男子生徒がさらに加勢した。

「そうだぞ、葵。いくら何でももっと優しく言うのが…」

「うるさい、祐司！　あんたも男ならちゃんと言うことを言うのが筋でしょ!?」

とばっちりを受けた祐司は目を丸くする。

「えっ、何で？　俺、怒られているの？　たっくん！　俺、おかしいこと言った？」

祐司は隣に座っていた目つきが鷹のように鋭く、小学生らしからぬオーラを放っている男子生徒に救いを求める。

たっくんと呼ばれた生徒はため息を吐いた。

窓際に座る者に与えられた権利、日照権（太陽の光を浴びる権利）を存分に堪能して、のんびりと良い気分だったのにそれを邪魔されたのだ。彼は少し不機嫌だった。

「先生、ホームルーム始めてください。こいつらキリがないんで」

めんどくさそうに達也に向けて拓磨は呟く。

いつの間にか遊んでいた生徒も空気を読んで机を片付け、ホームルームを受ける態勢になっていた。

達也は怒鳴らなくて済んだという安堵と突然の乱入者が暴れ回った末、勝手に事態が解決してしまった様子にすっかり取り残されてしまった。

「あ…ゴホン。では、ホームルームを始めます。今日の日直は白木友喜さん、あいさつをお願いします」

　すると、葵の隣にいた眼鏡の生徒が、ぶすっとして不満ありげにぶつぶつ呟いている葵を笑いつつ返事代わりに答える。

「はい。起立！」

　クラス全員がまばらに立ち上がる。

「注目！」

　全員が達也を見る。

「礼！」

「お願いします！」

　クラス全員が達也に向かってお辞儀をする。

　これは稲歌町で行われている挨拶のパターンである。

『お願いします』は『先生、授業をよろしくお願いします』という言葉が所以らしい。

「はい、よろしくお願いします」

　達也の返事と共に友喜は声を出す。

「着席！」

　友喜の号令と共に全員着席する。

　いつもと同じホームルームが始まる。

　先生が今日一日を振り返り、学校で起きた出来事などを話す。

先生が明日の宿題の内容を電子黒板に書き、内容を忘れないように写す。明日の予定を先生が言う。そして別れの挨拶を行う。いつもと同じになるはずだった。

しかし、今日は違っていた。

達也はかしこまったように真剣な表情を見せる。ひ弱そうな達也の表情しか見ていない生徒達にどよめきが走る。

「皆さん、明日は何の日か分かっていますか？」

達也は落ち着いた声で生徒達に問う。

「卒業式！」

生徒達から一斉に言葉が返ってくる。

そう、明日は稲歌小学校の卒業式。全校生徒、特に6年生にとっては人生の新しい舞台、中学校に上がるための大切な日なのだ。普段はだらしない私服を着ている生徒も明日ばかりはきちんとした正装で来る。私服のファッションセンスが無い人にとっては『救い』ともいえる日なのである。全員正装で来るから。

「そうです。みんなと一緒に過ごした1年間、僕は非常に楽しかったです。今でも数々の思い出が鮮明に思い返せます。みんな、少し思い出してみませんか？」

生徒達は全員、先生の言葉の通り6年生の1年間の記憶のトビラを開ける。

「まず、みんなと出会った春。どんなことがありましたか？」

「修学旅行！」

達也の問いに全員一斉に答える。

稲歌小学校6年生は春に修学旅行に向かう。修学旅行とは名ばかりで実質は『遠足』である。

今年は奈良の東大寺を見に行った。

小学生には少し難しいかもしれないが歴史を学びに大仏を見に行ったのである。結果は案の定、つまらないという意見が続出した。

達也もこの意見に賛成だった。

いくら世界遺産と雖も、興味がないものにとってはつまらないのである。そこに行くくらいなら最近アニメの舞台となった地方回り『聖地巡礼』に行った方がまだマシだと声を大にして言いたい。

(同じ『崇めるもの』でも大仏と2次元じゃぶっちぎりで2次元の方が興味があるだろう?)

「修学旅行。ついこの間のように思えますね？　一番楽しかったことは何ですか？」

「何にも無い！」

今までに無いほど声が揃っていた。

(正直でよろしい。それでこそ子供だ)

結論、『文化的なものはもう少し年齢を重ねてから訪れよう』。

達也は笑顔を絶やさずさらに話を進めた。

「みんないろいろなことがあったと思います。運動会は今年も一番でした。皆さんが協力した結果だと言えます」

本当は嘘だ。うちのクラスには大学生レベルの身体能力の高い怪物が1人いる。そいつをあらゆる種目に入れた。いくつか負ける競技があったが、ほとんどそいつのワンマンプレーで勝てた。いわゆる切り札というものだ。

勝つことに意義があるのだ。敗者は淘汰（とうた）され、泥水をすする。それがこの世の中。格差社会に生まれた者の宿命。

（脳内お花畑の動物たちよ、今は『ケーキ屋さんになりたい』、『モデルになりたい』などと寝言を言っているが、そんな夢は中学生になったらすぐ変わるから安心しろ。本当に一瞬だ）

達也は何気なく見渡すように窓際を向く。

怪物が太陽の光を浴びながら、気持ちよさそうに眠っている。

（あの怪物にも夢があるのだろうか？　たぶん世界征服だろうな。むしろ、それくらいしてもらわないと納得できない。顔が人を何人も殺してそうな濃い極悪人の顔をしている。声も小学生にしては低い気がする。声変わりがすでに始まっているのだろうか？）

達也はクラスの腫れ物に触れないように再び話を戻す。

「さて、これから皆さんは色々な大変なことがあると思います。楽しいこと、辛いこと、悲しいことがあると思います。しかし、皆さんの人生はそれらを乗り越えてこそあるのです。乗り越えられないときは思い出してください。今年1年過ごした日々を。思い出が力となり、その力が皆さんを支えてくれます。僕も皆さんと過ごした日々を力に変えて新しい生徒達を教えていきたいと思います。素晴らしい日々をありがとうございました」

達也は小学生が教師と禁断の愛を交わし合うエロゲームで、最上級ハッピーエンドを迎えたときの教師の生徒への贈る言葉をそのまま完全コピーし、言い放つと頭を下げる。

すると、生徒の中からチラホラすすり泣く声が聞こえてくる。

『女王蜂』の面々は女同士で泣いている仲間を慰めたり、抱き合ったりする者もいた。男子生徒は大半がホームルームが終わったあと、遊ぶ約束をしている。

一方、窓際族の拓磨はアゴ肘をついて目だけ動かしクラスの様子を眺めると、再び目を閉じ日光浴に興じた。

「『思い出を力に』か……。良いセリフだよね、葵」

葵の隣に座る友喜はノートを取り出すと、心に響いた言葉を書き綴っていた。

「うん、良い言葉だけどそんなときって来るのかな？」

葵は疑問が1つあった。

この言葉、二度と会えないような状況で言ってこそ意味があると思う。

私たちはこのまま中学生になる。クラスは違うかもしれないが会えないということはないだろう。

（いつも会える状況ではあまり適さないのでは？）

「うわあ、完コピだよ」

葵の前の席の祐司が気持ち悪そうに鳥肌を擦る動作をしながら呟く。

「完コピ？　何それ？」

友喜が祐司の言葉に興味津々で耳を傾ける。

「完全コピーのこと、つまり丸パクリだね。今のセリフ、18歳以下禁制のパソコンゲーム『エロス小学校の肉奴隷交際記』っていう、オタクの中でもマニアックな人が好むゲームに出てくる攻略相手の先生のセリフだよ。ゲームの内容自体は先生の巨乳全裸シーンが全体の80％くらいを占める吐き気がするほどの畜生なんだけど、ベストエンドを迎えたときの主人公の奴隷になった先生のセリフが、なぜかまともに心に響くということで有名なんだ。いくらゴミゲームでも全部丸パクリするなんて許せないよ。作者に対する尊敬も何も無いじゃないか。そう思わない？」

葵と友喜は言葉を聞くごとに顔から血の気が引いていき、最後にはゴミを見る目で祐司を見つめていた。

友喜は自分の好奇心を後悔し、木製の机に頭をコツンと打ち付け耳を両手で塞いだ。まるで現実から逃避するかのように。

葵はそんな友喜の背中を保護者のように撫でる。

「あ、葵……。私、聞かなきゃ良かった…知りたくなかった…そんなこと」

「友喜。分かってる、私は分かっているから。今度から祐司に聞くときは注意しようね？」

　この時、女子小学生２人は『世の中には知らない方が良いこともある』ということを学んだ。

「さて、皆さんに話したいことがあります。白木さん、こちらへ」

「はい！」

　達也の呼びかけに友喜は明るい返事と共に立ち上がる。

「え？」

　祐司と葵はすっとんきょうな声を上げる。クラスでもあまり話題に出ない生徒が黒板の前に歩いて行く姿を物珍しげに見ている。

　拓磨はようやく目を開けると再び目だけで友喜の姿を追う。いつでも眠れる態勢に準備を整えていた。

「ええと、皆さんには突然ですが悲しいお知らせがあります。今まで皆さんのクラスメートでした白木友喜さんがご家庭の事情により、本日お引っ越しをすることになりました」

「はあああ!?」

　祐司と葵はさらにすっとんきょうな声を上げる。クラス中にどよめきが起こり、女生徒はガヤガヤ騒ぎ、男子生徒はヒソヒソ騒いでいた。

「冗談だろ？」

　拓磨も眠気を吹き飛ばされるほどの衝撃的展開だった。

友喜はクラスを端から端までゆっくりと見渡す。

顔を合わした生徒は凝視したり、『嘘でしょ?』と口の形を作ったり、あまりのことにポカンとしているかの3パターンしか無かった。

「みんな、今まで黙っていてごめんなさい。本当は卒業式が終わってから言いたかったんだけど、当日言うのもなんか嫌でしょ? これから中学校で頑張っていくのに水を差すみたいで?」

友喜の言葉に葵が反応する。

「友喜! 何で今まで言わなかったの!?」

「だから、言えなかったんだって。本当はみんなと別れたくないし…。私もこんな急に引っ越すなんて知らなかったし」

クラス中がお通夜のように重い空気になる。言葉を出そうとしても雰囲気が重すぎて誰1人しゃべり出せないようである。

「ええと、白木さんに贈り物を贈ろうと思いましたが、急な引っ越しであったため残念ですけど用意できませんでした。せめて、皆さんの温かい言葉で送ってあげてください」

達也の言葉通り、1人ずつ友喜の前に立ち別れの言葉を言う行列ができた。

はっきり言って意味不明な出来事だった。

達也本人も引っ越しの話を聞かされたのは2日前である。職員室に友喜の母親が来て、急な用事で去ることになったらしいと事の次第を打ち明けた。

『できれば卒業式だけでも出て欲しい、いくら何でも急すぎる』

こんな教師達の要望により明日の卒業式には出席することになった。

拓磨と祐司と葵は友喜に『後で話そう』と言い、とりあえずお別れイベントから抜け出すことに成功した。

最後の生徒が席に着いた時、達也が切り出す。

「それでは皆さん、いきなりのことで驚いたかと思いますが、これでホームルームを終わりにしたいと思います。最後は僕が号令をかけましょう。起立！　注目！　礼！」

「さようなら！」

桜が散り、春の訪れと共に新たな旅立ちを期待させる3月。

こうして拓磨達の6年生最後のホームルームは終了した。


「友喜！　どういうこと!?」

スズメが鳴き、そよ風が暖かく柔らかな空気を運ぶ。木々が風の心地よさに歌うように体を動かし葉音が音楽を奏でる。桜は春のためにその花を薄紅色に染め、散るまでの短い間に美しさを人々の記憶に刻み込む。

桜の木が色づいていた3月、雲1つ無い快晴の日の午後。

拓磨達は通学路をランドセルを背負いながら歩いて帰宅していた。両側に家々が並び、車が1台通るだけで道路が埋まってしまう狭い道である。この時間帯、下校時間は乗用車の通行が禁止されている区域だった。

　もちろん、彼らが黙っているわけがなかった。

　葵はホームルームで聞けなかったことを『今聞かなければいつ聞き出す!?』とばかりに友喜に詰め寄った。

「だから～、私が引っ越しするの。ホームルームで聞いてなかったの？」

　友喜が詰め寄ってくる葵を突き放すかのように手を突きだして、バリケードのように葵の接近を防ぐ。

「俺たちに内緒で今日まで黙っていたのか!?」

　祐司も問い詰めに参加する。

「うわっ、近い！　わ、私だって知ったのが最近なんだから仕方ないでしょ!?」

　友喜は祐司の接近を防ぐことで精一杯だった。

「お前ら、止めろ。今さら言ったたって仕方ねえだろ？　引っ越しは決まったんだから」

　拓磨が騒ぐ2人のランドセルを引っ張るようにして、無理矢理離す。2人は引きずられるように友喜から離された。

「たっくん！　何でそんな冷静なの!?　寂しくないの!?　友喜がいなくなるんだよ？」

「あんた、血が通ってないんじゃないの!?　ただでさえ顔が怖いのにそれじゃ本当に殺人鬼よ！」

（この女、本当にためらいも無く人を傷つけるな？　嫁の貰い手がいなくなるぞ？）

　2人の暴風雨のような発言を何とかこらえ、拓磨が言葉を続ける。

「友喜が俺たちに話さなかった理由は考えたのか？」

「え？」

　2人一斉に疑問符を口にし、友喜の方を見る。顔を少し俯かせ、短い前髪で目を隠し、拓磨達を直視しないようにしている友喜の姿がそこにあった。少し目が潤み、泣き出したいのをこらえているのがよく分かる。

「一番悲しいのは引っ越しの事実を知った友喜自身だろ？　それが何で今まで話さなかったと思う？　引っ越しの事実を知った俺たちと過ごしたくなかったからだろ？　最後の最後まで今まで通りの友達でいたかった、だから直前まで引っ越しの話題を伏せたんだ。引っ越しのことで俺たちに気を遣わせないためにな？」

　葵と祐司は沈黙してしまう。４人は立ち止まりながら会話の無い時間を過ごした。そのおかしな光景を珍しそうに宅配便のバイク運転手が見つめながら彼らを抜かしていく。

「不動君、なんか先生みたいだね？　そんな真面目なこと言うなんて顔と言葉のギャップがありすぎだよ？」

　友喜が笑いながら眼鏡の奥から流れる涙を拭くように目を擦り、拓磨に対して茶化す。

「顔は生まれつきだ。ほっとけ」

　拓磨は小さく笑いながら、冗談交じりの突っ込みを入れた。不思議と雰囲気が明るくなり、会話がしやすくなった。

「友喜、ごめんね。私たち、自分たちのことばっかりで」

「ほんとごめん。俺たち、ちょっと騒ぎ過ぎてた」

「いいよ、別に。心配してくれただけでもうれしいから。それに今まで黙っていたのは私だし……。勝手に黙っていてごめんね？」

自然とお互いの非を認め、謝り合う。自分の気持ちを素直に出して生活できる少年期ならではの特性が彼らを沈黙からすくい上げた。謝り合った後はその行為がおかしくなり、さらに笑いが広がる。雰囲気を明るくする良い循環が通学路の片隅で起きていた。

４人は再び歩き出す。

「それで、どこに引っ越すんだ？」

拓磨が話を進める。

「場所は分からない。近いと思うんだけど」

「他の町とか？」

祐司がアバウトな例を示す。

「う～ん、たぶん」

友喜はアバウトに返す。

「友喜、行く場所も分からないの？　お母さんに聞かなかったの？」

葵が友喜に尋ねる。

「それがお母さんがあまりしゃべりたくないみたいで全然聞いても答えてくれないの。お父さんは今まで通りこの町に残るみたいだけど」

「たっくん、これって『単身赴任』ってやつかな？　お父さんだけ町に残してお母さんと友喜が他の所に行くこと」

「はあ……、お母さんと友喜の時点で単身じゃ無いだろ？」

拓磨は祐司のボケに呆れて答える。

「え？　……そもそも単身って何？」

「1人って意味だ。お父さんだけがどこかに働きに行くんだったら単身赴任かもしれないけど、今回は……なんだ？」

拓磨もよく分からなかった。

4人の前にT字路が現れた。目の前には巨大な木で作られた巨大な門が現れた。看板が拓磨達の届かない位置に設置されており『相良組』と書かれている。

「あ、ここでお別れだね」

友喜はT字路を左折すると立ち止まり、拓磨達を見つめる。

友喜の家は拓磨達とは反対の方角にある。その分岐点がこの巨大な門の屋敷だ。日頃から怖い顔をした人たちがいるのを見かけるが、今日は見かけなかった。

「ねえ、友喜。本当にさよならなの？」

葵が悲しみを帯びた声をしぼりだす。顔は必死に我慢しているようだったが、声まではごまかせないようだった。そんな葵を見て、友喜は再び泣き出しそうな顔をする。

「私だって別れたくないよ…。でも、またいつか会えるよ。最近、お父さんに携帯電話を買ってもらったからいつでも話せるし！」

友喜はランドセルを開けると、中から赤い携帯電話を『とくと見よ！』に見せびらかす。スマートフォンと呼ばれるタッチスライド操作の機種だった。

「え？　友喜、携帯電話買ってもらったの!?　いいなあ…」

祐司が羨ましそうに見つめる。

中学生にもなると携帯電話を持つ人は一気に増加する。しかし、小学生の時点で携帯電話を持つものは超情報化のこの時代でも多いとは言えない。特に最新機種のスマートフォンになるとなおさらである。

「そうだな、電話でいつでも話せる。けど、できれば直接会って話したいな。電話だけじゃどう考えても話し足りないだろ？」

拓磨は再会を提案した。

「私もそっちがいいな」

「俺も。時間があったらでいいからさ？　できれば会える時間を作ろうよ？」

葵と祐司も次々と拓磨の案に賛成する。

友喜はそんな友人達を見て嬉しさで胸が一杯になる気分を感じた。

「みんな……、ありがと。じゃ、じゃあまた明日ね！　一緒に学校に行こうね？」

「友達だから当然でしょ？　離れていてもいつまでも友達だよ？　約束しよう？」

葵の心から溢れ出した気持ちをそのまま形にした言葉に友喜はお辞儀をするように大きく頷くと、片手に携帯電話を持ち、赤いランドセルを振るわせながらまだ高く太陽が照らすアスファルトの下を走り去って行く。スポットライトを浴びる子役のように少女は輝いていた。彼女を見つめる3人の友人を残しながら少女は喜びを連れて走り去る。

走り去る少女は幸せだった。たとえ離れても再び再会を求める友人がいる。

離れた途端に消え去る友情。そんな心配事など杞憂に終わった。それだけで彼女は幸せだった。

（私は本当にすてきな友達がいた。たとえ、離れても大丈夫。彼らならずっと友達でいてくれる）

少女の心の思いにもはや疑いなど微塵も無かった。

小学校6年生卒業式の前日。

この日のことを俺は今でも忘れない。

ずっと、小学校でずっと友達だった友喜が去ってしまう衝撃的な出来事を知らされた日。桜のつぼみが校庭の木々に目立ち始めた日だった。

小柄でツインテールと眼鏡が似合うかわいい女の子。いつも活発な葵の側にくっついていてなかなか人と話すことが苦手だった。

まるでたっくんと一緒にいる俺のように。

いつも4人一緒だった。これからも続くと思っていた。でも別れは突然来てしまった。

でもその時、俺は悲しくなかったんだ。

だって、電話を使えばいつでも話せる。時間があれば会うこともできる。この別れは本当の別れじゃない。ただ少しだけ会えなくなるだけ。

そう思っていたんだ。

第一章「この親にして、この息子あり」

午前7時01分、不動ベーカリーの前にある渡里家。

黒いカーテンのように空を覆っていた雲に一筋の切れ目が入った。途端に地表が光で満たされ、鳥が歓喜の声を上げ鳴き、飛び回る。近所の住宅で首輪を付けて飼われている犬が鳥の声に驚き、吠え続ける。

家屋に命を吹き込むように太陽が稲歌町を照らし、目覚めを求める。

その光が住宅街の一角、2階建ての一軒家を照らす。屋根は茶色い瓦屋根、雨や雪を流すため傾斜のある三角屋根になっている。周囲を様々な石がツボを刺激し体を健康にさせる屋外用健康マットで覆われた珍物件である。

光は2階の東側にある窓を貫き、優しくその部屋の空気を包んだ。

10畳ほどの部屋だった。天井にはＬＥＤ電球が取り付けられた電灯が部屋の隅々まで光を届けるように等間隔で設置されている。

部屋の壁にはポスター、クローゼット、化粧台、学習机が設置され、部屋の中央にベッドが置かれている。まるでベッドを囲んでいる光景だった。

ポスターは『竹刀で武士の兜を火花を散らしながら叩き割っている剣道着を着けた覆面』の姿が描かれていた。

クローゼットの前には『室内用筋力トレーニング』に関する本が数冊置かれている。

ベッドの横にはマットが敷かれており、スペースも確保されていた。

するとけたたましい騒音が部屋中を暴力的に揺らす。

すると、その音をどうにかするべく、ベッドの上の布団の中から手が伸びてきて、騒音の根源を手探りで探す。

ようやく、騒音の根源である青い色の丸い時計を手で触れると、優しく上の停止ボタンを押す。

音が急に消えた。先ほどの騒音が嘘のように部屋が静まりかえる。

（また、朝がやってきた。一日が始まる。

……まだ眠い。本当は起きたくない。でも起きなきゃいけない）

そうしないと誰も朝ご飯を作ってくれないから。

布団がゆっくりと剥がれていき、中から赤い花柄のパジャマが見えた。そしてベッドに飾られた黒い宝石のように輝く長い黒髪がゆっくりと動く。

顔は小顔だったが、子供のような可愛さはない。むしろ、大人の女性の凜とした風格が醸し出されていた。大和撫子という言葉がぴったりである。

この女性は渡里葵（わたりあおい）。稲歌高校2年生。剣道部部長である。

「ふわあああ……。眠い」

『眠い』と言いながら葵はゆっくり体を起こして、立ち上がると窓を開放して外の冷たい空気を中に入れる。

そのままモデルのような長身、剣道部の部活動と室内での筋トレで培われた筋力と成長期の発育によって養われた、充実し過ぎたプロポーションを持つ体を一気に伸ばす。そして胸を膨らませるように深呼吸する。ただでさえ、胸が大きいのに深呼吸をしたことによってさらに強調された。

空気の循環により完全に目を覚ますと、そのままクローゼットに向かい、中に整理してある下着を着ける。寝ているときはパンツ以外は寝苦しくなるので着けていなかった。

その上に学生服を着け、最後に黒い靴下を履く。

すると、今度は化粧台の前に座り、鏡を見ながら髪を櫛でとかす。無造作にあらゆる方向に流れていた髪の毛が方向が定まり流線形へと姿を変えていく。

そして最後に髪留め用のゴムでまとめると、いつもの流れるような美しいポニーテールに髪型を完成させる。

そのまま顔を洗いに部屋を出る。

洗面台は部屋を出てすぐ右側にある。冷水で顔を濡らし、一切の眠気を吹き飛ばす。その後、顔の水滴をタオルで拭き取ると再び自分の部屋の化粧台に戻り、化粧道具を用いて最後の仕上げに入る。化粧の方はいつもほとんどしない。

部活動で汗を大量にかくため、どのみち化粧が落ちてしまうのである。髪型も同じだ。剣道用の面を被るため、髪が長いまま切らないことを除けば特におしゃれに気は使っていなかった。いつも眉毛の上を軽くなぞる程度だった。

大体の支度が終わるとようやく朝食作りに入る。

葵は部屋を出ると、そのまま5メートルほど直進、左側にある階段を下りていく。

渡里家の2階は少々特殊な構造になっている。簡単に言えば運動場のランニングコースと似た作りである。いわゆる楕円型の廊下であり、4部屋存在する。

東側には葵の部屋と空き部屋。西側には祐司の部屋と渡里家の主、渡里真之介（わたりしんのすけ）の部屋である。

北側と南側には窓が付いており、太陽光が入りやすくなっておりエコ活動にも役立っている。

葵は1階に下りると、右折し、トビラを開けダイニングキッチンに入る。

そのまま、手慣れたように食パンをトースターに入れ、クッキングヒーターの電源を入れるとフライパンをその上に置き、背後の冷蔵庫から卵を6個取り出す。

本日の朝食はパンのトースト、スクランブルエッグ、昨日の夕食の残りのサラダである。

昼食は不動ベーカリーのパン、夕食は…まだ考えてない。

部活動のおかげで帰りは遅くなるし、基本的に祐司はそこら辺のものを勝手に食べ、父親に至っては帰ってこない日の方が多いため、夕食の献立はそれほど考えてこなかった。

料理は主に葵が作っており、全ての献立は任せられていた。

とは言っても、何も指示が無いというのは逆に困る。いい加減に得意料理の1つや2つを覚えなきゃいけない。そうじゃないと、毎日偏った食事になって生活習慣病経由で病院暮らしが目に見えている。

葵は様々な不安にため息をつきながら、フライパンを動かし卵を炒る。

料理はすぐに完成した。

そのまま、皿を取り出すと3人分にスクランブルエッグをとりわけ、ちょうど焼き上がったパンのトーストを乗せ、キッチンの前のテーブルに並べる。最後に昨日のサラダを冷蔵庫から出し、ドレッシングとトーストに付けるジャムを取り出しさらにテーブルに置く。

最後に野菜ジュースと牛乳を取り出し、テーブルに設置すると朝食の完成である。

「さてと……最後の仕上げ」

葵は自分に言い聞かせるように呟くと、そのまま階段に向かう。そして階段の下で息を吸うと毎朝恒例の一言を言うのだ。

「祐司、お父さん！　朝ご飯できたよ!?　早く起きなさい！」

渡里家のボンクラ男共は私よりも先に起きたことはない。お父さんは仕事もあるし理解できるが祐司はおそらく夜更かしだ。

理由も大体推測できる。どうせアニメ観賞やTVゲームを行い続けたことだ。

趣味に走るのは個人の勝手だが、他人にまで迷惑をかけるとは言語道断。町中引き回しの上、逆さ吊りの刑である。

しばらくしても、返事は無かった。朝を告げる鳥の声だけが窓の外から響き渡っている。

「祐司!! お父さん!! 朝ご飯!!」

怒鳴るような大声でさらに続ける。

ボンクラ共からは返事が無い。代わりに外の犬が吠える声が響いた。

「ったく…! 学校や会社に遅れても良いの!?」

葵は荒い足音を立てながら階段を上がっていく。一歩階段を上がるごとに怒りは上昇し続けた。

いつものことである。どうせ祐司は夜遅くまで起きていて朝起きられないパターンだ。

このままでは駄目。絶対に駄目。オタクの道を突き進み、社会生活不適合者になる日も絶対に無いとは言いきれない。

(そもそもいつから祐司はアニメやゲームにはまったのだろう?)

まあ、男の趣味のきっかけなんて考えるだけムダである。むしろ、考えたくも無い。

葵は階段に一番近い真之介の部屋から回った。

「お父さん、そろそろ時間だよ?」

怒りを腹の底に抑えて優しい声で木製のドアをノックした。

静まりかえる廊下。おそらく、天井から落ちる一滴の雨粒の音でさえ大きな音として認識できるのではないかと思い始めた。

しかし、返事が無い。

腹の底に抑えた怒りが再び全身の血管を駆け巡るように流れ出す。

よろしい、では強行突入だ。

葵はドアを勢いよく押して入ると、部屋を見渡しターゲットを探す。

電気も点いてなく暗い部屋。左側には黒い布団が敷いてある。真之介はベッドが嫌いなのだ。右側には大量のアニメや漫画のＤＶＤやら本やらが、部屋の半分を埋め尽くすほどの本棚に収まっている。

そう、何の冗談か分からないが父親の真之介もオタクなのである。

しかもアニメを作る会社に勤務しているのだ。チーム全体を総括する総合監督になり撮影した作品も何本かあるらしい。世間ではそれなりに好評で現在の渡里家の暮らしができているのもその恩恵のおかげである。

しかし、それはそれ、これはこれである。親ならば子供の手本になってもらいたい。せめてオタクの中でもきちんとした生活ができているオタクだということを、見せてもらいたいものだ。道を外そうとしている祐司のためにも。

部屋には誰もいなかった。

葵の中で噴火した怒りが困惑により冷めていく感覚を感じた。燃えさかる火災が消防隊により鎮火されるように葵の中の怒りの炎は見事に鎮火された。

（あれ、お父さんがいない？　会社から戻ってないんだっけ？　…いや、そんなはずはない。だって昨日は一緒に自宅で夕飯を食べたじゃない。おまけに今日は8時に家を出ると言ったはず。じゃあ、何でいないの？　まさか、夜中に急に呼び出されて出て行った？）

だったら、私たちに一言言ってくるはずだ。少なくとも私は何も聞いていない。

葵は首をかしげながら、部屋を出ると隣の祐司の部屋に向かった。

「ねえ、祐司。お父さんを知らな…」

葵がドアを開けたときだった。目の前に衝撃的な光景が飛び込んできて、指先が即座に反応してドアを思いっきり閉めてしまう。

葵は呼吸を整えると、今度は2センチメートルほどの隙間を空けるようにして中をのぞき込む。

部屋は明るかった。真之介の部屋と異なり、窓のカーテンが開けられているからであろう。外の光が入ったおかげで電気が点いていなくても状況が詳しく読み取ることが出来た。

祐司と葵の部屋はバルコニーが付いている。布団の洗濯は主にクリーニング業者に頼んでいるため、主に服を干すために利用するのだが、祐司の部屋の場合バルコニーがテーブルと椅子を設置したひなたぼっこ兼読書スペース（漫画、同人誌限定）になっているため、部屋の中は洗濯物が散乱していて汚い。

部屋中に漫画やアニメのＤＶＤが散乱している。歩けるスペースはあるが、同じオタクの真之介の収納棚に整理整頓した部屋と比べると明らかに汚い。

そんな部屋の中、祐司はドアに背を向けて座っていた。その奥には祐司がオンラインゲームを行うために真之介がアニメを一本成功させた儲けの一部で購入した『60型ハイビジョンデジタル液晶テレビ』が、青い光を放つように煌々と輝いていた。

祐司はこちらに背中を向けたまま、黙って画面を見ている。

「父さん、こっちの女の子は駄目？」

祐司の隣には同じくらいの背と肩幅を持つ男が座っていた。祐司との違いは四角い眼鏡をかけていることと髪が天然パーマがかかっているくらいである。

２人は葵に背を向けたまま、テレビ画面を見ている。

テレビ画面には画面が左右半分ごとに分かれている。左側の画面にはＦカップはありそうな茶髪の日本人のグラビア雑誌に出てくる女性が、水着を着けたまま白いシーツを敷いたベッドの上でもだえるように体をくねらせていた。豊かに実った胸が体をくねらせるたびに風船のように形を変えていく。

右側の画面では同じように巨乳の黒髪女性アニメキャラが、畳の床の上で月の光の浴びて神々しい美しさを放ちながらゆっくりと浴衣をほどけていく、エロティックなシーンが流れていた。

（え？　何これ？）

葵は目の前で何が行われているか分からなかった。

「う～む、一体この違いは何なんだ？」

祐司より少し低い声が真之介より飛び出す。

「演出的な問題じゃないの？　神々しさがユッキーには出ているじゃん」

ユッキー？　ユッキーって誰？

もしかして今、画面に出ている茶髪水着モデルか黒髪アニメ浴衣女のどちらかの名前？

葵の混乱はさらに悪化した。

「いや、ユッキーよりむしろ柿谷（かきたに）さおりの体のアンバランスさじゃないか？　この子は身長の割に胸がデカすぎる。確か157センチだろ？　もう少し胸が小さければグッとくると思うんだが？」

「ああ、それは言えているね。『巨乳人種問わず死すべし』だからね。やっぱり2次元と3次元を比べるのは難しくない？」

「いや、息子よ。同じシーンを流していても3次元では萌えずに2次元で萌えてしまう男子が増加しているのだ。むしろ、比較しないと意味が無いのだぞ？」

「ということは比較対象を増やした方がいいんじゃないかな？」

祐司は手元にあるリモコンを持つと、画面を操作する。

「ユッキープで頼むぞ？　息子よ」

「了解、『ユッキー保留（キープ）』で3次元を変えていきま～す」

校内放送をする時のような抑揚の無い声で祐司がリモコンを操作する。

右側の画面の女優が変わる。

茶髪ストレートの髪型をした腰に白いタオルを巻いた上半身半裸の女性が、あえぎ声を出しながら画面を上下していた。

葵は思わず目を伏せてしまう。扉のドアノブを握る手に力が入った。

（何なのよ…）

心に言葉がぽつりと浮かぶ。

そんな葵を知ることなく、謎の行動を祐司達は続ける。

「あ〜、やっぱり駄目だ。ユッキーの勝利。息子よ、どう思う？」

「俺も同意見。やっぱり2次元には勝てないね。見せちゃ駄目だよね？　見せずに視聴者の想像を上手く利用することにエロさを感じるというのに。2次元が萌えるのはこの想像を上手く利用しているからかな？」

「ううむ、しかし萌えとエロスは無関係では無いと思うぞ？　ある程度の性欲を利用するという点ではどちらも同じだ」

葵はもはや話を聞いていなかった。

クズを見るような白い目でドアの隙間から愚かな親子を見つめる。

（朝から何をやっているんだ、この馬鹿親子は？　真面目に朝食の準備をした私が馬鹿みたい）

もはや葵の心にためらいは無かった。落ち着いて制服の胸ポケットからスマートフォン型の携帯電話を取り出す。

祐司と一緒に買ってもらった物だ。最近世の中も物騒になってきたということで護身も兼ねて買ってもらった。

まさか、その恩を仇で返す日が来るとは。

世の中って本当に何があるか分からないものね。

葵はスマートフォンの電話機能を使い、ゆっくりと番号を入力する。

『110』と。

「はい。稲歌町警察署です。『事件ですか?』『事故ですか?』」

『知らない人がいるんです。助けてください』

葵は何の感情もなくそのように答えようとしたその時だった。

祐司と真之介が部屋の中から飛び出してきて、葵を止める。

祐司は暴れる葵の手から携帯電話を取り上げると電話を切る。

「朝ご飯だろ? さっさと食べに行こうぜ、葵!」

2人は暴れる犬のような葵を押さえるようにして慎重に階段を下りていった。

渡里家の朝、いつもよりわずかに過激なひとときはこうして終わった。

3分後、キッチン前のテーブルには無言で朝食を食べている3人の姿があった。

祐司は暴れる葵の裏拳を受けて鼻から血を流しているのを、白いティッシュを詰めて食い止めていた。

真之介は傷らしい傷は無かったが、急所を殴打された痛みで時々顔をしかめる。

「ひ、ひどいじゃないか、葵！　警察に電話するなんて。やっていいことと悪いことの区別もつかないのか!?」

祐司がイチゴジャムのパンをほおばりながら、葵に悪態を吐く。

葵が『傷つけてやる』とばかりに祐司を睨む。

「……何でもないです、ごめんなさい」

空気を読まされて、祐司は白旗を上げた。

「む、娘。あれは調査だったんだ」

「調査？　何の？」

真之介の必死の弁解に葵は目を向けることなく、ピーナッツクリームを塗ったパンを食べながら素っ気なく答える。

「いわゆる『3次元と2次元の第一印象比較による考察』だ」

「AV女優とエッチなアニメキャラ、どちらが可愛いか見てただけでしょ？　難しい言葉でごまかさないで。私、お父さんのそういうところ嫌い」

真之介のガラスのハートにヒビが入った。

『お父さん、嫌い』。

(娘から言われる言葉でこれほど単純で傷つく言葉はあるだろうか？)

真之介は意気消沈のまま、野菜ジュースをちびちびと飲み出す。

「それを朝っぱらから堂々と、息子と一緒にやっているなんて…あんた達には『恥』って言葉が無いの？」

「恥なんてあったら、オタクなんてやってられねえぜ？」

葵が軽口を叩いた祐司を『殺してやろうか』とばかりに憎しみを込めて睨む。

「…生まれてきてごめんなさい」

祐司は命の危機を感じ、葵に素直に謝った。

「いい？　この際だからはっきり言っておくけど、世間体も少しは考えて！　あなたたち2人だけで住んでいるんだったらいいの！　別に誰にも迷惑をかけなければね！」

葵はついに怒りを爆発させてあらん限りの声で2人を怒鳴りつけた。真之介はしゅんと小さくなり、祐司は耳の穴を小指で掃除している。

「でもね、この家には私もいるの！　オタクじゃない、普通の女子高校生の私がね！　少しは周りの迷惑も考えて行動してよ！」

「は～い、努力します」

祐司が義務的に、真之介が心の底から反省して答える。

「お父さん、いくら仕事のことでも祐司をこれ以上、オタクの道に踏み込ませないで！　高校生の時点でこんなにどっぷり浸かって、社会生活に支障が出るとか考えたことあるの!?」

怒りの矛先は今度は個人に向けられた。

「む、娘よ…。趣味とは誰しもあるだろ？　アニメを見ることも立派な趣味ではないか？」

「趣味のレベルを超えているのよ！　それにオタクはただでさえ、白い目で見られるの！　祐司がこのまま学校とかで仲間はずれとかにされてもいいの!?」

「う……ううむ。それは確かに良くないが……」

葵の集中砲火に真之介はたじたじになってしまう。戦力差は一方的だった。正義は葵にあった。

「祐司も少しは控えて！」

「何で控えなくちゃいけないんだよ!?　確かに今朝のことは悪かったけどさ、警察に電話するほどのことでもなかったろ!?　それにオタクがどうして社会生活に不適合だって決めつけるんだよ！」

ついに祐司が反撃に出た。

未だニワカとは言え、オタクの1人として黙っているのことはできない。

オタクに対する社会からの蔑視。オタクというだけで行動が限定される現実。

葵に言ったところでこれらが何か変わることではない。

（ただ、ちょっとは理解してくれてもいいのではないだろうか？）

祐司と葵は常日頃から対立関係にある。物心ついた頃からずっとそうだ。原因はお互いの性格である。

祐司から見ると葵は真面目すぎるように見える。

葵からだと祐司はだらしなさ過ぎるように見える。

この溝は埋まるようでなかなか埋まらない。

お互い、相手に譲歩すると言うことを考えていないからである。

「オタクになってそれが何の利益になるのよ？　それで生活していけると思っているの？　言っておくけど、ニートなんて絶対に認めないからね！」

「ついに脳まで乳に侵されたか!?　葵は利益が無いと動かないのか!?　働くなんてコンビニのバイトを拠点にしていくから何の問題も無いんだよ！　それ以上の人生設計なんていらん！」

「定職に就きなさい!!」

「最終的には定職に就くよ？　夢はアニメ脚本家、それまではコンビニバイト生活！　父さんの下で修行して、お前みたいな巨乳のいないロリコンの理想郷のアニメを作ってやるからな！　分かったか、ムダチチ！」

「夢ばかり見てないで現実を見ろ！　この腐れロリコンオタク！」

罵詈雑言の飛び交い合う応酬の末、ついに乱闘が始まるのかと思ったとき、祐司のスマートフォンが音を立てて鳴る。

祐司がうっとうしそうにスマートフォンを取ると、耳に当てる。

「はい、もしもし」

「俺だ、拓磨だ」

相手はお向かいの隣人、不動拓磨だった。

「たっくん？　今ちょっと忙しいんだけど、また後でかけ直してくれるかな？　目の前のこの女をついに打ち倒すときが来たんだ！　今がその時なんだよ！」

「じゃあせめて学校から帰ってきたら打ち倒してくれ」

拓磨は冷めた声で淡々と答える。

「……学校？　学校って何？」

「今日は俺の学校復帰初登校日だから、一緒に行こうと言ったのはお前じゃないのか？」

すっかり忘れていた。

祐司は改めて自分が高校生であるということに気がつく。

たっくんが自宅学習を始めたのがつい1週間前、その後2日の間に宇宙からのテロリストと戦う羽目になったらしい。

そしてその戦いに自分も巻き込まれたのだ。どこまでも続く、白い砂漠と青い空の世界に飛ばされて。リベリオスというテロ組織が相良組の組長、相良宗二郎を使って稲歌町の全住人を誘拐するというとんでもない計画を実行したのだ。

幸いにもその計画はたっくんと携帯電話の中の宇宙人、ゼロアによって阻止されたらしい。どうやらロボットを使って勝ったようだが、俺はそのシーンを見ていないから分からない。奇跡が起きて勝ったとかそういう話を聞いた。

そして、その後相良組員は行方不明ということで現在も警察が捜索中である。しかし、たっくんによると彼らはリベリオスの手に落ちたという話だ。

おそらく、もう彼らは帰ってこない。もしかしたら、殺されているのかもしれない。たっくんはそこの所は深く教えてくれなかった。

(何か言いたくないように感じたけど、あれは何だったんだろう? 気のせいかな?)

ともかく、元凶となる組織がほぼ消滅に近い状態になったため、たっくんの自宅謹慎も様子見の段階であるが解かれた。高校生ということで学校の勉学をおそろかにしてはいけないという配慮もあったのかもしれない。謹慎からわずか1週間で再び登校できる形になった。

その記念すべき一日を一緒に登校しようと約束していたのに、葵が邪魔をしたのである。まったく、何てことをしてくれたんだ。

「ごめん、たっくん! すぐ行くから!」

「それと、祐司。葵と喧嘩するんだったらもう少し小さな声でやれ。近所中に響いている。迷惑だ」

拓磨は釘を刺すように祐司に苦言を放ったが、祐司は全く聞いていなかった。一気にパンをほおばり、野菜ジュースで胃袋に流し込むと階段を一段飛ばしで駆け上がり、2分ほどで自分の部屋のカーテンレールに掛けてあった制服に着替え、滑るように階段を下りると左折し、玄関へと突入する。

すでに葵と真之介は玄関から出た後らしく、家には静けさが漂っていた。

祐司は慌ただしく玄関に置いてあるランニングシューズを履くと、閉鎖された争いの余波が残る薄暗い家から、光溢れ、親しき友の待つ外の世界へと飛び出した。

第二章「お久しぶりのご対面」

同日、朝7時31分、不動ベーカリー前。

『不動ベーカリー』は稲歌町東地区を代表するパン屋である。パンの味はもちろんだが、何より店舗を経営している店主達の性格も人気の秘訣である。

不動ベーカリー店主、不動信治。

別名『力に屈するハト』。

一般企業を早期退職してパン屋を始めた常識溢れる温厚な大人だ。

常に不動ベーカリーという青色のエプロンを着けて行動している。顔はやせ形でスポーツ刈りという短めの髪型をしている。体つきもほっそりしていて、台風が来たらへし折れそうな木の枝のようである。

その優しい人柄のおかげで人受けも良く、主にパンの製造、販売を行っている。自家用車を改造したパン売り車両『ハトぽっぽ』で稲歌町内を日々爆走して、人々に笑顔とおいしさとパンを届けているのだ。

不動ベーカリー陰の店主、不動喜美子。

別名『天下を取った鷹』。

会社を早期退職した夫を言葉の機関銃でいつも蜂の巣にしている独裁者だ。常に不動ベーカリーという赤色のエプロンを着けて行動している。顔は小じわもなく、整った顔立ちだが、年齢を重ねてきているにも関わらず腰にはくびれも見える。

最近は年を取ってきたおかげで胸も尻も目立つようになり、本人曰く『魅惑の熟女ボディ』を手に入れたようだ。見た目は若いのだが『お母さん』というよりも『オカン』の印象を受ける不動ベーカリーの重鎮である。

性格は非常にがめつい。特に金を手に入れる能力では信治の１０００倍ほどの能力がある。『喜美子ネットワーク』と呼ばれる特殊な人脈を持ち、あらゆる状況のあらゆる金銭情報をキャッチしている。

例えば、稲歌町の販売権を得るときも存分にその力を発揮した。

数年ほど前、稲歌町には他のパン屋も存在し、激しい領土争いを繰り広げていた。多くのパン屋はなるべく客を入れようと宣伝活動に力を入れていたが、喜美子はその作戦を利用し、宣伝して店を訪れた客を装い、さりげなく不動ベーカリーの広告を店を訪れた客のバッグに仕込んだり、相手のパン屋で不動ベーカリーについての会話を入れるなど反則スレスレの営業活動を行っていたのだ。

しかも『喜美子ネットワーク』のおかげで、いつ、誰が、どこで、どんなことをしているか判別し、別のパン屋を訪れようとした客をさりげなく奪って自分のパン屋に誘導するなど、鬼の仕業ともいうべき徹底ぶりを見せた。

しかもこの問題の最大の恐ろしいことはそんなことをしているにも関わらず、相手が喜美子の仕業だと気づかないことである。

喜美子はどこで学んだのかは分からないが、変装術に長けており、服装を変える、メイクを変えるなどの小手先のテクニックで相手の目を誤魔化すことが得意だった。

相手に自分だと悟られずに自分の利益を確保することに関しては、プロの工作員も脱帽する働きぶりだったのである。

当然のことだがこんなことがいつまでも続くわけが無い。他のパン屋からもチラホラ文句が出始めて、信治がその尻ぬぐいに追われパン屋への謝罪に回ることになった。

ところが、すでに喜美子は計画を完了していた。実はこの騒動を起こしている間、水面下で大きな利益の流れを確保していたのである。

それは『企業向け営業』である。

個人営業のパン屋だと多くの場合、呼び込みが主だ。客数が物を言うのでなるべく多くの客を招くことが必要になる。

ある程度人数のいる企業のランチタイムを狙って売り込みを行えば、まとまった人数を相手に一気に収益を得ることが出来る。大きな収入源というわけだ。

喜美子は騒動を起こしている間に稲歌町のほとんどの企業とネゴシエーション（交渉）を行い、企業の近くの駐車場に移動用のパン売り屋台を設置する権利を得ていた。現在、る。

『喜美子ネットワーク』によるアルバイト達の活躍により立派な収入源として機能してい
最も大きな収穫は学校での販売権である。学校でのパンの販売権は稲歌町中のパン屋が狙っていたが、喜美子は最も生徒が多く通るエリアの最も生徒が手を伸ばしやすい場所の権利を確保していた。

おかげでいつも不動べーカリーのパンは完売である。

まさに無法者のような活躍だった。

このことを根に持ったパン屋がチンピラに頼んで、不動べーカリーを潰しにかかろうとしたことがあった。

しかし、この計画は中止に追い込まれることになる。なぜならば、大きな障害が立ちはだかったからである。

不動べーカリー次代店主（仮）、不動拓磨。

別名『寄るな、触るな、あっち行け、怪物』。

鬼神と言っても遜色ない拓磨により、チンピラは全員病院送りとなった。

そんな、個性豊かな面々が揃う不動べーカリーは朝7時から開店する。

会社、学校へ行く通勤ラッシュに合わせて、少しでも売上を稼ごうと早起きは基本なのである。

パン屋の前には花壇があり、黄色いナノハナ、青紫色のスミレ、赤い椿がそれぞれ列ごとに植えられている。階段のような陳列棚におかれているため、まるで卒業式の記念撮影のようである。色彩鮮やかな花々が客を出迎え、少しでも気分良くパン選びを行うための立派な戦略である。

稼ぎ時は7時から7時30分までの30分間。主に都市部へ向かう会社員がターゲットである。そして7時45分頃から、学生をターゲットにした第2の稼ぎ時が始まる。

第1の稼ぎ時が終わり、店の中にいた不動拓磨は紫色のエプロンを着けて、店前で呼び込みをやっていた。学校に行くまでの間、そして帰宅後に店を手伝うのが拓磨の日課である。

「お母さん、今日も早く起きられたよ！　僕、偉い？」

「偉い偉い！　来年から小学生だし、早起きの練習にはちょうどよかったかもね。何かパンでも買っていく？」

髪を茶髪に染めた20代後半の若い女性と、青を基調とした幼稚園の制服を着た5歳ほどの少年が母親のスカートの裾を握りながら、小麦粉の焼ける芳ばしい臭いが漂う中、不動ベーカリーに歩いてきた。

「お母さん、僕メロンパンがいい！」

「あれ？　今日はあんパンじゃないの？」

「だって、お母さん。僕があんパンがいいって言うとき何かビクビクしてない？」

母親は全身に電気ショックを受けたように急に立ち止まり、親のことを心配してくれている我が子を見つめた後、頭を撫でる。

「はは、何を言っているの？　そんなこと気にしなくてもいいのに。お母さん、あんパン嫌いじゃないの。でもありがとうね、心配してくれて」

「なーんだ！　じゃあ、僕あんパン買おうかな？」

拓磨は入り口付近で親子の会話を聞く。『あんパン』、『メロンパン』という言葉を頭に留めると、そのまま中に入っていき試食用の小さなカゴに入っている両商品を持ってくる。

「よろしければ、試食してみてください」

拓磨は和やかに笑みを作りながら、道路の親子にカゴを差し出す。

「ああ、ありが……ヒイイッ！」

喉元にナイフを押しつけられ、必死に声にしたような悲鳴を母親が上げる。

そこにいたのは見上げるほど巨大で、筋肉の鎧を身につけた肉体をした顔の彫りが深く凶悪な笑みを浮かべた男だった。エプロン姿が全く似合っていなく、猟奇的殺人犯の雰囲気が出ている。

「わあ、おじさん。ありがとう！」

幼稚園児は喜びながら、拓磨の差し出したカゴの中からあんパンの欠片を食べる。

（おじさん？　俺はまだ高校生だぞ？　そんなに老けて見えるのか？）

拓磨は顔は笑いながら、心の中で幼稚園児の誤解に真剣に悩んでしまう。

「お母さんもお1ついかがですか？」

拓磨は母親にも試食を勧める。

「ひえっ!? は、はい…」

無理矢理食べさせられているように、母親は震える手を必死に動かしながらメロンパンの欠片を口の中に入れる。

「これ美味しいねえ、お母さん。それより、おじさん。すごく顔怖いね?」

母親が再び電気ショックを受けたように全身の筋肉が硬直したように震える。『余計なことを言わないで!』とばかりに泣きそうな目で必死に我が子を見つめる。

「ん? やはりそう見えるか?」

「うん。何かヒーローにボコボコにされる悪魔みたい。顔、変えた方がいいと思うよ? 今、テレビで『せいけいしゅじゅつ』とかやっているじゃん?」

「ははは、そうか。良いアドバイスをありがとうな? 面白いお子さんですね、お母さん?」

拓磨は笑顔を絶やさず笑いながら、幼稚園の男の子の頭を撫でた。そして、母親の方を向く。その目には輝く光が反射しており、獲物を前に目を輝かせている野獣のように母親の目には見えた。

むしろ、緊張のせいでそのようにしか見えなかった。

すると、母親が子供の手を引っ張ると、人形のようにお辞儀を繰り返しながら引きずるように子供をつれて立ち去っていく。

「あれ!? お母さん、パンは?」

「逃げるの！　一刻も早くここから逃げるの！　もう二度とこの道を通っちゃ駄目よ!?」

子供が次に質問する間も与えず、母親は背中を太陽の光で輝かせながら、道の彼方へと小さくなり消えていく。

拓磨は止める前にいなくなった親子の姿を空しさを感じながら眺め、ため息を吐くと同時に不動ベーカリーに戻る。

すると、家の前には赤いエプロンを着た喜美子の姿があった。花壇に水をあげたようで手には緑色のジョウロを持っている。そして呆れて情けないとばかりに顔を左右に振り、ジョウロを使って拓磨を招いた。

「ちょっといいかしら、拓磨」

拓磨は目を泳がし、頭を掻きながら喜美子の前へと歩いて行く。

何となく言われることは分かっていた。

おそらく説教だろう。客を逃したことについての。

喜美子は拓磨より30センチほど背が低く、顔の濃さでも拓磨には遠く及ばなかった。しかし、全身からほとばしる迫力では圧倒的に喜美子が勝っていた。長年母と息子をやってきた2人の関係が、どれだけ姿が変わっても年を経ても変わらないということが2人の対峙で改めて表されていた。

「拓磨……あんたねえ」

「叔母さん、言いたいことは分かる。試食だけで客を逃がしたのは俺のミスだ」

拓磨は喜美子の言葉を遮り、先手を打つ。

できる限り、小言を少なくさせるために「仰っていることはごもっともです」と相手を気分良くさせる太鼓持ち活動を始める。

「…全然言いたいこと分かってないわね？」

喜美子の冷徹な声で太鼓持ち活動は突然終了した。

（しくじった、予測を間違えた。これは大目玉の予感がする）

拓磨は喜美子の言葉の砲撃に備えた。

「まあ、拓磨に接待を任せた私にも非があるんだけど、いくらなんでもあれはひどいと思わない？」

「俺がひどいのか？　それともさっきの客？」

「拓磨に決まっているでしょ？　どうにかならないの？　その顔」

拓磨は手で自分の顔を掴むように覆い、思索を巡らせた。

（「どうにかならないの？」と言われてもどうすればいいんだ？）

この顔は小学生の頃からほとんど変わっていない。むしろ、年を経るにつれて彫りが深くなり、悪役の印象が濃くなってきている。

町で誰かに声をかけても、無視ならばまだ良い方だ。警察に通報された時もあった。警察署へ招かれたことはまだ少ないが、警察と関わり合ったことは学校の中でもトップクラスで多いはずだ。いつも警察を呼ばれて事情を説明しなければいけないんだからな。

「ねえ、整形とかしてみたら？　少しはマシになるんじゃない？」

「何てこと言い出すんだ、叔母さん。高校生に整形を勧めるとか正気の沙汰じゃないぞ？」

「私としてはいつもその顔見慣れているから別に何でも良いんだけど。あなたはこれから不動ベーカリーの2代目になるのよ？」

「あくまで予定だけどな」

　拓磨は付け加えた。

「予定だとしてもその顔のせいでお客が寄りつかなくなったらどうするのよ！」

「バイトを雇ってその人に接客を担当してもらえば良い。俺は奥に引っ込んでパン製造に没頭する」

「あのねえ、バイトを頼りにしてたら金欠になったときに困るでしょ？　飲食業なんてただでさえ安定性に欠けて、いつ潰れてもおかしくないんだから」

　どこの業界もそうだが、特に飲食業界は売れるときと閑古鳥が鳴くときの差が激しい。売れるときは寝る間が無いほど売れるが、売れなくなると毎日が暇で仕方がない。

　喜美子が積極的に営業拡大を進めているのはそんな業界の厳しさもあってのことだった。詰まるところ「安定がほしいなら飲食業なんて辞めろ」である。

　やるからには毎日アイディアを考え、生き馬の目を抜く行動力が必要になる。守りに入ったら終わり、攻め続けた者だけが明日を生きることを許されるのである。これはどこの業界でも通じる喜美子のポリシーの1つだ。

「まあ、せめて奥さんでもできれば……あ、無理ね。ごめん」

喜美子は意地悪くにやけながら挑発した。

「恋人もいない人間に嫁を望むなんて、それは希望じゃなくてただの夢想だろ？」

「とにかく、その顔を何とかすること。無理だったらこっちも最終手段を取るから」

喜美子は意味深長な言葉を拓磨に突きつけ、エプロンを揺らしながら店内に入っていった。

（最終手段？　まさか本当に整形手術を行う気じゃないよな？）

拓磨は自分の身に迫る恐怖を振り払いながら、人が全く通らない早朝の道路から人間2人と珍妙な携帯電話の宇宙人がいる自宅へと戻っていった。

家に戻った拓磨は廊下を通り台所に寄ると、テーブルに置いてあったトーストを1枚口に咥え、再び廊下に戻ると2階へと上がっていった。

階段が段差を上がるごとに音楽を奏でるように音を鳴らし、音の終わりと共に自分の部屋に同時に入る。

入って左側の壁のポスターに御仏が居座り、見るものを安心させるような微笑みで部屋中を見渡している。

「今日はずいぶん早いんだな、拓磨」

拓磨には兄弟はいない。もちろん、妹も姉もいない。

それにも関わらず部屋の中から、拓磨に語りかける声がした。声は楽しげに小鳥が朝の

てい
到来を喜ぶ窓側から聞こえた。

窓の下には大きな机があり、その上で紫色の折りたたみ式のガラパゴス携帯電話が開いている。

その中には研究者が主に着る白衣を着用した紫色の髪、さわやかな笑顔で整った顔立ちをした人間が携帯電話の液晶画面から拓磨に向けて語りかけていた。

最近、拓磨の周りではおかしなことが頻発している。

高校2年生。学年も上がり、新たな1年に期待を膨らませ、希望に満ちた10日ほど前。

始業式の登校中に50人近いヤクザに絡まれた。

放課後、さらに複数のヤクザに絡まれ銃撃を受けた。

翌日、物置で喋る携帯電話に出会った。

その日の午後、病院送りにしたヤクザが神隠しのような失踪。

さらに翌日。喋る携帯電話の中の住人のおかげで異世界に招かれ、そこで見るも無惨なポンコツロボットに出会う。

その日の午後、学校の先生が化け物にされる。１００体近くのアリの化け物を相手に大立ち回り、やむを得ないとは言え最終的に全員殺す。

その後、異世界に飛びこみポンコツロボを操縦し、元凶であるテロリスト『リベリオス』と対峙、その部下である怪物と化したヤクザの親分と対決する。

戦力差は歴然で負けるかと思いきや、黒い全身タイツ姿ののっぺらぼうが助けてくれて、ポンコツロボットが巨大化し、相手の武器をコピーしたり、攻撃が利かなかったり、強いを通り越して恐怖を感じる性能に進化。その勢いのまま、敵をえげつない力で葬った。

わずか数日の間にこれだけの大騒動だ。これからどうなるのだろうかと不安は尽きないが少なくとも命がけの日々が待っているだろう。勘弁してもらいたいものだ。

「相良組が消滅したせいで謹慎がとりあえず解除になったからな。今日から改めて高校生活の始まりだ」

拓磨はトーストを飲み込むと稲歌高校校則で着用が義務付けられている黒い制服を白いYシャツの上に上下で着用すると、テーブルの上に置かれた鞄を手に提げ、紫色の携帯電話を制服の胸ポケットに入れる。

「相良組が消滅した……か。すま」

「『私のせいで巻き込んでしまってすまない』と言う言葉は聞かねえぞ？　その言葉はもう聞き飽きた。それにこれから先、同じようなことが何度も起きる可能性もあるんだろ？そのたびに言われるこっちの身にもなってくれ」

携帯電話の中の宇宙人、ゼロアのセリフを拓磨は遮る。そして部屋を出ると、そのまま階段を下りていく。

「叔父さん、叔母さん、行ってくる」

玄関に向かう通路を進みながら、キッチンの喜美子と信治に聞こえるように声をあげる。

「拓磨！　あんまり絡まれるんじゃないぞ!?　次は少年院行きかもしれないんだからな！」

信治が朝のパン売り第一陣の休息をキッチンで取っており、ボサボサの頭を掻きながらキッチンから顔を出して釘を刺す。

（それは絡んでくる奴らにも言ってほしいものだ）

「分かった」

拓磨は靴を履きながら空返事をする。

「拓磨！　あんまり怖い顔しないで笑う練習をしなさいよ！」

『怖い顔しないで』と言われても普段の顔が恐ろしいのだから、笑ったら余計に不気味さが増して怖くなるんじゃないのか？

「ああ、分かった。整形手術は拒否だから、努力する」

ほとんどヤケに近い声で拓磨はキッチンに向かって言い放つと、そのままドアを開け、路地裏へと足を踏み出す。さらに目の前のドアを開け、不動ベーカリー店内に入ると、そのまま芳ばしい小麦の匂いが漂う店内を突き抜け大通りへと繰り出す。目の前には3メートルほどの幅のあるスライド式車輪付き鉄の門が、家に侵入する者を阻むかのように鎮座していた。

拓磨はかつての日々のように祐司と共に学校に行こうと鉄の門の横にある、ブロック塀に埋め込まれた黒いインターフォンを押そうとボタンに指を添えたときだった。

「このムダ乳！」

「腐れロリコンオタク！」

渡里家の外壁を無視するかのように断片的に暴言が道まで響き渡る。拓磨の背後を通った通勤途中の稲歌町の紋章『風に体を任せ、身を揺らして音を奏でる黄金の稲』をモチーフにした刺繍が胸に描かれた丸坊主の中学校男子生徒がランニングをしながら、顔だけ渡里家の方を向くと、何事も無かったように走って行く。幼稚園通いの少女、その少女の母親、会社通学中のビジネススーツを身に纏った女性会社員、杖を突いて歩いている男性老人が全身に電流を流したように体を震わせ、渡里家を向く。老人に至ってはバランスを崩して転げてしまった。

拓磨はすぐに老人に駆け寄ると、肩を貸して助け起こす。

「大丈夫ですか？　おじいさん」

「あ、ああ…。お兄さん、顔に似合わず親切だな？」

（こんな一般の人にも指摘されるとは…。やはり整形手術は免れないのだろうか？）

「しかし、こんな朝早くから喧嘩なんて近所迷惑とか考えないのかねえ？　最近の若い者は」

忌々しげに渡里家を睨みながら杖を支えにして立ち上がる。

「おそらく、仲が良いのでしょう。だから、朝から喧嘩できるんですよ」

「は〜、そんな考えもあるのかねえ。ともかく、ありがとうな。兄さん」

老人は礼を言うと再び歩き始め、背中を見せながら去って行く。

「ゼロ、電話を繋いでくれ」

「祐司かい？」

拓磨は携帯電話を開くと、拓磨に電話の中からゼロアが聞き返してくる。

「ああ」

「朝から散々だね？　君は」

ゼロアの嘲笑が耳をくすぐる。

「いつものことだ」

拓磨も含み笑いをしながら耳に紫色の携帯を当てる。数回のコールの後、お馴染みの声が鼓膜に響いた。

「はい、もしもし」

「俺だ、拓磨だ」

祐司の息が荒くなり、声の中に怒気を含んでいた。どうやら誰かと口論していたらしい。相手は何となく拓磨には想像が付いた。

「たっくん？　今ちょっと忙しいんだけど、また後でかけ直してくれるかな？　目の前のこの女をついに打ち倒すときが来たんだ！　今がその時なんだよ！」

やっぱり喧嘩相手は葵だったようだ。しかも今回はかなりおかんむりのようだ。

（こいつは学校を忘れているんだろうか？）

「じゃあせめて学校から帰ってきたら打ち倒してくれ」

拓磨は冷めた声で淡々と答える。

「……学校？　学校って何？」

　不意打ちを食らい思考が停止した祐司がオウムのように聞き返してくる。

「今日は俺の学校復帰初登校日だから、一緒に行こうと言ったのはお前じゃないのか？」

　拓磨が登校可能になったという情報は祐司が南光一先生より受け取った情報だ。家が近いと言うこともあり、祐司が電話報告よりも先に一足早く拓磨に伝えた。かれこれ２日ほど前の話である。

「ごめん、たっくん！　すぐ行くから！」

「それと、祐司。葵と喧嘩するんだったらもう少し小さな声でやれ。近所中に響いている。迷惑だ」

　拓磨の声を聞く前に祐司の足音が聞こえていた。拓磨は電話を切る。

　その後、すぐに玄関から四角い眼鏡がトレードマーク、「豪華客船が氷山に当たり沈没する絵」が背中に描かれたトレーナーとジーパンを着用した真之介と、髪を整えながら目くじらを立てしかめ面で出てくる葵が玄関を開け、拓磨の前に現れる。

「おはようございます、おじさん」

「おお、拓磨か？　何か久しぶりだな。最近会っていなかったからか？」

　軽く会釈した拓磨に眼鏡の角度を修正し、上手く太陽光を反射させ眼鏡を輝かせながら、真之介は息子の友人との久々の再会に顔をほころばせた。

「仕事が忙しかったからでしょう？　アニメ制作は順調ですか？」

「ははは！　それがスポンサーが『金の使いすぎだ、一話当たりの制作費を減らせ』などと寝言をほざいてくるからその相手で一杯一杯だ。少ない制作費でロボットアニメなんか作れるわけ無いのになあ!?」

「ロボットアニメ？　俺はアニメのことはあまり分かりませんが、最近は美少女とかが出てくるに日常を舞台にしたアニメが流行ではないのですか？」

いわゆる『萌えアニメ』という奴だ。キャラクターを最大限に活かし、オタクを釣るには最も効果的な方法だと祐司が言っていた。

以前一回だけ『燃える文学少女』という燃焼系萌えアニメを祐司に見せてもらった。

『本を読めば読むほど少女の体から炎が自然発火し、興奮すればするほど火力が強まるはた迷惑な美少女に1万度の高温に耐えられる宇宙人が恋をして同じ高校に入学する』というぶっ飛んだ設定だった。

ネタバレを書くと最後2人は結婚するが、結婚式で興奮が最高潮に達し、彼女から発した炎が辺り一面を飲み込み、2人ともその炎に耐えられなくなり燃えカスになってしまうという消滅エンドを迎えてしまう。

このエンドはファンの間でも賛否両論らしく、

『これこそ命を賭けた燃えるような恋！　炎は2人の肉体は燃やせてもその愛までは燃やせなかった！　いや、むしろあの最後の炎こそ2人の人間を超えた姿、愛そのものだ！』

『あの2人は出会うべきではなかった。しかし、恋というものが人の心に絡みつき、命すら軽視させる狂気の錯覚。この作品は愛の負の側面をラブコメを含めてあらゆる描写的に描き出した秀作』

などという賛辞もあれば、

『お前等一体何がしたかったんだ？』

『何で宇宙人は死にに行くような真似をしたんだ？　死にたかったの？　自殺願望者だったの？　こんな正常な判断をするような登場人物がいない糞作品。火葬場で燃やしてしまえ』

という否定的な説明も出た。

ちなみに俺は賛否以前に『興味がない』。途中からきれいな炎の描写しか見ていなかった。

「拓磨、時代は変わったんだ。これからはかつてのロボットアニメが再燃する時が来るんだ。長年、蓄積した技術の進歩とノウハウがこれから次々と出てくるんだよ！」

目の奥で自らの魂を燃やすように気迫を込めて拓磨を見つめる真之介は、身長が拓磨より頭2つ分ほど低いにも関わらず、巨人のような威圧感を放っていた。

「でもロボットアニメって普通のアニメよりも作るのにお金がかかるのではなかったでしたっけ？」

祐司曰く『ロボットアニメは普通のアニメの3倍近いお金がかかる』らしい。

「そこを何とかするのが私の役目だよ！　今作っているアニメには惜しみない資金を投じ

たいのだ！」

（いや、資金を投じるのはスポンサーで、何とかするのもスポンサーなのでは？）

拓磨は疑問を口に出そうとしたが、なぜか取り返しのつかないことになる感覚がして、何とか胸の奥に言葉をしまい込んだ。

「さてと、今日からしばらくスタジオに缶詰で家には帰ってこれそうに無いからな！　娘よ、家のことは頼んだぞ！」

「しばらく帰ってこなくていいから、お父さん」

葵は愛想が尽き果てたように虚ろな目で真之介を見つめる。

「ははは、それは逆に帰ってきて欲しいという愛情の裏返しだろ？　さらばだ、娘！　愛しているぞおおお！」

恐ろしいほどポジティブな思考、そして謎の告白と共に真之介は朝日へと向かって走り去っていく。

真之介が走り去った後、嵐が過ぎ去ったような感覚が拓磨と葵の中に生まれた。

「相変わらず人生を楽しく生きている人だな？」

「あれは『楽しみ過ぎ』って言うの。祐司もあんな風になるかと思うと頭痛がしてくる」

そう言うと葵はポケットの中から３００円を出すと、右手のひらの上に置いて拓磨に渡す。

「メロンパンか？」

拓磨は金を受け取ると、店内のパンコーナーでメロンパンを透明なビニール袋に入れ、葵に袋を渡す。

「何でメロンパンって決まっているわけ？　ちょっとは他のものを食べるとか考えなかったの？」

どうやら、葵は今朝はかなり機嫌が悪いらしい。いつもなら、感謝の言葉で受け取る何気ないやりとりもいちいち突っかかってくる。

葵は拓磨の行動が不服とばかりに睨んでいたが、拓磨からビニール袋を受け取る。

「祐司と喧嘩してたんだろ？」

「何で知っているの？」

拓磨の言葉に葵は驚きを語尾に含めながら返答する。

「あれだけデカイ声で騒いでいれば誰だって分かる。お前達のせいで住民に被害が出たんだ。老人が1人転んだんだぞ？」

「それは……悪いと思っているけど。でも、きちんと生活して欲しいと思うのってそんなにいけないこと？」

おそらく、祐司のオタク活動が葵の癪(しゃく)に障ったのだろう。

確かに、アニメや漫画やゲームに凄まじい集中力と忍耐力を発揮するオタクが家族の中にいるというのはそれだけでも日常生活上のトラブルが増える要素なのかもしれない。

「まあ、確かにお父さんがアニメ関係の仕事に就いているから、家の中でもそういうざこざが増えるのは私も分かるけど。でもいくら何でも徹夜してまで意味不明な活動しているのっておかしくない？」

　ここまでの話の流れを整理すると、意味不明な活動を祐司と真之介さんが行っていてそれを葵に怒られたのが朝の騒動のきっかけらしい。

　なぜだろう？『すごい平和な日常』を会話の中に感じる。

（最近、テロ組織と戦う羽目になったから感覚がおかしくなってきたのだろうか？）

　謎のテロリスト集団、『リベリオス』。

　奴らの脅威を見てからすでに1週間が経過した。あれから、目立った動きは特に無く、警戒こそしているものの身の回りでは特に変わったことはなかった。

　もしかしたら、こうしている間にも奴らは何かしらの計画を立てているかもしれない。ひょっとしたら、今もどこかで事件が起こっている可能性もある。奴らが諦めてくれるのが最も良い方法なのだが、そう簡単にはいかないだろう。

「ねえ、ちょっと聞いているの？」

　拓磨が物思いにふけっていると、葵が現実に連れ戻す。

「ん？　ああ、とにかく周りの家に迷惑をかけていないからいいんじゃないのか？　誰だって趣味に熱中することとくらいあるだろ？」

「私に迷惑をかけているのよ！　朝起こしたり、ご飯作ったりしているの私なんだからね！」

　どうやら、今回は祐司達が全面的に悪いようだ。

(そもそも、もう高校生なんだから学校を遅刻するのも自己責任で放っておけば良いのではないだろうか？)

個人的にはそう思うのだが、こんなセリフを呟こうものならさらに強烈なカウンターが飛び出してくるだろう。それを相手にするのも面倒というものだ。

「はあ……分かった。俺から祐司に言っておく。だが、期待するなよ？」

拓磨はボサボサの頭を掻きながら渋々了承した。

「お願いよ。私から何言っても聞かないんだから。それじゃ、私、部室に用事があるから」

「なあ、俺のクラスってどこか分かるか？」

朝日を背に受けて走っていく葵に拓磨は尋ねた。

考えてみれば、新学期初登校なのだ。クラス割りというのはすでに決まっているはず。俺は別に転校生でもないし、もう分かっているはずだ。

「南先生が担任だから2年1組に決まっているでしょ？」

「祐司とお前は？」

「残念ながら同じクラス」

なんか肩がガチガチにこるような新学期が始まる予感がする。それも昨年なんか比較にならないほど荒れる1年が。リベリオスが関わるおかげでとんでもないことになりそうだ。最悪、来年の春まで生きていないかもしれない。

「あ、そうだ！　絶対に部活に入りなさいよ！　あんたも祐司も！」

拓磨は1週間ほど前からこのセリフを言われ続けてきている。

稲歌高校は部活に関しての校則は緩く、部活加入は生徒の自由である。しかし、やはり大学入試や生徒や先生からの世間体を考えると、帰宅部というのは厳しいものがあるため基本的に学校全体の部活加入率は8割以上と高水準である。

「部活か…。ずっとそればっかり言ってるが部活に入らなきゃ呪いでもかけられるのか？」

「あんた、ヤクザと争う呪いがすでにかけられているじゃない！　他の生徒より早く帰るから目立って絡まれているんじゃないの!?　ただでさえ、人間じゃない図体しているんだから」

確かに俺の体格じゃ目立つだろう。身長190センチ近く、体重90キロ弱の筋肉の鎧を着ているような大男、おまけに子供連れの親や老人にも指摘されるほどの悪人顔。

(待てよ、それだけ怖ければ絡まれないのが普通なんじゃないのか？)

まあ、この前の相手はリベリオス関係のヤクザだったし、今までがおかしかったのだろう。これからは絡まれない、むしろ無視される…はずだ。

「まあ、気が向いたらな？」

拓磨は葵と目を合わさないように上の空で答えた。

葵は論戦に勝ったとばかりに可憐な笑顔を見せると、運動部仕込みの走りで鞄を振りながら拓磨からどんどん遠のいていく。

考えてみたら今日も人間扱いされていなかった。いつ葵から人間と呼ばれる日が来るのだろうか？　悲しいことに一生来ない気がする。早く人間になりたいものだ。

　不思議とせつなさを感じてしまう拓磨だった。

「たっくん！　遅れてごめん！」

　葵と交代するように祐司が突風のように自宅の門から飛び出してくる。急いで支度をして飛び出してきたこともあり、息を切れて、口周りにはパン粉が付いていた。

「あれ？　葵は？」

「ちょうど入れ違いに学校に行ったぞ？　相変わらず仲が良いな？」

　拓磨が軽く祐司を茶化しながら登校が始まる。

「冗談言わないでよ、たっくん。アニメ鑑賞は邪魔されるわ、朝から文句は言われるわ、耳がおかしくなりそうだったんだから」

　祐司は拓磨の横を歩きながらぶつくさ文句を言い始めた。拓磨の体格が良すぎるため、拓磨の一歩で祐司は一・五歩動かなければいけないため、小走りのような感覚で祐司が付いてきていた。

「その原因を作ったのはお前だろ？　徹夜でアニメを見てたんだろ？」

「違う！　父さんに協力していたんだよ！『3次元と2次元における興奮度の比較』」

「……………何の比較だって？」

　拓磨は聞いたことも無いような実験名に聞き返してしまった。

「つまり、AV女優のシーンとエロアニメのシーンを画面分割で見比べて、『なぜアニメはここまで視聴者をざわめかせるのか』ということを解明して今後のアニメに活かして視聴者拡大を目指そうという試みだよ」

（なるほど、葵が怒るのも無理は無い。年齢指定違反の作品を子供に見せること自体、法律違反なのではないだろうか。そもそもロボットアニメを作っているのに何で濡れ場が必要になるんだ？　最近のロボットアニメには必要なのだろうか？　そんな作品を地上波で流すのか？　だとしたら、かなりＰＴＡを逆上させることになりそうだ）

「まあ、葵が怒るのも無理はねえな。朝早く起きて、夜通し父親と兄弟が濡れ場観賞に浸っているなんて知ったら怒鳴りたくもなるだろ？」

　拓磨は赤い乗用車が隣を通るのに気づき、壁に近づき道を空けるようにしながら答える。祐司も同じように道を空けた。

「あいつは堅いんだよねえ！　高校生ならああいうものの１つや２つ、持っていたっておかしくないだろうに！　ねえ、たっくん！」

「俺は持ってないけどな」

　拓磨は半笑いで祐司に言葉を打ち返した。会社へ行く中年男性サラリーマンがすれ違うように歩いて、拓磨はまた道を空けた。祐司もそれに続く。

「えっ!?　ま、まさかたっくん。妙な性癖とか無いよね？」

「ゲイってことか？　そんなわけないだろ？　それ以前の話だ」

「それ以前？」

「……金がない」

　拓磨の横を通り過ぎた大学生が体を震わせるのを祐司は見逃さなかった。

「あれ？　店のバイトをやっているんだからお金もらっているんじゃないの？　結構働いているよね？」

「朝6時くらいから1時間。帰ってきてから2時間ほど。それを平日に行って休日は基本的に6時間くらいだな」

「すごい働き者じゃないか！　それでいくらもらっているの？」

「1000円」

「うわっ!?　時給1000円？　いいじゃん、昼間のコンビニアルバイトより高時給じゃない！　今度俺も働かせてもらおうかな？」

「週給1000円だ」

　この世はまだ捨てたものでは無い、景気はちゃんと回復してきているのだなという実感が湧き始めた祐司の気持ちを、一気に冷ます冷水のような言葉が拓磨から囁くように飛び出した。

「しゅ……週給？　何それ？　あまり聞いたこと無い言葉なんだけど。1週間働いて1000円ってこと？」

「その通り。おまけに些細なミスが減給に直結する不動ベーカリーでは客1人見逃すだけで致命的なダメージを給与に与えてしまう。今朝、失態をかましたから今週の給与は風前の灯火だろうな」

「……ちなみにたっくん、今財布にいくら入っているの？」

拓磨は鞄のチャックを開くと、中から古びた黒い革の財布を取り出す。叔父、信治の物をリサイクルして使っている財布だ。中から出てきたのは銅色の硬貨2枚と銀色の硬貨が1枚だった。

（す、少ない！　いくら何でも小銭がここまで少ないとは！　銅色が10円玉、銀色が100円玉だから120円かな？　うわあ、貧相だなあ。さすが喜美子叔母さん。『労働基準法なんて無視するもの』と言わんばかりの対応…。いくら息子でももう少しやればいいのに）

「21円だな」

「うえええええっ!?　に、21円!?」

祐司の予想の上をいく金額が拓磨の口から飛び出した。

（しまった！　銀色はアルミニウム、1円玉もそうだった！　よく見れば銀色より少し白めの白銀色！　色々な意味でやられた！）

「まあ、朝昼晩3食、おまけに寝るところも用意してもらっているんだ。十分すぎるだろ？」

「いやいや、たっくん！　いくら何でも少なすぎるよ！　昼代とかどうするの!?」

「ん？　昼は家からおにぎりを持ってきているからな。あと、健康面を考えて野菜ジュースもある」

あまりにもあっけない献立に祐司は可哀想という気持ちを通り越して恐怖を感じ始めていた。

「えっ？　………それだけ？」

「ああ、おにぎり1個と野菜ジュースだ。十分だろ？」

（何だ、そのダイエット中の女子のような献立は。たっくんの図体だと、米1合とか食べそうなんだけどな）

「喉がかわいた時はどうするの？」

「水道の水だ」

（なるほど、ホームレスと同じ回答だ）

拓磨とは幼い頃から付き合いのある祐司だったが、やはり拓磨は何かがずれていると感じていた。

仮にも彼は高校生なのである。そんな理不尽な金銭問題が起きたら、文句の1つも出るはずだ。

なのに彼はそれで満足だと言っている。驚異の達観した視点だ。生かしてもらえるだけで儲けもの、これは人間と言うよりも悟りを開いた仙人のような意見に近い。

そして、そんな拓磨の言葉を聞いていると自分がいかに怠惰でゆとりある生活を送っているかが身に染みて感じる。聞いているだけで変な意味で涙が出てきそうになり、心が洗われるような気持ちになる。

「たっくん、これからたっくんのことを洗濯君（せんたくくん）と呼ばせてくれ」

「急に何を言っているんだ？　断る」

「じゃあ、仙人たっくんでどうだろうか？」

「拒否だ」

「じゃあ、たっくんはそのままで、今のたっくんの状態を『仙人形態（せんにんフォーム）』と呼ばせてもらっても良い？」

「……何で仙人にこだわる？」

「オタクになぜそこまでこだわるのかと問えば『こだわってなどいない。これが普通だ』と返ってくるだけだよ？　その質問は野暮というものだ」

訳の分からない返答が拓磨の頭を悩ませた。

「意味が分からねえぜ、全然会話になっていない。……まあ、呼びたければ好きにしてくれ」

少なくとも『洗濯』や『仙人たっくん』よりは少しはマシだと思い、拓磨は了承した。

2人のとりとめもない馬鹿話が続いていると左側の民家が急に無くなり、そこには民家群の中に設置された周囲をブロック塀と樹木で囲まれた公園が見えてくる。

数日前、ヤクザに絡まれることになったあの公園である。考えてみればあの日から今は亡き相良組との交流が始まったと思うと拓磨にとっては感慨深いものがあった。

「ここ、抜けていく？」

祐司が拓磨に尋ねる。

「いや、もう相良組はねえからな。別にいいだろ？」

拓磨の胸で携帯電話が震えた。拓磨はため息を吐きながら、携帯電話を取り出すとそのまま画面を見る。ゼロアが研究者が着用する白衣姿でこちらを窺うように見つめていた。

「何だ？　ゼロ」

「2人ともちょうど相良組の話題が出たところで話をしても、良いかな？」

祐司も拓磨の紫色の折りたたみ式携帯電話をのぞき込む。

「あれ？　何でゼロは白衣なの？　それしか持っていないの？」

「そのまま周りに怪しまれないように歩いてくれないかな？　色々伝えたいことがある」

祐司はスマートフォンを取り出すと、2人で携帯電話を取りだし赤外線通信を行っているようにしながら歩き始める。

「たっくん、あれからリベ……リベルウスの動きはどうなったの？」

「祐司、リベリオスだよ」

祐司の誤答をゼロアが訂正する。

「特に何もなかった。そうだよな？　ゼロ」

「拓磨の言うとおりだ。ウェブライナーという新たな敵ができた今、何かしらの行動をしてくると思ったがウェブスペース上では特に大きな動きはない」

「相手はテロリストで、おまけにこちらよりも技術力は上なんだろ？　こちらに気づかれないようなハイテク技術を使って行動しているのかも」

　祐司が相手の技術上を含めた意見を唱える。こういうときの祐司は非現実的な世界に浸っているだけあって実に頼もしい。

「もちろん、祐司の言う可能性もある。しかし、どんな技術を使うにせよライナー波を用いていることは確かなはずなんだ。惑星フォインの技術の根幹である以上、ライナー波は使わざるを得ない。もしウェブスペースでライナー波を用いた何らかの行動をする場合、ライナー波を用いるときに空間を振動させる波が感知できるはずなんだけど、今は感知されていないんだ」

「ゼロ、言っておくけど前回、俺が人質になったとき、君の技術は全て相手に筒抜けだったんだよ？」

　祐司が呆れたようにゼロを諫める。

（祐司の言うとおり相手の技術はこちらの何倍も上ならば、こちらに気づかせることなく行動を起こしている可能性はゼロではない。しかし、現実にはウェブスペースからウェブライナーを狙う動きは全くない。現実でも特に目立った事件は起きていない。あくまで今のところであるが…）

「も、もちろん技術面での遅れは理解している。今回の話したいことはウェブライナーだ。今、ウェブスペース上に何重にも探知妨害のジャミングシステムを周りに張り巡らせてそこに隠してある。それから付近でいくつか装備を開発して、今最終調整中だ」

「あれから10日近くでよくそんなに準備できたね？」

祐司がゼロアの行動に素直に感心していた。

「あの戦いの後、相良のロボットの残骸を回収したんだ。ウェブライナーのビームで跡形もなく粉々に消し飛ばしたかと思ったけど、幸いにもいくつか破片があったんだ。それでいくつか、流用できる技術があったんで使わせてもらっているのさ。1から開発している時間なんてさすがに無いからね」

拓磨は今になって改めて感じた。ゼロアはかなりの頭脳の持ち主らしい。前回のウェブライナーに乗ったときのシステム面でのサポートから見て、むしろ頭脳労働が専門なのだろう。

白衣姿も似合う似合わないは置いておくとして、なんとなく着慣れた感覚がする。昔、技術関係の仕事についていた経験でもあるのかと拓磨はふと思った。

「それで、君たちには一度ウェブスペースに来てもらいたいのだが？」

ゼロアの言葉に拓磨は怪訝そうな顔をして、祐司は逆に笑顔を浮かべた。

「えっ!?　巨大ロボットを見に行ってもいいの？」

「君たちもいつリベリオスとの戦いに巻き込まれるか分からない。こちらの世界にまた連れていかれるかもしれないだろ？『用心に越したことはない』って言うし、緊急時の装備の取り扱い方を知っておいてもらいたいんだ」

　ゼロアの言葉は祐司に向けて言っているように拓磨には聞こえたが、拓磨からしてみれば自分にさりげなく意図を伝えているように感じた。ゼロアの視線も拓磨の方に多く振られている。

「巨大ロボットだ！　夢にまで見たアニメの光景が現実になるんだ！　よおおし！　たっくん、早く学校を終わらせてウェブスペースに行くぞ！」

「祐司。水を差して悪いが、お前は連中に殺されかけたんだぞ？　危険と隣り合わせのあの世界に行くことが心配じゃないのか？」

　はしゃいでいた祐司がいきなり空気を抜かれた風船のように勢いを抜かれて沈黙してしまう。

「あ〜、うん。あいつらは確かに怖いし、そのところはよく分かっているけど、でも未知の世界に飛び込むってワクワクしない？」

「…まあ、それは分からないでもないが」

「それにいざとなったら、たっくんがそのロボットに乗って戦うんでしょ？　俺は現実世界に逃げているから大丈夫だよ。万が一、向こうの世界で逃げられなくなったらウェブライナーに同乗して邪魔にならないように小さくなっているから大丈夫だって！」

「いや、俺はそういう意味で言ったんじゃ…」

　拓磨が真意を話そうとしても祐司はもはや、聞く耳をもたず頭の中を夢と期待で埋め尽くされた子供のようにはしゃぎながら携帯電話をいじくっている。何やら、今まで見たアニメのロボットを検索して確認しているらしい。

そんな祐司を横目に拓磨は自分の携帯電話の液晶画面を見つめた。そこにゼロアはすでにいなかった。あるのはただ暗闇の画面のみだった。ちょうど拓磨の心の中にも同じ色の不安感が漂い始めていた。

2人が稲歌高校にたどり着いたのは、それから20分後だった。拓磨達の家から旧相良組屋敷までは一本道、そこを曲がり直進すると稲歌町学校区域にたどり着いた。3つの学校へのアクセスは大通りから正門を入る。道の両端に学校があるため通学時間帯の歩道はいつも生徒で埋め尽くされている。

拓磨達の通う稲歌高校は学校の中で一番大きく、最も広いスペースを確保している。周囲を桜の木と銀杏(いちょう)の木で囲まれており、春と秋は薄紅色と山吹色の色彩をお目にかかれる生徒のテンションが高まるスポットになる。

一方、夏はアメリカシロヒトリの災害により、ひとたび風が吹こうものなら毛虫が服にまとわりつき生徒を絶叫させるアトラクションに早変わり。

また、秋でも銀杏の実の強烈な悪臭で、生徒が「日常の空気の大切さ」を理解できる学習スポットにもなる。唯一何も無いのは冬だけという自然豊かな校庭が稲歌高校にはあった。

各学校、各学年、男女が一斉に大通りから自分の学校の昇降口へと向かっていく流れに乗り、2人は進んでいく。

拓磨の巨大な図体は数百人の生徒の中でも一目で分かるほど目立っていた。おまけに顔が刑務所のお勤めを終えて出所した極悪人のような濃い顔であるため、拓磨の周辺には自然と隙間ができていた。おかげで祐司はいつも通勤ラッシュの苦労を味わうことなく学校に通えるのだ。

1階の昇降口にたどり着いた拓磨は、下駄箱棚の一番上にある自らの棚から通気性に優れた青いサンダルを取り出すと、靴下の上からスリッパを履き歩き始める。

女生徒は足を痛めないように衝撃緩和剤が入り、わざわざプロのデザイナーに作製してもらった稲歌町のシンボルモチーフ「実り頭を垂れる黄金の稲」を側面に刻印された白いスリッパを履いている。

明らかな女尊男卑であるが、男女平等を謳いつつも女性の権利が男性を遥かに上回りつつある近代社会特有の時代背景もあり、文句を言ったところでPTA含め女性陣から機関銃のように言葉で蜂の巣にされるためあえて打って出る猛者は今のところいない。

昇降口でサンダルに履き替えると、生徒を待ち受けるのは黄色とピンク色の花々に囲まれた庭園だった。上空から見ると校舎のちょうど中央に配置されている『稲歌高校中央庭園』である。昼休みなどは配置されたテーブルや椅子で昼食などを取り、午後の授業への英気を養う生徒に評判のスポットである。しかし、基本的にテーブルなどを使用できるのは3年生のみという暗黙のルールが存在し、ほとんどの生徒が教室で昼食を食べる。

ガラスで仕切られた庭園を横目に拓磨は廊下を左折して進んでいく。すると、通路の左側に階段が現れこれを上がっていく。

稲歌高校は3階まであり、学年で階が分かれている。1年生が一番上の3階、そして学年が上がるにつれ地面に近づいていく。

昔は3年生が3階だったが、生徒の保護者の1人から『学年が上がるにつれて歩く距離も増えるなんてどういうこと!? この学校には年上をいたわる精神も無いの!?』というクレームが来てその後、種火が火災へと変わるように非難が広まり学校側が対応して今のようになったらしい。

拓磨と祐司は階段を上がり終わると十字に分かれた場所にさしかかる。

右折すると、調理室や音楽室などの専門的科目を行う教室が配置されている校舎、『特別校舎』へ進む廊下に繋がる。

そして直進すると右側に中庭を見下ろすガラス張りの窓、左側に本学校2年生の生徒が一番多く使う部屋、『クラス教室』が等間隔に割り振られている。

拓磨と祐司が通う2年1組は今上ってきた階段から最も近い場所にある。

『2－1』と黒字で横書きに書かれた白いプレートが、横にスライドする教室のドアの上に設置されている。教室の中からは1日の始まりであるホームルーム前ということもあって、生徒達の賑やかな声が響き渡っていた。

「はあ…また新学期が始まるのか」

拓磨がぼやきながら教室のドアを横に開き、教室へと入る。

その時、賑やかだったクラスの空気が突如入ってきた規格外の生命体のおかげで凍り付いた。

ボリュームをだんだん下げていくように声が静まりかえり、友達を見ていたはずの目が拓磨に集中する。

「えっと…とりあえずたっくんは俺の後ろで良いんじゃないかな？　詳しい座席は先生に言われると思うけど」

拓磨の後ろで祐司が緊迫した空気を何とか正常のものに戻そうと、周りの視線を無視で何気なく言葉を口にした。

「ああ……そうだな」

拓磨は祐司の方を一瞥もせず、クラスをざっと見渡す。その最中、目を合わせた者は一瞬で目を離した。中には軽く悲鳴を上げる者もいた。

いつもと同じ光景。拓磨の容姿は冗談でも高校生と思えないため、初めてクラスに入るときはいつもこのような雰囲気になる。

物珍しさや興味の視線もあるが、その視線の大半は恐怖だ。

しかし、このような空気は最初のうちだけである。最終的に腫れ物のように扱われ、誰もが彼と関わらないように生活を送り始める。言わば拓磨は背景と同じようになるのである。

拓磨もそのことは今までの体験でよく分かっていたため、むやみに他の生徒に声をかけるのを避けていた。

関わりたくないのに無理矢理関わりを強いるのは、気持ちの良いことではないと彼自身も考えていたためである。

拓磨はゆっくりとテーブルと椅子の間を縫うように移動し、教室の一番奥クラスの隅へと移動していく。

「何あの人、本当に高校生?」

「ボクシングとかレスリングをやっているのかな? すごい体格…」

「どう見ても任侠映画の極道じゃない」

「いつから学校は凶悪犯を野放しにするようになったんだよ?」

「あいつ、始業式早々にヤクザとトラブったから学校に来れなくなったって先生が話してたぜ? そのままずっと自宅待機だったんだと」

「それマジかよ? おいおい、せっかく相良組も消えたのにもめ事持ち込んでくるなよなあ…」

ひそひそとクラス中でささやき声が現れ始めた。拓磨が近寄ってくると声が消え、離れると再びささやき始める。

いつもは気にならないささやき声も今日は不思議とよく耳に入ってきた。

拓磨は無視するように教室の奥に移動すると、各生徒に割り当てられた30センチ四方の個人ロッカーの前に立つ。拓磨のロッカーの中にはすでに拓磨が学校で使う教材が詰め込まれるように置かれていた。

「あ、俺が1年の教室から移動しておいたからね。中には新しく買わなければいけない物もあるかと思うけど。たっくん、新しい教科書買った？」

「大丈夫だ。悪いな、助かる」

拓磨は祐司に感謝を伝えると鞄の中から事前に買っておいた新しい教科書を取りだし、自分のロッカーにさらに詰め込んだ。

「あっ、拓磨！」

拓磨がロッカーに教科書を詰め込んだとき、ちょうど廊下の方から声がした。見ると、学生服姿の葵がタオルを右手に持ち、額の汗を拭き赤くなった顔を冷ますように左手をうちわのように扇ぎながら拓磨を呼んでいた。

どうやら朝の部活が終わった後らしい。

「先生が話があるって。職員室に来て欲しいって」

拓磨は無言のまま、葵に近寄っていく。

「話？　何の話だ？」

「さあ？　あんた、心あたりないの？」

ヤクザと争ったのは最近じゃ相良組が最後だ。それ以降は特に何も無かった。

「何にもない」

拓磨は苦笑しながら葵の側を通り過ぎる。すると、背後でクラス中がどよめく声が起こった。

拓磨は突然の声に足どりを遅くする。

「なあ、祐司！　あいつ、お前の知り合い!?」

「そう、不動拓磨っていうんだ。俺の親友だよ。あんな怖い顔だけど立派な人間だからね！　お前達も普通に接しなさい！」

「普通に接しろ？　無理言うなよ！　見られただけで心臓が止まるかと思ったぜ！　なあ、あいつあれだけガタイが良いって事は喧嘩も強いの？」

「当たり前だろ！　なに無礼なことを言っているんだ!?　この稲歌町でたっくんより強い人間なんて存在しないんだよ！」

おそらく男子友達相手に祐司が拓磨の特徴を力説しているのだろう。

内容がオーバーなのが全てを台無しにしていた。

（祐司、頼むからあまり誇張するな。噂が広まって変な奴にまた絡まれたらどうするんだ？）

拓磨は歩きながら頭を抱える。

「葵！　あんな『壁』の知り合いがいたの!?」

「えっ？　ああ…拓磨のこと？『壁』とかそんなこと……あるかな？　でも、結構常識とか知ってるし、性格的には案外普通だよ？」

「はははは！　あれが普通だったら私、妖怪と結婚するし！　葵、付き合う友達少しは考えた方がいいよ?」

　こちらは葵が女子生徒友達に拓磨のことを説明したのであろう。

（ほんと、大したクラスメイトだ。今のところ誰1人として人間と見なしてくれない。今の俺の地位は妖怪と同格だな。早く人間になりたいものだ。しかしまあ、これでも良い方だ。去年なんか『未来から人間を抹殺しに来たロボット』だからな。ロボットから妖怪にランクが上がった。次は『原始人』を目指すとしよう）

　拓磨はクラスの歓迎に、わき出る感情をこらえるように目頭を押さえつつクラスを後にした。

　稲歌高校の職員室は『特別校舎』の1階にある。

　先ほど拓磨達が上がってきた階段を下りて直進すれば職員室に到達する。

　拓磨が職員室に向かうため階段を下りている時、拓磨の胸の携帯電話が鳴った。

　拓磨は足を止めると、周りに人がいないかを確認する。

　運が良いことにホームルーム直前ということもあって廊下には生徒の姿は無かった。拓磨は素早く携帯電話を取り出すと画面を見つめる。そこには白衣姿のゼロアがいた。口に手を当て笑いを押し殺している。

「何だ?　ゼロ」

　拓磨は少し不機嫌になりながらゼロアに問う。

　遂にこらえきれなくなったのかゼロアが大声で笑い始めた。

拓磨は笑いもせず冷たいまなざしでゼロアを見つめていた。

「用があるんだったら、さっさと言ってくれないか？　ここは学校で携帯電話は基本的に電源を切っておかなきゃいけないんだ」

「ごめんごめん。いやあ、君の評判は散々だね。その姿じゃてっきり恐れられているのかと思ったら、馬鹿にされているじゃないか？　初めて聞いたよ？　あだ名が『壁』とか」

「最近の高校生は神経が図太いんだよ。今回のクラスの生徒は特にそうみたいだ。…まさかと思うが馬鹿にするために呼んだのか？」

「いや、違う違う。これはあくまでオマケだ。ちょっと耳に入れておきたいことがあってね」

先ほどまで笑っていたゼロアが急に真面目な顔になる。

「実はこの前の戦いでのロボットの残骸を使って、即席のライナー波探知システムを作ったんだ。試験運転をしてみたところ、警報システムを見つけてね」

（今朝ゼロが言っていた新しい装備とかこのことだろうか？）

「警報システム？　何の警報システムだ？」

「例えば警報システムの範囲内でライナー波を出すとその場所を設置者に知らせてくれるんだよ」

（なるほど、泥棒対策の警報装置みたいなものか）

「その口ぶりじゃゼロが設置したわけじゃなさそうだな？　設置者はリベリオスか？」

「いや、どうも奴らでも無いらしい」

ゼロアの返答は慎重だった。自分の答えを自分で確認しているように聞こえた。

「……どうしてそう思う？」

「現状を確認してみれば分かることだよ。いいかい？　奴らは攻撃する立場にいる。私たちはそれを迎え撃つ立場、つまり防御側だ。警報システムは普通、防御側が使うものじゃないかい？」

常識的に考えれば確かに納得することだった。

「そう言えばそうだな。でも、奴らは確かウェブライナーを探していたんじゃないか？お前からライナーコアを取り戻すために設置したとは考えられないか？」

「おかしいのはそれだけじゃない。警報システムの範囲だ。なんと稲歌町全域だよ？」

拓磨はあまりのスケールの大きさに愕然としてしまった。

「おまけに警報システムの範囲は携帯電話やＴＶの液晶画面など、ウェブスペースに通じる入り口だけだ。もし、ウェブライナーを探したいんだったらウェブスペースを警戒の範囲にするだろ？」

「…確かにな」

わざわざこちらの世界へと繋ぐ出入り口だけを範囲としている。つまり、警報システムの目的はウェブライナーの捜索ではなく、現実世界とウェブスペースを行き来する者の特定。

「私たちが戦力を手に入れたのもつい最近の話だ。それまでは奴らにまともに対抗できる戦力は見当たらなかった。ここまで大規模な警報網を作り上げるには1年くらい時間が必要だ。奴らが逃げ回っていた私のことをそこまで恐れていたとは考えにくい」

「つまり、警報システムを設置したのはリベリオスではない別の誰かということか？」

「その通りだ、拓磨。おそらく、私以外のガーディアンだ」

『ガーディアン』。どこかで聞いたような言葉だ。

（…思い出した。ゼロアと最初にあったときだ。『私はウェブライナーのガーディアン』とかそんなことを言っていた気がする。あの時はこいつを中二病の発症者だと思っていたな、今は俺もだが）

「『ガーディアン』っていうのはウェブライナーのパイロットみたいなものか？」

「正確にはウェブライナーにアクセスできる権限を持った者のことだね。これ以外の者は『ガーディアン』の許可の下でしかウェブライナーに乗るどころか触ることも許されない」

「なるほど、その『ガーディアン』とやらがゼロ以外にもいると？」

「そうだね」

「つまり、俺たちの仲間ということか？」

「形式上は……そうなるかな」

ゼロアは拓磨と目線を合わせないようにしてふわっと答えた。

（何だ？　ずいぶんすっきりしない言い方だな）

拓磨はゼロアの濁した言葉に違和感を覚えた。よって、もう少し尋ねることにした。

「確認のために聞くが、今まで『ガーディアン』という言葉を出さなかったのはなぜだ？　仲間が最初からいるんだったら協力してもらってもいいだろ？」

「た、拓磨。長話も過ぎたみたいだ。そろそろ教師の方もお怒りになられているだろう。話は学校が終わったら、祐司と一緒にでも。それでは、良い一日を！」

放送事故のような突然の話の転換で、ゼロアは携帯電話の電源を一方的に切ると画面から消えた。

「おい！　あいつ……逃げやがったな」

拓磨は電話の電源を長押しして再び入れようとするが、ゼロアが拒否しているらしく全く液晶画面が映らない。遂に根負けし、電話をポケットに入れ再び歩き出した。

（何か聞いてはいけないことを聞いたのだろうか？）

歩いている最中、拓磨は自分の言葉を反芻した。

『ガーディアン』。ウェブライナーを動かすことの出来る存在。

（ゼロアは俺と出会ったときは1人だった。『ガーディアン』というのが複数いるのなら、他の奴らはどこにいたんだ？　そもそも俺は普通に学校生活を送っていて良いのだろうか？）

確かに自分は戦いに巻き込まれた身だ。だが、すでにリベリオスと対峙しており、ゼロに協力することも決めた。今は音沙汰無しだがいつ戦いに巻き込まれるかも分からない。

このまま学校にいたら他人を巻き込むことになるだろう。

(いっそのこと学校を辞めるべきか…。いや辞めるとまではいかなくても停学処分で学校に来ない方がいいのかもしれない。この前の相良組の時もそれで対処したのだ)

この辺の対応は早めに考えて結論を出しておくべきだろう。

積み重なっていく様々な問題を頭に抱え、拓磨は職員室のドアを開けた。

中には数十台の机が合い向かいになっており、老若男女問わず、慌ただしく先生方が印刷用のプリントや教科書を持って本日最初の授業の準備に追われていた。

担任である南の机は部屋の中央にある。しかし、そこにあるのは誰も座っていない椅子と笑顔でこちらに手を振っている若いショートヘアの黒髪の女性と、首からネックレスをぶら下げている少女の写真だった。

「すいません、南先生はどちらに?」

拓磨は頭2つ分ほど背の低い、丸刈りの教諭を引き留め話を伺った。

「ん？　南先生？　あそこにいるだろ。悪いが、授業前のこの忙しいときに引き留めないでくれ」

先生は拓磨とすれ違うように20センチほどのプリントの束を抱えながら、拓磨が入ってきたドアから廊下へと消えていった。

「……どうもありがとうございました」

拓磨は気の無い礼を言うと、教えてもらった方角を見た。

そこにはずいぶん使い古した黒いコートと白いYシャツを着用した中年の男、若いまだ新品の制服を着用した男が職員室の隅にある応対用のスペースに立っていた。

拓磨はその男達を知っていた。

忘れられるわけが無い。偶然にも1週間ほど前に会っていたのだ。

できればあまり会いたくない、関わりたくない人達だった。

拓磨は職員室を行き交う教師の間をすり抜けるように男達に近づいていき、声をかける。

近づくにつれて声が聞こえてきた。男達の姿に隠れて分からないが誰かと会話しているようだ。

「それで、こちらに引っ越してきてから被害はどうなんだね？」

「以前のようなことは無くなったんですけど、でもやっぱり怖くて……」

男達のむさくるしい重低音の声の中に、言葉1つ1つを置くように会話する響き渡る音色に似た声が拓磨の耳に届いた。

どうやら、会話の中に女性も含まれているようだ。

拓磨は男達にゆっくりと音も無く近づくと、声をかけた。

「新井刑事」

突然のドスの利いた声、振り返ると巨大な城壁のような肉体に男達は二度心臓が止まりそうになった。

「ん？　なっ!?　何で不動がここにいるんだ!?」

頭を突き破るようなすっとんきょうな声を上げたのはつい最近、ヤクザがらみの事件でお世話になり、わざわざ拓磨の尋問までしてくれた新井刑事。

「ここは俺の学校ですよ？　学校に生徒はいるものでしょう？」

拓磨はおどけたように答える。

「お前、またヤクザと関わり合ってないだろうな!?」

チョビ髭を揺らしながらいきなり刑事がまくし立ててきた。

さすがは刑事だ。勘か推理かは分からないが見事に拓磨の近況を捉えていた。違うところと言えば、関わる相手が町の人々を異世界に連れ去ったテロリストくらいだ。

「ヤクザとは関わってはいないですよ？」

拓磨は正直に答えた。嘘は言っていない。

「ふんっ！　いいか!?　俺はこの前の一件を忘れていないぞ？　相良の屋敷にお前の友人がいたこと。そして馬鹿丸出しの証言をしたことだ！　あの件にはお前も関わっていたと思っている」

素晴らしい洞察力だ。偉そうなチョビ髭を生やしているのは伊達ではない。

「祐司の証言が全てですよ。あいつは嘘を言っていません。信じてやってください」

「あんなオカルトみたいな証言を信じられるか！『いきなり黒い穴が開いてお前がそこに飛び込んで行った』？『その中では巨大ロボットが暴れていた』？『相良組の奴らがアリになった!?』お前の友達は警察を舐めているのか!?」

（いや、全部本当のことなんだが。まあ、常識的に考えて信じろと言う方が無理がある。デマだと言われても仕方が無いだろうな）

「新井さん、今は事情聴取の途中ですよ？」

部下らしき制服の青年警官に新井は注意された。上司を注意する雰囲気からして、かなりしっかりしている性格が見て取れる。

「拓磨、お前もだ。あまり警察の方々に迷惑をかけるな」

拓磨の担任教師である南光一が警官2人の隙間から姿を現す。

どうやら、警官2人が立っていたおかげで座っていた南の姿が見えなかったようだ。来客用のソファに腰を下ろし、実の親のように拓磨を叱りつけた。

南の向かいには女生徒が座っていた。髪が梳かれて乱れること無く同じ方向へと流れている。黒髪だというのにまるで虹のような見た目の美しさと流れが整っている統一感の美しさを兼ね備えていた。後頭部から流れ落ちる2本の湧き水のように両胸へと注がれている。「ツインテール」という髪型だ。

体は小柄で色気とはほど遠いが、黒フレームの四角い眼鏡と高校の制服との組み合わせの結果、知性的でかわいらしさをアピールしていた。

拓磨には見覚えが無い生徒だった。少なくとも高校生活では一度も見たことが無い。

（もしかしたら、転校生だろうか？　先生と対談している状況といい、今日が初登校日なのかもしれない）

「…先生、話は何ですか?」

拓磨は女生徒をとりあえず置いておき、南を見下ろすような形で尋ねた。

「そうだな。まずはお前から片付けるか。悪いけど、少し待っててもらえる?」

「はい、いいですよ?」

大人しく可愛らしい返事と笑顔が返ってくる。

拓磨はこの時、ふと既視感に捕らわれた。

目の前の笑顔をどこかで見たことがあるのだ。

可愛い笑顔という安直な理由では無い。本人しか出せないような妙な特徴のあるこの笑顔を昔どこかで見た気がする。

どこでだったかは……今は思い出せないが。

「知っての通り、相良組が行方不明という状況になった。相良組の屋敷は跡形も無く消えて、まるで屋敷ごと神隠しにあったかのようだ」

「神隠し……ですか。そうですね、そうとしか思えませんね」

南に相づちを打つように拓磨は答える。

拓磨はウェブスペースやウェブライナーなど惑星フォインに関する情報は警察には話していなかった。

拓磨自身もまだ分からないことが多く、たとえ説明したとしても絶対に信じてもらえない自信があるからだ。良くて笑い話で終わってしまうだろう。

それに事件の当事者として、警察が歯が立たない相手なのではないかと薄々感じている。祐司の証言からウェブスペースに町の人間が大量に誘拐されたことから、奴らが簡単に町を滅ぼす技術を持っていることは確かみたいだ。

現に新井刑事達もさらわれていたし、相手がどれほど恐ろしいかは言うまでもないだろう。

普段は自分自身の目で体験しないと物事を判断しない拓磨でも、あの砂だらけの世界に連れて行かれただけで、何が起こっても受け入れてしまうような洗脳に近い感覚に陥ってしまった。

おまけに巨大なロボット、ウェブライナーの登場。

事実として受け入れないと考えるだけで精神がおかしくなりそうになる。

もちろん、今でもあれが夢であって欲しいと思っている。

全部夢だった。これからはいつも通り学校に行き、友人達と学び、遊び、いつも通り家に帰る。そしてまた学校へ……。そんな日々を送る。もしそうだったらどんなに楽だろう。

だが、現実は残酷だ。現に相良組は跡形も無く消えている。あれは夢なんかではない。

ウェブスペースという別の世界があることも。

そこに『リベリオス』という強大な力を持った奴らがいることも。

ウェブライナーという巨大なロボットがいることも。

人を変化させる無限のエネルギー『ライナー波』があることも。

その力のせいで相良組の連中が怪物になり、俺が彼らを殺したことも。

そしてようやく親しくなれそうだった教師が目の前で死んだことも。

夢で終わらせてはいけない。認めるしかないのだ。あれは全て事実だと。

それでようやく落ち着いた自分が保てる。

「相良組には色々と疑惑がある。もちろん、捜査上のことで言えないが、調べれば調べるほど罪状が増えている。とにかく、今は相良組の件で一杯一杯なんだ。だから」

新井刑事が拓磨の左肩に右手を置く。拓磨の方が頭1つ分ほど身長が高いため、掴んでいると言った方が正しいのかもしれない。目は鋭く拓磨を見上げていた。先ほどのふざけた雰囲気は一切消えており、容疑者を追い詰め、市民の安全を守る本職の刑事そのものであった。

「もし、何か知っていることがあれば全て話して欲しいんだ」

拓磨も見下ろし睨み返すように新井刑事の目を見つめた。圧倒的な威圧感と子供なら顔を見ただけで泣き出しそうになるほどの恐怖を放つ。

「何も…ありません」

拓磨は言葉1つ1つに力を込めて言った。

「本当だな?」

新井が聞き返す。

「もし、偶然何か聞いたら、『いの一番』で警察に情報を知らせますよ」

南も部下の警察官も突然の空気の変化と2人の迫力に言葉を失っていた。そして周りの教師も言葉を発するタイミングを失い、誰もが待ち望んでいた。重い空気を誰かが破ることを。

「ふふっ、そうか？　まあ、期待してないが偶然何か分かったら警察署まで来てくれ」

重い空気を破った新井は拓磨に背を向け、南の方を向く。

「南先生、良い生徒をお持ちだ。悪党をびびらす能力だったらうちの署の誰よりもすごいと私が太鼓判を押しますよ」

「残念ですが、彼には実家を継ぐという夢があるので、そんな能力は宝の持ち腐れですね」

新井と南が軽い冗談を交わし合い、ようやく場の空気が少し軽くなる。

「さてと、それじゃあ我々は帰るか？　えっと、白木さん。被害がなくなったからと言って安心しないように。そういうところを狙ってくる奴らが世の中にはたくさんいるからね」

「それでは、我々はこの辺で。ご協力に感謝します！　失礼します！」

部下の制服警官がハキハキと返事をすると、拓磨の横を通り机の間を通り抜けていきドアへと消え去る。

「警察はわざわざ1人の生徒に会うために学校に来たんですか？」

拓磨は新井刑事達の方へ顔を向けながら声だけで南に質問する。

「お前なあ…事件現場に本校の生徒がいたんだからそりゃ話を聞きに来るだろう。警察に協力するのは市民の義務だ、違うか？」

「でも現場にいたのは祐司でしょう？　俺に聞くのはお門違いでは？」

「お前が事件に絡んで、渡里が巻き込まれたと考えたんじゃないのか？　どう考えてもヤクザと問題起こしそうなのはお前だろ？」

つまり、結論として俺の外見が悪いと言うことか。本気で整形を考えなくてはいけないかもしれないな。だとしたら、叔母さんの望み通りになるな。

「さてと、なんか悪いな。白木」

「いいえ、ちょっと怖かったですけど、やっぱり変わってないようで嬉しかったです。不動君が」

その声に拓磨は女生徒の方を振り向く。

「あれ？　もしかして、白木は拓磨のことを知っているのか？」

「本人に聞いてみてください。まさか…忘れているなんてことはないと思いますけど？」

「え？　俺が？」

拓磨は目の前の女生徒をじっと見つめる。

見れば見るほどどこかで見た覚えがある。

（そう言えば白木と言っていたな？　白木…しらき…シラキ……）

その時だった。拓磨の脳裏にある光景が浮かんできた。

桜散る校庭。まだ背の低かった自分。祐司と葵と共に通った小学校。

その中にもう1人いた。突然別れることになった女の子。

　思えばあの頃から髪型は変わっていなかった。姿も大人びたが、昔と雰囲気は同じだ。眼鏡も相変わらず四角い眼鏡だ。

「友喜…か？」

「気づくの遅い。それともあんまり変わっていたから気がつかなかった？」

「いや…ただ驚いてな。小学校以来だろ？」

　正直再び会えるとは思っていなかった。転校したら、そのまま二度と会えないというのも普通な事である。

　それがまさかこうして再び会えることになるとは。

　拓磨もこの時ばかりは偶然というものが本当に存在することを信じそうになっていた。

「何だ？　お前等2人知り合いか？　白木はな、今度この学校に転校してきたんだ」

「えっ？」

「この制服を見ても？」

　友喜の制服がこの学校のものであることは気がついてた。しかし、実際に転校であると知らされるとやはり耳を疑いたくもなる。

　嬉しいという感情よりも目の前の事態が信じられず、受け入れられない気持ちの方が勝っていた。

　今までの生活を送っていた拓磨ならば素直に喜べたのかもしれない。だが、異世界などという存在に関わった今の拓磨にとって新たな出会いというのは、素直に喜べないものになっていた。

「これで約束果たしたね？　また会えるって」

「ああ……そうだな。祐司や葵も喜ぶだろうな」

「なんか、不動君。喜んでないように見えるけど」

「いや…そんなことはない。これでも十分に喜んでいるんだ」

2人のやり取りに南が介入してくる。

「拓磨は顔が怖いからなあ？　小学校の時からずいぶん見た目も変わったろう？」

友喜は意地悪そうに拓磨を見渡しながら答えた。

「はい。すごく……怖くなりましたね」

「ははは！　怖いのは俺も同感だ。よし、それじゃあ早速2人とも自己紹介に行くとしよう。もう授業も始まるしな」

南と友喜は立ち上がると拓磨の前を歩き、職員室を出る。拓磨も2人の後ろに付いて歩いていく。

お互いに成長し、突如対面した小学生以来の友人。

長い期間会っていないだけにお互いが別人のように思えるのも不思議ではない。現に友喜も特徴は変わっていなくても会ってしばらく気づかないほど様子が変化していた。

人の容姿や性格はその人の生き様を表すと昔どこかで聞いたことがある。どんな人生を送っていてもその人生の影響は必ず姿や中身に反映される、だから人を理解するにはその人がどのように生きてきたのかを知らねばならないという理解できるが、実際に実行するのは難しい教えだ。

友喜がどのように生きてきたのかは分からない。

（ただ、なぜだろうか？　再び友人として日々を送れそうなのに、なぜこれはど溝のようなものを感じる？）

昔のように若い、昔のような態度を振る舞う一見昔と変わらない友喜の様子には、どこか違和感のようなものを拓磨は漠然と覚えていた。

しかし、拓磨はその気持ちの悪い感覚が正しいかどうか確信を持てないでいた。

第三章「正義と決意と大逃走」

同日、稲歌高校教室『2年1組』、朝8時27分。

「ホームルームを始めるぞ。お前ら、喋るの禁止！　今日は色々あって少し遅れているからな」

拓磨達の対応で普段よりもホームルームが始まる時間が遅れ、生徒達が教師の制止無しではいつまでもしゃべり続けている教室に、教師南光一の叫びが木霊した。

「それ、先生が悪いんじゃん！」

「生徒のせいにしないでくださいよ！」

「給料分働いてくださいよ、税金泥棒！」

生徒の文句と悪態と笑いが混じり合う。南を茶化す言葉が教室の至る所から飛んできた。

「う、うるさあああい！　お前達は大人を何だと思っているんだ!?　大人はからかうもんじゃありません！　それとさっき、税金泥棒とか言った奴は誰だ！　俺は毎日給料以上働いているぞ！　毎日残業だ！」

南は吹き出しそうになりながら、生徒の軽いノリに合わせるように大声で半笑いで叱りつけた。

南がこのクラスを担当して、もうすぐ2週間になる。

今年の我がクラスは幸運にも非常に明るいクラスになった。

男子、女子共にクラス全体が活発的でクラスの雰囲気を明るくしようと努めている。今みたいに俺を話の種にして、笑いを起こし気持ちの良い一日を始める手伝いも担っている。

一日が楽しく始められる日ほど清々しいことはないだろう。このクラスを担当してみて、いかに生徒1人1人がこのクラスに必要不可欠な存在であるかがよく分かる。

『クラスは教師ではなく、生徒で決まる』と教頭先生が前に言っていた。

教師はあくまで脇役に過ぎず、生徒を輝かせることに徹しなければならない。

この言葉がこのクラスを見ているとよく理解できる。

南はクラスの現状にこの上なく満足していた。

というのも、最近他のクラスではろくな噂を聞いていないからだ。

隣の2年2組ではクラスの生徒1名が、ホームレスと間違われ、ホームレス狩りに絡まれたという。

なぜ間違われたのかは分からないが、重要点はそこではない。なんと、たった1人で10人近いホームレス狩りをした奴を半殺しにして全員病院送りにしてしまったそうだ。おかげでその生徒は出席停止処分。復帰は来週になるそうだ。

クラス担当の大学卒業上がりで新任男性教師の新堀（にいぼり）先生が、ほぼノイローゼ状態で俺に話してくれた。

拓磨とほとんど同じケースである。だが、拓磨はまだ話が通じるだけマシというものだ。その生徒は拓磨以上に暴走しやすいらしい。新堀先生にはご愁傷様と言わざるを得ない。

さらに隣の2年3組。1週間ほど前に転校生がやってきたらしい。

詳しく内容は聞いていないが、どこかの企業グループの御曹司で私立の高校からわざわざこちらの方に転入してきたらしい。おまけにとてつもなくハンサムで成績優秀、スポーツ万能だという。

俺の先輩にあたる女性教師の堂本（どうもと）先生が鼻で天井を突き破ってしまいそうな鼻高々、気分上々で俺の肩を何度も叩きながら大笑いで説明してくれた。彼のおかげで地味だったクラスの印象が急騰する株価の如く、うなぎ登りらしい。

……正直、鬱陶しかった。イケメンが入ってきたから発情したのであろうか？

しかし、2人の先生方には悪いがうちのクラスも負けちゃいない。

なんと、今年は2人も新しく参入する生徒がいる。

「さて、授業の関係もあるから簡易的になるがこのクラスに新しい生徒が加わる」

大体、転校生が来るときの生徒のパターンは決まっている。

クラス全体にどよめきが走り、賑やかになる。細かいところは場所によって異なるがこれを外すことは基本的にあり得ない。

そのはずだった。

しかし、現実に目の前で起きたことは喜びや興奮とはほど遠いものだった。

静寂そして恐怖。

まるで親しい誰かがお亡くなりになったような、自分の命が狙われているような、緊迫してただごとではない雰囲気にクラス全体が包まれた。

生徒の反応も様々である。大体の生徒が南と目を合わさず、自分の机を見つめるように俯いていた。中には机の下で南に見つからないように手を合わせ、目を閉じ祈っている生徒もいる。

ただ2人、クラスの隅にいる祐司と葵は笑いながら新しい生徒の参入を心待ちにしていた。

その時、南は悟った。

（あっ、こいつら全員誰が入ってくるのか知っているな。しかも、どんな奴かも見ているな）

この反応は高校1年の時にも起きていた。

おそらく、拓磨の姿を見たのだろう。確かに、あれは俺でも怖い。高校生と言うにはあまりに凶悪で、あまりに巨大で、あまりに渋い。

ドラマや映画でもあのような男を見ることは最近ではなかなかないだろう。顔が濃すぎてあらゆるキャラをやらせても目立って使いようがない。

良くて最後に主人公に倒される敵組織のボスだろう。

「え、えっと…よ、喜べ！　なんと新しく加わるのは２人だ！　しかも女子もいるぞ！」

南は力業でクラス中の雰囲気を盛り上げる。

その時、クラス中の絶望した生徒の表情に、夜霧の中に浮かぶ灯台の光のような希望が現れるのを南は垣間見た。

「さあ、ではまず…不」

南が言葉を口にしかけた時、クラスのテンションが一気に冷めるのを感じた。

ちょうど、廊下にいた拓磨がクラスに入ろうと扉に手をかけていた。

「不ぅぅぅぅ…白木友喜さん、どうぞ！」

再び力業を使い、友喜を最初にクラスに入れた。

拓磨と友喜は廊下で目を合わせると、お互いに腑に落ちないという顔をして、結局友喜が最初にクラスに入る。

喜びの歓声がクラスを超え、２階全体を包んだ。

南は安堵の表情を浮かべて電子黒板の前に友喜を立たせ、自分はその隣に立った。

「それでは、白木さん。自己紹介をどうぞ」

南の促しを受けて、友喜が空気を吸い込んだその時だった。

「友喜ぃぃぃい!?」

教室の隅の方で、男女の声が同時に響き渡る。祐司と葵が幽霊でも見るかのように唖然とした表情をしていた。友喜は発言しようとしたときの不意打ちでむせこんでしまう。そして軽く祐司達を一瞥すると、そのままクラス全体を見渡す。そしてにこやかに笑顔を作る。

「ええと、私は白木友喜と言います。友喜と呼んでください。先ほどの変な声があったかと思いますが、私は小学生の時この町に住んでいました。それから両親の都合もあり、この町を離れましたが、こうして4年……いや5年くらいかな？　とにかく久しぶりにこの町に戻ってくることができました。おそらく、私と初めて会う人の方が知っている人より多いと思います。ぜひ、私と友達になってください。よろしくお願いします」

友喜のハキハキとした声がクラス中に音楽のように響き渡る。

「友喜ちゃぁぁあん！　よろしくぅぅぅぅぅ!!!」

「ツインテール似合ってるよぉぉぉ！　友喜ちゃぁぁぁぁあん！」

「やっぱ眼鏡は最高だぁぁぁ!!　友喜ちゃぁぁぁぁあん!!」

男子の方から歓喜の雄叫びのように友喜に対してラブコールが送られる。

「おい！　お前ら、『友喜ちゃぁぁぁぁあん』って言いたいだけだろ！　それから、途中から白木じゃなくて眼鏡が対象になってるぞ！」

南のツッコミがクラスに炸裂する。

「先生、ツッコミ長すぎ！　もうちょっと短くまとめて！」

「う、うるさい！　先生をいちいちイジルな！」

「完璧ィィィイ！　やればできるじゃん、先生！」

女性陣からおもちゃのように扱われ、クラスのムードは最高潮に達しつつあった。

全て上手くいった。白木のクラス入りもこれ以上ないほどの盛り上がりだ。万事順調。最高のホームルーム時間だ。

(できれば、これで終わりたいんだけどなあ…)

南は廊下の方をチラリと見つめた。

「ええと、次の1人を紹介する」

途端にクラスの空気が一変して冷たくなる。そして、恨めしそうに全員が南の顔を見つめる。祐司と葵を除く、全員の顔が訴えかけていた。

『もういいんじゃね!?』『あいつ、呼ばなくていいんじゃね!?』『友喜ちゃんエンド』でいいんじゃね!?

しかし、南は気持ちを推し量りつつもあえて拒否した。

「勘弁してくれ、みんな。あいつ、あれでも一応高校生なんだ」

南はクラスの全員に聞こえないように小さく独り言を呟くと、手招きして廊下の拓磨を呼んだ。

拓磨は体を屈めるようにドアを抜けると、ゆっくりとクラスに入り友喜の隣に並ぶ。

奇跡的にクラス中がその光景を見て同じ事を感じた。

『美女と野獣』…いや『美女を食う化け物』かな?

「ええと、拓磨。自己紹介を」

「俺は言わなくてもいいんじゃないですか？」

南の促しを拓磨がさらりとかわす。

祐司と葵を除くクラス全員が再び奇跡的に同じ事を思った。

（えっ!?　あの化け物、空気を読んだ？）

「い、いや何を言っているんだ？　これから一緒に生活していく友人達だぞ？　自己紹介はきちんとしておけ」

「そうですか？　…不動拓磨と言います。これから1年よろしくお願いします」

拓磨のドスの利いた低い言葉が響き渡り、終わると同時に部屋が静まりかえった。南がその空気を変えようと口を開いた。

「そ…それだけでいいのか？」

「えっ？　まだ何か必要ですか？」

「そ、そうだな…。お前ら、何か質問はあるか？」

南はとうとう生徒に丸投げした。

『ふざけるな！』『そんなのこっちに振ってくるな！』『質問だったら、そいつじゃなくて友喜ちゃんの時にさせろ！』

生徒の心の声が南の心に不思議と伝わってきた。

「はい」

勇気ある一言がクラスに響く。部屋の後方の名前も知らない女子だった。手を震わせながら、立ち上がる。

「あの……不動君は何で1週間近く学校に来なかったんですか？」

「……聞きたいですか？　あまり、大っぴらに話す事じゃないんですが」

拓磨が逆にその女子に質問する。

ヤクザといざこざがあったなんてあまり言えたことじゃない。できれば話したくない拓磨の気持ちの表れだった。

「ひえっ!?　え……ええと、やっぱり良いです。すいませんでした」

女子は恐怖に震えて座り込んでしまう。すると、今度は拓磨の目の前にいる男子が立ち上がった。

「スポーツか何かをやってるのか？　すごいガタイがいいんで」

「いや、何も」

拓磨は即答で返す。

「えっ？　じゃあ、筋トレか何か？」

「まあ、そんなところです。ちなみに実家がパン屋で、購買にも出ているので是非買いに来てください。『不動ベーカリー』というパン屋です」

拓磨はさりげなく、実家を宣伝する。

しかし、クラスの誰も拓磨を信じていないようだった。

『お前のようなパン屋がいるか！』『100円あげるから、地獄に帰ってくれ！』

　クラスの生徒達の目からの訴えがひしひしと南に伝わってくる。

「ええと、それじゃあ自己紹介はこのくらいにしよう。白木と拓磨の座席だが、白木は渡里の後ろ。不動は元々席があって、窓際の一番前だな」

　拓磨と友喜はそれぞれの座席に向かう。そして、各々の椅子に着席する。

「よし、これでホームルームを」

「先生」

　南の言葉を遮るように拓磨の後ろの席の女子が声を発する。

「ん？　何だ？」

「不動君が大きくて前が見えにくいんですが」

　クラス中に再び緊張が走る。

　その通りだった。拓磨の巨大な体格ではその背後の生徒は非常に窮屈な思いを強いられてしまう。座る前からなんとなく全員が察していたことだったが、口に出すことに恐怖を感じ、誰も言う者はいないとクラス中の全員が踏んでいた。今、この時まで。

「そ、そうだな。じゃあ、拓磨。悪いが、その後ろ」

　その後ろの男子も女子と同じくらいの身長だった。

　むしろ、拓磨の体が規格外すぎていて、クラスでは気づかない方がおかしいくらいに浮いていた。そうなると、拓磨の指定席はおのずと決まってくる。

「先生、俺が一番後ろにいけばいいですか？」

「あ、ああ…。まあ、そうなるな。すまないな」

「いや、いつものことなんで」

少なくとも拓磨は人生において自由に席を選べたのは、小学生の頃だけである。後は身長の関係で全て一番後ろの席だった。彼にとってはまさにいつものことなのである。

拓磨は再び席を立つと、一番後ろの席に移動する。なんと祐司の隣はあの葵が座っている。顔を隠して他人の振りをして自分の後ろの席に座る拓磨を見送っていた。

「ま、まあ白木はお前の小学校の時の友人だろ？　お前は1年高校生活を送ってきたんだし、色々教えてやってくれ」

『何ぃぃぃ!?　あの化け物と友喜ちゃんが知り合い!?　しかも隣の席!?』

三度目の奇跡、心の叫びのシンクロ。

「よろしくね、不動君」

「ああ、こちらこそよろしく頼む」

友喜の挨拶に拓磨も軽く笑いながら答え、この日のホームルームは激動のうちに終了した。


同日、16時30分、稲歌高校通学路。

その日の授業は流れるように過ぎていった。2年になって初めて学校に来たせいもあるのかもしれない。何もかもが新鮮で、全ての授業に意欲的に取り組めた1日だった。

その原因はやはり友人であろう。目の前に葵、その隣に祐司。隣にはかつての友人である友喜。勉強自体は南先生から授業を録画したものを受け取るのとは別に、祐司との学習時間を自宅で設けていたため、決して学校との学習速度が離れていることはなかった。

しかし、学校で行う授業はやはり格別な思いがする。おそらく、しばらく自宅学習をしたものでなくては分からない体験であろう。当たり前のように先生が前にいて、当たり前のようにクラスの生徒と授業を受ける。

当たり前は当たり前ではないと言うが、まさに今日のようなことを言うのかもしれない。

拓磨はしみじみと思い始めていた。

「友喜、いつこっちに来てたんだよ!?」

通学路で祐司が鞄を振り回しながら食いつくように友喜に話しかけた。

「ええと、昨日引っ越しが済んでそれでようやく今日初登校かな？　それより、葵って剣道部の部長やっているんだね!?　私、そっちの方が驚いちゃった」

「何言ってんだよ!?　今まで連絡も来なくて急に引っ越してきたお前の方が驚いたよ！ねえ、たっくん」

「ああ、正直言ってもう会う機会もないと思っていたからな」

「えっ、ちょっとそれってひどくない？」

友喜が後ろ向きに歩きながら拓磨の方を睨んでくる。

「転校してそれっきりなんてよくある話だろ？」

「う〜ん、そうかな？」

友喜は再び前を向いて歩くと、頭を悩ませ考え始める。

どうやら、友喜は昔見たときより明るい印象が目立つ。

小学校の頃の友喜はどっちかというと、葵のストッパーのような役割を担っていて、落ち着いた印象を受けていた。職員室で会ったときもそう思ったが、あれは先生向けの顔だったらしい。

葵と同じよう、いや葵よりも活発になった気がする。今の友喜を一言で言うなら、『おてんば娘』だろう。

「おまけに住んでいるところも同じなんてね！　それも不動ベーカリーの裏の家なんて驚いたなあ」

「祐司。知らないのか？　あれは友喜の実家だぞ」

「えぇっ!?　小学生の頃は学校の近くに住んでなかったっけ？」

「お父さんとお母さんが結婚して仕事の都合上新しく家庭を作る際に引っ越ししたのよ。今はおじいちゃん、おばあちゃんもそれなりに高齢になってきたし、一緒に住もうってことになって帰ってきたの」

拓磨達が住んでいるところは住宅が密集している住宅街である。道の両端に家が立っているため、道の数だけ家が増えていく構造になっている。

友喜の実家は古くから稲歌町にある大衆食堂である。値段も安く、料理もボリュームがあり美味しいと評判で、周辺の住民からは雑談場のような形で幅広く利用されている。また、お惣菜のテイクアウトも行っているため、夕食などで頻繁に利用する客も多い。

拓磨も叔父や叔母に頼まれて、時間がないときはよく買い物に行かされる。

「お母さんは書道の先生で、前に教室を開いていた場所が区画整理で使えなくなったから、こっちに戻ってきたんだけどね。まあ、一番の理由は私の学校の関係だけど」

「友喜のお母さんはこっちで書道教室を開くの？」

「うん、稲歌高校の近くに使われなくなったスタジオがあって、そこを改修してまた始めるみたい」

「事業は順風満帆だな。今度暇があったら、食堂に寄らせてもらうか？　祐司」

「不動君、お金持ってるの？　なんか、貧乏って話を祐司から聞いたんだけど」

非常に痛いところを拓磨は突かれた。

「……叔母さん達の金で食べにいくから問題ない」

苦し紛れに言葉を捻りだした。

「たっくん、大丈夫だよ。もしもの時は俺がおごるよ」

「……バイトしているのに情けねえ」

拓磨は自分の金銭事情を恥じて頭に手を当てた。

部活のため葵はいなかったが、３人での会話は非常に盛り上がり、気がつくと不動べーカリーの前まで着いていた。

日はすでにオレンジ色になり西の空を照らしていた。その夕焼けに雲がかかり、神々しく光を帯びた雲自体が第二の太陽のように稲歌町を照らした。

夕食をパンで済ませる人も少なくなく、不動ベーカリーには2人ほどの客がまだ中で買い物をしていた。

「拓磨！　ちょっと手伝って！」

店の中から喜美子の声が轟く。中の客も2人の仲の良さにクスクスと笑っていた。

「じゃあ、ちょっと叔母さんが呼んでいるんで。今日はこの辺で」

「ねえ、たっくん。友喜も登下校に加えない？　家も近いし」

「あら？　男同士の会話に私のような女の新参者が交ざって良いのかしら？」

友喜がわざとらしく脚本のセリフのように2人に問う。

「葵は部活の朝練でいなくなるんだし、男2人じゃ話す内容も限られてくるしな。色々話したいこともある。それに華があるに越したことはないだろ？　むしろ、お願いしたいくらいだ」

「ふふふ、分かった。じゃあ、朝7時45分に不動ベーカリーの前でいい？」

「完璧だ。お前もそれでいいな？　祐司」

「う、うぉう！」

急に変な声を出した祐司を拓磨が不思議に思っていると、業を煮やした喜美子が拓磨のそばにやってくる。すでにお客は精算を終え、帰り始めていた。

「何やってるの!?　こんなところで……。あれ？　あなた…ひょっとして友喜ちゃん？」

友喜に気づいた喜美子が恐る恐る顔を見る。そしてそれが確信に変わると、満面笑みで友喜の顔をつまんでいた。

「友喜ちゃん！　久しぶりねえ！」

「お…おびゃひゃん（叔母さん）……ふぃたいれす（痛いです）」

友喜はそう言いながらも嬉しそうに笑っていた。叔母は3秒ほどして顔をつまむのを止める。

「そうかあ。戻ってくるって言ってたけど、今日だったのね？　愛理さんはお元気？」

「叔母さん、愛理さんって誰だ？」

「拓磨、何言ってるの？　友喜ちゃんのお母さんに決まっているでしょ？」

拓磨は祐司の顔を見た。知らないとばかりに祐司は首を横に振る。

友喜の両親のことを拓磨はよく知らなかった。

小学校の時でさえ、授業参観などの機会にはなかなか現れず、面影すら覚えてない。記憶に無いのはおそらくこのせいだ。

「お母さん、今は大丈夫だけど、昔は体が弱かったからね。おまけに書道の教室のおかげでなかなか外に出なかったし、拓磨や祐司が覚えてないのも無理ないよ」

「そうねえ……考えてみたら拓磨や祐司君は愛理さんに会ったことがないかもね。町内の集まりにも欠席してたから、会う方が珍しかったのかも」

そこまで遭遇率が低いならば、記憶に無いのも納得だ。しかし、さらに記憶に無いことがある。

友喜の父親のことだ。こちらは母親以上に記憶に無い。

「あっ、そう言えば友喜ちゃん。上手くいってる？」

喜美子が急に話を変えた。友喜がきょとんとした顔をする。

「えっ？　何のことですか？」

「友喜ちゃんのお父さんよ。もう高校生だし、色々擦れることもあるかと思って。うちの拓磨はこの顔でも非常に従順だから今のところ問題ないけど」

まるでペットを飼うような言い方で喜美子は拓磨を褒めた。

拓磨が喜美子の言葉に呆れ、右手で頭を覆った。

その時だった。

友喜の顔が先ほどの笑顔から一転し、急に曇りだし俯いた。

「お父さんとは……もう会ってません」

「え？　友喜ちゃん、お父さんと喧嘩でもしたの？」

「違うんです。………離婚したんです、お父さんとお母さん」

その場の空気が一転。触れてはならないことに触れてしまった。さすがの喜美子も予想外だったのか、ぎこちない笑い顔を浮かべ、拓磨を見た。

「悪い、友喜。嫌なことを聞いちまったな？　叔母さんに変わって俺が謝る」

拓磨がフォローに入り、軽く頭を下げる。すると、友喜が慌てて、拓磨の顔を上げさせた。

「そ、そこまでしなくてもいいよ！　私こそごめんね！　もう昔のことなのに今でもウジウジ悩んでたりして」

友喜は再び笑顔を取り繕った。すると、突然友喜の鞄が唸り出す。友喜が鞄の中から振動の原因である白いスマートフォンを取り出すと、耳に当てる。

「もしもし？　あっ、お母さん。今、不動ベーカリーの前。……うん、分かった。今からすぐに帰るね？」

友喜はそう言うと携帯電話を切った。

「お母さんから？」

祐司が尋ねる。

「うん、おじいちゃんとおばあちゃんを手伝いにすぐ帰ってきなさいって。何だかすごく混雑しているみたい。うちの食堂」

「孫が帰ってきたから近所に言いふらしたんじゃないのか？」

拓磨が小さく笑いながら友喜を茶化す。

「だと良いんだけどね…。それじゃあ、今日はこれで」

友喜は3人に手を振りながら走り出すと曲がり角を左折して見えなくなる。

「いいわねえ、あの笑顔。まるで天使じゃない？　うちのバイトに欲しいわあ」

「バイトならたっくんがいるでしょ？」

「バイトだったらせめて売上に貢献してくれないとねえ？」

拓磨を横目で睨みつけながら、そのまま店内に入っていく。

友喜がいなくなったら、途端に通りが静かになった気がする。あいつの天真爛漫なおかげでどれだけこの場が盛り上がったか。いなくなった今、初めて実感できる。

やはり、友喜は変わった。明らかに明るくなり、周りを必要以上にかき回し元気を振りまき、話のノリも良くなっている。昔の引っ込み思案な葵の陰に隠れていた彼女とは比較にならない。

(だが、あまりにも変わりすぎて少々異常を感じるのは気のせいだろうか？　学校で俺が覚えた妙な違和感とは俺の勘違いだったのか？)

「ちょっと、２人ともいいかな？」

突然拓磨の胸ポケットが唸った。

拓磨は周りを見渡し、誰もいないことを確認すると祐司を連れて不動宅へと続く狭い路地裏で携帯電話を開ける。

「昔の友達との久しぶりの再会を邪魔して悪いんだが、今夜夕食を食べたらウェブスペースに来てくれないか？」

「ええっ!?　行って良いの!?」

祐司の興奮は一気に最高潮に達した。

「今朝、約束しただろ？　なるべく早いほうが良いと思ってね。いつ、何があるか分からないし」

「ゼロ。1つ聞いて良いか？」

拓磨は話の流れを打ち切るようにゼロアに尋ねた。

「何だい？　拓磨」

「本当に緊急時の確認のためにウェブスペースに行くだけか？」

拓磨は真剣な表情で、ゼロに尋ねた。一切の偽りを許さない裁判官のような迫力を祐司は感じた。

「本当にそれだけだよ」

ゼロアは獣をなだめるように拓磨に向かって話す。

「よし、祐司。夕食を食べたらうちに集合だ。葵には学校の宿題を一緒にやるとでも言っておけばいい」

拓磨は祐司に背を向けながら自宅へと向かっていく。

「葵がもし一緒に来たいって言ったら？」

「宿題をやり終わった後、祐司秘蔵のＤＶＤを見るかもしれないがそれが見たいのなら来いと言え」

もはやヤケクソで吐き捨てるように拓磨は答えた。そのまま裏路地の曲がり角の暗闇に姿を消した。


同日、17時51分、不動家2階、拓磨の部屋。

拓磨は整然とした部屋の中で『宗教ジャージ』に着替えながら、ベッドの上で足を組み天井を見上げながら腕を枕にして寝転がっていた。

すでに喜美子と信治とは夕食を食べ、祐司と一緒に勉強するという旨を伝えていた。もちろん、嘘である。まさか異世界に行くとは言うにも言えないからだ。

「拓磨」

ゼロアが少し離れた机の上から拓磨に向かって話しかけた。

「何だ？」

「私は何か君の気に障ることを言ったか？」

4秒ほど沈黙が流れた。

「…どうしてそう思う？」

「今日の君は妙に不機嫌に感じるんだ。さっきの様子といい、今の様子もそうだ」

拓磨が答えようとする時、階段をドタドタ上がってくる物音が響き渡った。

「後で説明する」

拓磨が言い切ったとき、部屋のドアが開いた。祐司が赤いフード付きのパーカーと動きやすいジーパンを着用して、部屋の中に上がり込んできた。

「お待たせ！　何とか葵を振り切ってきたよ！」

「葵はどうだった？」

「そりゃ、何か付いてきたそうな雰囲気だったけど。色々理由を付けて逃げてきたよ。これからはオタクの時間だ！　部外者は引っ込んでいてもらわないとね！」

「俺はオタクじゃねえぞ？」

拓磨のツッコミも全く耳に届かず、祐司は机へと駆け寄るとゼロアに迫った。

「さあ、ゼロ！　謎のスーパーパワーで俺たちをウェブスペースに転送してくれ」

「スーパーパワーじゃなくてライナー波の力だからね」

ゼロアもツッコミを披露したが、祐司はまるで耳に入っていなく『早く！　早く！』とせがんでくる。

「さてと、それじゃあまず拓磨からいこう。携帯電話の目の前に立ってくれ」

拓磨はゆっくりと体を起こすと、そのまま机の前に立つ。

「『ダイブ・イン』開始シマス。オ名前ヲドウゾ」

急に電子音が携帯電話から響き渡り、名前を求められた。

「不動拓磨」

「ライナーコード『ゼロ』。不動拓磨。ウェブスペースヘノ移動ヲ許可シマス」

すると、拓磨の目の前が急に七色になり、そのまま突然真っ白になった。

辺りを見渡すと、どうやら白いものは天井だった。円い天井を見上げるように拓磨は地面に寝転んでいた。そのまま、自分の体を見るとこの前着用した黒いコートに紫と黒を織り交ぜた戦闘服、ズボン、手袋、靴を着用していた。

この服装を見るとウェブスペースに来たことを実感する。拓磨は数回しかこの世界に来たことは無いが、特に驚くことはなかった。

ロボットで戦いまでをやってのけた拓磨にとって、急に見知らぬ場所が現れても特に取り乱すようなことはない。

拓磨が立ち上がり、周りを見渡した時だった。拓磨の横に突然七色の光の繭のようなものが現れる。その中から、祐司が拓磨と同じように仰向けで現れた。

その時、拓磨は気づいた。祐司の服装は部屋に来たときとまるで変わっていない。不思議なことに拓磨のように服が変化していなかった。

「あ、あれ？　もう着いたの？　ほんと一瞬だね」

「大丈夫か？」

拓磨は手を伸ばすと祐司を立たせる。

「えっ？　ここ、一体どこ？　あの青い空は？　白い砂は？　でかいロボットは？」

祐司が回りを見わたして、混乱する。

「ようこそ、研究所(ラボ)へ」

右往左往している拓磨と祐司に謎の声が響き渡る。見ると、白い壁の一部が外れるように倒れ、紫色の髪と白衣を着用したゼロアが拍手をしながら中に入ってくる。

「ゼロ、壁を壊して入ってくるなよ」

「祐司、これは壊したんじゃない。取り外しの出来るドアなんだ」

ゼロアは倒した壁を再び持ち上げ、元の位置にはめる。

（なぜ、蝶番を使った開閉式のドアにしなかったのだろうか？）

拓磨の心に１つ新たな疑問が増えた。

「何もてなすものがなくてすまない。何しろ、他の整備に最近手間取っていたからね」

ゼロアは部屋の中にある机と椅子に拓磨達を案内し、３人は椅子に座る。

この部屋は白一色だった。

白くて曲線を帯びた円い天井、白い壁、白い床、白い机1台、白い椅子3脚。後は何もない。非常に殺風景である。床の面積は10畳ほどであろう。

「この部屋、作ってどれくらい？」

祐司が周りを見渡しながら答える。

「昨日できたんだ。何もないと落ち着かないだろ？」

「1人で作ったのか？」

拓磨が感心するように聞いた。

「私以外に誰がいるんだい？　まあ、ほとんど君のおかげなんだけどね。拓磨」

「俺のおかげ？　どういうことだ？」

するすると、ゼロアは机をノックするように二度叩く。

すると、突然3人は外に出た。青い空、白い砂。いつもの荒涼としたウェブスペースがそこに広がっていた。

「か、壁が消えた!?」

祐司が驚きのあまり、声を裏返していた。

「周りを囲んでいる壁は特殊でね。君たちの世界で言う『マジックミラー』みたいなものさ。外からは白い壁に見えるけど、中から機能を始動させればこの通り。外の様子が丸見えだ。これで敵の侵入にすぐ気づけるし、泥棒対策にもなるしね」

ゼロアが自信たっぷりに胸を張って答えた。

なるほど。変なところにすごい技術が使われているのは理解した。

どうやら、ウェブスペースのどこかにこの建物を作ったらしい。外には金平糖のような形の光る物体が置かれている。その横には四方八方に飛びだした七色の配線、散らかったペンチなどの工具が入った工具箱。

そしてその横には、白い鎧の巨人が直立不動で立っていた。

「でけえええええ！　何あれ!?　まさか、あれがたっくんのロボット!?」

突如現れた謎の巨大ロボットの存在に祐司は、興奮から立ち上がろうとして腿を机にぶつけ痛い思いをするはめになった。

「近くで見てみるかい？」

「ぜひぜひ！　行こう、たっくん！」

　ゼロアが席を立つと、壁は再び白い壁に戻った。ゼロアは先ほど取り外したドアまで歩き、ドアを引っこ抜くように取り外すとそのまま白い砂を靴で踏みつけ歩き出す。

　祐司のテンションのリミッターは外れてしまったようだ。暴走するようにロボットに走って行くと、そのあまりにも巨大な足にそっと触れる。

「お〜、冷たい！　やっぱり金属だ！　何コレ、鉄？　銀？」

「祐司、あまり触るな。危険かもしれないぞ？」

　拓磨が注意をして、ウェブライナーから祐司を引きはがす。

「ご、ごめん。たっくん。あまりにも軽率だった。それより、何でできているの？　あれ？」

「前のウェブライナー自体が鋼鉄で作られていたんだ。普通に考えたら、あれも鋼鉄だろうね」

「でも普通じゃないんだね？　さすが、分かってるね！　実に引きが上手いよ、ゼロ！」

　祐司は嬉しそうにはしゃぎながら会話を楽しんでいた。

　拓磨にはなぜこれほど祐司が嬉々としているか理解できなかった。

　拓磨にとって、目の前の巨大ロボは相手を破壊する兵器である。人殺しの道具なのだ。騎士を再現したようなデザイン上の格好良さは置いておくとして、あまり喜ぶべき代物ではなかった。

「簡易的だけど、調べてみたらもうすでに私の知っている物質じゃなかった。ライナー波によって金属が原子構造から変化しているようだ。名付けるとしたら『ライナー波により変化した金属』かな？」

「そんなの格好良くない！『ライナー合金』でいいじゃないか！」

「……まあ、好きに呼んでくれて構わないよ。そこは君に任せる」

ゼロは苦笑しながら祐司に全てを任せた。

「大きさは!?」

ロボットオタク、祐司の質問はさらに続く。

「全長100メートルかな？　多少誤差はあるかもしれないけど。体重は測定不能だね。ウェブライナーを量る体重計が無いからね」

「どうやって動くの!?」

「拓磨。それは君の方が詳しいだろ？」

ゼロアのパスを受け、拓磨が代わりに答える。

「中には球体の形の部屋があって、その中に椅子が置いてあるんだ」

「つまり、コックピット？」

「ああ、そうだな。そこに座ると、目の前に2つの球体が浮かんでいるんだ。それを掴んで、足で床のパネルを踏むと準備完了だ」

「操縦桿とか無いの!?　ハンドルみたいな？」

「少なくとも俺は見てないな。後は頭の中で想像すれば、その通りにウェブライナーが動く」

「想像しただけで動く……。すごい技術だね!?　どんなシステムを使っているの!?」

今度はシステム面に話が飛んだ。

「私が調べたところによると、こちらも私の知っているものじゃなかったね。どうやら、システムが勝手に変更されていて、おまけに修正しようと思っても無理みたいだ。何十回も挑戦したんだけど、機能を書き換えさせてくれなかったよ」

「じゃあ、自分好みにカスタマイズできないって事？」

「まあ、残念だけどね」

ゼロアが残念そうに頭を掻いて、歩き出す。

「けど、こっちは自分好みにカスタマイズできるよ。今日はどちらかと言うとこっちを見てもらいたいんだ」

ウェブライナーの存在で全く気づかなかったが、その巨大な足下に申し訳なさそうに3翼のハンググライダーが置かれていた。羽には分かりやすく『①、②、③』と順番に書かれている。

「え？　何コレ？　ハンググライダーだよね？」

「そうだよ」

ゼロアがテンションが上がり、逆に祐司のテンションはだだ下がりだった。

「何でこんなところにあるの？」

「いいかい？　私たちがリベリオスと戦うにはウェブライナーに乗る必要がある。目の前の白い巨人に乗らなくては勝てる勝負も勝てない。ここまではいい？」

「ウェブライナーに乗ることとハンググライダーがどう関わるの？」

　話を打ち切り、ロボットに戻したいように祐司が棒読みで喋る。

「このハンググライダーを使ってウェブライナーまで飛んでいくんだ。走るより、飛んだ方が速いだろ？　このウェブライナーは性能上、100メートル近くまで接近できれば自動的に中に転送され、乗れるようにできているようだ。お分かりかな？」

「ハンググライダーを使って、敵の攻撃を避けながらウェブライナーに接近して搭乗。つまり、移動用と敵の攻撃回避用の役割を担う乗り物ということか？」

　拓磨がまとめを述べるとゼロアが大きく頷いた。

「でも、ハンググライダーなんかで敵の攻撃避けられるの？　敵はこの前ビームとか出していたって言うじゃない？　すぐ撃墜されそうだし、なんか信じられないなあ」

　祐司は疑いの眼でハンググライダーを眺める。

「ハンググライダーの上を見てくれ」

　ゼロアの指示で2人はハンググライダーの羽の上を覗いた。奇妙なものが置かれていた。ペットボトルを輪切りにして1つにまとめてロケットのエンジンのような形の物の上にガチャポンみたいな球体に入った七色に光る石が設置されていた。

「……小学生の工作？」

祐司が見たままの感想を言う。

「違う違う。これは立派なエンジンだよ」

「はっ!?　これがエンジン!?　どう見ても夏休みの最後の日に急ごしらえで作った子供だましの宿題じゃないか！」

ゼロアは目くじらを立て、祐司を蔑むような目で見た。

「試しに乗ってみてくれ。そしたらそんな戯れ言は二度と言えないと思うよ？」

どうやら、ゼロアは自分の発明品には相当こだわりがあるらしく下手な侮辱を嫌う性格らしい。

「いいよ。じゃあどうすればいいの？」

「手で掴まるところがあるだろ？　そこを掴めばいい。すると…」

祐司が①と書かれたハンググライダーの目の前の棒に掴まる。すると、突然羽から紐が伸びてきて祐司の体を縛り固定する。

「心配しなくて良いよ、安全ベルトだ。落下防止のね」

「へ、へえ…。こういうのはハイテクなんだな。それで？　一体どうやって空を飛ぶの？まさかジャンプして、それで飛んだって言うんじゃないよね？」

とことんハンググライダーを馬鹿にしている祐司だった。

「『エア・ライナー』と言ってみてくれ」

「はあ？　まさかの音声認識機能!?　金を掛けるところを間違えているんじゃないの!?」

「いいからどうぞ？」

ゼロアは『早く言え』と言わんばかりにアゴで促す。

「エアライナ」

祐司には『ー』を付ける余裕など無かった。急な突風と同時に祐司が掴まったハンググライダーが拓磨の目の前から消えた。見るとウェブライナーの目の前を蝿のようにぶんぶんと高速で、回転したり宙返りしながら飛び回っている。

「……ゼロ」

「見たかい？　拓磨。ウェブライナーのライナーコアからエネルギーを抽出して固形化、それを動力に使っているんだ。ただ、ライナーコアと違って君たちの世界の燃料と同じようにエネルギーが無くなるから、また新しく取り替えなきゃいけないのが問題だけどね。音声認識後、1秒で時速270キロまで加速。理論上はマッハ10まで加速できるんだけど、そこまで人間は耐えられないだろ？　今は試作段階で、スピードは時速200キロで固定してあるけど、これからパーツを作って衝撃に人間が耐えられるようにして上手くスピードを上げていくか検討中なんだ」

「それはどうでもいいが、祐司の奴がさっきから声も出ていないんだが大丈夫か？　あれ」

ゼロアはどこからともなくリモコンを取り出すと、『①』と書かれたボタンを押す。すると、先ほどまで飛んでいたハンググライダーが拓磨達の前まで戻ってきて徐々に減速し停止する。

祐司は押し出されたところてんのように地面に倒れ込み、俯せに寝たまま口から吐瀉物(としゃぶつ)を吐いた。顔面が自分の吐瀉物まみれになる。

「ぶぅぅううえええええ！」

豚と羊の鳴き声を混ぜた声が祐司から響く。

「大丈夫か、祐司？」

拓磨は祐司に肩を貸し、ゆっくりと立たせる。祐司はゆっくりとゼロアに近寄るとそのまま地面に膝を突き土下座を行う。

「は、ハンググライダー舐めてすんませんしぶぅぅうえええええ！」

土下座をしながら、また祐司は地面に吐いた。

「謝るのか吐くのか、どっちかにしたらどうだい？　まあ、今回はこっちもいきなり乗せて悪かったし、おあいこだね。こっちこそ悪かったよ」

「たっくん、俺、もう帰る」

言葉短く祐司は言った。

「そうか。明日も学校だからあまり夜更かしするなよ？　葵がまた怒るからな？」

「今日は、もう、寝る」

ゼロアは祐司に向かって右手のひらをかざすと、祐司の目の前に巨大な七色の光を出現させる。

「その中に飛び込めば拓磨の部屋まで戻れるよ。お大事にしてくれ」

「貴様は許さんぞ、ゼロ」

拓磨にしか聞こえないように祐司は小さく捨てセリフを吐くと、祐司は口を押さえながら光の中に消えていく。光はそのまま輝きを失い、消えて無くなる。

「初のウェブスペースにして嫌な思い出しか残してやれなかったね」

「ああ、だがそれでいい。ここは来ないに越したことはないからな」

拓磨はウェブライナーを眺めながら立ち尽くす。

電脳将ウェブライナー。ライナー波を動力にして動くロボット。つい最近、俺はこのロボットに乗ってリベリオスの手先と化した相良組の組長と戦った。

相手の攻撃を理解し、それを自らの攻撃として学習する力。

ライナー波は触れた物を変化させるものだとゼロは言っていた。

つまり、『進化』も『変化』の意味の中に入っていると考えてもいいだろう。

だとしたら、目の前のウェブライナーはまさしく進化した存在なのだろう。

その能力を用いて果てしなく強くなっていく能力。

『無限進化』。

それが進化したウェブライナーが手に入れた能力なのか?

「やはり、気のせいなんかじゃないみたいだね?」

ゼロアが拓磨の隣で唐突に言葉を呟いた。

「何のことだ?」

「拓磨。君は今朝から機嫌が悪い。おそらく、それは祐司に関係することじゃないかな?」

拓磨は視線をさらに上に向ける。

「リベリオスはここを狙ってこないのか?」

ゼロアの質問に答えず、拓磨は聞き返した。

「そこに星のような物体があるだろ? あれがジャマーの役割を果たしているんだ。ここの周囲は何も無いように相手のレーダーには記録されるはずだ。もっとも、ずっと通用する方法じゃない。いずれはここもリベリオスにばれる。いずれはウェブライナー共々新しい場所に移動させる」

「……悪いな、ゼロ。何もできないで全てお前任せで」

「はははっ、気にすることはないよ。そもそも最初に巻き込んだのはこっちなんだ。本当なら、私はこの前の戦いで死んでいたはずだ。それを救ってくれたのは君。君には返しても足りないほどの恩があるんだ。おまけに新しくなったウェブライナーというリベリオスに対抗する手段もできたんだ。私に君へのお礼以外に何が出来ると言うんだい? この作業もお礼の1つさ」

「友人としてお前に頼みたい。祐司を巻き込まないでくれるか?」

ゼロアは喜びとも悲しみとも取れる表情で拓磨の横顔を見た。

「……そうか。君が不機嫌な理由はそれだったのか」

全てのつじつまがあった。そのように思える言葉がゼロアから聞こえてきた。

「俺は最初、ウェブライナーに乗るのは俺より祐司の方が似合っているんじゃないかと思っていた。俺は毎日平和に暮らしていければそれで良かったんだ。祐司の方がこういうアニメに出てきそうな世界も知っているし、何よりお前の力になれるんじゃないかと思っていたんだ」

拓磨は自分に言い聞かせるように話を続けた。無理矢理、自分自身を納得させている感覚をゼロアは拓磨から感じることが出来た。

「でも、違ったんだね？　君の予想と」

ゼロアが言葉を繋いだ。拓磨はウェブライナーを見ていた目を地面へと向ける。

「ああ。俺の予想ほど甘くは無かった。敵は町の人全員を人質に取ってきた。被害がほとんど無かったのは奇跡だ。おまけに新聞にも町全体の失踪について、何日経っても書かれることはなかった。どういうことだ？　町の人間の記憶操作をしたとしても町外の人間は騙せないだろ？」

「ちゃんと調べたわけじゃないけど町外の人間で真相を知った者は殺されたか、証拠となるデータを消された可能性が高いだろうね。ライナー波を使えば人間が作ったあらゆるセキュリティも無いに等しいからね。証拠がなければ全ては妄想になってしまう。特ダネを奪われて悔し涙を飲んだ人もいるだろうね」

「何でもありなんだな、ライナー波ってやつは」

ライナー波の万能具合に思わず笑いが出てしまう。

「そう。ふざけてるくらいにライナー波1つで説明がついてしまうんだよ。良い意味でも悪い意味でもね」

良い意味でも悪い意味でもすごいもの。

小学校の頃はタイムマシンが将来できると祐司が言っていた。クラスの何人かが「嘘を言っている」と指摘すると「タイムマシンは無理でも新しいエネルギーができて、環境問題が解決している」と訂正した。

俺は素直にその話し合いに参加できなかったが、未来の世界に希望は持っていた。争いも無く誰もが笑顔で幸せに暮らせる世界。

小学生が一番に思いつきそうな世界だ。

ライナー波。考えてみたらこれはまさしく子供の頃に思った未来に出てくる発明品なのではないか？

尽きることの無いエネルギー。これを現実に導入すれば化石燃料や太陽光などの代替エネルギーが消えて無くなるかもしれない。

ただ、子供の頃はまだ分かっていなかった。

『この世に良いだけで済むことなんてほとんど無い』ということに。

物が欲しければその代わりに金を払わなければならない。

金が欲しければ自分の時間を仕事に捧げなければならない。

じゃあ、ライナー波を欲した者が辿る末路は？

超人になるか、化け物になるか。いずれにしても人としての命を捧げることだ。とてもじゃないがリスクが大きすぎる。

「俺は金城先生を巻き込んでしまった。他人の命を関係ない争いで奪われちまったんだ」

「あれは君が奪ったわけじゃないだろ？　彼がライナー波に汚染されていたのはいつだったか見当もつかない。むやみやたらに責任を負うのは間違いだぞ、拓磨」

「いや、俺は金城先生の異変に薄々気づいていたんだ。金城先生の目の色がたびたび変わるのを目撃していた。引きずってでも病院に連れて行けばあるいは…」

「私の予測だが、彼は前からリベリオスのターゲットだったんじゃないかな？　君が見た兆候もおそらく、ライナー波の肉体への干渉がかなり進んだ段階なのだろう。君にまで変化が確認できたということは、すでにライナー波の汚染が進み手遅れだった可能性が高い。たとえ、病院に押し込めたとしても、リベリオスがウェブスペースへ彼を連れ込んで手先にして君を襲わせることになっただろう。どれだけ小さくても液晶画面があればウェブスペースに連れ込まれる可能性はあるんだ。君は少々彼の死に責任を感じすぎじゃないのか？」

「…………」

拓磨は押し黙ってしまう。

「世の中にはどれだけ頑張っても無理なことがあるんだ。君は彼の死に立ち会い、きちんとやるべきことをこなしたじゃないか」

「やるべきことって何だ？」

　拓磨が突然口を開いた。

「リベリオスを倒し、平和を守ることだ」

「正直に言うとそれじゃ不満だな」

「えっ？」

　拓磨はゼロアの方に体を向け、顔を見る。

「確かにあいつらは憎い。このまま行けばどのみち奴らと激突するだろう。奴らが何を企んでいるにしてもこの前の奴らの行動は許す気にならねえ。……けどな」

「けど、何だい？」

「周りの人間を見ていると俺にとって重要なのは、敵を潰すことより人を助ける方が大事なんじゃないかって思えるんだ。だから、金城先生の死からずっと逃れられないんだと思う」

「倒すことよりも助けること？」

「ゼロ。俺は何もできなかったんだよ。これだけ図体でかくて、大群に囲まれても飛び込んでいけるほど精神もおかしくて、そいつら全滅させることもできるのに結局誰も助けられなかったんだ。殺すことしかできなかったんだ。ただの殺し屋なんだよ、俺は」

　ゼロアは何も喋ることができなかった。ゼロアの考えを遥かに超える重い念のようなものが彼から言葉を奪っていた。

「今なら分かる気がする。俺にとっての勝利はリベリオスに巻き込まれた人を助けて、さらに奴らを倒して初めて勝利なんだ。奴らを倒しても人を失ったら何の意味もねえんだ。それは俺にとって敗北なんだってな」

「非常に難しい勝利条件だね。もっと簡単にしようとはしなかったのかい？」

「駄目なんだよ。あんなデカイロボットがあって、お前や祐司みたいな友人がいて、馬鹿みたいな力を持った俺みたいな幸福者が簡単な勝利条件なんかにしたら、必ず気持ちが緩んで全てが上手くいかなくなる。難しいくらいがちょうどいいんだ。いつでも全力を出さなきゃいけないからな、俺は」

「なるほどね。君は…私の想像している以上の人間かもしれないな。私はいつの間にか、リベリオスを倒すことに執着しすぎていたのかもしれない。そのために無実の者の命が失われてしまってはそれほど愚かなことはない。助かったよ、拓磨。私も君と同じ志にさせてもらうよ」

「だから、祐司を巻き込みたくないんだ。あいつはあのウェブライナーがどれほど強大な存在なのか分からないはずだ。おまけにさっきのはしゃぎようを見ただろう？　とてもじゃないが、ウェブライナーをカッコイイロボットのようにしか思っていない。今の状態の祐司を下手に戦いに巻き込めば、取り返しのつかない事態に陥る。そうなってからじゃ遅い」

「……つまり、君と私でリベリオスと戦っていくと？」

「あくまで今のところだがな。その方向性にしてもらえないか？」

　しばらくゼロアは右手を口元に隠すように添え、思案にふけっていたが笑顔と共に答えを導き出した。

「……分かった。私の計画もそのように変更しよう」

「感謝する。それじゃあ、まずは何から始める？」

「最終目的はリベリオスの本陣を叩くことだ。だが、奴らはなかなかしっぽを出さない。証拠をほとんど残さないからだ。前回の戦利品も装備の拡張には利用できたが、奴らの痕跡を辿るのは不可能だった」

「じゃあ、どうする？」

　拓磨はゼロに尋ねた。

「もしリベリオスが仕掛けてくるのだとしたら、金城教師や相良のように人間をライナー波で操って攻撃してくる可能性が高い。当然、リベリオスの手先も背後に存在するだろう」

「奴らの組織の全貌は分からないのか？　せめて、戦力とか」

「悪いが、前回の攻防の時に奴らとの力の差を痛感させられたよ。私の思っている以上に奴らの力は強大化している。今正確に分かっているのは奴らのボスがラインだということだけだ」

　ライン。その名前は以前にも聞いたことがある。ウェブスペースで相良と対峙したときだ。

「ラインってこの前俺たちの頭の中に話しかけてきた奴のことか？」

「奴は惑星フォインにいたときからリベリオスのリーダーの地位にいた。元は科学者だったんだ」

「お前と同じようにか？」

突然の切り込みにゼロアは呆気に取られた表情で拓磨を見た。

「どうして私のことを？」

「いくら相良のロボットの材料があっても、これだけの装備を1週間くらいで用意できるなんてよほど博学で技術に精通している者じゃないと無理だと思ってな？　ひょっとしたら、ラインはお前の昔の同僚だったとか？　前に会ったときはどうも顔見知りだったみたいだしな、これはあくまで推測だが」

「全く、君は油断のならない男だな。その通りだ。彼は私の唯一無二の親友だった。惑星フォインでは同じ学舎(まなびや)で学び、同じ釜の飯を食べ、いつも張り合っていたんだ。それでもお互いに認め合っていた」

「前に声を聞いた限り、とてもそんな友情を育んだ相手とは思えないが？」

拓磨は前回の会話を思い出していた。明らかに敵意があり、殺意もあった印象しか受けない。

「彼は取り憑かれたんだ、ライナー波に。そして変わってしまったんだ」

「取り憑かれた？」

ゼロアは宙に視線を漂わせたまましばらく黙っていた。その表情を見て、これ以上の質問は野暮だと拓磨は察した。

「悪い、色々聞きすぎた。とりあえず、俺は現実世界に戻ってライナー波に汚染された人間を探せばいいのか？」

「探すと言っても、普通の人間にはなかなか分かりにくいだろう」

ゼロアはそういうと、ポケットの中から手のひらに収まるサイズの2つの黒い箱を取り出し、拓磨に渡した。

「これは？」

「一種のライナー波計測器だ。表面に両端が白と赤のメモリがあるのが分かるかい？」

「ああ、真ん中に動く矢印があるな。今はちょうどメモリの中間くらいを指しているな」

「ここはライナー波が浮遊しているウェブスペースだからね。矢印が白に近づくごとにライナー波が無いことを表し、逆に赤に矢印が移動するにつれてライナー波の量が多いことを表している。途中で警報が鳴ったら、ライナー波の反応があることを君に知らせてくれる」

「何で2個ある？」

「1個は君の分。もう1個は祐司の分だ。半径5メートル以内にライナー波があれば反応するようにセットされている。彼は色々と慌ただしい性格だから護身用に持たせてくれ」

「助かる。……最後に1つ聞いて良いか？」

「何だい？」

「学校で話していたガーディアンっていうのはウェブライナーに乗れる奴のことだよな？」

「その説明プラス、ウェブライナーに乗る資格を与えることができる者のことだ。私が君を選んで乗せたように。その戦闘服が何よりの証だ」

「ゼロ以外にもガーディアンはいるのか？」

「…………ああ、いる」

重々しく口を開いてゼロアは答えた。

「つまり、そいつらはお前の仲間だと言うことだよな？　そいつらと合流はできないのか？」

「…………」

ゼロアの口は完全に閉じてしまった。

「ゼロ、聞いちゃいけないことを聞いちまったか？」

「いや、そんなことはない。君の言うとおり、私にも仲間がいれば合流して力を合わせるのは当然のことだ。ただ、合流したくてもできないんだ」

「できない？」

「ガーディアンは私も含めて4人いる。そのうち2人は行方不明だ。リベリオスに捕らえられているのか、それとも殺されたのかは分からない。探そうと思ったこともあったが、リベリオスに追われていることもあって満足に行動できなかった」

「残りの1人は？」

「……死んだ」

重々しく響き渡るゼロアの言葉だった。

「……そうか、嫌な記憶を思い出させて悪かった。そうなると、やはり俺たちだけで戦うことになるのか？」

ゼロアはしばらく黙った後、ふとウェブライナーを見つめた。

「私たち以外にもリベリオスと戦っている勢力がいるかもしれない。アテにしてはいけないことだが、目的があえば協力し合えるかもしれない。その逆の可能性もあるが」

「それは、稲歌町中にネットワークを張り巡らせている奴らのことか？」

前回の事件が世間の明るみに出ないように上手いこと操作した連中。敵か味方かはいまだ不明だ。

「ああ、前回の稲歌町の住民が全員誘拐された後、何も事件について報道がなかった。私たちは当然やってないし、リベリオスも後始末なんてやる義理もないはずだ」

「事件を表に出さず、上手く処理して世間に知らせないように工作した奴らがいるということだな？　まあ、できれば味方であってほしいけどな」

拓磨は本心を語った。できれば敵は少ない方が良い。

「彼らについてもこっちで調べてみるよ。とにかく君は現実世界でライナー波の痕跡を追ってくれ」

「分かった」

ゼロアは再び手をかざすと拓磨の背後に光の渦を作り出した。

「あ、そうだ！　1つ聞いて良いかい？」

先ほどの真剣な話し合いとは異なる、声を少し高くしたテンションの高いゼロアの姿がそこにあった。

ふざけた、どうでもいい話になる気がする。拓磨のこの予想は必ず当たると考えていた。

「さっきふと気づいたんだが、拓磨は身体計測をやったかい？」

（身体計測？）

想像を遥かに飛び越えた質問が拓磨に飛びかかってきた。

「…クラスの連中はやったみたいだが、俺も時間を作って保健室に行かなきゃいけないみたいだな。先生に放課後に言われたが……それがどうした？」

「なんか、成長したんじゃないか？」

「えっ？　成長って何がだ？」

「身長に決まってるだろ」

時々、自分が高校生であることを忘れるときがある。

顔や性格も周りから指摘されるのだが、一番多いのがその体格である。

高校2年生でこの図体は少々大きい。

いくら成長期であると言ってもこれ以上デカくなるのは色々不便が生じるため、正直勘弁して欲しいものだ。

ただでさえ、着ることができる服も限定されて、叔母さんに『拓磨の着る服で安い服なんて1つもない』と文句を言われたこともあった。

だから家の中で着る服は基本的にもらいものの『宗教ジャージ』。2メートル近いサイズもあるため、困ることは無いのだ。

逆に私服の時が困る。いちいち、考えなきゃいけないため、面倒なので高校の制服を着ていくときもある。

「ちょっとそこに立っていてくれ。今から君の身長と体重を計測する。この前、測ったときはどれくらいか覚えているかい？」

「身長187センチ、体重89キロ。確か3月にスポーツジムのインストラクターにパンの配達をしにいったときに、ついでに測ったんだ」

「なるほど。それが最新の情報というわけだね」

ゼロアは白衣の内側から黒いサングラスを取り出すと、それをかけ拓磨を見つめる。何やら、電子音が聞こえ始め、サングラスの表面上に象形文字が上から下へ水のように流れ始める。

「君の服は君自身の体調を記録する役割もあるんだ」

「色々ハイテクな服装だな。単なる戦闘服じゃないってことか？」

「ウェブライナーのパイロットの体調管理は基本中の基本だからね。…おっと、計測終了だ」

ゼロアが計測終了を知らせた後、硬直する。そして眼鏡のフレームを何度も右手の人差し指で触れ続ける。まるで本を次の項目へと読み進めているように拓磨には見えた。

「おい、計測結果はどうなった？　最近色々あったから、少しは痩せたか？」

冗談交じりに拓磨が半笑いで聞き返す。

「………………」

ゼロアは何も言い返さなかった。パソコンのマウスを何度もクリックするようにサングラスのフレームを叩く。

「おい、そんなにおかしい結果か？　10キロくらい痩せたとか？」

「拓磨。もう一度、最新の情報を言ってくれないか？」

「身長187センチ、体重89キロ」

「心して聞いてくれ。今の君は身長197センチ」

驚愕の真実とはこのことだろう。拓磨は口を半開きにしたまま、自分の耳を疑うことしか出来ずにいた。

「ちょっと待て。1ヶ月前から10センチも身長が伸びたのか!?　1センチの間違えだろ？」

「繰り返すけど、身長197センチだ。これは変わりない事実だ。嘘だと思うなら現実世界でもう自分で測ってみれば良い。たぶん同じ結果だ」

「……ちなみに体重は？」

「……心の準備はいいかい？　体重110キロだ」

拓磨は今度こそ自分の耳がおかしくなったと確信した。

おかしい、いくら何でもおかしすぎる。わずか1ヶ月で身長が10センチも伸びて、体重が21キロも増えるなんてそんなアホなことがあるわけがない。

「おそらく、そのサングラス計測器が壊れているんじゃねえのか？　そんな肉体改造に失敗した例みたいなことが起こるわけないだろ？」

「いや、現実に起きているんだけどね。そうかあ、身長が10センチも伸びていたらそりゃ成長したと思うよね」

（ん？　よく考えてみると話がおかしくないか？）

ゼロアと俺が出会ったのはつい、1週間ほど前だ。

その時ゼロアが俺を初めて見た。そしてその時から成長したと感じている。

（まさか、身長と体重が増加したのはこの1週間の間の出来事だというのか!?）

ますますありえない、あるわけがない。

「ゼロ、もしかしたら俺もライナー波の影響を受けているんじゃないのか？」

拓磨は一番あり得そうなできごとを提示した。

変化を生み出すライナー波。もし、ウェブスペースに入った影響が俺にこの現状を与えているのなら分からなくはない。しかし、その場合俺は相良やアリのモンスターと同じということになる。少なくとも喜ぶ状況にはならないだろう。

しかし、ゼロアはそれを聞いた瞬間に切り捨てた。

「それは無いね。君の体からはライナー波の反応が出ていない。相良みたいな超人にしてもこの前のアリの化け物にしても、ライナー波に影響を受けたものは必ず反応が出るんだ。君の反応はまさしく人間そのものだよ」

「……じゃあ俺の体の変化はどういうことなんだ？　そもそも本当に変わったのか？　見た限りではあまり変化は無いが」

身長はまだしも、20キロ近くも太れば体にそれなりの変化が現れるはずだ。拓磨は自分の体を触ってみたが、どこにも目立つ変化は無かった。

「……もしかしたら、脂肪じゃなくて筋肉が付いたのかもしれないよ？」

「20キロも無駄に筋肉が付けばかなり目立つだろ？　おまけに体に違和感も生じる」

今度は拓磨がゼロアの案を否定した。

「……となると、考えられるのは1つだね。君の体の細胞が変化したんじゃないかな？」

「………何だと？」

「簡単に言うと、細胞というのは積み木のブロックみたいなものだ。今までは軽いブロックで君の体はできていた。しかし、いつの間にか重いブロックで体が作られるようになった。だから、重くなった。簡単だけど、こんな理論かな？」

「俺の体は子供のおもちゃじゃないんだぞ？　大体、いつ俺の体の細胞が変わったんだ？」

「それは分かる。おそらく、ライナー波だ。たぶん、君の体が変化したのは君がウェブスペースに来たときじゃないかな」

　どうやら、ゼロアも俺と同じ答えを出しかけているようだ。

（しかし、そうなるとなぜ俺の体からライナー波の反応が無い？）

「となると、君からライナー波の反応が出ないことを説明しなくてはいけなくなるな」

「そうだな、ライナー波に汚染されたら俺の体からは反応が出るはずなんだろ？」

「うん。……待てよ」

　急にゼロアが口元を覆うように右手を当てると、ぶつぶつ独り言を言い始める。

　そして1分後、閃いたように拓磨に微笑んだ。

「分かった！『逆』だ！　おそらく、逆のことが起こったんだ！」

「……悪い。一体何が『逆』なんだ？」

　1人で納得されて置いていかれるのは想像するようもつらいことだ。拓磨は分かりやすく自分を導いてくれる先生を欲していた。

「ああ、ごめん！　ええと……分かりやすく言うと『君がライナー波を汚染した』んだよ！」

　俺がライナー波を汚染した？

　ライナー波って放射能みたいなもんだろ？

　人が放射能を汚染するってどういうことだ？

「もっと分かりやすく言ってくれ。どんどん訳が分からなくなる」

「ええと……！　難しいな、人に教えるのは。いいかい？　ライナー波に汚染されるというのは君の体の一部がライナー波に食べられるような感覚だと思ってくれ」

「ライナー波に食べられる…。俺の体の一部が…」

拓磨は頭の中で皮膚をウナギのような長い姿をして、鋭い牙が生えた怪物に食べられる想像をした。

「そして、その食べた部分をライナー波が埋めるんだ。ライナー波が食べた部分の情報をコピーして、自分も同じ形になり君の体の一部となるんだ。拓磨、この時点で君の食べられた部分は何？」

「ライナー波…だろ？　俺の体の一部になったライナー波だ」

「正解だ。つまり、この時の君の体は今までの人間の細胞とライナー波の細胞の組み合わせだ。これが相良やアリの怪物の状態。いずれは体全体が浸食されライナー波の細胞になってしまう。ここまでは良い？」

「ああ。確かにこれなら、調べられたときライナー波の反応が出るな。人間だったときの痕跡はゼロだからな」

「だが、君の場合は違う。おそらく、君の細胞はライナー波に食べられなかった」

「いわゆる、ライナー波に対する抗体だろ？　俺がここにいられるのもその抗体のおかげだろ？　じゃあ、何も変わらないってことだな。身長や体重も変わらない。でも、実際に変化しているんだ。これはどう説明する？」

「分からないかい？　君の細胞がライナー波を逆に食べたんだよ！」

「……は？」

俺がライナー波を食べた？

「そして成長したんだ！　ライナー波をエネルギーにして。まるでご飯を食べて人間が成長するかのように！　だから、君の身長は伸びたし、体重も重くなった。だって、細胞が成長したんだからね！」

拓磨は呆然となっていた。

確かに……一応の説明にはなっている。

でも、これはもうぶっ飛びすぎていて、想像が追いつかなくなっていた。

「俺の体がライナー波をエネルギーにして進化したって言いたいのか？」

「普通ではあり得ないことだ！　ライナー波は確かにロボットの動力になる。でも、それはあくまで動力としてだ。相手を変化させるのも相手を自分色に染めてしまうこと、相手の体を乗っ取ることと同じだ。けど、君は乗っ取られるのを防ぐどころか、逆に食って栄養にしているんだ！　そして自分の力にしている！　超人でも化け物でもない、新たな存在だ！」

ゼロアが興奮して、口数が多く、饒舌になってきた。まずい、何とかしなければ。

「落ち着け。あくまで俺たちの想像だろ？　全て嘘だと言うこともあるだろ？　やはり、俺はライナー波に汚染されて変化したということもあり得るだろ？」

「当然だ。今話したことは何1つ証拠が無い。だから、これから調べる。私の目的は、まず最優先でリベリオスから現実世界の人々を守ること、次にリベリオスを打倒すること、最後に君の体の謎を解明することだ！」

ゼロアが『犯人はお前だ』と言わんばかりに拓磨を右手人差し指で話を締めくくる。ここまではっちゃけたゼロアを見たのは初めてかもしれない。

「まあ、どうでもいいが俺の体のことより謎の第三者のことを調べてくれ」

拓磨は疲れて言い放つと、踵（きびす）を返して光の中に入り現実世界へと戻っていく。

彼の背後でゼロアが今までに無いほど手を振って別れを惜しんでいた…。


同日、20時27分、不動家2階、拓磨の部屋。

拓磨が寝室に戻ったとき、そこにはすでに祐司はいなかった。

どうやら、すでに帰ったらしい。

床の上には吐瀉物を吐いた痕跡は見当たらない。掃除の心配は無いようだ。

拓磨は早速、机の向かいにあるジャージなどが入った洋服タンスから、金属のレールにかけてある自分の制服を取り出し、『宗教ジャージ』を脱ぎ捨て着用してみる。

制服は着ることが出来た。しかも今までに無いほどピッタリ着用できた感覚を感じた。

（何だ、やはり診断はデタラメか？）

そう思いながら、ふと手に当たったものを拓磨は掴む。

値札だった。どうやら、着けたまま学校に行ってしまったらしい。後から考えるとずいぶん恥ずかしいものだ。

そして、何気なく値札を見てみた。

『２００㎝～２１０㎝。特注』

値札は真実しか答えてくれなかった。

叔母さんが俺の成長を見越して特注品を買ったのだろう。

考えてみれば、始業式に着たときはどこか緩かった気がする。今までに無いくらいフィットしているのも身長が伸び、体格が良くなったからだとしたら……。

「どうやら嘘じゃないみたいだな…」

拓磨は再び、ハンガーに制服をかけ、洋服タンスに戻すと、ジャージに着替えベッドの上に寝転がった。

今、頭に謎が溢れるように出てくる。

『リベリオスの目的』

『ライナー波とは何か？』

『ウェブライナーの中にいた黒いのっぺらぼう、あれは何だ？』

『進化したウェブライナーの力とは？』

『俺たちでもリベリオスでもない謎の第三者』

『ガーディアンとは？　他の3人は誰なんだ？　そのうち1人は死んだ？　なぜだ？』

『敵リーダー、ラインとゼロアは元同僚？　なぜその2人は今は争っているんだ？』

そして新たに1つ加わった謎。

『どうした？　俺の体』

できれば、これ以上謎を増やさないで欲しいものだ。頭がパンクしそうになる。

頭を掻きむしりながら寝ている拓磨に机上の携帯電話が鳴り響いた。

「拓磨、電話だ」

ゼロアが拓磨に着信を伝える。

「誰からだ？　いたずら電話なら勝手に切っておいてくれ」

「お向かいさんからだよ」

「…祐司か？　それとも友喜か？」

「違う。葵だよ」

（また祐司ともめ事だろうか？　できれば少しは謎が解決してからもめて欲しいものだが）

拓磨はゆっくりと体を起こすとそのまま、机の前まで歩いて行き右手で折りたたみ式の携帯電話を開くと、椅子に座ると同時に耳に当てた。

「はい、もしもし」

「あっ、本当に繋がった…」

まるで携帯電話を初めて使い始めた原始人のような反応が聞こえてきた。

しかし、声は葵である。

「………………」

「………………」

お互いに全く喋ろうとしなかった。相手の動きを待ち、相手に合わせていこうとしつつもお互いに動かないため状況が全く変化しない。

「何の用だ？」

「携帯電話、買ったんだ？」

そう言えば、葵には話していなかった。俺がこの携帯電話を持ったことを。

当然ウェブスペースについても話していない。

言ったところで信じてくれないだろう。おまけにテロリストと戦っているなんて知れたら……そんなこと想像したくもない。クビを突っ込まれて心配をかけさせるのがオチだ。

あいつは今は剣道部の部長だ。部活動が忙しいのに、俺たち帰宅部の面倒まで見させたら、部活動そのものに支障が出る。

知らない方が良いのかもしれない。

「まあな、旧式の携帯で中古で値段が安かったんでな」

「携帯電話なんていらないって言ってなかったっけ？」

言っていた。それも思いっきり祐司にぶちまけていたな。

「さすがに携帯電話の1つも持たないと周りに白い目で見られる時代だからな」

「いつも白い目で見られているじゃない。特に今日の自己紹介なんか今までで最低に迫害されてたでしょ？」

あれは迫害というのではない。むしろ公開処刑に近い。

「……俺の番号は祐司から聞いたのか？」

「最近妙に祐司の部屋から音がすると思ったら、拓磨の名前が出てたからね。忍びこんで、番号をチェックしたら案の定、身元不明の番号が出てきたの」

「パスワードを設定してなかったのか？」

「今時珍しくしてなかったの。まるで『見るなら見ろ』と言わんばかりに」

祐司には後ろめたいことは何もないのだろうか？　まさかのノーガード戦法だ。

「せっかく携帯電話買ったんだから電話番号、教えてくれても良いじゃない？」

葵がイライラしているように拓磨に突っかかってきた。

「お前は部活で…」

「私の部活を言い訳に使わないで。聞こうと思えばいつでも聞けるでしょ？」

拓磨の反論は一瞬で打ち落とされた。

「最近、こっちも忙しく…」

「ヤクザとの喧嘩で？」

拓磨はため息を出してしまった。口喧嘩では男は女に勝てないと叔母さんが自信満々で言っていたが、俺の場合は後ろめたいことが多すぎてただでさえ不利だ。

「葵。一体何を怒っているんだ？」

「……何か最近、拓磨と祐司が妙に私から離れていってる気がして…。私が剣道部の部長になったから？」

「それもあるだろうな。でもせっかく部長になれたんだ。わざわざ俺たちに構って部活動に支障をきたすなんてことになったら困るだろ？」

「私…実力で部長になったわけじゃないんだ」

唐突だった。葵が声を落として、呟くように拓磨に語りかけた。

「……そうなのか？　祐司はお前が部で一番強いから部長になったんだと言っていたが、違うのか？」

「私、憧れの先輩がいるの。桐矢（きりや）先輩と言って部活動の3年生の先輩。本当なら、彼が剣道部の部長になっているはずだったの」

葵は夢を語るように生き生きと言葉を弾ませた。

「先輩は剣道の腕を見込まれて、全国選抜の合宿に行っていて…」

「なるほど。つまり、葵は部長代理として選ばれた訳か？　その先輩が戻るまでの」

拓磨は話の内容が何となく見えてきた感じがした。

葵が2年生にも関わらず、他に部員がいるのになぜ部長になれたのか。

単に強いだけが理由じゃない。

（となると、その先輩との間に何かあったのだろうか？）

「部長代理でも一応、部長なんだけどね。何とか、部のみんなの支えもあって先輩の帰りまで腕を鈍らせないようにしているだけ」

「素晴らしい話じゃねえか？　まるで出稼ぎの夫の帰りを待つ家を守る妻だな」

拓磨は冗談交じりに話を繋ぐ。

「……でもやっぱり、私が選抜されたのが気に食わない連中もいるみたいで。実際、私は先輩に可愛がってもらっていたから、選ばれたのもそのおかげだと思うし…」

葵がまた黙り込んでしまった。

電話なので相手の表情は分からない。しかし、声色から思うことは多多あった。

拓磨は最近は葵の活発な一面しか見てこなかった。おそらく、葵自身も周りに見せないように気を遣っていたのだろう。

部活でも部長として周りを叱咤し、日常でも祐司や真之介叔父さんの面倒を見る、その日々の中で彼女の心をストレスが蝕んでいったのかもしれない。

そして今、友人である俺と話すことで少しでもありのままの自分を出そうとしているのだろう。そこまで葵は追い詰められているのだろうか？

「その先輩というのはどんな人物なんだ？」

「えっ？　どんなって……顔はイケメン俳優みたいで、背も高くて、体つきも筋肉質で、勉強も3年生の中でトップクラスで、それから……女子のファンもたくさんいて…」

「それで剣道も強いと？」

「……うん」

　なるほど。見事なまでの理想男子という奴だ。真面目な葵がここまで言うんだ。祐司が歯ぎしりして憎みそうなパーフェクトな男なのだろう。

　女性ファンなんぞ俺には一生縁もなさそうだ、羨ましい。

「性格はどうなんだ？」

「うーんと、自分にも周りも厳しいかな？　それだけ一生懸命剣道を愛しているということなんだろうけど。グータラな生徒は稽古の相手をされて、叩きのめされるというのがいつもの光景ね。でも頑張っている生徒には優しいから、だからファンも増えるんだろうけどね」

　葵は先輩の話をしているとき、どこか嬉しそうな感じが声色から伝わってきた。ただの部長と言うより、部の象徴や誇りに近い人物なのだろう。

　拓磨は話の中からなんとなく筋道が見えた気がした。

「ならば、悩む必要はないんじゃないか？　お前の理想とする人物は他の人も認める素晴らしい人物なんだろう？」

「そうだけど…」

「その人物がお前を部長代理に選んだんだ。それだけ、葵を信用したからこそ部を託したんじゃないのか？　お前と仲が良かったのもお前がそれだけ部活に前向きに取り組んでいたからこそ、認めたと俺は思うぜ」

「そう……なのかな？」

「ああ、そうだ。今は周りの嫉妬とかで辛いかもしれない。けれど、それを含めて先輩がお前を選んだとも考えられないか？　お前なら頑張れると思って頼んだとは思えないか？　辛いときは今みたいに俺や祐司に相談すればいいさ。ずっと部長というわけじゃないんだろ？　だったら、せめてその先輩のためにあと少しだけ頑張ってみたらどうだ？　お前が信頼している人なんだろ？」

しばらく葵から応答が無かった。深く黙り込んでいるようだ。

気のせいかも知れないが鼻をかむような音も遠くで聞こえた。

「……………馬鹿ね。そんなこと言われなくても分かってる」

どうやら、葵の中で何か吹っ切れたようだ。声が一気に元気を取り戻していた。悩み相談大成功だ。

「ふふっ、いらねえ心配だったみたいだな？」

「そうよ。本当にいらない心配だったみたい。あと1ヶ月もすれば帰ってくるし、それまで何とかしてみせる。先輩が帰ってきたとき部が無くなっていたんじゃ顔向けできないしね」

「まあ、そうだな。色々あると思うが、万が一に思い悩んだら今みたいに電話をくれ。話し相手くらいにはなってやる」

「万が一ね。もう無いと思うけど」

「それじゃあな」

　拓磨は笑いながら電話を切ろうとした、その時だった。

「あっ、拓磨！」

　再び葵が電話の向こうから呼んだ。

「ん？」

「ありがとう、本当に」

　単なる日常会話とは違い、心から丁寧に発した葵の「ありがとう」だった。おそらく、人生でも聞ける機会は今日くらいだろう。

「うちの常連客にはこれくらいのサービスくらいなんてことはない。それじゃあ、また明日な」

　拓磨は満ち足りた気分で携帯電話を切った。

「カウンセリングの先生でも目指しているのかい？」

　ゼロアが携帯電話の画面に映り込んできた。拍手をしながら、拓磨に賛辞を送っている。

「ゼロ。茶化している暇があったら、自分の決めたことを進めてくれ。リベリオスはいつ攻撃してくるか分からないぞ？」

　ゼロアは笑いながら、画面の外に消えていった。

　拓磨はゆっくりと雲1つ無い星々と地上の明かりが輝く、故郷の夜を机ごしに眺めた。

（今日もまた人の助けになることができたのだろうか？）

だが、これからはリベリオスのせいでより多くの人を助けなくてはいけないのかもしれない。だが、今はこの気分に浸るとしよう。そして明日、また誰かの助けとなって過ごす。助けることなんて起きない方が良いのかもしれない。だが、もし起きてしまったらその人を助けられるような存在になりたい。そして人を助けて人生を過ごすのも悪くない。

拓磨は何も起きないただ暗闇と明かりの灯るこの世界に感謝しつつ、カーテンを閉めるのだった。


同日、？時？分、ウェブスペース、リベリオス本部。

ウェブスペース。その名にある通り宇宙と同じくらいの広さがあるのではないかと噂される世界。

その世界のどこかにリベリオスの本部はある。

本日、リベリオスのリーダー、ラインは非常に機嫌が良かった。

若い青年の姿をして、漆黒の髪はいつもと同じように後頭部へと流れている。見事なオールバックだ。

体格は180センチで、瞳は多くの日本人と同じ黒い瞳。ただ、1つ異なるのはその目はまるで死人のように冷たく、生気を帯びていないことだった。

　壁にライナー波を利用したランプの白光が輝く廊下を、Ａ４のノートと同じ大きさの液晶ディスプレイを持ち、指で画面をいじくりながら笑みを浮かべて歩いていく。彼の黒いシミが付いた白衣が歩く素早さでたなびく。

　その画面には1週間ほど前、突如彼らの前に現れた白い騎士の姿の巨人、ウェブライナーの映像が映っていた。

「素晴らしい！　やはりライナー波は素晴らしいなあ！」

　彼の最近の流行はまさにこの巨人だった。ライナー波がもたらした新たな可能性。人間を変化させるのは確認できたが、まさかロボットさえも変化させるとは！

　一体、何をどうすればこうなったのか？

　研究者としての彼の好奇心が彼を寝不足に陥らせるほど、彼を興奮させていた。そのまま、歩いて行くと突如衝撃と共にラインは弾かれ尻餅を搗く。

　突然のことにラインは怒りもせず、仰向けに寝たまま何事も無いように液晶画面をいじくり続ける。

「ライン」

　ラインの真上から声が降ってきた。しかし、ラインは聞こえてないように液晶画面を操作しながら笑っている。

「やはり、ライナー波は素晴らしい」

「ああ、それはわしがよく分かっている」

ラインの返答に答えるようにして、声の持ち主はラインから液晶ディスプレイを取り上げた。

それは老人だった。頭はすでに雪景色のように真っ白な白髪である。ラインと同じ白衣を身に纏い、やはり所々に黒いシミが付いている。

背は160センチほど、猫背でラインよりも小柄だった。しかし、体から放たれる貫禄は背の低さを忘れさせるほど威圧するものがあった。

「やあ、アルフレッド博士。おはようございます。朝ご飯は食べましたか？」

飄々としたラインの挨拶が始まる。

「お前はわざとボケておるのか？　もう夕食も食べ終わっただろうが！」

アルフレッド博士と呼ばれた老人は、跳躍しながら柔道の瓦割りと同じようにラインの脳天に手刀をたたき込んだ。

あまりの威力に頭を押さえながら、ラインは廊下をゴロゴロと悶絶して転がり曲がる。

「じょ、冗談に決まってるじゃないですか!?　そんなに怒らなくてもいいでしょ？　痛ええ……」

「お前は落ち着きがなさすぎる！　仮にもわしの助手だぞ!?　真剣な時はまだしも、ふざけたり、怒り狂ったり、大泣きしたり、コロコロ性格が変わってもはや人格破綻の精神病患者だ！　リベリオスの統率を任されているんだったら、もっとどっしり腰を据えてシャキッとせんかい！」

「私は私なりに考えて目的のためにやってるんですよ？　博士こそ、色々文句が多いんじゃありませんか？　あんまり怒ると…」

「『寿命が縮む』か？　もうすでに長く生きているから脅しにもならんわ」

「そのもやしみたいなへニャ白髪、頭に電流流してヤマアラシみたいに逆立てて、動物園に売り飛ばしますよ？」

急に真面目な声とキレしかない言葉でラインがアルフレッドの堪忍袋を引きちぎった。

「貴様、死ねえええ!!」

激高したアルフレッドの手刀が再びラインの脳天に炸裂しようとしたとき、突然目の前に人影が現れ、アルフレッドの手刀を受け止める。

それは東洋人風の顔をして、右頬に刃物で切られたような切り傷があった。髪は丸刈りで、体は180センチ近くのラインとほぼ同じくらいの背丈で全身紺色の戦闘服で身を覆っている。その服装も鍛え上げられた肩や腕の筋肉で凹凸を帯びていた。

そして右目には眼帯を付けており、開いた左目は鋭く光を放っている。

「博士、どうかそのへんで。ライン様の脳にそれ以上衝撃を与えるわけにはまいりません」

「バレル。頭がおかしいわしの助手を庇うつもりか？」

アルフレッドは不愉快そうに手から力を抜き、バレルと呼ばれた男の腕を振りほどいた。

「あなたの方が研究者としては立場が上。しかし、リベリオスの階級としてはライン様は全てを統括する立場です。どちらを守るかは言うまでもないかと」

「それがお前の考えか？」

「それが私の正義です」

微妙に噛み合わない老人と丸坊主のやり取りで、修羅場は複雑な空気を醸し出した。

「ようやく来たわね？　ジャスティスマニアさん」

バレルが振り返ると、金色の髪がまず目に飛び込んだ。

そこには胸まで長い金色の髪を垂らしながら、残った髪は三つ編みにして背中で束ねて丸眼鏡をかけ、ラインと同じように白衣を着た女性がいた。

ラインの背後で七色の光を放つ液体が入った注射を片手で器用に回しながら、珍獣を見るような目つきでバレルを見ている。

「お久しぶりです、リリーナさん」

「お久しぶりね、バレルさん。……また髪切ったの？　前に会ったときより短くてほとんど坊主じゃない」

リリーナは調子を合わせ、会話を済ます。そして突然、注射をラインの首元に突き刺す。中に入っていた液体がラインの体内へと吸い込まれていく。

ラインはまるで、マッサージを受けているかのように気持ちよく嘆息をもらすと、目をカッと見開き先ほどの寝ぼけた性格は微塵も感じさせないようになった。

「バレル。よく戻ったな？　会えて嬉しいぞ」

目の前のバレルにまずは感謝の言葉が飛ぶ。

「身に余る言葉です。ライン様」

その後、ラインは背の低いアルフレッドに対して、片膝をつき頭を垂れる。

「師よ。数々の暴言、申し訳ありませんでした」

「気持ち悪い奴だ。薬を体に入れたらまるで別人だな？」

「博士。それが必要なのはあなたが一番ご存じなのでは？」

リリーナが含み笑いをしながら、頭1つ分背の低いアルフレッドを見下ろす。

アルフレッドは鼻で笑うと、液晶ディスプレイをラインに投げ渡し踵を返して先ほど歩いてきた廊下を戻り始める。ラインは受け取った物を白衣の中にしまい込む。

「お前達を探していたのだ、さっさと来い。特にバレル、今回はお前に関する問題だからな」

「私…ですか？」

「そうよ、正義大好きさん。あなたの保護者、そしてあなたの棺桶ができあがったのよ」

３人がアルフレッドの後に付いて歩いている途中、気味の悪い笑いをリリーナがした。

「止めろ、リリーナ。言葉が過ぎるぞ？」

ラインが無表情のまま、顔も向けず声だけでリリーナを制した。

「だって、本当のことでしょ？　ライン。ロボットは、生と死を共にするパートナーであり死に場所。なかなか面白い言葉だと思うけど」

「言っておくがわしの最新作で敗北して、おめおめ帰ってきたら次からは整備不良のポンコツで死にに行ってもらうからな？」

「必ず勝ちます。私の正義に賭けて」

「まあ、口だけなら何とでも言えるがな」

アルフレッドが釦を刺すと、いきなり空間が広がる。

そこは洞窟のような巨大な空洞であった。目の前に人が歩ける程度の金属製の通路が設置されており、手すりに2メートルほどの間隔に赤いランプが灯っていた。周りは手を差しのばせば手が闇に飲まれて輪郭しか分からなくなるほどの暗黒が広がっていた。

4人は金属特有の響く音を立てて、狭い通路を1列に歩いていく。

「いつ来ても思うんだけど目が悪くならない？　この場所、もっと照明を灯したら？」

リリーナが一番後ろから周りを見渡して不満を呟く。

「照明を点けるにもライナー波を使うんじゃぞ？　無駄使いにもほどがある」

アルフレッドの苦言が先頭から飛んでくる。

「ライナー波は無限のエネルギーでしょ？　何で節約する必要があるの？」

「リリーナ。確かにライナー波のエネルギー自体は無限だ。ただ、そのライナー波を安定的に出力させる装置自体は定期的な点検が必要だ。使ったら、使った分だけ装置に負担がかかる。お前は博士の負担を増やす気か？」

「ああなるほど、そういうこと。さすがにライナー波については詳しいのね？　私については知ろうともしないのに」

リリーナが周りに聞かれるのも構わず挑発する。

「何じゃ？　お前ら付き合っていたのか？」

「肉体関係だけです、博士。気持ちは皆無です」

「そうですよ、博士。後腐れ無い健全な関係です」

「…狂っておるの、お前ら。バレルもそうは思わんか？」

「私の興味が及ぶところではないので」

「まともな奴らがいない組織じゃ、本当にな」

アルフレッドが笑いをこらえながら歩き続けると、ついに立ち止まる。

そしてそのまま、指を弾き音を鳴らす。すると、突然右側の方向に照明が灯った。

そこにいたのは狼の頭をかぶったような人型ロボットであった。

全長は50メートルくらいであろう。

白銀の下地の上に茶色の曲線で武士の着る羽織のように飾られた上半身。腰には巨大な片手持ちの鎌と小刀が装着されている。下半身に長い袴は穿かれておらず、代わりに戦国時代の武士が付けていた腰鎧が巻かれている。おかげで柱のような白金属の足がよく見えている。

「これが私が乗るロボットですか？」

「この前戦ったウェブライナーのデータを元にわしが設計したロボットだ。機体番号『N（NEW）L（LINER）R（ROBOT）－02』、名称『疾風（はやて）』じゃ。コンセプトとしては軽量化に重きを置いた」

「軽量化？　この前戦ったウェブライナーは両手持ちのハルバードを使うと伝令で聞きましたが？」

バレルが移動中に伝わってきた情報を反芻するように口に出す。

「その通りですよ、博士。見たところ、盾も付いていないじゃないですか。あの強い一撃を受けたらこんな軽装備じゃ即、装甲に穴が開きますよ？」

リリーナが続けざまに目の前のロボットの疑問を口にする。

「見た目で判断するな、装甲はウェブライナーのデータを研究して強化してある。それになぜ軽装備にしたのか分からないのか？　相手がウェブライナーだからだ」

ラインがリリーナを小馬鹿にするように説明する。

「どういうことですか？」

「何じゃ、お主。伝令を最後まで聞いていないのか？　今のウェブライナーの特徴を知らないのか？」

「申し訳ありません、ウェブライナーの特徴とは？　ただの戦闘用ロボットではないのですか？」

バレルの疑問にアルフレッドが首を振りながら呆れてしまう。

「まったく…お主はよほど死にたいようじゃな。いいか、今のウェブライナーには『相手の武器を模倣して自分の武器として扱う』という能力がある」

「相手の武器を自分の武器にする……。そんな不可思議な能力が。なるほど、軽装備の意味は相手にできるだけこちらの武器を渡さないようにするという意味ですか？」

「そうじゃ。敵に必要以上に塩を送る必要はないじゃろ？　それに重装備の相手、重たい攻撃は受けることよりも攻撃を避ける方が利口じゃろ？　修理費を増やしたいなら話は別だが。何か文句はあるか？」

「……適切な助言、感服しました」

バレルは素直に自らの知識不足を謝罪した。

「バレル、今回はお前に作戦指揮を執ってもらう。手段は問わない、必ず成果を挙げろ」

「お任せください、ライン様。必ず宿願成就のためこの『バレル・ロアン』、必ず成果を挙げてみせます」

「早速、作戦にかかれ」

ラインの命を受けたバレルは一礼をすると、先ほど歩いてきた廊下を早歩きで戻っていく。

バレルの姿が見えなくなるのを確認すると、リリーナがまるで厄介払いができて嬉しいように含み笑いをしながら、目の前のロボットを見上げた。

「博士。色々聞きたいことがあるんですけど？」

リリーナが声だけでアルフレッドに問う。

「何じゃ？」

「このロボット、どう見ても50メートルくらいしかないですよね？　相手は100メートル近い化け物ですよ？　この前、あのヤクザの人間が使っていたロボットくらいの大きさは必要かと思うんですけど」

「心配ない。完成品を作る前に必ずそれとそっくりの試作品を作るだろ？　あの相良とかいう男が使っていたロボットも同じように試作品を作って、それをライナー波で巨大化させたものだ。デカくするのは8時間くらいあればできるから大したことではない。問題は性能をどのようにするか、そしてそれを最大限に発揮できる大きさはどれくらいなのか？試作品の段階で練り上げることに時間がかかるんじゃ」

「そんなに大きくするのが簡単なら、相手の100倍くらい大きくして踏み潰してしまってはどうですか？　ゼロアたちはどう考えても邪魔でしょ？　リベリオスの目的もその方が達成しやすいと思いますけど」

　リリーナがさらにツッコミを入れる。

「ほっほっほ。ライン、わしが聞きたかった意見が出たぞ？　今のリベリオスの設備なら1000メートル近いロボットも作製可能。ウェブライナーなんかさっさと潰して、憂いを断った方が良いのではないかの？　確かに相手の武器を習得する能力は驚異だが、武器を使わずに相手を潰す方法なんかいくらでもある。その1つが『踏み潰す』だ。何で同じくらいのロボットで真っ向勝負させる？」

「………聞きたいですか？　師よ」

「ぜひとも聞かせてもらいたいのう」

ラインはロボットから向き直り、リリーナとアルフレッドを交互に見ると、演説のように胸を張り答えた。

「まず1つ。私はウェブライナーに興味があること」

「興味？　旧型のライナーコアを使ったロボットのどこに興味がある？」

トンチンカンなセリフを言い出したラインにアルフレッドは頭を抱えてしまう。

「ええ、確かに前のウェブライナーなら興味はなかったでしょう。だから、前回圧倒的な力を持ったロボットを差し向けたのです。でも、結果はどうなったでしょうか？　無能パイロットのせいとは言え、あれほどの性能差を一瞬でひっくり返されたんです」

「……確かにあれは予想外だったけど。まさか、向こうも巨大化してこちらの攻撃が歯が立たないなんて誰も予想しなかったでしょうしね」

リリーナも言葉を繋ぐ。

彼女も初めてあの映像を見たときは驚愕したものだ。確定していた勝利が一瞬で敗北に変わった。恐れるものが少ない彼女でさえ、ウェブライナーの出現には肝が冷える感覚に襲われた。

「師よ、あれについて何かご意見はありますか？」

ラインがアルフレッドに話を振る。

「……科学者としてこんなことを言うのは理念に反することだが、あれは『奇跡』かうか?」

「私はただの奇跡だとは思いません。いや、『奇跡』というより『進化』ではないでしょうか?」

「進化……。だとすると、原因はやはりライナー波か?」

「私もそう思います。師もご存じの通り、ライナー波は変化を促すエネルギーです。なぜ、そんな性質があるのか、発見者である博士は何かご存じですか?」

「……いや。だから、今研究しているのじゃ」

アルフレッドはその時、視線を送っているリリーナに気がついた。まるで観察している動物をチェックするように視線を送っていた。

「何じゃ? その実験動物を見るような目は。気持ち悪い。わしの顔に何か付いているのか?」

「いえ、ただ博士にも分からないのなら仕方の無いことだと思いまして」

リリーナはニコリと笑いながら返答した。アルフレッドは鼻で笑うと、再びラインを見る。

「それで、お前はウェブライナーはライナー波の研究対象となるから興味があると?」

「少なくとも、我々が見たことも無いような方法で現れた存在に興味をそそられないというのはそれだけで科学者失格でしょう?」

ラインは当然とばかりにアルフレッドに持論をぶつけた。

「……まあ、確かに。しかし、我々には目的があることを忘れてはいないか？　このロボットもライナー波の研究も、全ては宿願のためにあること。優先順位を誤るな」

「もちろん、忘れてはいません。だから、私はウェブライナーが欲しいのです。今のウェブライナーなら宿願達成にも大きく役立つ。私はそう思います」

「『欲しい』？　しかし、今はゼロアの手にあるのだぞ？」

「そうです。それで、ここで２つ目の理由です。ウェブライナーが進化した原因は果たしてライナー波なのでしょうか？」

再びトンチンカンなことをラインが言い出す。アルフレッドは頭を掻きむしり始める。

「お、お前は何を言っているんだ？　あの進化はライナー波のせいで間違いないだろう。お前もさっきそうだと言っていたではないか？」

「ええ。確かにウェブライナーを変化させたのはライナー波でしょう。では、ライナー波にそんなことをさせるきっかけを作ったのは何でしょうか？　つまり、原因ですよ」

「もったいぶらないで、さっさと言ったらどう？　焦らされるのはあまり好きじゃないんだけど？」

リリーナが不満げにラインに呟く。

「まさか、ゼロア？　…いや、だったらもっと早くこんな事態が起こっていたはずだ。……奴が手を組んだと思われる協力者か？」

「私もそう思います。おそらく、今のゼロアにはウェブライナーを進化させる原因を作った協力者がいる。そいつをどうにかしない限り、問題の根本的な解決にはならないでしょう」

「ならばなおさら、ひと思いに潰したらどうじゃ？」

「師よ。仮に最大級のロボットを作ったとしましょう。でも、もしまたウェブライナーが進化して同じくらいの大きさになったらどうなさいます？　それこそ、相手にとてつもない武器を与えることになるのではないでしょうか。これはあくまで奇跡のような確率ですが、その奇跡が前回起こってしまったのだから単なる笑い事ではすまされないでしょう」

普通ならありえないことだったが、否定できない言葉だった。アルフレッドは唸って押し黙る。

「相手の観察が必要ということか？」

「はい。おそらくウェブライナーか協力者、どちらかを無力化すれば済むと思われます。単純に考えればウェブライナーと戦うよりも、そのパイロットである協力者を消した方が得策かと」

「それで、もしもの時のためにこのロボットをわしに作らせたということか？」

「できれば使わずに済めば良いのでしょうが、私もそこまで楽観的ではありません。激突するのは避けられないでしょう。ウェブライナー攻略はロボットを使って、そしてゼロアの協力者の始末も同時に進めていく必要があるということです。どうでしょうか？　師よ」

「なるほど。今回、バレルを呼んだのはゼロアの協力者の始末を見越してのことか？」

「奴は以前稲歌町付近で活動していたので、今回の作戦には都合が良いと思いまして」

「それだけの理由で？」

突如力を持った敵を相手にするにはあまりにも説得力がなかった。

いくら馴染みのある地域だからと言って、それだけで作戦全てを任せる指揮権を渡したのはどうも納得がいかない。

リリーナは心に出てきた疑問をそのまま口に出してしまった。

「リリーナ。お前も知っているだろう？　バレルの功績を」

バレルの功績。

その時、リリーナはようやく納得できた。なぜ、バレルを呼び戻したか？

彼は最近、成果を挙げていた。ある者を捕らえ、その者の力を奪っているのだ。

「バレルは剣術の達人だ。だが、今回の作戦ではそれだけではまだ不足だ。しかし、ガーディアンから得た力と捕縛の功績がある。期待込みで今回の指揮を任せることにした。実際、奴の得た力でライナー波の研究は大きく進んだからな」

「成果を挙げた者にさらに華を持たせてやろうというわけか？　ずいぶん、部下思いだのう？　ライン」

「それだけではありませんよ。あいつはフォインにいたときから自らの理想のために生きる男でした。その理想の追求のためならどんな苦労も厭わない。そしてどんなに手を汚してもそれを理想のための肯定として受け止めることができる。まさに我々に必要な男です」

ラインがはにかみながら最大限の賛辞とばかりにバレルを褒め称えていた。

「まあ、奴の評価をするのは任務の結果次第だな。ともかく、わしのロボットを使う以上成果を出してもらわないとな」

アルフレッドは右手を挙げると再び親指と人差し指で弾くように音を鳴らす。

主の搭乗を待つ刀を携えた巨人は闇へとその身を溶かしていった。まるで動くときのために自らの身を休ませる深い眠りへと落ちるように。


同日、?時?分、ウェブスペース、リベリオス本部。

今までにない重圧を心の内に無理矢理押し込めながら、バレルは廊下を歩いていた。

今まで彼が任務で行ってきた隠密性の高い任務とは比べものにならないのだから無理はない。

初めてラインと知り合ったのは今から20年以上前である。惑星フォインの革命へと志願したのが最初だ。

当時のフォインはそこら辺に体の一部を変形された人ならざるものが闊歩する魔境と化していた。

そこに生きる人々はまさに生きるか死ぬかという究極の決断を迫られていた。

起きている間は必ず武器を持ち歩かなければならない。

人が殺されているのを見たら助けるよりも先に自分の安全を確保する。

それが当たり前の場所だった。

なぜそのようなことが起きたのか、今でも考える。

それには予兆があった。

私は惑星首都リーンから離れた郊外の道場で剣術を教えていた。それなりに門下生もいて、繁盛とまではいかないが自宅で野菜を作り、食べる分には不自由の無い暮らしを送っていた。

私には妻と娘と息子がいた。当時娘は10歳、息子は7歳だった。

ある日、２人が通う学校で子供達が次々と休む事件が頻発した。

初めは流行病だと思った。

妻が自分たちや子供達のためにワクチン注射を受けにいくことを提案した。

幸いなことに政府が費用を負担してくれることになり、私たち家族を含め大勢の市民が病院へと向かって行く光景は忘れることが出来ない。

そして３日後。娘が高熱を出して倒れた。ワクチンを打っていたのにも関わらずだ。

さらに２日後、今度は妻と息子が倒れた。

私だけが平気だった。私は道場を妻と子供たちの看病のため、休止することにした。病院へ入院させることも考えたが、当時の病院はどこも一杯で、受け入れてはもらえなかった。

首都だけではない、近隣都市のあらゆる病院が患者で埋め尽くされていた。

何回も知り合いの医者に頼み込み、妻も含め子供達を一度だけ診察をしてもらった。

彼がいうには惑星フォイン全体で皆同じ病気にかかっているそうだ。

政府も手を打とうとしていたが、いかなる処方も効果が無い難病だった。

私はただ話を聞いていることしか出来なかった。医者が帰った後も妻や子供達の側で世話をすることとしか出来なかった。

それから2日後だった。政府が国家非常事態宣言を出した。

惑星の半分以上の人がこの高熱を出す病気にかかり、中には体を変質させて暴れ回る者もいるという。

私の身の回りにもそのような者は見かけた。

その時は剣術を学んでいることもあり、峰打ちで叩きのめすことができた。そして、その後警察に捕獲され護送されていった。

そして1日後、私の家に警察が来た。

妻と子供達を治す手立てが見つかるかもしれないという話だった。

話を聞くと惑星中から病気に侵された人たちを集め、研究施設で集中治療する話だった。

半信半疑だったが、妻と子供達が治るのならどんなことでも協力をするという気持ちが当時の私の全てだった。

結局、家に置いても状況が良くならないと気づき、警察に妻や子供達を託すことにした。

あの日、搬送車に入れられていく3人の苦痛に歪んだ顔は今でも忘れることができない。

そしてそれから10日後、何もすることが無くなり自分の身の回りの生活をしていた私にある人が尋ねてきた。

それがライン様との初めての出会いだった。

彼は今回の一連の騒動の原因を調査していた。

そこで彼に聞かされた。

政府が仕組んだ国民を用いた実験計画を。

「今回の騒動はただの流行病ではない。国の上層部の人間が己の欲望のために国民を利用して大規模な実験を行っている。このままいけばフォインそのものが滅びる。さらわれた人々を解放し、今の腐れ切った政府を打倒し、何より治療法を見つけるため力を貸して欲しい」

ワクチンと言われて注射をされたもの。あの中に人々をおかしくさせる何かが入っていたらしい。そして、私には抗体があったため発症しなかったそうだ。

最初は彼を信じることができず、追い返そうとした。あまりにも馬鹿げた話だったからだ。

「どうすれば信じてくれる？」

彼はその時私に尋ねた。

私は「証拠を見せろ」と言った。

「明日のテレビを見ろ。明後日、また来る」

それだけ言い残すと彼は去って行った。

次の日。私は彼の言われたとおり、テレビを見た。

そこには、彼の姿があった。周りは薄暗く、そこの天井にあるランプの光だけが頼りだった。日の光が届かない屋内のようである。彼以外にも誰かいるらしく、第三者に撮影された画面が所々小刻みに揺れていた。しばらく進むと錆が目立つ黒い鉄格子が置いてあり、その中には腕が鎌のように変形した蝋（ろう）のような白い肌の人間がいた。目は朦朧としており、髪の毛が抜けて床に落ちていた。

「私はライン・コード。惑星フォインに住む全国民の皆さん、突然の中継、誠に申し訳ありません。今私はあなた方が流行病の治療を受けた病院の地下に来ています。ご覧になるのも大変痛ましい光景が私の目の前に広がっております。目の前の彼はあなた方と同じようにワクチン治療を受けた者です。なぜこのようなことが起きてしまったのでしょうか？」

彼は一度カメラを見ると次に別の鉄格子へと歩いて行った。すると、突然鉄格子に向かって何かが体当たりしてくる。

それも人だった。しかし、鼻が角のように尖り顔が角張って人の顔の輪郭がなくなり大きく広がっていた。普通の人の3倍近い大きさになっている。全身の服は破け、腕が胸から新たに生えており、合計4本の大木の幹のような豪腕で鉄格子をへし折ろうとして奇声を発しながら揺らしている。

「彼も先ほどの人と同じです。彼らはみなワクチン治療を受けた患者さんです。何かおかしいとは思いませんでしょうか？　なぜ治療を受けたはずの者ばかりがこのようなことになっているのでしょう。答えは単純です。ワクチン治療と称した行為、実はあなた方を禁忌の実験へと巻き込むための宣伝文句だったのです。政府はあなた方にこの真実を伝えること無く、利益のためにあなた方を食い物にしました。しかし、今テレビの前でこの映像を見ている方は幸運です。あなた方は政府がしかけたウイルスに対抗できる抗体を持っているのですから。さて、選ばれし皆さん。その力を目の前の彼らを助けるために使いたくはありませんか？」

彼は一点の曇り無き目でテレビ画面から私を見ていた。

その目は様々なことを訴えていた。

目の前の映像が決してヤラセなどではないことを。

邪な考えなど微塵も持っていない、ただ彼らを救いたいだけだということを。

「当然、目の前に起きていることが嘘だと思う方もいるでしょう。そう思う方々はぜひ近くの病院をお訪ねください。そこには治療のためにあなた方から消えた家族や友人が隔離されているでしょう。医者も看護師も誰もいない病院の鉄格子の中に入っているのです。治療のためにあなた方は預けたはずです。なのになぜ、誰も彼らの看病や治療をしていないのでしょうか？　もし、この事態を変えたいと思う方は私と共に立ち上がりましょう。今こそ、人の倫理を正し、愛する家族や友人と共に平和を享受できる国家のために立ち上がろうではありませんか！　悪逆な統治者を打倒し、目の前の被害者達を救うための救世ます！」

主になろうではありませんか！　皆さん、私に力をお貸しください！　よろしくお願いし

そして、テレビの映像は突如途切れた。

放送があって1時間後、惑星の至る所の病院は大パニックになった。

彼の放送を見た人たちがその真偽を確かめるため、病院に押しかけたのだ。

彼の言うとおりだった。

病院には誰もおらず、中には数台の鉄格子が設置されており、そこには元の姿を無くした哀れな実験台となった患者が押し込められていた。

その光景を見て、平然としていられる者は誰もいなかった。

友人。恋人。家族。仲間。

そこにいた人々は何かしらを失っていたのだ。そしてその人の中に目の前の行為を見て、他人の振りをしている者などいるわけがなかった。

翌日。彼は首都リーン郊外に住む私の家に再び現れた。

「返事を聞かせてもらいたい。私と一緒に戦ってくれるか？」

私より遥かに若く見える好青年にも関わらず、その言葉には人を先導する者の貫禄と何かを成し遂げる決意に満ち溢れていた。

その時、私も覚悟を決めた。

必ず、妻を、子供達を取り戻すために戦うと。何があろうと取り戻してみせると。

彼に従うように家を出た私の眼前には彼に導かれた数百人ほどの戦士達が集結していた。

その戦士達に向かって高らかに彼の声が木霊する。

「必ず平和を取り戻してみせる。私に続けえええ！」

呼応するように戦士達の雄叫びが響き渡る。

その時、革命が始まったのだ。平和と人々を取り戻す革命が。

民衆を敵に回した政権は半年もいかないうちにあっけなく倒れた。

しかし、それで終わりでは無かった。今度は共に戦った戦士達が奇病を発症した。

まるで何かの悪夢を見ているようだった。しかしこれは覚めることはなかった。

そして我々は彼らを元に戻す研究のため、故郷を旅立った。

彼らは20年以上経った今も惑星フォインで苦しんでいる。

一日も早く博士やライン様には研究を完成させて欲しい。

だが、そのために自分ができることはなんだろうか？

簡単だ。彼らの障害となるものを全て払うこと。

それこそ私の信念。『正義』。

この正義があるから私はこれまで戦ってこれたのだ。

この地球という星に来て数々の邪魔が立ちふさがったが、無事に切り抜けてこれた。そして致命的な打撃を受けて以来、我々は力を蓄え続けてきた。この16年近くむやみに動けず歯がゆい気持ちを味わい続けてきたのだ。

だが、ついに動き出す時が来た。

ところが、幸先が良いとはとても言えない。再び障害が立ちはだかろうとしてる。

電脳将ウェブライナー。そのガーディアン、ゼロア。そして謎の協力者。

再び私たちに対するというのか？　これ以上研究を遅らせるわけにはいかない。これ以上家族を待たせるわけにいかないのだ。

邪魔をするというのなら、たとえ誰であろうと殺してみせる。同じ惑星フォイン出身の者でも、この星の人間でもだ。

今の私にはそれを為すだけの力がある。今回の作戦、なおさらしくじるわけにはいかない。

バレルが使命感に突き動かされて、廊下を突き進む。

目の前にT字路が現れる。何も迷わず右折した。

「ご機嫌よろしいようだな？　バレル」

軽妙な軽口が背後から聞こえてくる。バレルは足を止めると振り返った。

頭にフードを被り、首に赤い布を巻き、服装は上は袖口がゆったりとした襟付きの長袖、腰には帯を巻いており上着がズレ落ちるのを防いでいる。上着は全て黄色で統一されていた。下半身には長い赤色ズボンを穿いている。

ファッションというものをバレルはよく知らなかったが、チャイナ服と言う代物らしい。それを元に色々アレンジしているようだった。

その証拠に上着の胸上に『風』という漢字が刻印されている。

背中には空から地上の獲物を狩るため両足の爪を光らせる鷹の姿が描かれている。

「ザイオン。任務帰りか？」

「まあな。そちらは色々仕事が忙しいみたいだな？」

ザイオンは先ほどバレルが歩いてきた道を眺めると再び、バレルを見つめる。フードの間から2つの青い瞳が燃えるように輝いていた。

「ああ、今回の作戦の指揮を執ることになった。今下準備をしにいくところだ」

「エラい出世じゃねえか？　やっぱり功績があるものは違うねえ。出世のためならかつての友人すらダシに使うってか？」

「………」

バレルは顔色1つ変えないまま、ザイオンを見ている。

明らかに挑発的な発言をバレルは無視した。

「マスターはお元気か？」

「ああ、元気すぎて困ってるよ。俺が何をやっても全部あの人の手柄だ」

「偉大な師を持つと弟子も大変ということか？」

「ああ、大変だ大変だ。いっそいなくなってほしいと思うときもあるぜ」

先ほどまで変化の無かったバレルの表情に冷たさが宿った。

「本気で言っているのか？」

両者はお互いを見つめ合ったまま、しばらく硬直していた。相手に危害を加えると言わんばかりの空気の緊迫感である。

空気を破ったのはザイオンだった。

「ふふ、冗談に決まってるだろ？」

フードの中で口角を上げ、笑みを浮かべているようだった。

まるで作り笑いのようで先ほどの発言が冗談とは思えなかった。

「私はこれから用事があるので失礼する」

バレルは一刻も早くこの男の前から立ち去りたかった。そばにいるだけで腹が立ってくる。

ザイオンはバレルの後にリベリオスに加入した男である。

惑星フォインに伝わる戦闘術の伝承者であり、本気で戦えばロボット兵器とも素手で戦えると言われている超人的な武術を習得していると言われている。

ザイオン自身の技術もそうだが、彼の師というのがフォインにおいて伝説になっている人物であることから、ザイオン自身の功績はあまり評価されないことが多い。

人を挑発したり、見下す言動なども多々見られ技術はあるが油断できない相手とバレルは見ていた。

バレルはザイオンに背を向けた。

「せいぜい出世させてくれた元お友達のご機嫌を損ねないようにな？」

ついにバレルの堪忍袋の緒が切れた。バレルは腰を瞬間的に捻り、手首のスナップを利かせ服の中から手に収まる程度の小刀を右手に掴むと、振り向きざまにザイオン目がけて投げる。

投げられた小刀は一直線に進み、奴の脳天に突き刺さったように見えた。

小刀を包むようにフードの部分が地面に落ちる。

ザイオンの姿は辺りを見渡してもどこにも無かった。ちぎられたフードの部分を残して消えていた。まるでいつの間にか通り抜けている風のように。

バレルは地面に落ちたナイフを見つめると、近寄り拾い上げる。

恐ろしいほどの俊足である。廊下の床にはあまりの脚力で鋼鉄製の床がへこんでいる部分があった。

（いちいち癪に障る奴だ）

バレルは吐き出すはずの感情を無理に飲み込むとその場を立ち去った。

そしてそのまま直進すると、エレベーターのようにドアが両側に開く。

そのまま中に乗ると自動的にドアが閉まり、内臓が持ち上がり下へと降りていく感覚に身をゆだねた。

およそ1分後、目の前の扉が開かれた。

そこは一瞬廃墟の印象を受ける場所だった。壁にいくつもの檻のように黒い鉄格子と灰色の壁面で境が作られ、それぞれの鉄格子の上に点滅している電灯があった。

リベリオスの収容監獄である。地下に建設されたこの施設はリベリオスによって生かされる価値があると判断され、利用価値が無くなるまで出ることを許されないリベリオス本部の地下に作られた無情の空間。

本来ならば用があっても入りたくない陰気な部屋をバレルはまっすぐ歩いていく。

そこには彼の求めていた相手がいた。その者は男だった。

髪の毛はあちこちに飛び跳ねボサボサ。顔は痩せこけ、殴られた痣で青くなっている。体は筋肉質でやせ形。ボロボロになった衣類を着用している。床であぐらをかいてバレルを一直線に凝視している。

その男の目はまるで飢えた獣のような血走った目をしており、近づいてくるバレルに睨みを利かせていた。

見ているだけで痛々しい男の前にはザイオンが着用していたチャイナ服を着ている者が立っていた。鉄格子の前で動物を眺めるように座っている男を見つめている。

チャイナ服はザイオンとは色違いで、上は焦げ茶色、下は紺色である。

背は2メートルほど、体つきは一見老人のようにほっそりとしている。しかし、近づくにつれて息をするのも慎重になるほど重いオーラを放っていた。髪は白髪の短髪であり、顔は角張り東洋人に似ている。目は猛禽類のような鋭い光を放っていた。

「マスター・シヴァ」

バレルは2人に向かって声をかけた。すると、立っていた男がバレルの方を顔を少し傾かせ確認すると再び床の男を見る。

「バレルか。こんな穴蔵に何のようだ？　ここにいるのを期待できるのは囚人のみだ」

「それは私のセリフです。いつ、こちらの方に？」

「ザイオンには会ったか？」

「ええ、任務終了との話でした。あなたと一緒の任務だったと」

「ろくな話をしていなかっただろう？　わしはあいつに嫌われておるからな」

「師のことを侮辱する弟子なんてありえないことです！　ましてや、あなたのことなど」

シヴァはその話を聞くと鼻で笑った。

「ろくでもない弟子にはろくでもない師匠が似合いだ。すまなかったな、弟子に無礼があったようだ。代わりに謝らせてくれ」

「謝るなんて恐れ多い！　仮に謝るとしたらザイオン自身にさせなくては……！」

その時、バレルは自分の発した言葉の礼節の無さに気がついた。

「し、失礼しました！　身の程をわきまえない説教のようなことを言ってしまって」

何度も頭を下げるバレルにシヴァは声を上げて笑い出した。

「いや、お前の言うとおりだ。弟子の不始末は師匠の不始末というが、そろそろ弟子自身も独り立ちをさせる時期が来ているのかもしれないな。しかし、まさかお前がここまでのことを為すとはな」

シヴァは笑い声を引っ込めると、急に真剣な声を発し床に座っている男を見つめる。

「名前は」

「スレイド・ラグーン」

バレルがシヴァに説明しようとしたところ、シヴァが男の名前を常識のように口に出した。

「やはりご存じでしたか？」

「わしと共に戦うはずだった男だ。ウェブライナーのガーディアンであり、惑星フォインでわずか15歳の若さで並ぶものなしと言われた剣術の鬼才。こやつとまともに戦うことができるのはお前くらいだろう、バレル」

「お褒めに与り光栄です。マスター」

2人は鉄格子の奥で地面に座っている男をただ眺めている。男を話のネタにして会話を1つ1つ完成していく様は、まるでお互いに本心を探ろうとしている滑稽な様子であった。

「……不思議か？」

「え？　何が不思議なのですか？」

「わしがウェブライナーのガーディアンでありながら、なぜリベリオスに味方しているのか…お前は不思議に思わないのか？」

正直なところ、マスター・シヴァの心の内を知りたいと思うことはあった。しかし、要らぬ詮索は組織全体に波紋を生みかねない。バレルは気持ちを抑えると、整えた。

「……たとえいかなる理由があろうとも、貴方様が我々と共に同じ道を歩いてくださる。これ以上何を求める必要がありましょう？」

「……お前はわしを買いかぶりすぎておる。わしは喧嘩がただ強いだけのジジイに過ぎない。本来ならば暴力魔として世間に罵倒されるべき存在なんじゃ」

「力も正しく制御できればそれは正義となります。人々を助ける力となるのです。貴方は決して暴力魔などではありません」

シヴァは急にバレルの目を直視した。まるで見ているだけで寒気を覚えるほど拒絶を表した瞳だった。

「バレル、お前の正義は他人に胸を張って言えることなのか？」

「……どういう意味でしょうか？　できれば詳しくご教授願いたいのですが」

「……バレル。お前は純粋すぎる。良い意味でも悪い意味でもだ。お前を否定することはわしにはできない。その資格は手の汚れすぎたわしなんぞには無いからだ。だから、バレル。自分で気づけ。自分の正義についてもう一度見つめ直してくれ」

シヴァは悲しそうに呟くと、バレルの側を通りながら彼が乗ってきたエレベーターに向かっていく。バレルは一切シヴァを見ようとはしなかった。背後でエレベーターが動く音がする。

「さっきからずっと黙ったままだな？　スレイド。てっきり会話に入ってくると思ったが、盗み聞きの趣味でもできたのか？」

「バレル…お前にはシヴァ殿の悲しみが分からなかったのか？」

床に座っていた男が時代離れした者が使いそうな口調と響く低音を用いて、青あざだらけの顔を上げバレルを睨みつけていた。

「悲しみ？　悪いが、私はあの方ほど戦いの経験が無い。あの方が長い戦いを経て理解したことを今の私が理解するのは無理だろう？」

「だから、ああしてわざわざ口に出して言ってくれたのではないのか？　このままではあの方の善意を無駄にすることになるのだぞ!?」

　バレルはゆっくりと腰を下ろすと泥と砂が混じった地面に尻をつき、スレイドと同じ目線の高さにする。

「さっきからまるでシヴァ様が自分の味方であるような意見ばかりを言うな？　お前は状況を理解していないのか？　お前は私に敗れ、そしてここに幽閉されたのだ。全ての力を失ってな。今のお前はただの人間と同程度の存在だ」

「人間を愚弄(ぐろう)することは許さんぞ！　フォインの人々と地球の人間、一体何の違いがある!?」

「様々な違いがあるだろう？　身体能力、頭脳、それに伴う文明の差……。最も決定的な違いはリベリオスはフォインの守護者で、地球人は我々と敵対する存在だということだ」

「頭が狂っているのか、貴様は!?」

「狂っているのは私よりむしろお前の方だ。…いや、お前達というべきか。なぜフォインの者でありながら、お前も、そしてゼロアも地球人の味方をする？　なぜフォインに残された人々のために行動をしない？」

「貴様達はいたずらに犠牲を増やし続けているだけだ！　惑星フォインの悲劇で分かった

だろう!?　あんな出来事を地球でも繰り返す気か？　何も知らずに平和に暮らしている地球の人々に地獄を見せる権利が貴様達にあると思っているのか!?」

スレイドの怒鳴り声で場の空気が静まりかえる。

スレイドはバレルが怒鳴り返してくると思った。自らの正義を胸に思いの丈をぶちまけてくるはずだ。

そう思い、怒鳴り声のために身構えた。

しかし、怒鳴り声は一向に飛んでこなかった。それどころか、返ってきたのはあまりにか細く落ち着いたものだった。

「……あるわけないだろう？　そんな権利なんか無いのは分かってる」

「なっ…!?」

「けどな、スレイド。もう引き返せないんだ。20年以上前に地球への侵略を開始したとき、もう後戻りはできなくなってしまったんだ。貫き通すしかないんだ、そして勝ち取るしかないんだよ。俺たちの守るもののために」

バレルは俯きながらスレイドを直視しないようにしていた。

まるで何かを思い出し、必死に湧きだしてくる思いを堪えるように耐えているように見えた。

そしてそのまま立ち上がるとスレイドに背を向けて立ち去ろうと足を踏み出した。

「待て、バレル！」

「スレイド。お前の能力の分析は博士がすでに終えた。今のウェブライナーは私たちの敵だ。当然、そのウェブライナーに乗ることが出来るお前は確実に殺す必要がある。明日にでもお前の処刑が執行されるだろう。安心しろ、昔の友人として一振りでお前の首を飛ばしてやる。痛みも感じる間もないくらいにな」

バレルはスレイドを見ること無く呟くとそのまま奥のエレベーターへと向かっていった。

エレベーターのドアが開くと、こちらを向くこと無くドアが閉まるのを待った。

ドアが閉まるにつれてバレルの背中が小さくなり、そして完全に見えなくなった。

スレイドは先ほどのバレルの姿の意味を考えていた。

(奴は奴なりに何か考えがあり、リベリオスにいるのだろうか？　先ほどの姿は狂信というよりもむしろ、苦悩や迷いを抑えている様子に見えたのは気のせいだろうか？)

考えにふけるスレイドを邪魔するように全身が悲鳴を上げるように激痛が走った。

ついこの間、私はバレルと出会った。そして戦いの末、負けた。徹底的に叩きのめされ気を失い、気づいたら鉄格子に仕切られたこの穴蔵に放り込まれていた。

それから何時間、いや何日経過したのかは分からない。

しかし、私がここにいる間、誰も私に対して拷問などをしてこなかった。

おそらく私が気絶している間に私の体のことは全て調べられたのだろう。そして、私の能力のことも調べられ奪われたに違いない。

何度も力を使おうとしたが何も起こらず、使おうとするたびに全身をナイフで刺されたような痛みが走る。

だが、それだけだった。それ以降は「勝手に死ね」とばかりにここに置き去りにされている。

投薬による精神制御や肉体的に追い詰めることなど奴らの常套手段のはず。なのに奴らは何もしてこない。

（一体なぜだ？）

考えられるのは2つ。

単純に全て調べ尽くされ、興味が無くなったから。もしくは私を調べることを妨害する出来事が起きたから？

（外で何か起きているのだろうか？）

（それにウェブライナーという言葉も気になる。もしかしてゼロア殿が1人で戦っているのだろうか？　しかし、リベリオス相手にウェブライナー一体で勝てるのだろうか？）

いずれにしてもここにこうしているわけにはいかない。

必ずここを脱出してゼロア殿と合流、この基地の場所を報告し、一気に強襲する準備を整えなくては。

今まで脱出を図ろうとしたことは、投獄されてから何度も考えていた。しかし、たとえこの牢屋を脱出しても外は果てしなく続くウェブスペース。中途半端に逃げたところで行く当てもないままでは捕まるのが目に見えている。

だが、ゼロア殿が戦っているのならわずかなりとも力になれる可能性が残っている。

(問題は脱出する方法だ)

スレイドは目の前の鉄格子を眺めた。

錆びた部分など少しもない。力を入れて壊そうにも体の具合から考えてこちらがもたないのが現状だ。

また、鉄格子を開けるための装置なども見渡した限りでは見つからない。

おそらく、別の場所から開けるしかない。

さらに問題がある。

スレイドはエレベーターの上に設置された丸レンズを睨んだ。

おそらく遠隔式の防犯カメラだ。

元々囚人を閉じ込めるための部屋だ。それくらいあって当然だろう。

1台しか見当たらないが、あのカメラ1台で部屋全体をくまなく見渡すことができる性能だろう。わざわざ死角を作り、逃亡者を逃がすなんて間の抜けたことは無いはずだ。

カメラがある限り、逃げてもすぐ発見される。破壊しようとしても破壊しようとしたシーンを撮影され、やはり発見される。

どちらにしても動くに動けない状況だ。

「スレイド」

絶望感に身を飲み込まれそうになっていたスレイドに、機械で加工された音声が耳に入ってくる。

「誰…」

「むやみに動くな。動くと映像に映る。音声だけはこちらの支配下にある。お前はカメラに背を向けて寝転がれ。その状態で会話しろ、いいな？」

スレイドは緊張したようにしばらく硬直すると、どこからともなく響いてくる謎の音声に疑問を持つ。いきなりの状況の変化、そのせいで素直に声に従うことはできなかった。

「逃げたいだろ？　ここから。だったらこちらの言うとおりにしろ」

自分が何も為せないこの状況。

幸か不幸か、謎の声が事態を打ち破った。

(もしや、リベリオスの罠だろうか？　私を誘い出して殺そうとしている？)

いや、明日になれば私は処刑される。わざわざ今鉄格子の外に出す必要などない。

どんな結果になろうと構わない。まずは部屋の外に出なければ。

スレイドはゆっくりと体を動かすと、そのままカメラに背を向け眠るふりを始めた。

「よし。いいか？　これから基地からお前を脱出させる。こちらにはそれほどお前を支援している時間は無い。通信はこれ1回だ。よく聞け」

「ああ、誰だか分からないが恩に着る」

スレイドの感謝に答えず、謎の声が会話を始める。

「その部屋は地下に存在する。エレベーターしか地上との移動手段は存在しない。だが、エレベーターは途中で奴らに止められたりしたら終わりだ。分かるな？」

「機械に頼らない手段で地上まで戻れというのか？」

「そうだ」

「どうやって？　移動手段はエレベーターしかないのだろう？」

「その部屋は囚人を閉じ込める部屋であると同時に処刑部屋でもあるんだ。用済みになった捕虜を殺すための部屋でもある」

「処刑人が首を刎ねに来るということか？　バレルのように」

「もっと簡単な方法がある。毒ガスだ。その部屋に送り込めば空気の流れがないその部屋の住人は全員死ぬ」

「毒ガス……」

その時、スレイドは頭の中に謎の声の言いたいことが思いつく。

「まさか、毒ガスをこちらに送り込むための通気口を使えというのか？」

「さすがだな、ご名答だ。その通気口は整備のための足場が壁に設置されている。はしごを登る感覚だ。それくらい傷ついたお前でもできるだろ？」

「……地上までの距離は？」

「およそ500メートル。誰かがお前に気づき、毒ガスが送り込まれたら即終わりだ。だが、お前にはそれしか道がない」

「……通気口はどこに繋がっているんだ？」

「格納庫だ。そこにある偵察用バイクを盗め。鍵は今から1時間だけ解除してやる。乗ればすぐに脱出できる。それから後は……運だな。広大なウェブスペースでゼロアを探せ」

「やはり、ゼロア殿はリベリオスと戦っているのか？」

「話は以上だ。やることは分かったか？」

　謎の声はこれ以上話さないとばかりに無理矢理話を打ち切った。

「……ああ」

「よし、今から鉄格子を解除する、カメラもだ。1時間はお前がそこで寝ている映像が映される。分かったか？　猶予は1時間だ。その間に誰かが見回りに来る可能性もある。死にたくなければ振り返ることなく目的地へと急げ」

「分かった」

　すると背後で突然金属が擦れるような音が響く。

　スレイドは全身の痛みに歯を食いしばり耐えながら立ち上がると、鉄格子の方を見る。

　鉄格子は床の丸い穴に吸い込まれて消えていた。カメラもエレベーターの開閉口の上に設置されていたがまったく動かなくなっている。

　スレイドは体を引きずるようにして外に出た。周囲を見渡す。

　周りには同じような鉄格子に仕切られた部屋しか無い。

　すかさず目を天井へと向ける。

あった。

正面のエレベーターの左上方向。丸いファンが中で回転している四角い通気口が大口を開けている。そして設備点検の者のためであろう、壁に足場が取り付けられている。

そして徐々にファンの回転スピードが落ちていく。

スレイドは痛みを堪えながら体を引きずって、通気口の真下まで近づいていく。

わずか30メートルほどしか離れていない場所なのだが、一歩を踏み出すたびに体が悲鳴を上げ思ったように動くことができない。

普段なら5秒もかからないところを、10倍以上の時間を使いたどり着く。

しかし、本番はまだこれからであった。

これから長時間壁にへばりつきながら地上を目指していくのである。さらに時間制限もある。誰かに逃亡がばれたらその瞬間、追っ手が来るだろう。そうなれば逃亡どころではない、死が待っている。

スレイドは両手で鋼鉄の足場を掴むと、両足で足場を踏みしめゆっくりと登っていった。早く登りたい気持ちはあったが、両手で1つ上の足場を掴むたびに腕の筋肉が軋みをあげ、体中から嫌な汗が溢れ出す。足も数段上がっただけなのに震えが止まらず、足場を踏みしめることさえ困難になっている。

想像以上に体が参っていた。原因は捕らわれてから最低限の栄養剤と水だけの食事だ。

食事が無いよりはまだマシだったが、おそらく食事の中に何か入っていたのではないだろうか？　いくら何でも体の衰弱が激しすぎる。だからと言って、食べないでいれば衰弱死してしまう状況であったため、自分の心の自制心を振り切り食事をむさぼってしまった。

何とも情けない現状、自業自得だ。

スレイドは一歩ずつ、そしてできるだけ早く壁を登っていこうと自分自身を急かし続ける。


大体20分ぐらい経過しただろうか。

スレイドの震える手はようやくファンの前に現れた。

ファンはすでに止まっており、間をすり抜けることは可能だった。

幸いなことに金網のような移動を阻む障害も無かった。

点検員のことを考えてのことだろうか？

そうでなくても逃亡の可能性がある場所は対策をしておくのが常識だ。

（それほどリベリオスは油断をしていたということか？　それとも単に対策を忘れてのことなのか？　あるいは、誰かが障害を撤去してくれたのか？）

いずれにしても、目の前の状況に感謝しなければいけない。

スレイドはファンの間を通り抜けると5メートル四方の空間に出た。周りは真っ暗でまるで明かりも何も無い真夜中、外に放り出されたようである。

ゆっくりと上を向くと所々に等間隔で明かりが灯り、一直線に地上に向かって伸びている。しかし、明かりと明かりの間は視界が悪く何があるのか識別できない状況であった。

「よし……いくぞ」

自分に気合いを入れるように暗示をかけると、目の前の明かりの隣にある足場に触れ、両手と両足をかけ全身の力を入れて一歩ずつ上がっていった。

スレイドはなるべくペースを乱さないように休息を頭の中からはじき飛ばし、足場を登っていく。

だが、体というのは正直なものである。ファンにたどり着くまででボロボロだった体はすでに深刻な状態になっていた。

足場を掴もうにも腕が持ち上がらない。上に登ろうにも足が動かない。まるで全身が石像のように固まり重くなっていた。

落ちることが出来るのならば落ちてしまいたい。そのほうが今の体の痛みも何もかも忘れられて、一番楽な選択肢なのだろう。

けれど落ちては無事では済まない高さまで上がってきてしまった。

スレイドは軽く下を見た。もう自分が立っていた場所が暗闇になり見えなくなっている。先ほどまで以上にペースを上げたせいか、最初に掴んだ足場が全く見えない。本来なら喜ぶべきなのだろうが、おかげで痛みは激しくなる一方、今の足場にとどまろうと重力に対抗するだけで精一杯な状況だった。

スレイドはそれでも先にある足場を掴むと体を引き上げる。

どれくらい同じ動作を繰り返したであろうか、もう覚えていない。

目の前にあるのは果てしなく続く黒い闇、そして一歩ずつ上がることに発生する痛みという生きていることへの実感だけだった。

確実に出口は近づいている。そう自分に信じ込ませていた。それだけが動く糧になっていた。

その時、けたたましい音がスレイドの鼓膜を貫いた。

両耳を塞ぎたくても両手がふさがっており、動くことが出来ない。

「スレイド・ラグーン逃亡！　繰り返す、最重要囚人スレイド・ラグーン逃亡！　付近にいる全警備者は監視フェイズのレベルを1から5へと引き上げる。これは最重要事項である！　なんとしてでもスレイド・ラグーンを捕縛せよ！　最悪の場合、重火器の使用も認め殺傷も許可する！　この基地から奴を外に出すな！」

絶望感しか漂わない最悪の事態だった。1時間が経過したのか、それともその前に逃亡がバレたのかは分からないが1つだけ分かっていることがある。

逃亡の成功確率が極めて低くなったということだ。

スレイドは今まで以上に体に鞭を打ち、登るスピードを速めようとした。

しかし、そう上手くは体が動いてくれない。スピードは上がるどころか疲労のせいで落ちているような気がしてきた。

そろそろ半分くらい登っただろうか？　それだと遅い。

それともまだ4分の1も登っていないのか？　それはいくら何でも遅すぎる。

あと少し、後50メートルくらい。願わくばそうなって欲しい。

スレイドが希望にすがりつくように目の前の足場を上り続けていた。

その時、足下の方で物音がした。

闇の中で姿無き声が響き渡る。

虫が鳴くような金属の摩擦音のような声、同時に獣が吠えるような唸り声、鳥が啼き仲間に自分の存在を知らせるような甲高い声。

スレイドの中で絶望は姿を現した。

見つかった。まだ出入り口までたどり着いていないのに。

今の自分の状態では戦うなんてことは無理である。追いつかれればそのまま身動きを奪われ、地面に落下。おそらく即死だ。

さらに声はどんどんこちらに近づいてくる。

あまりにも速い。まるで下から誰かに押してもらっているような速さである。

数十秒もすれば間違いなく追いつかれる。

(だが、まだ諦めるのは早い！　諦めてはならない！　今、諦めたら全てが終わりだ。何より、誰もリベリオスを止める者がいなくなってしまう。それだけは避けなくてはならない。諦める資格など今の私にはないのだ)

スレイドはさらに上の足場に手を伸ばしたときだった。

突然指に激痛が走る。とても硬い物に指がぶつかり、危うく突き指になりかけた。

スレイドは痛みに幸福を覚えた。

触れたのは足場ではない。だとするなら、そこにあるものは1つしか無いではないか。天はまだ私を見捨ててはいなかったのだ。

スレイドは満身の力を込めて両手と頭、体全体を徐々に使い天井を押した。本来ならば疲労した自分にはとうてい押し開くなど無理なものだ。だが、不思議と力があふれ出てきていた。おそらく、希望という物を手に入れたからだろう。

（私は掴み取ったのだ、暗闇の中から抜け出る希望を。それをここで逃すわけにはいかない）

呻り声が下からではなく上から響く。そして隙間から光があふれ出てきた。

今まで暗闇にいたため何も見えなくなる。

だが、スレイドはそのまま押し続けるとそのまま天井を投げ飛ばすようにはねのける。重い塊が地面にぶつかり轟音を響かせる。同時に大量の光がスレイドを祝福するように全身を洗いに来る。

スレイドはそのまま地面に足をかけ、外に出ると先ほど払いのけた重い塊、出口の蓋をしていた鉄板を掴むと再び力をこめ入り口を塞ぐ。

間髪入れず、スレイドは周りを見渡す。

人の姿は無く、近くに直径50センチメートルほどの金属製タイヤや同じくらいの大きさのパイプなどが山積みにされていた。

スレイドは慌てて近くにあった直径50センチメートルほどの金属製タイヤを蓋の上に向

けて転がし、重しにする。

タイヤが蓋の上にのしかかったと同時に蓋が小刻みに揺れ、罵声のような声が地面を伝わるように響く。しかし、ただでさえ通り抜けるスペースは人1人分しかなく、上に相当な重量が加わっているため中から誰も開けられない。

スレイドはそのままタイヤの後ろに腰を落とし隠れると、光に馴れてきた目で周りを見渡す。

天井から金属のフックがぶら下がっており、金属製の人の手のようなものが引っかかっている。上はレールになっていて、奥に運ぶようになっているようだ。

おそらく、大型ロボットの腕であろう。これから移動先で組み立てられるのだろう。

一方、その下には大量の色とりどりのバイクが敷き詰められるように設置されていた。

右側には砂と光が溢れた景色が見える。

外だ。どうやら、地上に出てこれたのは間違いないみたいだ。

(大量のバイクは基地の警備のためのものであろうか？)

タイヤの隙間からスレイドは目をゆっくりと動かし全体を見渡す。

よく見るとバイクの列にところどころ空白が見える。誰かが使用しているようだ。

先ほどの私の脱走警報を受けて基地の周囲に配備されたのであろうか？

格納庫だというのに敵兵の姿が1人も見当たらない。

ここにいた敵戦力が外に私の捜索のために向かったというのなら理解はできる。

ただ、それだとあまりにも杜撰(ずさん)な警備状況ではないだろうか？　リベリオス人がそこまで甘い組織だとはとうてい思えない。

（だとすると、この状況はわざわざ作り出されたもの？　誰かが格納庫の警備を空にするように仕組んだのであろうか？　一体誰が？）

スレイドの中には偶然にも1人該当する人物がいた。

私をここまで導いたあの声の主だ。

監視カメラを停止、鉄格子を開かせ、さらに格納庫の人員まで操作する。とてもではないが、外部の者とは思えない。あまりにもリベリオスのシステムや警備を把握しすぎている。

もしや、リベリオス内部の者の仕業だろうか？

だとしたら、私は泳がされていることになるのかもしれない。私を泳がせ、ゼロア殿と合流したところを一網打尽にする計画なのだろうか？

考えられることだが、そうなると1つ疑問が浮かぶ。

なぜバレルは私を明日処刑するなどと言った？

私の脱出をそそのかすためか？

いや、そんな面倒なことをする必要はない。わざわざ牢から私を出して逃がすリスクを冒す必要なんてない。放っておけば、私は処刑されるのだから。バレルには情報が伝わっていなかったのだろうか？

やはりこの脱走計画は罠なのだろうか？

スレイドは改めて自らの行動について思い悩んでいた。このまま逃げ、ゼロア殿と合流すれば、今の自分ならば確実に足手まといになるだろう。抵抗している彼の足かせになるかもしれない。

ここで自ら命を絶った方が他の者を巻き込まずに済み、良いのかも……。

スレイドの中で闇は広がり、彼自身の心を押しつぶそうとしていた。

その時、彼の近くでバイクの排気音が鳴り響いた。その轟くような音が彼を現実へと引き戻し、同時に心に檄を入れた。

（何を考えているんだ、私は！　ここで何もせずに死んでどうする!?　どうせ死ぬならば、戦場で守るべき者を守って死ぬのが本懐というものではないのか？　何もせずに死ぬなど愚の骨頂、そんな権利は私に与えられていない。それにここで私が死んだら、誰がバレルを止めるというのだ!?　ゼロア殿が奴の剣技に対抗できる手段を用意していなければ、切り刻まれて終わるだけだ。希望的観測は止めろ、他人に任せるな！　私が止めるのだ！）

あいつの敵として、そしてかつての友として。

（脱走計画が罠？　罠ならば打ち破ってみせればいいだけの話だ。今はただ生きて敵の追跡を逃れることだけを考えろ）

スレイドは排気音のした方向を見つめた。

タイヤを挟んでちょうど向かい側からバイクに乗った何かがこちらに向かってきた。

まるで角の生えた人のようである。鼻が違和感があるほど尖り、頭頂より高く反り、まるで動物の角のように変形している。耳は肥大化し、皮がたるんでいる。肌が灰色で砂がまぶしてあるようにザラザラした印象を受ける。

しかし、体は大人のようで筋骨隆々さが分かる黒のバイクスーツを身に纏っている。頭と体のその組み合わせが違和感を助長させ、不気味さを際立たせていた。

（謎の声はバイクの鍵を外していくと言っていた。もし時間切れの場合、周りのバイクは鍵がかけられている状態だろう。ということは目の前の鍵がかけられていないバイクを拝借するしかない）

スレイドのやることは決まった。

そしてそこからの行動は疲労困憊（ひろうこんぱい）の者とは思えないほど素早かった。金属タイヤの側面からバイクの背後へと足音を立てないように腰を低く落とし、素早く回り込む。

角の男はバイクの側面に付けられたステップのスイッチに目を移し、そのまま前を見ようとしたときだった。

バイクの前方に付けられた後方を移すバックミラーに、自分よりもボロ雑巾のような男の姿を確認した。

角の男はとっさに振り向き、応戦しようとする。

しかし、スレイドの方が早い。角の男の首を絞めるように両腕を回すとそのまま後方に力の限り倒れる。

もし、角の男が気づくのがもう少し早ければ、頭1つ分ある体格差でスレイドは振り払われていただろう。ただでさえ、スレイドは疲労もあり強風の前にへし折られそうな枝のようである。

だが、さすがに重力も味方につけたスレイドに対抗するほどの力は残ってなかったようだ。

スレイドは角の男が倒れ、地面に叩きつけられた時の衝撃を利用して相手の首をねじる。

角の音の首元で鈍い音が鳴った。

スレイドはすぐさま、男を放すと残されたバイクにまたがる。バイクは倒れることもなく飼い主を待つ愛犬のように立っていた。

スレイドが青く輝く丸いスイッチに足を置こうとしたとき、前方のミラーに首が横に曲がった角の男が立ち上がり、スレイドめがけて襲いかかってくる光景が映し出される。

どうやら、首が曲がった程度ではくたばらないらしい。

スレイドはそのまま足置きのスイッチを壊すような勢いで踏みつける。

一気にバイクのエンジンが回転し前輪が持ち上がりそうになる。そのままバイクは恐ろしい摩擦音を上げて目の前の砂地へと飛び出していく。

その時、スレイドの体に重圧がかかる。バックミラーを見るとスレイドの背中の部分の服を角の男が捕まえて砂の上を引きずられながら、必死に食らいついているのだ。

何という執念であろう。末端の兵士でありながらこの気迫である。

しかし、スレイドも負けていなかった。

スレイドは急にスイッチから足を放し、円を描くように後輪を移動させ、バイクを急停止させる。すると、遠心力に男の体が振り回され、最終的に背中の部分の服が破け、男の体がすっ飛んでいく。

10メートルほどの地点に男が転がるように着地し、再びこちらに走って向かってくる。

スレイドは男に傷だらけの背を向け、再びスイッチを踏むと砂の上を滑るようにバイクを走らせる。

やった。ついにリベリオスのアジトから脱出に成功した。

スレイドはバックミラー越しに忌々しいリベリオスの本部を見る。

まるで巨大な球体のようであった。外壁は光の反射で七色に輝いている。そして地面に設置した一部分が切り抜かれたように外れている。先ほど私が飛び出してきた格納庫であろう。

城や要塞のようなイメージをしていただけにずいぶんイメージと異なり、スレイドは意外性を感じていた。

だが、敵本拠地への感想もそう長くは続かなかった。

突然周囲の砂が盛り上がる。

スレイドはバイクの方向を器用に変え、隆起した砂の間を通り抜ける。

そして砂の中からベールを脱ぐようにロボットが立ち上がってきた。

全長は100メートルほどであろう。ロボットの頭は狼の頭部をかぶっており、腰のように落としながら迫り上がる様子は、同じ空間にいるだけで身がつままれるような切迫感があった。

には黒い巨大な太刀を携えていた。姿だけを見れば、武者のようである。全身から砂を滝

スレイドのバイクを遮るように砂を割り、周辺の至るところから出現している。ロボットは地面から現れると、腰の太刀を引き抜きスレイド目がけて振り下ろしてくる。

太刀が振り下ろされたところから砂が舞い上がり、同時に衝撃も空間を通して伝わってくる。

危うくバイクが倒れるところだったが、スレイドは渾身の力でバイクを戻しやり過ごす。バイクを無我夢中で動かしながら転倒寸前の状態でロボットの攻撃を切り抜けていく。

右から左から振り下ろされる刀とそれに伴う衝撃に耐えながら、その間を突破していく。

ただでさえ、疲労で疲れていた体にこの仕打ちは堪えるものがあった。

もはや生きた心地など微塵も残っていない。

やはり罠だというのは考えすぎだったようだ。奴らは確実にここで殺しに来ている。

その時、急にスレイドの目の前にロボットが砂をせり上げながら現れる。すでに刀は抜かれており、スレイド目がけて振り下ろす態勢に入っていた。

スレイドは一気に足下を踏み込みバイクを最大スピードまで加速させた。

避けるにしても衝撃で倒されてしまうほどの至近距離である。

ならば一気に駆け抜けた方がまだマシだ。

砂ほこりをまき散らす高速のバイクが刀を振り下ろすロボット目がけて突撃していく。

ロボットは頭上まで刀を振りかぶると、一気に振り下ろす。

刀が地上まで着くまでスレイドの目には近づいてくる刀がスローモーションで映っていた。

だが、目の前に巨大な刃が来た瞬間、突然刀が視界から消える。

その時こそスレイドが待ち望んだ光景だった。スレイドの口がほころぶ。

バイクが刀の振り下ろしよりも早く、ロボットの懐に飛び込んだのだ。背後で衝撃が生まれるのを感じ、バイクのハンドルを取られないように必死に安定させることに尽力する。

そのままバイクはロボットの股をくぐり抜け、爆走する。

スレイドはバックミラーで背後を確認する。

ロボット達は全員こちらを見つめたまま動かずにいた。

狼の頭の下でぎらついた目を輝かせると再び、砂の中に潜っていく。

（こちらを追いかけてくるつもりであろうか？　不安はある。しかし、このまま逃げ続けてみせる）

いつの間にか忘れていた体の痛みが再びぶり返してきた。

スレイドは警戒を怠ること無く、苦痛に耐えながらどこまでも砂地が続くウェブスペースをバイクと共に走り続ける。

この砂地の果て、ゼロアが待つ場所へとたどり着くために。

ウェブライナーのガーディアン、スレイド・ラグーンの逃亡劇はひとまず終わりを告げたのである。

第四章「光の見えない底無沼」

休日、不動家2階、拓磨の部屋、午前10時25分。

拓磨は机の前に座りながら、机の上の白い用紙を眺めていた。

用紙の上には「通学路」、「学校1階」、「学校2階」など稲歌町の場所が書かれておりその横に「反応あり」と赤文字で記入がされている。

「反応はあるんだがなあ……」

拓磨は天井を見上げながらため息交じりに呟いた。

ゼロアからライナー波測定器を渡されてから3日。

拓磨は稲歌町のライナー波の検査を始めていた。

学校にいる間は学校内。放課後になれば市街地や田畑地帯に繰り出し、ライナー波の測定を行う。

まだ3日しか行っていないがある程度の成果はあった。

都市部と田畑地帯だと都市部の方がライナー波の反応が検知される。

これはウェブスペースに移動できる携帯電話などの液晶部品が都市部に集中しているこ

いた。

そして特に反応があったのは不動家から稲歌高校までの通学路であること。ライナー波の人体に影響を及ぼす危険音が出ることはなかったが、測定器の矢印が赤に滞留し続けていた。

しかし、これについても何となく説明がつく。この前、相良組と戦った時だ。あの時、確かアリの怪物がウェブスペースからこちらに出てきたはず。だとしたら、この周辺のライナー波の濃度が高いのも納得だ。原因はあのアリということになる。

考えてみれば、ライナー波の反応が無い場所を探す方が難しいのではないかと拓磨は考え始めていた。

今の情報化社会、誰しも必ず携帯電話やテレビなどは持っている。反応が完全に出ない場所なんて、それこそライフラインが通じていない田舎くらいなものではないだろうか？

結論からすると、この測定器はあくまで応急的なものに過ぎないということだ。

「たっくん、飲み物買ってきたよ！」

祐司が拓磨の背後からドアを開く音と共に現れる。そしてビニール袋からウーロン茶の缶を取り出すと、拓磨の机上に置いた。

「お、悪い。どうだった？」

拓磨はウーロン茶を受け取りながら、指を使ってアルミの蓋を開けた。

「確かに反応はあるんだけど、具体的にどこが反応しているのか分からないし。結局いつもと同じだね」

　祐司が床に座りながら、ペットボトルのコーラを飲み、残念そうに呟く。

「そうか、ひょっとしたらリベリオスは、この周辺では人間を使って活動していないのかもしれないな」

「相良組長みたいなことはもうやってこないってこと？」

「できれば、そうあって欲しいんだけどな」

　拓磨は苦笑いしながら、ウーロン茶を飲む。

「たっくん、そういうのほほんとした考えをしていると敵に背後を取られることになるんだよ！」

「…ずいぶん元気だな？」

　未知の分野への冒険をしているようにはしゃぐ祐司を拓磨は珍しそうに見ていた。

　祐司にライナー波測定器を渡したときもえらく喜んでいた。拓磨の手から測定器をもぎとると、家中のライナー波を測定し少しでも反応があることに愕然とし『この世の終わり』とばかりに騒いで、その後葵に『近所迷惑も考えろ』と怒鳴られていたが。

「当たり前だよ！　これ以上犠牲者を出さないためにたっくんが頑張らないと駄目じゃないか！」

「まあな。それより、休日なのに俺に付き合っていていいのか？」

「いいんだよ、こういうときに町の平和のために働かないと」

拓磨は祐司の奇妙なボランティア精神に疑問を持っていた。

祐司は自分のやりたいことには限界を超えた力を出すが、興味の無いことにはちっとも触れようともしない極端なタイプである。

おまけに町内清掃などのボランティアなどにも参加したことが無いし、葵に無理矢理参加させられたときも文句を垂れながら活動を行いしばかれている。

そんな祐司が町のために行動を起こそうとしている。

（果たしてこれは敵が現れ意識が変わったと言うだけで済む話なのだろうか？　何か別の意図があるのでは？）

すると、突然机の上で拓磨の携帯電話が鳴った。

拓磨は携帯電話を取ると耳に当てた。

「はい、もしもし」

「不動君？　私だよ、友喜」

ハキハキとした友喜の声が響いてきた。

「ああ、友喜か？　よくこの携帯電話の番号が分かったな？」

「葵に教えてもらったんだ」

拓磨はため息をつく。祐司は興味津々で拓磨の会話を見つめていた。

個人情報も何もあったもんじゃない。友人だからと言って安易に知られるのは気をつけておいたほうが良いかも知れない。拓磨は新たに決心を固めた。

「それで、電話が繋がるかどうかの確認か？」

「ううん、違うよ。これから３人でどこか行かない？　せっかくの休日なんだから」

「……３人って？」

「私と不動君と祐司に決まってるでしょ？　葵にも電話したんだけど、部活があるみたいだから。熱心だよね、本当に」

笑い声を交じらせながら友喜の声が弾んでいた。

「祐司、これから出かけられるか？」

拓磨は祐司に声をかけた。

「お、俺は大丈夫だけど？」

祐司がしどろもどろになりながら答えた。どうやら町の平和についても頭のどこかにいってしまったらしい。

拓磨はそんな祐司を笑いながら、電話に答えた。

「大丈夫だそうだ。俺も平気だ。どこかで待ち合わせたほうがいいかもな？」

「どこか行きたい場所ある？」

拓磨は思考を巡らせた。しかし、いざ場所を決めるとなるとなかなか浮かんでこない。

「悪いが遊び場所選択に自信が無いんだ。友喜は何か希望は無いのか？」

「私は稲歌町以外だったらどこでもいいかな？」

「稲歌町以外……か？」

するると、背後の祐司が拓磨の右肩を叩く。まるでクビを宣告する前触れのように妙な恐怖を感じながら、拓磨は振り返った。

「友喜が住んでいた町…じゃだめかな？」

「ん？」

「別に大した意味はないんだけど、小学校で別れてからどんな町に住んでいたのか気になってさ」

「祐司、それはもう観光だろ？」

拓磨は呆れたように呟く。そしてそのまま友喜に向かって告げる。

「祐司が言うには友喜がいた町を案内してもらいたいそうだ」

「え？」

電話の向こうで友喜が驚いた声を上げていた。

「まあ、俺たちは小学校で別れてしまったからな。正直、あれからどんな所に住んでいたのかは俺も興味があるけどさすがに無理か？」

「そんなことでいいの？　言っておくけど何も無い町だよ？　大きな市街地とかも無かったし、遊ぶところもないし」

「まあ、俺も金が無いからな。遊びで金を使うよりはそっちの方が財布には優しくていいが」

「ふ〜ん、つまり私に観光ガイドをやれってこと？」

「ははは…つまりそういうことだ。頼めるか？」

しばらく友喜の声が聞こえなくなった。

そして、次に声を聞いたとき笑顔で答えたのであろう喜びの気持ちが入った言葉が拓磨の耳に届いた。

「いいよ。私のいた町を案内してあげる。その代わり、次は不動君達が稲歌町を案内してよね？」

「案内しろってもこの町は小学校の時とあまり変わってないぞ？」

「だから、無理にでも変わったところを見つけて私を案内するの！　分かった？」

無理難題を押しつけられ、拓磨は渋々了承した。

「分かった。じゃあ、今から『稲歌町東駅』に集合でいいか？　大体11時30分頃には電車に乗れるだろう」

「オッケー。そんなに遠くないから大丈夫だよ。片道500円くらいで行けるし。じゃあ、また後でね」

友喜が電話を切ると拓磨も携帯電話を折りたたむ。

「そういうわけだ、祐司。準備しろ」

「よっしゃあああ！　それじゃあ早速駅に行こう！　全力ダッシュだ、たっくん！」

なぜ祐司がハイテンションなのかは拓磨は突っ込まなかった。何となくその理由も分かってきたからだ。

「俺は叔父さんから金を借りてこなければいけないから、家の前で待っていてくれ。さすがに2000円くらい無ければ電車賃だけで終わっちまうからな」

「たっくん、バイト料の値上げを訴えようよ！　いくらなんでも週給1000円は安すぎるって！」

「口じゃ叔母さんに勝てる気がしない。負けると分かっているのに戦いに行くほどのことでもないからな」

祐司が部屋から出て行くと、拓磨は外出用の服装に着替えようとした。

しかし身長と体重が増加したことにより多くの服の丈が短くなり、なかなか合う服が見つからなかった。

ようやく叔母さんが身長の増加を見越して買ってあったパーカーとジーンズを見つけ、それに着替えた。左胸ポケットには携帯電話を入れ、右胸ポケットにはライナー波測定器を入れる。そして尻ポケットに薄い財布を入れる。

（まあ、何があるか分からないからな。他の町を調べて比較するのも参考になるかも知れない）

拓磨は自分の心に言い聞かせると、そのまま部屋を出て行く。

不動ベーカリーは休日も変わらず営業中である。喜美子は『本日、稲歌町飲食店の会合がある』とかで一日店にはいない。

叔父の信治は店のレジカウンターのところで午前中に売るパンを売りさばき、午前の売上を札をめくり数えていた。

「叔父さん、もう完売か？　今日は盛況だな？」

　カウンター横の店の裏から来た拓磨に気づき、叔父は微笑む。

「おかげさまでな。今日は子供連れのお客さんがピクニックに行くというので朝から好調だったんだ。本当にラッキーだよ」

「叔父さん、すまない。金を貸してもらえないか？　これから祐司達と出かけなくちゃいけないんだ」

　信治はきょとんとして拓磨を見つめた。

「出かける？　どこに？」

「友喜の前にいた町だ。どんな町にいたのか、祐司が見てみたいって言うんだ」

「なるほどなあ。白木さんは最近こちらに引っ越してきたんだっけ？」

「引っ越したと言うより、実家に戻ってきたという方が正しいのかも知れないな。友喜の実家はこの辺じゃ御用達の食堂だろ？」

「そうだな。あそこの唐揚げ定食は何度も食べたくなる味だからね。一度レシピを喜美子が教えてもらおうとしたら断られたこともあったっけ」

　信治は売上の中から５０００円を出すと、拓磨に渡す。

「えっ？　こんなに要らないぞ？」

「いいから取っておきなさい。週給１０００円じゃいくらなんでもあんまりだと私も思ってたんだ。今度私から喜美子に言っておこう。もしかしたら週給1100円くらいになるかもしれない」

「ははは、頼りにしてるよ。叔父さん」

「それはそうと、白木さんの住んでいた町はどこなんだ？」

信治の言葉に拓磨は考え込んでしまった。

考えてみれば友喜がどこに住んでいたのかは全く知らない。電話の内容だと近くの町であることは確かなのだが、そんなに近くなら今まで何の連絡もなかったのはなぜだろうか？

「近くだとは思うんだが、俺には分からねえな」

「そうか。まあ、分かったら教えてくれ。くれぐれも事故には気をつけてな。女性もいるんだからあまり無茶をするんじゃないぞ？」

「分かってるよ。叔父さん、助かった。それじゃあ行ってくる」

信治は家から出て行く拓磨を手を振って見送る。

拓磨も手を振り応えると家の前にいた祐司と合流する。

そして高校に行く道とは逆方向に歩いて行く。

稲歌町には3つの駅がある。

西にある『稲歌町西駅』、中央にある『稲歌町駅』、そして拓磨達が住んでいる東方面にある『稲歌町東駅』だ。

稲歌町の交通の要であり、町外へ出勤する多くの人々の足になっている。祐司の父親、真之介も毎朝アニメ制作会社に通勤するため利用しているのだ。

駅までは歩いて5分ほどで行ける。本当なら毎朝駅を利用した方が高校に早く着けるのだが、金銭面にうるさい喜美子がそれを許すはずが無い。

不動家の財政のため、そして自身の健康のため、拓磨は歩いて学校に行かされているのだ。歩いて十分間に合うため自転車も買ってもらえない。徹底的に無駄を省いた喜美子政策の影響である。

稲歌町東駅は近年改装を行い『フード・ステーション』というのを売りにしている。駅構内に様々な専門の飲食店を招き、単に駅を利用する人だけではなく、昼食や夕食などにも利用してもらえるように人々の集客を増大する方針を採っているのだ。

食事を取った人は会計時にクーポン券が貰え、駅構内の売店で商品が割引で購入できるという利点も存在する。このおかげで、お客の評価は上々である。逆に売店で購入した人も食事用のクーポン券が貰え、人々の消費意欲を高めようとする努力が垣間見える光景である。まさに改装に成功した一例である。

拓磨と祐司は車が往来する駅前を抜け、『稲歌町東駅』と書かれた正面入り口から中に入っていく。

中に入った途端、様々な食材とそれらが調理されるときに奏でる匂いと音が響き合い、拓磨達の感覚をくすぐってくる。

入った瞬間から目の前には中華料理店があり、店頭では名物の肉まんが売られていた。

右を見ると、イタリアン料理店がありコック帽をかぶった女性が丸カップを売っていた。『手持ちパスタ』という商品名が書かれている。

店前では様々な味付けのパスタが売られており、どれでも好きなものを丸カップの中に入れて良いみたいだ。店で作られたパスタを歩きながら食べられるようにしているらしい。忙しい通勤者に合わせた店側の努力と言うべきものだろう。

左側には札幌味噌ラーメン店が出店している。

メニューを見ると『手持ちラーメン』というものがあり、こちらも移動して食べられるように店側が工夫を凝らしているようだった。

左右を見てみると一直線の通路の左右に所狭しと料理店がひしめきあっていた。

改札口の奥にも料理店があるようで賑わっていた。わずかなスペースも利益に繋げるという怨念のような意志を感じる。

「うわあ、すごいね。たっくん」

「ああ、最近改装したと聞いていたがここまで料理店がある駅は県内でも少ないだろうな」

昼時が近づいてきたため、駅構内の人が増えてきた。天井は透明なガラスで覆われ、日の光がカーテンのように構内に降り注いでいた。

「友喜はどこだろう？　たっくん、見える？」

こういうときに身長の大きさというのは役に立つ。

拓磨はぐるっと周囲を見渡した。

すると、突然目の前から茶色ハンチング帽と黒いサングラスを付けた誰かが拓磨の前まで近づいてきた。

膝下10センチまでカバーされている薄青いスカートを着用、上は黄色いワンピースを着けていた。

服装よりもハンチング帽と黒いサングラスが異様に目立つ格好だった。

「お前、友喜か？」

「あれ？　やっぱりバレた？」

友喜は帽子とサングラスを取ると、巨大な拓磨を見上げながらにこやかな笑顔を見せた。

「週刊誌に不倫現場をスクープされた芸能人か？」

「不動君、ツッコミが高校生っぽくないよ。何も変わってないね。やっぱり」

「ああ、俺も祐司も……あれ？」

先ほどまで隣にいた祐司がもういない。見ると、人混みの奥の方からコーン付きのアイスを3つ両手で持ちながらこちらに歩いてくる。

友喜が現れる前からアイスを買いに行っていたのだろうか？　それとも現れてから買いに行ったのだろうか？　いずれにしても驚くべきスピードである。一般的なオタクの概念から外れた俊敏さだ。

「お、お待たせ。アイス、どう？」

「ゆ、祐司？　私たち別にアイスなんか頼んでないんだけど」

「……そ、そうだっけ？」

祐司がしぼんだ風船のように落ち込み始める。先ほどまでの元気は嘘のようだ。

拓磨の中で祐司に対して抱いていた疑問がこの瞬間、完全に形を見せた気がした。

「まあ、せっかく祐司が買ってきてくれたんだ。ありがたくいただこう。友喜、お前から選んだらどうだ？」

「そ、そうだね。ありがとう、祐司。じゃあ、私バニラがいいかな？」

祐司が友喜にバニラアイスを渡そうとしたときだった。小刻みに祐司の手が震えているのが拓磨の目に映っていた。

まるで有名な映画俳優に出会えて、感動と興奮のあまり緊張で体の言うことが利かなくなった一般人のようだ。

そして友喜がアイスを受け取ろうとしたとき、小刻みの振動が友喜に伝わったのか、取り損ねてしまう。

掴まれる存在を無くしたアイスはそのまま重力に逆らえず、地面に落下していった。

祐司と友喜はアイスが潰れ破片が飛び散ることを瞬間的に覚悟した。

しかし、それは拓磨によって阻止された。瞬間的にしゃがむと、アイスをすくい取るように優しくコーンの部分を握り持ち上げる驚異の反射神経によって。

「気をつけろ、友喜。せっかくのアイスだぞ？」

「あ、ありがとう。すごい反射神経だね、不動君」

「まあ、最近使う機会があったからな」

友喜はアイスよりも拓磨の運動神経に驚きを隠せず感嘆の声を上げた。そしてバニラアイスを友喜に手渡す。

そんな拓磨を見て、祐司が小さく肩を落とすのを拓磨は気づいた。

友喜は美味しそうに一口舐め、幸福を笑顔で表した。

「祐司、俺はそのチョコでいいか？」

祐司の手に残ったチョコアイスを拓磨は指さす。

「俺がチョコが良い。たっくんは紫芋にしてくれる？」

祐司はすねたように拓磨に紫色の毒々しいアイスを押し出した。

（何でバニラ、チョコと続いて紫芋なんだ？　普通はストロベリーとか抹茶とかそういう無難なものではないのか？）

拓磨の常識を上回る祐司のセンスがそこにあった。

「まあ、何でも良いけど。美味ければ」

拓磨は祐司から紫芋を受け取ると、試しにかぶりついた。

舌に残る濃厚な紫芋の甘さと、それを妨げるどころかより高みに昇華される牛乳とのハーモニーが何とも絶妙であった。

（結論、美味い。ただもう少し甘さを控えめにしても良いかも知れない。今後の改善に期待するとしよう）

３人はそのまま切符売り場まで左右の料理店をウィンドウショッピングのように眺めながら進んだ。

切符は往復６００円。目的地は「桜町（さくらまち）」というところだ。稲歌町の隣にある。ものすごく近所だ。電車で10分もあれば余裕で行ける。

（なぜこんな近くなのに友喜は今まで会いに来なかったのか？）

拓磨の疑問はさらに膨れあがっていった。

電車が来るまで少し時間があったので、近くの売店で各々好きなものを買った。

友喜はカフェオレとハムと卵の混合サンドイッチ。

ランチタイム割引で合計４００円。

祐司はグレープ味のガム１個、いくらのおにぎり１個、コーラのペットボトル１本、トレーディングカード『ユニゾレイドクリーチャーズ『魔神降臨』』10パック。

カードゲーマー割引で合計２３００円。

珍しいことにカードパックがぶら下がる形で置いてあったため、祐司の妙なクセ「真のカードゲーマーは『俺のターン！』と言いながらパックをごっそり買う」という宗教信者のような迷行動が発動してしまった。

祐司がパックごとに「俺のターン！」と叫んでいるとき、友喜と拓磨は他人のふりをして周りの買い物客の珍獣を見るような目から逃れていた。

拓磨が購入したのは水のペットボトル、そして魚のすり身入りチーズ。酒飲みの必需品を購入した。

合計632円。割引は特に付かなかった。

3人はそれぞれ会計を済ませると、自動改札機に切符を入れ、ゲートを通る。

改札を出て左手側、下り電車のホームへ続く階段を上っていった。

ホームに出るとちょうど目の前に青色と白色で空と雲のような車体が滑り込んできた。

快速電車『新宿行き』。

2時間もすれば東京まで無事に運んでいってくれる車よりも、安心で環境にも優しいエコマシンだ。しかし、拓磨達は次の駅で降りることになるためあまり恩恵を感じなかった。

3人は周囲の人の乗車を妨げないように電車の中に乗り込んだ。

電車の中ではお互い、あまり喋らなかった。

友喜は窓の外の流れていく電柱と車と家の風景を眺めていた。

祐司は早速トレーディングカードを開けており、中身を確認している。どうやら、全て持っているカードだったらしく肩をすくめていた。

拓磨はそんな2人を見ながら、胸のポケットに入っているライナー波測定器に注目していた。

ふと見てみると赤の領域で矢印が右往左往している。

自分たちの周りでライナー波の濃度が高い証拠である。

拓磨は周りを見渡した。スマートフォンを使っている人は珍しいことに1人もいなかった。

（携帯電話が無いのにライナー波の濃度が高い？）

拓磨の心に妙な不安感が表れた。

この近くですでにリベリオスによる被害者が出ているのだろうか？

拓磨は早速行動を開始した。

ライナー波の測定器を手のひらに隠すように持つと、電車の通路を往復する。

座っている乗客も、立っている乗客も凶悪な面の大男が真剣な顔で闊歩していることに萎縮してしまい、誰もが拓磨に道を譲った。

確認すると、運転席へと進むほどライナー波の反応が無くなっていく。

拓磨は来た道を戻っていく。

乗客は迷惑そうな顔をしつつも拓磨に道を譲った。祐司達の場所を通り、そのまま突き進む。

今度は赤のままだった。拓磨はゆっくりと辺りを見渡す。目の前には席に座って眠り込んでいる赤いセーターを着たおばあさん。

そのすぐ横の開閉ドアの前でイヤホンを耳に当てながら音楽を聴いている男。

拓磨は天井のつり革を握る。そしてゆっくりと体を動かし、周りに悟られないように計測器の反応を見た。

するとどちらに近寄っても反応が現れない。

考えてみれば、このライナー波測定器は範囲内にライナー波の反応があるときだけ感知するのだ。微妙なズレで反応を測るのは無理かも知れない。

しかし、その時だった。拓磨の体に妙な感覚が走る。

まるで何か冷たいものを体に当てられたような感覚。

体の表面がひりつき、警戒を促している。それは今まで感じたことの無いものであった。

拓磨はゆっくりと感覚が強くなる背後へと振り向く。

そこにはカメラを入れるケースを肩から提げ、赤い帽子を深く被り、ドアに寄りかかりながら、青いシャツを着ている高校生くらいの男がいた。

顔は妙に青白く頬骨が浮き出ていて、体全体は痩せ形である。

視線は一見外を見ているように思えた。

しかし、注意深く視線を見てみると一直線にあるものを見つめていた。

長椅子を挟んだドアの前で外の風景を眺めている女性、友喜である。

友喜は全く視線に気づいていない。

拓磨は先ほどの感覚はもしかしたら目の前の男の視線なのではないかと考え始めた。今は何の感覚も感じない。

自分の体に起こった変化、その一端がこの場で出ているのかも知れない。

自分の体をおかしくさせたのは何でもありのライナー波。何が起こっても不思議では無い。

拓磨は相手に気づかれないように携帯電話を取りだし、遊んでいる雰囲気を出しながら目の前の男を時々確認し続けた。

男はじっと友喜を見続けていた。

（他に見るものがないからたまたま見ているのだろうか？）

拓磨は脳裏に浮かんだ疑問を検討し始めた。

再び携帯電話に目をやり、再び男を見たとき拓磨は見逃さなかった。

男は口角をあげ、一瞬にやりと笑った。そして再び無表情で友喜を見つめ続ける。

何かある。この男と友喜の間に何か起きそうな気がする。

拓磨の感覚は男の違和感を訴えていた。

（友喜のストーカーだろうか？　それともただ単に友喜の知り合い？　学校の友人なのかも知れない。俺は会ったことのない顔だが。あるいは前の学校の時の友人なのかも）

拓磨の根拠の無い想像はどんどん膨らんでいく。

その時突如『桜町』への到着を知らせる音声が頭上から鳴り響いた。

男は帽子をかぶり直す。

遠くで友喜と祐司が下車のためにドアの前に立つ。駅のホームには10人ほどの人々が電車の中をのぞき込むように待っていた。

電車のスピードがゆっくりと落ち始め、男がドアへと近づいていく。

拓磨と男の距離が縮まり、ついに隣同士になる。

ドアが蒸気を吐くような音を出しながら、左右に開閉する。

男が一歩、ドアの外に足を踏み出したその時だった。

拓磨の鼓膜に救急車のサイレンの警報のような音が突き刺さる。

周囲の人があまりの音量に拓磨を見つめる。

一瞬、拓磨は胸のライナー波測定器を見た。矢印が赤いゾーンを振り切るように動き点滅している。

しかし、その一瞬が全ての命運を分けた。

拓磨は反射的に男を捕まえようとしたが、一瞬動作が遅れた。

その一瞬を使い男はホームで待っている乗客の間を蛇のようにすり抜け、そのまま正面の改札口まで走り出した。

拓磨は掴んだのは男の赤い帽子だった。拓磨も急いで追いかけようとしたが、巨大な体格のせいで乗客が邪魔で走り出すことができなかった。男が離れて行くにつれて警報が鳴り止み、静まりかえる。

子供が泣き出すような鬼の形相を浮かべ、拓磨は軽く舌打ちをした。乗ろうとした乗客はあまりの恐怖に道を空けざるをえなかった。

拓磨は気持ちを切り替えて頭を下げると、「すいません」と謝りながら電車を降りる。

改札口を見たとき、先ほどの男の姿はなかった。

拓磨は手に持った帽子を眺めるように見ている。

「たっくん、どうしたの？」

祐司と友喜が近寄ってきて、拓磨に尋ねた。

「さっき、誰かが走って行ったけど何かあったの？」

「……」

拓磨は何も答えず、帽子を眺めていた。

いきなり鳴り響いた警報。

そして乗客の間を何事も無いようにすり抜ける身のこなし。

（もしかしたらライナー波に関わっている者ではないだろうか？）

拓磨の中で考えが共鳴し、推理が紡がれていく。

奴は俺に気づいてた。だから、測定器が鳴り響いたハプニングでも冷静に行動できたに違いない。

奴は友喜を眺めていた。あいつがリベリオスに関わりのあるものなら俺の周囲の人間を狙うことは予想がつく。もしかしたら、友喜をターゲットに選んだのではないだろうか？

だとしたら、また狙いに来る可能性はある。

「いや、何でもない。さっきの人が帽子を落としただけだ」

拓磨は不安の表情を見せないように誤魔化す。

「駅員に渡しておけば？」

祐司が提案する。

「警察に届ける方がいいでしょ？　常識的に考えて」

友喜が祐司の提案を却下する。

「直接届けに行った方がいいだろ？　まだその辺りにいるかもしれないからな」

「さっきの人が？　出会わなかったらどうするの？」

祐司は拓磨の考えにツッコミを入れる。

「その時は交番に届けるさ。友喜、桜町の交番の場所は分かるか？」

「桜高校、私の行っていた高校のすぐ近くだけど。本当にすぐ届けなくて良いの？」

「ああ、どこかで会いそうな気がするんだ。おそらくすぐに」

拓磨の意味深長なセリフに祐司と友喜は頭をかしげた。

とりあえず先ほどの男を追いかけるべきだろう。もし、他の一般人に被害を出したらそれこそ取り返しがつかないことになる。

３人は改札口を出ると、手分けをして先ほどの男を捜すことになった。

拓磨は近くのバス停の周辺にいる人々に話をきいた。

全員小学生で拓磨が近づくと泣き出す子も出始めたので、すぐさまバス停を離れた。

すぐに駅に戻ると、改札口前で道案内をしている黒い服装で帽子を被った若い男性の駅員に話を聞いた。

「すいません、ちょっとよろしいですか？」

「はい、なっ！　………んでしょうか？」

拓磨に驚いた駅員の態度を無視した。

「先ほど、ここを通った男性なんですが」

「ああ、全力でこっちに走ってきた人ですか？」

どうやら駅員も知っているらしい。

「はい。先ほどの男性が帽子を落としまして、こちらを返したいんですがどちらに向かったか分かりますか？」

「おそらく高校でしょうね」

駅員が悩むことなく答える。

「え？」

突然の答えに拓磨は言葉を失ってしまう。

「だって彼、桜高校のサッカー部の副主将（サブキャプテン）ですよ？　私もサッカー好きでして2年くらい前は中学校の試合を見に行っていたんです。彼はその時からチームの主力選手ですから忘れるわけありませんよ。今日も練習試合がこれからあるんです。仕事で見に行けないのが残念ですよ」

「なるほど、ちょうどいい。俺たちもこれから桜高校を回るところだったんです。教えて下さりありがとうございました」

拓磨は礼を述べると、その場を離れる。そしてバス停の前で待っていた祐司と友喜に合流する。

「運が良いことに誰か分かったぞ。桜高校サッカー部の副キャプテンらしい」

「えっ？」

友喜の顔が突然曇る。どことなく落ち着きが無くなり、拓磨や祐司と目を合わさずわざと目をそむけるようになる。

「友喜、どうしたの？」

祐司が友喜に尋ねる。

「えっ？　ちょっと知っている人だったから、驚いて」

友喜は笑っていたが、無理矢理笑顔を取り繕っているのが分かるほど明らかにオドオドし始めている。

ただの顔見知りにしてはどうしても腑に落ちない態度だった。

「名前は分かるか？」

拓磨が祐司に続いて尋ねる。

「山中（やまなか）先輩。私の一個上の人」

「山中さんか。よし、それじゃあまず帽子を返しに行ってから友喜に町を案内してもらうか？」

「そうだね、面倒ごとから片付けた方が良いしね。友喜もそれでいい？」

友喜は頷き、何も言葉を発しなくなってしまった。

拓磨達は目の前の一本道を歩き出す。後ろから駅で客を得た緑色と黄色のコントラストのタクシーが3人を追い抜いていく。

拓磨は少々引っかかることがあったが、ライナー波に関わっているとなれば急いで対処をした方が良いと決断し、早速行動に移った。

胸のポケットから紫色の折りたたみ式携帯電話を取り出すと、開いて耳に当てる。

「ゼロ、聞こえるか?」

拓磨は友喜に聞こえないように小さく呼びかけた。

ゼロアと会話するときは番号を押さずに開くだけで会話できる。緊急時のことも考え、ゼロアが拓磨の知らない間に改良を加えたらしい。

「おい、ゼロ?」

何も返事が返ってこない。会話が出来ない状態にあるということだろう。新しい発明に取りかかっているのだろうか?

拓磨は携帯電話の液晶画面に表示されている留守電ボタンをキー操作でクリックした。

画面下にタイマーが表示され時間がカウントされていく。

「ゼロ、会話できないみたいなので伝言だけ入れておく。今、友喜が前に住んでいた『桜町』というところにいる。そこに行く途中の電車の中でお前にもらったライナー波測定器が反応した。反応した相手は桜高校3年生、苗字は山中、サッカー部の副キャプテンをしている。俺の考えだがライナー波の反応があった以上、リベリオスとの何らかの関わりがあると考える。これから、その男に接触してみようと思う。もし伝言に気づいたら連絡をくれ、以上」

拓磨は携帯電話をたたむと再び胸ポケットに入れる。

「不動君、誰と電話していたの？　ゼロとか言っていたけど」

友喜は興味津々で拓磨を見上げ、尋ねてくる。

「外国人と知り合ったんだ。日本語の勉強をしているようで、時々連絡を取り合っているんだ」

再び拓磨は口からでまかせを言い放った。

「へえ〜、外国人の友達？　不動君ってあんまり友達ができないイメージがあるんだけどな、怖いから」

ずばり友喜の予想は的中していた。学校に通学するようになってからというもの、全く友人関係に進展が見られない。それどころか、日に日に自分の周りから人がいなくなっていく現実がそこにあった。

（そんなに友達が欲しいわけではないが、そこまで俺はおかしいのだろうか？）

拓磨はネガティブになりつつある自分の気分を景色を見ることで変えようとしていた。

拓磨達が歩いて行く歩道は所々にチューリップ、サクラソウ、ナノハナなどの花々が植えてあった。花の下の白い板に『春の花』と書かれてあり、花言葉や特徴が書き記されていた。

「ここはフラワーロードって言うんだ。駅から学校まで５００メートルくらいなんだけど、その間ずっとこの道が続いているんだ。季節ごとに色々な花々がボランティアの人によって植えられるの」

友喜が花々を見ている拓磨の視線に気づいて説明した。

「友喜も植えたことはあるの？」

先頭を歩いていた祐司が振り返りながら後ろ向きで歩き、会話に参加する。

「あるよ、塾の友達と一緒に参加してあの時はヒマワリを植えたんだっけ。結局、咲かなくて塾の先生が慰めてくれたんだけど」

「中学生の時か？」

拓磨が花の隣の道路を猛スピードで駆け抜けるバイクを流し見しながら、友喜に質問する。

「えっ？　何のこと？」

「そのボランティアをやったのは中学生の時か？」

「そうだけど……よく分かったね、不動君」

「お前が塾に行っているなんて小学校の時は聞いたことが無かったからな。おそらく、高校受験のために塾に通い始めたと推測したんだ」

祐司は拓磨の推理に感心しているとき、背後の電柱に気づかず後頭部を打ち付け頭を抱えてしゃがみ込んでしまった。

「痛えええええ！」

あまりの痛みに祐司の目から涙が滲み出す。

「前を向いて歩かないからだ」

拓磨がため息を吐きながら、祐司に原因を伝える。

「大丈夫？　祐司」

友喜が心配そうにしゃがみながら、祐司の顔をのぞき込む。

それに気づいた祐司はカエルのように跳び上がりながら、何事も無かったように再び歩き出す。片方の手と足が同時に動いていた。

「だ、大丈夫だよ！　ほら、さっさと学校に行こうぜ！」

「そう？　それならいいんだけど、何か今日の祐司変じゃない？」

「お、俺はいつも変……いや、いつもこうだぞ!?　なあ、たっくん？」

祐司はいつも変である。

拓磨は祐司が間違えて言った言葉に賛成だった。

拓磨は言葉を引っ込めつつ軽く笑いながら、祐司をフォローした。

「友喜、祐司はこうしてお前と時間を過ごせて楽しいんだと」

「た、たっくん!?」

あまりの直球なフォローに祐司はあたふたし始め、再び後ろ向きに歩き後頭部を電柱にぶつける。同じ部分を打ったらしく、今度は声を発することも出来ずうずくまった。

「もう、ちゃんと前を見てよ！　そういうドジなところは全然変わってないじゃない」

雰囲気をぶち壊す祐司のおかげで友喜が拓磨の言葉を深く考えることは無かった。

拓磨は2人の光景を見ていると、まるで小学校時代に戻った感覚に襲われる。

昔から祐司は祐司だった。アニメやゲーム、特撮が大好きでいつも会話の中にはそれらの単語が出てきた。

普通はオタクとして敬遠されるような存在だが、祐司の場合比較的自分の好みを押しつけようとしないこと、それと持ち前の明るさのおかげでオタクであるにもかかわらず周囲ではそれなりに人気だった。

中途半端にオタクなのではなく、「自分はオタクだ！」と周りに公表していて堂々と突き抜けていたのが幸いしたのかもしれない。一種の才能に近いだろう。

だが、そこはやはりオタク。熱が入ると暴走をよく引き起こしていた。

そこを止めるのが決まって葵と友喜だった。

葵は家族の一員として止める義務のようなものがあったのかもしれない。祐司とは水と油のような関係で2人はよく言い争っていた。それは今も変わらない。

だが、友喜の場合は端から見ていても少し違った。

身内としてではなく、友人として接する態度は拒絶と言うよりも誘導に近かった。

祐司の暴走を上手い具合に誘導して周りへの被害を出来るだけ少なくさせる。あるいは全く違う話題を持ち出し、暴走による力を分散させる。まるで暴れる闘牛を華麗にいなす闘牛士のようである。

そもそも葵と違って友喜は祐司の趣味を否定するようなことはなかった。時々あまりの話の濃さに引くようなことはあったが、それでも楽しそうに祐司の話を聞いていたのは今でも覚えている。

2人の仲の良さは今も健在だ。目の前の光景がそれを物語っている。

何も変わっていない。今も昔もこれからも。

友喜に支えられる祐司を微笑ましく思いながら、拓磨は2人の背後から花が咲き乱れる道を歩いて行く。

しばらく進むと花が3メートルくらいの緑色のフェンスに変わった。フェンスの奥には緑色の広葉樹が植えてあり、列をなすように並んでいた。

さらに奥には赤色と黄色のユニフォームを着た男子学生が、サッカーボールを巡り激しい戦いを繰り広げていた。

拓磨達はフェンス越しにその光景を眺める。

「ここが桜高校。私の母校だよ。1年だけだったけどね」

遠くには3階建てで左右に伸びた校舎も見え、3階屋上には巨大な時計が設置されている。まるで横から見たウエハースや断層のように思えた。

サッカーが行われている校庭は稲歌高校と同じくらいの広さだ。

サッカーグラウンドが2面、さらに野球のグラウンドが1面、それとは別に陸上選手用のトラックが設置されていた。

端の方には部活用の建物も見られ、1階の部屋から砲丸投げ用の砲丸を運び出してくる男子学生の姿が見られる。

「部活が盛んだな？」

休日にもかかわらず生徒が往来している様子を眺めて拓磨が感想を呟く。

「そう？　稲歌高校もこれくらいやっていると思うけど。不動君達は帰宅部だから分からないんだよ」

友喜が拓磨を茶化す。

しかし、拓磨は全く聞いていなかった。校庭を眺めて電車で出会った高校生を探す。

ライナー波の反応が突然現れたあの高校生。確か山中という名前だったはずだ。

拓磨は胸のポケットから測定器を取り出すと、画面を確認する。

やはり反応があった。矢印が赤い領域にとどまっている。

測定器の範囲は5メートル以内。近くにいるのだろうか？

「あれ？　もしかして友喜か？」

拓磨の調査を謎の声が遮る。

拓磨が声の方を振り向くと、すぐ側の曲がり角からひょろ長い男がこちらに歩いてきていた。

上には黒いポロシャツ、下は擦れた青いジーンズを穿いている。髪は尖るようにボサボサで、四角い眼鏡をかけていた。

「あれ？　馬場先生!?」

友喜が驚きが入った黄色い声を発しながら、男に近づいていく。

「あれ？　たっくん、あの人どこかで見た覚えがあるんだけど」

祐司が首をかしげながら、拓磨に尋ねる。

拓磨もその男に既視感のようなものを覚えた。

確かにどこかで見たことがある。それも結構昔に。

確か、小学生くらいの頃に。

「おおっ!?　もしかしてお前達、渡里に不動か？」

馬場は祐司達を見ながら、なめ回すように見始める。

その時、拓磨の脳裏に目の前の男の姿が浮かんだ。

考えてみればいつもこの男には会っていたのだ、小学校の時に。

それも集大成と言える6年生を一緒に過ごしていた。

「もしかして馬場先生ですか？　小学校の時の担任の？」

「えっ？　ああっ！　そうだ、馬場達也先生だ！　お久しぶりで～す！」

拓磨の言葉に祐司は急に記憶の底から馬場のことを掘り出し、小学生の時と同じように挨拶を始めた。

そんな2人を見て馬場はクスクスと笑い始める。

「変わってないなあ、特にお前達2人は。渡里はいつまでも子供っぽいし、不動は余計にるぞ?」

「老けたな?」

「老け顔ですか? 俺の顔は老けているというより、悪人だな。お前は高校生だろ? 何だか怖い中年みたいに見える」

久しぶりに会った先生ですらこのような始末である。

普通は「成長したな」、「大人っぽくなったな」と言われそうなところであろう。

(まさか会って早々「老成したな」、「怖い中年」と言われる高校生は日本広しと雖も俺くらいなのではないだろうか?)

拓磨は喜美子の「整形手術」の件を思い出し、頭を抱えてしまった。

「それにずいぶん身長もでかくなったんじゃないか? 2人とも」

拓磨と祐司は互いに姿を見比べた。

「そうですか? あんまり変わらないと思うんですけど」

祐司がつま先立ちになり、拓磨と張り合うように背を伸ばすが、巨人のような拓磨の背にはとうてい届かない。

「先生は今はどこの学校に赴任しているんですか?」

拓磨の質問に馬場の顔が少し曇った気がした。それを隠すように頭を掻きながらばつが悪そうに答える。

「いやあ、俺は教師を辞めたんだ。それで今は塾の講師を務めているんだ。見えるか?

いる。
　1階が自転車を置く駐輪場スペースとなっており、その隣に階段があり2階へと続いて
　先ほど馬場が現れた曲がり角の奥に2階建ての鉄筋家屋があった。
すぐそこの学習塾なんだが」

「高校のすぐ近くなんですね？」

　高校と学習塾を交互に見ながら祐司が尋ねた。

「良い立地条件だろ？　おかげで学校帰りに生徒が寄ってくれるんだ。最近は生徒も増えて、徐々に経営が軌道に乗り始めたところなんだ」

　馬場が笑顔で拓磨達に近況を説明していた。

「それじゃあ、俺はこれから寄るところがあるから失礼するよ。じゃあな、友喜。お母さんによろしく伝えておいてくれ」

「えっ？　あ……はい」

　馬場は友喜の肩を叩くと、そのまま拓磨達が通ってきた道を歩き去って行った。

　拓磨が馬場を見送りふと友喜を見つめたとき、彼女は下を向いてしばらく呆然としていた。その黒い瞳には不安とも喜びとも区別の付かない濁りのようなものが渦巻いているように感じられた。

「友喜？」

　拓磨の言葉に友喜は我に返ると、再び笑顔を取り戻し拓磨と祐司を交互に見つめる。

「は、ははは。久しぶりでしょ？　私、先生の学習塾に行ってたんだよ。塾の料金も安くて、暇な時は気軽に通えて勉強できるから生徒にも人気が高いし。本当に学校の先生を辞めたのが不思議なくらいなんだよ」

「俺は驚いたなあ。ずいぶん変わってたから」

まるでお化けを見たように祐司が呟いた。

「ああ、俺も驚いたな。俺の知っている馬場先生とずいぶん変わっていたからな」

「あっ、たっくんもそう思う？　なんかさあ、馬場先生って根暗でオタクってイメージがあったんだけどなあ。小学校の時もあんまり生徒に好かれてなかったし、そもそも人と話すのが苦手でいつも周りの先生に助けられてなかったっけ？　一度、不良を怒らせてひどい目に遭ったときもあったって聞いたし」

拓磨と祐司が同調し合う。

馬場先生の変化はまるでニートが裁判官になったようであった。衝撃的なビフォーアフターである。

拓磨は昔の光景と今の光景の違いにうまく説明がつかなかった。

まるで別人を見ているような錯覚に陥る。

「あのねえ、時間が空けばそれだけ人も変わるでしょ？　馬場先生だって、あの後色々努力をして、ようやく生徒に認められるだけの先生になれた。それだけよ」

友喜が頬を膨らませながら、拓磨と祐司を叱りつける。

「まあ、それは素晴らしいと思うけどな」

拓磨は友喜の叱咤を軽く流すと再びライナー波測定器を取り出そうとする。

しかし、取り出すことは叶わなかった。

高校のフェンス越しに男がこちらを見つめているからであった。

男はカメラを構えて、拓磨達を見つめるとゆっくりと右手元にあるボタンを押した。

カメラの閃光と共にその場が静まりかえる。

聞こえるのは男の後ろで部活動を行っている生徒の声のみ。

不思議とそれ以外の音が耳に入らなかった。まるでフェンス越しの男と拓磨達だけが別の世界に放り込まれたような妙な感覚である。

拓磨はじっと目の前の男を見つめたまま動かない。

祐司はいきなり現れた謎の男と、妙な雰囲気に動揺し、ただ事態が動くのを見守るしか無かった。

祐司は視線を拓磨から友喜に移す。

そこには祐司が今まで見たことの無いような友喜がいた。

『恐れ』。

目の前の存在にただその感情だけを抱き、両手を体の前で握りしめ震えていた。目は男を見ていた。いや、見ているというより目を離すことができないように感じられた。目を離せば命を奪われると言わんばかりに男を凝視し続けた。

だが、彼女の体はそれを受け付けられないように震えだし、目からにじみ出るように涙が流れ始めた。

そして男はカメラから目を離すと満足そうに笑顔を浮かべて一言。

「また、会えた」

その言葉は起爆スイッチだった。

突然友喜が喉が裂けるような叫び声を放つと、気を失い地面に倒れてしまう。祐司が慌てて両腕を友喜と地面に間に挟み、友喜の体が地面に叩きつけられるのを防ぐ。

男はフェンスに足をかけ、軽々と飛び越えると駅の方へと走り出す。

「祐司！　友喜を頼んだぞ！」

拓磨は友喜の悲鳴に驚かず、男の後を追い勢いよく駆けだした。

「あっ！　たっく」

祐司の言葉が途中から聞こえなくなる。すでに声が聞こえる範囲から拓磨は飛び出していた。

先ほどまで拓磨達が歩いてきたところを男は逆走し始めた。

男は走ると言うより、まるで地面から押し返されているように前に飛んでいく。素晴らしい俊敏さである。運動部で副部長を任されるだけのことはあるかもしれない。

(だが、なぜ副部長なのに部活動に交ざらなかったのであろうか？)

男の背後でサッカー部が部活動を行っていた。なぜカメラを持っているのか？　何で練習に加わらなかったのか？

それと友喜の突然の悲鳴だ。写真を撮られたくらいであれだけの声を上げるなど普通ではまず考えられない。

原因は男か、それともカメラか？

理由は不明だ。だからこそ、逃がすわけにはいかない。今度こそ捕まえる。

拓磨の胸ではライナー波測定器が警報を放ち始めていた。

目の前の男への疑いはますます濃くなる。

男は全力疾走のまま、歩道を外れ歩行者用の手すりを踏み台にし、跳躍すると拓磨の視界から消える。

歩道の下に落ちたのである。

下は周囲の住民が用いる水を流すための用水路となっていた。深さ30センチほどの溝に水が流れており、周りは歩けるようにコンクリートで固められている。

歩道からコンクリートまでの高さおよそ5メートル。

拓磨が躊躇する高さではなかった。拓磨も男と同じように手すりまで跳び上がり蹴ると、宙を浮かぶ。そして空中で姿勢を安定させると着地と同時に前転をして衝撃を和らげ、地面を蹴りさらに駆け出す。

目の前の男は背後の拓磨を見て舌打ちをすると、そのまま左折し住宅と住宅の間の細い路地を駆けていく。

男の足は確かに速かったが、拓磨の方が圧倒的に速かった。直線の路地で一気に男に追いつくと、そのまま男の背中に跳び蹴りをたたき込んだ。

男は前にバランスを崩し、倒れる……はずだった。

男は蹴られた衝撃を利用し空中で前転をすると着地と同時にバランスを立て直し、さらに走り出した。

恐ろしい身体能力である。サッカー選手というより体操選手である。

しかし、追いかけっこは長くは続かなかった。

拓磨達は住宅の間の空き地のような空間に出た。周囲を民家に囲まれ、ゴミ捨て場のように壊れた洗濯機や冷蔵庫などが周りに投棄された薄汚れた場所である。

地面を踏みしめるごとに水分のせいで泥が気持ちの悪い音を立てる。

目の前の男は息を切らすどころか汗もかいていなかった。拓磨を睨むように見つめると、地面につばを吐く。

「てめえ、一体何なんだよ？」

「それは俺が聞きたいな。何でいきなり写真なんか撮った？」

「恋人の写真を撮ることの何が悪いんだ？」

「恋人？　一体誰のことだ？」

男の噛み付くようなセリフを拓磨は流すように聞き、拓磨は相槌（あいづち）を打つように話の主導権を相手に渡していた。

「友喜だよ。決まっているだろ？」

「友喜が恋人？」

　予想外の事実が分かった。

　もし、この話が確かならば友喜はこの男と付き合っていたということになる。確かこの男は山中という苗字だったはずだ。

「てめえこそ誰なんだよ？　友喜の何なんだ？」

「友人だ。友喜に住んでいた町を案内して貰っていたんだ」

「友人だあ？　……ひょっとしてお前、渡里って名前か？」

「何でその名前を知っている？」

　山中は勝手にぶつぶつ呟き始め、拓磨の話を聞いていなかった。

「友喜は何で悲鳴を上げた？」

「さあな？　フラッシュに驚いたんじゃねえのか？」

「俺には殺人を見たような悲鳴に聞こえたが？」

「はははは！　面白いこと言うな？　俺と付き合っていたときなんていつもあんな声出してたぜ？」

　品の無いセリフを山中が並べ続けた。

　拓磨は氷のような冷たい目で見つめ続ける。

「……………」

「何だ？　別に恋人同士で何しようが知ったことじゃねえだろ？　それともそういう話題は苦手か？　見かけの割に中身はガキだな？」

「別に恋人間の問題をどうたら言うつもりはねえ。俺が聞きたいのは1つだ。お前は砂だらけの世界に行ったり、人間の大きさのアリの頭を付けた化け物共とグルかどうなのかってことだ」

「ふ〜ん、案外薄情なんだな？　友喜はお前の友人じゃねえのか？」

「友人だから信じているんだ。お前がどこの馬の骨かは分からねえがあいつが選んだのなら俺はそれを信じる。だからお前は寝言を言ってねえでとっとと俺の質問に答えろ」

「砂だらけの世界？　アリの頭の化け物？　寝言を言っているのはお前の方じゃねえのか？」

山中は軽口を連射し続ける。

拓磨は山中の言葉は聞き流していた。

耳に人の足音と思われる複数の音が響き渡る。

(祐司達であろうか？　あるいは山中の仲間？　ひょっとして騒ぎを聞きつけた近所の住民や警察官であろうか？)

いずれにしてもこの場所は袋小路で、足元も悪く、逃げ場所がない。人目が無いことを除けば何をするにしてもあまり好ましくない場所だった。

「そうか、なら邪魔をしたな。友人を待たせているんで帰らせてもらう」

拓磨は山中に背を向けたその時だった。

急に目の前にサイの頭が現れる。顔がサイで全身がごつごつした骨格で覆われた人型の何かが拓磨が山中と話している間、隙を狙って巨大な角で拓磨の胸板を貫こうと突進してきたようだ。

拓磨の反応はほぼ瞬間的だった。

その場で跳躍しとっさにサイの角を掴み、サイの頭の上で逆立ちをする。そして足が前に倒れる勢いと重力を利用して、サイの体を前方に投げ飛ばした。

サイは地面に叩きつけられる凄まじい轟音と共に顔を地面にこすりつけながら、粘着性のある地面を引きずられるように滑る。そして5メートルほど滑った地点で止まった。

拓磨は地面に両足で着地すると自分の体を不思議そうに眺める。

今回は完全に油断していた。

まさかこちらに向かってくるのが殺意満々のサイだとは、とてもでは無いが予想できなかった。

しかし体に電流が走り、間一髪で反応することができた。今までの自分ならば、急所を外すのが精一杯なタイミングである。確実に怪我を負っていたはずなのだ。

電車の中での山中を発見した妙な感覚。

急に増えた身長と体重。

そして今の運動神経と反射能力。

確実に以前の自分とは比べものにならないくらいに運動能力が上昇している。体に何かが起こっているのだ。おそらく、これはライナー波の影響。それ以外に考えられない。

「身長や体重が増えただけじゃなかったということか」

拓磨が自分に言い聞かせるように呟く。そして背後の山中を見ると、珍しい生き物を見るような目で拓磨を眺めていた。その目には今まで舐めていた拓磨に対する恐れが宿っていた。

「お前、本当に人間か？　化け物の仲間だろ？」

「俺か？　俺はただのパン屋だ」

拓磨は山中の意見ももっともだと感じていた。

しかし、さすがにあのサイと一緒にしてもらいたくはない。

拓磨はため息を吐きながら人であることを強調した。

しかし、どうやらそれが冗談と認識されたらしい。山中は唾を吐きながら、拓磨を罵った。

「てめえみたいなパン屋がいるか！」

そして、ポケットから灰色のビー玉のようなものを3つ取り出すと地面に撒く。

地面に落ちた灰色の玉は、卵の殻を突き破って現れた鳥の雛のように中から角が突き出てくる。そしてそのまま沸騰したお湯のように泡を立てながら膨れあがり、拓磨と同じくらいの大きさまで成長する。

徐々に人の腕と足が出来てきて、最後まで頭にあった角が肥大化し、サイの顔が作られる。

顔が作られると顔から体に向かって表面が光沢を帯びていく。まるで金属に光を当てたような光景である。

しかし、それは金属ではなく太い骨のようなものだった。

最後に人の体の表面を骨が包み込むと、サイの頭をした強靱な全身が骨でおおわれた人型生物の誕生である。

「やっぱりお前はリベリオスと関係があったみたいだな？　どうりでライナー波の反応があったわけだ」

「せっかくこの力を手に入れたのにてめえみたいな奴に邪魔されてたまるか！　これで俺は友喜とやり直すんだ」

「やり直すってことは一度終わったわけだな？　まあ、どちらが原因で終わったかは考えるまでもないみたいだな」

拓磨は呆れ果てて顔を横に振った。

「うるせえ」

山中は図星を突かれたのか怒りに震え、口から漏れ出す声で拓磨を人差し指で指し示す。

現れた3体のサイの怪物は拓磨に殴りかかってくる。

拓磨は突っ込んでくる2体のサイの角をそれぞれ手で掴むと地面を踏ん張り、突進を食い止める。

しかし、そこを3体目の怪物が見逃すはずはない。側面から拓磨の脇腹目がけて角で突っ込んでくる。拓磨は右足を使うとサイの頬を蹴り、突進を防ぐ。

だが、片方の足だけでは踏ん張りがきかず拓磨は押されバランスを崩した。しかし、今度は両足で2体の怪物の腹の部分を器用に押して、拓磨の後方に2体同時で巴投げをしてみせる。

投げ飛ばされた怪物を振り向くこと無く、拓磨は両膝を顔に近づけ体を縮めると一気に伸ばしてバネのように跳ね上がり地面に立つ。

顔を蹴られた怪物が今度は右拳を拓磨の顔面目がけて叩きつけに来る。

拓磨は体を怪物の腕と水平にして拳を回避する。拓磨の目の前を伸びきったサイの腕が進んでいく。その腕を右手で掴み固定すると、左手で肘の部分を下から突き上げる。

1秒もかからない瞬間的な行動であった。

骨が砕ける鈍い音が響き渡ると、怪物の右腕が本来曲がる方向と逆の方向に曲がり、肘から先が折れかけの枝のように揺れる。

間髪入れず、拓磨は怪物の右膝を問答無用で蹴りつけた。また骨が砕ける音がしてサイの足が飴細工のように曲がる。右腕と右膝をあっという間に折られた怪物はバランスを失って地面に倒れる。

そんな怪物の仲間を助けるように、先ほど巴投げで投げ飛ばされた2体のサイが背後から襲いかかってくる。

拓磨はその気配に気づくと、足を破壊され動けない怪物の折れていない足を掴み、バットのように怪物を高速で振り回し背後から襲ってくる2体の怪物の側面から叩きつけた。

一体の怪物の脇にサイの角が突き刺さる。しかし、首がその衝撃に耐えきれずもげ、胴体と分かれた。

2体の怪物は衝撃で再び横に倒れる。

拓磨は横に倒れた怪物の1体の足を掴むとそのまま背負い投げをかました。しかし、投げ飛ばすのではなく足を掴んだまま斧を振り下ろすように地面にサイの頭を叩きつける。全ての力を集中されたサイの頭は骨が砕ける音と共に宙に舞い、4メートルほど離れた地面に寂しい音と共に落ちた。

残った1体は必死の抵抗で拓磨の足を掴むと地面に押し倒し、馬乗りになり殴打を繰り返してきた。

拓磨は襲ってくる拳を掴むと握力で相手の拳をまるで紙を握りつぶすように粉砕する。両手を破壊された怪物は巨大な頭で頭突きをたたき込んでくる。拓磨は襲ってきたサイの頭を受け止め掴むとそのまま強引にサイの頭をねじり始める。骨がきしむ音が聞こえ、首を動かしていくごとに骨が折れていく音と感覚が耳と手に伝わってくる。

最終的に頭を1回転させられたサイはだらんと体の力が抜け、拓磨の横に転がった。

拓磨は立ち上がり服にこびりついた泥を払うと、周囲で先ほど拓磨が殺した怪物達の体が輝きだし、七色の光と共に分解されていくのを冷めた目で見ていた。

山中は目を見開き、半狂乱になっていた。

死ぬはずだった。どう考えても勝ち目なんてあるわけ無かった。

人間ではなく未知の化け物を3体けしかけた。

（なぜ生きている？　何かのギャグだろうか？　なぜこいつは顔色1つ変えず平然と勝てるんだ!?）

拓磨はゆっくり歩きながら山中に近づいていった。山中は周囲を見て目の前の意味不明な大男から逃げようとした。しかし背後は壁、左右に逃げだそうとしても目の前の男に捕まる。前に逃げ出そうものなら、ワニの口に飛び込むようなものだ。一瞬で殺される。

しかし、そんな山中を助けるように最初拓磨に投げ飛ばされた怪物が背後から雄叫びを上げながら突進してくる。

山中の顔がほころんだ。

天はまだ自分を見放していなかった。そう思えた。

拓磨は素早く反応した。振り向きざまにサイの喉に右腕を叩きつけ、強烈なラリアットを決める。

電車の扉にバッグの紐が挟まり、一瞬空中に浮く人間のように地面と水平な向きでサイは宙を飛びながら空を見つめていた。

そしてその視界を丸い影が遮った。影はどんどん近づいてきて、サイの顔と重なる。最初は角にヒビが入る音と同時に折れる音が聞こえた。次に顔の骨が中央から外へと徐々に砕けていく感覚が走る。

空中に浮かんだサイの顔面目がけ、拓磨は右手の鉄拳を振り下ろした。そのまま地面に衝突させた拳はサイの顔を砕くどころか突き破ってしまう。拓磨は怪物が動かないのを確認するとそのまま拳を引き抜いた。

粘りけのある七色の液体が手にまとわりつき、拓磨の服にも返り血のように飛び散っていた。

しかし、七色の光と共に怪物の体の分解が始まると、手に付いていた汚れも飛び散った液体も洗ったように消えてしまう。

わずか5分にも満たない戦い。気づいたときにはそこは5分前と同じ状況だった。戦いでえぐられた地面と恐怖で全身を震わせている山中を除けば。

拓磨は山中に近づくと首を掴み左手で持ち上げ、一瞬宙づりにするとそのまま背後の壁に叩きつけた。

「は…離せ！」

喘ぎながら山中が必死に言葉を繋げる。必死につま先立ちをしながら首の負担を軽減しようと頑張っている。

「さっきの続きだ。俺の質問に答えてもらう。今お前が出したおもちゃはどこで手に入れた？」

拓磨は淡々と何事もなかったように質問する。

「い…息があ…ああ！」

山中は呼吸困難に陥りかけていて必死に酸素を求めていた。

拓磨は呼吸ができるように握力を緩め、足が着くように地面に下ろす。しかし、壁に山中を押しつけ尋問する状態は解かなかった。

「答えろ」

「はあ…はあ…！　が、学校だ」

「学校？　桜高校のことか？」

呼吸を整えながら話す山中に拓磨は尋ねる。拓磨は握力を強め、無理矢理山中の口を割らせる。

「そ、そうだよ！　学校のＯＢが持っているのをもらったんだよ！」

「ＯＢ？　誰だ、そいつは？」

「し、知らねえ」

「そんな答えは求めてない」

拓磨は再び山中を宙づりにする。

「ほ、ほんとだ！　知らないんだよ！　パン買いに購買に向かったら、たまたま学校の校門のところにいたんだよ！　近づいていったら桜高校の昔の卒業生だって言ったんだ！」

拓磨は再び山中を地面に下ろす。

「そいつからさっきのビー玉みたいな物をもらったんだな？」

「訳分からねえ奴だったんだよ！　急に『力をやる』とか変なこと抜かしやがって！　俺を学校の外に案内してさっきのビー玉をくれようとしたんだよ！」

「訳分からない奴についていって怪しい物をもらって、それを使うお前の方が意味が分からねえな」

「俺だって最初はいらねえって言ったさ！　けれど『タダでやる』とか言われて、どうせただのビー玉だし、そいつに貰った途端捨てたんだ。そしたら！」

「さっきの化け物になったと？」

「ほんと分からねえんだよ！　俺が思うときにビー玉になったり化け物になったりして、これがあればあいつも守ってやると思って……」

　男の言動は拓磨への恐怖からか、それとも今までの光景が改めて理解できなくなったのか支離滅裂になっていた。

「『あいつ』？」

「友喜に決まってるだろ!?　俺とあいつはほんとに付き合ってたんだよ！」

「あの怪物で友喜を守ってやると本気で思っていたのか？」

「友喜はただでさえ人気で変なストーカーとかに絡まれることも多かったんだ。俺はてめえみたいに強くねえし、だからあれを使ってストーカーを追い払おうと…そしたら化け物がそのストーカーを…！」

「……殺したのか？」

「殺すつもりはなかったんだ！　化け物が男を吹っ飛ばしてそしたら壁に叩きつけられて首が変な方に曲がって…動かなくなって…怖くなって、化け物をビー玉に戻した後逃げ出して。だってしょうがねえだろ！　俺の女に手を出そうとしたあいつが悪いんだろうが！」

「それが今はお前がストーカーか？」

　拓磨の淡々とした返答に山中は徐々に追い詰められて、涙と鼻水を流しながら必死に反論する。

「だって、友喜が別れようって言い出しやがったんだ！　何でだよ!?　最近まで上手くいってたんだ！　それが急に別れを切り出しておまけに転校だと？　冗談じゃねえよ！」

「友喜には今の怒りを向けてないだろうな？」

「何だと？」

「友喜が別れたのはお前のその怒りに原因があるんじゃねえかと聞いているんだ。お前は友喜が原因で別れたように言っているが俺はどうも納得できないんだが」

　拓磨の言葉に山中は黙ってしまう。そしてさらに烈火のように語り出す。

「俺だって前まではこんなんじゃなかったんだ！」

「じゃあ、いつからそんな風になったんだ？」

「いつって……。さ、さっきのビー玉を手に入れたときぐらいから妙に気分が抑えられなくなって、時々自分が何をしているかも忘れたりして…」

拓磨は心の中でようやく納得できた。

支離滅裂で感情的な発言。

欲望を暴走させて取り返しのつかないことを起こす。

そして謎の化け物。

最近、同じような事例を拓磨は見た。

この前に起こった相良組との騒動。相良組の組長がライナー波と関わり、暴走。町全体の人間が巻き込まれた大惨事であった。

（おそらくライナー波の影響で山中は暴走したのではないだろうか？）

その原因はおそらくビー玉。

だとすればビー玉を山中に渡した人物が怪しいということになる。

記憶障害もライナー波の影響だと考えて間違いないだろう。

現在測定器は反応していない。電車での強いライナー波の反応はビー玉に対しての反応だったのだろう。

だとしたら山中はライナー波に体を書き換えられた相良と同じ超人になったわけではなく、ただビー玉の影響を受けて暴走していたわけか。

拓磨はライナー波の影響の強さに不安と恐れが募る。

しかも今回の現場は稲歌町ではなく、他の町である。

この前、リベリオスの狙いはゼロアのライナーコアだった。

（その計画を変更したのだろうか？　だとしたら……なぜだ？）

「は、離してくれよ……！　もう知っていることは全部話したんだ！　もう何もしねえよ…」

山中が涙と鼻水を溢れさせながら、顔を歪め拓磨に懇願する。

「お前は人を殺そうとしたんだ。護身に心得が無い普通の住人なら、お前が前に殺したストーカーの二の舞になっていたんだぞ？」

「お前みたいな化け物だったら喧嘩なんか最初から吹っかけてねえよ！」

「じゃあ普通の人間だったらけしかけていたのか、あの怪物を？　寝言でもタチが悪いぞ」

拓磨は山中を睨みつけ、言葉を返す。山中は拓磨を直視できず沈黙してしまう。

拓磨はため息をつくと、そのまま山中の首を掴んでいた手を離す。山中は立つことが出来ずにそのまま腰が抜けたように地面に崩れてしまった。

拓磨は哀れむ目で山中を見る。

「お前の持っていた化け物に変化するビー玉はさっきので全部か？」

「あ…ああ」

「本当か？」

拓磨は凄んでもう一度問う。

「本当だ…。嘘じゃねえよ」

山中は長距離を走りきったように疲れ果てていた。目は虚ろでぼんやりと宙を眺めている。

「お前の話が本当だとして、友喜との交際中に何があったのかは分からない。だがさっきの友喜の悲鳴はシャレにならないものを感じた。友喜のトラウマになるようなことをしたのか？」

「…………」

山中は質問に答えなかった。

「黙秘か？　まあ、それでもいい。仇討ちなんて興味もねえからな。ただ、忘れるな。もう二度とさっきの怪物に関わるな。これはお前の身のためだ」

「身のため？」

「お前はまだ症状が出ていないだろうが、さっきの怪物に関わり続けるとお前も同じ怪物になる」

「は……ははは……冗談言うなよ。どうせ脅しなんだろ？」

山中は拓磨の顔を見上げると力なく笑い始めた。しかし、拓磨の真剣な表情を見るごとに笑いが薄れ恐怖が顔に表れ始めた。

「それと、できれば友喜の前にはもう姿を見せない方がいい。これはあくまで俺からの願いだ。……じゃあな」

拓磨は踵を返すと山中を背を向け立ち去ろうとする。

「お、おい待てよ！　俺はこれからどうなるんだよ⁉」

拓磨は背後からの山中の問いかけに足を止める。

「警察に事情を話して保護してもらったらどうだ？」

拓磨は山中を振り向かないで前を向いたまま回答に答えた。

「お、俺の殺人のことも話すのかよ!?」

「おそらく聞かれるだろうな。もし、お前の殺人が事件になっていれば」

「事件にってどういう…」

拓磨は不思議に思っていた。

山中は殺人を犯したと言っている。なのになぜ彼は目の前にいるのか？

山中は人を殺した後、逃げた。死体を隠すことをしなかったはずだ。

おそらく、死体が見つかっていないのだろう。つまり、山中の殺人が事件として扱われていないのだ。

高校生の事件なんて警察にすぐ調べられて終わりだ。

それが今も事件になっていない。

(警察が見落としているだけなのか？　いや、それよりも説明がつく理由が1つある)

「おそらくお前の事件をもみ消してくれる奴らがいるんだろうな？　そいつらのおかげでお前は今ここにいられる。あくまで推測だが」

「だ、誰だよ!?」

「たぶん…お前にビー玉を渡した奴だ」

拓磨はこの部分だけはなぜか自信を持って答えられた。

（おそらく今回の件は最初から仕組まれていたのではないだろうか？）

普通ならただの妄想で済まされることだが、リベリオスやライナー波が絡んでいると何でもありえてくるから困る。

拓磨は頭を振ると妙な考えを振り払った。拓磨はいつの間にか地面に落ちていた山中の帽子を掴むと、山中目がけてフリスビーのように投げる。帽子は山中の体の上に着地した。

「ともかく、これ以上この件に関わらないことだ。せいぜい命を大切にしてくれ。山中さん」

拓磨は後ろで呆気に取られている山中を置いて、太陽の影で日の届かない薄暗い路地裏を走って戻った。


同日、桜町、桜高校前、午後1時34分。

拓磨は駅から桜高校へと続く道を走りながら戻っていた。仕事先へ向かっているサラリーマンを追い越し、同じ学校へ向かっているであろう自転車に乗った男子生徒も追い越した。

友喜のことは祐司に任せてきてしまったわけだが、妙な不安感が渦巻いていた。

友喜の付き合っていた相手がライナー波に関わっていた。

山中の話が本当かどうかは分からない。

しかし、ライナー波に関する何らかの問題がこの桜町にあるのは確かなようだ。現にここに来るまでの間、いくつかの反応が現れている。

それに先ほどからゼロアと連絡が取れない。ウェブスペースで何かがあったのだろうか？

（いずれにしても祐司達を孤立させるのは危険だ。急いで戻らないと）

拓磨が祐司と別れたところにたどり着いたとき、そこには通学路に不似合いな救急車とパトカーが桜高校のフェンス前、道路脇に停車していた。

校庭側からフェンス越しにサッカー部や陸上部の生徒が野次馬のようにたむろっている。道路側からは近所に住んでいる老若男女が突然の出来事に観客となっていた。

拓磨は近所の住民の後ろから救急車とパトカーを見る。

こういうときに背の高さは役に立つ。何の不自由も無く覗くと、救急車の中に本来横たわり病院に搬送するベッドに座る友喜の姿があった。

周囲の白衣を着た看護師の質問に答えているようで首を縦や横に振っている。

一方、救急車の背後に止められたパトカーの前では祐司が警察服を身につけた警察官と語り合っていた。

拓磨は観客と化した住民の間をすり抜けるように移動し、祐司の近くまで進む。

「おい！　祐司！」

拓磨が声をかけると、祐司がその声に気づいたのか周囲を見渡し拓磨の姿を発見する。

「あっ！　たっくん、こっちこっち！」

拓磨が祐司の手招きに従い、祐司の隣まで移動した。

「たっくん、ちょうど良いところに来た！　さっきの男はどうしたの？」

「ああ、色々あったが置いてきた」

「置いてきた⁉　何で連れてこなかったの⁉」

「どうやら友喜の元彼氏で、友喜の写真を撮っていただけだって言われたんでな。俺は警察でもないし、強制的に連行なんてできるわけないだろ？」

「ゆ、友喜の元カレえええぇ⁉」

男を置いてきたことよりも祐司はそちらの方がショックみたいだった。拓磨はショックを受けた祐司を無視して、目の前の警察官と向かい合う。警察官になって日も浅そうな青年だった。

拓磨より頭2つほど小さい。

「君は渡里君の友人？」

「不動拓磨と言います。渡里とそこの救急車に座っている白木さんの友人です」

拓磨は頭を下げ、軽く自己紹介を済ませる。

「そうか、今回のことは大変だったね。大方のことは渡里君から聞いたよ。君が追いかけた男は山中という高校生だったかい？　サッカー部の」

「え？　ええ、そうですけど…もう調べがついているんですか？」

あまりに警察の対応が速すぎることに拓磨は驚いていた。

「まあ、彼と白木さんは前にも厄介になったことがあったからね。…おっと、これは失言だ。今のは聞かなかったことにしてくれ。彼は今どこにいるか分かるかい？」

「ここへ来る道路脇を飛び降りて進んだ民家の裏ですけど。おそらくいなくなっていると思います」

「なるほど、情報ありがとう」

警官は手に持った手帳に拓磨の情報を書くと、すぐにパトカー内の無線で情報を伝える。

どうやら、友喜が山中と付き合っていたのはまんざら嘘でもないらしい。

(しかし、よりにもよって警察に厄介になるとは一体何があったんだろうか？)

「友喜の具合は？」

「大丈夫みたいだよ、たっくん。ただ気を失っていたみたいで。たっくんが行った後、目を覚ましたんだ。俺が近くの民家に駆け込んで救急車と警察を両方呼んだんだけど、結局無駄だったみたい」

「いや、良い対応だ。万が一のことがあるから間違っていない」

拓磨は素直に祐司を褒めた。

(どうやら、大事には至らなかったらしい。本当に良かった)

「ところでこれは知っていたらで良いんだが、教えてくれるかい？」

制服の警官が改めて拓磨に尋ねる。

「俺に答えられることで良ければ」

警官は胸のポケットから20枚ほど写真を取り出すと、拓磨と祐司に見せる。

小学生、中学生、高校生。全員、年齢も性別もバラバラ。髪の長い子から髪の短い子まで、様々な生徒の顔写真を拓磨に見せた。

「この中に君たちの知っている子はいるかい？」

拓磨と祐司は1枚ずつ顔写真を眺めていく。その中に先ほど拓磨が出会った山中の写真があった。写真の人物は小学生を除いて制服を着用しており、履歴書などに用いる証明写真のようだった。

「この山中さん以外は特に知りませんけど。祐司はどうだ？」

「う～ん、俺もそうかな。この人たち誰なんですか？」

「実は全員、行方不明者なんだよ。最近多いんだよ、この町では」

警官の言葉に拓磨と祐司は顔を見合わせた。そして同時に尋ねる。

「行方不明者？」

「そう。全員この町での発見を最後に行方不明になっているんだ。君たちが見た山中という高校生もその1人だったんだよ。確か半年くらい前に行方不明になったんだ。今は公開捜査になっていて、情報提供を呼びかけているんだが…本当に他の人は見たことない？」

拓磨と祐司は首を横にふった。

警官は肩を落とし、胸ポケットに写真をしまった。

（山中が行方不明者？　どういうことだ？　まるで意味が分からねえぜ……）

（つまり、奴が俺に話した『学校の校門のところで怪物のビー玉をもらった』という話は嘘になるのか？　あいつは行方不明だから当然学校にも行ってなかっただろうし。…いや、怪物のビー玉をもらった次の日から行方不明になったということも考えられるな）

いずれにしても行方不明者だったとは驚きだ。

拓磨はあの場所で山中を拘束しておけば良かったと後悔した。

「ご協力ありがとうございました。白木さんはご家族の方と連絡が取れて、これから迎えに来るそうです」

警官は丁寧に礼を拓磨と祐司に言う。

「そうですか、じゃあ俺たちはこのまま帰ります。友喜も今日は警察の方に任せた方が良いと思うので。それでいいか？　祐司」

「せっかくの休日なのにとんでもない出来事に巻き込まれちゃったのは残念だけど、まあ仕方ないよね。また次の休みにでも来ようよ」

「ああ。それじゃあ、お手数ですけど友喜によろしく伝えておいてくれますか？」

拓磨は警官に言伝（ことづて）を頼んだ。

「ははは、分かった。確かに承ったよ。最近は物騒だから、気をつけて帰ってくれ」

警察官はそのまま友喜の元に向かい、しばらく話を始めた。内容が伝わったのであろう、友喜は拓磨と祐司の方を向くと弱々しく手を振った。笑顔を無理に見せている表情で、苦痛に耐えているようにも見えた。

「たっくん。大丈夫かな、友喜のこと？」

「ああ、俺もそれが心配だ。あの叫びはちょっと異常だったからな」

拓磨は山中を見た友喜が発狂したような叫び声を放ったことを思い返す。

「ねえ、あのカメラを撮っていた男って友喜のストーカーみたいなもの？」

「元恋人らしい。それが今はストーカーになったみたいだな」

「やっぱり……2人は恋人だったんだ」

祐司はショックを受けたようにうなだれてしまう。

拓磨は哀れむ表情で祐司を見下ろした。

「祐司。友喜だって転校した後、色々あったんだと思う。それで好きな人ができてもおかしくないだろ？　まさか、こうしてまた会えるとは思わなかったんだ」

「……俺はたっくんみたいに冷静に考えられないよ。やっぱりショックだよ、友喜にすでに恋人がいたなんて。それで友喜が幸せならまだ良かったけど、うまくいかずに別れていたなんて。おまけに元カレは未練がましくストーカーだよ？　……とてもじゃないけど気持ちに区切りなんてつけられないよ」

「無理に区切りなんて付ける必要はねえさ。でもな、祐司。大切なのは、これからなんだ。幸いにも、これから友喜と一緒に学校生活を送れる。友喜が辛いときや悲しいときはお前や俺がフォローしてやればいいだろ？　そのためにはお前が笑顔でいなきゃ駄目だ。トラウマなんていうのはそう簡単に解決するもんじゃない。でもいつか、トラウマが思い出に変わる時が来る。それまで焦らずじっくり付き合っていけばいいんじゃないのか？」

拓磨は優しく祐司にアドバイスを与えた。まさに仙人のようである。

「……そうだね。俺たちが頑張っていかなきゃいけないね！　ありがとう、たっくん。やはり仙人フォームはすごいね！　悩み相談にぴったりだ」

「そんな大層なもんじゃない。……さてと、友喜のことも心配だがとりあえず帰るか。お前に色々話しておかなければいけないことがあるんだ」

「俺に？」

拓磨と祐司は人混みを掻き分けると、駅へと徒歩で向かった。道中で先ほど山中との間の出来事を話す。

「えっ？　妙にたっくんの服が泥だらけだと思ったらそんな出来事があったの!?」

拓磨の服が泥で汚れていることに気づいていた祐司はその理由に驚愕した。

「ああ、山中は謎の男から怪物を呼び出せる小道具をもらっていたそうだ。そして、あいつ自身も化け物にはなっていなかったがその兆候が出始めていた」

拓磨は山中を背後から蹴り飛ばしたとき、体操選手のように空中で一回転をして何事も無く着地したことを思い出す。

並外れた身体能力を得ていた山中。ライナー波の反応は出ていなかったが、何かしらの影響があったに違いない。あれ以上ライナー波に関わっていたら相良のような超人になっていたか、サイの怪物のようになっていただろう。間一髪で彼を助けられたのだろうか？

「じゃあ、山中はリベリオスの手先ってこと？」

「それはどうだろうな？　本人は操られていることは知らなかったみたいだ」

「じゃあもしかしたら、実験台かも知れないね」

　祐司は腕を組みながら考えると、推測を導く。

「実験台？」

「リベリオスがライナー波の能力を見るために人間を使って実験に利用した。こんなのはアニメとかだとよくある展開なんだけど」

「…なるほど、一理あるな。だがそうだとすると1つ疑問がある」

「えっ、何？」

「リベリオスがゼロアを狙っていたのはライナーコアを取り戻すためだ。なぜライナーコアと関係の無い人体実験なんかする必要がある？　それに何でその実験台が年齢、性別も異なる学生なんだ？」

「まさか、行方不明者にはリベリオスが関わっているって言いたいの？」

　祐司は警官に見せられた写真の人物を思い出す。

「山中がライナー波に関わっていた以上、他の人が関わっていない保証は無いだろ？　おまけに全員この桜町で行方を絶っている。全てを関係無いで言い切るにはあまりにも不自然だと思うんだが」

「たっくんと戦う前から、リベリオスは何らかの動きをしていたってこと？」

「そうだ。おそらく、この町での行方不明者は奴らの計画の一部なんだろう。ゼロアとウェブライナー、そしてライナーコアを何とかすればこの前の相良組の事件、奴らの完全勝利で終わっていた。けれど万が一のことを備えて別の計画を同時に進行していた。そんなところじゃねえのか？」

「ねえ、俺不思議なんだけどさ。リベリオスの目的って何かな？　世界征服じゃないよね？」

「…俺にも分からねえ。最近、奴らが目立った動きをしていないこともおかしい。もしかしたら、別の計画が水面下で動いているのかもしれない。いずれにしても、奴らが犠牲者を出す前に食い止めなくちゃいけねえな」

「お、俺も頑張るよ！　…何も出来ないと思うけど」

「まあ、その意気込みだけで十分だ」

拓磨が祐司の決意を微笑ましく見ていたとき、突然拓磨の胸の携帯電話が鳴る。拓磨は慌てて携帯電話を開くと、画面を見る。そこには髪を乱したゼロアの姿があった。画面奥では轟音が響き渡っており、ゼロアの顔がノイズが入り乱れている。

「ゼロ？　どうし」

「拓磨！　早くこっちに来てくれ！　敵にこちらの場所を発見された！」

ゼロアは拓磨の言葉を切るように大声で叫んでいた。拓磨は返答せず周囲を見渡し、人がいないか確認した。そして先ほど山中を追いかけた歩道下のコンクリートへと飛び降りた。

　祐司が慌てて、近くの階段を使い下に降りてくる。

「たっくん、どうしたの!?」

「祐司！　誰か来たらここに近づけさせるな？　これから戦ってくる！」

「お、俺も行くよ」

「駄目だ！　お前はここにいろ！　後のことは頼んだぞ！」

　祐司の言葉を却下すると拓磨は歩道下の暗闇に携帯電話を突きだした。

「『ダイブ・イン』開始シマス。オ名前ヲドウゾ」

「不動拓磨」

「ライナーコード『ゼロ』。不動拓磨。ウェブスペースヘノ移動ヲ許可シマス」

　液晶画面から七色の光が溢れると、拓磨を包む。祐司は光のまぶしさに目を覆う。しばらくして光が弱まって祐司が再び目を開けたとき、そこには携帯電話が宙に浮かんでおりゆっくりと地面に降りてきて、コンクリートの上を転がる音が響き渡った。


　同日、午後2時38分、ウェブスペース。

　黒いコートと戦闘服を身に纏った拓磨がウェブスペースで見た光景は、周囲を埋め尽くす狼の頭を人にかぶせたような巨大ロボットと、それを胸から打ち出されるライナービームで破壊し続ける白銀の巨人、ウェブライナーだった。

拓磨達が昨日訪れていた半球型の建物はすでに半分近くが吹き飛ばされ、中にあった机や椅子が地面に転がっている。

星形のジャマーは火花を上げながら中身の回線が飛び出ている。

拓磨がウェブライナーに近づこうとすると、目の前に巨大な砂柱が舞い上がり、拓磨は風圧で吹き飛ばされる。

放り出された空中で回転する体の体勢を整えると足から着地し、砂の上を滑る。

顔を上げたとき、そこには上を向いても頂上が見えないほどの巨大な壁がそびえ立っていた。しかし、よく見るとそれは壁では無かった。

それは刃だった。尋常じゃ無いほど巨大な刃が目の前に振り下ろされたのだ。刃の根元を見てみるとかろうじて柄のような部分が見える。どうやら刀のようである。

「まさに四面楚歌だな」

拓磨が愚痴るとウェブライナーからゼロアの声が響き渡る。

「拓磨、早く来てくれ！」

「来い、エア・ライナー」

突然、目の前から砂嵐が発生するとこちらに向かってきた。砂嵐の中に銀色のフレームが見え隠れしている。あまりの速さと登場に拓磨は一瞬目を疑う。

予想以上に速い。祐司が吐いたのも今なら理解できる。新幹線が突っ込んでくるようなものだ。

本来なら恐怖で身がすくみ、動けなくなるのが普通であるが、もはや普通ではない拓磨は手を伸ばすとすれ違う時にグライダーのパイプを掴む。

一瞬の体を引き裂かれるような衝撃を堪えると、そのまま高速のハンググライダーは地面から離れ飛翔する。

移動はほぼ一瞬だった。目の前に白銀の鎧が確認できると、拓磨はエア・フイナーから手を離し数秒空中を漂うと目の前の巨人目がけて飛び込んで行く。エア・ライナーは巨人にぶつからないように急反転し、空へと逃げていく。

目の前が急に白くなる。気がつくと、拓磨の体がすっぽり包まれる椅子に座らされていた。目の前に2つの球体が浮かんでおり、床に足を置くパネルが2枚セットされている。

拓磨が手を球体に置き、足をパネルにセットすると急に視界が晴れ、外の景色が映し出される。

目の前には5体の巨人が横並びでこちらへと向かってくる。

目の前の視界がウェブライナーの目の光景ならば同じくらいの視線だった。

頭には狼の頭をそのまま取り付けたようなかぶり物をしており、腰には白銀に輝く巨大な日本刀を携えている。

体は鎧と言うより武士が着る羽織のような印象である。腰から下は袴（はかま）のような布状の物体が揺れ動いている。

「ずいぶん衣装にこったロボットだな？　前のブロックみたいな置物とは大違いだ。まるで時代劇に出てきそうな武士だ」

「敵もウェブライナーのことを研究して、それに対抗するためにあの形状にしたのかもしれない。気をつけてくれ！」

部屋全体から反響するようにゼロアの声が響いてくる。

「さてと、行くか」

拓磨は気合いを入れ直し、目の前の球体を掴む。

ウェブライナーの目と全身の関節部分が紫色の発光を放つ。操縦者の命令に応えるように白銀の鎧を纏った巨人は動き始めた。

「ライナアアア！　ハルバアアアアド！」

拓磨の咆哮と共にウェブライナーの右掌（みぎてのひら）から七色の光が放たれ、棒のような物が飛び出すとウェブライナーはそれを左手で一気に引き抜く。

最初は棒しか無かった部分に一瞬で刃が形成され、先端が槍のように尖った巨大な斧が現れる。身の丈ほどもある巨大な大斧を軽々と振り回すと、ウェブライナーは目の前のロボットの群れに突っ込んでいく。

武士のロボットは一斉に攻撃を仕掛けてくる。

目の前の3体が上段に振り上げると一気に振り下ろしてくる。

ウェブライナーは斧を横に持つと棒の部分で相手の日本刀を受け止める。その隙を見逃さないようにと刀を引き抜いたロボットが突きの構えで突進してくる。

拓磨に迷いはなかった。

とっさにウェブライナーは右手でハルバードを支え、左掌を突進してくるロボットに向ける。

「ライナアアアア！　ハルバアアアアド！」

二度目の拓磨の咆哮。左掌から鋭く尖った先を先端にしながら、弾丸のようにハルバードが射出される。

ロボットは突然の投げ武器の出現に避ける暇も無く、胸の装甲に槍の突きをまともに食らうとそのままハルバードの棒部分を掴みながら吹き飛ばされていく。

しかし、間髪入れずに最後の1体がウェブライナーの左方向から、右脇を狙って刀を横に振ってくる。

その時、ウェブライナーの胸にある象徴的な球体『ライナーコア』が輝いた。刀を振ってくるロボットを上半身を動かし、真正面に補足する。

「ライナアアアア！　ビイイイイイム！」

今度はゼロアが叫ぶと、胸のライナーコアから前方目がけて紫色のレーザーが放たれる。

ロボットは為す術もなく紫色の光に包まれ、突きだしていた手の部分から徐々に崩れ始め、最後に体の内部に埋め込まれたライナーコアまで崩壊が達すると、赤い光を放ち目の前で爆発が起こる。

爆発の風圧に4体の巨人は揺らぐ。

その揺らぎを拓磨は見逃さなかった。一気にウェブライナーの足腰に力を入れると、斬撃を押し戻す。

体勢を崩された巨人に向かって拓磨は勝負を決めるため一気に攻勢に出た。

まず左側のロボットの刀を持っている右腕をハルバードで叩き切る。金属と金属が擦れる音が響き、重い物が床に落下するような音と共に刀を握りしめたロボットの腕が地面に落下し、刃が砂に突き刺さる。

しかし、体勢を崩されたロボットの一体が体の制御を取り戻すと、ウェブライナーがやったことと同じようにウェブライナーの腕の関節部分を狙い振り下ろしてくる。

拓磨はその狙いに気づくととっさに行動を起こす。

ウェブライナーの腕装甲に取り付けられた魚のヒレのような刃で日本刀を受け止めると同時に、先ほど切り落とした刀を握っているロボットの腕を掴み、そのまま切り上げ、目の前のロボットの腕を上空に向かって吹き飛ばす。

刀を握りしめたままロボットの腕はウェブライナーの上空を回転しながら舞う。

拓磨は右手のハルバードで目の前のロボットを左肩から右腰まで斜めに両断する。

ロボットの体に切れ込みが入り、一瞬ズレて大爆発を起こす。

すると、最初に腕を切り落としたロボットが背後から襲いかかってくる。ウェブライナーは振り下ろしたハルバードをそのまま捨てると腰を落とし、右腕を左腰に回し背後に向かって、掌をかざす。

「ライナアアア！　ハルバアアアアド！」

三度目の拓磨の咆哮。勢いよく右掌からハルバードが射出されると、背後のロボットの胸を貫きそのまま吹き飛ばす。

最後の1体となったロボットは刀を持つと、そのまま突進してくる。

ウェブライナーは2回目に切り落とした宙を舞うロボットの腕を両手で掴む。

さすがのロボットも次の攻撃は予測できたのであろう。刀を横にして拓磨が振り下ろしてくるであろう刀を受け止めようとする。

しかし、ウェブライナーの力はロボットの予測を遥かに上回っていた。

そのまま腕を掴んだウェブライナーは、ロボットの刀ごと恐ろしい怪力でそのまま真っ2つに両断する。

狼の頭から股間までの胴体にまっすぐ切れ込みが入ったロボットは左右に分かれ、大爆発を起こして消える。

戦いは5分もしないうちに決着がついた。

最後までウェブスペースに立っていたのは白銀の鎧を身に纏い、胸のライナーコアを煌々と紫色に輝かせる騎士の巨人だった。

拓磨は長く息を吐くと球体から手を離し。深々と席に座った。

「終わったな。強い奴らだった」

ゼロアは拓磨の言葉が全く響いていなかった。

圧倒的な勝利である。5対1のハンデなんてまるで意味を為していなかった。まるで流れるように1体ずつ確実に葬っていく。時代劇の殺陣(たて)のように無駄が無く美しささえ感じられた。

「拓磨。君はどうしてこんなふうに大立ち回りができるんだ?」

「常に周りに気を配り、相手の攻撃を利用することだけを考えている。自分の攻撃は状況によってその場の流れに合うように出している。あとは武器の特性を考えた結果だ。ハルバードが射出する勢いを攻撃に利用したのは一番大きな収穫だ。これは今後大きな武器になる」

「…なんだか、私には分からない次元の話みたいだな。私はビームを出すので精一杯だったんだが。タイミング的にどうだったのかな?」

「何を言っているんだ、素晴らしい働きだったぞ? あの時のビームは状況、タイミング共に完璧だった。やはり、全体を見渡す者がいると戦況が一気に有利になる。今度からビームはお前に任せる。ゼロ」

「ビームはエネルギーチャージもあるから、連発して撃てないようだね。今度からはより君の動きに合わせるようにするよ」

ウェブライナーは戦況を振り返るように、周囲を眺める。

敵のロボットは爆破による大破が3体。2体は胸を貫かれ、中身の回線がショートしたのか地面に寝たまま振動している。

ゼロアの作製した装備はエア・ライナーを除いて大破してしまったようだ。

「これは全部リベリオスのロボットだな？　乗っていた奴らはどうした？」

「どうやら元々誰も乗っていないようだね。これは自律型の人工知能で動くロボットだ。主に警備や危険地帯での捜索などに用いられるんだ」

ゼロアが解析した結果を拓磨に説明する。

ともかく、人の犠牲者は誰もいなかったようだ。

不思議と安堵の気持ちが溢れてきた。

「それで、一体何でこんな状況になったんだ？」

「話せば長くなるんだ。とりあえず、この場を去ろう。敵にこの場所を気づかれた以上、新たな場所に避難するのが先だ」

すると、突然ウェブライナーの体に振動が走った。拓磨は慌てて手を球体に戻すと、状況を窺う。

見ると、ウェブライナーの左腕に黒いチェーンが巻き付いてた。チェーンは前方の砂の中から飛び出している。そしてもの凄い力でチェーンが引っ張られると、ウェブライナーは前方に投げ出され、引きずられながらチェーンが飛び出している場所まで近づいていく。

拓磨はウェブライナーを素早く操作した。

左腕に巻き付いたチェーンを右腕の刃で切断する。引っ張る対象を無くしたチェーンは反動で吹き飛ぶと地面に落ちる。

ウェブライナーはゆっくり立ち上がると周囲を警戒するように見渡す。

「ゼロ。何か分かるか？」

拓磨の声に緊張が走る。

全く気がつかなかった。突然の行動に完全に後手に回ってしまった。

「周囲に無数のライナー波の反応を確認！　ひときわ大きいのが」

その先をゼロアが叫ぼうとしたとき、拓磨はすでに動いていた。

ウェブライナーの背後から突然砂柱が吹き上がると、巨大な何かが飛び出す。

ウェブライナーは背後を向き、腕を交差して盾にするとそのまま背後に跳躍する。

砂柱の中から銀色の光が突き出て、ウェブライナーの腕の交差部分を貫く。胸のコアを貫く前に間一髪のタイミングで前蹴りを放ち、ウェブライナーを刺し貫いてきた何かを吹き飛ばす。

目の前に砂埃が舞い、相手の姿が中に消える。

「腕部損傷！『ハルバード』精製不能！」

ゼロアは声を張り、拓磨に現状を伝える。

ウェブライナーは体勢を立て直すと、両腕を力なく垂らす。腕の重要な回路を一撃で刺し貫かれたらしい。手を握ろうにも動きが鈍い。それどころか一歩間違えれば胸ごと貫かれていた。

拓磨は冷や汗を流すと、目の前の砂埃が晴れるのを待った。

そして中からウェブライナーと同じ大きさのロボットが現れた。

先ほどのロボットと同じような体格である。

狼の頭をかぶった人の顔、小刀、そして武士の姿を模した装飾。

明らかに異なるのは胸に輝く七色の光を放つ球体、そして手に持った日本刀は刀と言うよりも光を放つ光源のように見える。

狼の頭もまるで生きているかのような迫力があり、睨みで相手を殺害できそうな獰猛さも加わっていた。

先ほどとは明らかに異なる目の前のロボット。

「ゼロ。あれは何だ？」

「お、おそらく胸の球体はライナーコアだ。手に持っている武器は刀と言うよりもレーザーみたいなものだろう。ウェブライナーが受け止められなかったのも物理的な攻撃ではなくて、レーザーのようなもので貫かれたからかもしれない」

「あの刀はレーザーカッターみたいなものってことか？」

「むしろそれよりまずいものかもしれない」

拓磨とゼロアはウェブライナーの中で目の前のロボットを見たまま、密談を行う。

「聞こえるか？　ゼロア」

目の前のロボットから声が響く。ラインとは違う野太い男の声だ。

「お前は誰だ!?」

ゼロアが外へ声を届かせるようにイメージをして、質問を行う。

「バレル・ロアン。リベリオスの者だ」

「バレルだと!?」

「バレルって誰だ？」

拓磨の疑問とゼロアの驚きが同時に出た。

「惑星フォインでトップレベルの剣士だ。昔からラインを慕い、ラインからも懐刀と認められている男だ」

つまり、とんでもなく強い男というわけだろう。そんな男が最新の武器をひっさげてロボットと共に登場したわけだ。

泣きたくなるような展開だった。

「そしてウェブライナーのパイロット！　貴公の名をお聞かせ願いたい！」

拓磨は相手の意図がまるで分からなかった。

（名前を聞かせろ？　ここは戦国時代の合戦か？　名乗りを上げてから戦う必要があるのか？　もしかして、こちらの動揺を狙っているのか？）

いずれにしても今のウェブライナーでは両手を使うことができない。時間を稼いで突破口を開かなくては。

拓磨は相手の作戦に乗ることにした。

「なぜ名前を聞く必要がある？」

「たとえ弱者であろうとも下卑（げす）であろうとも私と戦う以上は1人の人間として扱い、そしてその命を絶ちたい。人を識別するものは名だ。名を知り、敵を知り、そして殺す。それが戦いに臨む私の信念、正義だ！」

「よく分かるような分からないような信念だな。リベリオスは血も涙もないテロリスト集団だと思っていたが、内情は様々な理由で構成された集団だということか？」

拓磨はバレルの発言を受け、さらに質問を返す。時間を稼ぐために。そしてゼロアとさらに密談を続ける。

「ゼロ。何か突破口はないか？」

「ビームはすぐ撃てる。しかし、外したら最後だ。見たところ、あのロボットはこちらよりも軽快だ。先ほどの武器が今度襲ってきたら、避けようが無いぞ!?」

非常に切迫した状況だった。

相手はおそらく相当の手練れだろう。油断を突くというのは難しい。

だからといって正面から両腕を使えない状態で戦うというのも無謀だ。

ともかく相手の刀を封じなくては状況の打開にはならない。

「ゼロ。ハルバードは作れず、持つこともできないんだな？」

「そうだ」

「動かすことならできるか？」

「できることはできるけど、手で殴っても大した威力にはならないぞ？」

「いや、それなら十分だ。ビームのタイミングは俺が出す。お前は俺を信じて見ていてくれ」

「何か策があるみたいだね？　ならば私もそれに賭けるとしよう」

「いいのか？　何をするか教えてないが」

「この状況を打破できるんだったら私はそれに賭けるよ！」

「その言葉、ありがたく受け取っておくぜ」

ウェブライナーは腰を落とすと、構える。

「私たちは理想のために戦う。それを邪魔するのなら相手が誰であろうと私とこの『疾風』が排除する」

「なるほど。ならば俺と一緒だ。俺も理想のために戦っているんだ」

両巨人は1キロメートルほどの間隔を保ち、お互いに腰を落とし構える。両者の巨体なら一瞬で駆け抜けられる距離である。

ウェブライナーは両手を体の前で×の字に交差させ、疾風は光る刀を握りしめ動く瞬間に備えた。

「ほう？　貴公の理想とは何だ？」

「聞きたいか？『近所の住民が当たり前に俺のパンを買いに来れる日常』だ」

「そんなくだらない理想と一緒にするなあああ!!」

踏み込みは疾風の方が速かった。

狙いは胸のライナーコア。動力を破壊してしまえばロボットは止まる。当然のことだ。

おまけに破壊され暴走したコアによって大爆発が起こる可能性もある。

しかし、ウェブライナーは動こうとせず胸を守るように腕でガードしていた。

バレルは失望した。

先ほどの経験を全く生かしていない。刃をエネルギー化させ、物質を易々切れるこの刀を再び止めようというのか？　そんなことをしても腕を貫通し、胸を貫かれるのみ。結局、止めることなどできないのだ。

バレルの考えは正しかった。

再び光の刃はウェブライナーの腕を滝のような火花を放ちながら貫通していく。

バレルはさらに前に踏み込んだ。

胸の紫色に輝くコアに刀が迫っていく。

バレルは勝利を確信した、その時だった。

ウェブライナーの目が紫色に輝いた。まるでこの時を待っていたとばかりに。

勝利を確信していたバレルの心に衝撃が走る。

「まさか……!?」

「ライナアアアアア！　ビイイイイム!!」

拓磨は何の躊躇も無く、ウェブライナーの腕を巻き込み、ビームを発射した。

疾風はとっさに体をそらし、回避しようとする。だが、反応するには遅すぎた。原因は勝利を確信した最後の踏み込みである。

疾風は右半身をビームで崩され、そのまま重心が移動し左側に横転した。

そして地面に叩きつけられた瞬間、光となって疾風から飛び出すと地面に降り立つ。

「な、なんという奴だ…」

バレルは感心というより呆れ果てていた。

一歩間違えればコアを破壊され、爆死するかもしれない危険の中であえて肉を切らせて骨を断つ戦法を採る。

実際にやろうと思ってできることではない。おまけに両腕を失ってまで、倒そうとするとは。

魚のヒレのような刃が両腕に取り付けてあったウェブライナーの腕は、小刻みに振り子のように揺れていた。完全に機能を停止して動かなくなってしまったようだ。破損していた箇所に強大なエネルギーを浴びせたせいで腕の回路が完全に壊れてしまったのだろう。

ウェブライナーを見上げていたバレルの頭の中に言葉が響いた。近くでスピーカーが鳴らされているように大音量で聞こえてくる。

「バレル！　何をやっとるんじゃ貴様は！　壊すなとあれほど言ったろうに！」

「申し訳ありません博士！　勝利を焦った私の責任です」

バレルは心の中で呟くようにアルフレッドの声に応答する。

「バレル、謝罪はいいからとにかく戻ってこい。後はフェイズ2で対応しろ」

声が変わり、ラインが命令を伝える。

「し、しかしまだウェブライナーは…！」

「これは命令だ。ロボットはいくらでも作れるがお前は作れない。敵はたった1体のロボットだ。腕を失った以上、ろくに行動もできないだろう。それに奴らに修理する道具も場所も時間もあるとは思えない。とにかく戻ってこい。ご苦労だった」

「…了解しました」

バレルは体に七色の光を纏うとそのまま光と共に消えていった。

リベリオスの技術による基地への瞬間移動である。特定範囲内ならば基地へと帰還可能な便利なものだ。

基地への移動中、バレルの頭には様々な考えが駆け巡った。

今回は敗走、一時撤退である。手痛い失敗だ。

バレルはウェブライナーのビームが胸から発射することを知っていた。しかし、自らの腕を破壊してまでビームを発射することなど予想できなかった。

後のことなどまるで考えていない行動。今後、ウェブライナーは修理をしなければ腕無しで戦っていくことになる。ライン様の言ったとおり、とてもではないが先はどの場所に修理のような施設はあったとは思えない。

リベリオスにとってはロボットの破損は蚊の刺すほどの威力しか無いが、たった1体しかない兵器をあそこまで無造作に扱うなど頭がイカレているとしか思えない。

最悪、胸を貫かれて爆死する危険もあったというのに、あのパイロットは死を恐れずにやり遂げてしまった。肝が据わっているというより、恐怖心がないとしか思えない。

バレルは逃走中、先ほどの出来事の興奮で頭が一杯になっていた。

しかし、このまま逃げたのではあまりにも無残というもの。

本来ならば自らの手でウェブライナーに引導を渡すことがバレルの願いだった。こうなった以上、背に腹は代えられない。

任務は必ず遂行する。決意と共にバレルは目を閉じると念じた。

『第二フェイズ始動。目標を掃討せよ』

いざというときの保険。魔法の言葉であり切り札。

様々な意味合いを含む命令が今発動された。


同日、午後3時02分、桜町歩道下用水路。

祐司はコンクリートの上に座りながら拓磨の帰還を待っていた。

1メートルほど先に落ちている紫色の折りたたみ式携帯電話を眺めながら、今か今かとコンクリートを人差し指で叩き、待っている。

正直言って1人で待つのは辛い。

今までも仲間はずれにされることは多々あった。

仲間はずれは幼稚園の頃から始まっていた。

入園式、最初はみんな知らない人だ。1人1人がお互いを観察し別々に行動している。それが時間が経つとグループが出来る。気が合う、趣味が同じ、人気のある奴が1人いてそいつに付いていく。理由は様々だ。

多かれ少なかれグループが形成されるが、どうしても輪の中に入れない人が出てくる。外見的な理由、内面的な理由。様々な理由から特定の人が省かれ、孤立する。孤立した人の中でまたグループが出来、また省かれる。

俺は最後まで省かれた人だった。

いつもクラスで1人でいることが多かった。だから、1人で楽しめることを見つけていった。

TVゲームやアニメ、特撮鑑賞。

父親がアニメ制作関係者だということもあったが、根本的な理由は1人でできることだったからだ。

幼い頃は何で父親はずっとそんなものばかり見ているのだろうと思っていた。もっと友達を作って外で遊べば良いのにと。

今自分が言ったら葵に『祐司が言う資格は無い』と断言されそうだ。

結局、そこからズブズブとオタクの道まっしぐら。今では葵に『社会不適合者』と言われる毎日を過ごしている。

TVゲームをやって何が悪いんだ?

アニメを見て何が悪いんだ?

特撮を見て何が悪い?

好きなんだからしょうがないじゃないか。

オタクというと『2次元しか興味ない』とか、『キモい』とか、周りとコミュニケーションが取れない人を想像するかもしれないが、そんなのは俺に言わせればオタクの中の1パーセントにも満たない特殊例だ。

多くのオタクは自らの好きなものに夢と希望と誇りを持っている。好きなものだからたくさん喋りたくなるし、相手に自分の好きなものの素晴らしさを教えたいと思う。自分の好きなものを侮辱されたら誰でも怒る。普通の人間と同じ、当然のことだ。

逆に全く知らないものでも自分の好みと知れば、自分の中に新たな可能性が生まれ知識も得て、さらに進化したオタクになれる。その道に果てなど無い。無限の進化がそこにあるのだ。

(本来、オタクというのはそうやって自分の誇りを相手と共有し、認め合うことでさらなる高みを目指す友ではないのだろうか?)

俺の場合、友達はたっくんと葵と友喜しかいなかった。

葵と友喜はともかく、たっくんも孤独を味わっていた。主に外面的な容姿による差別だった。

けれど、実際に話してみると雰囲気とは異なり、とても話しやすく居心地が良かった。たっくんは俺の趣味を否定しなかった。それが一番のポイントかもしれない。それどころか、積極的に話を合わせようとしてくれた。

思えば友達が少ない俺の居場所を作ろうとしてくれていたのかもしれない。

そこから徐々にだが、俺の仲間はずれが解消されていった。自分の居場所ができた安心感かもしれない。小学生の頃には結構マシになっていた。

ある特撮ヒーローがこんなことを言っていた。

「悪を倒すからヒーローなのでは無い。人を助けるからヒーローなのだ」

悪を倒すことはあくまで過程であり、どれだけ悪を倒せても人を助けられなければ意味は無いのだと。

別に俺は今までヒーローになりたいと思ったことは一度も無い。

ヒーローとはあくまで架空の存在であり、なりたいからなれるものではなく、いつの間にか成っているものだと思っていた。

しかし、最近起きた出来事を見て改めて考えた。

あの時、俺の居場所を作り、助けてくれたたっくんは間違いなくヒーローだった。そして今もリベリオスという組織と戦っている。

（俺は彼に対して何もできないのだろうか？）

目立ちたいとか格好付けたいとかヒーローになりたいとか、そういう願望がゼロかと言ったらもちろん嘘だ。

ただそういう感情よりも「今まで助けられた分、今度は自分が助けてみたい」、「何か恩を返してみたい」という感情の方が強くなっている。

祐司は尻のポケットからライナー波測定器を取り出した。

画面が真っ暗になっており、ライナー波の濃度を表す矢印も見えない。測定器の所々にヒビが入り、ボロボロと欠けていた。

たっくんからライナー波測定器をもらった翌日、朝起きたらこのような状態になっていた。初めは床に落下して砕けたのかと思ったが、そんな記憶は1つも無い。

今日、たっくんには嘘をついてしまった。ライナー波の調査をしている嘘を。

リベリオスという相手でも一杯一杯なのに、これ以上負担をかけては迷惑である。だから心配をかけさせないようにという考えであったが、考えてみると自分の情けなさを露呈させたくない不純な理由だったのかも知れない。

おそらく、この測定器もどこかに落として割ったことを忘れているのであろう。

（俺はいつもそうだ。いつも誰かの足手まといになってしまう）

葵だって家族に俺がいるから学校で色々大変そうだし、たっくんに至っては今みたいに安全なこの場所に置いていかれる始末。

それに友喜。彼女については本当なら顔を合わせてはいけないのかもしれない。小学生の最後に起こったあの事件。取り返しのつかないことを彼女にしてしまった。今日、全くその件が会話に出てこなかったが彼女はすっかり忘れてしまっているのだろうか？　それとも気を利かせて言わないようにしているのだろうか？

可能性があるとすれば間違いなく後者。気を遣っているのだろう。

祐司は鬱々とした自分の気持ちを切り替えるように目の前の拓磨の携帯電話を見つめる。

そして立ち上がると携帯電話に近寄る。

別にウェブスペースに行きたいわけじゃない。行っても何の役にも立てないことは分かっている。

ただ、何となく引きつけられるものだった。旧式の折りたたみ式携帯電話。たっくんが言うには電話しか出来ないらしい。メールも無し、ＳＮＳも無し、アプリも無し。

今の時代とは逆行した携帯電話である。とっくに生産中止になってどこにも存在しないだろう、ある意味貴重な品だ。

祐司は右手で携帯電話を拾い上げると開いて液晶画面を見る。

特に何もおかしなところはない。普通の折りたたみ式携帯電話だった。

すると、突然右手に痺れが走った。途端に携帯電話の液晶画面が重低音の音を立てて起動する。

何が起こったのか祐司には分からなかった。ボタンも触っていない、電源にも触れていない。自動的に起動したのだ。

不思議なことはまだ終わらなかった。

液晶画面から七色の光が溢れ出し、祐司の体を覆っていく。

体が宙に浮くような感覚がした。地面に立っている感覚が無くなり、ゆっくりと前に進んでいくような気がする。止めようと思っても止まることができない。進んでいく感覚を注意深く感じ始めてみると、人に引っ張られるような感覚に似ている。

（誰かが俺を引っ張っている？）

光のせいで視界が真っ白になる。

祐司は目を瞑った。光が頬を撫で、髪の間を流れ、服の間から全身を洗うように駆け巡る不思議な感触に囚われる。

気がついたとき、そこは周囲を七色の光が包み込んだ空間に祐司はいた。

まるでプラネタリウムの中に入ったような感覚である。

自分の足下を含め、辺り一面が小さな星が集まって輝いているように揺れ動いていた。

祐司は一歩ずつ前に向かって歩き始めた。

正直言えば本当は叫びたくてたまらなかった。突然光に飲み込まれたのは理由が分からないが、おそらく自分が何かのスイッチを押してしまったのだろう。ウェブスペースに行ける特殊な携帯電話だ。何があってもおかしくない。

自分の好奇心に負けたのが何とも情けなかった。

しばらく歩いていくと1人の人が横たわっていた。

突然の登場にびっくりしたが、注意深く男を観察すると、恐る恐る近づくにつれて顔がはっきりする。

男性だった。身長は自分より高い。180センチは超えているだろう。さすがにたっくんよりは身長は低い。体は一見細いように見えたがよく見ると鋼のような筋肉を身に纏っているようだ。余分な筋肉を減らして体のラインを確保したように見える。肉体美とはこのような状態を言うのだろう。

顔は目元がハッキリしており、顔全体の骨格に沿って無駄な肉が付いてない。

一言で言うなら……イケメン？

いや、イケメンと言うと何かチャラチャラした印象が思い浮かぶ。

ハンサム。そう、今はあまり容姿に対して言わないがハンサムという言葉がぴったりだ。男前というほど無骨そうには見えない。大体男前と言う言葉は、たっくんのような悪人面の持ち主が似合う。

黒い髪は後ろで一本にまとめられていた。ポニーテールというほど長くはない。ただ単に髪が邪魔で背後で縛っているように思える。

服はボロボロである。所々に穴が開いており、薄汚れた茶色の囚人服を上下に着用している。

筋肉の付き具合といい、何となく武術をやっているようなイメージが頭に浮かんだ。あくまで感覚のことなので気のせいかも知れないが。

「あの〜、すいません。お兄さん？」

祐司は横たわって寝ている男に声をかける。

年齢についてはゼロアと同じくらいか、少し高い印象だ。

ゼロアが20代始めくらいだとしたら、20代中頃だろう。

「お兄さん、こんなところで寝ていると風邪引きますよ？　ここはどこなんですか？ウェブスペースなんですか？　たっくんやゼロアはどこですか？」

一気に質問を並べ、男を揺すりながら起こそうとする祐司。

「んんんん……うん？」

悪夢にうなされるような声を出すと男はゆっくりと目を開け、辺りを見渡す。そして目玉を1周させ辺りを見渡した後、途中にいた祐司の姿に気づき、慌てて飛び跳ねる。腕の力だけを使っただけなのに3メートルほど宙を浮かび後退する驚異的な腕のバネと筋力。

超人的という意味では拓磨を思い出した祐司であった。普通なら驚くところだが、最近とんでもないことが頻発しているため感覚が麻痺していたのか素直に驚けなかった。

「だ、誰だ!?」

「俺？　渡里祐司と言います。最近リベリオスというテロリスト集団に拉致された地球人です」

「ち、地球人？　あなたは地球人なのか？」

男は丁寧な口調で祐司に尋ねる。

祐司は不思議と目の前の人物が危険人物だとは思わなかった。だから、落ち着いていられた。

もちろん、リベリオスの関係者であることも否定できない。

ただ自分の寝込みをみすみす相手に見せるような人間くさい奴が敵だとは思いたくなかった。

テロリストは血も涙も無い機械のような奴らだという発想を祐司は持っていた。だから、隙を見せてしまうような人間味のある目の前の人物を同じだと判断するのはどうしても無理があった。

（あくまで自分の考えなので、何の根拠も無いが）

「ええと、単刀直入に聞きますがあなたはリベリオスの方？　答え次第では逃げなくちゃいけないいんですけど」

祐司は立ち上がると、いつでも逃げられるように準備をする。

逃げ足には自信があったが、この前であった相良のような超人が相手では無理だろう。

ただ、男の回答を待つ。期末テストの結果を受け取るよりも緊張する。これは本当に賭けだった。

「ち、違う！　私はリベリオスの者ではない。むしろ、奴らと敵対する者だ」

目の前の男は慌てて身の潔白を証明するように説明し始める。

不思議と祐司の中に安心感が漂い始めた。

（おや？　もしかして俺の勘が当たった？）

祐司はさらに質問を続ける。

「ゼロアという人を知っている？」

「ゼロア殿だと？　なぜその名前を？」

「ええと、実は俺の友人と一緒に戦ってくれているのがそのゼロア殿なので」

「あなたのご友人？　まさか、地球人と一緒に彼は戦っているのか？」

祐司はこくりと頷いた。

「それであなたも戦っていると？」

「い、いや…。俺はただ傍観者みたいなもので、結局何の役にも立ってないので」

祐司は言えば言うほど自分が惨めになり肩を落としてしまう。

「ははは、ご謙遜を！　何の対策も無しにウェブスペースに来ることはできません。あなたもゼロア殿と一緒に戦っている志を共にする者なのでしょう」

祐司は頭を抱え始めた。

どうも話が変な方向に転がっている気がする。

「あの～、名前を教えてくれませんか？」

「ん？　ああ、これは失礼しました。私はスレイド・ラグーンと申します。ウェブライナーのガーディアンの１人で、ゼロア殿とはフォインの時から旧知の仲です」

「ウェブライナーのガーディアン？　ということはスレイドさんもウェブライナーを操縦できるの？」

「ええ。ただ、あくまでサブパイロットとしての扱いだったので。主に操縦していたのは他の方でした」

まさか、ゼロア以外にもウェブライナーを操縦できる人がいるとは。

（だとしたら、このスレイドという人以外にもまだ操縦できる人がいるのだろうか？）

祐司はさらに質問を続ける。

「とりあえず、俺はここを脱出したいんだけど。何か分かります？」

「いえ、私は途中で気を失ってしまったので」

「………はい？　気を失ったってどういうこと？」

「あなたが助けてくれたのではないのですか？　私はリベリオスの本部から逃走してきた脱走者です」

「ええ!?　脱走者!?　今までずっとリベリオスの捕虜になっていたの!?」

「何とか逃げ出すことには成功しましたが、途中で意識を失ってしまい気がつけばここに…。てっきりあなたかゼロア殿が助けてくれたのかと思いましたが」

祐司の心の中に暗雲が立ちこめてきた。

（あれ？　何か嫌な方向に話題が進んでいるような…）

とりあえず目の前の人はスレイドという名前で、最近まで捕虜で、リベリオスから逃げてきて、それでここにいると。

（もし、敵がスレイドを追っかけてきたらどうするんだろ？　ひょっとしたら逃げたと思わせてわざと逃がしたのでは!?）

「あ、あのスレイドさん？　もしかして逃げるときにリベリオスに追われませんでした？」

「周囲に敵ロボットがいて、その間をくぐってきました。考えてみれば、奴らは私をわざと逃がしたのではないかと思いますね」

「何でそこまで分かっているのにここに来たんですか!?　一網打尽にされるのがオチでしょう!?」

「いや、私はとにかく逃げようと思っただけなので、目を覚ましたらゼロア殿やあなたがいるとは思わなかったものですから」

話をまとめると「必死に逃げただけ。気がついたらゼロアの知り合いがいた。俺ってラッキー」。こんなところだろう。

祐司は不運という名の岩石が全力で押しつぶそうとするかのように崩れ落ちた。

スレイドを敵が追ってくるとすればこの場所に来る可能性も高いと言うことだ。

（その時、俺に何が出来るだろう？　今はたっくんやウェブライナーもいない非常時だというのに）

「祐司殿？」

「えっ？　は、はい？」

急に名前で呼ばれて祐司は驚いた猫のように跳び上がるように立ち上がった。

「とりあえず、ここはどこか教えて頂けないか？」

「さ、さあ…どこなんでしょうね？　俺もいつの間にかこの不思議な空間にいたものですから」

祐司は周りの虹色の光が輝く空間を見渡す。

（見たところ、部屋の中のようだ。ドアでもあって、外に出られるのだろうか？）

注意深く周りを見渡すがそんなのは見当たらない。

その時、祐司の中にひらめきの神が舞い降りた。

「そうだ、スレイドさんはウェブライナーのガーディアンなんですよね？」

「はい」

「俺の友人とゼロアさんが契約のようなものをして携帯電話を貰ったらしいんですよ」

「『ダイブ・イン』契約のことですか？　ウェブスペースに入ることをガーディアンの承諾の下で許されることとです。その証として専用の端末を貸し与えることができ、祐司殿のご友人はその端末が携帯電話だったのでしょう」

「そ、そうそう！　その契約をここでしたらどうでしょうか？　あの携帯電話があればウェブスペースにも行けるでしょうし、逆に現実世界にも戻れるでしょう？　契約は一度したら切れないとかそういうのはないでしょう？」

「いつでも契約の破棄は可能です。利用者の承認が必要ですが」

「仮契約という形でここは契約して、現実に戻れたら破棄をするのはいかがでしょう?　スレイドさんはもっと強い人と契約できて、俺は現実に帰れる。お互い万々歳の方法ではありませんか?」

するとスレイドは顔を曇らせた。祐司の方を見ないようにして、しまいにはそっぽを向いてしまう。

「残念ですが、諸事情によりできません」

「しょ、諸事情?」

「実は私はもうすでに契約した人物がいるのです。その人との契約はまだ有効ですから、さらに違う人とは契約ができません」

「……え?　だって、スレイドさんはずっと捕虜だったんでしょ?　いつ、人間と契約したんですか?」

「…5年ほど前に。これ以上は彼女との約束ですから」

スレイドはそれ以上は話さなかったが、祐司は今の言葉を聞き逃さなかった。

(『彼女』?)

女性と契約したガーディアン、一体相手はどんな人なのだろう?

祐司は一瞬、興味をそそられそうな話題だったが、慌てて頭の中から振り払うと再び現実に戻る。

「じ、じゃあ何か方法は無いんですか?」

「さっきから思っていたことがあるのですが良いですか？」

「な、何でもどうぞ」

　正直、現実世界に戻れるのなら何でも良かった。

「これはひょっとしたら夢なのでは？」

「………は？」

「だからこの場所は夢の中だということです。私か、それとも祐司殿かは分かりませんがどちらかの夢の世界に紛れ込んだのでは？」

　発想が飛躍しすぎていて祐司にはついていけなかった。

「つまり、夢だから脱出できないということですか？」

「そうです」

　祐司の質問にスレイドは簡単に頷く。

　祐司はその場で考え始める。

　全ては夢。なるほど、現実逃避としては完璧な答えだ。夢であればどれだけ嬉しいだろう。こんな不思議空間で初対面の相手と会話をすることもなかったわけだ。

　祐司は現実逃避のため、とりあえずスレイドの案を進めることにした。

「ここが夢ということは、夢を覚ませばいいわけですよね？」

「はい。ただし、夢から覚めようと思って覚めた経験がないのでやり方が分からないんですが」

「簡単ですよ、自分の顔にビンタをすればいいわけです。俺も悪い夢を見たとき、自分の顔を叩いて無理矢理夢から覚めたことがあるんですよ。寝ている自分も顔をビンタして痛みで起き上がる仕組みです」

祐司は試しに自分の顔を思い切り叩いた。

すると、痛みが走ると同時に目の前が真っ暗になる。

先ほどの七色の景色が嘘のようにかき消えてしまった。

次に感じたのは顔全体と手に伝わるサラサラとした感触。

さらに息苦しさも感じる。祐司はもだえ苦しんだ。

息が出来ない。必死に呼吸をしようと両手両足を使ってじたばたと暴れ始める。

祐司はその時、口の中に妙な違和感を覚えた。

刺々しくざらついた感覚。味は苦いし、不味い。

昔、公園でよく感じた感覚だ。転んだ拍子に砂を食べて吐きだしていた。

祐司は顔を勢いよく上げた。

途端に空気が吸えるようになる。視界も暗闇から青空へと転換する。

おまけに自分がいるところは日陰になっているようだ。自分の周囲が薄暗くなっていることに祐司が気づく。

どうやら、砂の上に俯せで寝ていたらしい。

さらに信じられないことに全て夢だったようだ。あのスレイドという人も夢の住人だったのだろう。

祐司は夢から覚めた現実を見つめるため周りを確認してみる。

まずは左から。

砂。巨大な柱。青空。狼の頭をかぶり、日本刀のような刀を持った巨人が横一列に3体。

祐司の顔が少し青ざめた。

次に前を見る。

砂。青空。狼の頭をかぶり鎖を振り回しこちらを見つめているロボットが5体。

祐司の体が震え始めた。

次に右を見る。

砂。巨大な柱。青空。死神が持つような鎌を持った狼頭のロボットが5体。

祐司はとっさに後ろを振り返る。

何も持たないロボットがさらに5体。

祐司は現状を瞬時に把握した。

（あれ？　俺って囲まれてる？）

最後に祐司は上を見た。白い鎧で股下を固めた白い騎士、ウェブライナーの姿がそこにあった。

祐司の中で何かが弾けた。夢から覚めたらそこには悪夢が広がっていた。これなら寝ていた方がマシだった。もう叫ばずにいられなかった。

今まで出したことのような悲鳴を腹の底からウェブライナーの股間に向かって叫ぶ。

「祐司!?　何でここにいるんだ!?」

祐司の声に気づいたらしく上から雷鳴のような声が降り注いでくる。

懐かしき友の声、たっくんの声だ。

「たっくん！　助けてえええぇ！」

「何でウェブスペースにいるんだ!?　祐司！」

会話が成立していなかった。

「拓磨！　とりあえず、この状況を突破することを考えてくれ！」

ゼロアの怒鳴り声も降ってくる。

「腕が使えなくなったんだ！　ビームで薙ぎ払うしかねえだろ！」

上の方で何やら巨大な線香花火を点けたような音が大気を通して響いてくる。

どうやら何かをたっくんが仕掛けるらしい。祐司はとっさに俯せになり、できる限り顔を上げないようにしていた。

しかし、何かが起こることは無かった。

突然地面の影が揺らいだと思うと左右の巨大な柱が曲がり、地面に接触した衝撃で砂を浮かし地面を揺らす。

祐司は衝撃のあおりを受け、水切りの石のように砂の上を吹き飛ばされる。

しばらくして横転が止むと全身の痛みに耐えて祐司は恐る恐る顔を上げる。

ウェブライナーの股下から少し離れていた。

どうやらウェブライナーが地面に膝を突いたらしい。

全長100メートルの巨人は膝を突くだけで周囲に影響を与える。

ただ、膝を突いた原因はウェブライナー自身ではなく周りにあった。

鎖のようなものがウェブライナーに向かって投げつけられているのが確認できた。ウェブライナーは体中鎖で縛られ、安定を失ってしまい膝を突いたようだ。

「ゼロア！　鎖を使えるか!?」

「駄目だ！　腕がなければどうしようもない！」

拓磨の声が尋ね、ゼロアが否定するやり取りが頭の上から聞こえてくる。

ウェブライナーは敵の武器をコピーし、自分の武器として扱えるらしい。しかし、扱うための腕が動かない以上どうにもならないようだ。

祐司は痛む体を起こすと、ウェブライナーの足下へと走って行った。

距離にして100メートル近く。

理由は1つ。周囲からロボットが近づいてきたからだ。

あまり離れていると的にされる。できるかぎりウェブライナーに近づき、攻撃されないようにする。ウェブライナーに踏みつけられる可能性もある。しかし、もはやそんなことを考えられるほど祐司に余裕は無くなっていた。

敵から逃げる。ただそれだけを考えていたのだ。

運動はあまり得意ではないが、全力で走る。

地面が砂のため、足を振り込むごとにバランスが崩れそうになる。普段ならばそれほど疲れない距離だが、今回は何キロメートルも走ったように疲労感が溢れてきた。

周囲のロボット達が動けなくなったウェブライナーを取り囲んだとき、祐司もウェブライナーの足下までたどり着いた。

「ウェブライナーの搭乗者、聞こえるか？」

周囲のロボットから拡大された音声がウェブライナーの体を反響し、あらゆる場所から祐司の耳に届いてくる。

骨折したように力なく揺れていた両腕の破損部分から、血のように七色の液体を溢れ出した白銀の騎士は、必死にあがこうと体を動かしていたが、身動き1つ出来ないほどその場に固定されていた。

「『詰み』だな。終わりだよ、ゼロア」

周囲のロボットから響いてきた声に祐司は聞き覚えがあった。

リベリオスにウェブスペースに拉致されたとき、どこからともなく頭に響いてきた声。

「ライン！」

ウェブライナーからゼロアが噛み付くように声を張り上げた。

「この前よりずいぶんウェブライナーの操縦が上手くなったようだが、それはやはりパイロットのおかげのようだな？」

『よく頑張りました』と小馬鹿にするラインは笑い声を上げている。

「さてと、雑談はここまでにしよう。スレイドはどうした？　ここにいるんだろう？」

　急に真剣な声をラインは呟いた。

　その言葉に祐司は驚いた。

　先ほど夢の中で出会った男の名前だ。

（あれは夢では無かった？　そもそもあの空間は一体何だったのだろうか？）

「スレイド？　ゼロ、一体誰だ？」

　ウェブライナーの中から拓磨の声が響いてくる。どうやら、拓磨にとっては初耳の言葉らしい。

「やはり、スレイドは餌にされたんだな？」

「ああ。本人は見事に脱出したかと思ったようだが、常識的に考えてわざと逃がしたと考えるだろ？　奴の後を付ければ自然とお前達に合流する……まあ、それほど上手くいくとは思っていなかったが。どうやら俺はラッキーだったみたいだ。本当にエビで鯛を釣り上げてしまったな」

　拓磨と祐司はそれぞれ黙って話を聞き入っていた。

　夢の中で話していた俺の最悪のシナリオが完成してしまったようだ。

　先ほどのスレイドという男はわざと脱走されられたのだろう。彼を餌にウェブライナーへと案内する。

見事なまでに罠にはまったわけだ、俺たちは。

「バレルにロボットを与えて、さらに新しい武器も渡すとはな…やはり恐ろしい技術力だ」

「悪いが、こちらには技術と人材は山ほどあるんだ。お前達はそれを試すちょうど良い実験台のようなものだ。いくら相手の武器をコピーできるウェブライナーでも掴めたり、受け止められなかったりするものがあるみたいだな？」

「それほどの力がありながら、なぜ地球侵略など考える!?　なぜ平和のために使おうとしない!?」

「その平和のために使った結果、惑星フォインは滅びたんだ。ゼロア、お前も本当は分かっているはずだ。これしか方法がないのだと」

ゼロアの問いにラインは冷徹に答えた。

「どんな野望かしらねえが、お前の野望のために犠牲者が出るのを黙ってみている訳にはいかねえな？」

2人の話に拓磨が参入した。

「地球人、お前の理解は求めてないんだ」

「よく分かってるな？　最初から理解できねえな、地球侵略なんて」

「この状況でよく余裕でいられるものだ。前みたいに都合良く奇跡は起こらないぞ？」

祐司の不安はさらに募っていった。

長く拓磨と友人でいた祐司だから分かることだが、今は相当なピンチだ。

『ピンチの時ほど大胆不敵の姿勢で物事に当たる』

祐司が学んだ拓磨の行動法則の1つだ。

どれほど分が悪いときでもある程度の気持ちの余裕が必要であること。完全に切羽詰まった場合、人はあらゆる手段を自分から閉ざしてしまう。故に何事を行うにしてもわずかばかりは気持ちの余裕が必要である。だから、無理にでも余裕を見せろという拓磨の教えである。

つまり、現在のふてぶてしい拓磨の態度はピンチであるということなのだ。それも今までにないくらい絶望的に。

「さてと、とりあえずお前達の身柄を一時的に預からせてもらおう。ウェブライナーは調べたいことが山ほどあるし、お前達には死んでもらわなければいけないからな。機械は欲しいがそのパイロットはいらん。障害は排除するに限る」

祐司の中の不安が限界を超えそうなほど心を埋め尽くしていた。

(殺される？　たっくんが？　あの恐ろしく強いたっくんが殺される？)

祐司の中で何かが叫んでいた。

『何か行動を起こせ』と。

だが、体中の筋肉が硬直したように萎縮し、動きたくても動けず、叫びたくても叫べなかった。

分かっているのだ。自分が何もできない無力な存在であること。行動を起こしたところで何も変わらないということが。今もどうしてここにいるのかまるで理解が出来ない。勝手に拓磨の携帯電話をいじくったバチがあたったのだろう。

拓磨のように強くない。

ゼロアのように物を作り出す知識も技術もない。

ただ、俺は不思議な世界に酔い浸っていたかっただけなのだ。

絶対無敵の拓磨でさえ簡単に殺されるような、こんなに恐ろしい場所だとは思わなかった。

途端に祐司は立っていられることができなくなった。恐怖で手と足の震えが止まらない。

この前の拉致とは明らかに違う恐怖が祐司を飲み込み始めていた。

あの時は拓磨がいるから安心できた。

俺にとっては理想のような存在。その存在が一歩も足が出ないこの状況が祐司の中の心のバランスを大きく狂わせていた。

頼みの綱が切れてしまったような、一縷の望みも無い絶望的な状況。

祐司の頭に言葉が浮かんできた。決して思いつきたくなかった、けど今はすがりつくしか無い言葉。

『逃げる』

ウェブライナーや拓磨達を残して1人逃げる。

本当なら一番に切り捨てる言葉である。

だが、今の自分には何とも魅惑的な言葉であった。

誰だって絶望的状況なら逃げることを選ぶんだ。だから、別に恥ずかしくない。今がそのとき、逃げるときだ。

胸の中で『何か行動を起こせ』と叫ぶ声に祐司は答えようとしていた。褒められることの無い、友人を裏切る最悪の選択肢で。

言葉の誘惑に祐司は耐えきれず、ついに選んでしまった。

祐司が逃走へ一歩を踏み出したとき、鎖のせいでウェブライナーのバランスが崩れ巨大な白い背中が空を覆い尽くし、降ってきた。

ゼロアが祐司の存在を拓磨に知らせようとしたが、すでに動いた体は止められない。

祐司は反射的に空を見上げたとき、自分の行いが走馬灯のように流れだした。

拓磨を見捨て自分だけ逃げようとしたこと。

「拓磨、祐司が！」

中学3年の頃、高校生の不良に絡まれ、ゲームを買うために貯めたお金をカツアゲされたこと。

中学1年の時、同学年の問題児に暴力を振るわれることに怯え、パシリとなって万引きをしてしまいそうになったこと。

そして、小学生の時の思い出。

大好きだった少女の心をズタズタに引き裂いてしまったこと。

思い出すのはなぜか嫌な思い出ばかりだった。

死ぬのは自業自得だっていうのか？　逃げた自分への罰だと？

死ぬときくらい楽しい思い出のまま死なせてくれないのか？

嫌だ。こんな思いのまま死ぬなんて嫌だ。

まだ生きたい！　死にたくない！

「絶対に嫌だあああ!!」

祐司は目の前の死に抵抗するように声を張り上げた。

だが、無駄だった。

ウェブライナーの巨体はバランスを崩すと、そのまま背中を地面に叩きつけるように倒れ込んだ。祐司は巨大な背中に押しつぶされるように消えていった。

「祐司!?　おいっ！　どこだ!?」

拓磨も事態の深刻さに気づき、声をかけたが返事はない。

鎖から脱出するのに精一杯で、祐司のことまで気が回らなかったという言い訳は通らない。考えておくべきだった。指示しておくべきだった。

だが、後悔しても遅い。事が起きてしまったのだ。

拓磨から完全に余裕が消え、必死に祐司を呼ぶ声がウェブスペースに響いた。

「自分のことだと余裕を失わないのに、友人のことだと余裕を失うのか？」

ラインは何が起こったかを知り嘲ると、鎖の締め付けを強くしウェブライナーを完全に地面に倒した。そして、その上から周囲のロボットを使って何度も踏みつけさせる。

「止めろ！　ライン！」

「皮肉な話じゃないか、ゼロア。人を殺すのは技術でも武器ではなく、強くなるために手に入れた己の体。重力にはどんなロボットも逆らえないからな？」

ゼロアの制止も聞かず、ラインは命令を続けさせる。

「やめろ！　祐司が死んじまう！」

「だから、やるんだろ？　弱い者はこの世界では生きていけない良い模範例になれるんだ。これでお前も後悔して死ねるだろ？　それも殺したのはお前の操縦しているロボットだ。殺人者になれておめでとう。ウェブライナーのパイロット君」

拓磨の叫びもむなしく、周囲のロボットの踏みつけは止まらなかった。踏みつけ自体ウェブライナーにとってはあまり効果がなかった。

だが、下敷きになった人間は言うまでもない。即死だ。

「てめえら全員スクラップにしてやる！」

拓磨は怒りのあまり無理矢理ウェブライナーを動かそうと意識を集中したが、ウェブライナーはピクリとも起動しなかった。まるで電池の切れたおもちゃのように指先すらも動かない。

先ほどまでもがきあがいていたのが嘘のように沈黙してしまっていた。

「ゼロ！　どうしたんだ!?　何で動かないんだ!?」

「わ、わから…」

突然ゼロアの声が消えた。

同時に拓磨の視界も照明を落としたかのように真っ黒になった。

何も見えなくなり、冷凍庫に入れられたように冷気が周辺に満ちてきていた。

拓磨は必死にウェブライナーを動かそうと意識を集中した。

そして拓磨の耳に声が聞こえてきた。

その声はゼロアでも祐司でもない、だが聞いたことのある声だった。

「誰だ…お前は？　来るな…来るなあああ!!」

謎の声の絶叫。途端に拓磨の意識が途絶えた。

何が起こっているか分からない。

状況を理解できない気持ちと共に目の前に広がる暗闇の中に拓磨は力なく溶けていった。

一方、外のロボット達はウェブライナーを回収する作業に入っていた。

ラインは椅子に座りながら、赤ワインが入ったグラスを右手、映像が映し出されている液晶タブレットを左手に見物していた。

周りには誰もいない。

ラインがたまに来る個人用の秘密基地である。

秘密基地と言っても、椅子1脚と飲み物を置くためのテーブルしかない。2畳ほどのスペースである。

元々は廃品を置くための小部屋だったが、ライン自ら部屋を片付けマイルームを作り上げた。

誰とも話したくないとき、1人で何かをしたいときはここが最適な場所だ。

首尾はおおむね順調だ。

スレイドが逃げたのははっきり言うと想定外だった。だが、失敗を利用して成功に導いたのは我ながら良く出来たと言えよう。

先ほどゼロア達にも言ったが、今日の私はまさに幸運だった。

（脱走犯を追いかけたら、求めていたウェブライナーがいたなんてこれを幸運と言わずして何を言う？）

ただ、ゼロア達には全て自分の計画のように言ってしまったが、少し見栄を張りすぎたのかもしれない。これであいつらがこちらに対して警戒を強めたらどうする？　余計に行動が起こしにくくなるかもしれない。

ラインは赤ワインのグラスを傾けながら、波打つ赤い液体を気分良く見つめていた。

（まあ、次なんて無いからどうでもいいか。これでウェブライナーを回収、ゼロア達は調査後処刑。邪魔者は全ていなくなる…いや、まだあいつがいたな）

ラインには心残りがあった。リベリオスが戦っているのは何もウェブライノーだけではない。

稲歌町全域に対して拉致を決行したあの日、突然人が消えたにもかかわらず稲歌町の被害はゼロだった。

どう考えてもおかしい。誰かが被害を食い止めたとしか思えない。

ゼロア達はこちらと戦っていたからそんな余裕は無かったはずだ。

そうなると、第三者が食い止めたということになる。稲歌町全域の交通機関や情報機器を操れるほどの技術力がある誰かということだ。そいつが人がいなくなった稲歌町であらゆる機器を操り被害を食い止めた。

(我々以外にそんな芸当をできる奴らがいるのだろうか?)

何にしても1つずつ邪魔する奴らを潰していくことだ。

ラインは再び画面を見た。

その時、ラインの顔が曇った。

先ほどまでウェブライナーを映していたタブレットの映像が真っ暗だったのである。

なんということだ、ウェブライナーを手に入れる今年最大の出来事を前にまさかのタブレットの故障である。

「新しい機種に変えたばかりなんだけれどな」

愚痴を呟きつつ、ラインはタブレットを触り、試しにリベリオス基地内の監視カメラの映像に切り替える。

映像は無数の液晶モニターを映していた。そしてそれらの前に座り、一心不乱にキーボードを叩いているアルフレッド博士の後ろ姿が映し出される。どうやら、新しいロボットに対してプログラミングの真っ最中らしい。

（あれ？　映るじゃないか。タブレットは壊れたんじゃなかったのか？）

ラインは再び映像をウェブライナーと交戦中のロボットのカメラに戻す。

カメラはやはり真っ暗である。

ラインは赤ワインを揺らし、グラス内の香りを楽しみながら一口、口に含ませ飲み干した。

（ひょっとしたらウェブライナーが最後のあがきに出たのかもしれない。両腕は封じられても胸のビームは出せたはずだ。なるほど、ひょっとしたらビームが当たって目の前にいたロボットが破壊されたのかもしれない。だから映像が映らないいんだ）

ラインはすぐさま、他のロボットに映像を切り替える。

リベリオスのロボットは種類を問わず、映像を中継できるカメラが全身の至る箇所に搭載されている。たとえロボットが破壊されても映像から原因を分析し、今後の対策に繋げるためだ。

特に敵の情報ほど知っておくに越したことはない。戦いとは戦う前に勝つものだ。

ラインは次々と交戦中のロボットのカメラ映像をタブレットに映した。

しかし、どれもこれも同じ映像だった。まるで井戸の底をのぞき込んだような深い闇である。

ラインはカメラを切り替えていると、ふと指先を止めた。

それはノイズの入った映像だった。先ほどとは異なり、途切れ途切れではあるが映像は繋がっていた。

ノイズが入っていることから映像を送信する回線に何か不具合が生じていることは想像できた。

その原因は映っていた。

そしてその映り込んでいるものを見たとき、ラインは手に持っていたグラスを思わず放してしまった。グラスは重力に従い、落下し金属の床の上に落ちると粉々に砕け散る。

心臓を鷲掴みにされたような衝撃と恐怖がラインの体全体に電撃のように走る。

そこにいたのはまるで悪魔であった。

目の部分は地割れした地面から溢れ出すマグマのような赤い閃光を放ち、全身は脈動する赤い血管を浮き出させて発光をしていた。頭には連なる山脈のような角が生えており、にぶく輝いている。

ウェブライナーと同じような体格をしていたが、全身に黒い霧をまとっていてどのような姿をしているのかは詳しく分からない。

悪魔はこちらへと歩みを進め、カメラの前で停止した。

悪魔の周囲には何もない。

ウェブライナーもいない。ラインが操っていたロボットもいない。

いるのは目の前の『何か』と映像を映しているロボットだった。

動きの無かった悪魔の胸に赤い光が宿った。最初はぼんやりとした赤い光だったが徐々に膨れあがり輝きを増していき、映像全体を包んでいく。

気づいたときにはラインは自分の目を閉じていた。痛みを発するほど光が強烈なため、視覚に影響が出ると思い行ったとっさの自己防衛行動である。

だが、痛みは目ではなく体に受けることになった。

突如、部屋が大きく揺れ、ラインは椅子からはじき飛ばされ、壁に全身を強打し、そのまま地面に叩きつけられた。もう少しで床のグラスの破片が顔に突き刺さるところであった。

何が起こったのかラインには分からなかった。地震でも起こったのかと思ったが、ウェブスペースで地震など発生しない。わざわざ起こさなければの話だが。

巨大な揺れは収まることを知らず、ラインが叩きつけられた壁と天井に何の予兆も無く亀裂が入った。

ラインは慌てて通路へと飛び出す。

途端にラインが今まで過ごしていた隠し部屋が、天井が崩壊し埋没した。

「緊急警報発令！　作戦W遂行地点にて超高エネルギー反応確認。基地シールド最大展開継続。ライン総司令官は至急アルフレッド博士のラボまでお戻りください！」

廊下に出た途端、廊下の照明が赤く輝き、耳に残る警報音が木霊していた。

（どうやら、ラッキーだと思ったのは思い過ごしだったらしい。今日は厄日だ。それも最

悪の部類に入る程の）

ラインは外の衝撃で揺れる廊下を白衣を揺らしながら全力疾走して、アルフレッドの待つ研究室へと駆けていく。

幸いなことに総司令室は同じ階にあり、ラインが先ほど出た部屋を１００メートル直進、そこのT字路を右折したところにあった。これが他の階だったら移動に時間がかかり、最悪の場合たどり着けなかったかも知れない。

ラインが研究室にたどり着くと扉が自動的に横にスライドする。中では無数のモニターに向けてアルフレッドが目にもとまらぬキーボード操作で指令を与えていた。

「師よ、状況は!?」

「見て分からんか!?　最悪だ！」

ラインの後に続いてドアが開く。

リリーナが髪をまとめている途中だったらしく、白衣姿のまま髪が背中に垂れている状態で部屋に入ってくる。

その背後からフードをかぶった若者と老人の中華服２人組、ザイオンとシヴァが部屋に入ってくる。

最後に入ってきたのは先ほどまで作戦を遂行していたバレルだ。息を切らしながら部屋に入ってきた。

部屋全体を見渡しながらラインは顔ぶれを確認した。

「大佐とキョウは仕事中か？」

「ご名答だよ、大将。あいつらならウェブスペースにはいないよ？」

ザイオンが非常事態にもかかわらず軽い調子で答える。

「まったく、お前らが揃っても何もできることはないんじゃ！　とっとと部屋から出て行け！　気が散る！」

アルフレッドはキーボードと目の前の液晶画面を交互に見ながら高速で叩き続けると、背後でのんきに会話をしている連中に罵声を浴びせた。

「それはないぜ、アルフレッドのとっつぁん。脳筋の俺等にもできることくらいあるだろ？」

ザイオンがさらに茶々を入れる。

「止めろ、ザイオン。状況を理解しろ」

シヴァが出過ぎた弟子をたしなめた。ザイオンがヘラヘラ笑いながらも納得したように顕微鏡が置いてあるテーブルに腰掛け、フード越しに耳に人差し指を突っ込み非常警報をイライラしながら耐えていた。

「よし、これで完了じゃ」

突然キーボードを叩く音が止んだ。同時に非常警報も消える。アルフレッドがにらめっこしていた液晶画面も目の前の１台を除いて他の画面が消える。

アルフレッドは深く深呼吸すると深々と椅子にもたれかかった。ラインはとっさにドア近くにあるコーヒーメーカーから抽出した入れ立てのブラックコーヒーをコップに入れると、アルフレッドの横から差し入れた。

「師よ、ご苦労様でした」

「ああ、すまん。あ〜、ようやく一息つけるわ」

熱々のコーヒーを苦い顔をしながら、アルフレッドが一口すする。

「アルフレッド博士、一体何が起こったのかお教え願えませんか？」

シヴァが背後からアルフレッドに尋ねた。

「ああ、そうだな。お前達全員には知っておいてもらったほうが良いだろう。わしも正直信じられないことだが」

椅子を回転させ、ライン、リリーナ、シヴァ、バレル、ザイオンを見渡し、さらにコーヒーを一口飲み干すとアルフレッドが前屈みになり話を始めた。

「この基地をエネルギー波が襲った。先ほどの衝撃と警報はそのためだ」

「エネルギー波って、何か実験でもしていたんですか？」

リリーナが近くのテーブルに置かれているタブレットを取り出すと、スケジュールを確認するように指を動かす。

「そんな実験をするなんて俺は聞いてねえな。バレル、あんたは？」

「いや、特にそんな話は聞いていない」

ザイオンがバレルに話を振るが顔を横に振られ、つまらなそうに宙を見つめる。

「原因は分かっておる。ライン、話を聞かせて貰おう」

アルフレッドは横に立っているラインを見上げて尋ねた。

「え？　ラインが原因？」

リリーナが驚く姿をザイオンが吹き出して笑い始めた。

「大将の秘書にも分からねえことがあるのか？　リリーナ」

「さすがにプライベートまではね…ザイオンにもシヴァ様のプライベートは分からないでしょ？」

「俺の師匠は分からないことだらけだよ、何していてもおかしくないし。していたとしても俺は気づかないだろうね」

意味深長な言葉を横目と共にシヴァに送るザイオン。

「ザイオン、シヴァ様に無礼だぞ」

バレルが冷静にザイオンを戒めた。

「『無礼』？　無礼ってのは任務を与えられたにも関わらず、返り討ちにあっておめおめと帰還したどこかのハゲのことを言うんじゃないのかな〜？」

「貴様…！」

ザイオンとバレルが一触即発の状況になったとき、シヴァが2人の間に入り立ちふさがった。

「喧嘩をするなら他所でやれ、馬鹿共。ライン、すまない。弟子達が見苦しいところを見せた。話を頼む」

シヴァの威厳に満ちた重圧さえ感じる言葉で部屋全体が静まりかえる。バレルは軽く頭を下げ詫び、ザイオンは舌打ちをするとそっぽを向いてしまった。

「原因はおそらくウェブライナーだ」

「ウェブライナー？　あなたがバレルの後始末で片付けていたんじゃないの？」

ラインの答えにリリーナが疑問を示す。

「そうだ。傷ついたウェブライナーを10体近い『疾風』で強襲した。作戦は成功。ウェブライナーを捕獲したはずだった…」

「ったく、そこまでいったのにしくじりおったのか？　お前らしくもない」

アルフレッドが愚痴をこぼしながらコーヒーをする。

「それで、何が起こったんだよ？　大将」

「……いや、私も何があったか分からない」

「はあっ!?『後は自動操縦で自分は秘書とイチャついていて見てなかった』とか言ったら俺ぶち切れるぜ!?」

「そんな暇あるわけないだろ、阿呆」

バレルとシヴァが同時にザイオンに突っ込みを入れた。

「ラインの補足になるが、わしからも報告しよう。わしもラインと同じ意見じゃ。原因はウェブライナーと見て間違いない。『疾風』からのフィードバックデータを解析したところ、凄まじいエネルギーの反応があった。おそらく、わしのロボットはそのエネルギーで全て破壊されたとみて間違いなかろうな」

「凄まじいエネルギーって具体的にどれくらいですか？」

リリーナが何気なく尋ねた。

「そうじゃのう……疾風のフィードバックデータは『エラー』。つまり、測定不能を表している。だから基地を襲ったエネルギー波から測るしかない」

「結果は？」

シヴァが回答を促した。

「…超新星爆発時に放出されるエネルギーとほぼ同等の値が計測された」

部屋中に戦慄が走る。誰1人声を出す者はいなかった。

「それがこの基地での観測値。だから、現場ではもっと高い計測値が観測されていただろうな」

「ははは……まさかビッグバン発生時とかそんなふざけたこと言い出すんじゃないだろうな？　とっつぁん」

先ほどまでふざけていたザイオンにも恐れの感情が声に含まれていた。

「おお、十分あり得るな。もしかしたらビッグバンより強力かもしれんぞ？」

アルフレッドが笑いながら、答えた。

途方もない結果を見ると滑稽に見えて無性に笑いがこみ上げてくるときがあるが、まさにアルフレッドはそんな気分になっていた。

ザイオンは質問したことを後悔するように押し黙ってしまう。

部屋には言葉を話すことをためらわれる沈黙が居座った。

それを破ったのはラインだった。

「師よ。基地の損害状況はどうですか?」

「先ほど、基地の全動力をライナー波を用いたエネルギーバリアに切り替えた。スレイドの逃亡で敵の攻撃を予測して防御面を強化していたのが今回は幸いしたな。基地に破損はおそらく無いが、システムが一時的にダウンしたのが気にかかる。これから動力室に調査に向かうところじゃ」

「よし、では各々仕事にかかるとしよう。リリーナ、大佐とキョウに連絡を入れてしばらく現実世界で行動するように伝えてくれ。ウェブスペースにはしばらく戻ってくるなということも忘れずに伝えるんだ」

ラインの指示にリリーナは微笑んで軽く会釈すると、足早に部屋を出て行く。

「ザイオン、マスター・シヴァ。あなた方は基地周辺の警戒と被害状況の確認をお願いしたい。おそらく、今回のエネルギー波の影響で外に配置されていたロボットは全滅に近いだろう。もし、破片があれば早急に回収に向かいたい。敵にこれ以上こちらの技術を渡すわけにはいかないからな。何よりもまず基地の損害状況を調べて欲しい」

「承知した」

「任せろ、大将。格納庫の端末から全ロボットの状況が分かるんだよな?」

「そうだ。ただし、外には出るな。再びあのエネルギー波が襲ってくるかもしれない」

「金積まれたって出たくねえよ」

ザイオンが茶化すと風のように部屋から消える。シヴァもその後を追いかけるように部屋を去っていった。

「それから、バレル」

ラインの言葉を耳にした瞬間、バレルはその場で土下座をすると床に頭を打ち付けるように頭を下げた。

突然のバレルの行動にラインは面食らい、困惑する。

「申し訳ありませんでした、ライン様！　このたびの作戦の失敗、全て私の責任です。ウェブライナーを捕獲するどころか、与えられた『疾風』も破壊され逃げるのが精一杯の体たらく。私の命をいくら積んでもお詫びのしようがありません！」

態度と言動共にバレルらしさを感じる謝罪であった。

バレルは気が利くほうではない。だが、責任感が強く与えられた任務は確実にこなす男である。

そんな彼が失敗をすることは考えてみれば珍しいことだった。リベリオスの任務に就いて彼が失敗したことなど無い。それだけ、ウェブライナーが強力であるということだろう。

技術的な劣りを肉を切らせて骨を断つ戦法で切り抜けたウェブライナーのパイロット、この前のアリ型のライナーモンスターを無双したことも踏まえると、恐ろしい程戦いに慣れている者の仕業だ。

（バレル1人を何の策も無く、技術的な有利だけを理由にぶつけたこちらの作戦にも問題があったのかもしれない）

ライン は顔には出さないように深く内省し、今後に繋げることを決めた。

「…なるほど、確かにお前の命と作戦の失敗はとてもじゃないが釣り合わないな」

ラインはゆっくりとバレルに近寄ると、その左肩を右手で叩く。

「お前の命は何物にも代えがたい。作戦は再び実行できるが、命は失ってしまったら二度と元には戻せない。特にお前のような有能な男となれば尚更だ。バレル、良く無事に戻ってきてくれた。私は今、それだけが喜びだ」

「ライン様…もったいないお言葉です。ありがとうございました！」

「そうそう、本当にもったいない言葉じゃな。まずはわしに詫びを入れるのが先じゃろう！　せっかくのロボットをスクラップにしおって！」

ラインの情状酌量とは裏腹にアルフレッドの怒りは凄まじいものがあった。

「博士、このたびは申し訳ありま」

「済まないと思うのなら、せめてもう少し粘らんかい！　両腕を使えなくしたとはいえ、せめて切り落とすくらいことはしてみせろ。それだけの武器は与えたはずだぞ!?　それも量産型には配備していない、最新のエネルギーブレードだ！　最近実践に出ていないので腕が鈍ったんじゃなかろうな!?」

バレルの謝罪をぶった切り、注文の多いアルフレッドの檄が部屋の中に響き渡る。

明らかにアルフレッドより背丈も大きいバレルが、教師に怒られる生徒のように小さく萎縮してるようにラインには見えた。それほど、自分の発明品に対する情熱がアルフレッドにはあるということだ。故に自分の発明品を扱うのに見合う人物を求めている。

要は「能なしに与える武器は無い。武器が欲しければそれだけ精進しろ」ということなのだろう。

ラインは喧嘩を仲裁するお人好しのように2人の間に割って入った。

「まあまあ、師よ。相手はあのウェブライナーです。それも以前とは比べものにならないほど強力な力を身につけた存在、腕を使用不能にしただけでも十分な成果ではありませんか？　ましてや、ゼロアの協力者であるパイロットは恐ろしいほどの手練れです。いくら良い武器を与えたからと言って、確実に勝てる存在ではありません。戦場での戦いはほんの少しの判断が生き死にを決める世界。どうか、ご理解願えませんか」

「そんなことは分かっておる！　とにかく今後も精進しろ、バレル！　お前のために新しい機体を用意してやる。だが、トドメを刺すのはあくまでパイロットであるお前なんじゃ。わしら科学者にできるのはあくまでアシストまで。お前が決めなければどうにもならんのじゃぞ？」

「重々承知しております、ご配慮感謝します」

アルフレッドは言いたいことを全部言い放ったように息を吐くと、そのまま椅子を回転させモニターの方を向き直る。

　バレルは立ち上がると、ラインの方を向き直る。

「ライン様、今後の任務についてですが私が指揮を執ってもよろしいでしょうか？」

「ああ。ただ、攻め方を変えさせてもらおう」

「攻め方？」

「先ほどのエネルギー波の正体が分からないまま、ロボットで攻めるのは愚策だ。最悪の事態に陥ることもありえる」

「つまり、現実世界から奴らを攻めろと？」

「そうだ。前もって準備は整えてあるだろう？　ウェブライナーの入手が我々の当面の課題だ。パイロットさえ消してしまえば、事は運びやすくなる。私たちの存在を地球人に知らせることだけは避けろ。奴らに何かできるとは思わないが、余計な問題はこの前の一件で懲りたからな。それさえ守れば手段は問わない。好きにしてもらって結構だ」

　優しさを排除した厳しい司令官の命令がバレルの心の使命感に火を点けた。

「了解しました。早速行動に移らせて頂きます。失礼いたします」

　バレルはアルフレッドとラインにそれぞれ頭を下げると、踵を返し部屋を出て行く。

「少し甘すぎるではないか？　ライン」

　バレルが出て行ったのを見計らって、再び目の前の液晶画面を見ながらキーボードを叩きアルフレッドが呟いた。

「バレルは手練れの戦士です。『粛清でもしろ』と言うんですか？　人材は組織にとって何よりの基礎です。それに組織への忠誠が強い者は何よりの宝。２つ備えた彼をどうして切り捨てられましょうか？」

「確かにあいつは腕利きで忠誠心の塊だが、妙な優しさがある」

「……優しさ？」

「そうだ。あいつは基本的に女、子供には手を出さない」

「別に実験に支障は出ていないでしょう？　世間の注意を可能な限り引かない心配りとも取れます。総理大臣でも狙って、世間の注意を引くリスクをわざわざ取る必要もありませんしね」

「わしが言いたいのは奴がその心配りとやらで足下をすくわれそうな気がするからだ。わしらはどう言い繕っても侵略者。くだらぬ感情は自分の身を滅ぼすことはお前も知っておるじゃろう？」

「それも彼の魅力ではないですか？　師匠、私は仲間にするのなら『機械みたいな冷血殺人鬼』より『感情の起伏の激しい頭のイカれた人間くさい殺し屋』を選びますよ。そっちの方が扱いやすいですし、何より面白いですからね。あっ、自分なりのポリシーを持っている奴なんかも良い。信念というのは持っているだけで魅力がありますからね」

「あ～、なるほど。だからこの組織が一癖も二癖もあるイカれた集団になってしまったわけか。まったく、組織のトップがどれだけ周りに影響を与えるのか、周りを見たらよく分かる。まあ、そういうわし自身もその1人だがな」

　アルフレッドとラインは笑いながら、液晶画面を見続けた。

「それで、お前はどう思う？　先ほどのエネルギー波。基地全体のエネルギーを費やして、今使えるのはこのモニターだけじゃ。不意打ちにしてはかなり効果的、今回は素直にゼロアを褒めるべきじゃな」

「果たしてゼロアの仕業なのでしょうか？」

　ラインがアルフレッドのキーボードを借りると、自分のタブレットにアクセスした。そしていくつかのデータファイルをアルフレッドの研究データの中に映す。

「これは、動画ファイルか？」

「まあ詳しくは自分の目で見てもらえば分かります。先ほど、私が『何があったか分からない』と言った原因がこれです」

　アルフレッドはラインに促され画面に映されている映像を黙ってみていた。

　黒い霧を全身に纏う悪魔が出てきた瞬間、年老いた老人の目が大きく見開かれる。

「何だと思います？　この黒い霧をまとった存在」

「確かにこれは『何があったか分からない』じゃな」

「気をつけてください。目をやられますよ？」

　最後の胸の赤い光が発光するシーンでラインは注意した。２人とも目を伏せ、再び画面を見たとき映像は終了し暗闇だけがそこに残されていた。

「これがおそらく原因です。問題はこれが一体何か？　ゼロアが開発した敵の新型ロボットでしょうか？」

「超新星爆発並みのエネルギーを放つことのできるロボットか？　ありえんだろう、第一これだけのエネルギーを放出してロボットが耐えられるわけがない。爆発して木端微塵だ」

「ライナー波がある以上、どんな不可能なことでもありえると考えた方が良いでしょう」

ラインは、あらゆる可能性を視野に入れるべきと考え、アルフレッドに説明する。

「では、お前はこれがゼロアの開発したロボットだと言うのか？」

「いいえ。こんな奥の手があるのなら、なぜ最初からこのロボットを出さなかったのでしょうか？　途中まではこちらが優勢だったのですよ？　やられる必要なんてないでしょ？　敵にそれほど戦力的な余裕があるとは思えません」

「では、これは何だと説明する？」

「今は何とも言えません。いずれにしてもこの存在の正体を明らかにしない限り、むやみな攻撃は控えるべきでしょう」

２人は黙ったまま、目の前の画面を見つめた。

「それより、敵パイロットの情報は分かったのか？」

「『不動拓磨』という名前だけは分かりました」

アルフレッドの話の切り替えにラインが答えた。

相手の情報を知ることは何よりも大切である。下手をすれば情報戦だけで決着が付いてしまう場合がある。それが殺し合いとなれば尚更大切だ。

ラインはポケットから手帳のようなものを取り出した。正面が液晶画面になっており、画面を叩くと宙に文章が浮かび上がる。

「……名前だけか？　どこの誰かまでは分からなかったのか？」

「現実世界の人間の協力で住基ネットワークに侵入したんですが、ブロックされましてね」

ラインが苦々しい顔で空中に浮かび上がった文章を移動させる。

「リベリオスの技術を地球人の電脳防御網が止められる訳がなかろう？　ライナー波の存在だけで地球人の1000年は先をいっているぞ？　協力した相手が悪かったのでは無いか？」

「確かに技術ではこちらが圧倒的に上です。けれど、止められたんですよ。リベリオスに匹敵する電脳防御網に」

ラインは手帳のデータをアルフレッドの前の画面に弾くように指を動かす。すると、文章の内容がそのまま画面に映し出される。

アルフレッドは文章を読み進めるごとに、口に手を当て唸りだした。

「う〜む、わしらに匹敵する技術か。可能性があるとしたらゼロアぐらいしか思い当たらないんだが」

「ゼロアでは無いでしょう。このファイア・ウォールは数年以上前から更新され、日に日に強度を増していっています。私たちから逃げていたゼロアにそんな暇があるとは思えません。それに持っている技術はシステム保護の面だけを見れば、リベリオスを上回っています。あくまで現時点の防御面だけを見た場合ですが」

「第三者か？」

アルフレッドが切り出した。ラインがその答えに軽く笑みを浮かべた。

「ええ、私もそう思います。私たちが戦っているのはゼロア一行だけではないということです。この前の相良の事件、稲歌町市民の現実への影響の少なさから考えても、何者かが町民を保護したと考える方が普通でしょう。現に稲歌町から一種のプログラムのような通信が流れてます。発信源の特定はできませんでしたが、ゼロアの協力者含め、全ての敵が稲歌町に存在すると見て間違いないでしょう」

「わしらの目的の遂行にはどこの町でも良い。ただ、やはり結果を得られないとな」

アルフレッドは淡々と欲望を口ずさむ。

「ええ。それに『A1（エーワン）・コード』のこともあります。今後は稲歌町に戦力を集中させようと考えております。ご異存はありますでしょうか？」

「収穫の無い部分に戦力を割いても意味がないからな。ウェブライナーとは戦うだけで、新たなデータが手に入る。奴らはある意味、わしらにとっては金の卵を生み出す鶏のような存在だ。分かった、ライン。お前の指揮に賛同だ」

「それでは、失礼します。大佐とキョウに伝えないといけませんので」

「土産を買ってくるように伝えてくれ。できれば酒に合う物をな？」

ラインはアルフレッドの注文に笑うと意気揚々と部屋を出て行った。

彼の心には2つの気持ちが入り交じっていた。

愉悦と恐怖。

ウェブライナーのことは今回の件を見ても底が知れない部分があって、恐怖を感じる。

(奴らには技術を超えるような特殊な何かがあるのだろうか？)

だが、それが同時に面白さを生み出しているのはなんと不思議なことであろう。

やはり相手は弱くては意味が無いのだ。強いからこそやる気が出てくる。こちらの技術が上がれば向こうも相応の力を付けてくる。これはもはや止めることができない連鎖のようなものだ。

(いや、誰にも止めさせはしない。こんなに面白いのに誰が止められるだろうか。だからこそ、ウェブライナー。お前が欲しいのだ。私を楽しませてくれるお前が欲しい。必ず手に入れてやる、いつか絶対にだ)

ラインは自らの中で得体の知れない何かが渦を巻くのを感じた。不思議とそれが心地良かった。ずっとこの感覚が続けば良いとさえ思えた。

ライバル、緊張感、目的。

退屈を破り捨てられる要素の全てを得られたラインは恍惚の笑みを浮かべながら廊下を進んでいった。

同日、午後5時29分、ウェブスペース、超高エネルギー放出地点。

拓磨は吐き気を催すような感覚に襲われた。

頭の中がグラグラと揺れ、喉の奥から熱いものが飛び出しそうになる。

目の前には暗闇が広がるだけだった。

(気持ち悪い)

吐き気と共に徐々に記憶が甦ってくる。

ゼロアに呼び出され、ウェブスペースで戦ったこと。

バレルとかいう奴にウェブライナーの両腕を使用不能にされたこと。

なぜか祐司がウェブスペースにいたこと。

そして、祐司がウェブライナーの下敷きになったこと。

拓磨はそこまで考えると飛び起きるように体を動かし、目を開いた。

暗闇が急に消え、代わりに目の前には一色の青が広がっていた。指の間を砂が流れていく。

「……ここは?」

「気が付かれましたか?　拓磨殿」

謎の声が拓磨の問いに答えた。聞いたことも無い男の声だ。ゼロアよりも声質が低く、ゼロアがさらに年をとったような男性のイメージがする。

拓磨は上半身を持ち上げると声の方を振り向いた。

髪を一本に束ねた目元口元がはっきりしたハンサムな男が拓磨の横で片膝を突いていた。服は茶色の囚人服を汚れさせたような格好だ。上下がボロボロである。体付きはしっかりしているようで、無駄に筋肉が付かないように絞ったように見える。

「…あなたは？　確か俺はウェブライナーに乗っていたはずだが…」

「スレイド・ラグーンと申します。拓磨殿が投げ出されているのを発見し、こうして駆けつけた次第です」

「スレイド……ラグーン？　なぜ、俺の名前を？」

「私が教えたからだよ」

ゼロアが拓磨の背後から現れ、質問に答えた。白衣が所々破けてボロボロになり、顔もどこか疲れ切っているようだった。

「ゼロ、無事だったか？」

「君が無事で良かったよ、拓磨。それにもう1人もどうやら無事のようだよ？」

「もう1人？」

ゼロアがアゴで示した方向を拓磨は見た。そこにはいびきをかいて口からよだれを垂らし、呑気そうに砂の上に大の字で寝ている祐司の姿があった。

「祐司!?　無事なのか!?」

「見たところ傷1つ負っていませんでした。どうやら、拓磨殿と一緒にウェブライナーから放り出されたようです」

　スレイドが笑顔を浮かべて答えた。

　拓磨の心に安堵と驚愕が同時に生まれた。

　ともかく、無事で良かった。素直に拓磨はそう思えた。

「放り出された？　どういうことだ？」

「私が説明するよ。とは言っても、私も何が起きたのかさっぱり分からないからあくまで推測になるんだけど」

　ゼロアが拓磨の左隣に腰掛けると祐司を見つめながら話を始めた。

「祐司が潰されたと思ったあの時、どうやら祐司はウェブライナーの中に入ったらしい」

「俺がウェブライナーに近づくと自動的にコックピットに行けるあれが起こったのか？　俺と同じ事が起こったということか？」

「そう。だけど疑問が1つ。『なぜ祐司がウェブライナーの中に入れたのか？』は謎だけどね。彼はガーディアンと契約していないわけだから、ウェブライナーに搭乗することはできないはずなんだ。それにコックピットに行ったのかは分からない、ただウェブライナーの中に入ったことだけは確かみたいだ。そうじゃないと彼が無事である理由が思いつかない」

「……そういやウェブライナーはどこに行った？」

ゼロアは背後を親指で指さした。

拓磨はその方角を向くと、そこには巨大なロボットが横たわっていた。

ただ、それは先ほどまで一緒に戦っていた白銀の鎧を身に纏った騎士ではなかった。

顔の兜は装飾も含め９割方が砕かれており、かろうじて頭であると認識できるほどであった。

胸の鎧に至っては中央のライナーコアを中心に周辺に網目状に亀裂が入っており、まるで蜘蛛の巣の装飾を胸に施したようになっていた。

両腕は左腕が無くなっており、右腕だけが存在していた。その右腕もかろうじて肩と繋がれているような状態でいつ外れてもおかしくない。

損壊が一番少ないのは両足だった。鎧には亀裂が入っていたが胸や両腕に比べればまだマシな方だった。

まるで死体のようである。胸のライナーコアの亀裂からは、七色の液体が出血のように流れ出していた。

「頭部装甲90パーセント破損、片腕全壊、胸部ライナーコアよりエネルギー漏れによる駆動の低下、胸部装甲０・１パーセントまで耐久度低下、ビーム使用不能、ハルバード精製不可能、その他諸々の障害あり……。とてもじゃないけど、これを直せと言われたら『新しいものを買った方が早い』って修理屋に言われそうだよ」

聞いているだけで気分が滅入る報告がゼロアから読み上げられた。

「……悪い、俺がウェブライナーの両腕を犠牲にしてビームを出したからだな」

　ウェブライナーの両腕を犠牲にしてまでバレルを倒そうとしたことを、今さらながら拓磨は後悔し始めた。考えてみれば、両腕が使えていればもう少しマシな戦いになったのかもしれない。

「私から言わせればバレルの裏をかけたのは、はっきり言って最大の幸運だったと思うよ？　両腕自体もあの状態であればまだ修理の可能性はあったんだ。問題はその後だよ」

「その後？」

「スレイド、何が起こったか君は覚えていない？」

　ゼロアはスレイドに尋ねる。

「申し訳ない。私が目を覚ましたのは地下のシェルターで、全てが終わった後だったんです。ウェブライナーがボロボロの状態で俯せに寝ていて、周辺に投げ出されたゼロア殿や拓磨殿を助けていたので詳しい出来事は何も」

「そうか…」

　ゼロアの納得のいく返事をよそに、拓磨はじっとスレイドの顔を見た。

「何ですか？　拓磨殿」

「……自然と会話に参加していて聞きそびれていたんだが、一体誰なんだ？　あんた。ゼロアの友人？」

　その問いにゼロアが代わりに答えた。

「拓磨には彼のことも含めて色々話しておかなければいけないことがあるんだ」

「分かった。ではまず最初からだ。そもそも俺が来たときに戦いが起こっていたのは何だ？」

「それに答えるには君が来る少し前のことを話しておかなければならない。君が来る前、私はウェブスペースでライナー波の反応を探知したんだ。もちろん、敵かもしれないから用心してウェブライナーに乗って向かったんだが、そこにはバイクと一緒に倒れているスレイドの姿があったんだ。彼を避難のための即席シェルターに匿った後、外に出てみたら敵に囲まれていたって事。後は君をウェブスペースに呼んで、そこからは君のご存じの通りだ」

（なるほど、つまりこのスレイドという奴をゼロアが偶然見つけて保護したことから事件が始まった訳か）

拓磨は頭の中で状況をできるだけ自分に分かるように整理していく。

「よし、次の質問だ。そもそもスレイドって誰？」

「そこは私が話しましょう。私はかつてゼロア殿と共に選ばれたウェブライナーのガーディアンの1人です」

今度はスレイドが代わりに答えた。

「ガーディアン？　ウェブライナーに乗れる奴のことか？」

「ええ。ゼロア殿とは惑星フォインの頃から交友を深めておりまして、私が剣術を指南し、代わりに学問を教えて頂いた間柄です」

（なるほど、ずばり肉体派ということか）

　何か武術をやっているように思えたが、剣術か。道理で体を鍛えているわりだ。簡単に言えばゼロアの友達ということなのだろう。

「確かガーディアンは行方不明が2人いて、亡くなった方が1人いるんじゃなかったか？今までどこにいたんだ？」

「10日前までは現実世界で情報機器を移動して放浪していました。それからリベリオスに捕らえられて、脱出してきたわけです」

「なるほど、敵が来たのはスレイドさんを追ってきた奴らというわけか」

「拓磨、私がスレイドを見つけたのは偶然だ。彼は意図してトラブルを持ってきたわけでは……！」

　ゼロアがスレイドを弁護した。

「分かってる。逃げるのに必死だった奴のことを責めるつもりはねえよ。むしろ、良く逃げてこれたと賞賛したいくらいだ」

「色々幸運が重なったためです。正直言ってここにいられるのが信じられないくらいで」

「じゃあとりあえず最後の質問だ。なぜ祐司がここにいる？」

　拓磨はいびきと共に夢の中をさまよっている祐司を横目で見ながら、2人に質問をぶつけた。

「それは祐司に聞いてみないと分からないんじゃないかな? 私も驚いたよ、何で彼がウェブスペースにいるのかなって」

「拓磨殿、私は彼と夢の中で出会いました」

「え?」

拓磨とゼロアは驚いてスレイドと祐司を交互に見る。

「まさか、スレイド。祐司と契約したの?」

「いいえ」

「そうか…。でも、君と祐司はパートナーになれる可能性が高いな」

ゼロアが1人で納得したように頷く。

「1人で納得していないで俺に分かるように説明してくれないか?」

「ほら、覚えているかい? 私と拓磨が最初に出会ったとき、あの時は夢の中だっただろう?」

拓磨はゼロアと最初に出会った時を思い出した。

確かにあれは夢だった。ウェブライナーがいて、ゼロアがいた。そしてゼロアの呼びかけで光の渦に入ったら、この服装を手に入れたわけだ。

「私は自分の力となってくれる人物を探すため、呼びかけを行っていたんだ。ただ、いきなり携帯電話の中の私と話すわけにはいかないだろう? ウェブスペースに適合できるか調べるためにガーディアンは特殊な夢を見させるんだ。いわゆる適性検査のようなものだね。夢なら巨大ロボットでも何が出てもおかしくないだろ？　そうしたら、一番適正があった拓磨が引っかかったわけ。後は直接会って話すために現実世界にこちらの世界へと来るための入り口を作ったというわけだ。元々私が移動していた物置の携帯電話をライナー波を使って改良してね」

「何で物置にいたんだ？」

携帯電話が物置にあったのかはまだ判明していない疑問だった。

「君の家についてあの時はあまり知らなかったからね。たまたま、移動できる情報機器を探していたら、あの携帯電話に移動したんだけど。電池が切れていて他の機器に移動できなくなったんだ。仕方がないんで、ライナー波を使ってしばらく使えるようにしたわけ。今は完全にライナー波を動力に動いているけどね」

「なるほど。話をまとめると今回は祐司が適合者だというわけか？　それで、そのガーディアンはスレイドさん」

「私はすでに他の契約者がいるんで。契約できなかったんですよ」

「他の契約者？　誰だ？」

拓磨の質問にスレイドは口を閉じてしまった。

「言えないのか？」

「申し訳ありません。本来なら話すべきなのでしょうが、その人と私との間の約束なのです。私を信頼してくれたその人へのせめてもの約束は守りたいのです」

「…まあ、言いたくないなら無理に聞かないが。そうすると祐司がウェブスペースに来たことは結局謎のままか？」

「そうだね。でも、ここで何があったかは分かる気がする」

ゼロアは周りをぐるりと見渡すと何かを見つけたように地平線の一点を見つめていた。

「何だ？」

「おそらく、見た方が早いね」

ゼロアはエア・ライナーを呼んだ。すると、土の中からハンググライダーが飛び出すとそのまま空高く上昇していく。

さらにゼロアはポケットから液晶画面が付いた小型タブレットを取り出すと、画面をスライドさせ映像を映した。

映像に映っていたのは巨大な円だった。中央にボロボロのウェブライナーが横たわっており、ウェブライナーを中心に一定間隔を過ぎると黒い円が描かれていた。

まるで黒目の中心に白い点がある眼球のようである。

「何か目玉みたいだな。中心にすごく小さな白目がある」

ゼロアのタブレットを見ながら感想を拓磨が述べる。

「中心の白い部分は私たちがいるところだよ。中心から少し外れると、砂が吹き飛ばされ……いや、これは変色しているのか？」

「変色？　砂の色が変わっているということですか？」

ゼロアはしばらく考え込んだあと1つずつ答え合わせをするように呟き始めた。

「ウェブスペースというのはとても賢い世界でね、一定のライナー波の量を保つようにできているんだ。ライナー波が多くなったら地面の砂がそれを吸収し、逆に少なくなったら砂がライナー波を放出する。この砂粒1つにおいても役割を持っている非常に繊細な世界なんだ」

「へえ、ただの砂漠の世界じゃないということか？」

拓磨が思いついたことを呟く。

「そうだ。ちなみにライナー波を吸収した砂は一定量を超えると変色して、色が濃くなっていくんだ。最終的には白色から黒色になる」

「では、この映像の黒い部分は強力なライナー波を吸収した部分ということですか？」

黙っていたスレイドが尋ね始める。

「そうだね。ただ、こんなのは私も見たことがない。普通は砂がライナー波を伝導して他の砂へと分散していくから変色はすぐに無くなるけど。未だにこれほどくっきり色が分かれているなんて初めて見るよ」

「つまり、とんでもないほど強力なライナー波がウェブライナーを中心に放出されたということか？　俺たちの座っているところはたまたまエネルギー放出の死角だったから、影響を受けなかった」

拓磨のまとめにゼロアも賛成した。

「おそらくそうだろうね。スレイド、君は運が良いね。こんな強力なエネルギーを受けたら、ひとたまりも無かっただろうからね」

「シェルターが足下にあったことに本当に感謝していますよ」

リベリオスの基地からの脱走と言い、つくづく運が良い男だと拓磨はスレイドを見て思えた。

「たぶん、何かウェブライナーから爆発するようにエネルギーが周囲に放たれたんだろうね。原因はおそらく……」

ゼロアは近くでまだ寝ている祐司を恨めしそうに見つめる。

「祐司がウェブライナー爆発の原因？」

「おそらくね。考えてみれば祐司を押しつぶしてしまったと思ったときから、ウェブライナーの調子がおかしくなったと思うんだけど」

拓磨は必死に頭を起こすと、意識がなくなった直前のことを思い浮かべる。

あの時、突然ウェブライナーが動かなくなった。

その後、ゼロアの声が聞こえなくなった。

そして、突然聞いたことのある声が聞こえた。何か、怯えているような恐怖が交じったような声だった気がする。そして意識が無くなった。

確かに祐司を押しつぶしたと思った後の出来事だ。

「けれど、まだ決まったわけじゃ無いだろ？　仮に祐司が原因だとしても何でそんなことになったか分からないんじゃ意味ねえだろ？」

「……拓磨。君はずいぶん祐司を信頼しているみたいだね？」

ゼロアは拓磨へと視線を移すと尋ねた。

ゼロアの目には、ありえないものを見ているような恐れを抱いた感情が表れているように思えた。

「こいつは俺にとって数少ない友人の1人だからな。俺はこの外見だからあまり人受けは良くねえんだが、祐司と葵と友喜は小学校の頃からいる大切な友人だ。こいつが俺を信頼しているかは分からないが、俺は祐司を信頼している…いや、信頼したいんだ。こいつは不思議とそういう気分にさせるんだよな」

拓磨の感情の吐露にゼロアとスレイドは耳を傾けていた。

「拓磨殿と祐司殿は無二の親友なのですね？」

「まあそうだな。祐司以上に仲の良い奴は俺にはいないな」

ゼロアは何も言わず祐司を見ていた。やはりその目は恐れを抱く怯えたような目だった。しかし、まるで何かを諦めたように息を吐くと心機一転したように拓磨を笑顔で見た。

「とりあえず、今日はもう帰ると良い。色々大変なことに巻き込んで済まなかった。ウェブライナーの方はできる限りのことをしてみるよ」

「分かった。あまり無理はしないでくれ」

拓磨は寝ている祐司を背中におんぶすると、ゼロアが目の前に七色に光る光の渦を作り出す。

「せっかく新しい仲間が加わったんだ。とりあえず良しとするさ。何かあったらまた連絡する」

「ああ、またな」

拓磨と祐司は光の渦の中に入っていく。

2人を見送った後、ゼロアは体の力が抜けたように地面に座り込んでしまった。

「大丈夫ですか？　ゼロア殿」

「ん？　ああ…正直、ここまで絶望的になるとは思わなかったんでね。ウェブライナーは私たちにとって希望だった。それが一瞬にしてスクラップになってしまうとはね」

スレイドは顔をしかめ、ウェブライナーを見つめる。

「やはり修理は不可能ですか？」

「はっきり言って、あれはもう私たちが知っているウェブライナーじゃ無いんだ。全く違う存在なんだよ。ロボットと言うより、生命体と言った方が良いかもしれない。前の戦いの後、修理をしようとしたときも装甲に触れることさえできなかったんだ。おまけに操縦の仕方もロボット操作のようにはいかない。どんな仕組みで動いているのかも分からない、未知の存在なんだよ。だから、今回のような出来事が一番困るんだ。修理もできない、内部機構も分からない。どうしようもない状態に陥るんだからね」

ゼロアは溜まっていた愚痴を空に向かって吐き出した。

「これからの行動に何かプランはあるんですか？」

「さあ？　…どうしよう、スレイド。私たちはこれから何をどうすればリベリオスを止められるのだろう…」

ゼロアは今まで感じたことが無い程、不安で押しつぶされる寸前だった。リベリオスから逃げているときには感じなかった心の奥底に潜んでいた物が一気に現れ、心を埋め尽くしてしまったようだ。ウェブライナーという頼みの綱が切れてしまった。元々奇跡で生まれた産物なのだ。

（最初から無かったことにすれば……いや、やはり無理だ）

ウェブライナーに頼っていた自分がいる。さらにそれを操っている不動拓磨に頼っていた自分もいる。

考えてみれば私は何１つ彼らの役に立っていないのかもしれない。

ウェブライナーに頼り、拓磨に頼り、私は何も成長していないではないか。これではリベリオスから逃げていた頃と何も変わらない。

無能というのは今の私のような存在を言うのだろう。

本当に情けない話だ。

ゼロアとスレイドは立ちふさがる現実にただ呆然としているしかなかった。

同日、夜9時02分、稲歌町、タクシー内。

夜の帳が下り、稲歌町は昼間は気が付かない小さな音が心に残る不思議な空間に包まれた。

闇夜を照らすの何億光年も離れた星々の光、そして5メートル程頭上にある等間隔に置かれた電柱の設置してある電灯や住宅が放つ家庭の光である。

そんな稲歌町を『稲歌町東部タクシー』に所属する所属タクシー番号7号は、住宅街に挟まれた道路をランプを光らせながら走らせていた。

本日、7号車の乗客は合計30名である。

それほど悪くない、なかなか客入りが良い日だった。

客はサラリーマンやOLがほとんどであった。午前、午後は主に駅周辺で車を走らせていたが今日はたまたま会社の命令で病院まで向かい、客を待つことになった。

乗り込んできたのは女子高生とその母親らしき人物だった。

(背後の車のライトで服装がよく見えないが、何となく私服であるように思えた。2人でショッピングでもしていたのであろうか?)

運転手は考えを巡らせたが、それは心の中で否定した。

2人とも乗る直前まで口喧嘩をしていて、乗車してからは一言も喋らずに互いにそっぽを向いているのだ。しかも場所は病院前。きっと何かあったに違いない。

重苦しい沈黙が社内に漂っていた。

（こういうのは苦手だ。仕事はやはり楽しい方が一番。ここは、一肌脱いで何とか喧嘩を仲裁するとしよう）

「お客さんたち、病院帰りみたいですけどお体の方は良いんですか？」

「良くないです」

母親らしい人物がツンと一言言い放った。そして、運転手に話しかけてきた。

「運転手さん、救急車で病院に担ぎ込まれたらその日は大事を取って入院させますよね？」

「え…えと、それは症状にもよるんじゃないですか？　軽いものなら帰宅しても良いと思いますけど。…どなたか救急車で運ばれたんですか？」

運転手は妙に雲行きの悪い会話になったことを薄々感づいて、後悔し始めていた。しかし、話を始めたのが自分である以上引っ込むわけにはいかなかった。

「私の隣にいるワガママで頭が固い娘です」

「どっちがワガママだか？　お母さんに言われたくないし。本人が大丈夫って言っているんだから別にいいじゃない。検査も特に何も無かったんだし」

「友喜、絶叫して意識失ったんでしょ？　ちょっと普通とは思えないんだけど。一体何があったの？　不動君や祐司君にまで迷惑かけて」

「………………」

友喜と呼ばれた高校生は答えること無く、黙ってしまった。

そのまま20分近く、２人は会話をしなかった。運転手も話に介入するのを諦めさりげなくラジオを流し、たまに流れてくる音楽で雰囲気を和ませようとしたが、流れてくるのは聞いたことの無いようなアニメソングばかりで車内の空気がさらに悪くなるのを感じ、ラジオを止めた。

走行しているうちに目的地に到着した。

『白木食堂』という赤文字の看板が入り口のドアの上に大きく書かれている。ドアのところには暖簾(のれん)が付いており、まだ食堂は営業しているようだ。ドアの前は5台程普通乗用車が並べておける駐車場になっており、すでに5台満車になっている。さらに駐車場のそばにある駐輪場も大量の自転車があることから、相当客が来ていることが分かる。

(この近くでは有名なお店なのだろうか?)

運転手の勘ぐりが始まった。

「運転手さん、ちょっと待っていてください」

女子生徒の母親は、代金を払いおつりを受け取ると一足先にタクシーを降り、店の中に入っていった。

友喜と呼ばれた女子高生は軽くお辞儀をすると、ドアを開け店の中に入っていった。擦れ違うように母親が出てきた。手には白いビニール袋を持っている。何やら油の芳ばしい匂いが袋から漂っていた。

「これ、よろしかったら食べてください」

中に入っていたのは今も衣から油の音が鳴っている出来たてホヤホヤの『鳥の唐揚げ』

だった。透明なプラスチックのパックの中に10個程大きな唐揚げが詰められており、割り箸も添えられている。

「えっ!?　いや、料金はもういただきましたし…」

「送って下さったお礼です。これからまだお仕事があるんでしょう？　コレ食べて精付けて下さい。頑張って下さいね」

30代中頃であろう未だ若々しい魅力溢れる母親は笑いながら、運転手に無理矢理袋を持たせた。

「すいませんこんなにたくさん…。今度タクシーを利用するときはうちを利用して下さい。サービスしますよ」

「はい、その時はサービスされちゃいますね」

運転手は何度も礼を言いながら、母親に感謝するとそのまま闇夜へと消えていった。

一方、友喜は食堂の中を直進していた。左側に個人客用のカウンターとそのさらに奥に調理場があり、右側に団体用の座敷が広がっている。その間にある通路を友喜は突き進む。

「あれ!?　友喜ちゃんじゃないか？　こんな時間までどうしたんだ？　塾かい？」

カウンターで店の看板メニュー、『唐揚げ定食』を貪るように食べている会社帰りである髪が薄くなった男の中年サラリーマンが、友喜に気づくと声を掛けてくる。

何度もお店に来る常連さんだ。名前は覚えていないけど…。

「ちょっと、病院に行っていてね」

「病院!?　友喜ちゃん、どこか体悪いんかい?」

大げさに驚くと巨大な顔を近づけてきて、心配そうに眺めてくる。

友喜は少し引きながら、笑顔で答えた。

「だ、大丈夫！　何ともなかったから」

「本当かい?　まあ、無理しないで。困ったことがあったらおじさんに何でも相談しなよ?」

「友喜、そこのおじさんの言うことは聞いちゃ駄目だ、若い子が大好きなんだから」

厨房から紺色で赤文字『白木食堂』のエプロンを身につけた白髪交じりの老人が顔を出してくる。

筋肉質の体で、サーフィンでもやって全身を日焼けしたように肌が茶色になっている。

白木家大黒柱、白木功（しらきいさお）。御年67歳。まだまだ現役の白木食堂の総料理長だ。

「何言っているんだい?　あんただって、若い子大好きだろ?」

功より頭1つ小さい、小柄で頭を黄色いナプキンで覆ったおばあさんが突っ込みを入れていた。やはり『白木食堂』のエプロンを着けている。

こちらは白木松恵（しらきまつえ）。御年62歳。白木食堂の大黒柱、功を陰でサポートし内助の功を不言実行する奥方である。

「そりゃねえよ、功さん。俺、妻がいるんだぜ!?　おたくのお孫さんに手を出すわけ無いだろ?」

中年サラリーマンは必死に弁明する。

「何言っているんだか、そう言って多くの女泣かしてきただろお前は！」

「友喜、話が終わらないからさっさと部屋に戻りな。疲れているんだろ？」

功と客の話が盛り上がってきたのを呆れながら、松恵が友喜に指示を出す。

友喜は2人のやり取りを苦笑いで見つめながらその指示に従うと店の奥に進み、通路の左側にあるドアを押して開けた。

そこは1畳程の玄関になっていた。靴が乱雑に床の上に捨てられている。

おそらく、祖父と祖母のせいだろう。あの2人はあまり片付けるのは得意ではないし、さらに几帳面でもない。

2人ともおおざっぱを2乗したような性格だ。そのためであろうか、友喜は乱雑なものを見ると素直に片付ける癖が身についていた。反面教師というものであろう。

友喜は床に散乱した靴を揃えて整理し、壁際に並べると自分も靴を脱ぎ、さちんと揃え廊下を進んでいく。

白木食堂は1階が食堂、2階と3階が住居となっている。

友喜の部屋は3階にある。

友喜は1階にある玄関で靴を脱ぐと目の前の階段を上がっていき2階に到着。次に180度体を回転し先ほど上がってきた階段の隣にある階段をさらに上がっていく。

階段の角度が建付上、急であるため老人には少々上り下りは辛いものがある。よって少しでも負担を軽減させるため祖父と祖母の部屋は2階にある。そして母親、愛理と友喜の部屋は必然的に3階になるのだ。

3階に到着すると、友喜はさらに体を180度回転させ廊下を進む。左側には手前から愛理の部屋、そして奥に友喜の部屋がある。

友喜はそのまま自分の部屋に入る。

目の前には本棚の側面が見える。その奥にはいつも宿題と格闘している勉強机が置いてある。勉強机の背後にはいつでも眠れるようにベッドに、飛び込んだらちょうど枕に頭が乗っかる位置に調節してある。この調節のために何度も枕の上にあるボードに頭を打ち付けたことは今となっては良い思い出だ。

ベッドは窓の下に位置しており、夏場でも涼しい風が入ってくる。さすがに熱帯夜は風だけじゃ厳しいため、クーラーを頼る。

窓の向かい側、衣類などが入った白いクローゼットの上に最近導入したばかりの新型エアコンが設置されている。これのおかげで従来より電気料が1パーセントほど安くなったらしい。

勉強机の目の前の壁には四季の花々をテーマにしたカレンダーが壁に取り付けられている。『花を見ると落ち着く、リラックスできる』と桜高校にいたときに先生が勧めていたのを参考に購入してみた。最近、花粉症がひどくなってきたため花を見ているとしきりに体が反応しがちになるため、近々他のカレンダーに変えようと悩んでいる。

（芸能人のカレンダーにでも変えようかな？）

「疲れた…」

ぼやくように呟くと、友喜はポケットに入れてあった財布やスマートフォンを机の上に置き、そのままベッドの上に俯せに倒れ込む。

（考えてみれば最低の一日だったな……。せっかく、楽しい一日を過ごすつもりだったのに。あんなところで山中先輩に出会うなんて…。それにできれば祐司には会いたくなかったなあ…。けど、あいつだけ外して遊びに行くっていうのも何か気が引けるし…。あいつ、あの時のことまさか忘れちゃったのかな？　私だって反省しているなら水に流したいけど、今日ちゃんと聞けば良かったなあ）

友喜は寝返りを打つように体の向きを変えると天井を見る。電気を点けていないため、窓から入ってくる外の外灯の明かりが部屋を包んでいた。

（何で私、山中先輩と付き合ってたんだろ？）

出会いは1人でサッカー部の試合を見に行った時だった。

あの時の彼は本当に格好良かった。サッカー部の中心人物、副部長であるというのが不思議なくらいの活躍。1試合中に2点以上ゴールを決めるのは当たり前。彼を止めようとしても、まるで足にボールが吸い付いているかのように華麗に相手側のプレイヤーを避けながら、突破していった。

当然ファンも多い。学校中の1割近い女子がサッカー部の試合を見に来ていた。山中の活躍を見に来ている人が大多数だった。

私は彼女たちから離れていたところで試合を見ていた。別にサッカーに興味があったから見ていたわけではない。試合を見たのも偶然校庭でやっていたから立ち寄っただけだ。

ただ、試合をやっている人の笑顔がすごく楽しそうだったから見入ってしまった。味方にしても敵にしても全身全霊をかけてプレイしている人たちは、どんな人でも不思議と輝いて見える。そんな彼らを見るのが私はおそらく好きだったんだろう。

稲歌町を出たときから久しぶりに感じた清々しい気分。特に山中はサッカー部の中でも一番輝いて見えた。これは一種のオーラというものなのだろう。

いつの間にか私も彼の姿の虜になっていった。

次に出会ったのは学習塾だった。

数学の授業が終わり、家に帰ろうとしたときだった。たまたま、彼の方から声をかけてきた。それまでは一度も話したことがなかったのに、試合中とはまた違う人懐こい笑顔を振りまきながら私に話しかけてきてくれた。おそらく、試合中に私の姿を見かけたのだろう。

最初は自己紹介から始まり、その日のうちにお互いの趣味まで話が広がった。それから学校でも塾でも彼と話す機会が増えた。私の行く先々に彼が偶然いるのだ。最初はストーカーだろうかと疑いもしたが、何度も親切に対応してくれてその不安も徐々に薄まっていった。

本当に親切な人だった。数学が得意で私が苦手な部分も分かりやすく解き方を教えてくれたり、転校してきた私の不安に親身になって応えてくれたり、学校の中で私が携帯電話を無くしたときも学校中を駆けずり回って様々な人に尋ねたりしてくれて、最終的に彼が見つけたのだ。

そして、彼と出会って半年ほど経過したある日。

塾の帰り道、彼の方から付き合おうと言ってくれた。正直、頭の中がボーッとして顔が火照ってしまった。普段からあまり言われ慣れていない言葉、それも人生で言って欲しい言葉の上位に入る言葉を聞かされて、落ち着いていられるわけがない。

その場では答えることができなかった。彼は『できればここで答えを聞かせて欲しい』とせがんできたが、私は『時間が欲しい』と何とか言い繕い、それから帰り、翌日答えを決めて彼に会いに行った。

答えはイエス、『付き合って下さい』と一言。

ずっと、心の中にいた人が大嫌いになっていた当時の私にとっては、親切にしてくれる人なら誰でも良かったのかもしれない。その人が付けた傷を癒やしてくれるなら…。それにもう会うこともないと思っていたし。

山中先輩は盆と正月が一緒に来たように喜びを爆発させていた。試合でも見たことの無いような笑顔だった。長年の夢が叶ったような、安堵と解放感に満ちあふれた顔だった。

しかし、彼と付き合って数日。私の周りで事件が頻発するようになった。

最初は学校で起こった。体育の授業で外に出て戻ったとき、私の鞄が少し開いているのが見えた。中を見ていると、家から整理された順序で入れてきた教科書が乱雑な形で詰められていた。

（おそらく、私の鞄を誰かが床にぶちまけてしまい後から直したのだろう）

事件が1つだけなら偶然で終わったのかもしれない。

次の事件はその翌日。女子更衣室にある私のロッカーがこれまた物色されていた。元に戻そうとして整えられてはいたものの、一日で誰かが触れたことが分かる痕跡が残っていた。

泥である。私の体操着に指の形をした泥がこびりついていた。おそらく、触った本人も気づいて消そうとしたのであろう。その結果、泥が薄く伸びていた。

クリーニングに出し、洗い立ての服装をロッカーに入れておいたのに汚れが付いている。

（誰かがロッカーを開いて中身を確認した。これが本当だとすると、鞄の件ももしかしたら……）

気味が悪くなって教師に相談してみた。

女子更衣室は監視カメラが置かれているため、映像を確認すれば状況がハッキリするはず。

一縷の望みに賭けて、映像を見せてもらった。映像には何1つ写っていなかった。誰もいない女子更衣室を監視カメラが天井から部屋全体を撮影している。

ホッとするどころか全身に悪寒を感じた。間違いなく誰かが物色したはずなのである。それなのに何も写っていない。

（相手は監視をかいくぐる技術を持っているのだろうか？）

山中先輩に相談したが、『大丈夫、何とかしてみせる』と具体性のない返事が返ってきた。その日以来、先輩が私が住んでいるアパートまで送ってくれるようになった。それからしばらくは何も起きなかった。彼氏がいることのありがたみに感謝した。

だが、ロッカーの事件から1週間後。私は人を信じられなくなってしまった。具合が悪くて午前中で学校を早退したある日。アパート2階の家に帰ってみると、中から感覚的に光が発せられているのに気づいた。

家の電気はお母さんが仕事で出かけるときに全て消したはず。

（もしかして泥棒？）

私はドアを開けるのに躊躇したが、勇気を出してドアを音を立てないようにそっと中を覗いた。

そこにいたのはカメラを持ちながらリビングを撮影し続ける山中の姿だった。血眼になってあちらこちらにフラッシュを浴びせる姿は、獲物を探し求める獣のような獰猛さであった。

私の頭は真っ白になった。

（なぜ先輩が私の家に？　家の中で何やってるの？　もしかして今までの事件は山中先輩

が絡んでいるの？　あんなに格好良くて憧れていた先輩は泥棒だったの？）

白いキャンバスを黒く塗りつぶすように様々な疑問が頭を駆け巡った。

そして、小さく悲鳴を上げてしまった。

その声に気づいた山中先輩はドアの隙間から覗いている私に気づいた。

お互い見つめ合ったのは一瞬だったが、山中先輩の目は語っていた。

『違う』、『なぜそこにいる？』と。

私がここにいて驚いていることは理解できた。ただ、彼の行っている行為と訴えている目の印象が異なりすぎて、『違う』と否定したように感じた部分を私は頭の中で気のせいであると深く考えないようにした。

結局、私の出現に驚いた泥棒という状況ができあがってしまった。

もう一度私は大声を出した。今度は2階フロアの住民が気づくような大声だった。

慌てた山中は家の窓を開け、2階から飛び降り姿を消した。

彼の姿を見たのは今日見るまでこれが最後であった。ちょうど半年くらい前の出来事。

恋人の最後の姿が慌て逃げ去る後ろ姿というのは何ともむなしいものだ。

（なぜ彼がそんなことをしたのか、そもそも私と付き合ったのは私の家を荒らすのが目的だったのか？）

理由を考えたが全てが不明だった。

結局、別れの言葉も無いまま彼とは様々な意味で別れることになった。

それ以降、彼は学校はおろか町のどこにも姿を見せなくなった。学習塾に行ってもいない。噂では他の町に家族とともに消えたということだ。

（それが今日はなんで私の目の前に現れたんだろう？　また桜高校に戻ってきたのであろうか？）

分からない、何が起こっているのかさっぱり分からない。

友喜は体を起こすと、机の上に置いてある携帯電話を見つめた。

（誰かに相談した方がいいのかな？）

山中は今のところ、私を含めて周囲には危害を加えていない。しかし、今後もそうであるという保証は無い。彼はおそらく、ストーカーのようなものだろう。これから何かしてくる可能性は十分に考えられる。不動君や祐司、もしもの時は再度警察に相談しておいた方が良いのかもしれない。

友喜はベッドから降りると、そのまま目の前の机に向かう。すると、携帯電話のランプが青く点滅していた。友喜は稲歌高校に転校してすぐ、クラスの女子達のＳＮＳグループ『稲女（いなじょ）２－１』に加入していた。

ＳＮＳというのは非常に便利で、時間と場所の制約を受けず相手と話をすることができる。転校生である自分にとって少しでも早くクラスに馴染みたい、そんな思いから加入したのだ。

最近の話題は授業の宿題や好きな男子生徒のことだ。

正直恋愛についてはしばらく話したくない。山中の一件でなんだか、怖くなってしまった。

友喜は机の上のスマートフォンを取ると、画面を起動させる。そして、『稲女2－1』へと画面を移動させる。

すでに様々なコメントがクラス全体から集められていた。

『雪ん子てさ、前の学校で男奪ったんでしょ?』

『私が聞いた話じゃ、色仕掛けで釣ったみたいだけど』

『よくあんなダサくて恋人なんかできたよね? 私が男だったら絶対に選ばないけど』

『その男ってさ行方不明になったらしいよ? 雪だるまが自分の部屋に呼んで、あれこれやっているときに両親に見つかって、逃げ出したんだって』

『男も情けないけど、雪だるまは節操がなさすぎだよね。普通、高校生でベッドまでイッチャウ? 少しでも未来のこと考えれば、止めるのが当然でしょ? ほんと、頭の中じゃ男のことしか考えてないんだね。ますます嫌になった』

友喜はしばらく呆然としてコメントを眺めていた。

何も頭で考えることができなかった。目の前の言葉の数々が衝撃的で理解できなかった。いや、理解したくなかった。

「何…………これ?」

体の中から魂が抜けていくような感じがした。今まで自分が積み上げてきた倫理観や道徳心が音を立てて崩れていた。

『こういう女ってさ、楽しむだけ楽しんどいて最後に相手の責任にして自分は被害者ぶるんだよね。私はそんなつもりじゃなかったー、相手に無理やりされたんだーとかさ。もうさ、恥だよね。女の恥。こういうのがいるから私たちに変な先入観とか生まれるんだよね』

『他人の迷惑とか考えられないいんだよ。自分大好き、自己中当然女。一度でいいから痛い目にあえばいいよね。そうすりゃ、今度から舐めたことしなくなるでしょ？』

『ねえ、誰か先生に見つからずに死なない程度に痛めつけられる方法知らない？　私、勇気を出して立候補します！』

『定番なのは偶然ぶつかって階段から突き落とすとかじゃない？　後はトイレとか、人目が無い場所でリンチとか。学校なんて死角だらけだし、やろうと思えばどこでもできると思うよ？』

　気がつくと自分の目に違和感を覚えた。熱いものが頬を伝い、顎から床へと雫のように落ちた。現実を受け止めきれず、体が拒否反応を起こし始めていた。携帯電話が鉛のように重く感じ、手が震え始めていた。自分の呼吸音が荒く、はっきりと聞こえるようになり、心臓が高鳴るのを感じる。

『っていうかさ、いっそいなくなってほしいよね』

『ほんと、事故にでも遭わないかな？』

『誰か人轢いても大丈夫って人いない？』

『あいつのために誰か犠牲になる必要ないでしょ？　自分で死ぬようにさせれば？』

『りょ〜か〜い！　というわけでｄｉｓ継続ってことで。このまま続けていけばどうせ死ぬでしょ？　首吊りでも屋上から転落でも構わないけど、こっちに迷惑かけないようにね。雪だるま』

携帯電話がカーペットの上に落ちた。液晶画面から光を放ったまま転がると、ぼんやりと光りながら鎮座する。

友喜は立っていられなくなると、そのまま床に腰を落とした。

内容が誰に向けて書いてあるのかすぐ分かった。私だ。

知らなかった。ここまでみんなに嫌われているなんて。どうして、私の過去のことが分かったんだろう。桜高校で私を知っている人が教えたのだろうか？

でも、そんなことどうでもいい。これから、どうすればいいんだろう？

桜高校でもイジメはあった。山中と付き合った後からだ。

彼に対して恋心を抱いていた女子から、靴に画びょうを入れられたり、足を突き出して躓くようにさせたり、階段の上から水を浴びせられたり……。

でも、それぐらいのことならまだ我慢できた。みんなの憧れの人を奪うということはそれぐらいの覚悟が必要だということは薄々分かっていたから。

けれど、彼とは別れたのだ。今の私には何も原因は無いはず。なのに、何でこんな仕打ちをされなきゃいけないんだろう？

私が転校生だから？

ブスだから？

男と付き合っていたから？

挙句に死ねってどういうこと？

そこまでのこと私がした？

あなたたちの親でも私が殺したっていうの!?

友喜の心にあった悲しみは変化を始めていた。あまりにも理不尽な仕打ち、非情な言葉に屈するはずの心が逆上し怒りに燃え盛る。

「絶対に負けてたまるか…！」

固く信念のように誓う友喜を現実に戻すように、突然ドアがノックされる。

「友喜、私だ。馬場だ」

突然、馬場の声が扉の向こうから聞こえる。友喜は慌てて立ち上がると、扉へと向かい開ける。

扉の前にはぼさぼさの尖るような髪の毛、昼間見かけたジーパンとポロシャツ姿、四角い眼鏡がトレードマークの馬場達也が立っていた。

「馬場先生…」

「お母さんに会いに来たんだが、何でも学校の前で救急車で運ばれたんだって？　愛理さんの言うとおり病院で一日だけでも入院した方がいいんじゃないかい？」

「大丈夫……です」

友喜は笑顔を見せられず、俯きながらボソボソと答える。

友喜の態度に馬場は疑問を抱いた。そして部屋のカーペットの上で光を放っている携帯電話に気づく。

「新しく買った携帯電話、もう慣れたかい？　君の好みに合わせたつもりだったんだが、あいにくあんまり女性の趣味は分からなくてね。もし、不便な思いをさせているんだったら申し訳ない」

友喜は途中までしか話を聞いていなかった。

先ほどまで決心を固めていたのに、急に優しくされるとどうしようもない。強固な信念が絡まった糸を解くように分解されていき、悲しみに打ちひしがれる心がむき出しで残される。

友喜はその場で、声を押し殺すように肩を震わせ泣き始めた。馬場は驚いたようにあたふたすると膝をついて、友喜の手を握る。

「ど、どうしたんだい!?　いきなり」

「先生ぇ……！　私…、私ぃ…これからどうしたらいいか…分からないの！」

「と、とにかく愛理さんを呼んでこようか？　それとも僕だけの方がいい？」

「お母さんには…迷惑…かけたくない」

「そうか、じゃあ話を聞くよ。何か力になれるかもしれない」

馬場は廊下で友喜をなだめるように背中を叩きながら、必死にすがりついてくる友喜の話に相槌を打ち続けた。

イジメのこと、恋人のこと、洗いざらい友喜は思いの内を話す。一通り話すと、友喜は目を腫らしながら自分の携帯電話を馬場に見せた。

イジメのあったSNSを見た途端、馬場は顔をしかめる。

「この『雪ん子』とかが自分のことを言っていると？」

「絶対そうだよ…！」

「…確かに、恋人の話を見ても君のことを言っているとみて間違いないかもね」

「どうしよう…クラスの南先生とかに話してもいいかな？」

「もちろんだ。それと警察にも話をしたほうがいい。こういうイジメは色々な立場から対応してもらわないと困る」

馬場は画面をタッチして、内容を確認しながら答えていく。

「でも、私だけじゃなくて周りの人に迷惑をかけるのは嫌なの！　それに馬場先生とお母さんは…！」

「こういう時はそんなこと考えなくて良い。それから、このSNSは今後見ないこと。見ているだけで気分が悪くなる。自分で自分を追い詰めることは止めるんだ。友喜は友達はいるのかい？」

「不動君とか葵」

言葉少なく友喜は答えた。

「じゃあ、拓磨たちにこっちから連絡を取ってみるよ。ともかく、苦しいことがあったら友達とか先生、周りの人に相談するんだ。早まった行動は絶対に起こさないように！　分かったかい？」

「うん…ありがとう、先生」

馬場は微笑むと自分の携帯電話を取り出し、自分のデータを友喜の携帯電話に転送する。

「念のため、私の携帯電話のアドレスや電話番号を転送しておく。辛いことや困ったことがあったらすぐ連絡してくれ。私で良かったら何でも力になる。私たちはこれから家族になるんだ、絶対に君を失わせやしない！」

「ありがとう……ありがとう！」

何度も友喜はお礼を言うと、馬場から携帯電話を受け取る。馬場は友喜の肩を優しく叩いた。

「これから愛理さんやおじいさん、おばあさんにも話をしてくる。君は来るかい？」

「…………」

友喜は黙ってしまい、何も口に出さなかった。

「そうか、無理に勇気を出す必要はない。とりあえず、今日はもう寝たらいい。お母さんには私から話しておくよ」

「本当にありがとう…先生」

「それじゃあ、おやすみ」

友喜の目の前で馬場はドアを閉めた。

また、暗闇の部屋に友喜は戻された。しかし、今度は先ほどとは違い、心の中に希望が溢れていた。自分は1人ではない、周りには大勢助けてくれる人がいる。友達や先生、イジメを書かれたくらいで悩んでいたのが馬鹿らしくなってしまった。

友喜は机へと歩いていくと、引き出しを開く。その中にはフレームが赤いスマートフォンが入っていた。

かつて、自分が使っていたもの。昔、稲歌町を離れる少し前、偶然出会った友達から受け取ったもの。

困ったことがあれば必ず助けに来てくれると約束してくれた。けれど、この携帯電話を使う前に自分でできることは自分で解決する。どうしても、困った時だけ自分を呼んでほしい、そう彼は言っていた。

（まだ、大丈夫。友達もいるし、まだ自分で何とかやっていける。だから、まだ使わない。使う時はどうしようもないときだけ。そう約束したんだ）

「スレイドさん、まだ私大丈夫だよ？　まだ、あなたを頼らなくていいみたい」

友喜はスマートフォンに向けて呟くと、目を閉じて引き出しを閉めた。

後日、午後16時10分、稲歌高校、2年1組、1時間目、国語。

拓磨はだるそうに古文の文章を眺めていた。漢字が羅列してあり、「〜けり」、「いとをかし」だの今はとても使わない言葉に頭は混乱気味だった。周りの生徒も半分以上は拓磨と同じように集中していない。

昔の人が書いた日記や手紙を読んで一体何が面白いんだ、せめて現代文で書いてくれ。独特な文法や読み方をする文に出くわしたとき、多くの人がそう思う。

拓磨もそのうちの1人だった。だが、今日の拓磨はいつも以上に集中力に欠けていた。原因は2つある。1つは祐司だ。ウェブスペースでの戦いから帰還した、拓磨は祐司をおぶり電車に乗り稲歌町まで帰還した。祐司は麻酔を打たれたように家に帰るまで一度も起きることはなく、家で待っていた葵に預けた後も眠っていたという話だ。最終的に翌朝の6時に起床。11時間以上の睡眠をとっていたという。

そんな祐司が3日連続して学校に来ていない。病気でもないようで、葵が朝いくら呼びかけても出てこなかったという。結局、体調不良ということで3日連続の欠席という扱いになっている。

ウェブスペースに帰還してからおかしいのはリベリオスもそうである。あれから3日も経過した。それにも関わらず奴らは動く気配すら見せないようだ。正直、ウェブライナーが全壊した現在はほぼ戦うすべは残されていない。今、奴らに襲われたら命取りだ。相良と最初に戦った時のように負け戦となるのは目に見えている。

奴らが襲ってこない理由はやはりウェブライナーのためだろうか？　ウェブライナーが

破壊された原因、ゼロア曰く『強大なエネルギーを放出したことにより、自分自身が耐えられなかった』そうだ。いわゆる自爆のようなものだろう。

原因はおそらく祐司だ。これはもう認めざるを得ない。祐司を潰したと思った後からウェブライナーはおかしくなった。ただ、なぜあんなような暴走を起こしたのかは分からない。祐司はウェブライナーにとってバイキンみたいなものだったのだろうか？

拓磨が授業に集中できない原因はもう1つ、友喜だ。こちらも救急車で搬送後、姿を見せていない。学校の方には欠席の連絡が来ているようだが、先生の話によると登校拒否のような話も出ている。

祐司にしろ友喜にしろ、直接会いに行った方が良いのかもしれない。『登校拒否は本人の問題、他人がでしゃばることでもない』という意見もあるが、さすがに旧友と久しぶりに会えた友人のこととなるとそうも言ってられない。

特に友喜に関しては山中を見た時の尋常ならざる悲鳴も気になる。山中はリベリオスに関わっていた。もしかしたら、友喜も間接的にだが関わっているのかもしれない。山中の行動も詳しい情報は不明である。半年以上も行方をくらましていたのにも驚きだ。彼の家族は誰も探そうとしなかったのだろうか？　たぶん、すでにリベリオスの手が回っているのでは……。

「拓磨…！」

拓磨は視線を外に移した。校庭では1年生がドッヂボールを行っている。その上空では分厚い雲が稲歌町を覆うように漂っていた。

おそらく雨雲であろう。今朝の天気予報では午後から雨だという話だ。傘は持っているが、図体がでかいせいで鞄がどうしてもはみ出て濡れてしまう。この体格で良かったことなんて高いところの物を取るのに叔母さんが『なんて便利な息子』と言って喜んでいたことくらいではないだろうか？

（あれ？　考えてみればこれは叔母さんにとって良かったことで、俺にとって良かったことじゃないのでは？）

今日も雨に濡れて家に帰るのか、まあ別に雨は嫌いじゃないが…。

「拓磨…！　23ページ…！」

「ん？」

先ほどから妙な声が聞こえると思ったら、葵がこちらを睨みつけて小声でページを指摘していた。クラス中の視線が拓磨に向けられている。拓磨がクラス中を見返すと全員恐怖で視線を逸らした。

「不動君、友達がいなくてそわそわするのは分かりますが、今は授業中。しっかり授業は聞きましょう」

古文担当の女性教師が子供を叱りつける母親のような口調で拓磨を諭した。

「……すいませんでした、先生。どの部分を読めば良いのでしょうか？」

女性教師が答えようとしたとき、ちょうどチャイムが鳴った。女性教師がため息をつき、手に持っていた古文の教科書を電子黒板前の教卓に置く。

「では、次は不動君から始めるとしましょう。23ページ、『竹取の翁は～』からですよ？　それでは授業を終了します。号令を」

クラスの中央付近の生徒が号令をかけると、クラス中が急ににぎやかになった。女性教師はそそくさと前方の扉から外に出ていく。

すると、入れ替わるように南が入ってくる。

「みんな、喋るのは後にしろ！　これから先生は外に行ってくる。帰りのホームルームはすまないが簡単に済ませる」

クラス全体にどよめきが走る。

「何かあったんですか？」

拓磨がまだ名前を覚えていない女性生徒が尋ねる。

「白木についていろいろとな。それを確かめるためにこれから行くんだ。悪いが、これで今日のホームルームは終わりとする。はい、全員起立！　注目！　礼！」

「さようなら」

クラス全体の声が一致しておらず疎（まば）らな終わりの挨拶が響き渡った。クラス中で会話が始まると同時に南はさっさと帰ってしまう。

その様子を拓磨は眺めていた。

「友喜が登校拒否っていうのは案外嘘じゃないかもな」

「えっ？　何、どういうこと？」

前の席の葵が振り返りながら答える。

「葵、友喜から何か連絡を受けてないのか？」

「うん。友喜、病院に入院するはずだったのに入院しなくて帰ってきたんだって。愛理さんから連絡があったんだけど、それだけかな。最近学校に来なくなったことは何にも…」

「葵にも言えないほどの事ということか…」

拓磨は鞄を持ち、立ち上がる。

「えっ？　拓磨、どこ行くの!?」

「帰るに決まっているだろ？　帰宅部はとっとと家に帰る。お前は部活だろ？　先輩が戻るまで頑張ってこい」

拓磨が教室のドアに向かおうとするところを葵が拓磨の肩を叩いて止める。

「ちょっと待って！」

「…何だ？」

「『何だ』じゃないわよ。ねえ、友喜ってあんたや祐司と一緒に桜町に行っているとき、気絶したんでしょ？　だから、病院に緊急搬送されたんでしょ？」

「1日で帰れるくらいだ。それほど重大なものじゃなかったんだろ？」

「悲鳴を上げて気絶したって聞いたんだけど!?　これのどこが重大じゃないっていうの？」

葵が拓磨を睨みつけて、拓磨の進路を妨げた。背こそ拓磨より低いが、今の葵の気迫は尋常じゃない。チンピラを相手にしても一歩も引かないであろう。クラス中の視線が部屋の後ろで口論している拓磨と葵に注がれた。誰もが息を飲み、事の展開を見守る。

　拓磨は葵の目を見るとさらに会話を続けた。

「本当に何でもないんだ」

「祐司だってあの日からずっと部屋にいるのよ？　あいつはオタクだけど、きちんと学校にも来ていて生活は送れていたのに、あの日を境に部屋から出なくなったの。何かあったに違いないでしょ？」

「ただ疲れたんだろ？　それに誰にも会いたくない日くらいお前にもあるだろ？」

　拓磨は軽く葵の話を流すとそのままドアに向かおうとした。それを葵は許さなかった。さらに拓磨の前に立ちふさがると、強く拓磨を睨んだ。まともに取り合わない拓磨に対して、葵の怒りは膨れ上がっていた。

「ねえ、何隠しているの？」

「……別に何も」

「拓磨、最近おかしいよ？　教室にいる時もずっと上の空じゃない。お昼の時だって何も食べてないし。祐司や友喜だけじゃない、拓磨もそうだよ。本当にどうしたの？」

「…………」

　拓磨はついに何もしゃべらず、葵のそばを通り過ぎた。

「ねえ、この前電話で辛いことがあったら何でも話してくれって言ったよね？」

葵の言葉に拓磨は足を止める。そしてしぶしぶ振り返る。葵は真剣な表情でこちらを見ていた。人前では泣くことすら稀な彼女が、どこか泣き出しそうな雰囲気があった。

「ああ、言ったが？」

「あれ、拓磨が話してもいいいんだからね？　別に拓磨が愚痴を言ったって、そのことで私怒ったりしないから。私が聞ける相談なら何でも受けるから」

拓磨が豆鉄砲を食らった鳩のように驚きの表情を見せる。人の話を聞くのではなく、人に話しても良いと面を向かって言われたのはあまり無い。それも友人から言われたことなんて初めてかもしれない。

葵は懇願するように拓磨に視線を向けていた。

葵も葵なりに今の事態を異常だと思っているのだろう。知りたい気持ちを押し殺して、彼女なりに俺の立場も考え気を使っているのかもしれない。

本当なら真実を話してやりたい。だが自分でも何が真実なのか分からない部分も多い。中途半端な情報を与えればもう後戻りはできない。危険に巻き込むのだけは避けたい。少なくとも今は話すわけにはいかないのだ。

考えてみればものすごく自分勝手な考えであると感じる。

(本当に俺は自分勝手な奴だ、負担が多い葵にさえ心配をかけさせている)

拓磨は心の中で決心をつけると葵を見た。

「悪い、葵。今は色々立て込んでいるんだ。けれど、区切りがついたら必ず話す。色々迷惑をかけるが、ありがとうな」

　拓磨は微笑むとそのまま葵に背を向け、廊下を歩いていく。葵は心につっかえができたように不満そうな顔をして拓磨の背中を見つめていた。クラスの生徒はそんな2人の会話を見て、介入することもできずただ傍観していることしかできなかった。

　数分後、拓磨の姿は校門のところにあった。クラスのホームルームが早く終わってしまったせいで周囲にいる生徒は少ない。隣の中学校から部活動を行っている生徒の声が強く聞こえた。

「ゼロ、聞こえるか？」

　拓磨は携帯電話を取ると、液晶画面の中のゼロアを見た。

「何だい？」

「リベリオスの動きはどうだ？　あれから3日経つが…変化はないか？」

「変化はないよ。ただ、これはあまりにも変だけどね。おそらく、リベリオスは前回の爆発の謎を調査しているのだと思う。普通なら調査隊を送ってきてもいいんだけどね。それがウェブライナーの周辺には何の動きもない。まるで触れないようにしているみたいだね」

「ウェブライナーの具合はどうだ？」

「はあ～あまり嫌なことを思い出したくなんだけどね…」

　ゼロアはガッカリしたように肩を落とした。どうやら、聞くまでもなくまるで事態は好転していないようだ。修理が進んでいないのだろう。

「悪い。じゃあ、しばらくはウェブライナー抜きで対抗していく必要があるな」

「私としてはそれより、別のことが気になるんだ」

ゼロアが周囲を見渡しながら、画面から拓磨を見た。

「どういう意味だ？」

「スレイドだよ。この3日間、彼はせわしなく動いている。本人は周囲の警備だと言っているけど少し不自然だね。彼は疲労がたまっていて、本来なら安静にしたほうがいいのに。まるで何かに取り憑かれた様だよ」

「ゼロ。疑問に思っていることがあるんだ。スレイドの契約者は誰なんだ？」

ゼロアは口元に手を当てると考え込んだ。

「私には何も話してこない。…そうか！　彼の行動の原因はそれかもしれないな。いくらなんでも契約したまま放っておくことはないからね。特にスレイドは責任感の塊みたいな男だからね。でも、おかしいな。何で契約者から連絡が来ないんだろ？　ガーディアンと契約者はいつでも連絡が取れるはずなのに」

「今、スレイドはどこだ？」

ゼロアは周囲を見渡し、さらにポケットから忍者が持っている巻物のようなものを取り出すと、目の前で開く。水色の液晶画面みたいなものがあらわれ、中央に紫色の大きな点とその横に小さな紫色の点が現れる。

どうやら地図のようなものらしい。ゼロアはざっと地図を眺めると再び巻いてポケットにしまった。

「周辺にはいない…。たぶん、現実世界の情報機器の中に移動しているかもしれないね。そうなると、まずいな…」

「何がまずい？」

「ウェブスペースではライナー波に溢れているから詳しい場所を特定しようと思っても大まかにしかわからない。けれど、現実世界だとライナー波はほとんどない。そこに強いライナー波の反応を持つガーディアンが現れたらどうなる？」

「すぐに場所が特定されるということか？」

「そう。基本的に私たちは現実世界にはあまり行かない方がいいんだ。長くいれば見つかるし、何より人と接触したらライナー波の影響が無いとも言えないからね。通信はウェブスペースにいる状態でもできるし、メリットがほとんどないんだよ」

「それでも現実世界に行くってことは……契約者のためか？」

「間違いないね。たぶん、スレイドもその人と話をしたかったんだけど会えなかったんじゃないかな？　だから、危険を冒して現実世界に行った…」

　拓磨は顔をしかめた。今のゼロアとの話は全て推論である。しかし、妙な説得力があった。憶測だと馬鹿にするにはあまりにも現実味がありすぎる。

「スレイドの場所は分からないのか？　おおまかな場所でも良い。俺が直接そこに行く」

「もしかしたら、リベリオスの怪物が待ち受けているかもしれないよ？」

「危険は承知だ」

「分かった…。ええと、君の家の近くだ。ここは…『白木食堂』？」

拓磨の体に戦慄が走る。

『白木食堂』。友喜の実家だ。

（まさか、スレイドの契約者というのは友喜なのか？　一体、彼女とスレイドに何の繋がりがある？）

「すぐ向かう」

「拓磨、祐司に変化はないかい？」

白木家へ向けて全力疾走する拓磨の耳元でゼロアが聞いた。

「3日間学校に来ていない！　用が済んだら祐司のところにも顔を出すつもりだ。祐司がどうかしたのか？」

「彼には謝らないといけないことがあるんだ。君にも内緒にしていたことだ。この3日間、私が調べていたことなんだ」

（3日間調べていたこと？　ゼロアはウェブライナーの修理を行っていたんじゃないのか？）

拓磨はいくつかの疑問に悩まされながらも、いったん頭の片隅に置いておいた。やることが多すぎて頭の処理が追いつかない。とりあえずは1つ1つ片付けよう。

拓磨は風のように地面を蹴り続け、ひたすら目的地へと体を走らせる。普段より踏み込むたびに大きく景色が変わる。電柱と電柱の間が短くなったように感じた。風が耳元で唸り声を上げるようにやかましくざわめく。

自分の体の変化をこの部分でも感じることができた。

気づいた時には目の前に不動ベーカリーが見えた。店前で客が列を成している。しかし、拓磨は軽く頭を下げそのまま客の横を駆け抜ける。

「ちょっと、拓磨！　どこに行くの!?」

店の中から喜美子の声が飛んできたが、拓磨は無視した。そして目の前の曲がり角に差し掛かると勢いそのままに左折する。

すると、目の前に自転車の姿が見えた。勢いよくこちらに突進してくる。運転手の老人は突然の歩行者の登場に驚いたようだった。両者の距離は短くどちらかが避け、バランスを崩して転倒は免れない。そんな未来は確定しているはずだった。

しかし、拓磨は瞬間的に反応するとそのまま左側に連なっているブロック塀の上まで跳躍する。高さは約2メートル、鞄を持ったまま大男が驚異的な跳躍したことに老人は呆然としたまま通過していく。拓磨は数歩ブロック塀の上を走った後、再び地面に飛び降り目の前の角をさらに左折する。すると、赤文字の看板に食欲をそそる油の匂い、『営業中』の赤い下地に白い文字の旗が店前に3本設置してある、友喜の実家『白木食堂』が見えてきた。

「はい、いらっしゃい！　今日はコロッケが1つ50円！　3つで100円だよ！　大サービスだ！」

　店の前で白髪の元気な老人が赤いエプロンを着けて大声で客を招いていた。しかし、凶悪な顔をした大男が突進してきて、その顔が恐怖に変わる。

「大サービ……おおっと!!」

　拓磨が目の前で急停止したことに呆気にとられていると、店の中から同じように赤いエプロンを着けた老年の女性が出てくる。

「あんた、どうしたの？」

「はあ…はあ…裏の家の息子の不動拓磨です。白木功さん」

　拓磨は息を整えながら、お辞儀をして功を見下ろす。

「ああっ！　喜美子さんの息子さんかあ!?　いきなり突っ込んでくるから誰かと思ったよ！　ばあさん、裏の家の不動喜美子さんの息子さん！」

「あ～！　喜美子ちゃんの息子さん!?　ずいぶん久しぶりに見たけど、大きくなったねえ!?」

　学校と自宅を行き来する拓磨にとって、裏の白木食堂は外食でもしない限り行かない場所だった。そして不動家はあまり外食をしない。喜美子や信治は近所の付き合いで何かと出会うことがあるが拓磨の場合、白木家とは最近ほとんど会うこともなかった。

「あの…友喜はいますか？」

　拓磨の質問に功が困ったように頭を掻く。

「あ〜、悪いな。実は友喜は馬場さんのところに行ってるんだ」

「あんた、馬場さんじゃなくて達也さんて呼んでやりなよ。もう家族になるんだから」

２人の会話に最近聞いた名前が出てきて拓磨は首をかしげた。

（馬場って言えば確か小学校の時の先生だな。隣の桜町で塾の講師をしているみたいだが……。いや、まさか…いくらなんでも人違いだろう）

「その馬場って人はどこに住んでいるんですか？」

「どこって…隣町だよ？　桜町。桜高校の近くで塾の講師をしている」

功が『何、当たり前のことを聞いているんだ？』と言わんばかりにあっけらかんと答えた。

「えっ？　まさか…友喜が小学校の頃お世話になっていた馬場達也先生ですか!?」

「ああ、そうか！　拓磨君も同じクラスだったわよね!?　そうよ、友喜の塾の講師をしていてね。その時、娘の愛理と知り合ったの。あらやだ、こんなの人様に聞かせる話じゃなかったわね？　ごめんなさいね、惚気（のろけ）話みたいで。ははは！」

松恵が上機嫌で笑い始める。

しかし、拓磨は全く笑わなかった。むしろ、笑えなかった。

小学校の頃に学んでいた先生と小学校の頃、友達だった生徒。２人は同じ町で再び教える者と学ぶ者の立場だった。そして生徒の親とその講師がどうやら婚約関係にあるらしい。

そしてその２人と俺はこの数日の間に会っている。

（こんな偶然があっていいのか？　いや、これは果たして偶然なのだろうか？）

拓磨の頭はさらに混乱し始めていた。

得る情報が大量すぎて脳がパンクしそうなほどだった。

拓磨はとりあえず思考を止め振り払うと本題に戻した。

(今はとにかくスレイドだ)

自分に言い聞かせるように拓磨は心の中で呟いた。

「あの…いつごろ帰ってきますか?」

「う~ん、近頃友喜の奴、学校を休んでいてな。達也君にはその相談にのってもらっているんだよ。彼は元教師だからね。子供の扱いには長けている。おかげで、彼の言うことは聞くみたいで、学校に復帰するようにカウンセラーのような役目をやってもらっているんだ」

功は苦笑しながら拓磨に話す。

孫を自分たちでは助けてやれないことに少なからず悩んでいるようだった。

「だからごめんね、拓磨君。今日は帰ってくるのは夜遅くかもしれないの。友喜ったら先生から離れたくないみたいで。でもせっかく来たんだから、お茶でもいかが?」

松恵の誘いに拓磨は乗ることにした。家の中に入らなければスレイドの場所は分からない。

「…じゃあ、お言葉に甘えてもいいですか?」

「どうぞ、入って! 喜美子さんにはいろいろお世話になっているからね」

拓磨は功と松恵にくっつくように中に入っていく。

左側にカウンター席、右側に畳が敷かれた座敷席の間の通路を拓磨は歩いていく。

「すいません、友喜の部屋を見せてもらってもよろしいですか？」

「えっ？　何で友喜の部屋を？」

唐突に切り出した拓磨に松恵が疑問の声を上げる。

男子が女子の部屋を見たがる。確かに身内にしてみれば疑問が出ても当然のことだ。

「実は友喜に貸したノートがありまして、今度提出しないといけないから困っていたので」

「あらあら…それは大変ね。でも、女の子の部屋だし…」

「構わねえよ。階段上った3階の奥の部屋だ」

松恵が渋るところを功が景気よく答えた。

「あんた、友喜に怒られるよ!?」

「拓磨君は宿題出さなきゃ先生に怒られるんだろ!?　部屋に入るくらいいいじゃねえか？」

「それは……そうだけど。一応女の子の部屋なんだからあまり触らないでくれるかしら？」

「大丈夫です。机のところに置いてあるって前に友喜が言っていたんで。無かったら、他の友だちに見せてもらうんで。すぐ戻ります」

拓磨は嘘をズラズラと並べると、功に階段を指で示され、玄関らしき靴置き場で靴を脱ぐとそこから薄暗く狭い階段を2階、3階へと上がっていく。

「ゼロ、反応はどうだ？」

「近くに感じる。どうやら、友喜の部屋にあるのは間違いないみたいだね」

小声で胸ポケットに入れた携帯電話に呟くと、そのまま階段を上がり廊下を奥まで突き進む。足を床に置くたびに拓磨の体重で床が軋む音を立てる。

目の前に木製のドアが現れた。ドアノブは金属の取っ手でできている。廊下は薄暗くて分からなかったが、どうやら金色をしているようだ。だが、それは少しはがれていることからメッキだと分かった。

「お邪魔します」

拓磨は取っ手を掴むと押して開ける。

中は真っ暗だった。拓磨は振り向くと、壁に光るスイッチを発見し押す。

部屋の中央にある丸い蛍光灯に光が灯り、部屋中を照らす。目の前に本棚、その奥に机があった。机の反対側にベッドが置いてある。

「ゼロ、スレイドはどこだ？」

「机の引き出しだ。そこからライナー波の反応がある」

拓磨は本棚を通り過ぎると友喜の机に近づく。木を加工して作られた温かみのある黒塗りの机だった。目の前の本立てに学校の教科書が置いてあり、机の上にはスマートフォンと財布が置いてある。

拓磨は机に近づくと、引き出しを開く。そこには赤いフレームのスマートフォンがポツンと置かれていた。

「これか？」

「ああ、スレイドが契約者に送る端末だ」

拓磨は赤いスマートフォンを持つ。その途端画面が光り、中に髪を一本に束ねた顔中傷だらけのハンサムな男がとびかかりそうな表情でこちらを向いた。

「友喜殿!?」

スレイドの反応に拓磨は黙ったまま、自分の紫色の折り畳み式携帯電話を取り出し、画面を開くとゼロアの姿をスレイドに見せる。

「スレイド…まさか、君の契約者がこんな近くにいるなんて知らなかったよ」

ゼロアは呟く。

「ゼロア殿…拓磨殿…」

「悪いな、スレイドさん。友喜じゃなくて。だが、色々教えてもらうことができたみたいだ。なぜ、あんたの契約者が友喜なのかについてだ。答えてもらうぞ、たとえどんな約束をしていてもだ」

「友喜殿は!?」

スレイドは拓磨の質問を無視して答える。

「あいつは昔の先生のところに行っているみたいだ。最近学校に来れなくてカウンセリングを受けているんだと。何で学校に来れなくなったかは分からないが、大丈夫だ」

「そうですか……。分かりました、どうやら拓磨殿は友喜殿を知っておられるようですね？」

「大切な友人だ。だから、知っておく必要がある。友喜との関係をな」

「分かりました。お2人には話しておくべきでしょう」

するると、赤いスマートフォンからスレイドの姿が消えると拓磨の携帯電話に移動していた。

「とりあえず祐司のところに行く。あいつにも会わなきゃいけないからな」

拓磨は引き出しを閉じると、電気を消し、ドアを閉め、階段を下り1階へと戻っていく。

玄関で靴を履くとそのまま出口へと向かう。

「宿題は見つかったかい？」

功が戻ってきた拓磨に話しかけた。

「よくよく考えてみたら別の友人に貸してあるものでした。いらないことをさせてすいません。それと、叔母から電話で店を手伝えと呼び出しが出たので、申し訳ありませんがお茶の方はまた今度にしたいのですが？」

「あらあら、そうよね。パン屋さんは今の時間帯も繁盛する時間だものね」

松恵が話を続ける。

「叔父さん曰く、一番繁盛するのは朝と昼時という話です」

「うちはこれからが仕事時ね。大変残念だけど、また今度友喜がいるときにでも遊びに来て？」

「はい。それでは失礼いたします」

拓磨は功と松恵に礼を言うと、白木食堂を後にする。

5分後、拓磨の姿は渡里家の前にあった。

拓磨はゼロアに祐司に電話を繋げるように頼むと携帯電話の呼び鈴が鳴る。そのまま折り畳み式携帯電話を耳に当てる。

「……はい」

落ち込みきった何の希望もない声が電話から漂ってきた。

「俺だ、拓磨だ。体の具合は大丈夫か？」

「………」

祐司は返事をすることはなかった。しばらく黙っている。

「祐司、大丈夫か？」

「何の用？」

言葉少なく祐司が答えた。

「これから、お前も含めて話がしたいんだ」

「リベリオスのこと？　だったら、たっくんたちで話した方がいいんじゃない？」

「いや、どちらかというと友喜のことだな」

電話の奥で祐司が息を飲むような音が響き渡った。

「何で友喜が関わってくるの？」

「それを含めてお前にも聞いてほしいんだ。どうだ、大丈夫か？」

拓磨の伺いにしばらく祐司は黙り込んでいた。すると、電話が突然切れる。そして家の中から階段を下りる音が響き渡ってきた。しばらくすると、ドアの鍵が開くような音が響き渡りドアの隙間から祐司が顔を出す。ひどく疲れて、やせ細ったように見えた。今までの元気の良さと活発さは微塵もない。

拓磨はそんな姿に驚きもせず、笑顔を見せた。

なんとなくこんな状況になった原因が読めていたからだ。

「いいよ、入って」

「悪いな。休み中に」

「別にかまわないよ、ズル休みだから」

「…そうか」

拓磨は門を開くと、家のドアを開け、中に入っていく。

祐司は先に廊下の扉を開けキッチンへと拓磨を通す。

「何か飲む？」

祐司がキッチンの冷蔵庫を開けに向かおうとするのを拓磨が止めた。

「気を使うな、話をしにきただけだ」

「…そう？」

食事に使うテーブルを挟んで、拓磨と祐司は向かい合うように座った。拓磨はテーブルの中央に携帯電話を置く。

　画面では右半分をゼロア、左半分をスレイドが占有していた。

「じゃあ、スレイド。話を始めてくれ」

　ゼロアが右半分でスレイドを促した。

「まず、祐司殿にお知らせすることがあります。前回会った時は約束故、申し上げられませんでしたが、友喜殿がお2人のお知り合いとなると今後のことも考え、話しておく必要があります」

　祐司はぼんやりとスレイドを見つめていた。全く覇気がない目である。まるで魂を抜かれた様に虚ろだった。

「私の契約者は白木友喜殿です」

　その言葉に祐司は大きく目を見開いた。祐司の目に一気に生気が戻ってくる。

「どういうこと？」

　祐司が尋ねるとスレイドはさらに続けた。

「それは私が地球に来た時の頃から話さなくてはなりません。長い話になりますが、ご容赦ください」

　スレイドは一言告げると、話を始めた。

「今から20年以上前になります。惑星フォインはリベリオスにより滅ぼされました。そしてリベリオスはその牙を地球に向け旅立ちました。なぜ地球をターゲットに選んだのかは分かりません。私たちウェブライナーのガーディアンは、リベリオスを追うようにウェブライナーと共に地球に向かいました」

スレイドの話を3人は黙って聞いていた。

「当時、奴らはウェブスペースに拠点を置きながらも現実世界で大いに猛威を振るってました。奴らによる犯罪は現在の何倍も起こっていました。けれど、17年程前ゼロア殿と地球人の協力により、リベリオスは退いたという話を聞いております。私はその時、移動用のカプセルから目覚めておらず詳細は分かりません」

「地球に来るとき、追尾がばれて私以外の移動用カプセルは発見され攻撃を受けたんだ。それでカプセルが誤作動を起こして目覚める時間が遅れたんだ」

スレイドの説明をゼロアが補足する。

「私が目覚めたのは7年前です。最初私は家電量販店のテレビの中に入ってました。それから、ゼロア殿や他のガーディアンを探そうと情報機器から情報機器へと移動を開始しました。まさかリベリオスが退いたなんて知る由もなかった私は毎日警戒を怠らず、ひたすら移動を繰り返してました。その時、偶然彼女に会ったんです」

「友喜にか？　7年前っていうと大体小学校4年か5年くらいだな？」

拓磨は計算して話を繋げる。

「彼女は当時小学校4年生でした。リベリオスから追われているところで、彼女の家の携帯電話にたまたま入ってしまい、その姿を見られたのがきっかけです」

思ったよりあっさりとした出会い方に拓磨は少し拍子抜けをした。てっきり、リベリオスから襲われている友喜を助けて知り合ったくらいのことは想像していたのだが、考えすぎだったようだ。

「当初、私はすぐ彼女から離れようとしていました」

「何で？」

祐司がスレイドに問う。

「彼女の周りに私がいることで被害を受ける可能性があると思ったからです。当時の私はリベリオスから逃げている逃亡者、対抗する力もなく周りの人を守るどころか自分の身を守ることさえままならない身。そんな私が地球人に迷惑をかけるわけにはいかないと思ったからです」

「でも、どうやら友喜はそれを許しちゃくれなかったみたいだな？」

拓磨が先を読むようにスレイドに話を繋げた。

「……彼女は孤独でした。友達は周りにいたようですが、自分の本当の気持ちを話せる友達は少ないと話していました」

小学4年生ということはすでに俺や祐司、そして葵と友達だったはずだ。考えてみれば、友喜は人見知りの性格でそれほど友人はできていなかった。

（突然現れたスレイドは、突如現れた不思議な友人だったわけか）

「それで、彼女は君に友人になって欲しいと頼んだのか？」

ゼロアがスレイドに尋ねる。

「…はい」

「それで君は了承してしまったわけだ？　彼女を危険に巻き込む可能性があると分かっていても」

ゼロアはさらにスレイドに尋ねた。スレイドは重々しく縦に頭を振った。

「何でだよ！　友喜を危険に巻き込みたくなかったんじゃないの!?」

祐司が突如、激しくスレイドを怒鳴るように責めた。

「落ち着け、祐司！」

「だってさあ…！」

拓磨は祐司を落ち着けるように手を上から下へ振り下ろし、ジェスチャーで諭した。

「理由は2つあります。1つは彼女の性格です。彼女は私を見て、最初は驚きましたが話を理解し、優しく接してくれました」

「でも、友喜はたっくんみたいに戦う力も何もないただの女の子だよ!?」

「祐司。我々の存在を受け入れてくれるのは戦う力よりも大切なことなんだよ」

ゼロアが祐司を見て、諭した。

「ど、どういう意味？」

「大勢の人間は私たちを見たらまず驚く。半分以上は奇異な目で見つめまともに話を受け取ってくれないだろう。中には『出て行け』と言ってくる人も出てくる。話を素直に聞いてくれるだけでもすごく珍しいことなんだ。私たちのような地球外の来訪者の場合は」

ゼロアの説明に拓磨は初めてゼロアに出会ったときの自分を思い出した。そう言えば、俺はゼロアの話をまともに取り合っていなかったと思う。ヘンテコなプログラムだと思っていた。考えると初対面で期間も置かずに受け入れられた友喜の凄さが実感できる。

（彼女はそれほど友人が欲しかったのだろうか？）

「私たちの存在を理解してくれる人間はそれだけで貴重なのです。特に右も左も分からないこの地球で彼女のような存在は大変貴重でした。そして2つ目の理由は私自身にありました。私は彼女に出会った当時、リベリオスにいつ狙われるか分からない緊張感と恐怖で疲労困憊でした。何より彼女の優しさがどこか分からない星でたった1人で活動する私にとって、あまりにもまぶしすぎました。だから、誘いを受けてしまったのです。それが彼女を危険に巻き込むことは分かっていたのですが、どうしても彼女の厚意を否定することはできなかった…。私が未熟だった、とても大きな失態です」

スレイドは自分を恥じるように言葉を1つずつ並べた。

責め立てていた祐司も黙り込んでしまった。

おそらく、スレイドのことを責めることは俺も祐司もできないだろう。弱さを持った人間なら誰しも感じる感覚だ。周りに頼れる者がいないとき、ふと差し伸べられる優しさ。

（そういう経験について俺は少ないが、そんな状況で相手のことを考えられるなど、よほどの人格者じゃなければできないのではないだろうか？）

「それで、友喜を契約者にしたわけか?」

拓磨は思いをまとめ、話を進めた。

「私に何ができるかは分かりませんでしたが、とりあえず危険が迫ったとき私と連絡を取れる方法は確保しておこうと思いました。そのための契約です」

「ウェブスペースに連れて行くためではなく、あくまで連絡のため?」

祐司は驚いたようにスレイドに聞き直した。どうやら祐司にとって、「契約=リベリオスとの戦いに参加」という概念があったらしい。先ほど強くスレイドを問い詰めたのも、スレイドが友喜をリベリオスとの戦いに巻き込んだと思ったからなのだろう。

「本来はそういう使い方ではないんですが、私は彼女をリベリオスとの戦いに巻き込むつもりなんて少しもありませんでした。信じられないとは思いますが、本当のことです」

「じゃあ、今までずっと友喜の相談相手としてあいつを守ってきたということか?」

「それもつい最近までです。10日前、私はリベリオスの1人、バレル・ロアンに発見されてしまいました。その時、彼女を人質に取られてしまったんです。結果、私は負けて囚われました。それから能力を研究され、奪われました」

「能力?」

拓磨の問いにゼロアが口を開いた。

「ガーディアンというのは何かしらの特殊能力を持っていることがあるんだ。私は特に持っていないが、スレイドは自分の情報を周囲のライナー波に伝達して、もう1人の自分を形成する能力がある。いわゆる『分身』と言うやつだね」

「そんな便利な能力を奪ってリベリオスは何をしたんだ？」

「ひょっとしたら、拓磨が戦ったアリの姿をした怪物もこの能力の恩恵を受けているのかもしれないな。大量に現れたのはスレイドの能力を応用して増産していたのかもしれない」

「力は元に戻せないのか？」

「無理です。リベリオスの本部を襲撃して研究室から取り戻す以外、方法はありません」

厄介な力を相手に渡してしまったというわけか。もしかしたら、今後もスレイドの力を使った大量の敵と戦うことになるかもしれない。

（考えただけでもダルくなるな…）

「ねえ、友喜を人質って言ってたけど友喜はどんなことをされたの？　まさか、誘拐とか？」

友喜のことで頭がいっぱいだった祐司は、スレイドの能力なんか知ったことではないみたいだった。

「いいえ、友喜殿は気づいていないでしょう。ただ、バレルに言われたのです。『人質がどうなってもいいのか』と。おそらく、私と友喜殿の契約は相手にばれていたのでしょう」

「バレルがこっちの世界で友喜を人質にしたってことか？」

「いいえ。どうやら、現実世界にバレルの協力者がいたようです。そいつを使って間接的に友喜殿を人質にしたようで。何とか奪還しようと思いましたが、力及ばず…。申し訳ない」

拓磨はしばらく考え込むと違和感に気づいた。

「友喜は別に何もされていないんだよな？　何で人質に取られたって信じたんだ？　いくら何でも人質に取ったという証拠がなくちゃ、スレイドも信じないだろ？」

「それは…バレルが友喜殿の写真を見せてきたからです。プライベートな写真で友喜殿の顔が全面に写っていました。『写真を撮った人物はリベリオスの手先である、いつでも彼女を傷つけられる』と」

（プライベートな写真？）

拓磨の頭の中で桜高校前での友喜の出来事がフラッシュバックした。

写真……。写真を撮るにはカメラが必要だ。

カメラ……カメラ……。確かどこかで見たような…？

その時、突然の拓磨の頭の中に閃光が走る。

その後にやけた男の顔が現れた。

「山中。あいつは確かカメラを持っていたな？」

「え？　山中って友喜が付き合っていたという男？」

拓磨の問いに祐司は答える。

「ああ、それにあいつは友喜の恋人だった」

「詳しく話してくれないかい。拓磨」

拓磨はゼロア達に山中に襲われた件を話す。

「私たちのところに来る前にそんなことがあったのか…。サイのモンスター、確かにリベリオスと関係はあるかもね」

「それに恋人だったらプライベートな写真を何枚撮ろうが不思議はねえだろ？」

拓磨の頭の中でバラバラだった事実が組み合わさり、１つの答えを導き出したように頭が冴えた。

「リベリオスとの繋がり、ビー玉の持ち運びモンスター。いくつか疑問点はあるが、山中がリベリオスの手先だというなら納得できる。可能性は高いと言ってもいいだろう」

「それじゃあ、山中を捕まえれば話は解決ということかい？」

ゼロアが結論を導いた。

「あくまで犯人だったらの話だが、スレイドと友喜に関係する事はひとまず終わりかもな。リベリオスが動き出す前にこちらから芽を摘んでおくのもいいかもしれない。ウェブライナーに頼れない今、こちらの世界でやれることをやっておく。よし、ゼロ。山中を探しに行くぞ」

「私はどうすれば？」

椅子から立ち上がり、携帯電話を取った拓磨にスレイドが聞いてきた。

「スレイドは祐司の携帯に入っていてくれないか？」

「えっ!?」ゼロアの言葉に祐司とスレイドが同時に驚いた。

「別に驚くことないだろ？　もし、俺の家の周辺で何かあった場合、祐司に対応してもらうしかないだろ？　スレイドは祐司のサポートをやってもらう。俺の携帯に2体もガーディアンがいてもしょうがないだろ？」

祐司は何か返答しようとしたが、拓磨の無言の圧力で無理矢理言葉を飲み承諾したように頷く。スレイドも不満そうだったが、とりあえず納得した。

「よし、何かあったら連絡をくれ。それと、祐司」

「え？」

「もし1人で対処できなかったら俺に連絡をくれ。分かったか？」

「………」

拓磨の言葉に祐司は返事を返さなかった。拓磨は笑いを浮かべると玄関まで向かった。

拓磨は背後で祐司が握り拳を握りしめている様子に気づかなかった。

「祐司の奴、やめたがっているな」

玄関を出た拓磨は左右から車が来ないか確認しているときに呟いた。

「リベリオスに関わるのをかい？」

「お前も気づいていたみたいだな？　ゼロ」

「何となくだけどね。学校を休んだのも精神的なストレスからかな？」

「いや、あいつはリベリオスだけじゃなくてお前や俺にも関わりたくないみたいだ。未知の存在全てに対して拒否反応を起こしているな。おそらく、ウェブスペースで死にそうになったからだろうな」

道を歩きながら、拓磨は声のトーンを落として胸ポケットの携帯電話に呟いた。

「でも、非常事態が起きたらそんな悠長なことは言ってられないよ？　こちらの世界を知ってしまった以上、彼にも…」

「ゼロ。それは俺がやる」

「拓磨？」

「良い機会だ。元々あいつを巻き込みたくなかったんだ。こんな恐ろしい世界、関わらない方がよっぽど良い。今回の件で関わらないって言ってくれるなら儲けものだ」

「君は…本気で1人でリベリオスと戦う気かい？」

「もう金城先生みたいな犠牲者は絶対に出したくねえ。やるしかねえだろ？」

拓磨の決意に違和感をゼロアは覚えた。しかし、あえて違和感を飲み込み意志を尊重することとした。

「……君の覚悟は分かった。とりあえず、山中の情報を探そう。とは言っても警察に発見されていない彼をどうやって見つけるのか難しいことだけどね」

「実家や学校、友人の家はすでに捜索済みだろうな。半年以上も行方不明だった奴だ。一体どうやって生活していたんだ？」

「リベリオスの協力があった場合は、ウェブスペースって手もあるけど彼は人間だったんだろう？　ライナー波に対する抗体があれば話は別だけど」

「俺と同じように特殊な体質かもしれないぜ？　そうじゃない場合は、逃げ回っていたと考えるのが常識的か」

「逃げ回っていても食事が必要だよ。調べたけど、最近桜町では半年前を最後に失踪者はいないね」

つまり、人が食われた可能性は記録上無いって事か。

だとしたら、やはり警察が調べていない人に匿われていたとしか考えられない。

「とりあえず、桜町に行ってみるか。山中の友人を片っ端から当たってみるしかない…」

すると、突然拓磨の携帯電話が鳴り出した。

「拓磨、非通知から着信だ」

「非通知？　こんな時に誰だ？」

拓磨は携帯電話を取ると耳に当てた。

「もしもし？　不動拓…」

「ふ、不動拓磨？　あんたか!?　この前化け物をぶっ飛ばしたのあんただよな？」

拓磨の返事を遮って、緊迫した状況の声が耳に響き渡ってきた。

「……どちら様ですか？」

「俺だよ。山中だ！」

「山中だと!?」

拓磨は想像もしない電話相手に驚いた。

(何で山中が俺の電話番号を知っているんだ？)

「助けてくれ！　頼む！」

「は!?　いきなり何言っているんだ!?」

急に山中が助けを求めてきて、さらに拓磨は混乱した。

「あんた、化け物殺せるだろ？　早く来て、殺してくれ！」

「お前、何をした？　まさか、また化け物に関わったんじゃねえだろうな？　この前これ以上関わるなと言っただろ？」

「頼むよ！　殺されちまうんだ！　このままじゃ！」

（殺される？　まさか、必要以上に関わりすぎたせいでリベリオスに消されるって事か？）

「場所はどこだ!?」

「は…早くしてくれ！」

「死にたくなかったらさっさと答えろ！」

拓磨は怯えて話ができない山中に怒号を上げた。

「さ、桜高校！　校舎裏だ！　化け物がたくさん！　早く来てくれ！」

拓磨は途中から話を聞いていなかった。電話を握りしめると疾風のように走り出す。

「拓磨、警察を呼んだ方が…！」

「駄目だ！　警官が化け物に殺されて被害が大きくなる！　あいつらは普通の人間じゃ勝てねえ！」

「じゃあせめて学校の人たちを避難させよう！　モンスターには勝てなくてもそれぐらいできるはずだ！」

「分かった！　ゼロ、お前が連絡しておいてくれ！　それと桜高校にもだ」

拓磨は右手で握りしめた携帯から自動的に通話音が鳴り、ゼロアが警察相手に話し始める。左手では鞄を揺らし弾みを付け速度を加速させる。

拓磨は自分でも信じられないほどの速度で走っていた。気持ちが足に乗り移ったと言った方が良い。まるで踏み込むごとに加速していき、周囲の住宅街の景色が灰色の無数の線に変わる。

電話を受けて2分後、2キロ以上の道のりを駆け抜け拓磨は稲歌町東駅のバスターミナルに到着していた。道行く人々が珍妙な光景を見るように拓磨を見つめている。

運が良いことにちょうど電車がやってくる音が響き渡った。しかし、拓磨は駅には向かわず線路沿いの道を全力疾走する。

「拓磨、電車は使わな…」

「桜町は隣町だ！　タクシーや電車を使うより走った方が速い！　それより、電話はどうした!?」

「警察へは繋がった。確認のため、すぐ向かうそうだ。けれど桜高校には繋がらないんだ！　どうやら、回線に異常があるみたい」

「職員会議でもやっているのか？　それともリベリオスの妨害か？　結局、走るしかねえって事だな！」

　拓磨はそのまま線路を左手に走り続ける。不思議なことに右前方を走っていた車が徐々に拓磨の隣に並んでくる。そして車の運転手は呆気に取られて拓磨を見ていると、そのまま拓磨は車を追い抜いていく。

（やはり、俺の体にはとんでもないことが起こっているらしい。車を追い抜くなんて人生でも初だ。そして5キロ近く走っているはずなのに息が全く苦しくない。口だけではなく、皮膚全体が空気を吸い、体の中で空気の循環が起きているように全速力を維持し続けることができた。俺もいつかはアリやサイの化け物になってしまうのであろうか？　だったら、せめて周りの人間に迷惑をかけず死ぬ準備はしておいた方がいいな）

　自分が辿る可能性のある結末の空しさを感じつつも、拓磨は速度を落とすどころかさらに速め桜高校へと急いだ。

　線路を辿っていけば駅に着く。当然のことである。しかし、このような当たり前のことでも拓磨にとっては喜ばしい事だった。特に桜町駅が見えたときはゴールが見えた持久走大会のように嬉しさが全身に溢れる。15分程走り続けた拓磨は左手にある線路にゴールを見た。

「よし！　ここから高校まで一直線だな！」

「今は17時3分だ。部活動が終わる頃かな？」

「できれば全員帰宅していてほしいものだな！」

（化け物に襲われる人間はこうしている間に何人出ているだろう？　ひょっとしたら、高校周辺はすでに大混乱になっているかもしれない。この前の増殖したアリの群れを考えれば、周辺の民家への被害は確実だ。今はとにかく奴らに近づかないように、１人でも犠牲者が出ないように無事を祈るしかない）

駅のバスターミナルを勢いを止めずに車のドリフトの軌道で曲がると、桜高校への一本道に拓磨は突入する。

すでに日が暮れ、夕焼けが背中を照らす一本道。『フラワーロード』と呼ばれる駅へと続く一本道、歩道脇に咲き誇る花々は夕焼けにより、その身を金色に変えていた。多くの学生やサラリーマンが駅へと進む中を拓磨は１人逆走していた。２メートル近い凶悪な顔をした大男が全力疾走でこちらへと向かってくる姿は、トラックが突っ込んでくるような迫力を感じる。歩行者は凶悪人物に関わらないように道を空け続けた。

山中から電話を受け取って20分は経過しただろうか？　ついに桜高校の校庭が見えてきた。この前、祐司や友喜と一緒に校庭を眺めていたフェンスが見えてくる。

すると、パトカーが1台フェンスの前に止まっているのが見えた。赤いランプを回転点灯させ、警察官が１人立ち校庭をのぞいている。

「おまわりさん！」

拓磨が若い警察官の存在に気づくと声をかける。こちらに猛スピードで突っ込んできた大男に驚き、体をタクシーの車体にぶつけた。

「そ、そんなに急いでどうしたんですか!?」

　拓磨は呼吸を整えると警察官に改めて向き直る。

「何かあったんですか？　学校で」

　あくまで何も知らない通行人Aを拓磨は演じた。

「え？　ああ…間違い電話ですよ」

「間違い電話？」

「最近多いんですよ。今回は、『刃物を持った強盗が学校に入ってきた！』ってなもので。すぐに学校に連絡を取ってみたらそんな話はないって言われて、確認のために来てみたんです。そしたら、見て下さい。何とも平和な校庭でしょう？　確認も終わったし、署に帰るところです」

　警察官は若干イライラしながら生徒達が部活動に励んでいる校庭を拓磨に見せつけた。サッカー部のみが活動しており、他の部活動はすでに終了したらしく陸上部の部員がハードルを片付け始めている。

「本当に何にも無かったんですか？」

　拓磨は改めて確認した。

「何かあったら、こんなにのんびりしてませんよ。あなたもお子さんには警察をおもちゃにしてはいけませんと教えて下さいね？　それでは、本官はこれで失礼します！」

　警察官は拓磨を子持ちの父親扱いしてそのままタクシーに乗ると回転灯を消し、戻っていった。

「ゼロ。強盗犯がいるって警察に連絡を入れたのか？」

「化け物がいるって言ったって、まともに取り合ってくれないだろう？　でも、警察が学校に連絡ができたってことはやはり学校の回線が混雑していただけなのかな？」

「警察には悪いことをしたが、何も無くて良かったな。けれど、学校の裏に山中がいるって話だ。デマだったみたいだが、一応確認してみるか」

拓磨はフェンスを左手に歩き、校舎の裏へと回っていった。拓磨の目の前の光景がフェンス越しの部室棟に変わり、さらに青々と茂る広葉樹が視界を遮った。しばらくフェンス越しに広葉樹を眺めていたが、学校の裏手に出たとき、広葉樹が消え様子を確認することができた。桜高校の校舎が目の前にそびえ立っており、3階までの廊下の様子が窓ガラス越しに確認できる。1階から順に眺めたところ、生徒の姿は見当たらなかった。次にフェンスと校舎の間にある砂地のスペースを左から右へ確認。やはり、何も見当たらない。校舎のせいで夕日が途切れ、辺りはすっかり暗闇になっていた。拓磨の背後には住宅が並んで立っているが明かりが点いているだけで物音1つ聞こえない。住民は夕食でもとっているのだろうと拓磨は推測した。

「山中もいない…か。やっぱりデマだったみたいだな？」

拓磨は呟いた。

「まあ、何も無くて良かったけど何で彼はこの携帯番号を知っていたんだろうね？」

（俺の携帯番号を知っているのは3人。祐司、葵、友喜。となると、誰かから情報が漏れたのだろうか？　もちろん、俺が無意識に情報を与えた可能性も考えられるか）

拓磨は考え込んだ。しかし、考えても答えが出てくるわけではない。

「はあ…とにかく帰るか？　何も無かったみた…」

その時、拓磨の全身の感覚が逆立つように反応した。

明らかな敵意。投合物が空気を裂くことにより生まれる空気の振動。それに付随する音響。そしてそれらを感じ取るライナー波に変化させられた自分の感覚が叫んだ。

『しゃがめ』と。

拓磨は持っていた通学鞄を顔の前で盾にすると、とっさに体全体を低くし顔を地面に擦りつける程低くした。その時、髪の毛と背中の服を何かが掠めていくの感じた。背後で金属が地面に落ちたような甲高い音が響き渡る。拓磨はすぐに背後を確認した。

そこには人の腕程の刃渡りがある赤いナイフがコンクリートの地面に突き刺さっている。再び前を向くと、自分の持っていた鞄に切れ込みができていた。中に入っていたノートもバッサリ切られている。

拓磨は切れ込みの隙間からナイフを投げてきた者が見えた。

それは一見甲冑のようだった。しかし、甲冑全体が赤く見える。妙な違和感があると思ったとき、その正体が日暮れのせいでようやく点灯した近くの電柱の照明で明らかになった。

甲冑だと思っていたものは甲羅だった。赤い甲羅をプロテクターのように両腕、胴体、両足に装着した人がゆっくりこちらに歩いてきた。まるで人が巨大な蟹の甲羅を身に纏ったようである。

やつれた顔をした男だった。おできのように小さい点が顔中に付いている。目が石炭を燃やしたよう真っ赤に輝いている。黒い髪の毛は妙な光沢があり頭を覆っていた、まるで黒いヘルメットである。

「山…中なのか？」

拓磨は異形な姿をした知り合いの登場に驚く表情さえ見せず、声だけ問う。

警告はした。しかし、それでも彼を助けられなかったのは彼の自己責任だろうか？　俺がもっと強く言っていれば、こんな結末にならずに済んだのではないだろうか？　彼が自主的に更生するのを信じた俺が間違いだったのだろうか？

結局、俺は成長なんか何1つしてはいない。また、助けられなかった。金城先生の時と同じだ。また1人、リベリオスの魔の手に堕ちていくのを止められなかった。

足腰立たなくなるまでぶっ飛ばして言うことを聞かせるべきだったのか？　でも、あの時彼からライナー波の反応は無かった。少なくともライナー波の影響が出る前だったのだ。彼は化け物ではない、人間だったのだ。

人間である彼に無理矢理言うことを聞かせ、自分の思い通りにさせる。それではリベリオスのやっていることと変わらない。人間を強制的に怪物にさせる奴らと何1つ変わらないのではないか？

俺にそんな権利があるのだろうか？　いいや、あるわけがない！

人間である俺にそんな権利は……。

拓磨は自分の答えにさらに疑問を持った。

『人間』？　……今の俺は果たして人間と言えるのか？　怪物の姿はしていない、だが能力は間違いなく怪物に近づいている俺は人間なのか？

拓磨は頭の中に急に発生した後悔や疑念を振り払った。

「山中…！　なぜ、ライナー波に関わるのを止めなかった？」

拓磨は再び問う。しかし、山中は鎧のような甲羅を何とも思わないようにこちらに歩いてきた。2人の距離が徐々に狭まっていく。

「もう意識はねえのか？　ライナー波に完全に飲み込まれたのか!?　答えてくれ、山中！」

「お前を殺す、不動拓磨」

山中の返答はあっさりしたものだった。言葉を呟くと、甲羅を付けているとは思えない俊敏さで拓磨に突っ込んでくる。

山中の振り下ろした右手刀を拓磨は左手で掴むように受け止めた。受け止めた部分はプロテクターの役割をしている甲羅の部分で、かなりの強度を感じる。

しかし、それよりも残酷な答えを拓磨は知ってしまった。

よく見ると甲羅のプロテクターの下に本来あるはずの人間の腕が無いのだ。ただ単に甲羅をプロテクターとして付けているだけなら人の腕が見えるはずである。しかし、そこにあるのは甲羅にこびりついた灰色で繊維状の糸だった。両足の甲羅にもジーンズで使われているような糸が所々に付いている。それを見た拓磨は言葉に出せない悔しさに歯を食いしばった。

甲羅はただのプロテクターじゃない、彼の皮膚なのである。皮膚が洋服を突き破って巨大化した無情な現実がそこにあった。

拓磨は山中の腕を引っ張り、山中の顔面目がけて飛び右膝蹴りをたたき込んだ。ひるんだ山中に対し瞬間的に右足を軸に左回転をし、左足の回し蹴りを胸の甲羅に入れる。勢いの付いた拓磨の蹴りは恐ろしい破壊力で胸の甲羅にヒビを入れ、山中を10メートルほど吹き飛ばした。山中は仰向けでコンクリートの地面を滑ると、目を光らせ再び立ち上がる。

「拓磨、山中がいたのか!?」

「そうだ。来るのが遅すぎたのか、最初からデマだったのかは分からねえが奴の狙いは俺らしい」

拓磨の尻ポケットに入っているライナー波探知機が周囲に向けて警報を放っている。以前の電車内で発した音量よりも大きく感じた。

「ゼロ！　この警報器を止められねえか？　これじゃ人が集まってくる！」

拓磨の要請と共に警報音が止まった。

「すごいライナー波の濃度だ…。彼は汚染されたのか？」

「ああ、まるで蟹の着ぐるみを着たみたいだ。笑えねえのが、甲羅が全部あいつの皮膚だってことだ」

「何てことだ…」

「ゼロ。あいつを元に戻せる方法はねえのか？　体が変化しちまったら戻せないのか？」

「ライナー波にあるのは強制的に変化させる力だ。それもより上位の存在に。惑星フォインで実験ネズミを体だけ蛇に変化させ、再びライナー波を与えて元に戻す実験があった。変化を与えるライナー波なら元に戻せるのも変化だと考えてね」

「結果は!?」

「1メートル程だった蛇の体が10メートル程に巨大化して、ネズミの姿は影も形も無くなったよ。結果、殺処分になった」

（つまり強い体、強い存在になるための変化って事か。人間大の昆虫に人間は歯も立たずに殺されるって言われるが、それじゃあ弱い人間の体に戻るなんてできるわけがねえ。発病して体が変わっちまったらもう切除するしか方法がないってことか。壊死した人間の体と同じって事だな）

何となく分かっていたことだが、やはり現実は非情だ。

拓磨は歯を食いしばり、両拳を握り締め構えた。

「山中…一体あれから何があったんだ？」

拓磨はこちらに向かってくる山中に再び問う。答えはやはり返ってこない。返ってきたのは、山中の腕の甲羅から引き抜かれ投げられた刃渡り30センチ程の赤い大型ナイフだった。

拓磨は飛んでくるナイフを右手で掴む。掴んだ部分は柄の部分だったが、甲羅の棘が掌に突き刺さり拓磨の手から赤い血が流れた。

しかし拓磨は苦痛に顔を歪めることなく、さらに甲羅のナイフを右手で引き抜いてこちらに突進してきた山中と対峙する。

拓磨の右肩から左腰へ切り下ろすように山中はナイフを振る。拓磨はナイフを後ろに飛び跳ねることで避ける。拓磨の制服に斜めに薄い傷が入った。

山中はさらにナイフを左から右へ横に振る。拓磨は手に持ったナイフを縦に構え、山中のナイフを受け止める。受け止めたときの衝撃で拓磨の掌からさらに出血が起こる。

しかし、山中はその防御を予想していたように刃を返すと、拓磨の左腹目がけ突きを繰り出す。赤いナイフが拓磨の左腹に吸い込まれていく。

拓磨は間一髪で体をナイフの刃と平行にして、回避する。ナイフはそのまま拓磨の制服左腹部分を突き破った。山中は横に引き抜こうとするが突き刺した刃は縦方向にしか動かないため、服に絡まり一瞬動かなくなる。

拓磨はそのまま右肩で山中にタックルを食らわせると左腕で山中の腕の甲羅を掴み、肩から肘の部分にある甲羅と肘から手首までの甲羅の境にある白い関節の隙間目がけてナイフを突き立てる。

山中から絶叫のような悲鳴が上がり拓磨の服に絡まっていたナイフを激痛のためか、手放す。

拓磨は左ストレートを山中の顔面にたたき込む。強烈な一撃をたたき込まれ、山中の動きがひるんだ隙に服に刺さっていたナイフを逆手で引き抜く。山中の右腕の甲羅を右腕で掴み固定すると、先ほどと同じように左腕の甲羅の隙間に突き刺した。

再び悲鳴が上がり、ナイフが突き刺さった両腕の関節部分から七色の液体が血のように噴き出す。

拓磨はさらに右ストレートを顔面にたたき込む。強烈な一撃に山中の顔の骨が砕ける音が拳を通して響く。さらに間髪入れず、山中の右膝を潰すように左蹴りを入れる。蹴りの衝撃に耐えきれず膝が砕け山中は片膝を突き、立っていられなくなる。

顔と両腕を七色に輝く液体まみれにさせつつも、その目は相変わらず赤く光り輝き目の前にそびえる拓磨を見上げ睨みつけていた。

「不動おおおお拓磨あああ！」

両腕と片足を潰され、山中は声だけで拓磨への恨みを吐き続けていた。拓磨は哀れなものを見る目で山中を見下ろし、山中に近づこうとした時だった。

「ねえ、お母さん。お外で何か声が聞こえるよ？」

山中の10メートル程背後、右側の民家から幼い声と共に母親と一緒に夕食を作っていたのであろう、赤いウサギの顔が描かれたエプロンをかけた小学1年生くらいの女の子が道に出てきた。

その瞬間、山中の顔に笑みが浮かんだ。ゾッとするような口角の上げ方、これから何をするのか拓磨にはすぐ想像がついた。

山中が左腿の甲羅からナイフを飛び出させ口にくわえるタイミングと、拓磨が女の子の方に山中を避けて飛び出していく事は同時だった。

山中は上半身の回転を利用して女の子目がけて口にくわえたナイフを投げる。

拓磨は空中に身を投げ、女の子の盾となり、そのナイフを左肩に受けると地面を滑り女の子の前で止まる。

女の子は何が起こったのか分からずにオドオドしていた。拓磨の苦痛に歪む顔を見た瞬間小さく悲鳴を上げ、二歩程背後に下がる。

「お、おじちゃん…大丈夫？」

「早く…家に入るんだ」

会話する暇を与えないように山中が今度は３つのナイフを咥えると、再び上半身を回転する勢いを利用して拓磨に目がけてナイフを放つ。１本を拓磨は右手で白刃取りし受け止めたが左腹部と右腿に残りのナイフが突き刺さる。脇腹と腿、そして肩から黒い制服を濡らすように血が溢れ出してくる。

「きゃあ！」

「早く…行くんだ！」

女の子は恐怖で体を震わせながら母親の名を叫び家の中に飛び込んで行く。

少女が去り、拓磨は渾身の力を込めてゆっくりと立ち上がると山中を睨みつける。

「そこまで堕ちたか、山中…。あんな小さな子供さえ殺せるっていうのか？」

「お前を…殺す！　手段は…選ばん！　不動おおお拓磨あああ！」

山中はさらにナイフを投げようとしたが、今度ばかりは拓磨が許さなかった。肩に突き刺さったナイフを引き抜くとヒビを入れた胸の甲羅目がけてナイフを投げつける。拓磨の豪腕によって投げられたナイフは一直線に甲羅へと向かい、ヒビを突き破ると山中の内部に突き刺さる。

ナイフを投げようとした山中は勢いそのままに仰向けに倒れた。胸から噴水のように七色の液体を噴き出しながら、痙攣して起き上がらなくなる。

拓磨の肩からも引き抜いたせいで血が流れ出し制服に大きなしみを作り出した。拓磨は左足を引きずり右脇腹に手を当てながら、ナイフが刺さったまま山中に近づいていく。

「山中…あれから何があったんだ？」

「……」

拓磨は尋ねたが山中から答えは返ってこない。

胸をナイフが貫いたのだ。いくら人間の体で無くなったとはいえ、無事で済むわけないだろう。

「拓磨、怪我は大丈夫かい⁉」

「致命傷にはなっていない」

「それは大丈夫ってことじゃないだろ!? 今すぐ病院に行った方が良い! 今から救急車を呼ぶから…」

「止めてくれ。そうしたら何があったか聞かれる。この怪我じゃ喧嘩では話が通じないだろう。ライナー波のことが露見されたら、世間は大混乱だ」

「大混乱で君の命が助かるなら安いものだろう!?」

「ゼロ。妙だと思わないか？ 圧倒的に戦力があるはずのリベリオスは何で一度にこちらの世界を攻めてこない？ おそらく奴らにとってこの世界は価値があるからだ。それも侵略では得ることのできない価値だ」

「……」

ゼロアは口を閉ざし拓磨の話を聞いていた。

「前にお前はリベリオスの目的は地球侵略だと考えていると話していたな？ 今はどうだ？ 考えは変わったか？ …ひょっとしたらお前は奴らの本当の目的を知っているんじゃないか？ だが、その目的を話すと俺との関係に亀裂が生じる…だから話してくれないんじゃないか？」

「拓磨、私は……本当なら君を巻き込みたくないんだ。けれど、君に頼っている自分がいる。ウェブライナーにも頼っている。いくつか起こった君の奇跡のおかげで今ここにいるのに、私はこれ以上君に負担をかけたくないんだ」

ゼロアの声は無力にうちひしがれる嘆きのような声だった。

2人の間に沈黙が走る。その沈黙を打ち破ったのは尻ポケットから聞こえてきたガラスを地面に落として割ったような音だった。

拓磨はポケットの中に入っているものを取り出す。それは先ほど大音量の警戒音を発していたライナー波測定器だった。まるで踏み潰したかのようにヒビが入り砕け散っている。

「ライナー波測定器が壊れたのかい？　さっきの戦いで何か衝撃が…」

「治った」

拓磨が唐突に呟いた。

「えっ？　治ったって何が？」

「傷だ。肩から痛みが無くなっている。触った感覚だと傷口が閉じているみたいだ」

「まさか、そんな馬鹿なことがあるわけないだろ!?　ちょっと見せてみてくれ」

拓磨は携帯電話を開くと自分の肩の傷をゼロアに見せた。そして次に起きたことはゼロアが絶句する時に発した小さな叫び声だった。

服の肩部分は見事に破けていた。しかし、その隙間に見える拓磨の肌は傷1つない。治ったと言うよりも初めから怪我なんかしていなかったようになっていた。

「嘘…だろ？」

「どうやら、他の怪我も大丈夫みたいだな」

拓磨は脇腹と腿から痛みに耐える声を上げ、一気に刺さっていたナイフを引き抜いた。

一気に血が噴き出し、コンクリートを染めた。しかし、それは最初だけだった。徐々に血の流れが落ち着くと完全に流れが止まった。そして、拓磨が手に持っていたライナー波探知機が粉々に砕け、砂となり空気に消えていった。

「まさか、ライナー波探知機のエネルギーを吸収して自分の体を再生したのか!?」

ゼロアの驚きは止まることを知らなかった。

「どうやら、前のお前の仮説はあっていたみたいだな。俺の体は研究のしがいがあるみたいだ。しかしずいぶん便利な体になったな俺の体は？　気味が悪い」

傷口を触ってみるとすでに痛みは無くなっていた。血が付いていたもののそれは皮膚の上だけで傷自体は完全に消えていた。

「君は…いや、君たちは一体何なんだ!?　人間じゃないのか？」

「君たち？　俺以外にもこんなおかしな体の奴がいるのか？」

「何だ…てめえも化け物だったのかよ？」

拓磨達の話に入ってくるように、足下から声が聞こえた。見ると、虫の息の山中が口から七色の液体を血のように流しながらこちらを見ていた。

「ああ、どうやら俺も化け物らしい」

「じゃあ…何で俺みたいにならねえんだよ？　不公平だろうが」

「ああ、そうだな。けれど、それも今だけかもしれない。俺もお前みたいにいつか体を変化させておかしくなっちまうかもしれない。それまでは人としてお前みたいな奴を１人でも減らせるようにやっていくさ」

「何だよ…まるで俺がもう助からねえみたいじゃねえかよ？」

　拓磨は悲しげに目を伏せて沈黙する。

　分かっていたことだ。それでも、やはり悲しいことは悲しい。

「所詮お前は人殺しなんだろ？　俺を殺したんだからな、言い訳はできねえぞ？」

「お前だけじゃない。50人近いヤクザを殺して、1人の教師を見殺しにした下卑野郎だ、俺は。やっちゃいけないことをやっているのは分かっているんだ。けど、他の人間を巻き添えにして犠牲者を増やすことだけは我慢できねえ性分なんだ」

「だから、変わっちまった奴は切り捨てるのかよ？　ずいぶん楽（らく）しているなあ？　それだけの力があるなら俺を助けてみせろよ？」

「俺にはできない」

「俺の体を返せよ!!　俺を元の人間に戻してくれよ!!　お前は化け物から人を助けるヒーローなんだろ!?　だったら、俺のことを助けてくれよおお!!　頼むよ！」

　まるで子供のように山中は泣き叫んでいた。言葉を発するごとに口から七色に輝く液体を吐き出す。顔の周辺が液体まみれになり、コンクリートに飛び散った液体は光と共に空へと消えていった。

　拓磨は震える手で握り拳を固める。

　拓磨にとって交流があった人を殺めたのは初めてだった。この前の相良邸での戦闘の際、殺したヤクザはすでに姿が変わり人の姿など見る影もない怪物へと変わっていた。

　金城先生については自分が殺したのではなく、彼が自分の意志で命を絶った。俺に手を汚させたくなかったのか、自分の意志で死にたかったのかは分からない。ただ、彼は自分で死んでいった。

　だからこそ、目の前で人の姿を知っている人物を殺すのは想像を遥かに超えて堪える。

　山中自身もこんなことになるとは予想していなかっただろう。分からないままライナー波という力に振り回されて、人を怪物で殺し、恋人と別れ、最終的には自分が怪物になった。

　自業自得と言うのだろうか？　いや、少なくとも俺にそんな言葉を言う資格はない。自業自得なら、俺にこそふさわしい。いつかは俺も味わうだろう、絶望にうちひしがれて無様に死んでいく目の前の山中が身をもって味わっている恐怖を。

「今の俺には……何もできないんだ」

　拓磨の目にはいつの間にか涙が流れていた。涙が頬を伝い、コンクリートの地面で弾ける。

　化け物を素手で倒すことができる。自分の体もあっという間に再生する力を得ている。それなのに心は満たされるどころか、冷えきり傷ついていくだけだ。どれほど力を得ても何1つ周りに与えることができない。今まで俺がしてきたことは化け物を殺すことだけ。これからもそれは続いていくだろう。

（いつになったら俺は人を助けることができるようになるのだろうか？）

力が無くて人を助けられないなら、まだ言い訳がつく。

力があるのに助けるどころか殺すことしかできないなんて、そんな奴生きている資格すらない。今の俺はそういう奴だ。

「俺はヒーローなんかじゃない…。ただの人殺しだ」

「…てめえが泣いたって何の意味もねえだろうが。泣きたいのはこっちだ。友喜をもう守ってやれねえんだ。ちくしょう、お前を殺さなきゃ命が危ないって言うのに」

「俺を殺さなきゃ友喜の命が危ない？　どういうことだ!?」

拓磨は突然飛び出したフレーズに耳を疑った。

（山中が俺を殺しに来たのは友喜のためだったというのだろうか？）

「お前に言って何になるんだ？　友喜が化け物になったらまたお前が殺すんだろ？　今の俺じゃ助けられないってさっき自分で言ったばかりじゃねえか？」

「だから、化け物になる前に何とかするんだ。頼む、教えてくれ。友喜はどこにいるんだ!?」

「………」

「俺のことを信じられないのは分かる。だが、友喜が死んだら俺の友人が死ぬ程苦しむことになるんだ。そいつはあんたと同じように友喜のことが好きで今も口に出さずにずっと思い続けているんだ。俺を信じるのではなく、友喜を大切に思っている友達を…渡里祐司って俺の友人を信じてくれないか？」

「渡里祐司か…。友喜と付き合っているときにいつも話に出てたな。『元カレか？』って聞いたら『最低な友達。今も許さない』って笑いながら返してきて。口ではそいつを馬鹿にしていたが、いつもそいつの話題の時は笑っていたな…。たぶん、友喜も本当はそいつのことが好きだったんだろうな…」

山中の体が光を帯びて空中へと舞い上がり始めた。もうこの世にいられる時間は少ない。山中もそのことは感じているようだった。そして意を決したように拓磨を見た。

「友喜は稲歌町にいるって話だ。ただ、どこにいるのかは分からない。『用済みになったから殺す』という電話がかかってきたんだ」

「誰からだ？」

「分からない。声を機械で変えていたからな。止めて欲しければお前を殺せって言われて、でもお前の力はよく分かっていたから無理だって言ったら、『力をくれてやる』って言われてネットのサイトを紹介されてそこを見たら意識が遠のいて、その後お前を殺したくて…自分で自分が止められなくなっていた。そしたら腕や足から甲羅が生えてきて……その後のことは覚えていない。気づいたらお前にぶちのめされてここで寝ていたって訳だ」

（さっきの戦いのことは何も覚えていないってわけか。ただ、そんなことより重要なことは友喜だ。稲歌町にいるだと？）

「助かった、感謝する。それと…本当にすまない」

拓磨は山中に素直に礼と謝罪を言った。

「謝る暇があるんなら絶対に友喜を助けろ。それに別に俺はお前を信じたんじゃねえ。俺の代わりに友喜を守ってくれるかもしれない渡里祐司って奴に賭けたんだ。お前の友人ならそいつも化け物みたいに強いんだろ？」

拓磨は返答に困った。

祐司は普通の高校生だ。ただのオタクというだけで普通に生活している人間なのだ。山中の目論見は外れたということになる。

だが、祐司を信じてくれたことは素直に感謝したい。

「大丈夫だ。祐司はきっとお前の期待に応えてくれる」

「嘘だったとしても悪くねえな。友達にそこまで信頼されているんじゃ。それにしてもなんか変な気分だ。『誰かを殺さなくて良かった』って思っている。お前じゃねえぞ？　俺はお前の他に誰か殺そうとしたのか？」

山中の体は半分以上が消えかかっていた。

拓磨は先ほど拓磨が身を挺してナイフを受けた時のことを思い出す。あの時の少女のことを覚えているのだろうか？　でも、確か暴れているときの記憶は無いはず。

「まあ、気のせいかもしれねえけどな」

「いや、たぶん気のせいじゃない。その気持ちは本当だ」

「……ふっ、まあそういうことにしておくか。じゃあな、怪物。友喜のこと助けられなかったら化けて出るからな?」

　山中は馬鹿にしたように笑顔を浮かべると、光が顔を包み体全てが空中に消えていった。まるで線香花火のように飛び散った光は闇と1つになり夜の世界へと帰っていった。

「ゼロ。悪いがお前の話は後にしてもらう。急用ができた、友喜を助けに行く」

「拓磨。君はただの人殺しじゃない。私も全力で君をサポートする。今度こそ人を助けよう。犠牲になる前に」

「当然だ。祐司に連絡を頼む、それから警察にもだ。友喜を探すのを手伝ってもらう。家出人がいると連絡すれば話くらいは聞いてくれるだろう」

「了解。まずは祐司からだ」

　拓磨は携帯電話を取ると耳に当てる。コール音が鳴り続き、しばらくして声が聞こえる。

「拓磨殿ですか?」

「ああ、スレイドさん。あなたと祐司に頼みたいことがあるんだ」

「もしかして……友喜殿のことでしょうか?」

　スレイドの返答に拓磨は驚いた。

「何で友喜のことだって知っている?」

「先ほど連絡がありました。祐司殿の家の電話に直接です。初めは楽しそうにしていた祐司殿ですが、途中から何度も泣きながら謝り始めて…最後には慌てて外に飛び出していきました。私が入った携帯電話を家に置いて。よほどの緊急事態だと思われます」

何か友喜から重大な話を祐司は聞いたのだろうか？　連絡方法である携帯電話を忘れるくらいだ。相当重要な話だったのだろう。

「あなたは家にいたのか？」

「誰かが連絡係として残っていなければと思いまして。本当ならすぐに祐司殿の後を追いかけたいのですが」

「それは助かった。たぶん、祐司は友喜からＳＯＳの電話を受け取ったんだろうな。スレイドさん、友喜は今晩殺されるかもしれない」

「何ですって!?　本当ですか？」

スレイドの声色が一気に緊張する。

「ああ、さっきリベリオスの関係者だった男に聞いた。場所は稲歌町らしいが詳しいところは分からない。一緒に探してくれないか？」

「もちろんです。私は稲歌町中の情報通信機器を移動して探します。拓磨殿はそういった設備のない場所を探して頂けませんか？」

「監視カメラとか携帯電話のない場所か？　あとテレビとか」

「はい。何か発見したらすぐ連絡を入れます」

通話が切れると、拓磨は走り出す。

「ゼロ、警察には連絡を頼むぞ！」

「今やってる！　君は転ばないように走り続けてくれ！　天気予報だとこれから雨が降る

らしいぞ！」

「最悪だな、今日は…！」

拓磨は桜高校を回ると駅へ向かって全力疾走し始める。

目の前の景色は暗闇しか見えなくなっていた。こうなると所々に配置されている電柱や住宅の明かりだけが頼りだ。空は完全に黒い雲に覆われている。天気予報が外れることは望みが薄そうだ。

一度見た道を再び戻り始める。歩道には人の姿は2人程しかいなかった。どうやら帰宅ラッシュのピークを過ぎてしまったらしい。拓磨は駅への歩道を走っている途中、歩道下のコンクリートで埋め立てられた用水路を見た。

山中を追いかけた場所だ。そしてこの先の路地裏で奴を捕まえた。

（サッカー部の副部長だったあいつがなぜライナー波に関わることになったのだろうか？）

学校の前でモンスターへと変わるビー玉をもらった。渡した男はリベリオスの者だろう。山中にビー玉が渡されたのは果たして偶然なのだろうか？　考えてみればこれら一連の騒動には友喜の姿がある。

山中は友喜の恋人だった。スレイドの契約者は友喜だった。

（これも偶然なのか？）

拓磨の心の中でもやもやとしたわだかまりが一層強くなった。

山中は死んでしまい、リベリオスに対して残された情報源は友喜だ。

奴らは山中を怪物にさせた。俺を殺すため？　違う。おそらく証拠を消すためだ。山中から自分たちに繋がる情報が流出するのを消すために俺に対してけしかけたんだ。俺に殺させることで。

怪物となった山中を放っておけば周囲の人間が被害を受ける。俺やゼロアがそれを認めないと知っていてその気持ちを利用したのか？

もしかしたら、今回のことも奴らの計画のうちなのだろうか？　俺らは奴らの掌の上で踊らされているだけなのか？

拓磨は走りながら顔を横に振ると意識を強く保った。

何で弱気になっているんだ、俺は。全て奴らの計画？　だったらどうだって言うんだ？　友喜が死ぬかもしれないこの一大事、たとえ奴らの計画だとしても助けに行かなくてどうする？　せっかく力があるんだ。これを活かさなくてどうする！

それに山中がくれた情報だ。あいつは本当は俺への恨みや自分が味わった理不尽さにもっと苦しんでいたはずだ。呪いながら死んでいくこともできたのに、最後は友喜のためにまともに話したことの無い俺の友達を信じて情報を託してくれた。

無駄にするわけにはいかない、今度こそ助けてみせる！

拓磨の足が速まり桜駅前に着いたときだった。拓磨の頭頂に冷たい感覚が走る。拓磨は桜駅を横に走り続けながら上を向いた。今度は額に冷たい者が当たる。それは頭から流れて鼻頭に達すると、そのまま地面へと落ちた。

しばらくして雨がリズムを刻むように降り始めてきた。拓磨は何事も無いように走り続ける。

雨のせいで視界はさらに悪くなった。線路が隣に敷かれているため、乗用車に乗った運転手も拓磨の存在に気づくことができ、避けて通行した。

雨の中、景色の変わらない時間があった。雨足が強くなり、視界がさらに悪くなる。こういうときは普段よりもさらに強く地面を蹴り、少しでも変化を付けようと努力してしまう。先を急ぐ拓磨にとって、目的地である稲歌町に着きたいという気持ちがこの気持ちをさらに増長させた。

それのおかげもあって、思いの外早く稲歌町東駅が見えてきた。電車に乗るより速い。拓磨はふと駅の前に駐車するランプを光らせたタクシーを見つけた。雨で濡れたボサボサの髪の毛を掻き分けながら拓磨はゼロアに尋ねる。

「ゼロ、警察には電話したんだよな?」

「結構前に連絡は取ったよ。おそらく、友喜を探しているんだろうね」

すると、拓磨の携帯が振動した。携帯電話を開くと耳に当てる。

「はい、もしもし」

「拓磨殿、スレイドです。中間報告になりますが、稲歌町中の監視カメラやテレビから捜索して稲歌町中央エリア辺りで友喜殿を確認できました」

「ということは学校の近くか？」

拓磨はスレイドの言葉から具体的な場所を言い当てる。

「はい。警察の方にも連絡を入れて、学校周辺を捜索してもらっています」

「さすがだ、スレイド。拓磨、私たちも学校に向かおう」

「ああ、分かってる」

拓磨はさらに学校へ向かって走り出した。

10分程水たまりを蹴散らしながら道を走ると、右側に不動ベーカリーが見えた。すでに営業は終わったようで、店前には誰も並んでおらず店の中は真っ暗である。叔父さんも叔母さんも裏の家に移動しているようだ。

向かいにある祐司の家は電気が点いていた。おそらく葵が部活から帰ってきているのだろう。祐司が外に出ている件で電話がかかってくるかもしれない。

その時はその時だ。今は友喜の下へ急ごう。

拓磨は全力疾走で次第に強さを増していく雨の中、ずぶ濡れになりながら学校へと駆けていく。

普段は歩きながら行くため時間がかかる道もいざ走ると早いものである。あっという間に相良組の前に辿り着いた。その時学校へ続く道からパトカーがランプとライトを光らせながら3台やってきて、拓磨の前を通り過ぎていく。パトカーはそのまま不動ベーカリーの方に走り去っていった。

「何でパトカーがこっちに来るんだ？　友喜は学校にいるんじゃなかったのか？」

「おい、不動！　何で雨なのに傘も差さないんだ!?」

さらにもう一台学校方面から来たパトカーの運転席の窓が開いた。しわしわのコート、いつものチョビ髭にさらに無精髭まで加わった、拓磨が警察署でよくお世話になる刑事、新井が馬鹿を見るように笑いながら拓磨の前に現れた。

「新井刑事？　何でここに？」

「それは俺のセリフだ。何で夜の雨の中、傘も差さずにここにいるんだ？　学生は家に帰っている時間だろ？」

「俺は友喜が行方不明になったという話を聞いて」

「あ〜、そうか。彼女はお前の友人だったかあ…」

拓磨の話を遮り、新井はバツの悪そうな顔をした。

「友喜に何かあったんですか？」

「いや、俺も詳しい話は知らないんだが、無線に隣町でお前の友達を発見したって連絡があったんだ。これからそれの確認だ。ほら、お前はさっさと家に帰れ。家出人捜しは桜町の住人に協力してもらうんだからな」

新井は拓磨に念を押すように言うと、パトカーはエンジンを吹かせて雨の中去って行く。

「ゼロ、スレイドに連絡だ。情報が錯綜している」

「もう電話しているよ」

拓磨は携帯電話を取ると耳に当てる。

「はい、こちらスレイド」

「スレイドさん、友喜が学校方面にいるという話は本当か？　今、警察と擦れ違って桜町で友喜を発見したという話を聞いたぞ？」

「本当ですとも！　稲歌小学校と中学校を探しましたが彼女の姿が見当たりません。おそらく、稲歌高校にいるはずです」

「分かった。その話信じるぞ？」

「天地神明に誓って嘘は言っておりません！　拓磨殿」

拓磨は電話を閉じると、稲歌高校に向かって走り始めた。

「ゼロ、ひょっとして警察は間違った情報に踊らされているんじゃないのか？」

拓磨は雨を掻き分けるように進みながら、手に持っている携帯電話に聞く。

「リベリオスが警察に嘘の情報を流したと？」

「それが山中みたいなリベリオスの協力者なのかは分からねえが、可能性は高いだろ？」

「でも何のために？」

「決まっているだろ？　邪魔者を排除するためだ。学校近辺から警察を動かして、何かしでかすつもりだ」

「それって…友喜の殺害かい？」

「本当は考えたくねえ…だがどうもそんな気がしてきた。頼む、間に合ってくれ！」

稲歌高校は夜は教師もいなくなり、セキュリティシステムだけが学校を支配する。学校建物、あらゆる窓やドアに対して無断で中に入る者なら、5分もしないうちにセキュリティ会社の人が見回りに来る。

予算の関係上、敷地を囲む鉄格子や校門にはセキュリティ対策は施されていないらしい。基本的に重要な物は建物内にあるため建物を守れば安全という考えである。今のところ泥棒などの被害は出ていない。

友喜を学校付近で見かけたということはやはり学校の中にいるのだろうか？

そもそもなぜ友喜は学校へ来たのだろう？　いや、来たというより連れてこられたという考えの方が良いかもしれない。友喜を殺そうとする犯人によってだ。

しかし、友喜の殺害場所として学校を指定したことに拓磨は明らかな違和感を覚えた。学校は生徒が毎日通う場所である。当然人目につく。普通、殺人とかは人目につかない場所で行われるものではないだろうか？　発見が早ければそれだけ犯人の痕跡や証拠が見つかる可能性も高い。場所として学校を選ぶのはどう考えてもおかしく感じる。

そもそもなんで友喜が殺されるのだ？　山中はリベリオスと関わっていたからまだ分かる。だが、友喜は山中の元恋人というだけだ。

その時、拓磨の脳内に3時間程前聞いた情報が浮かんだ。

そうだ、スレイドだ。友喜はスレイドの契約者。リベリオスの狙いは契約者である友喜を殺すこと…。

拓磨は推理を脳内で進めたが途中で先に進めなくなった。

いや、おかしい。そもそも契約者だから何だって言うんだ？　友喜は俺みたいにウェブライナーに乗れたり、戦う力があるわけじゃない。友喜を殺したら新しくとんでもない強さを持った奴が契約者になる可能性だってある。害が無い以上、放置しておいても良いのではないか？

拓磨は頭を動かそうとしたが、どうにも考えがまとまらない。

「拓磨、学校だ！」

ゼロアの声によって拓磨は現実に引き戻される。進行方向、右前方に黒い鉄格子が見えた。その奥には校庭があり、そのさらに奥には巨大な校舎が見える。稲歌高校だ。

「ゼロ、スレイドと一緒に監視カメラやＴＶを移動して友喜を探してくれ。俺は稲歌高校を重点的に、そういった情報機器が無い場所を探してみる！」

「分かった。拓磨、友喜以外にリベリオスの奴らがいてもおかしくない。十分気をつけてくれ」

「お前も敵に捕まらないように気をつけろ？」

拓磨は軽口を飛ばすと、歩道を全速力で走り、縦２メートル、横４メートルほどある横並びの鋼鉄製校門の前で水しぶきを上げながら停止した。

雨は一層強くなり、上空では落雷の前触れというべき胎動が響き渡る。

拓磨は目の前の校門を見た。そして、奇妙なことに気づく。いくらセキュリティが入っていないとは言え、普段門には自転車の盗難防止に使われる丸いロック錠がかけられて、左右の門を間で繋ぎ止めている。

そのロック錠が地面に転がっていた。丸いロック錠が2つに分かれている。まるで刀で切られたように中の金属が歪み無く綺麗な銀色の断面を見せていた。

拓磨はロック錠を拾い上げると断面に触れる。でこぼこした感じなどない、一刀の下に真っ直ぐ叩き切られた感じがする。

学校の先生だったら鍵を使って錠を開ければ良い、一般人でもこんな真似はしない。だとすると、やはりリベリオスか？　でも、奴らはウェブスペースにいるはず…。まさか山中みたいな手先がまだいるってことか？

拓磨はロック錠を地面に置くと門を開け、間のスペースから校内に入った。

監視カメラがついていない場所。まず思い当たるのは校庭である。

拓磨は右方向に体を傾けるとそのまま直進し、校舎前にある広々として多くの水たまりを作っているぬかるんだ校庭に出る。

校舎の向かい側に部活用棟が建てられており、多くの部がそこに道具をしまいこんである。棟の前にはサッカー部が使う白いゴールポストが置かれている。校舎から校庭を見て右手側、先ほど拓磨が通ってきた歩道側には桜の木が植えてあり、街道沿いに鉄格子を挟み植えられている。

校舎から校庭を見て左手側には銀杏の木々が植えられている。こちらも歩道沿いに鉄格子を挟んで植えられており、そのまま校舎に向かって歩いてくると学校の裏門がある。

拓磨は校庭に飛び出すと豪雨で視界不良の中、校庭を隅々まで眺めた。しかし、見えるのは槍のように降ってくる雨ばかりで人の姿など見えない。

「いないか…。他に監視カメラが無いのは校舎の裏の駐輪場置き場…」

拓磨が場所の見当をつけているとき、拓磨の携帯電話が鳴った。拓磨は慌てて、携帯電話を開く。そこには拓磨が以前かかってきて登録しておいた氏名が載っていた。

『白木友喜』。

拓磨は慌てて携帯電話を耳に当てる。

「もしもし、友喜か!?」

雨の音に負けないように拓磨は大声で話す。

「不動……君？」

耳に聞こえる友喜の声はか細かった。しかし、不思議とはっきり聞こえていた。

「どこだ!?　山中先輩に聞いたんだ、友喜が危険な目に遭っていると。今、稲歌高校にいるんだ？　すでに警察に保護してもらったんか？　どうなんだ!?」

拓磨は聞きたいことを順序も関係なく尋ね続けた。

「不動君、うるさい」

携帯電話の向こうからはっきりと友喜の声が聞こえた。その奥に雨の音が聞こえる。

「悪い、周りが豪雨で聞こえないかと思ったんだ。それで…どうなんだ？」

「……何が？」

再び友喜のそっけない言葉が返ってくる。

「何がって…お前の場所だ。警察に保護されたのか？」

拓磨は校舎を背にして部活用棟を中心に周りを見渡し続ける。

近くにいるのだろうか？　すでに探して確認したのに、どうしてももう一度確認せざるを得なかった。気持ちがそわそわし、体が勝手に動き出す。

「…うしろ」

単語が1つ、耳に飛び込んできた。

「『うしろ』？　どこだ、その場所は？　なんかの地名か？」

「私の場所。不動君の後ろ」

拓磨は全身が凍り付いたような感覚に捕らわれた。

今まで拓磨はあまり恐れを抱いたことがない。図太い神経もあるが、結局は自分1人の力でなんとかなってしまうという心の奥にある妙な自信がその理由だ。それを裏付けるようなに何とかしてしまう力もある。

だが、今の彼は違った。まるで、子供が醜い汚れた生き物を見て怯えを覚えるように。直視したくない現実がそこにあり、それを見るのをためらうように恐る恐る振り向いた。

振り向くと3階建ての校舎がそびえ立っていた。校舎の中央、屋上付近には巨大なアナログ時計が備え付けられている。その両脇には緑色の金網に囲まれた屋上がある。昼食になるとここで青空の下、昼食を食べる生徒も多いという。

　校舎の左肩に当たる部分に友喜は立っていた。拓磨の視覚は豪雨の中200メートルほど離れた場所でスマートフォンを右耳に当て、拓磨を見下ろしている友喜の姿を確認するのを可能にした。

　しかも友喜の前には金網が無かった。友喜の視界を遮る物はもはや雨しかなかった。彼女は金網を飛び越え、屋上の縁に両足を置いて拓磨を見下ろしていたのだ。

「おい、何やってるんだ？」

　拓磨は目の前の光景が信じられず、友喜に問う。

「疲れたの」

「……………何？」

　友喜から返ってきた言葉を拓磨は再び問う。

「だから、飛び降りたいの」

「……冗談だよな？」

「不動君は冗談で屋上の金網乗り越えるの？」

「あまりふざけたことを言うな……！」

　拓磨の中には訳が分からず、怒りがわき出ていた。

「ふざけたこと言ったら、私を殺す？　姿が変わったヤクザの人たちみたいに」

　拓磨は突然心臓を打ち抜かれたような衝撃を受けた。

なぜ、友喜が知っている？　この前の相良邸での出来事を。

そして、本当に今俺が話しているのは友喜なのか？　今までの俺が知っている明るくて、元気な友喜とは全く異なる。まるで別人と喋っているかのようだ。

拓磨は言葉を無くしてしまった。そこへ友喜が再び口を開く。

「飛び降りる前に不動君と話がしたいな？　3分だけ待っているからこっちに来て。それ以上過ぎたらもういいや、さようなら」

今まで聞いたことも無いほど残酷な『さようなら』だった。友喜の電話が切れたと同時に拓磨の脚力で地面から水分を多量に含んだ泥柱が5メートルほど噴き上がる。

今まで出したことのない力が体から放出されているのが感じられた。拓磨はそのまま先ほどの校門のところまで100メートルを10秒程で駆け抜ける速度で戻る。

（一体何があったんだ、友喜？）

拓磨はさらに真っ直ぐ昇降口まで走る。そして、昇降口の扉を掴むと開ける。鍵なんてかかっていなかった。

（なぜ鍵がかかっていない？　建物は全てセキュリティで守られているんじゃないのか？）

拓磨は土足のまま、校舎内に上がると右折し『特別校舎』へと続く廊下を走り右側に突如現れた階段を段飛ばしして上がっていく。

（校舎のセキュリティをいじれる存在…リベリオスの仕業だというのか？　まさか、奴らは友喜に何かしたのでは？）

　３階まで駆け上がると通路を直進。１００メートルほどある廊下を9秒程で駆け抜ける。廊下の右側に現れた屋上へと続く階段を駆け上がり、屋上へと続くドアの取り手を捻り押し開けた。

　ドアは鍵もかかっておらず簡単に開く。

　拓磨は屋上へと飛び出すと再び豪雨の洗礼を受ける。友喜は金網の向こうからこちらを見ていた。全身ずぶ濡れで目元を覆うように髪がかかっていた。ツインテールのようだったが髪がまとわりつき、ストレートのように見える。服装は上下黒いジャージ姿だった。先ほどまで部屋にいたような格好である。

　しかし、目だけは煌々と輝き拓磨を見つめていた。『怒り』とも『悲しみ』ともとれる輝きだった。

「59秒…、すごいね。やっぱり不動君、普通じゃないんだね？」

「友喜！　とりあえず、こっちに来い！　危ないぞ！」

　拓磨は友喜に向かって一歩踏み出そうとしたその時だった。

「そこから一歩も動かないで！」

　突然発した友喜の叫びに拓磨は動きを止める。

「友喜…。一体どうした？　何かされたのか？」

「教えられた、味方から。不動君が何をしてきたのかを」

友喜は拓磨の目をじっと見つめていた。２人は雨が服装を濡らし続けるのも構わず、お互いの視線と間隔にのみ注意を払い続けていた。

全く視線に隙が無い。これじゃあ、飛び込んで行っても金網はどうにかできたとしても友喜まで手が届かない。距離は大体15メートルくらい…どうする？

拓磨はどうにか友喜を屋上へ戻すため時間を稼ぐことにした。

「……誰に聞いたんだ？　山中先輩か？」

「違う。私の一番信頼している人」

（一番信頼している人？　一体誰だ？）

拓磨の疑問を口に出す暇を友喜は与えなかった。

「人…殺してきたんでしょ？　不動君」

「……ああ、そうだ」

「否定しないんだ？」

「嘘言っても始まらねえからな。まあ、もっとも俺は今までたくさん嘘を吐いてきたわけだからあまり信用できないかもしれないけど」

今までリベリオスと戦うことを口実に平気で嘘をついてきた。叔母さんからよく俺は嘘が下手だと言われる。今までバレてこなかったのが不思議なくらいだ。

「ヤクザの人たちを殺したんでしょ？」

「…なあ、友喜。一体誰から聞いた…」

「いいから私の質問に答えて！」

拓磨が質問をすると、友喜がヒステリー気味に大声で怒鳴ってくる。

（駄目だ、取り付く島がない）

拓磨は苦虫を噛んだように顔を歪めた。

「アリの姿になっていたヤクザの人たちを殺した。何を言っているか分からないかもしれないが本当のことだ」

「姿が変わったら殺しても良いの？　元は同じ人間なんだよ？」

胸が痛くなる言葉が突き刺さってくる。同じような言葉を山中に言われたばかりだ。

本当は姿が変わっても治るような治療法を探すのが最も良いのは分かっている。けれど、俺にはその手立てはない。治したいが、治し方が分からない、できることと言えば、他の人を襲わないように息の根を止めるだけ。

だが、被害者の遺族にしてみればそんなこと関係ないのかもしれない。化け物であれ何であれ、俺が人を殺したことには変わりない。俺は責められてもしょうがないんだ。

「いずれ、俺は刑務所に入るだろう。もちろん人を60人近く殺したんだ。まず死刑だ。だが、それは司法に携わる者が決めることで俺が考えることじゃねえ。けれど、俺は化け物を野放しにして他の人を巻き込むことはどうしてもできねえ。これは俺の汚ぇエゴみたいなもんだ」

「そんなの言い訳でしょ！　散々人殺して、自分だけ助かろうとする自分に都合の良い言い訳じゃない！」

拓磨はさらに心の傷をえぐられたような感覚に陥る。しかし、彼は甘んじてそれを受け止めた。しょうがないんだ、何を言われても。

「…そうだな、その通りだな。何を言っても言い訳になっちまうな…。悪い、友喜。どうやらお前に対しては謝ることしかできないみたいだ。本当にすまない」

「そんなの…！　そんなのずるいよ！　いくら謝られても死んだ人は戻ってこないんだよ！」

友喜はついに感情が限界を超えてしまったように泣き出してしまった。顔を覆い、必死に流れる涙をぬぐっていた。拓磨は黙って友喜を見つめる。

（今がチャンスかもしれない）

拓磨は本来の目的を忘れていなかった。友喜の飛び降りを阻止すること。金網の高さは2メートル程。今の俺だったら余裕で飛び越えられる。金網を飛び越え、友喜の体を掴み飛び降り阻止。それを3秒程でやらなければならない。やるなら今しかない！

拓磨は駆け出そうとしたその時だった。友喜の口が再び動き出す。

「不動君、私のお父さんとお母さんが離婚したの知っているでしょ？」

拓磨は急な話題の変化と質問にタイミングを見失った。

「い、いきなり何だ？」

「私のお父さんね、私が小学校6年生の時に離婚したの。当時は分かってなかったんだけど、ちょうどね卒業式の近くだったんだよ」

友喜が再び拓磨を見つめて、飛び降り阻止は不発に終わった。

小学校の卒業式。友喜が転校すると決め、卒業式を最後に分かれることとなった日。あの日は様々なことがあったからよく覚えている。祐司が不良に絡まれたりして大変だった。葵がそのことで不良を叩き潰しに行くことを必死に止めたのは、忘れたくても忘れられない思い出だ。

考えてみれば、あの時、何となく友喜の両親の離婚に俺は気づいていたのかもしれない。突発的な家の用事、急な別れ、家庭内の問題で父親の単身赴任でもない。考えられたのはおのずと決まってしまっていた。

「お父さんね、学校の先生だったんだよ」

「それは初耳だな？」

「不動君達には話してなかったからね。当時稲歌高校にいたんだ。それからずっと稲歌町で教師をやってたんだ」

当時っていうともう6年くらい前だろうか？　結構な古株の先生だったのか？

「教師だったら、突然の離婚で学校に迷惑がかかることを知ってたんじゃないのか？　せめて卒業式が終わってから離婚してもいいだろ？」

拓磨は再び接近のタイミングを窺うために話を振った。とにかく、話を長引かせて隙を窺うしかない。

「離婚を切り出したのはお母さんだから。もう耐えられなかったんだって、お父さんとの生活に。周りの迷惑とか考えてなかったんだって」

そこまで家庭状況は荒れていたということか…。当時は全く想像つかなかったな。友喜はいつも大人しくて葵の後をくっついて行動していた。夫婦間が荒れていたから自分が被害を受けないように大人しく自分を抑えるようになっていたのだろうか？

「きっかけはね、これだったの」

友喜は自分のスマートフォンを拓磨に見せた。

「携帯電話？」

「お父さんが携帯電話を買ってくれて…それからだったな。私、内気だったから携帯電話を通して外の世界に繋がろうと夢中になってた。でも、それがきっかけで家族の会話とかが無くなっちゃって…気が付いたら修復不可能なほど夫婦間が荒れていたの。友達はちゃんといたのにおかしいよね？　何であんなに夢中になったのか今でも不思議…」

拓磨はいつの間にか友喜の話に耳を傾けていた。友喜の飛び降りを止めるという目的はわずかの間忘れかけていた。

情報通信機器が原因で家族間の関係が上手くいかなくなる。別にありえない話ではない。しかし、拓磨が耳を傾けていたのには別に理由があった。

最近、どこかで同じような話を聞いた気がする。それも今学期が始まってから、耳にした気がするのだ。

拓磨の背筋に突然悪寒が走った。何かとてつもなく嫌な予感がする。

　そもそも、友喜はなぜこれほど怒りを露わにしているんだ？　俺が元人間の怪物を殺したから、友達として止めようとしている？

　違う！　友喜の感情には明らかに私的な憎しみが入っている。俺個人を憎しみの対象としている明らかな原因を感じる。

「月に一回だけど連絡を取っていたんだ。ほんの数分だけど話もしていたし。ただ、最近連絡が取れなくて。それで、不動君のこと知ってからようやく分かったんだ」

「な…何が分かったんだ？」

　拓磨の声には焦りが交じっていた。もはや、友喜を止めるどころでは無くなっていた。自分の心が揺れ、ざわめきが止まらない。判決を待つ被告人のような心境である。

「だって…死んでたら連絡なんて取れないでしょ？」

　拓磨の目が大きく見開かれた。

　拓磨の頭の中で今まで聞いた様々な情報が互いに線を結びあい、１人の人物を指し示していた。

　その人は男性及び教師である。

　その人は最近まで稲歌高校に勤務していた。

　その人は最近まで１人で生活を送っていた。

　その人は自分が娘にプレゼントした携帯電話が原因で離婚している。

　その人は現在連絡の取れない状況にある、なぜならば死亡しているから。

「まっ…まさか！　友喜の…離婚した父親の名前って…」

「……金城勇」

拓磨の心に衝撃が走る。友喜が屋上に立っていたところを見た時の比ではない。突きつけられた事実が重圧となり、拓磨の正常な思考を押し潰す。

なんてこった…。俺は友喜の父親の死に立ち会っていたのか。そして一度は金城先生を殺そうとした。最終的には見殺しにしてしまったのか。

「不動君が殺したんでしょ？　お父さんを」

先ほどまで冷たく濁っていた友喜の目が、炎が灯ったかのように拓磨をはっきりと見つめた。

『憎しみ』と『悲しみ』。

俺が父親の命を奪ったと思っているからこその『憎しみ』。

友人の俺がそんなことをしたこと故の『悲しみ』。

彼女の目から感じられた感情は金城勇という父親の事実を知ったからこその感情だった。

「友喜、違う。金城先生は自分で命を絶ったんだ」

「お父さんも化け物になったんでしょ？　化け物になったから殺したんでしょ!?　嘘吐かないでよ、この人殺し!!」

「聞いてくれ、友喜！」

友喜は一歩後ろに足を引いた。屋上の縁から足が半分宙に浮いた状態になる。

「友喜！　俺のことは殺したいほど憎んでくれても良い！　けれど、葵や祐司を置いて死なないでくれ！　あいつらはお前を友達だと思っている。勝手な理由というのは分かってる。けれど、あいつらのために生きてくれないか？」

「葵は強いから大丈夫だよ。祐司は…」

友喜の顔に一瞬悲しさが浮かび上がった。そしてすぐに笑顔を作ると言い放った。

「祐司のこと私、大嫌いだから」

「な、何言っているんだ？」

「不動君、色々辛いこと言ってごめんね。私やっぱり駄目だ、中途半端だ。不動君のこと嫌いになろうと思ってもできないよ。だって…」

拓磨が友喜に向かって駆けだしたのと、友喜が闇へと身を投げたのは同じタイミングだった。

「友達だから」

拓磨は驚異の脚力を使い一瞬で移動すると鉄拳を金網に向かって突き出す。あまりの破壊力に金網が耐えきれず、突き破られる。しかし、友喜のジャージまで10センチ程足りない。拓磨はさらに踏み込んだ。すると、金網を支えている支柱が拓磨の突進に耐えられず根元からへし折れる。

今度こそ友喜に届いた。だが、ジャージに指先が触れられただけだった。すると、肝心なときに拓磨の生存本能が働き拓磨は両足で踏ん張り背後へと倒れ込んだ。

友喜の体は雨を浴びながら闇夜へと消えていった。

1秒後、地面の方で穴の開いたソファに座り込み、空気が抜けたような奇妙な音が響き渡る。

何かに当たったのだろうか？　地面との直撃でなければ、まだ可能性が残っている。

「ゼロオオ！　救急車だ!!」

「もう呼んでる！　急げ、拓磨！」

いつの間にか携帯電話にいたゼロアが叫び返してきた。

拓磨は二歩で25メートルを駆け抜けた。屋上の扉を開け、階段を下りようとする。

その時、何かの気配に気づいた。

振り返ると、扉の隣で祐司が膝小僧を抱えながら怯えていた。口からしきりにぶつぶつ話しているのが見える。スレイドの携帯電話がいつの間にか祐司の手元にあり、祐司に動くようにと彼の名前を呼んでいる。

拓磨は祐司に構っている暇はなかった。壁を蹴り、手すりに掴まりながら階段を一気に下りていくと3階の廊下を全力疾走し、再び階段に飛び込み同じように下りる。

外に出た拓磨はさらに左折、校庭へと突入していく。友喜はすぐに見つかった。最初は地面に叩きつけられ血にまみれた姿を想像していたが、どこも傷を負っていないようで拓磨は安堵すると同時に口を開けて驚いた。

友喜の下に直径5メートルほどの白いゴムボールのようなものが、友喜の体を包み込むように置かれてあった。友喜の体はゴムボールの上に落ちたようで、落下の衝撃を物語るようにゴムボールの中に埋もれるように沈んでいる。

（こんなもの学校にあったか？）

拓磨が疑問を頭に浮かべた時、風船から空気が抜けるようにゴムボールがしぼんでいく。そして友喜の体がゆっくりと地面に落ちた。

「友喜！　大丈夫か!?」

拓磨はゴムボールのことは無視して友喜に近寄るとしゃがみ声を掛けた。

友喜は気絶したように眠っている。落下の衝撃で気を失ったのだろうか？　いずれにしてもゴムボールが無ければ大怪我をしていた。最悪死んでいたかもしれない。友喜の体を見てみたが外傷は１つも見当たらない。

「どうやら、無事みたいだ。助かったぜ…」

「拓磨、さっきのゴムボール。外に出してあったのかな？」

「さあな？　今は友喜が無事のことが嬉しい」

拓磨がほっとして座り込むと、徐々に顔が曇り始めた。

「拓磨、どうしたんだ？　彼女は助かったんだ。まあ、色々と偶然が重なった結果だが良かったじゃないか？」

「……………」

「拓磨？」

明らかに拓磨の様子がおかしいことに気づいたゼロアは携帯の向きを変え、拓磨の顔を窺う。

そこには目から大粒の涙を流し、歯を食いしばっている拓磨の姿があった。今までゼロアが見たことがない高校生である不動拓磨の姿だった。

いつの間にか雨は止み、辺り一面水たまりだらけの校庭でしぼんだゴムボールの上に寝ている友喜の横で拓磨は1人泣いていた。

「俺はただの大馬鹿野郎じゃねえか…！」

「…友喜の話、聞いてたよ。金城先生がまさか友喜の父親だったなんてね」

「分かってるんだ、仕方のないことだって。どれだけ罵られたってそれだけのことをやってるんだ。俺は人を殺しているんだ。それで周りの奴らが助かるから良いってそう思ってきたんだ」

拓磨の顔が歪み地面を拳で叩きつける。

「でも結局はこの様だ！　人なんて助けちゃいねえ！　俺はさらに人を苦しめているだけだ！　これから先も苦しませ続けるんだ、俺が生きている限り！」

「………」

ゼロアはただ黙って拓磨の話を聞いていた。

「こんな力があったって誰1人助けられやしねえ！　力を使えば使うだけ人を殺していく！　けど、止めることはできねえ！　怪物となった人たちが他の人たちを襲うなんて俺は見たくねえんだ！　結局同じ事の繰り返しだ！」

「すまない、拓磨」

　ゼロアは謝った。

「リベリオスも俺だけ狙えば良いんだ！　何で周りの奴らを巻き込もうとする!?　欲しいのはウェブライナーだろ!?　それを操っている俺の命だろ!?　俺だけ殺しに来ればいいじゃねえか！」

「本当に…すまない！」

　ゼロアはさらに謝罪した。

「俺はヒーローなんかじゃねえんだ…！　奇跡を起こすことなんてできやしねえんだ！　全員が満足する結果なんて生み出せねえ！　必ず誰かが悲しみに打ちひしがれる結果しか出せないんだ…！」

「………！」

　ついにゼロアも顔に手を当て、肩を震わせ始めた。もらい泣きだけではない。不動拓磨という高校生を巻き込んでしまった責任、彼に頼るしか無い自分の無力さはゼロアも痛く通じるものがあった。

「俺はあと何人、人を殺せばいいんだ…？　俺は何回人が絶望する姿を見れば良い…？　俺みたいな化け物には人を幸せにする資格もないっていうのか…！」

　拓磨はただ暗雲漂う空へと叫び続けていた。誰もその声に応えるものはいない。自分の無力さ、自分の至らなさ、必ず犠牲が出る現実への非情さ。

拓磨はただ叫ばずにはいられなかった。何も回答は得られないとしても孤独な自分を支えるにはそうするしかなかった。

第五章「英雄志願者と英雄を滅ぼす者」

後日、午後3時40分、稲歌高校2年1組。

『さあ、今宵あなたの心を見せて頂きましょう』

『いけないわ、私には愛する者がいるの』

白いタキシードを着た線の細い男性が黄色いドレスを身につけた女優の手を引き、巨大な城で行われた結婚式から愛の逃避行をするシーン。

映画『ハート・コレクター』というアニメの実写版。

主人公が現れた女性の心を片っ端から奪っていく。女を攻略することが生きがいのイケメンの面をかぶった胸くそ野郎が、言葉1つですぐ男の虜になるチョロいヒロイン達、略してチョロインを片っ端から攻略している誰が得するのか分からないストーリー（渡里祐司評論）。

『詐欺の被害を防ぐための教養講座』という、総合教育の授業で感想を書くために韓流好きの先生が選んでみせた映画である。

クラスの女性陣から時々黄色い悲鳴が上がった。イケメン俳優の女性の脳みそをくすぐるセリフが電子黒板をスクリーンにして、生徒の頭の中に響き渡る。

しかし、女性生徒陣でも4割はおもしろ半分に叫んでいた。どちらかと言えばセリフが気持ち悪くて馬鹿にしている。

残りの5割は適当にセリフを抜き出してそれについて感想をまとめている。

葵はこのどちらでもなかった。映画を見るために照明を消し暗くした部屋で、シャープペンの先で机のノートを軽く叩きながらボーッとノートを見つめていた。

今日は彼女の後ろは妙に風の通りが良い。隣の祐司を含め、3人が欠席になっていた。祐司は昨日夜遅くに戻ったきり、相変わらず部屋から出てこない。友喜はなぜか校庭で拓磨と一緒に発見された。しかも、自殺未遂をしたという話だ。

(わけがわからない。何で友喜が自殺なんてする必要があるの?)

そもそも拓磨も学校に来ていないこともおかしい。あの異常な身体能力を持つあいつに限って風邪というのは考えられない。

やっぱり、何かが起きているんだ。おそらく、拓磨は知っている。もしかしたら、祐司や友喜も知っているのかもしれない。

知らないのは友人だった彼らの中で私だけ。なんか、取り残された気分になる。とは言っても首を突っ込んだら痛い目を見るのは何となく想像できる。

拓磨が絡んでいた事件で反社会勢力が絡まなかった事件は少ない。いつもヤクザや暴走族、犯罪者が絡んでいる。お決まりのパターンと言うにはちょっと度が過ぎている。

要はあいつはほっとけない性格なんだろう。あれだけ大人が泣き出すような顔や巨大な体格をしているのに、周りが困っているのを見ると見過ごせない。見た目と性格のギャップがありすぎるのだ。

褒めているんじゃない。むしろ呆れているのだ。ほっとけばいいんだ、そんなの。そんな事件、世の中で毎日起きていて警察の皆さんを総動員しても解決できてない。そもそも素人が解決できることじゃないし、そんなの関わっていたらキリがない。それどころか命が危ない。

でも、拓磨は何とかしちゃうだけの力があるから警察で説教を食らうだけで済んでいるんだ。もし、拓磨が解決できないような状況があったらあいつはどうなっちゃうの？

（下手に首を突っ込んだことを後悔する？　それとも事件を解決できなかった自分を責める？）

どちらにしてもロクなことにならない。拓磨にはできるだけ関わらないで平和な日々を過ごして欲しい。彼自身にとってもそれが一番だし、何より周りも心配せずに済む。

（少しは周りの心配も考えろって言うんだ、あのお節介）

葵が少しイライラしたようにテーブルを突く力を強めると同時に、チャイムが鳴り響いた。

「はい、それじゃあ今日はこれくらいにしておきましょう。では次の授業までの宿題でそれぞれ感想をまとめて下さい。『つまらなかった』、『面白くなかった』みたいな小学生のような意見は受け付けません。Ａ4用紙1枚にまとめて提出すること。皆さんも来年は高校3年生、小論文を書く人も多いでしょう。日頃から長文を書いておくことは対策としても大切です。はい、それでは号令！」

起立、注目、礼、『ありがとうございました』。

流れるように授業の締めが行われると女性教師は教室のドアから廊下へと去って行った。

本日の授業はこれで終了である。ホームルームも無し。担任の南先生はクラスの生徒が自殺未遂まで起こしたことで状況の把握に追われているらしい。

（友喜…何で私に相談してくれなかったんだろう？　私のいないところでいじめでも受けていたのかな？　けど、どうも信じられない。友喜は昔と違ってすごく活発になって人当たりも良いし、友喜の悪口を言っている生徒なんて聞いたこと無いんだけどなあ）

葵は黄色いフレームのスマートフォンを取り出すと、クラスのＳＮＳをチェックした。

葵は登録はしているものの滅多に使っていない。ＳＮＳを使うなら直接電話した方が早い。ＳＮＳを使うと熱中しちゃって止め時が分からなくなるからどうしても敬遠してしまう。

葵はクラスの書き込みを上から下へ眺めた。

『昨日の宿題、終わった？』

『ドラマ見た？』

『今食事中』

とりとめのない書き込みが続く。

軽く1ヶ月ほど前から流し読みをしたが、誹謗中傷が書かれている様子はない。そもそも、このSNSは先生も参加しているのだ。PTAがイジメ防止のため教師もSNSに加わらせ、イジメなどを即座に発見するように働きかけ、教師参加型の形式が4年くらい前から稲歌町では整ったと聞く。

こうなると生徒の方も下手にふざけた内容は書き込めない。おかげでクラスのSNSは更新の流れが悪い。イジメをするのだとしたら、別にグループを作ったりして行っている可能性が大きい。

いつの間にかイジメがあると考えていた自分の考えを葵は慌てて消去した。

(何考えているの、私？　そもそも友喜がイジメを受けているなんてあるわけないでしょ)

「ねえ、葵」

生徒が各々部活に行き始めるクラスでショートヘアの女子生徒が1人、葵に話しかけてくる。

「あれ？　佳奈(かな)。もう剣道部行ったんじゃないの？」

同じ剣道部の新島佳奈(にいじまかな)、葵の肩より背が小さく、体のスタイルも謙虚な葵の友人だ。好きな食べ物は肉じゃが。周りの人間から『家庭的でいいね』といつも言われている。

「白木さん、飛び降り自殺したって本当？」

「デタラメでしょ？」

葵は軽く答えると鞄を机の上に置き、机の中に教科書を入れる。

「えっ？　だってもう学校中で噂になってるよ？」

「噂でしょ？　何とでも言えるよ。それにどんどん話が大げさになっていくからあまり信じないんだよね、私」

「あの顔の怖い人が見つけたって」

「顔の怖いって…拓磨のこと？　ああ、友喜が倒れているところを発見したみたいだね」

葵は話を流すようにして、筆記用具を鞄に入れる。

「葵、彼と知り合いなんでしょ？　大丈夫なの？」

葵を心配するように佳奈が語りかけてくる。葵はため息を吐くと佳奈を見上げて凛とした表情ではっきりと答える。

「佳奈。心配してくれるのは嬉しいけど、私の知っている友喜は自殺なんてする子じゃないの。たぶん、何か理由があるはず。それに拓磨のことだけど、あいつ見た目で損しているから。そんなに悪い奴じゃないんだよ？」

「えっ？　体が大きくて顔が濃くて任侠映画に出てくる人みたいなのに？」

葵はもう苦笑するしかなかった。だって、その通りなんだから。高校生であの顔の凶悪さはなかなかいない。初めて見た人は心臓が跳び上がるかもしれない。

「私も付き合い長いからね。慣れると不思議と格好良く見えてくるのよ、あの凶悪な顔が。普通のイケメンっていわれている人が物足りないくらいに。私、あいつに洗脳されているのかもしれないけど」

葵のとぼけた言葉に佳奈は吹き出してしまう。

「ふふっ、葵がそこまで言うんだったら怖いけど勇気を出して今度話しかけてみようかな？　あ、そうだ。これから病院に行くの？　本当にいると思うの？」

「うん、だから今日は部活動行けないけど部のみんなによろしく言っておいて？」

「部長ももうすぐ帰ってくるからね。色々辛いけど頑張ってね、葵」

「何、他人任せにしているの？　佳奈も頑張って協力するんだよ？　それじゃあ、後よろしく！」

　葵は鞄を持つと佳奈に手を振り教室を出て行った。

　5分後、葵の姿は校門にあった。帰宅部がほとんどを占める生徒の間を歩いて行く。

　葵は通りに出るとそのまま右折して歩いて行く。

　御神総合病院。友喜が入院していると思われている病院だ。実は友喜がどこに入院しているのか、正確な情報は教えられていない。

　警察からの事情聴取もあるし、何より自殺者の心情に配慮した処置だという。つまり、ある程度落ち着かせる必要があるということだ。下手に刺激して再び自殺が起こるという最悪なケースを回避するためには仕方ないと言える。

　なぜ葵がそのことを知っているかというと別に警察から聞いたわけではない。原因は拓磨である。さすがに家族の人には警察から連絡が行くので、『拓磨が事情聴取終了後、御神総合病院に行った』という話を今朝、喜美子が愚痴交じりに言い放っていたのである。

「たまたま学校に行ったらたまたま門が開いていて、たまたま友喜ちゃんを見つけて救急車を呼んだ」

電話で帰ってこなかった理由を尋ねたときの拓磨の言い分だったそうだが、さすがの喜美子や信治も疑わずにはいられなかった。しかし、問い詰めても『本当のことだ』と言われ、納得せざるを得なかったという。

拓磨がわざわざ御神総合病院に行ったということはもしかしたら、友喜もそこにいるのかもしれない。葵の推理だが不思議と自信があった。

左右に学校が配置されている通りを抜けると、左右から乗用車の往来が激しい『稲歌町の大動脈』と呼ばれる大通りに出る。その名の通り、車の行き来が激しく周辺には商業施設が立ち並び、休日には家族連れが頻繁に訪れる稲歌町を支えているといってもよい商業エリアだ。

御神総合病院はここから横断歩道を渡り30分程歩けば着く。案外、学校の近くにあるのだ。病院を建てるときに病院側に学校が緊急時のためにということで、相談に行ったらしいと噂も聞く。おそらく、たまたま近くに建っただけだと思うが。

葵は歩行者信号が青になると同時に、向かい側から歩いてくる歩行者と擦れ違いながら直進していく。そしておよそ30分後、高校から真っ直ぐ進んだ先に稲歌町で最も新しく建てられた総合病院『御神総合病院』が道沿いに見えてきた。

病院の前は楕円状の乗り場が作られており、楕円の曲線に沿い四角い駐車スペースが設置されている。その周りには石畳の歩道が整備されており、体が不自由な人が車いすでも移動可能なように凹凸は削られていた。

葵は歩道を歩き大回りするように病院の正面入り口へと近づいていく。病院から白髪交じりのおばあさんとその娘らしいおばさんがタクシーを呼びに向かい、おばあさんは入り口の前でよろよろと揺れながら立っていた。どうも足が不自由な人らしい。葵はおばあさんの側を通ろうとしたとき、おばあさんを見ながら嫌な予感が頭をよぎった。

予感的中。

おばあさんは急にバランスを崩すと、前のめりに倒れた。葵は反射的におばあさんの肩を掴み支えようとするが、力が足りずに体を元に戻せない。拓磨が倒れる人を引っ張り起こすことを簡単に行うシーンを見たことがあり、自分にもできるかと思ったのが運の尽きである。

葵は激痛覚悟で鞄を手放し、おばあさんと地面との間に滑り込むように入ると、腹と胸でおばあさんの体重を受け止めた。

「ぐべえ！」

今まで出したことの無い奇声を発し、葵は背中と正面に痛みが発するのを我慢した。

「あら、ごめんなさい」

葵の体の厚みのおかげで地面への顔面衝突を免れたおばあさんは礼を言った。

「い、いえいえ…」

「ちょっと！　大丈夫ですか!?」

先ほどタクシーを呼びに行っていたおばあさんが大慌てでおばあさんの下に戻ると彼女を起こした。

「ごめんなさい、怪我はないですか!?」

「だ、大丈夫です！　私、結構鍛えてますから」

葵は体の埃を払うと笑いながら立ち上がる。

「本当に大丈夫ですか？」

「大丈夫です！　私、体大きいんで！　それよりおばあさんが無事で何よりです」

葵は顔を赤くして手を横に振りながら答える。

正直、もの凄く恥ずかしい。人を助けた事へのむず痒いような恥ずかしさと、下敷きになるしかなかった自分の能力の無さに体は火照っていた。

「いや、ほんとよくできた娘さんよ？　体まで投げ出す人なんて初めて見たわ。おかげで助かりました、ありがとう」

おばあさんは深々と頭を下げた。

「あ、そうだ。これ、ほんのお礼だけど」

おばさんがおばあさんを支えながら、ポケットの中から黒いビニールに包まれた飴玉を葵の手に握らせる。

「あ、ありがとうございます」

２人は再び頭を下げると、葵の横を通り過ぎタクシーに乗りこみ帰っていった。

葵は飴を見つめると小さく笑ってしまった。

（ちょっと間抜けだったけど、おばあさんに怪我が無くて良かったなあ…）

そんな葵の感慨にツッコミを入れるように背中と腹部が痛みで疼いた。葵は腹部を手で押さえる。

（でも、やっぱり慣れないことをやるもんじゃないかも…）

葵はお腹をさすりながら病院の中に入っていく。

入って右側の受付に近寄っていく。受付の若い女性が時々葵の苦痛に顔を歪める姿に驚く。

「あの…白木友喜さんの病室はどこですか？」

「白木さんですか？　すいません、当病院では入院患者の個人情報は教えられない規則になっております。病室についてはご家族の方にご確認の上、直接お伺い下さい」

「あ、はい。ありがとうございます…」

葵は礼を言うと、とりあえずその場を退いた。

個人情報はいつも厄介である。友達に会うことすら許してくれない。しかし、防犯を考えると当然のことなのかもしれない。うっかり情報を漏らして患者を危険にさらさせたら病院側も責任は取れないだろう。

まあ、いいや。せっかく来たのだから少し見て回ろう。

葵は受付を離れるとそのまま奥へと進んでいく。所々に天井に下がっている案内板を見ながら、入院棟へと歩いていった。

T字路にぶつかると、そこを右折。直進していくと、入院棟へと繋がる通路に葵は入る左右から光を浴び、景色に気を取られ体のバランスが崩れたことに驚いた。足下の「動く歩道」に気が付くと周りを見渡し、照れを隠すようにわざとらしく咳き込むと病院棟へと移動する。

葵が移動した先には再びロビーがあり、受付で面会に来た中年の女性に案内役の看護服を着た女性が手を組み合わせて道を教えていた。

葵はとりあえず、ロビーを通り過ぎると右折した。

すると、そこで予想外の人物に遭遇できた。

「102」と番号が書かれたドアの前の長椅子に腰掛け、両手で顔を覆うように隠し、床へと俯いている巨大な図体のボサボサ髪の大男。服は学校指定の制服のままで全体に切れ込みが入りボロボロになっていた。特に肩や足の部分は深く切られたように皮膚が見えている。

「拓磨?」

葵はゆっくりと拓磨に近づいていく。しかし、拓磨は顔を上げるそぶりすら見せない。

葵は視線を拓磨の前の部屋に移す。ドアのプレートには苗字が書いてあった。

『白木』

なんと、友喜の部屋である。やはり拓磨は面会に来ていたのであろうか？

しかし、どうやら面会はできなかったようである。それはドアのネームプレートの下に書かれてあった。

『面会謝絶』

「えっ？　面会謝絶って…何で？」

文字を見た途端、疑問が口から飛び出した。

（自殺のことが本当だとしたらまだ警察が話をしているのだろうか？）

「今朝、友喜が突然暴れたんだ」

拓磨がぼそっと呟く。葵は拓磨の方を向き直り、問う。

「暴れた？」

「まるで麻薬が切れて薬を求める中毒者みたいだって友喜を押さえていた刑事が呟いていた」

「そんな…友喜はそんな非行に走る子じゃ無いでしょ!?」

葵はたまらず拓磨に反論したが、拓磨は葵に向くこと無く俯いたまま黙ってしまった。

葵は気持ちを落ち着けると、拓磨の隣に座った。そして拓磨の姿をじっくりと眺める。

拓磨の服は見たところかなりボロボロである。やはりヤクザの人とかに絡まれていたのだろうか？　それと肩や脇腹、そして太腿に黒い制服のせいではっきりと分からないが染みができている。おまけに全身ずぶ濡れのようで、昨日の豪雨の後、家にも帰ってないいらしい。制服全体が湿っていた。

「ねえ、聞いていい？　一体、何があったの？」

「……転んだ」

「えっ？　転んだ？　転んでそこまでボロボロになるの？」

葵はゆっくりと右手を拓磨の肩に伸ばして触れる。すると、手が薄赤く染まる。

絵の具？　いや、違う。これってもしかして……！

「ねえ、これってまさか血？」

「転んだら血くらい出るだろ？」

拓磨はやはり俯いたままだ。

「転んだって…どう見てもこれ切り傷でしょ!?　肩と脇とそれに腿も！　拓磨、刺されたの？」

「転んだらたまたま棘が付いた金網に突っ込んで服ごと切ったんだ」

拓磨はどうあっても転んだことで済ませたいらしい。

「転んで服がズタズタになるほど切られて、それで学校に行ったの？」

「学校から物音がしたんだ。おかしいと思って中に入った。なぜか門が開いていた」

あくまでシラを切る拓磨に葵はだんだん腹が立ってきた。

「それで自殺しようとした友喜を助けたの？」

「自殺？　何言っているんだ？　友喜の体には怪我1つ無かったんだ。屋上から飛び降りたらかすり傷1つじゃすまねえだろ？　たまたま校庭で倒れていた友喜を発見したんだ」

「……へえ、偶然転んで服が破れて偶然学校のそばを通りがかって偶然学校に入れて偶然友喜が校庭で寝ていたんだ？」

「そうだ」

「いい加減に……！」

　葵の怒りはついに沸点を超えた。ここまでおかしな話を信じるなんてできっこないし、何より友達が入院しているというのに本当のことを話そうとしないこの木偶の坊の態度が凄まじく気に入らない。

　葵は大声で怒鳴ろうとしたが、急に怒りが吸い取られるように体の中から消えていった。

　拓磨が小刻みに震えていたのである。ものすごく小さい揺れのため葵は自分の錯覚ではないかと感じた。しかし、そんなことは重要ではない。この風貌に劣らぬ超人じみた強さと刃物をちらつかされても眉1つ動かさないふてぶてしさを兼ね備え、恐怖というネジが抜けているといえる男がまるで親に怒鳴られるのを怖がる子供のように肩を震わせていたのである。

　今まで葵が見たことのない拓磨の姿だった。呆気に取られてしまい、怒るどころでは無い。葵にとっては異常事態である。この男がこんな姿を周りに見せるなんて幼稚園の時からの付き合いだが一度も見たことがない。よほど深刻な事態が起こっていることを葵は感じ取っていた。

葵は言葉を一旦飲み込むと、ため息として吐き出し目の前のドアを見つめた。

おそらく、友喜もその深刻な事態に巻き込まれているのだろう。

友喜は自殺なんてするような人間でも無いし、麻薬をやるような人間でもない。

何か理由があるはずなのだ。おそらく、拓磨はそれを知っている。でも話そうとしない。必ず、それはお節介故に事件に首を突っ込み後戻りができなくなり、周りの人間を巻き込んでしまうような事態に陥ってしまったからなのではないだろうか？　つまり、周りを巻き込まないため…。なんて不器用で身勝手な男だろう。

「……ねえ、拓磨。何も話せないの？　昨日、学校で話した『立て込んでいた事』って終わった？」

葵は拓磨の方を見ずに声だけで尋ねる。

「…悪い。まだ、終わっていないんだ」

「そう…」

2人の間に沈黙が流れた。2人の前を通る人が大男と美女の奇妙な組み合わせに異様な雰囲気を感じ、2人を見ないように左右に移動していく。

拓磨の体からは淀んだ重々しさを感じる。側にいるだけでピリピリと肌に響き、下手に近づけば飲まれてしまうかもしれない。普段から威圧感を拓磨は放っていたが、それとは全く異なったものである。

（何か上手くいかないことでもあったのだろうか？）

　おそらく、何か壁にぶつかったのだろう。そして今もその壁を乗り越えられない、乗り越えるには自分ではどうしたら良いのか分からず途方に暮れているといったところだろうか？

「あの、拓磨…」

「葵」

　突然、拓磨が自分の名前を呼んだことに気づくと葵は顔を再び拓磨に向けた。

「えっ？　何？」

「聞きたいことがあるんだ。俺の…友人の男から聞かれたことだ。俺にはどう答えて良いか分からない。どんな回答でも良いから答えてくれないか？」

「…いいよ、どんなこと？」

「その男はとても喧嘩が強い。人並み外れた怪物だ。でも、それだけ強くてもそいつは少しも満足してないんだ。むしろ戦えば戦うだけ悩んでいる」

「……何でその人は悩んでいるの？」

　葵は相づちを打つように拓磨の話を助けた。

「自分の暴力がいつも人を傷つけているからだ」

「じゃあ、暴力なんて止めたらいいじゃない？　止めれば相手も傷つかないし、自分も悩む事なんてないでしょ？」

　葵は思ったことをそのまま呟く。

非常に根本的な解決方法だ。

剣道の試合に負けたくないなら試合に出なければ良い。

テストで0点を取りたくないならテストなんて受けなければ良い。

『生涯で一度もじゃんけんで負けたことが無い』という人の理由が『生涯一度もじゃんけんを行わなかった』というオチをこの前テレビドラマで話していた。

ものすごくしょうもないオチである。だが、屁理屈としては素晴らしい。

そもそも暴力なんて振るわなければそれに越したことがない。

話し合いなどで解決できるならそちらの方が何倍もマシと言わざるを得ない。

「相手がいつも襲いにくるんだ。それにその相手は息の根を止めなければ、その男だけではなく他の人を無差別に襲うかもしれない。だから、息の根を止めるしかない。でも相手も自分と同じ人間なんだ」

「い、意味が分からないんだけど？　何でいつも襲われるの？　何で周りの人々を無差別に襲うの？」

葵は聞いているだけで頭がこんがらがっていた。

「襲ってくる奴らは……何て言ったらいいんだろうな…。元に戻れない程洗脳された奴らだ」

「洗脳？　あの…拓磨？　ひょっとしてそれってアニメか何かの話？」

「あくまで仮の話だ。あんまり真剣に考えないでくれ」

葵は拍子抜けしてしまった。

散々真剣な声で怯えながら話をしていたものだから、てっきり自分のことを友達に見立てて話しているのかと思ったら…。

なんだ、作り話か。

じゃあ、さっきまでの深刻そうな雰囲気は何だったんだろう？　全て、私の勘違いだったのかな？

「……真面目に答えた方が良いんだよね？」

馬鹿馬鹿しくなった気持ちを何とか元に戻そうと拓磨に問う。

「できれば真面目に頼む」

葵は恨めしそうに拓磨を横目で睨むと白い廊下の天井を見上げて考え始めた。

「男は周りに迷惑をかけないように1人で対処している。近くにいれば一般人は巻き込まれるからな」

「……ふ～ん」

葵は寝息のような相づちをうった。

「だが、襲ってくる相手は男の周りの友達を巻き込みにきている。けれど友達を助けようとしたら、相手を倒してしまう。相手も一応元は同じ人間だ。それで相手の家族に『人殺し』って言われる。結果、自分のやっていることが何なのか分からなくなる。でも、男が戦わないとさらに犠牲者が出る……そんな話だ」

「……難しい話ね」

葵は呟くと、再び拓磨の方を見つめる。

「難しいけど洗脳される前に助けるしかないんじゃないの？　そうすれば周りの人を無差別に襲うこともないだろうし、その人を倒すことも無くなるでしょ？　それでも、助けられないときは倒すしかないんじゃないの？　そのおかしくなった相手を。だって、被害が出てからじゃ遅いもの」

「やっぱり…そうなるんか？」

「あっ、でも今のままじゃ駄目かも」

葵は急に気づいたように付け加える。

「『駄目』？」

拓磨は体は俯いたまま声だけで問う。

「うん、その男の人だけど１人で対処しているんだよね？」

「ああ。１人で正体不明の組織とな」

「えっ？　相手は団体？　だったら、もっと駄目じゃない」

葵は『話にならない』とばかりに笑い、吹き出してしまった。

「何かおかしいか？」

「だって…１人で相手にできるわけないでしょ？　私だったらその男の人に『力強いからって自惚れるな！』って言うかな？」

拓磨は顔を上げ、葵の方を向くとそこには清々しく微笑みながら1人だけ悩みが晴れたように両手を天井に伸ばして、猫のように伸びをしている彼女の姿があった。

「周りに助けを求めたら巻き込むことになるんじゃないのか？」

拓磨の質問に葵はおかしそうに笑うと笑顔で別の話題を語り出した。

「私の友達にね、新島佳奈という剣道部の子がいるの。最初剣道部に入ったときはすごく運動神経が悪くて、部の中でも腕はワースト1。部の中にもその子のこと馬鹿にする奴が出てきて揉めたこともあったかな？　でも、その子と私、すぐに友達になろうって決めたの」

「……何でだ？」

「すごく優しくて、私なんか足下に及ばないくらい先輩や後輩に対して気配りが良いの。それにいつも部活を頑張っているから、その姿を見るだけで私も頑張ろうって思うし、なんていうのかな…ムードメーカーという言葉がピッタリ」

「その新島さんは結局剣道上手くなったのか？」

「残念、今でも勝ち星は1つも無し。でもね、着実に強くなっているから彼女を馬鹿にしてた奴も馬鹿にできなくなってきたんだよね。だって、気を抜けば負けちゃうんだから。部全体が彼女のおかげで良い方向に向上して…ほんとすごい友達だと思うんだ。今では20人近くの剣道部の部員、全員が彼女と友達です」

葵は夢を語るように友達のことを語っていた。そして一呼吸置くと拓磨の方を見る。

「その男の人だけど、確かに強いかもしれないけどもっと周りに頼っても良いと思う。できないことがあったらそれを認めて頭を下げてできる人に頼めばいいのに。そうすればもっと多くの人たちを助けられるんじゃないの？」

「巻き込めば被害が出るかもしれないんだぞ？」

「う～ん、そんなに周りを巻き込むって駄目なことかな？　確かに巻き込まれて嫌な顔をする人もいるけど、中には『その男の人とだったらどんな辛いことでも一緒に乗り越えて助けてくれる』親友のような存在もいるんじゃないの？」

拓磨は葵の言葉に言葉を失い、深く考え込む。

『どんなことに巻き込まれても助けてくれる親友』。

俺には確かに親友と呼べる存在がいる。しかし、巻き込まれるのを望んでいるかと言えば逆だ。争いごとに関わらないように心境が変化しつつある。

「なんか臆病だと思うな、その男の人。周りとの関係を大事にしすぎているんじゃない？　関係を壊したくなくて周りに協力を求められないみたいで、どこかの誰かさんみたいにすごくお節介で不器用な人だと思う」

葵は拓磨を小馬鹿にするように笑みを浮かべながら呟いた。

葵の言葉はまさに拓磨の核心を突いていた。

祐司を含め、周りの人に言っていないことは山ほどある。混乱を防ぐためだとか、相手を心配させないためだとか色々と言い訳はできる。

だが本音は葵の言うとおり、自分と周りとの関係が変化するのを恐れているからだ。

怪物とはいえ元々人である存在を殺した自分のことを友人はどう思うだろうか？　今の自分にはそれを受け止められる自信も無ければ覚悟も無い。友喜の怒りを受けた時、まともに答えることができなかったのはそのこともあるだろう。俺がやるべきことはせめて友人にだけでも真実を話すことなのかもしれない。その上で責めを受けるべきなのだろう。

拓磨の中にぼんやりとだが、闇夜に月が輝くような明かりが灯った気がした。

「確かに…そうかもしれないな。その男は…非常に臆病で弱い存在なのかもしれない」

「人間なんて完璧な奴なんていないんだからさ、１００人いたら１００通りの長所や短所があるんだから。その男の人はたぶん普通の人では持てないほどの長所があるんだと思うけど、それでもできないことはあると思うの。やっぱり、必要なんだよ。自分を助けてくれる友人が。そう思わない？」

葵は弾むような笑い声で拓磨の背を叩いた。その声を聞くと急に全身を覆っていた重さが急に軽くなった気がした。拓磨は体を上げるとそのまま椅子にもたれかかり笑みを浮かべる。

なんだかんだ言って、葵には敵（かな）わない。それが今一番心の底から思えることだった。重圧で沈みそうな自分をこうも簡単に救い上げてしまった。俺が気負いすぎていた部分もあるだろう、だがそれを気づかせてくれたのは目の前の長髪の幼馴染だ。

祐司とは違った意味で友達と呼べる存在だ、本当に。

「…やっぱりお前には敵わないな、葵。さすが剣道部の部長だけあるな？」

「部長代理だけどね」

ようやく現れた拓磨の笑みに葵はほっとしたように安堵の表情を浮かべる。

「さっきまで何だかお通夜みたいに沈んでいたけど、もう大丈夫？」

「ああ、目の前を覆っていた霧が晴れたみたいだ。問題は相変わらず山積みだが、何とかなりそうな気がする。本当に助かった、ありがとう」

「あんたが落ち込む事なんて一生に一度あるかないかだと思っていたから、そんな貴重な瞬間に立ち会えただけでも儲けものね。さてと…面会できないんじゃ帰るかな？　友喜のことだけど、本当に大丈夫なの？」

「医者の方々が何とかしてくれたみたいだ。しばらく安静にしてればまた会える」

拓磨は目の前の友喜の入院部屋へ続くドアを見ながら答えた。

「本当に大丈夫なの？」

葵は再び拓磨に聞いてくる。

「大丈夫だ。医者を信じろ」

「違う。友喜のこともそうだけど、拓磨のこと。服の傷や血のこと。それから抱えている問題のこと」

「本当に大丈夫だ。これだけは俺たちが解決しなきゃいけないからな。だから…今は話せるときまで待ってくれとしか言えない。本当に迷惑をかける」

「はいはい、そうですか…」

葵は呟きながら立ち上がると拓磨を見下ろした。

「全部終わったらちゃんと話してよね？　事態が変わったらでもいいから」

「悪い」

「謝らなくていいから。制服だけど小さな綻びだったら裁縫で何とかなるけどどうする？　誤魔化す程度の技術だから出来栄えは保証しないけど」

「そんなこともできるのか？」

拓磨は驚いた。中学生の頃はうちの叔母さんにスカートや上着の破れたところを直しに来ていたのは知っているが、いつの間に習得したのだろうか？

「これくらいできないと男2人いる家庭じゃやっていけないの。それで、どうするの？」

「せっかくだから頼むか。けど今はこれでいい」

「そう？　まあ、あんまり期待しないでね。それじゃあ、またね」

葵は長いポニーテールを振りながら方向転換すると拓磨に背を向け、廊下を進むと曲がり角を左に曲がり見えなくなった。

「友人に真実を打ち明ける……か」

（どうやら、俺は想像以上の馬鹿だったみたいだ。もっと早くこの結論に達するべきだった…。そうすれば、山中も友喜も……もしかしたら、こんな事態に巻き込まれずに済んだのかもしれない）

拓磨の呟きと感傷と同じタイミングで胸の携帯電話が振動する。拓磨は携帯電話を取ると耳に当てる。

「拓磨、私だ。ゼロアだ」

「ゼロ。色々面倒をかけてすまなかったな。情けない姿も見せちまった」

「いや、私の方こそ君を巻き込んだばかりに辛い思いをさせていることに気づかなかった。申し訳ない」

「さっき、葵と話をした。やはり持つべきものは友達だな、色々教えてもらった。どうやら俺はこれから1人で戦っちゃいけないみたいだ。金城先生、山中、犠牲になった相良やヤクザの連中。あいつらみたいな被害者を出さないようにするには、ライナー波に完全に汚染される前に対処するしかねえ。だが、それには俺1人じゃ無理だ。俺以外の人たちの協力がいる。人間の協力がな」

拓磨の言葉の1つ1つに、縛られていた鎖から解き放たれたような迷い無き意志のようなものをゼロアは感じた。

「以前の君は何か重圧に押しつぶされそうだったのに今の君の言葉はそれをはねのける強さを感じるよ。成長したね」

「こんなのは成長なんて言わない。ただ教えてもらったことを言っているだけだ。成長っていうのは言葉を行動に移して結果を得て初めて『成長』と言えるんだ。今まで色々迷惑をかけたがこれからもよろしく頼むぞ、ゼロ」

「ああ、こちらこそよろしく頼む！」

「早速本題に入るが、友喜についてだ。あれをどう思う？　俺には普段の友喜とは思えなかったんだが」

「学校の屋上で彼女は明らかに錯乱していたね。本人の意志もいくらかあるかもしれないけど一種の洗脳のようなものを受けていたと思うね。もちろん、ライナー波が関わっているのは間違いないだろう」

　つまり、友喜はライナー波を浴びたということになるのだろうか？　だとすれば、やはり山中達のように体が変形するのも時間の問題では…。

「ゼロ、友喜は化け物になっちまうのか？」

「詳しく調べたわけじゃないから何とも言えないけど、可能性はゼロじゃないね」

「やっぱりか…。体が変形したらアウトだ。それより前なら何か手は無いのか？」

「彼女の体の中のライナー波に対抗する抗体が作れればいいんだけどね。君や私のように」

抗体。インフルエンザなどの予防接種と同じか。

　確かに友喜の体がライナー波に対する抗体を作れれば当分は安全のはずだ。

「ただライナー波を体に浴びせるのは危険が大きすぎる。まずは特殊な薬を調合して打たなければならない」

「ゼロ、その薬はできるのか？」

「できる。だけどね、拓磨。これはあくまでフォイン星の人に対する薬だ。地球人の彼女がフォイン星の人専用の薬を打つのはあまりに無謀だ。最悪、その場でライナー波に取り込まれて怪物になる危険がある」

「……地球人用の薬を作るのにどれくらいかかる？」

「薬は年単位で何回も臨床実験を重ねて初めて完成するんだ。残念ながら私は地球に来てから地球人相手に臨床実験を行ったことは無いんだ…。ライナー波を地球人から遠ざける立場にいたからね」

「じゃあ…今からやろうとしたら手遅れだというのか!?」

決意の後に絶望。やはり現実は厳しいものだ。そう上手く事が運ばない。考えてみればゼロアはずっとリベリオスから逃げていたわけだ。自分の身さえ危ない状況で他人の身の心配をすること自体贅沢なのかもしれない。

「このままじゃ祐司に合わせる顔がねえ…。一体どうすりゃ良いんだ!?」

拓磨のやるせない怒りに携帯電話が怖がったのか震えだした。

「拓磨、悪いけど電話だ」

「こんな時に誰だ？」

しばらく、ゼロアの声が聞こえなくなりしばらく考え込むように唸ると答える。

「これは…『御神総合病院』だ」

「何？　この病院から!?」

一体どういうことだろう？　病院から自分の携帯電話に電話がかかってくるなんて。

「ゼロ、電話を繋いでくれ。友喜に関する連絡かもしれない、症状が変化したのかもな」

「『直接話にくれれば良いのに』と思うのは間違いかな？」

ゼロアの疑問に拓磨も同意だった。

（なぜわざわざ電話をかけてくるのだろう？　もしかしたら、俺がここにいることを知らないのだろうか？）

「もしもし、不動拓磨です」

「こんにちは、不動君」

男の声のようだった。まるでノイズが入ったように加工されている。テレビなどでボイスチェンジャーを使うときに聞こえる音が拓磨の耳に届いていた。

「……………」

拓磨は声を出さず相手の様子をうかがった。

そもそもボイスチェンジャーを使って話してくるなんて『疑って下さい』と言っているようなものだ。警戒するのも当然だ。

「加工した音声ですまない。こちらも色々あってね」

「拓磨、詳細な場所を逆探知をしてみようか？　いくら何でも普通の相手とは思えないよ」

ゼロアが会話に交ざってきた。もちろん、拓磨だけに通じる会話だ。携帯電話を耳から離し、頼もうとしたその時だった。

「ゼロアさん。大変迷惑をかけているのは承知しているが、こちらの場所を特定するのは不可能だから止めた方が良いと思うよ？」

　拓磨とゼロアに緊張が走った。

　相手はゼロアを知っている、そして声も聞こえていた。ということはウェブスペースやリベリオスのことも知っている可能性が大だ。ひょっとしたらリベリオスの一員なのかもしれない。

「あんたは一体誰なんだ？」

「ただのお節介だよ。君と同じようにね、不動君」

　返答は妙に淡々としている。

「名前も教えてくれない奴と会話をしろと言うのか？」

「インターネットの中ではそんなこと日常茶飯事だよ？」

「インターネットは便利かもしれないが、俺は直接会って話した出来事や人間しか信用しないんだ」

「素晴らしい心がけだ。僕も同じ意見だよ。便利なものがあるからと言ってそれに頼るのは違うと思う。むしろ便利なものが溢れた今の時代だからこそ、面と向かって対話する重要性が増したと思うね」

　持論を語る電話の奥の男に拓磨は耳を傾け続けた。

（一体誰なんだ？　何で俺の携帯電話の番号を知っている？）

　考えても思考は空回るばかりだ。なぜだろう、この男と話していると全てが筒抜けで見られているような不思議な感覚に陥る。

「そろそろ本題に入ってもらえないか？　こっちは色々と忙しいんだ」

「白木友喜さんのことかな？」

再び拓磨とゼロアに衝撃が走る。

先ほどの感覚は間違いないのかもしれない。電話の向こうの人物は間違いなく俺たちのことを知っている。それも最近起きた出来事も含めて。

「……全部お見通しってことか？　あんた、本当に誰なんだ？」

「それよりもまず君たちを安心させよう。彼女は無事だ」

「な、何を言っているんだ？　友喜はライナー波に汚染されている可能性があるんだ。それに対処するには薬を調合するしかない、抗体を作るための」

ゼロアが会話に参加してくる。バレている以上隠すことを止めたらしく、堂々と会話に乱入してきた。

「…ゼロアさん、病院は患者を治療するための施設なんだ。それができなきゃクレームの嵐で病院はすぐに潰れるよ？」

「まさか…治療薬があるというのか!?」

ゼロアの驚嘆の声に相手の声はクスクスと笑っていた。

「もちろん、すでに彼女に投与済みだ。君たちは彼女の部屋の前にずっといるけど、彼女が暴れる音が響いてこないだろ？　まあ、しばらく面会謝絶だから実際に見てもらわない限り信じられないと思うけど」

拓磨が友喜の付き添いで共に病院に救急車で来たとき、彼女は屋上から落ちた時の気絶から回復したらしく意識は戻っていた。

だが、それはとても友喜とは思えない光景だった。髪を振り乱し、頭を掻きむしりながら絶叫を上げて、喉が割れそうになるまで狂う。禁断症状が出た麻薬中毒者のように担架の上で暴れ、全身を固定しなければまともに動かせない状態。

それから拓磨は警察の事情聴取を受け、友喜の部屋の前に戻ってきたときにはすでに音は止んでいた。てっきり鎮静剤でも投与して友喜を眠らせたのかと思ったが、まさかライナー波に対する治療が済んでいたとは誰が予想しただろうか。

「あんたは医者なのか？」

「ははは、不動君。僕はそんな素晴らしい人間じゃないよ。ただの投資家だ」

（投資家？　投資家が何で治療薬と関わっている？　ライナー波の研究にでも投資していたのか？）

拓磨の中の混乱は続く。

「ど、どうやってライナー波に関する知識を!?　惑星フォインの人間なのか？　それともリベリオスの関係者？」

拓磨よりもゼロアが質問をし続けた。科学者であるゼロアにとって、ライナー波に対する知識を持っている電話の向こうの人物が気になって仕方がないらしい。

「どちらも外れかな。僕はリベリオスの一員じゃない。当然君たちの一員でもない。言わば『第三者』かな？」

『第三者』。

拓磨はこの言葉に心当たりがある。相良の騒動の時の稲歌町住民の対応。それを可能にした超先進的な技術。

（ライナー波に対する治療をやってのけたというのなら、あながち夢物語ではない。もしかしたら、電話の向こうの人物が今までの事件の『陰の功労者』とでも言うのか？）

「それで『第三者』さんは何が目的で俺に話をしにきた？」

「目的か…。半分は『ウェブライナー』だね」

「ウェブライナーのことも知っているのか？」

もはや驚きもしなかった。どうやら、本当に全て筒抜けみたいだ。

「正確に言うとあれは惑星フォインにあった頃のウェブライナーじゃなくて突然変異した『何か』だよね。その原因はおそらくライナー波、そして君だと僕は思っている。不動君、もちろん君のことだ。一体何をしたんだい？」

「ふっ、俺も知りたいくらいだ。あの中にいる全身真っ黒ののっぺらぼうと話したら、今みたいになったんだ」

「えっ？　えっと…ふざけてないよね？　そんなのであんな風になるの？」

「俺は大まじめだぞ？」

さすがに電話の向こうの相手も言葉に詰まってしまったようだ。それもそうだろう。どうやればあんなロボットができたのかと言えば、こう答えるしかない。

『奇跡が起こった』、あるいは『黒いのっぺらぼうが何とかしてくれた』。

それ以外にあの時の出来事を説明できそうもない。俺だって未だに何が起こったのか分からないんだ。

分からないものに乗って、戦っていたわけだ。まさに無謀行為、科学者のゼロアが悩むのも当然だ。まともに考えていたら頭がパンクしてしまう。ある程度のノリと勢いが今のウェブライナーには必要だ。そうでもしないとはっきり言ってやってられない。

だからこそ、ウェブライナーが動けず修理もできない今の状況が一番困るのだが…。

「ウェブライナーが欲しいのか？　とは言っても今は全身破壊されていて、1円でも売れれば儲けものみたいなスクラップ状態なんだが」

「何が起こったのか乗っている君は本当に知らないのか？」

「知っていたらゼロが修復していると思うんだが、どうやら修復不能みたいだ。そちらが直してくれると言うのなら歓迎なんだが」

「悪いけど、今こちらが興味があるのは壊れていないウェブライナーなんだ」

どうやら相手もそこまでお人好しではないらしい。まあ、誰だって全長100メートルのスクラップをもらってくれと言われたら断るだろう。この反応が当然だ。

「なるほど、まあウェブライナーのことはひとまず置いておこう。もう1つの用件の方が早く済みそうだ」

　電話の奥の声は残念そうに話題を切り替えた。

「もう1つの用件？」

「そう、僕のもう1つの目的は…ずばり『情報』だ。君たちの知っている情報を得て、今後のリベリオスとの戦いに備えようと思ってね」

　拓磨は内容を聞いたとき腑に落ちず、顔をしかめた。

　俺たちの情報が欲しい？　今後のリベリオスとの戦いに備える？

　つまり、『第三者は俺たちに協力してくれる』ということなのだろうか？

「俺たちに協力してくれるのか？」

「協力？　残念だけど、君たちと共に戦うつもりはない。こちらとしては君たちの知っている情報が欲しいだけ。そしてリベリオスの攻撃に対して無力な人々を守りたいだけだ。君たちがどんな目的で動いているかは分からないが協力しようと思わないし、して欲しくもない」

　単なる情報入手。

　しかし、人々を守りリベリオスと戦ってくれるという事が本当なら『敵ではない』と少なくとも思える。友喜の容態についてこの目で見てみないと分からないが、友喜を治療したというのなら今の発言にも信憑性が出てくる。

（人々を守る『第三者』か…。もし可能なら共に協力してリベリオスに対応したいものだ

が、初めて会話した者を信用しすぎてもいけない。互いに利用し合うくらいがちょうど良いのかもな）

「分かった。こちらとしてもリベリオスから人々を守ることは大賛成だ。そちらの申し出に応(こた)えたい。ゼロ、いいか？」

「色々と信じられない部分はあるけど、今回は目を瞑(つぶ)るよ。少なくとも人々を守るというのは何だか本当みたいだ。あくまでも私の勘だけど」

ゼロアは渋々と拓磨の提案を了承した。

「よし、それでは早速始めるとしよう。こちらとしてもあまり時間に余裕がないんだ。いくつか質問をさせてもらいたい。もちろん、ある程度の情報ならこちらからも提供するよ？　もらってばかりだと悪いしね」

第三者は司会進行役を引き受け、話を切り出した。

「まず最初に今回の一連の騒動について不動君、君はどう思う？」

「一連の騒動…。友喜の周りで起きた出来事だな？」

「こちらの調べだと白木友喜さんは君の小学生時代からの友人みたいだね。正確には中学校に上がるとき彼女は両親の離婚が原因で稲歌町を後にしたみたいだけど」

「もし、知っていたらでいいんだが1つ確認したい。友喜の父親は…離婚した父親は金城勇先生なのか？」

友喜の父親の存在。あまりにも衝撃的な事実。

もしかしたら近所の人々は知っていて俺は知らなかったのかもしれない。そもそも友喜とまた会えるなんて思ってもいなかった。

小学校の頃に別れた友喜がなんと隣町に住んでいた。ならばなぜ今まで連絡を寄こさなかったのだろう？　隣町ならすぐ会いに行ける距離だ。

会えない理由があった？　それとも俺たちに会いたくなかったのだろうか？　なぜだ？

そこまで考えた時、拓磨の頭にはひらめきのように1つの出来事が浮かんだ。

小学校。祐司。友喜。『会いたくない』。

キーワードが1つに繋がり昨夜の光景が甦る。


『祐司のこと私、大嫌いだから』


友喜から放たれた一言。昨夜は分からなかったが今なら分かる。

友喜がこの感情を抱いてもおかしくない出来事が小学校の時起きていた。

それは小学校最後の日。卒業式の日に起こった。


朝7時40分、不動ベーカリー前。

それは今から6年程前。拓磨達が小学校卒業式の朝。

「おはようございます！　叔母さん」

その日は雲1つ無く澄み渡った青空が陽光に染められ美しく輝くその下で、渡里祐司は不動ベーカリーの前で店の中に向けて叫んでいた。

本日は稲歌小学校の卒業式。人生において1回しかない重要な一日だ。小学生用の黒のスーツに紺色のネクタイを着用、髪もしっかりとスポーツ刈りでいつもとは違い心も引き締まる服装に着替えた祐司は気分上々であった。

「あら、祐司。おはよう。格好良いスーツね？」

「父さんにわざわざ買ってもらったんで。叔母さんも今日はおしゃれですか？」

喜美子も本日の服装は卒業式仕様だ。白い大粒の真珠ネックレス、紺のスーツの内側に着用しているブラウスは白く光沢を帯びており、首下からへその辺りまで白いラインが入っているように見せる。膝元まであるスカートの内側には肌色のストッキングまで着けている、靴は黒くヒールが短いパンプスを履いている。

顔立ちは整っており日本美人の一歩手前まで来ていた。達することができないのは奥ゆかしさの欠片もない豪快な性格ゆえである。

そんな、いつもは破天荒な喜美子だが今日はなぜか地味に感じた。

「こっちも新着よ。どう、似合っているでしょ？」

「太ったから新しく買ったの？」

「ブツよ？　祐司」

　喜美子は拳を握り締め、祐司を脅した。

「ジョーク！　ジョーク！　まったく…冗談が通用しない人なんだから…。あの、たっくんはまだ来ないの？」

「ああ、ごめんなさい。拓磨はちょっと時間かかるわ」

　喜美子がバツの悪そうな顔を見せる。

「え？　何で？」

「あの子、身長がまた伸びたみたいで。今まで着ていたのが着られないって昨日の夜に気づいて。本当に金がかかる子なんだから…。今度から大きめの服を着せようかな？」

　途中から喜美子の言葉には愚痴が入っているのに祐司は気づいた。

「じゃあ今、その服を着ているの？」

「ううん、服が知り合いのお店から来るのを待っている途中。そろそろ届くはずなんだけど」

「えっ!?　学校に8時30分までには行かないといけないのに間に合うの!?」

「ごめんね、こっちも大変なのよ。愛理さんと待ち合わせをするはずなのに。…届け物もあるのに」

　喜美子はそういうとスーツの胸ポケットから白い布を大切そうに取り出す。

「え？　布が届け物？」

「違う違う。愛理さんに髪留めを直してくれって頼まれていたの。何でも旦那さんから昔結婚記念日買ってもらったものが欠けちゃって、その修理を私が代わりに修理業者に頼んだの。これ、今日友喜ちゃんに付けてもらうんだって」

「ふ〜ん、良かったら俺が届けようか？」

「えっ？　祐司が？　……やっぱりいいわ、祐司そそっかしそうだし。私が持っていく」

「でも、間に合わなかったら友喜のお母さん悲しむよ？」

喜美子は祐司からその事を聞くと悩み、唸っていた。そして何度も祐司をちらちら見つめると白い布をそっと祐司のスーツの胸ポケットへと差し込んだ。

「言っておくけど走っちゃ駄目よ？　愛理さんは小学校の正門にいるからそこまでまっすぐ行くこと。ねえ、葵ちゃんは？　彼女も一緒だとすごく安心するんだけど」

「葵は友喜と一緒に先に学校に行った」

祐司は淡々と答えた。

「…そう、言っておくけど絶対に走っちゃ駄目だからね？　振り回すのも禁止。できる？　祐司」

「任せておいてよ！」

喜美子に少々馬鹿にされた感じで祐司は勢いよく言葉で返した。

荷物をただ歩いて届けるだけ。ただそれだけのことだ。

たっくんや葵みたいに運動は得意じゃないけど、それぐらい俺にだってできる。

荷物を届けるだけなのに祐司は使命を背負ったように興奮していた。

「えらく張り切っているわね？　ああ、そっか。相手が友喜ちゃんだもんねえ…？」

喜美子が意地悪く笑い祐司を見下ろした。

「な、何だよ！　俺、別に友喜のことなんか…！」

「でもいいの？　友喜ちゃん、引っ越すって話だけど」

「………」

祐司は答えることができず黙ってしまう。

本当はずっと一緒にいて欲しい。

可愛くて優しくて、あまり自分を周りに出すのが得意ではない子。

最初の出会いは葵の友達として家に遊びに来たときだった。この時、ほぼ一目惚れに近い状態だった。恥ずかしさを隠すようにドアの隙間から覗いていたが、それを葵に発見され徹底的に怒鳴られた。

小学校1年生の時、初めてクラスが一緒になった。それだけで気分が高鳴った。月ごとに席替えが行われ、ちょうど10回目。年が明けた1月8日、何の因果か分からないが隣の席に彼女が座ることになった。直視することができず、顔が赤くなり熱にうなされたようになってしまった。

俺はその時、この世に神はいると確信した。

そして3ヶ月後、2年生になり彼女が別のクラスに行くと、この世には邪悪な神しかいないのだと確信した。

4年生になると知らない間に友達になっていた。たっくんと葵、そして友喜と俺。この4人で行動することが多くなり、以前程緊張せずに喋れるようになった。

そして今、ついに彼女は遠く離れた場所に行くことになってしまった。もしかしたら二度と会えるかどうかも分からない。

けれど、だからと言って気持ちを伝えるのは恥ずかしい。何より、伝えることで今までの関係が壊れる恐怖がある。

友達のままで終われるならあえて伝えなくても良いのではないだろうか？　彼女は違うところでこれから好きな人ができるだろう。悔しくて残念だけど、その人が一番で俺はそれ未満でも良いかもしれない…。

それでも最後に何か話したい。良い格好見せて上手く話に繋げていきたい。今回引き受けた動機は話をするためのきっかけだ。

悶々（もんもん）と考えて低い背で改めて祐司は喜美子を見上げた。

「と、とにかく大丈夫だよ！」

右手の親指を立ててサムズアップを見せる。

「…はあ、分かったわ。後から拓磨が追いつくと思うから。お父さんは今日も仕事？」

「うん、原画スタッフが倒れて代役立てなきゃいけないから、こっちに来れないんだって。いつものことだけど」

「……まあ、いろいろ大変そうだけどとにかくお願いね。愛理さんには電話で祐司が行くって連絡しておくから。あなたは事故に遭わないように気をつけて行ってきて」

「うん、じゃあ小学校で会おうね！」

祐司は早歩きで不動ベーカリーを去って行く。彼の後ろ姿を見つめていた喜美子は妙な不安を覚えたが、自分も支度をしなければいけないため店の奥に消えていった。

祐司はのびのびと手を交互に振りながら道路の端を歩きアスファルトの上を歩いて行く。左右を民家に挟まれた学校までの通学路は、歩行者にとってあまり良い道とは言えない。歩道はとても狭く人1人が歩くのが精一杯である。車が横を通れば最悪の場合は接触もあり得る。

祐司はいつも以上に道路の線に気を払いながら進んでいく。

しばらく進むと左側に公園が現れる。このまま公園を無視して進めば大きな門がある家が右側にある。そこのT字路を左折すれば後は学校まで一直線だ。

しかし、祐司は大きな門の家が嫌いだった。たまに怖い顔をした人たちが門の中に入っていくのが見える。一度下校の途中で4人程の怖い顔した人たちを見かけ、そのうちの1人に睨まれ慌てて別の道から家に帰ったことがある。それ以来、あの家の前を通るのが大嫌いになった。たっくんが一緒の時以外は絶対に通りたくない。

今日はただでさえ大切なものがあるというのにわざわざ怖い思いをする必要はない。というわけで公園を突っ切って回り道をして行こう。

祐司はすぐに左折し、公園の中を堂々と歩いて行く。時間帯のせいか、誰も人が見当たらなかった。周囲に植樹されている木々の緑色の葉の間から、人に声をかけるように鳴いているスズメしか視界に入るものはなかった。

地面が土のせいで制服に埃(ほこり)が移ったが祐司は構わず歩き続ける。

木々の間を抜けると道路を挟み対面にブロック塀越しに民家が現れ、祐司は右折し歩道を歩いて行く。このまま直進すれば通学路にぶつかるのだ。

通学路には指定されていないこの裏道。本来ならばこちらが通学路の方が怖い人たちがいる家の前を通るよりもずっと安全な感じがする。

祐司は通学路に戻ると小学校へと歩き続けた。道を進むにつれて自分よりも背の大きな人たちが増えてくる。中学生や高校生の人たちが合流してきたのだ。

目の前には男女混在し、姿形様々な人の群れが道路の両脇の歩道を一斉に歩いていた。中には自転車に乗った人もいるが人の流れが遅くて自転車から降りて押して歩いている。

学校に行くたびに見る光景だ。いずれ自分もあの中に加わることになるのだろう。そう考えると息が詰まりそうになる。まるで通勤ラッシュの電車の中である。毎朝、息苦しい思いをしなくてはいけないとは気が重くなるような未来だ。

中学校と高校の正門がある大通り、そのため学生が集中するのも当然である。しかし、小学生は例外で手前の道を左折しなければならない。小学校は中学校の隣、学校の中で一番西側にあるのだ。唯一、大通りから入ることができないのが小学校なのである。

祐司は人混みを回避するように左折する。民家のブロック塀を左側、右側には中学校が佇んでいる。今日は卒業式のためか、周りに徒歩で学校に通う小学生はいなかった。保護者の送りで学校に行く子がほとんどなのであろう。

しばらく同じ光景が見えていたが、中学校の校庭が急に遠くなったかと思うと、祐司と中学校の間にコンクリートで囲まれた川が穏やかに流れ始めた。

「光川（ひかりがわ）」と呼ばれる。小学校が近くなると姿を見せる人工河川の下水道で、太陽や月の光の反射で川が光り輝くように見えることからこの名前が付けられた。これはどこでも見られる現象であり、この名前にしたのも「候補がなかったから」などと言われている。

水位はあまり利用されていないのか低くなっており、30センチ程の高さでのんびりと流れている。

そして川の流れる先に長さ10メートル、幅が5メートルの縁が赤い橋が見える。両脇には歩道が作られており、その間に道路が敷かれている。「学び橋」と呼ばれるもので、生徒はこの橋を渡り学校に向かい、そして橋を渡り帰っていく。

『学校から出るときには来るときよりも何かを学んで帰って欲しい』という願いを込めて歴代の校長先生の誰かが橋建造の際にお願いをして名付けさせて貰ったらしい。

小学校よりも非常に目立つ橋であるため、その橋を見ると小学校が近いということがよく分かる。

祐司はふと立ち止まると安堵感から胸のポケットを撫でるように触り見つめる。そして辺りをうかがうように見渡す。祐司の中に好奇心が湧き始めた。

『あと5分も歩けば学校。お使いはもう完了したも同然だ。せっかくだからどんな髪留めか見ても良いのではないか？』

祐司の中で欲望が叫んだ。しかし、自制心が制止に入る。

『どうせ学校に着けば友喜のお母さんに渡すときに見れるだろう？　今は学校に着く方が先決だ』

自制心のごもっともな言葉を欲望が殴り飛ばす。

『学校に行ったらドタバタでまともに見る時間も無いだろ？　別にいいんじゃねえか、減るもんじゃないし』

欲望の言葉を自制心が打ち落とす。

『どうせ見るんだったら、それを付けた友喜の姿を見た方がいいんじゃないか？　今、ここで見ていいのか？　喜美子さんとの約束は「必ず届けること」じゃないのか？』

数回の内なる葛藤の末、自制心が遂に勝利した。

祐司が再び歩き出そうとしたとき、誰かの話し声と笑い声が聞こえた。それと同時に祐司の顔と胸に激痛が走り、祐司の体がはね飛ばされ宙を舞うと仰向けに地面に叩きつけられる。ワンテンポ程遅れて、祐司の顔の右横でスーパーなどで見かけるカゴが地面に落ちた音と金属の車体が地面に倒れ、コンクリートを擦る音が響きわたる。

祐司は痛みで涙を流しながらうずくまる。顔と胸が焼けているように痛み、祐司は顔を触り、見てみた。てのひらに薄く血と泥が付いている。顔のどこかを切ったようだ。祐司は痛みを堪えながら転がり視点を変えた。

　そこには銀色のフレームと回転する車輪、ボコボコに変形したカゴが無残に転がっていた。自転車である。どうやら自転車と正面衝突したらしい。

「痛ってえなあ……！　おい、馬鹿みたいに突っ立ってんじゃねえよ！」

　甲高く荒々しい男の声だった。祐司は急に胸を引っ張られるような感覚と共に地面を引きずられ、胸ぐらを掴まれるようにして持ち上げられる。自分よりも大きな人がいるようだが、祐司は周りの状況が分からなかった。涙と血で目がかすみ、そして目の前の人物に対する本能的な恐怖で事態を受け入れないように目を必死に閉じていた。

「おい、そいつ小学生だぞ!?　親に見つかったらやべえって！　さっさと逃げようぜ!?」

　声に緊張が交じったもう1人の男の声がした。

「ふざけるな！　こいつのせいで俺のチャリがボコボコにされたんだぞ!?」

　すると、突然祐司の右頬に衝撃が走り地面に叩きつけられる。

　口の中に血の味が広がった。それと同時に舌の上に小さな欠片のようなものが転がる。それが自分の歯だというのを知るのにそれほど時間はかからなかった。

「ご……ごめんなさい……！　許して下さい……！」

「謝ったくらいでなあ、チャリが直るかよ！」

　今度は背中に強烈な痛みが祐司の背中に走る。背中を足で蹴られたようだ。胃の中から今朝食べたものを吐き出しそうになる。祐司は息が一瞬止まり、咳き込む。

「おい、止めろって！　それ以上やったら死んじまうぞ、そいつ！」

もう1人の男が静止しようと声をかけたが、暴力を振るった男は止まる様子はない。すると、突然何かを見つけたように声を出す。

「おい、見ろよ。こいつ、女物の道具持ってるぜ!?　こいつ、カマかよ？　ハハハ！」

祐司はゆっくりと自分の胸ポケットを触った。喜美子に入れられた髪飾りが…無い。どうやら、蹴られたり殴られた衝撃で胸ポケットから飛び出てしまったらしい。

「俺のチャリ、ボコボコにされたんだからな？　お前の物もボコボコにしないとな？　二度とふざけた真似しねえように。なあ！」

「や…やめて！」

祐司は動くたびに痛みで泣き出しそうになる体で男に向かって這うと、男の足を掴もうとした。しかし、背中を踏みつけられ動けなくなる。祐司は動こうともがいたが、何度も踏みつけられる。

「何だよ、抵抗すんのか!?　オラア！」

すると、遠くの方から怒号が響き渡った。小さな足音が徐々に大きくなってくる。誰かがこちらに向かってきているようだ。

「見つかったぞ!?　早く逃げろ！」

祐司の近くで金属が地面と擦れる物音が立つ。

「ちっ、しょうがねえな。ほら、オカマ。返してやるよ」

祐司の前にカランと何かが落ちる音がする。祐司がゆっくりと目を開けると、そこには赤い蝶々と黄色い花が黒い板に描かれた指2本ほどの大きさの髪飾りが転がっていた。

祐司が髪飾りに手を伸ばそうとしたとき、突然髪飾りが黒い靴の下敷きとなり視界から消えた。その時、注意深く聞かなければ分からない軽い音が耳の中に響いた。何度も頭の中を駆け巡り、その音の正体に気づいたとき祐司は大声を上げて泣き始めていた。

「あっ、悪い。ゴミにしちまったわ。でもゴミなら捨てて良いよな？」

男はそのまま髪飾りを踏んだ足を川の方へとスライドさせると、小さな欠片となった友達の宝物は流れる川底へと飲み込まれていった。

「俺のこと喋ったら殺しに来るからな？　今度は気をつけて歩けよ、ガキ」

祐司を脅すと、祐司の背後から再び自転車を引き起こす音が鳴り、男は去って行った。

「渡里！　大丈夫か？」

祐司の頭の上から声が聞こえる。担任の馬場先生の声だ。辺りには騒ぎを聞きつけて人が集まったらしく、ガヤ騒ぎが聞こえ始める。

「祐司！　どうした？」

今度はさらに聞き慣れた声、拓磨の声だ。祐司は無言のまま周囲を無視して泣き続けている。何もできなかった。ただ殴られたり蹴られたり、黙っていることしかできなかった。お使い1つロクにできないのが俺なんだ…。祐司は動くと体に走る痛みのため、行き場のない悔しさを拳を強く握ることでしか表せなかった。

「あなた、学校に連絡は？」

「もうすでにしてある。馬場先生、祐司は私たちで見ますから先に卒業式会場の方に行って下さい。他の方々のご迷惑をかけられませんから」

信治と喜美子の声も聞こえてきた。学校の方から駆けつけてきたらしい。

「分かりました、渡里のことを頼みます」

1人の足音が離れていく。馬場先生は去って行ったらしい。

「拓磨、あなたも行きなさい。愛理さんに髪飾りを届けてあげて。祐司の胸ポケットに白い布が……あれ、何で落ちているの？」

どうやら喜美子が髪飾りが無いことに気づいたらしい。

「叔母さん、祐司に何があったんだ？」

拓磨が喜美子に問う。

「生徒の誰かが『小学生が高校生に絡まれている』って会場に駆け込んできて、それで来てみたら祐司がいて、私もあまり分かってないのよ」

「なあ、喜美子。ひょっとしたら、その際に髪飾りを落としたんじゃないのかな？」

祐司は泣くのを止めるとゆっくりと体を起こす。そして口から折れた歯を吐き出す。口の中を切ったのか血にまみれていた。早くこの場を離れたかった。あまり騒がれたくない。騒げば騒ぐほど、自分が情けなく許せなくなる。おまけに友喜にとって大切な物まで壊されたと知られれば、もうどうして良いのか分からなくなる。

「おばさん、俺大丈夫だから…」

「祐司!? 大丈夫なわけないでしょ!? 体がボロボロじゃない。服もこんなに汚れているし、ねえ何があったの? 悪い不良に絡まれたって本当?」

「俺…卒業式に出なきゃ…」

祐司は川に落ちないように立てられている身の丈ほどの鉄製のスロープの手摺を掴むと、喜美子と会話しないように歩き始めた。

「ねえ、髪飾りはどこに行ったの?」

「………」

祐司は何も答えず、スロープの手摺を掴み学校へと進んでいった。その際、バランスを失って倒れそうになるのを拓磨が支える。

「大丈夫か?」

「…ありがと、たっくん」

祐司は礼を言ったが拓磨の方を見ずにただ進み続けた。

「祐司、本当に大丈夫か?」

祐司は黙って頷いた。

「叔母さん。愛理さんの髪飾りはどんなものだ?」

「黒い平たい木の上に蝶と花が描かれた物だけど…それがどうかしたの?」

すると、拓磨はとっさに手摺を飛び越えるとコンクリートの壁面を滑り降り、川の中にれる可能性がある。
いくら水位が低いからと言っても流れている川である。一歩間違えば足をすくわれ流さ
「ちょっと、拓磨!? 何考えているの!?」
飛び降りる。

「拓磨、戻ってこい！ そんなところに髪飾りがあるわけないだろ!?」

喜美子と信治が拓磨を止めようと上から叫んでいたが、拓磨は悪臭漂う下水の中を目をこらし、水中に手を入れて探索している。この日のために新調した制服も全て無残な物になりつつある。

「叔母さんと叔父さんは祐司を連れて先に学校に行っていてくれ。10分もしたらそっちに俺も行くから！」

祐司は拓磨の行動に呆気に取られていたが、さすがにいたたまれなくなってしまった。おそらく、拓磨は現場の雰囲気から髪飾りがすでに壊されたことを知ったのだろう。破片を川の近くに見つけたのかも知れない。いくら何でも人が良すぎる。彼を見ているとさらに自分が惨めになってくる。どうしても比較してしまう、自分とその友人を。

「たっくん、もういいよ！ 俺は……」

祐司は川の中の拓磨に向かって話そうとしたが言葉が出てこなかった。あの脅しのセリフが忘れられないのだ。本当のことを話したら殺されるかもしれない。どうしようも無い恐怖が祐司の心に巣を作ってしまった。

祐司は言葉を出そうと喘いでいるのを見て、川の中の拓磨が見上げて微笑んだ。

「祐司。話したくないんだったら、話さなくても良い。何が起こったのか、無理に聞いたりしないから1つだけ教えてくれ。髪飾りはここだよな？」

祐司の目から自然と涙が流れてきた。そして肩を震わすと、頷いた。

「良い返事だ、それだけで十分。叔父さん、叔母さん。俺は勝手に川に髪飾りが落ちたと思って探しているだけだ。こんな馬鹿のことは放っておいてさっさと祐司を連れて会場に行ってくれ」

信治と喜美子は顔を見合わせると苦々しくお互いに笑いながら、2人も手摺を飛び越え川の中に入り始める。

「えっ!?」

拓磨は予想外の2人の行動に驚く。

「子供を水場で1人にしちゃいけないのよ？　あなたは子供なんだから私たちがいなければ駄目なの。そうよね、あなた？」

「そうだぞ、拓磨。それに3人で探した方が早く見つかるだろ？　まあ、後で川を管理している人たちに怒られるかもしれないが…その時は一緒に怒られてやろう」

すると、その様子を見ていた祐司も慎重にコンクリートの壁面を下りながら川の中に入ってくる。

「祐司、お前はいいんだよ！　怪我しているだろ？」

「俺が…俺が本当はこうしなきゃいけないのに…！　話さなきゃいけないのに…ごめん。本当にごめんなさい！」

祐司は涙と鼻水で顔を乱しながら、水中に手を入れ探し始める。

「構わねえよ、友人だろ？　俺たち」

「そうよ、ご近所さんでしょ？　私たち」

「それに大切なお客さんだからな。これからも『不動ベーカリー』の利用を頼むぞ？　祐司」

「本当に…ありがとう」

恐怖は未だに心を満たしている。しかし、恐怖の隙間から何やら温かいものが染み込み始めているのを祐司は確かに感じていた。

4人はこうして髪飾り探索作業に入った。30分近く探し回ったが、世の中そう上手くいかない。結局見つかったのは1センチ四方で欠片になった蝶の絵柄の羽の部分だけだった。元の大きさの10分の1未満である。発見者は祐司であり、底のヘドロ部分に埋まっているところを偶然拾い上げたのだ。これだけでも十分に奇跡的な出来事である。

「祐司、本当に何があったか言ってくれないの？」

破片を白い布に包み先頭を歩く祐司に向かって喜美子は尋ねる。拓磨は祐司が倒れないように背後に移動していた。

足がふらついており、いつ倒れてもおかしくない。さらに痛みのせいか体が震えている。

体の具合から見て誰かに殴られたのかと拓磨は推測した。卒業式の日に小学生を襲う馬鹿がいるとは思いたくないが。

「祐司、医者に行った方がいいんじゃねえか？」

「大丈夫…。本当に大丈夫だから」

祐司はまるで自分に言い聞かせるように拓磨の質問に答えた。そうでも言っておかないと本当に心がへし折れてしまう。祐司は痛みを堪えながら歩道の手摺を掴みつつ体を引きずるように進んでいく。

「祐司。卒業式に出席したら、私たちと一緒に医者に行くんだ。本当なら今すぐ救急車でも呼んだ方がいいかもしれないが…」

「絶対俺は卒業式に出る！」

信治の言葉を蹴り飛ばすように祐司は頑として言い放った。信治はため息を吐くと呆れる。

「この調子だからな…。好きにさせておくしかないか…。けど、終わったら絶対に医者に行くんだ。これだけは私は譲らないよ？　いいね？」

信治はきつい口調を祐司にぶつけた。穏健な信治がこれほど真剣になるとは、大人の目から見ても祐司の異常は目に付くということだろう。

祐司は振り返らず歩きながら黙って頷いた。

「ねえ、この調子で歩いて間に合うの？」

喜美子は祐司に聞こえないように信治に耳打ちした。祐司のペースに合わせているため非常にスピードはゆっくりである。信治が背負っていくという案も出たが、「自分の足で歩く」と祐司がよく分からない意地を見せ結局祐司のペースに合わせることになったのだ。

信治はポケットから卒業式のプログラムを取り出すと携帯電話の時間と見比べる。

「残念だが間に合わないだろうな。あと1分でプログラムは終了だ。でも、本人が自分の足で歩きたいって言っているんだ。ここで無理矢理助けたら、祐司の顔が立たないだろう。きっと激しく後悔するはずだ」

「顔が立たないって何のこと？」

「…髪飾りだよ、愛理さんの。そしてその娘さんは友喜ちゃんだ。喜美子はまさか、この件が穏便に済むなんて思ってないだろ？」

「えっ？　だって、いくら何でも友喜ちゃんには事情を説明するでしょ？　祐司のあの姿見た？　靴の痕とか背中についているのよ？　絶対に不良か何かに遭遇して一悶着あったに決まってる。祐司に非なんてないじゃない。ちゃんと説明すれば友喜ちゃんなら分かってくれるでしょ？」

「まあ、そうだといいけどね…。できれば、そうあってほしい…」

信治は言葉を濁しながら祐司を見つめた。

確かに喜美子の話が本当なら祐司に非は無い。きちんと説明すれば分かってくれるはずだ。

しかし、信治の中にどうも腑に落ちない思いと不安な思いが心から取れないでいた。

それは祐司の様子である。おそらく、今の祐司を突き動かしているのは一刻も早く先ほどの場所を離れたいという思いだろう。ハプニングに襲われた自分に対して一方的にやられることしかできなかった恥ずかしさと、何もできなかった怒りがそうさせているに違いない。しかし、今の祐司にあるのはそれだけではないはずだ。

信治は一歩ずつ歩く祐司がたまに小刻みに震える動作を見逃さなかった。

最初は痛みに耐えているためと考えていたが、おそらく違う。

『恐怖』だ。

祐司に起きた出来事は物理的な痛みだけでは無く、心をえぐるような精神的な苦痛を与えたのだろう。

（早く離れたいという思いには、もしかしたら恐怖も含まれているのかも知れない。卒業式に出るというセリフもひょっとしたらこの場を離れるための口実なのではないか？）

考えれば考えるほど祐司が心配になってくる。

（やはり、無理にでも医者に連れて行かせよう。もしかしたら、骨にヒビでも入っているのかもしれない。大事に至ってからでは遅い。卒業式に出られないのは一生の後悔かもしれないが、手遅れになるよりはマシだ）

信治は意を決して口を開こうとしたその時だった。

「祐司！」

祐司が児童を小学校へと繋ぐ『学び橋』に足を置いたとき、学校の校門から3人の女性が走ってきた。

前方に2人の女子生徒が胸元に白いリボンを付けたベージュのスーツ、下は膝までの高さの黒いスカートを着てこちらに走ってくる。その後ろから赤い着物姿の女性が早歩きで後を追ってくる。

友喜と葵、後ろの女性は友喜の母親の愛理だった。

3人とも祐司の姿が徐々に分かるにつれて目を見開き、速度を緩めた。

「な、何があったの!?」

葵の第一声。

「色々あったみたいだ。あまり深く聞かないでやってくれ」

拓磨が祐司を支えながらやんわりと答える。

「誰かに殴られたの？　ねえ、そうなんでしょ!?　誰なの？　中学の連中？　高校生？それとも大人？」

葵は拓磨を無視して祐司を質問攻めにする。

祐司は下を俯いたまま、前を見ないようにして立ち止まる。

「式はもう終わったのか？」

拓磨は2人に質問した。

「ついさっき終わったよ。今、最後のホームルームが始まる頃。祐司達が事故に遭ったたって聞いたから来たんだけど…」

友喜は質問に答えつつ、途中で拓磨から視点を祐司に移すと心配そうな表情を浮かべ言葉を区切る。

「そうか…間に合わなかったか…」

信治は納得したように呟き、息を吐く。信治の内心は安堵であった。これで祐司を医者に連れて行ける。

「喜美子さん。祐司君、一体どうしたの？」

「分からないのよ、何も話してくれないの。さっきからずっとこの調子」

愛理の質問に喜美子が首を振って答える。

「ねえ、祐司…」

友喜が心配になり、祐司に声をかけると祐司が突然友喜の前に進み出て友喜の右手を掴んだ。

「ごめん」

一言呟くと友喜の掌に砕け散った髪飾りの一部を置く。

それを見た時、友喜の表情が凍った。最初は目の前の物を理解できなかったのであろう。そしてそれが何か分かったとき、表情が『驚き』から『疑惑』へと変化した。

「あれ、それってもしかして私の髪飾り？　もしかして壊しちゃったの？」

愛理の声が祐司の頭上から響き渡った。声は少しがっかりしたようにテンションが落ちていた。

「祐司、一体…」

「何で？」

葵が祐司に尋ねようとしたとき、友喜の声がそれを打ち消し、静かにその場に響き渡った。

優しく、引っ込み思案な友喜からは聞いたことも無いような全身に響くような一声である。声には大きな疑惑と少しの怒気が込められていた。

祐司は何も答えず、下を俯いている。両手は地面へと下がっていたが、拳を握り締める音が拓磨の耳にかすかに聞こえた。

「……ごめん」

祐司の声に震えが走った。その言葉を聞いたとき、場の空気が一気に重くなるのを拓磨と葵は感じた。大人達もそれに気が付いたようで音1つ立てず、声を潜ませる。

原因は目の前にいた。友喜が目を合わさない祐司を真剣に見つめていた。その瞳には新たな感情が宿っていた。『侮蔑』という感情が。

「何で？」

友喜が再び尋ねた。言葉は同じだが明らかに先ほどよりも冷たく聞こえる。

拓磨と葵は現状の空気の不味さを感じていた。

友喜が怒ったことは親交の深い葵でも見たことがない。周りに配慮したり、葵の後をついて回ったりで自分の意見を周りに言う機会は少なかった。

それだけに葵は目の前の友喜が信じられないでいる。葵はどちらかというと色々と首を突っ込みたがり、物事をかき回すタイプだがとてもではないが会話に入れそうにない。

しかし、目の前の彼女は触れるだけで大惨事になる空気を1人で放っていた。そしてなぜそこまで怒りを放つのかその場にいる誰もが理解できないでいた。

「……ごめ」

「それもう聞いたから。ちゃんと答えて。何でこうなったの?」

祐司の言葉をはたき落とすように友喜が畳みかけた。

祐司はさらに強く拳を握り締めた。手の震えは腕へと、そして体全体へと伝わっている。

本当は言いたい。俺がやったんじゃない。自転車でぶつかってきたあいつが壊したんだって。

でも、言いたいけど言い出せない。あの言葉が頭から離れない。

『俺のこと喋ったら殺しに来るからな?』

祐司の中に脅しが響き渡る。

怒られるのは嫌だ。でも、本当のことを言ったら殺されるかもしれない。さっき以上にひどいことをされて、全てが消え去ってしまうかもしれない。

死ぬより怒られる方がマシだ。比べるまでもない。でも、こんなに辛いなんて思わなかった。大好きな子に嫌われていくことが、何も言い出せないことが、そして自分が無力であることがこんなに辛いなんて…。

祐司の震えは彼の目から涙を誘った。

「答えてよ…！　答えなさいよ！　お願いだから…答えてよ…」

祐司の涙が移ったのか友喜の目からも涙が溢れ出し、声を震わせた。

そして、ついに祐司は何も喋らなくなった。

さすがに状況が悪い方向に進んでいるのを止めねばならないと思ったのか、拓磨と葵は互いの顔を見て目でサインを出した。

「友喜、これには…」

「不動君は黙ってて」

拓磨の仲介は一瞬で友喜に砕かれた。一瞬も拓磨を見ない言葉だけの一蹴である。

「ねえ、友喜。とりあえず落ち着こ…」

「喋らないで、葵」

葵の言葉も一蹴される。

「友喜、そんな怒ることでも…」

「みんな、話しかけないで！」

母親である愛理の言葉に、ついに溜まりに溜まっていたものを爆発させるように友喜が怒鳴った。

　そして生まれたのは沈黙である。友喜は涙を流しながら祐司を睨みつけ、祐司は顔を伏せたまま事が終わるのを待っていた。不思議なことに彼ら以外に周りには誰もいなかった。いたとしても深刻さに誰も近づけなかっただろう。

　そして1分も過ぎた頃、ついに友喜が切り出した。

「そう…そうだったんだ？　祐司ってそうだったんだ？」

　具体的な事を何1つ言っていない友喜の言葉。しかし、それはその場の全てを言い表していた。この言葉だけで祐司の心に刃物が突き立てられるような衝撃が走る。

「祐司なんか…大っ嫌い！」

　ついに祐司にトドメが入った。祐司にとって最も聞きたくなかった言葉であり、最も聞きたかった言葉である。

　大切な者からの拒絶、そして苦しみからの解放。

　相反（あい）する2つの感情が祐司の中に流れこんだと同時に、友喜は踵を返し小学校へと駆け込んでいった。葵と愛理が友喜の名を叫びながら後を追う。

「……祐司、医者に行こう」

　後に残された4人の中で拓磨が切り出した。祐司は少しばかり背の高い拓磨を見上げる。その顔は彼には珍しく微笑んでいた。

「言いたくなったら話せ、それまで待っててやる。そして、その時は助けになってやる。ただし、体を治すのは待ってやらないからな。今はとにかく医者に行くぞ」

怖い表情には似つかわしくない優しい言葉だった。祐司は言葉を聞くと同時に涙腺が崩壊し、嗚咽を漏らし泣き始める。

学舎（まなびや）との別れの悲しさと新たな出会いへの希望で笑顔が生まれる小学校の卒業式。深い感情が入り交じるからこそ記憶に残る一日。

その日、1人の少年は友人を失ったことの悲しみと友人がいることの喜びを知り、その日は様々な意味で記憶に残る一日となった。


時は戻り、御神総合病院。友喜の病室前。

拓磨の昔話を聞き終わるとゼロアと第三者は押し黙ってしまう。

「そんなことがあったのか…」

最初に言葉を発したのは第三者だった。拓磨の話に興味を示したのか、噛みしめ味わうように呟いた。

「ずいぶん昔のことだからな、俺も最近まで忘れてたよ。考えてみればとんでもなく重要な出来事だったたな。あの日以来俺と祐司は親友と呼べるくらいに仲良くなって、友喜に関しては会話に出てこなくなったからな」

「拓磨、祐司は結局誰に襲われたんだい？」

ゼロアが携帯電話の中から拓磨に質問する。

「当時の稲歌高校3年の不良だ。そいつは高校でも札付きの悪らしくて、それが原因で教師から見切りを付けられて大学受験はおろか就活にも失敗していたらしい。単位も教師に与えてくれるように頼んだが失敗。当然不足していて留年確実。お先真っ暗でむしゃくしゃしていたところに偶然祐司と衝突してしまったわけだ」

「とんでもなく運が悪かったわけだね、祐司君は」

「ああ、そうだ。人生最大の不幸を味わったかもしれないな、あいつにとっては」

第三者の言葉に拓磨は合わせるように答えた。不思議と第三者は話をつづけるのが上手かった。おかげで拓磨の口も良く回る。

「それで…その後祐司は大丈夫だったのかい？　脅されていたんだろ？」

ゼロアがさらに尋ねた。

「話してくれるまで1ヶ月近くかかったな。それで、担任の先生に話した。すぐに学校中に広まったよ。それでまあ、色々調査があってその不良は停学処分になった。そしたらなんと、中学校の校門前で祐司を待ち伏せして報復しようとした」

「そしたら君に叩きのめされて病院行きかい？」

第三者が茶化すように言いながら、後に続いた。

「……何で分かる？」

「何となく。オチに気づいたからね。そんなことになるんじゃないかと思ったんだよ。君のことは十分に調べさせてもらったよ。非常に……警察に厄介になっているみたいだね。

あくまで被害者としてだけど、中には加害者扱いされる場合もあったみたいだね」

「ほとんどがヤクザや不良だ。昔からよく絡まれる」

拓磨は言葉を口走ったとき、ふと気が付いた。

相良組に関するこの前の騒動。後始末をしたのは電話の向こうの第三者なのではないだろうか？　今のうちにこのことだけでもハッキリさせた方が良いかもしれない。

「あんたは、俺が相良組とトラブルになったことを知っているのか？」

「もちろん。色々と後始末をさせてもらったよ。あまりの事態にこちらも驚いた。忘れたくてもできないよ」

（やっぱりだ。ということは電話の向こうの相手は、現実世界に影響が無いように上手く事件を処理したということになる）

被害を出したくなかったのか、それとも個人的な都合があったのかは分からないが第三者は人々の混乱を抑え命を救った。やはり、人々を守るために動いているということの電話相手の主張は信じてみても良いのかもしれない。

「まあ、面白い話も聞けたし今回はこれくらいで話を切り上げさせて貰おうかな」

電話の向こうの相手は突然話の中断を申し出た。

「また、連絡を寄こすのか？」

ゼロアが尋ねた。

「もちろん。ただ、こちらから一方的にね。御神総合病院から電話が来ていると思うけど、今後ともこの回線を利用させてもらうよ。それじゃあまた…」

「1つ聞かせてくれないか？　あんたは人々を守るためにリベリオスと戦っているんだよな？　何のためにそんなことを始めたんだ？」

拓磨の問いに電話の向こうの相手は不意を突かれたように黙り込んだ。沈黙がただその場に横たわり時が過ぎていく。

「『何のため』か……。一言で言うなら『義務』かな？」

「義務？」

「ふふふふ、また連絡する。不動君、ゼロアさん」

笑い声と共に電話は切れた。耳の奥には通話が途切れた事を知らせる単調な音が鳴り響いた。拓磨は携帯電話を開いたまま画面を見る。そこには紫色の髪のゼロアが映し出された。

「すまない拓磨。逆探知は妨害されていて無理だったよ」

「まあ、そうだろうな。それにそんな落ち込むことはないさ、相手は理由はどうあれリベリオスと戦っているみたいだからな。俺たち以外にも戦っている奴らを知れただけで良しとしよう」

「しかし、驚いたよ。祐司と友喜が喧嘩別れしていたなんて。それからもう会っていないんだろ？」

「俺の知っている限り、小学生以降会ったのはこの前の友喜の転入日だけだと思うぜ」

拓磨は背もたれに寄りかかると、周りの様子をうかがった。拓磨の前を通過する人間は眉をひそめる者もいたが、あまり驚く様子もなかった。どうやらテレビ電話をしていると思われているらしい。

「喧嘩の原因はやっぱり髪飾りかい？」

「ああ。間違いねえな」

「でも、祐司は悪くないだろう？　悪いのは髪飾りを壊した不良だろう？」

「もちろん100％不良が悪い。今でもそう思う。ただ…」

拓磨は言葉を濁して天井を見上げた。

「ただ…何だい？」

「当時はこんなこと思わなかったが、今思うと祐司に非が無いと言えばそれは嘘だな」

拓磨は席を立ち上がると、ついに病院を出る決意をした。考えてみれば夕べから何も食べていない。おまけに叔父と叔母には連絡もしていない。帰ったら怒られることは確実だ。これからもリベリオスと戦えばこういう事態になることは考えられる。2人にも話しておくべきなのかもしれない。信じるかどうかは別だが。

「祐司にも問題があるってことかい？」

「ゼロ。俺は小学生の頃、祐司、葵、友喜と友達だったんだ。小学1年の頃から友喜のことは葵の友人として知っていた。引っ込み思案であまり自分の意見を外に出したがらない。意見の対立よりも和やかな雰囲気が大好きな、活発な葵とは正反対な女の子だったよ」

「えっ？　葵って活発だったのかい？」

ゼロアは友喜のことより葵のことに驚いた。

「今じゃ信じられないかもしれないが、男相手に殴り合ってたんだぞ？　葵の奴。一度怒られたら誰も止められなくて俺が仲裁に入ってたんだ」

拓磨は携帯電話を耳に当て笑いながら曲がり角を左折し、そのまま廊下を直進していく。

「へえ、さっきの様子を見るとずいぶん大人しくなったんだね？」

「まあ色々変わったんだよ、俺たちは。そういや友喜が怒る姿を見たのも卒業式が最初だった。あんなに怖いとは思わなかった。普段優しい奴ほど、怒らせると怖いっていうのは本当だったんだな」

「ちょっと待ってくれ。祐司に原因があったから友喜は怒ったと言いたいのかい？」

拓磨は日光が全方向から差してくる通路を抜け、病院の入り口へと歩いて行った。

「というより、『祐司だから』あんなに怒ったと思う。他の奴だったらあんなに友喜が激怒することはなかったかもな」

「『祐司だから？』えっ？　一体どういう意味だい？」

ゼロアはますます混乱した。

「気になるか？　俺のただの推測だぞ、家まで帰るまでの無駄話だ」

「非常に興味がある。君はたまに鋭いことを言うからね。科学者として人の意見は聞いておきたい。たとえそれが小さい頃の出来事であってもだ」

「分かった。まずあの出来事だが、祐司の不運は不良と出会ったことだけじゃない。いくつかの出来事が重なって友喜に怒鳴られるはめになったと俺は思う。その1つが髪飾りだ」

『髪飾り』。祐司が喜美子から受け取り愛理に届けるはずだった記念の品。途中で不良と出会い破壊され損壊。

「髪飾りを壊したから怒られたんだろ？　でも、友喜は当時すごく優しかったんだろ？　激怒するまで怒るにはいくらなんでもおかしいと思うけどな」

「ただの髪飾りじゃない。友喜の母親の愛理さんが結婚記念日に旦那である金城先生からもらった品だ。つまり、愛理さんにとって大切な思い出だ」

「でも、それは愛理さんにとって大切な物であって、友喜が怒るのはどうも腑が落ちないんだけどなあ…。あくまで私の意見だけど」

「ゼロ。友喜が引っ越す原因は両親の離婚だったんだ。つまり、髪飾りは友喜にとって家族が形を為していた時を示す大切な品物だ。友喜にとっては家族が幸せだったときの重要な証拠品だったはずだ」

ようやく拓磨の言いたいことがゼロアにも分かってきた。

父親と母親が別れる彼女にとって夫婦が幸せだった時は何よりも大切だったはずだ。父親が母親に贈ったプレゼントは友喜にとっても大切な幸せを思い出させてくれる品物だったのだろう。

だから、それを壊されたとき彼女は激怒した。

　おそらく、思い出までも壊された気がしたのではないだろうか？　誰だって幸せな時をぶち壊されるのは辛い。祐司の不幸というのは渡す品がとても大切だったということか。

「そしてもう1つが祐司だ。むしろ、こちらが本命だと俺は思う。あの時の祐司は、友喜から見てとても許せない存在だったんだろう」

「で、でも髪飾りを壊したのは不良だろう？」

「けど、祐司はそれを言わなかった。不良に脅されていて言えなかったんだ。あの時、俺たちは祐司が誰かに襲われたんだと思っていた。だから、祐司がきちんと言えば仕方の無い不運で済んだのかもしれない。友喜も残念には思ったが、祐司を怒鳴り散らすことなんてなかっただろうな」

「つまり、祐司が臆病だから友喜は怒ったと？」

　いつの間にか病院の入り口に着いていた。拓磨はそのまま歩道を歩くと病院の門から市街地へと歩いて行く。

「ああ、そうだ。今さら言ってどうなるわけでもねえが、祐司はあそこで本当のことを言うべきだったのかもしれない」

「恐怖に勝てないことは恥ではないだろう？　君のように力の塊みたいな強い人間は少ない」

「けどな、ゼロ。俺はあの時選択を間違えたのかもしれないんだ。祐司の背中を押すべきだったのかもな。『きちんと話すように』って。思えばあの頃からだ。俺は祐司といつも一緒に行動する機会が増えた。確かに祐司が怪我をしたりすることは減ったが…あいつの成長を奪ったんじゃないかと思うんだ。今でもあいつは俺を頼りにしている部分がある。今回の騒動にしたってそうだ。でも、そうなったのは過保護なまでにあいつを助けた俺の責任かもしれないって思うんだ」

「助けたつもりがかえって助けた人を苦しめてしまったということかい？」

拓磨は小さく同意の返事をした。

「ああ。俺は、祐司と今後友人としてやっていくためにきちんと話すべきなんだ。俺が今までやったことを全て。何を言われても受け止めなきゃいけない。それだけのことを俺はやったんだ。身近な人と向き合わなきゃいけないんだ、これを逃すとまた今回の友喜みたいなことが起きる気がする。俺はもう1人で戦っちゃいけないんだからな」

「そうだね…そうかもしれないね」

ゼロアもどこか現状の厳しさを改めて思い知らされた。

今まではウェブスペースで戦っていた。だから被害も起きずに済んだ。あそこは無限に広がる何も無い荒涼とした世界だ。

それが、この世界に戦場を移したときいくつもの事件が勃発してしまう。ウェブスペースでのロボット同士の戦いをこの世界でやろうものなら被害は甚大なものになるだろう。考えただけでゾッとする。

今まではリベリオスはたまたまこの世界を戦場にしなかっただけかもしれない。今後はそうなる可能性があるのだ。もはや拓磨の私生活にも影響が出始めている。リベリオスとの決着の前に不動拓磨という高校生の人生が砕け散る方が早い。こちらも早急に協力者を得なければならない。

ただ、問題は私たちの事を受け入れてくれる人がいるかどうかだが…。

「それに、祐司に成長してもらいたい理由はもう1つある」

「えっ？」

「友喜は…いや祐司と友喜はお互い思い合っているみたいだからな」

ゼロアは突然の拓磨の言葉に目を点にした。

「ええっ!?　両思いってことかい？　とんでもない大げんかを過去にして、絶交状態だったんだろう？」

「ああ、そうだ」

「おまけに今も友喜はそのことを根に持っていて…だから学校の屋上で祐司のことを嫌いと言ったんだろ？　それがお互い思い合っているってどういうことだい？　矛盾しているじゃないか」

「分からねえか？　好意を持っているから必要以上に怒鳴ったりするんだろ？　好きの反対は嫌いじゃねえ、無関心だ。本当に嫌いなら他の男と付き合っているだろ？」

「その付き合った男が山中だろ？　もう祐司に関心なんて無いんじゃないのか？」

「山中の言葉覚えているか？　彼氏である山中がいるにも関わらず、2人の会話に祐司の名前がたびたび出てきているんだ。もちろん、過去の事を根に持ってだろう。お世辞にも良い意味じゃない。けどなあ、それだけ祐司のことを思っていたからって考えられないか？　今でも忘れられないんだよ、友喜は」

　ゼロアは黙り込んでしまった。

　難しい。本当に人の感情というのは難しい。

　好きだから相手を怒る。嫌いだから相手を怒る。

（一体何が違うと言うんだ？　怒るというのは同じ動作だ。だが根本にある動機はまるで違う。相手のことを思って怒っているのか、それとも本当に嫌いだから怒っているのか。どう読み取れば良いんだ、同じ怒っている動作から。何かヒントでも相手が与えてくれるのか？）

　おそらく、表面的な物事ばかり見ていてはいけないのだろう。

　相手が怒っているなら、『なぜ怒っているのか』。その原因を突き詰めていくことこそ大切なのだ。物事に囚（とら）われず様々な形に変貌するものに目を向けていく訓練をしていった方が良いのだ。

「まあ、全部俺の推測だから気にすることねえよ。偉そうなこと言ったが全部間違いかもしれないからな」

「いや、拓磨。本当にありがとう。今まで私はいかに表面的なことでしか物事を捉えていなかったか思い知ったよ。話は山場だがちょっと思い出したことがあるんだ。しばらく失礼するよ」

何かを悟ってしまったゼロアは目を輝かせると突然携帯電話の通信を切った。

拓磨は苦笑いした後、真剣な顔をすると不意に立ち止まった。

周りを見渡すと左前方に巨大な校門が見えた。昨日の夜以来の稲歌高校である。部活の時間真っ盛りらしく、校庭の方から大声が聞こえる。

昨日の友喜に言われた言葉が頭の中にこだまする。

『人殺し』。

いつかは言われるかもしれないと思ったがまさかこんなに早いとは。

今、俺がやることとは人と向き合うことだ、そしてよく対話し協力を求めること。最初に祐司、それから叔母さんと叔父さん、最後に葵。とりあえず身近な人物はこのくらいだろう。

（後は誰と話した方が良いだろうか？）

そもそもウェブライナーが動かない以上、こちらで行動するしかないのだ。しかし、このままでは危険である。事実ウェブライナーだけがこちらの戦力。あれが動かないとどうしようもない。かといって修理は進んでいないようだ。

『もしかしたら、ウェブライナーが修理を拒絶しているのだろうか？』

拓磨はふと頭に浮かんだ言葉を思いっきり振り払う。

（アホか、俺は！　オカルト思想にもほどがある。ウェブライナーはロボットなのだ、ロボットに意志はない。意志はない……あれ？）

「何か重要なことを忘れている気が……」

ついに拓磨は独り言を口ずさむと校門に背を預け寄りかかり数秒考える。するとついに思い出した。

そう、ウェブライナーはロボットだがあの中にいるのだ。意志を持った存在が。まさに全ての元凶。５メートルくらいのロボットを超巨大化させた意味不明エネルギー、ライナー波。

俺はあの中で出会ったのだ。全身真っ黒ののっぺらぼうに。

（もしかしたら、あいつが修理を拒絶してる？　だったらなぜ？）

理由は不明だがどうやら祐司よりも先に向き合う必要があるかもしれない。ウェブライナーの住人に。

拓磨は意を決するとポケットから財布を取り出し中を見た。

中には数枚の１０００円札と小銭が。

叔父さん、ありがとう。叔父さんが親で本当に良かった。

拓磨は叔父への感謝を胸に意を決すると走り出した。

のっぺらぼうと話し合うには準備が足りていない。いざ、『買い出し』へ。

目的地、近所の馴染みのスーパーマーケット。

春の陽気に頭を打たれたのか、それともライナー波のせいなのか。

正気とは思えない考えと共に拓磨は道を駆ける。

その姿はまさに狂気そのものだった。


同日、午後5時43分、渡里家、2階、祐司の部屋。

稲歌町に一際明るい赤い陽が差し込み始めた。美しい春の夕焼けは雲をあかね色に染め上げ、絵に飾りたくなる風景を空に描き出す。

人は皆、それを見て思う。『美しい』と。

そんな光景を祐司は見ることはできなかった。そんな気持ちの余裕も無いし、何より何もしたくなかった。

目の前に巨大な液晶テレビが置かれ、右側にはアニメや漫画が作品順に所狭しと収納されている可動式の本棚が置かれている。祐司はカーペットの上に体育座りをして、前後に体を揺らしながら呆然と何も映っていない真っ黒な液晶テレビを眺めていた。

部屋は明かりも点けずに黒一色に染まっていた。光一筋さえ無い部屋。何も見えないはずなのである。それなのに祐司にははっきりと見えていた。目の前の液晶テレビの輪郭から、画面に付いている小さな埃(ほこり)まで祐司には認識できた。

しかしそれも彼にとってはどうでも良いことだった。

「祐司殿」

祐司の足下に置かれているスマートフォンが光り出すと、中から精悍な顔つきの逞しい男が現れた。

「…………」

祐司は男の方に見向きもせず体を揺らしている。

ショックだった。ただそれだけだ。

『友喜に嫌われ続けていたこと』。

いや…もうこれは諦めているからそんなに傷つかなかった。

本当に心を貫いたのはたっくんのことだ。

『彼が金城先生を殺していたこと』。

いや…ひょっとしたら化け物になっていたからやむをえず殺したのかもしれない。アリみたいな怪物になれば後は殺すしかない。彼も考えていたんだろう。一番ショックだったのはそんなことじゃないんだ。

『俺だけ何にも知らなかった』。

そう、これだ。俺だけ知らなかったんだ。友喜が事件に巻き込まれているのも、たっくんがそんな大層なことをしていることも。

たっくんは俺が事件に巻き込まれなかったら何も教えてくれなかったのだろうか？ずっと黙ったままだったのだろうか、そのまま友達を演じてくれていたのだろうか？

でも、たっくんの気持ちも分かる。

だって…俺なんかに話しても何にもならないじゃないか。ヘラヘラふざけて話を茶化して結局俺は何もできない。

要は俺は邪魔なんだ、俺は彼らには付いていけないんだ。

不思議な世界を目の前にして調子に乗っていたけど、気が付けば置いていかれるだけだ。

ずっとたっくんは俺を守ってくれた。卒業式のあの時から。もうたっくんは覚えていないかも知れないけど。不良からもヤクザからも。この前の戦いだってそうだ。彼は選ばれた人間なんだ。普通の人とは違うんだ。

それに引き替え俺はどうだ？　あの時から何１つ成長していない。ただ毎日、アニメや特撮、漫画と戯れてきたただのオタクだ。

今まで甘えてたんだ、たっくんに。昨日の学校の屋上だって、本当はたっくんと一緒に友喜を説得したかった。一緒に彼女を助けたかった。でも、いざ行こうとすると体が震えて、気が付いたら一歩も動けずうずくまっていた。

彼女は助かったって葵が言ってたけど、事実は変わらない。

『俺は彼女が飛び降りるのを黙って見過ごしたんだ』。

本当に情けない。これでたっくんがいなくなったら本当にどうなるんだろう？　何もできず小学校の卒業式から進歩も何もしていない、そんな俺がまともに生きていけるのだろうか？

無理に決まってるじゃないか、そんなこと。それでまた誰かに助けを求める始末。繰り返しだ。

「祐司殿、大丈夫ですか？」

「何で俺のところにいるんですか？　友喜の契約者なら彼女のところに行ったらいいでしょ？」

祐司は揺れたまま声だけでスレイドに話しかける。誰とも話したくない、突き放すような言い方であった。

「彼女はウェブスペースへ繋がる心配の無い部屋に隔離されているようです。それに現在治療中で、私が行ってもできることはありません」

「じゃあ、ゼロアの助けに行ったらいいじゃないですか？　ウェブスペースで色々やることがあるでしょう？」

「ウェブライナーも動かない今、リベリオスと真正面から戦うことは不可能な状態です。それにゼロア殿の技術的な分野については私は全くの素人。行けば邪魔になるのが見えています」

スレイドの淡々と返す言葉に祐司は煩わしさを覚えた。

いいかげん放っておいてほしい。誰とも何も喋りたくないんだ。

「放っておいてくださいよ、俺みたいな奴なんか」

「放っておくわけにはいきませんよ。今の祐司殿は自分が抱えた闇に押し潰されそうに見えます。はっきり言って、友喜殿よりもあなたの方が危険です」

「…別に潰れたっていいじゃないですか。俺みたいな何もできない奴なんか。何の才能も無いクズは1人で誰の迷惑にもならないようにのたれ死ぬのが良いんです」

「……才能が無い者はそんなに駄目ですか？」

　スレイドはさらに淡々と祐司に尋ねた。

「あなたは才能があるからウェブライナーのガーディアンになれたんでしょ？　無ければ今のあなたはなかった。違いますか？」

「ええ、確かに私は剣の腕を見込まれてガーディアンの地位を頂きましたよ」

「ほら、やっぱり…。結局世の中才能なんでしょ？」

「祐司殿、もしそうだったら私はガーディアンになれませんでした」

　祐司はついに視線を床のスマートフォンに向けた。髪を一本に束ねたハンサムな男がこちらをじっと見つめている。一点の曇りも無く向けられた眼から祐司は目をそらすことができなかった。

「さっき剣の才能があるからガーディアンになれたって言ってたじゃないですか？　自分で自分の言葉を否定してますよ？」

「別に否定なんかしてませんよ？　ただ、もし才能だけがこの世の中のルールなら私はガーディアンになれませんでした。なぜなら、私より強い者がいたからです。才能だけの世界だったらその者がガーディアンだったでしょう」

「誰なんですか？　あなたより強い者って」

「『バレル・ロアン』。現在のリベリオスの幹部にして、私の子供の頃からの友人です」

「えっ？　それって…あなたを捕まえた人ですか？」

「子供の頃からずっとそうです。初めての出会いは3歳でした。父親同士が剣術の道を歩んだ者同士。我々はその跡取りとして生まれ、いつも竹刀がそばに置いてある環境で2人とも切磋琢磨し続けました。私は当時、人一倍負けず嫌いでよく彼とどちらが強いかで張り合ってました。けど、いつも彼には勝てませんでした」

　祐司は昔話をするスレイドを見つめていた。

「いつもいつも負けて、とうとう竹刀を彼に向かって投げつけて大声で泣きながら叫んでしまいましたよ。『お前がいるから俺は勝てないんだ！　お前なんか友達じゃない、大嫌いだ！』ってね。思えばなんとも空しい逆ギレです。けど、あまりの剣幕にバレルを泣かせてしまって、その日は父親に家に入れてもらえませんでした」

「相手を泣かせたからですか？」

「違います。『自分の失敗を誰かのせいにして逃げる奴は最低の人間だ。そんな奴は俺の息子ではない。今すぐ家から出て行け』って。結局、その日は行く当てもなくバレルといつも練習している道場に向かいましたよ。そしたら、なんと真夜中だというのにバレルが彼の父親と一緒に稽古をしていたんです」

「稽古？」

「変でしょう？　いつも以上に気合いの入った稽古で、親にしごかれていましたよ。何でだと思います？」

祐司は顔を横に振ってスレイドに『分からない』という旨を伝えた。

「物陰に隠れて中の会話を聞きました。今でも彼の父親の言葉は耳から離れません。彼の父親はこう言いました。『友人だからといって手を抜けば、それは相手のためになるどころか相手を傷つける行為だ。相手のことを友人と思うのなら手を抜いてはいけない。より強くなって相手が苦手な部分や弱いところを教えてやることだ。そうすれば今度自分が相手より弱くなったときに相手から教えてもらえる。友とは高め合う者同士のことであり、傷を舐め合ったり、蔑み合う者同士ではない』と。それを聞いたとき一目散に家に帰って練習を始めましたよ。どうやら、その様子を親父が見ていたようでその日は徹夜で朝まで付き合ってもらいました。一緒に剣道場の床で大の字になって寝ていて、母親に怒られてしまいました」

スレイドは笑いながら、嬉々として話していた。

「それで…その話とガーディアンとがどう繋がるんですか?」

「祐司殿、元々私はバレルに一回勝つためにガーディアンになろうとしたんですよ」

祐司は最初言葉が理解できず、呆然としていた。

「い、一回勝つためって……もしかして」

「はい。一度も彼に勝ったことはありません。惜しいところまでいくんですがいつも倒されるのは私の方です。何とか現状を打破しようとしてウェブライナーのガーディアンになることを決めたんです」

「ガーディアンになることがなぜバレルを倒せることになるんです？」

祐司はさらに疑問をぶつける。

「まず1つは生活のことを考えず特訓に集中できるようになること。恥ずかしながらうちの道場は貧乏で資金繰りに四苦八苦していまして…なかなか特訓に集中できない状況でした。ウェブライナーのガーディアンは国の機関が資金面で援助してくれ、おまけに生活の面倒を見てくれるということで私にとっては願ってもない機会だったんですよ」

「つまり、お金に困らなくて修行に集中できるため？」

「それ以外にもう1つ。惑星フォインでトップレベルの人がガーディアンになるために集まっていたからです。名だたる武道家や剣術家、彼らと切磋琢磨することで自分の腕を磨きたいということもありました」

「そこまでして…バレルに勝ちたかったんですか？　たった一回のために」

スレイドは黙って頷いた。

祐司は執念ともいうべきスレイドの信念にただ圧倒されるだけだった。同時に、いかに自分が小さな存在か改めて自覚してしまう。

「やっぱり、スレイドさんはすごい才能を持っているじゃないですか。結局、ガーディアンになれたんでしょ？　その凄腕の人たちの中から。結局、世の中才能なんだ…」

「祐司殿、もし才能だけが全てなら私より強いバレルがガーディアンに相応しいでしょう」

祐司はスレイドの言葉に反応した。

確かにその通りだった。スレイドよりもバレルの方が選ばれるはずだ。

「私が最終的に選ばれたとき、選考をしてくれた人に理由を問いました。選考にあたって運動能力やガーディアンとしての資質を調べられましたが、私は上位10番ぐらいの出来だったようです。ではなぜ、私が選ばれたかというと理由は2つでした。『何かに打ち込む強い意志』と『成長の伸びしろ』があるからだそうです」

「『強い意志』と『伸びしろ』？」

「国が用意してくれた選考者は私に揺らぐことのない鉄のような意志と、今はそれなりだが将来化ける可能性を感じてくれたようです。そのおかげでフォインで4人しかいないウェブライナーのガーディアンになることができました。祐司殿、才能では何も始まりません。何かを為すのはそれを為そうとする意志です。今、あなたが成し遂げたい意志はありますか？」

成し遂げたい意志…。

最初はたっくんと一緒にリベリオスと戦いたいと思った。

でもそれがとんでもなく険しい道だと思い知った。思い知ったとき、打ちのめされ動くことができなくなった。

それは今も同じだ。

「…スレイドさん、やっぱり俺にはそんな意志なんてないよ。才能もない、何かを為したい意志もない。ただの駄目なオタクなんだよ、俺は」

「祐司殿……」

重い空気がよどんだ水のように部屋の中を流れる。

しかし、流れはせき止められた。家族の帰宅によって。

「ただいま～！」

ドアの開ける音と共に1階の方から声がする。我が家に1人しかいない女性の声、葵が帰宅したのだ。今日も部活かと思ったのにずいぶん早い帰りだ。4日近く学校を休んで心配をさせてしまったのであろうか？

「祐司、まだ部屋にいるの？」

階段の下からであろう。反響した声が壁や扉を伝わって祐司の耳にも届いた。祐司は何も答えず黙っている。

「祐司、あのね拓磨が…」

階段を一歩ずつ踏みだし、2階に上がりながら声をかけてきた。だが、その足音も途中で止まる。来客を告げるインターホンの音が家中に鳴り響いた。

「は～い、どなたですか？」

下の方で廊下を歩く音がする。それと同時にドアを開ける音、そして一瞬の沈黙。

「あれ？　もしかして馬場先生!?」

「よく分かったなあ、葵。小学校以来だって言うのに」

「うわあ、懐かしい…！　先生ずいぶん明るくなりました？　なんか昔は暗い人だなあって思ってたんだけど…正直見違えちゃった。えっ、もしかしてわざわざ会いに？」

　下の方で馬場の笑い声が聞こえる。

「ははは、いやちょっと祐司と話したいことがあってね。もう帰ってきているか？」

　祐司は体を反応させるとドアの方を向く。

（馬場先生。確かたっくんや友喜と一緒に桜町に行ったときに会った…。先生はすでに辞めて塾の講師を務めているらしいけど一体何の用だろうか？）

「祐司ですか？　いや…あの…祐司は…」

「ん？　どうかしたのか？」

　どうやら葵はしどろもどろになっているようだ。さすがに引きこもって学校に行っていませんとは言えない、言葉の様子から必死に上手く言いつくろうとしているようだった。

「実は…あいつ学校を休んでいて」

「…ひょっとして風邪？　じゃあ、また日を改めたほうが…」

「いえ…あの、理由は私にも分からないんですけど、不登校気味というか何というか…」

　しばらく馬場の声が祐司の耳に入らなくなる。いつの間にか祐司はドアを少し開いて階段下の声がよく聞こえるように隙間を作っていた。

「つまり『登校拒否』…ということかな？　変だなあ、実は彼には数日前にあったばかりなんだ。昔と変わらず元気いっぱいでとてもそんな風には見えなかったけどなあ」

「私がいくら聞いても答えなくて…お父さんも祐司が心配で帰りたいみたいですけど、仕事で忙しくてなかなか帰ってくることができないみたいで」

父の真之介にも迷惑をかけていたことを祐司はこの時初めて知った。食事は葵が学校に行った後、こっそり1階に下りて食べていたのでこの4日間、家族とは一瞬も会っていなかった。

「……葵。俺に説得させてくれないか？」

「えっ？　先生がですか？」

突然の馬場の申し出に葵は戸惑っているようだった。

「実はもう先生じゃないんだ。教師はしばらく前に辞めていてね。今は塾の講師をしている。けど、やっぱり生徒が不登校をしていてそれを黙ってみているのはどうも落ち着かなくてね。俺の塾の生徒だって、不登校になったらやっぱり悲しいからね」

「先生さえ良ければお願いできますか？」

祐司は下で進む会話を黙って聞いていた。

「祐司殿、出て行かないのですか？　せっかくあなたに会いに来た方がいるのですよ？」

スレイドが祐司の背後から声をかける。

「……だって俺は」

「勇気を出して下さい。この部屋から一歩外に出ることに才能は必要ですか？　もし、仮に必要だとしたらそれだけで大きな才能をあなたは持っているということになるのですよ？『勇気』という才能を」

弱気になる祐司の背中をスレイドは優しく押した。

「『勇気』……」

「このままあの方が2階に上がってきて、あなたを説得して部屋の外に出る事と、あなたが自分から勇気を出して部屋の外に出ることには天と地ほどの差があります。才能が無いなら手に入れませんか？　ここで手に入れましょう、祐司殿」

祐司がスレイドの言葉に悩んでいるとき、一階から葵の声が聞こえてきた。

「こちらです、馬場先生」

「だから、私はもう先生じゃないんだよ？」

「塾の講師だって先生って呼ばれるでしょ？」

「ははっ、それもそうだな」

一歩ずつ階段を上がってくる音が空気を震わせ、祐司の前のドアに響く。

『勇気』という才能。才能が無ければ手に入れれば良い。

たった一歩だ。一歩外に出れば良いだけだ。それもできないくらい俺は弱いのか？

俺はたっくんと違ってリベリオスと戦う力なんて無いかもしれない。けれど、1人の人間として大切なものは忘れちゃいけない。自分でできることは自分でしていきたい、いいや、するんだ。少なくてもここには1人俺を見守ってくれている人がいる。やるんだ、俺！　これが最初の一歩だ。

祐司は勇気を出して扉をゆっくりと開けた。途端に目の前には自分と同じくらいの身長の制服姿の葵と自分よりも少し背の大きな馬場が立っていた。何だか馬場の姿はこの前見たときよりも不思議と大きく感じる。紺色のジーパンと長袖の緑色のTシャツを着ていて、内側に半袖の白い無地Tシャツを着ていた。葵は普段は自分と同じくらいなのに逆に小さく感じた。

「ゆ、祐司!?」

突然部屋から出てきた祐司に葵は驚きの声を上げる。

「祐司、よくやったな。葵、どうやら俺が手を貸すまでも無かったみたいだ。ずいぶん長く部屋にいたみたいだが大丈夫か?」

「大丈夫じゃないけど、せっかく来てくれたんだから話くらい聞きますよ」

「ははは、なるほど。全部2階から聞いていたってわけか。じゃあちょっと2人だけで行きたいところがあるんだ、付き合ってくれるか?」

祐司は目を丸くした。

「ここじゃ駄目なんですか?」

「ああ。少々込み入った話だ。実は友喜についてなんだ」

祐司と葵はそれぞれ驚いた。

(友喜について?　なぜ馬場が?)

「……行きます」

祐司ははっきりと口にした。

確か馬場先生は友喜の塾の講師をやっていたはず。友喜がリベリオスに標的にされたのなら俺たちの知らない時、桜高校時代に何かあったのかもしれない。ひょっとしたら先生は何か知っているのかもしれない。もしかしたら、その中にたっくんの役に立つ情報を何か知っているかも。

（自分にできることは自分でする。部屋から出ただけじゃ駄目だ。自分で動いて調べてそれをたっくんに教えるんだ）

祐司を動かした小さな勇気は固い意思となって彼の心を支える柱となり始めていた。

「えっ!?　祐司、大丈夫なの!?　ご飯は!?」

「葵の目を盗んで食べていたから大丈夫」

階段を下りる馬場と祐司の後ろから葵が尋ねた。

「そうか、何だったら何かおごるぞ?」

「大丈夫です。あんまり遅くなると葵が怒るんで、行くんだったらさっさといきましょう」

「すぐ近くに行くだけだよ。それじゃあ、葵。ちょっと祐司を借りていくよ?　そんなに遅くしないから大丈夫だ」

葵は呆れたように祐司を見つめていた。

（一体こいつズル休みの間、何をしていたんだろう?　心配していた自分がアホらしい。自分から出てこれるんだったら、もっと早く出てくれればいいのに）

「明日、絶対に学校に行くんだからね？　これ以上休んだら、先生の印象も悪くなるよ？」

葵は忠告したが祐司はまるで聞く耳を持たずに出て行こうとしたので、食い下がった。

「聞いてる!?　ちゃんと出席するんだからね！」

「はいはい分かりました、分かりましたよ！　俺が全て悪かったです！　ご迷惑をおかけして申し訳ありませんでした！　あなたは貧乳手術を受けることを一晩中真剣に検討しながらさっさと寝て下さい！　その胸を見るだけで気持ち悪くなってきます！　行ってきます、葵様！」

祐司は溜まりに溜まったものを荒々しく言葉を吐きながら玄関扉を勢いよく閉めた。

葵は恥じらいと怒りで顔を真っ赤にして祐司が出て行った玄関扉を睨みつける。

「別に好きでデカくなったわけじゃないし…！」

自分に言い聞かせるように小さく呟くと、そのまま葵は夕食の準備のためキッチンに向かっていく。

一方、祐司の部屋にいるスレイドは安堵の感情を覚えていた。

1人の若者の大切な一歩に関われたことが何よりも嬉しかったのである。

しかし、それは長くは続かなかった。祐司が家を出て数秒後、突如全身を走る悪寒のようなものが彼の体を駆け巡った。スレイドはゼロアから渡されたライナー波探知のマップを取り出し、確認する。ウェブスペースはもちろん、凹凸乱れる稲歌町の全体地図を目を凝らして確認する。しかし、反応はどこにも無い。

（おかしい、気のせいか？）

友喜殿は御神総合病院という所にいる。ゼロア殿の話によるとあの病院は特殊なファイアウォールで機器のネットワークが保護されており、入ろうとすれば管理者に知らせが届くようになっているらしい。ウェブスペースにいる者なら無理にやろうとすれば入れるが、いくらリベリオスでもわざわざ危険を冒すような真似はしないとのことだ。

もちろん、外から携帯電話などを持ち込まれれば話は別だ。いくら、病院のネットワークの警備は厳重でも外から持ち込まれた物にはさすがに対処のしようがない。しかし、病院には持ちこまれた電子機器をチェックする装置が窓を含め全出入り口に設置されているらしい。内部の人間が不審な動きをするようなら即座に対処する仕掛けなのだろう。

まるでウェブスペースからの侵攻に備えるような設備。ゼロア殿曰く「第三者による手が加わっている」そうだ。私は詳しく知らないが、以前の騒動の時もその第三者という者の手でこの町は大事に至らずに済んだらしい。

いずれにしても、やはり契約者の友喜殿が心配だ。とりあえず、ゼロア殿に話を伺うとしよう。システムだけの警備だと心もとない。リベリオスはそんな優しい相手ではないのだ。

スレイドは祐司の携帯電話からウェブスペースへと移動していった。

同日、午後5時50分、ウェブスペース、ウェブライナー前。

ゼロアは巨大な壁を前で無様に俯せで砂の上に倒れていた。

表面的なことだけに囚われてはいけない。拓磨から学んだことである。

そしてゼロアなりに考えたのだ。外から修理しようとしたらドリルは曲がり、スパナは砕け、ドライバーはゼリーのようにやわらかくなってしまう。

（だったら、内部から修理すれば良いのではないか？）

ここでゼロアが取った行動は簡単に言うとこうだ。まず工具を持ったまま、一緒にウェブライナーに搭乗する。中の回路を移動し、修理部分まで行く。そして修理する。ウェブライナーの装甲がいかに特殊でもこれならさすがに大丈夫のはずである。

だが、そんなゼロアの考えは一瞬で失敗に終わる。

修理部分に工具が触れた瞬間、外に引っ張られるような衝撃。

気づくとゼロアは工具と一緒に宙を舞っていた。そして眼下5メートルには砂の山。反応できるわけも無く、無様に顔面から砂の山にダイブである。

しかし、彼は諦めなかった。自分が頑張らねばウェブライナーは動かない。今、リベリオスに襲われたら確実に終わりである。自分しか現状を打破できる者はいないのだ。

そんなこんなで20回ほど、外に放り出されるのを繰り返している。ついにウェブライナーの前で俯せに倒れ込んでしまった。

どれだけ意志が強くても体は正直である。放り出された衝撃で全身が痛くて動けない。

「私はお前を直そうとしているんだぞ～。何で修理させてくれないんだよ～」

　マニュアル人間、ゼロア。一旦慣れるととても心強いが、想定外の事には非常に弱い。

　彼はついに巨人相手に愚痴り始めた。強固だった意志もどこへやら、現状に全く活路が見えず気持ちはまさに絶望のどん底である。

　すると、ゼロアの手に振動が伝わる。ゼロアは白衣の腕の部分を触ると空中に四角い画面を浮かび上がらせる。そこには拓磨の顔が映っていた。

「何だい、拓磨」

「おい、一体どうしたんだ？」

「どうしたもこうしたも、気持ちが折れたところだよ。いくら修理しようとしても、この巨人が全くそれを許してくれないんだ。中のシステムにも手が加えられないし、もうどうしたら良いのか分からないよ。一体何なんだい、このロボット」

　寝転がったままゼロアは淡々と話す。

　拓磨はため息を吐きながら、哀れそうにゼロアを見つめた。

「ゼロ。これからそっちに行きたいんだが、いくつか持っていきたいものがあるんだ。どうすればそれも持って行ける？」

「いつもと同じように来れば良い。特殊な異物でも無い限り平気なように転送装置は作ってあるから」

「分かった」

数秒後、ゼロアの前に2メートル程の光の渦が現れ、中からいつものように黒地をベースに紫色のラインで模様が描かれた戦闘服を着た拓磨が現れた。そして、その服装に全く似合わない大きな白い袋を2袋、両手にぶら下げている。

「……何だい、それ？」

ゼロアは素っ頓狂な声を上げた。

「見て分からないか？　スーパーマーケットのレジ袋に決まってるだろ？」

「スーパーマーケットのレ…レジ袋？」

拓磨はそのまま寝ているゼロアの前を素通りするとウェブライナーに入ろうとする。

「待て待て待て!!　な、何をしようとしているのか説明してくれないか？」

現状がまるで理解できていないゼロアに拓磨は振り返った。

「そうだなあ。一言で言えば…………『飲み会』？　そう、『飲み会』だ」

（の……『飲み会』？）

ゼロアはポカンと口を開き、思考停止に陥った。

「これからウェブライナーの中にいるのっぺらぼうと話してみようと思うんだ。そして今、ウェブライナーに何が起こっているのか聞いてみる」

「の…のっぺらぼうって確かウェブライナーをこんな巨大にしたという存在のことかい？」

「そうだ。ウェブライナーの中にいるなら何が起きたのかよく知っているだろうと思ってな」

　ゼロアは何となく拓磨のやろうとしていることが理解できてきた。しかし、理解はできるが全くもって認められない試みだった。

「いいかい、拓磨。ライナー波は確かに正体不明だが1つだけ言えることがある。ライナー波はエネルギーなんだ。君たちの世界にも石油だとか石炭だとかあるだろ？　あれと同じなんだよ。エネルギーが普通喋るかい？　喋らないだろ？」

　小学生に教えるようにゼロアは分かりやすく話した。若干拓磨を小馬鹿にしているように聞き取れる口調だった。

「まあ…確かに石油や石炭は喋らないな」

「そうだろ？　だったら、やっぱり…」

「でもライナー波は喋るんじゃないのか？」

　まっすぐ真剣に拓磨はゼロアを見つめた。ここまで真剣だと答えようがない。そして何より彼の答えを全く否定できない自分もいた。

　ライナー波は未だ分かっていない部分も多い。無限のエネルギー、変化を与える特性。それらを制御できる技術はある程度惑星フォインでも進んでいる。だが、ライナー波に携わった者の中で「ライナー波は喋る」と言った人はおそらく1人もいないのではないだろうか？

「つまり、君はこう言いたいわけか？　あの中にはライナー波の意志みたいな存在がいて、そいつと話せば全ては万事解決と？」

「別に解決しようなんて思ってねえさ。ただ今起こっていることを聞いてみたいだけだ」

「それで…君の持っているレジ袋は一体何だ？　工具か何かが入っているのか？」

完全に馬鹿にした目でゼロアは拓磨のレジ袋を見つめた。

「俺の言ったことを聞いてなかったのか？『飲み会』だって言ったろ？　俺は未成年だから天然水だが、辛口の日本酒やツマミを買ってきたんだ。未成年だから酒は普通は買えないんだけど、叔母さんの知り合いの人がたまたまスーパーでレジをやっていて『日頃から頑張っている人に酒をあげたい』って言ったら、協力してくれてなんと代わりに買ってくれて、しかもおごってもらったんだ。さすがに全部おごってもらうのは悪いと思って半分金額を出してもらうことになったんだが、おかげでツマミまで充実したよ。叔母さんの人脈には本当に感謝だな。あとで話して俺のバイト料から引いて貰わないと」

ゼロアは目の前でレジ袋から次々と出されていく日本酒やサラミやチーズの袋などに恐怖を感じていた。

目の前のこの男、正気ではないが本気である。

本気であの中にはライナー波の意志がいると信じ込んでいて、本気でそいつと飲み会を開く気だ。

「さすがに手ぶらじゃ向こうにも失礼だろ？　俺は酒なんて飲んだことがないから分からないが、話を弾ませるにはこれが一番だって叔父さんが言っていたからな。問題はあいつの好みが日本酒かどうかなんだがなあ…ウイスキーとかが良かったらどうするか…」

（いや、問題はそこじゃない。何を悩んでいるんだ、君は）

ゼロアは心の中で突っ込んだ。

「た…拓磨。仮にそののっぺらぼうと話し合いが上手くいったとしてだ。彼は自分のロボットを修理させてくれると思っているのかい？」

「それは話してみないと分からないけどな。ただ、こちらとしては真摯に向き合うだけだ。あまり期待はするな、基本的に世間話をしてくるだけだからな」

「今……私は君がすごく恐ろしいよ。君の戦闘力もそうだが、君のその発想もぶっ飛びすぎて頭が理解を拒絶している」

「理解できるもんじゃねえさ、ライナー波はそういうもんだろ？」

拓磨はレジ袋に品を戻すと、ウェブライナーの中に光となって消えていく。

消えていく拓磨を見てゼロアは思う。

もちろんウェブライナーには再び動いて欲しい。それは間違いない。

だが、拓磨の試みは外れて欲しいと思う。もし、成功してしまった場合、私は今までライナー波のことなどこれっぽっちも理解していなかったことが判明してしまうのだ。私の今までの人生は無駄であったのか、そう思えてしまう。

ゼロアは地面に倒れながら矛盾する思いに胸を苦しめていた。

一方、拓磨は周囲が七色の光に溢れる操縦室の椅子に座っていた。そして椅子から立ち上がると、椅子から離れ部屋の中央へと歩いて行く。

「お～い、ライナー波。色々と話したいことがあるんだ。とりあえず姿を見せてくれないか？」

拓磨はレジ袋を両手に提げながら歩いて左右を見渡した。しかしどこにも黒いのっぺらぼうの姿はいない。ウェブライナーを動かすように念じて呼びかけてみたがやはり周りにあるのは七色の光だけである。

（やはり、俺の考えがおかしかったのだろうか？　いや、おかしいのは何となく分かっていたんだがこの場合は当てが外れたと言うべきか…）

拓磨は仕方なく椅子の場所まで戻ろうと踵を返したそのときだった。

「…不動拓磨」

拓磨は突然呼び止められ、慌てて振り向く。そこには150センチくらいの大きさの全身真っ黒姿、以前見た時よりずいぶん小さく見えるのっぺらぼうがいた。

「心配したぜ、てっきりもう二度と会えないかと思ってた」

「貴様の面など二度と見たくない!!」

突然、のっぺらぼうが真っ黒い右掌（みぎてのひら）をこちらに向けた。拓磨は危険を察知し、左足を引き右側へ飛び跳ねる。

間一髪。拓磨が今までいたところを光が通過した。おそらく、レーザーのようなものだろう。当たったらまずいことだけは確かだ。

「おい、ちょっと待て！　俺はお前と話を」

「貴様と話すことなど何も無い!!」

再びのっぺらぼうの掌がこちらに向けられる。それを予測し、拓磨も小刻みのステップで右、左、右と反復横跳びのように体を動かし光を避けていく。

だが、レジ袋は違った。動くたびに水が動くような音が鳴る。

「ああっ！　せっかく買ってもらった日本酒が！」

自分の心配より酒の心配を拓磨はしていた。さすがにその態度にのっぺらぼうの怒りは頂点に達した。

「貴様はそこまで私を苛立たせるかあああ!!」

のっぺらぼうは両掌を天井に向かって突き上げ、一気に前方に突き出した。

拓磨の手には一瞬光が見えた。その瞬間、拓磨は悟った。

『避けられない』と。

拓磨は胸に光線の直撃を受け、仰向けに吹き飛ばされる。そして背中で床に着地すると、10メートルほど地面を滑り停止した。

拓磨は痛みを覚悟し、目を閉じていたが胸を突き飛ばされた衝撃だけは残っているものの、何の痛みも無いことに不思議を感じた。

あれ？　てっきりレーザーで胸を貫かれたと思ったんだが…痛くない？

拓磨はゆっくりと上半身を起こし、胸を見る。胸を覆っていた黒いスーツに直径10センチ程の丸い穴が開いていた。見事に胸のど真ん中に直撃したようである。地肌が丸見えだった。しかし、血が流れるどころか傷1つ付いていない。

「……やっぱり、俺の体は変だな。どうなっているんだ？」

「お前らは…一体何なんだ!?　なぜ死なない!?　なぜ変化しない!?」

ライナー波は続けてレーザーを放とうとしたが、体を痛めているのかうめくようにして床にうずくまる。

「お、おい!?　大丈夫か!?」

レーザーに撃たれた者がレーザーを撃った者を心配する非常に奇妙な光景がそこにあった。拓磨はレジ袋を床に置くと、のっぺらぼうに駆け寄る。

「なぜ死んだ者が私の心配をする!?　貴様は死んだ！　死んだはずなのだ！」

「とにかく落ち着いてくれ。飲み会の支度はできているから、一杯飲んで肩の力を抜けばどうにかなる」

全く話が噛み合っていなかった。

「人の話を聞け、不動拓磨!!　何が『飲み会』だ!?　お前は何をしにここに来た？　私を服従させるためだろう！」

「何言ってるんだ？　俺にとって重要なのはそんなことよりお前が日本酒が好きかどうかだってことだ。とりあえず、見た目からして未成年じゃないみたいだから酒は飲めるんだろ？　もし、苦手だったり酒が嫌いだったら言ってくれ。今度は別の飲み物を買ってくる。最近はノンアルコールもあるし、良い世の中になったよなあ？」

話はまとまるどころか、明後日の方向に飛んでいっていた。

これにはのっぺらぼうも対処のしようがなかった。話せば話すだけまとまらない。ついに仰向けになり、天井を見ると何もかもが嫌になったように大の字になる。

「もういい、好きにしろ。殺せ」

「お前を殺すのに興味はない。じゃあとりあえずツマミでも食べながら話をしよう。お前には聞きたいことが山程あるんだ」

拓磨は先ほど置いたレジ袋の所に戻ると、両手に持ちのっぺらぼうの所まで早足で戻る。そして最初のレジ袋から紙パック1リットルの辛口日本酒を取り出し地面に置く。そしてさらに紙コップを取り出すと、その中に立方体型の氷ボックスの蓋を開け、氷を紙コップに入れる。最後に日本酒をコップの3分の1程の高さまで注ぎ、最後に水が入った2リットルペットボトルを取り出し、水を注ぎ薄めプラスチックのスプーンでかき混ぜる。

「まあ、こんなもんか？　水割りのロックって。初めてやったからある程度の不出来は勘弁してくれよ？　ほら、記念すべき人間とライナー波の最初の一杯だ」

自分のコップには水を注ぎ、のっぺらぼう用のコップを大の字で寝転んでいる彼の足下に置く。

のっぺらぼうは顔だけ動かし、拓磨の行動を見ていた。

「……意味不明だ、お前は。私に殺されかけたんだぞ？　なぜ平然としていられる？」

「お前が怒ってる原因もなんとなく分かったからだな。せっかくお前が作ったウェブライナーをこんなボロボロにしちまったのは俺たちの責任だ。それに銃で撃たれたりナイフで刺されたり、弾丸を避けたりするのは慣れているんだ。こっちにも負い目はあったし、おあいこが妥当だろ？」

「異常だな。イカれている」

「何も反論できねえ、その通りだ。だが、お前も似たようなものだろ？」

のっぺらぼうは渋々上半身を起こすと、足下のコップを掴む。そして注意深く形をうかがっている。

「貴様と一緒にするな、私は変化を与えるものだ。その使命のために生きている。異常だけの貴様とは違う」

「とりあえず、乾杯。ほら、カップ同士をぶつけるんだ」

全く話を聞いていない拓磨にのっぺらぼうはもはや反応しなかった。ぎこちない仕草でゆっくりと拓磨の紙コップに自分の紙コップをぶつける。そして拓磨が水を一気に飲み干すのを眺めると、自分も一気に飲もうとする。

はっきり言って、口も何もないのっぺらぼうがどう飲むのか気になっていた。口が現れるのか、それとも飲むふりだけをしてこぼしてしまうのか。

答えはそのどちらでも無かった。中の酒は氷と一緒にのっぺらぼうの顔に吸い込まれていった。

「……ただの液体だ」

おそらく初めて飲み物を飲んだ人間からは出そうもない感想だった。

「まあ、その通りなんだけどよ。何かを感じないか？　人とこうして向かい合って飲むと」

「……いや、特に何も。それで……一体何をしにきた？」

のっぺらぼうは酒の入った紙パックを手で引き寄せると、自分のコップになみなみと注ぎ始めた。

どうやら、日本酒が気に入ったらしい。

「お前と色々話したいことがあったからな」

拓磨はチーズの入った袋やサラミの入った袋を次々と開ける。そして中に手を入れると、サラミを口に放り込む。

「貴様達は私を支配下に置くためにきたのではないのか？」

「別にそんなつもりは毛頭もねえが……何でそう思ったんだ？」

のっぺらぼうは一気に日本酒を体の中に入れると、拓磨に顔を向ける。

「不動拓磨…あの若造は一体誰だ？」

「若造？」

「前回の戦い。無数のロボットと戦い、身動きが取れなくなり倒れたときにウェブライナーに入ってきたあの若造だ」

（もしかして、祐司のことを言っているのだろうか？）

拓磨は水を口に含みながら考える。

「俺の友人だ」

「なるほど、怪物の友人は化け物というわけか…」

「祐司は俺とは違う。俺みたいにこんな体をしているわけでも、リベリオスと戦っているわけでもない。普通に生活して普通に学校に通っているただの高校生だ」

拓磨のセリフを聞いた瞬間、のっぺらぼうは鼻で笑うような音を出した。

「貴様の世界の高校生というのは私を喰うことができるのか？」

拓磨はのっぺらぼうのセリフが理解できなかった。

（ライナー波を喰う？　どういう意味だ？）

「まあ、お前もその力を持っているみたいだがな。実に意味不明だ」

「俺がさっきのレーザーで生きているのもその力のためか？」

「何度も言うが、私はお前を殺そうとしたんだ。その結果は見ての通り失敗だったがな。だが、安心したぞ。貴様の体は確実に変化している。貴様が化け物になる日も近いかもな？」

俺が化け物になる日。金城先生や山中のように体を変形させてしまう日。

確かに俺の体は変化を始めている。相良組長のような『超人』に似ているかもしれない。

ただ…それならライナー波の反応が体から出るはずだ。

「ただ、貴様の変化は普通の変化とは異なるみたいだがな」

のっぺらぼうはさらに日本酒をコップに注ぎ、体に入れる。

「普通の変化って何だ？　みんな化け物になるんじゃないのか？」

「私の目的は高度な意志を持つ者をより上位の存在に変化させることだ。まあ、簡単に言えば願いを叶えると言った方がいいかもな」

（願いを叶える？　化け物になった人たちはみんな化け物になりたくてあの姿になったというのか？）

「どういう意味だ？」

「誰しも何かしらの願望はあるだろう？　私はその願望を増幅させ、相手に私を受け入れさせる。そして、その願望に沿って私は受け入れた者に力を与える。その結果、体が変わるなど変化が起きる」

「待て。もしかして化け物になった人は化け物になりたくてあの姿になったと言うんじゃないだろうな？」

「ざっくり言えばその通りだ」

　拓磨は黙ってのっぺらぼうの話を聞いていた。

　最初はライナー波が全ての原因だと思っていた。この力さえ何とかできればリベリオスとの戦いも周囲への被害もどうにかなるのではないかと。結論からすれば確かにそうなのであろう。だが、のっぺらぼうの話には不思議と考えさせるものがあった。

　まるで、人間が自分で自分を滅ぼしているように聞こえてくる。

「風船を想像してみろ。風船に一定以上の空気を入れたらどうなる？」

「……破裂する」

「そうだ。風船が人、空気が私だ。だが、それで終わりじゃない。人は破裂しないようにより大きな強い体を求める。力はさらに入る。人はさらに強い体を求める…結果、この変化は止まることはない。止める方法は1つ。強い体を求めないように意志を無くすこと。つまり…殺すことだ。気絶では無理だぞ？　また起きて同じ事の繰り返しだ」

「だったら、お前が止めさせれば良いだけだろ？」

拓磨は冷静にのっぺらぼうに言った。

「私の目的は変化だ、不動拓磨。変化させれば後はどうなろうと知ったことではない。止める理由などないんだ。それに、変化を求めるのは途中から私ではなくて変化した者になるのだ。私が力を与えなくても彼らが勝手に欲しがる。『より強く、よりすごく』とな？変化を求めるなら断る理由はない。私はただ与えるだけだ」

「まるで麻薬中毒者みたいだな？　お前はその麻薬ってわけか？」

「ただの麻薬ではない。無限の力を与える劇薬だ」

なるほど、どうりで惑星が滅びるわけだ。無限にあふれ出て、しかもより上位の存在に変化し続ける。一度はまったら終わりってわけか。

「私を殺すか？　不動拓磨」

酔いが回ったのか、のっぺらぼうが挑発するように拓磨に語りかけた。拓磨は黙ってのっぺらぼうを見つめる。

「これは俺の勘なんだが…もしライナー波を消滅させる、いやそんなことできるか分からないが、そんな方法があるんならゼロ達がとっくにそれを行うために行動しているんじゃないのか？　俺の見た限り、ゼロはライナー波に対してあまり好意的ではないが滅ぼそうとはしていないように見える。何かカラクリがあるのか？」

「ふふっ、貴様は洞察力があるな、不動拓磨。その通りだ。奴ら惑星フォインの住民は私に対して自我が暴走しないようにライナー波に対する抗体を持ったわけだ。地球人も同じだ。ライナー波に対して反応しない、言わばライナー波に対する抗体を持ったわけだ。地球人も同じだ。携帯電話等なら小さな影響で済む。小さな影響なら人間の体がコントロールして安定を保てるからな。だが、反応しないだけでライナー波は体に確実に残っているのだ。もしライナー波を消滅させることができたなら、確かに被害は起きないだろうな。地球から人類はライナー波と共に消滅するが」

拓磨はため息を吐いた。

つまり、強行策は取れないと言うことだ。ゼロアやリベリオスがライナー波消滅の研究をしないのもこのためだ。やれば自分たちが消滅する。

ライナー波に対する産業が進んだのも一種の開き直りなのだろう。体の構造を変化させれば基本的に安全だ。さらに暴走するということを除けば、ライナー波はとんでもなく便利なエネルギーだ。変化の力であらゆるものを変化でき、上手く意志を使ってコントロールすればより上位のものに進化できる可能性もある。大切なのは欲望という名の意志が暴走しないようにすれば良いだけのことなのだから。

「これは困ったなあ…ライナー波を消滅させればひょっとしたら話は済むと思ったんだが、事はそんなに単純じゃないって事か？」

「私にも生きる権利があるのだ、不動拓磨。私の命を害する者がいれば奪う権利もある」

「俺が知っている限りライナー波でおかしくなった人たちはみんなライナー波について知らない人たちだった…。本当に彼らがお前の命を奪おうとしたと思うのか？」

拓磨は優しくのっぺらぼうに語りかけた。

「私を説得する気か？　悪いが、たとえ私を説得できても無駄だ。私はライナー波の意志の1つにすぎない。他の意志はみな変化を求めている。私も同じだ。貴様に説得されることなどない」

「いや、俺はお前だけでも説得したいと思う。お前だけでも人を無意味に変化させるのを止めさせたいと俺は考えている」

「だから無駄だと言っているだろう！　私は他の意志と同じ…」

「同じじゃない。他のライナー波の意志だったらこうして喋ってもくれなかっただろうな。お前だから俺は話そうと思ったんだ。ウェブライナーに力を与え、理由はどうあれ俺を信じてくれたお前だからな。お前だから一緒に飲み会なんて荒技ができたんだ。お前だから説得したいと思ったんだ。お前はどうも…ゼロア達が考えるライナー波とは違った印象を受けるけどな」

拓磨はのっぺらぼうの話を遮った。のっぺらぼうはしばらく拓磨の顔を向いた後、すねるように顔を背けコップを傾け日本酒を体に入れた。

「私も貴様にずいぶん毒されたようだ。こんなにただの液体が美味いとは思わなかった。だが…私はまだ貴様に説得されたわけではない。それに何度も言うが、何千兆の中の1つを説得しても無意味だ」

「『千里の道も一歩から』って言うだろう？　ライナー波に対して架け橋ができるってことは何よりも重要なことだ」

「不動拓磨、貴様まさか対話だけで問題を解決する気か？」

「そんな都合良く進むとは思ってねえ。リベリオスとは今後何度も激突することになるだろう。奴らの目的が世界征服とかだったら分かりやすかったんだが、どうもそうじゃねえみたいだ。けどなあ、対話で解決できるんだったらその方が絶対良いだろう？　無意味に血を流す必要なんてない。無意味に人を変化させる必要も無いんだ」

「勝手に話を加えるな！　私は人間を信じていない。特に貴様の友人の若造なんぞ何があっても信じるものか！　あいつは力に飲み込まれるどころか、逆に私を食い尽くそうとしたんだ。それに負けじと対抗して、ライナーコアが出力増大の臨界を超え負荷で破損、力が漏れ出し大爆発だ。原因は全てあの若造だ！」

拓磨は数日前のウェブスペースでの戦いを思い出した。

そう言えば、誰かが叫んでいた気がするがあれはこいつが祐司の乱入に驚いて叫んでいたのだろう。

だが、そうなると祐司の体が心配だ。ウェブスペースへは携帯電話のおかげで入れたかもしれないが、さすがにウェブライナーに乗る対策はしていなかっただろう。現在、症状が出ている様子は無いようだが第三者に頼んで治療を受けさせる必要があるかもしれない。

「祐司については申し訳ないと思ってる。まさかウェブスペースに来ていたとは思わなかった。何で来たのかもまだ聞いてないんだ。だが、あいつは必ず力になってくれる奴だ」

「まさかと思うがウェブライナーに乗せようなどとは考えてないだろうな？　あいつはただのお荷物だ。今度爆発が起きてみろ、ウェブスペースと繋がったお前達の世界まで連鎖的に消滅するかもしれないぞ？」

「爆発したくてしたわけじゃないと思うんだがな。何か理由があると思うんだがな」

「理由なんか知ってどうする？　大事なのは結果だろう？　爆発したという結果だ！」

「いや、結果だけじゃ不十分だ。そこに至るまでの過程が理解できていれば、もしかしたらもっと良い結果が生まれるかもしれないだろ？　別に祐司をウェブライナーに乗せたいなんて俺は思ってない。ただ、祐司の行動を深く理解して適切に対処してやればあいつは本当の意味で俺たちを助けてくれるかもしれないぞ？　俺たちがまずあいつを受け入れる場所を作ってやるんだ」

「おい、『俺たち』とは何だ!?　私を勝手に数に入れるな。認めないぞ！　あんな爆発小僧なんぞ私は絶対に認めない！　化け物はお前1人で十分だ。これ以上、問題を増やすな。

ほら、さっさと帰れ。ツマミも酒とやらも無くなった！」

いつの間にか拓磨が持ってきた袋は全て空になっていた。水も酒も氷も全て無くなっている。拓磨はほとんど口を付けてなかった。9割方食べたのは目の前ののっぺらぼうだ。

拓磨はゴミをレジ袋に入れると立ち上がった。

無事に飲み会も終わり、とりあえず色々なことを知ることができた。最後にいくつか聞いておくとしよう。

「ええと、ライナー波。ウェブライナーは今どうなっているんだ？」

「見て分からないのか？　動くことすらままならない重体患者だ。ビームも放てないし、武器も作ることもできない。今、襲われたら為す術もなく倒される」

「ゼロがウェブライナーを修理したいって言っているんだ。たぶん、お前がそれを拒んでいるんだろう？　何とか受け入れてくれないか？」

「断る！　あんな戦闘中分析しかできずにいざ自分の出番が来るとパニックを起こす、使えないマニュアル人間なんぞにこの巨人は触れさせはしない！　何が『リベリオスを止める』だ？　何がフォイン星の科学者だ⁉　爆発小僧程では無いが、あいつもお荷物第2号！　以上だ」

相当ゼロアのことを恨んでいるようにのっぺらぼうは罵りを始めた。腕を組み、胡坐をかき、機関銃のように拓磨に向かってまくし立てる。かなり酒が回っているようだ。口も無いのにメリーゴーランドのように実に口が回る。

「でも、修理しなければ奴らに対抗できないだろ？　お前は俺たちの進化が見たくてウェブライナーを動かしたんじゃないのか？　ここで負けたら進化を見るどころか、全て終わりだぞ？」

「…………」

のっぺらぼうはしばらく沈黙する。10秒後ようやく会話が始まった。それは先ほどとは打って変わり、空気が変わったと思える程真剣な声だった。

「このロボットには修理機能は存在していない。外部や内部から修理しようとしてもそれを拒絶する」

「えっ？　なぜだ？　何でそんな風になっているんだ？」

「原因はお前だ。不動拓磨」

のっぺらぼうは素っ気なく拓磨に言った。拓磨は目を丸くする。

（俺？　俺が原因？　俺が一体何をしたんだ？）

「このウェブライナーが生まれるとき、私はお前とそしてあのマニュアル人間のデータを参考にしてこのロボットを作りだした。言わば、これはお前の分身だ。このロボットが様々な武器をコピーできるのもあらゆる戦闘に適応できるお前の才能を写したため、電子的な分析や制御ができるのはあのマニュアル人間の才能や性格のためだ。このロボット……いや、ウェブライナーは正確にはもうロボットでは無い。ライナーコアを心臓とした一種の生命体だ」

（ウェブライナーが俺の分身？）

考えたことも無かった。だが、もうロボットでは無いという部分は同意できる。修理できないロボットなんて欠陥品を通り越して作るだけ無駄な代物だ。

「それで、修理できないのも俺の能力ってわけか？」

「このロボットが生まれたとき、お前は1人で戦おうと覚悟を決めていたのではなかったか？　金城を殺され、リベリオス打倒のためもう誰も巻き込まないと誓い1人で戦う男。その誰も巻き込まず頼らないという決意がウェブライナーにインプットされている」

「俺は自分の無力を痛感したんだ。どれだけ頑張っても俺1人ではどうにもできないことがある。今の俺には協力者が必要なんだ。今の俺の情報をライナー波に移せば修理可能になるんじゃないのか？」

「もちろん、アップデートはいつでも可能だ。お前がその気ならやっても良い。だがな、不動拓磨。それが何になる？」

のっぺらぼうは立ち上がると拓磨を見上げてきた。

「……何になるってどういうことだ？」

「ウェブライナーが修理可能になったとしよう。だが、本当に今のウェブライナーを修理できると思っているのか？　はっきり言おう。修理は不可能だ。修理で直るレベルじゃない。スクラップ行きが確実だ」

拓磨はのっぺらぼうのセリフでウェブライナーが再起不能になったときのゼロアの言葉

を思い出す。

『頭部装甲90パーセント破損、片腕全壊、胸部ライナーコアよりエネルギー漏れによる駆動の低下、胸部装甲0・1パーセントまで耐久度低下、ビーム使用不能、ハルバード精製不可能、その他諸々の障害あり……。とてもじゃないけど、これを直せと言われたら『新しいものを買った方が早い』って修理屋に言われそうだよ』

のっぺらぼうは悲しげに顔を傾ける拓磨に語りかける。そして右手を拓磨の胸に置き、手から七色の光を放つ。

「おい、この光は何だ?」

拓磨の質問が言い終わる前に光は消え、ライナー波は手を放した。いつの間にか胸に開いた穴も消えている。

「アップデートはこれで完了だ。とりあえず修理は可能になったみたいだな。だが、状況は最悪だ。貴様がどのような存在かは知らんが、今のお前とあのマニュアル人間ではどうしようも無いのが現実だ」

「感謝する。けど本当に動かせないのか?」

「物を握って投げるくらいならできるかもしれない。だが、殴るなんてもってのほかだ。

結局ただ叩きのめされるために立ち上がるだけだ」

「ああ、それで良い。何もできないよりそっちの方が良い」

「分からない奴だ。なぜそこまでして立ち上がる？　お前はやはり異常か？」

拓磨は小さく笑みを浮かべながら背の低いのっぺらぼうを見下ろす。

「俺は力を持った。だから、この力を使って力の無い奴らを守る責任があるんだ。俺に逃げるという選択肢はない、俺が逃げたら俺がいる世界の人たちはライナー波の被害を受けるからな。だが、これからは1人では戦わない。共に戦う仲間を集めて、より多くの人間を助けられるようになれればと思っている。この考えはやっぱり異常か？」

「ああ、お前にとって1銭の得にもならない。お前がただ傷ついていくだけだ」

ついに拓磨は笑みをこぼした。

「損得の問題じゃねえんだよ、ライナー波。人間ていうのはな、やりたいことがあると損得無しに行動しちまう変な生き物なんだ。そうしたいから、行動する。それだけなんだ。結果も伴えばもちろん嬉しいが、結局は何かをしたいという意志が一番大切なんだ。それは人の意志と関わるお前も何となく分かっていることなんじゃないのか？」

のっぺらぼうは右手で口を隠すように考える体勢を取る。

「それになあ、今回分かったことだがやっぱり人は1人じゃ生きていけない動物だ。どんなことをするにしたって周りの助けが必要になる。だから周りを大切にするのは案外当然なのかもしれないな。そうしないといずれ自分が困ることになるからな」

「だからお前は爆発小僧を仲間にしたいと思うのか？」

「いきなり祐司のことを許してくれとは言わない。ウェブライナーをぶっ壊したのは理由はどうあれ、祐司が原因なんだからな。だから、俺から1つだけ頼みがある。もし機会があれば渡里祐司という人間をよく見てやってくれないか？　あいつの話を聞いて、俺みたいに話をしてやって欲しい。そして気が向いたら手を貸してやって欲しい。そろそろあいつには俺以外の話し相手が必要みたいだからな」

のっぺらぼうは拓磨の提案を鼻で笑う。

「下らん。爆発小僧は所詮爆発小僧だ。まあ、どうしても話したいときにどうしても話し相手がいない場合は仕方なく引き受けてやろう。そして色々愚痴を聞いて貰うとしよう。良いストレス解消になりそうだ」

「ははは、それで良い。それじゃあな、ライナー波。今日は話せて楽しかったぜ？　ウェブライナーのことは頼んだぞ」

拓磨はライナー波に礼を言うと満足げに背を向けて立ち去っていく。

10メートル程進んだとき、突然背後からのっぺらぼうの声が聞こえる。拓磨は振り向いた。

「イルだ」

「…『いる』？『いる』ってなんだ？」

「私の…名前だ。のっぺらぼうと呼ぶな、癪（しゃく）に障（さわ）る。今度から『イル』と呼べ、不動拓磨」

拓磨は最初驚き、目を点にしたが内心はあまりの成果に上機嫌だった。

『飲み会』効果はやはり絶大だった。

なんとのっぺらぼうには名前があったのだ。自分で付けたのか、それとも何かから取ったのかは分からない。もしかしたら、ライナー波を研究していた誰かがライノー波に名前を付けたのかもしれない。理由はどうあれ、少なくとも今回の対話でお互いに名前で呼び合う仲になったことは何よりの収穫だろう。

「良い名前じゃねえか？　じゃあな、イル。今後とも頼むぞ？」

「今度来るときは私への手土産に別の酒を持ってこい！　それからツマミはチーズ多めだ！」

イルは再び歩き出した後ろから注文を飛ばした。

「ああ、了解だ、今度はウイスキーを持ってきてやる。楽しみに待ってろ、イル」

拓磨は笑いながら振り返らず声だけで返答すると「外に出る」ように願う。いつの間にか砂の地面に立っており、背後には果てが見えない程高い白い壁がそびえ立っていた。

「どうだった、拓磨。失敗かい？」

ゼロアは相変わらずぐったりとしながら地面に寝転んでいた。

「いやあ、想像以上の大成功だったぜ？　ゼロ。やはり面と向き合って対話することは大切だな」

「はっ？　大成功？」

拓磨は飲み会の成果についてゼロアに話した。最初はぼんやりと聞いているだけのゼロアだったが、聞いていくにつれて喜びと空しさが混じった判別しづらい表情になった。

「ううむ…喜んで良いのか悲しんでよいのやら…。とりあえず、ウェブライナーは動くということかい？」

「イル曰く…だけどな」

拓磨は付け加える。

「それで、ライナー波には名前があって『イル』という者だと？　はっきり言って私にとってはウェブライナーが動くことよりもそっちの方が驚きの事実なんだけど」

「ん？　ライナー波に名前を付けたのはてっきりフォインの科学者だと思ったんだけどな。自分のペットに向かって愛着が湧くように。ゼロは何も知らないのか？」

拓磨の質問にゼロアは苦々しく笑い始めた。

「あのね、そもそもライナー波が喋るなんて私は今まで研究してきて初めて知ったんだけど。名前が付いているなんて分かるわけないだろう？　第一本当にライナー波は喋ったのかい？　今でも信じられないなあ」

「幻聴とかじゃねえぜ？　ほら、あいつは俺が買ってきた酒やツマミをほとんど食っていったんだ」

拓磨は空のレジ袋をゼロアに見せる。ゼロアは袋の中を確認すると、ため息をついてうなだれてしまう。

「はあ……私の今までの人生は何だったのだろうなあ……」

「そう落ち込むこともないだろう？　少なくともウェブライナーが動くことは分かったんだ。最悪の条件だが戦えないこともないしな」

拓磨はあくまで事態を良い方向に進んでいると捉えていた。

一方、その考えとは真逆を考えているのは他ならぬゼロアだった。

「殴ったり武器を出したりできないんだろう？　おまけにいつ壊れてもおかしくないスクラップ状態だ。よくそんなポジティブに考えられるね!?」

「…あのなあ、ゼロ。ライナー波が協力してくれただけでも儲けものだろうが？　動ければタックルとか色々攻撃の手段はあるだろう？　……まあ、そんなことしたらこっちが壊れるかもしれないけど」

拓磨の冷めるようなオチにゼロアは落ち込むと、そのままウェブライナーに向かって歩いて行った。

「とにかく、せっかくお許しが出たのなら修理を初めてみるよ。何もやらないよりはマシだからね。ただ、現状はかなり厳しいよ？　それだけは忘れないでくれ、拓磨」

ゼロアは工具と共にウェブライナーの中に入っていく。

ゼロアの後ろ姿を見て、拓磨は悩んでいた。

（ゼロア、そしてイルの言うとおりだ。現状はあくまで最悪。ウェブライナーが動いたとしても、相手は完全装備のリベリオスのロボット。前回の戦い、相打ち覚悟の行動が無ければこっちがやられていただろう。敵のロボットに乗っていたバレルは相当の腕の持ち主だった。ましてや団体で攻めてこられたら今度こそこっちの終わりだ）

拓磨は辺りを見渡した。

（地形を利用して戦おうにもあるのは砂だけだ。せいぜい盛って山のようにするのが関の山だろう。確かライナー波を調整する機能があるという話だが、ひょっとしたらそれを使えば一瞬の隙は生み出せるかもしれない。だが…やはり決定打に欠ける。ビームも無くハルバードも無い。どうすれば次の襲撃に勝てる？）

「もしもし、不動君。聞こえているかい？」

拓磨が頭を悩ませていると、突然頭の中に声が響いてきた。ボイスチェンジャーで変化させた甲高い声、第三者だ。周囲を見渡すが誰もいない。ひょっとしたら携帯電話に電話がかかってきたのだろうか？　携帯電話を介してウェブスペースに入ったから直接脳に声が届いた？

「ゼロ！　この世界からの連絡はどうやって出すんだ？」

「ウェブライナーを出るときと同じだ！『携帯電話現れろ』って念じれば、ライナー波で構成された疑似携帯電話が現れる！」

ウェブライナーの中から怒鳴るようにゼロアが答えた。どうやら、作業の真っ最中に邪魔をしたらしい。

拓磨はゼロアの言うとおり念じてみた。すると、手元に紫色の折りたたみ式携帯電話が現れる。

（これがウェブスペースで使う通信機器か、現実世界の物と変わらないな）

「はい、もしもし。不動拓磨です」

「不動君。急な連絡ですまないね、ウェブスペースで仕事中だったかい？」

やはり、第三者にこちらの行動はバレている。

もう、拓磨は驚くこともなかった。おそらく、どこかから見張られているのだろう。考えるだけ無駄だ。

「ちょっとウェブライナーに用があってな。色々あったが動くようになったところだ」

「ん？　ウェブライナーを直したのかい？　話によるとスクラップ状態ってはずじゃあ…」

「前に話さなかったか？　ウェブライナーの中にいる奴と話したんだ。飲み会をしたら協力してくれた」

しばらく電話の向こうから声が聞こえなかった。あまりの出来事に呆然としているのだろう。

「い…今のウェブライナーは飲み会で何とかなるのかい？」

「まあ…何とかなるみたいだな。ほぼ、賭けだったが上手くいった。だが、状況は最悪。相変わらずスクラップ状態だ。お前の興味のあるウェブライナーになるのはもっと先のことだろうな」

「う〜ん、もうこの時点でずいぶん興味深いんだけどなあ…」

第三者の声を無視して拓磨は話を切り出した。

「それで、話は何だ？　ただの世間話か？」

「まあ、この前君に色々教えて貰っただろう？　さすがに借りは早めに返そうかと思ってね」

どうやら第三者はずいぶん律儀みたいだ。友喜や祐司の昔話に対してわざわざ借りを返そうとしてくるのだから。それだけ、こちらと平等でいたいということだろうか？

「…借りを返すって具体的にはどんな？」

「ちょっとした情報を聞かせようと思ってね。すでに警察が解決した事件の情報をね」

ウェブライナーの件が未だ難航している中、もたらされた第三者からの一報。この連絡が今回の騒動を急速に動かすことに繋がるのだが、それはまだ拓磨は知る由もなかった。

同日、午後6時24分、稲歌町、通学路近くの公園内。

祐司はブランコに乗っていた。すでに周りは、5メートル程先が見えなくなる程暗くなっていた。黙ってブランコを前後に揺らしている。好きでやっているわけではない。ただ暇だから動かしているのだ。

馬場に誘われ、話をしに祐司達は公園に来た。『あまり周りの人に聞かれたくない』と言われて祐司が公園を提案したのだ。通学路途中ですぐ近くに相良組のあるこの公園。昼間は子供連れの親子がよくここで遊ぶが、夜になると誰も来ない。外灯も少なく木々に空を覆われ、本来ならば暗さを感じない夜も余計に暗く感じる。

「待たせたな、祐司」

　祐司は声のした方を振り向く。祐司から見て、左側。通学路に指定されている道路から馬場が両手に500ミリリットルのペットボトルを両手に持ち、笑顔で現れた。

「せっかく、話を聞いて貰うのに手ぶらじゃ悪いからな。ほら、緑茶で大丈夫か？」

「すいません、馬場先生。気が利きますね」

「ははは、教師は保護者や生徒にずいぶん気を遣う仕事だからな。まあ、これくらいは当然だ」

　馬場は祐司にペットボトルを渡すと、隣のブランコに座る。

　祐司はペットボトルの蓋を取ると、一口飲み込む。馬場はそんな祐司の姿をじっと見つめていた。

「ん？　何か俺の顔に付いてますか？」

「いや、お前は変わらないなあと思ってな。背はでかくなったが面影は昔のままだ」

「そうですか？　たっくんも変わってませんよ？」

「…そうだな。お前と不動は全く変わってないな」

　馬場は掌でペットボトルを転がしながら、雲1つ無い夜空を眺めている。

「先生はずいぶん変わりましたよね？」

「おっ？　やっぱりそう思うか？」

「最初見たとき、『アレ誰だ？』って思いましたもの。小学校の時の面影が全然無いから。イメチェンしたんですか？」

　2人の会話は盛り上がり始めた。

「イメチェン……そうだな。お前らが卒業した後、こっちも色々あってな。新しい自分になりたいと思ったんだ。今までのアニメばかり見ているオタクじゃいけないと思ってな」

「やっぱり。先生はオタクだったんですか？」

「ああ、かなり入れ込んでいたぞ？　学校の教師時代はどうやって早く家に帰ろうか、悩みに悩んでな。休暇も全部使って好きなアニメの都市イベントに向かったし。給料もほとんどアニメ関連のグッズに使い込んだ。考えてみればかなり馬鹿をやっていたよ。『廃人』と言われてもおかしくなかったからな」

「ば、馬鹿って何ですか!?　オタクに対する侮辱ですよ！」

　祐司は馬場の言葉に反論する。彼の中のオタクの血がそうさせた。

「そうか、祐司。お前もオタクだったな？」

「アニオタ、特撮オタ、ロボットオタ……色々兼ねてます。まだまだビギナー、ニワカですけど」

　馬場は祐司の目をまっすぐ見つめるとまるで先生のように話し始めた。

「悪いことは言わない。早いうちにそういうものは止めておけ。学生の本分は勉強だろ？

もっと学生生活を有意義に使え、それが後々自分のためになる」

「好きでやっているんです！　好きなことはしょうがないじゃないですか！」

「オタクに対する世間の目は厳しい。下らないことに時間を費やして、いらない偏見を受けたいのか？　俺も実際同じ思いを味わった身だ。ロクなことにならんぞ？」

祐司は苛立ちを募らせながらも言葉を返さず、再びお茶をペットボトルの半分近くまで一気に飲み干した。

「話ってまさか俺に対する説教ですか？　友喜に対することだったんじゃないですか？」

「…そうだな、じゃあ本題に入ろう。数日前、友喜が入院しただろう？　当然、俺も驚いたさ。それで友喜の家族と一緒にお見舞いに行ったんだ」

「友喜の家族と一緒に？　何で馬場先生が一緒に行くんですか？」

祐司にとっては友喜にはお母さん、おじいさん、おばあさんがいるのは分かる。お父さんである金城先生はすでに離婚済み。実は金城先生が友喜のお父さんであることはすでに祐司は知っていた。しかし、全く気にも留めていなかった。すでに離婚していたという話だし、友喜にもう一度会う機会があるなんて思わなかったからだ。それにすでに離婚した人の話をするのもおかしいと思い、拓磨達の前では話さなかった。

だが、そこになぜ馬場先生が出てくるんだ？　この人は友喜の家族とは全く無関係のはずだ。

「あれ？　話してなかったか？　俺は友喜のお母さん、愛理さんと結婚予定なんだ」

「………え？　えええええっ!?　馬場先生が友喜のお母さんと結婚？」

「友喜が話さなかったのか？」

祐司は首を横に振る。一度もそんな話は聞いたことが無い。知っていたらすぐに詳しく聞きたいレベルの話だ。

「そうか…俺はどうも友喜から避けられている気がするなあ」

「あ、あの…おめでとうございます。遅くなりましたけど」

「ははは、いいんだ。本当に最近決めたことだからな。愛理さんとは友喜がうちの塾に入ったときに知り合ってな、俺が小学校の時の担任の先生だと知って最初は向こうも驚いていた。彼女も何年も前に金城先生と別れていたし、俺はどうも人付き合いが苦手で誰とも結婚していなかったし。お互い寂しかったんだろうな。それで友喜の勉強を見るかたわら、彼女の話も聞くようになって…いつの間にか友人になっていたんだ。それでまあ…年数を重ねるうちに…後は分かるだろ？」

「先生、本当に変わったよね。小学校の時からは想像もできないよ」

素直な感想だった。将来のことを真剣に考え、変わろうとしたから友喜のお母さんとの結婚に至ったわけか。そうなると、俺はいつまで経っても無理だろうな…。恋人なんて年末の宝くじを当てるより得るのは難しい。けど、オタクを止めろと言われても、アニメや特撮はもう俺の体の一部みたいなものだし。どうすればいいんだろう。

「だから、言ったろ？　色々あったんだよ。それで、話を戻すが俺は今でも不思議なんだ。

友喜がなぜあんなことになったのか？」

祐司は黙って馬場の話を聞く。いつの間にか揺らしていたブランコも止まっていた。

「友喜は…自分で飛び降りたと思うんですか？」

「……悔しいがそうだろうな」

祐司は信じられない言葉を聞いたように馬場を見る。馬場は相変わらずこちらを見つめていた。

友喜が自殺しようとしたと馬場先生は信じている。

周りのみんなはそのようなことをする子ではないと思っているのに、馬場だけが信じている。それはあまりに違和感のあることだった。

「ゆ、友喜が何かそんなことをする原因を知っているんですか？」

「……実はな、友喜はイジメにあっていたんだ」

「イジメ？　友喜が!?」

「とは言っても、学校のネット上の掲示板に書き込まれているもので、直接的なイジメ行為があったのかは分からない。ただ、内容からして友喜に対しての誹謗や中傷だというのは分かった。それも友喜が桜高校時代の話だ。彼女から昔聞いたんだが山中という先輩と付き合っていたみたいだね。その頃のことを掘り返されてほぼ妄想に近い文面だったがひどいものだったよ。彼女は相当傷ついただろうね」

（学校の掲示板に書き込み？）

知らなかった。また、知らないことがあった。そのせいで彼女は苦しんでしまった。祐司の心に「知らない」ということが響いて伝わる。

「何で俺たちに相談しなかったんだ？　俺はまだしも、たっくんや葵に言っていれば…」

「おそらく、お前達だから言えなかったんじゃないか？　友達だから話せると思ったらそれは大きな間違いだぞ？　友達だから心配をかけたくないってこともあるんじゃないのか？」

馬場の言葉に祐司は言葉を失ってしまう。

自分が辛いにも関わらず友達に頼ることができなかった。何事も話せる友達であるはずなのに全てを抱え込んでしまった。友達がいなかったわけではない。その友達に迷惑をかけたくないがために背負い込んでしまった。

もっと、俺たちが彼女のことを気にかけるべきだったのかもしれない。今さらそんなことを言われてもどうしようもない問題だった。

「友喜はそれが原因で自殺しようとしたと？」

「…俺はそれ以外にも、もう1つあると思っている」

馬場は祐司の答えを見越したように答える。

「もう1つ？」

「実は…お前に聞きたかったのはむしろこっちの方なんだ。ひょっとしたら今、拓磨が関わっていることについてお前なら知っているかと思ってな」

祐司は目を見開く。

もしかして、馬場先生は知っているのか？　もう1つの世界のことを。

あの砂だらけで金属の巨人が存在するウェブスペースのことを。

「その反応だと、何か知っているみたいだな？」

「べ、別に何も知りませんよ!?　俺は」

祐司は裏返った声を出す。明らかに何かあると分かるバレバレの態度だった。動揺を隠しきれなかった。馬場は薄ら笑いをしながら、話を続ける。

「お前は嘘がつけない人間みたいだな？」

「…………」

ついに祐司は黙り込んでしまう。

（一体、なぜ？　どうやって？　馬場はウェブスペースのことを知ったのだろう）

「俺は実は前回の争いの時もこの町を助けたんだぜ？　拓磨とは別の方法で」

馬場のその言葉を聞いたとき、祐司の中にある者の名が浮かんだ。

『第三者』。

確か、前回の騒動で起きた混乱を秘密裏に解決したと思われている人物だ。まさか馬場先生が第三者？

「えっ？　も、もしかして先生が第三者？」

「その通り。学校を離れたのも人々の平和を守るための一環ということだ。ちょうど資金提供をしてくれる人たちがいてな。本格的に悪と戦おうと決めたわけ。ウェブスペース、リベリオス、ウェブライナー。向こうの世界のことはよく分かっている」

間違いない。ウェブスペースのことを詳しく知っている。ということは先生の言っていることは本当なのだろうか？　彼は本当にリベリオスと戦っていて、人々の平和を守ろうとしているのか？

「俺は正義を為したいんだ、祐司。そしてそれにはお前の協力が必要なんだ」

馬場の目が爛々と輝き、祐司の目を魅了する。強き欲望と希望を秘めた目だ。祐司には強い信念のようなものを感じられた。

「お、俺の協力ですか？」

「祐司。拓磨にはこれ以上、ウェブスペースに関わって欲しくないと思わないか？　あいつは高校生だ。お前と同じように未来ある若者だ。けど、あいつは怪物とは言え、大勢の人を殺してきている。できれば早いうちにこんなことは終わりにしたいと思わないか？」

馬場の言うことはもっともだった。できることならウェブスペースには関わりたくない。拓磨に協力したいと思うことだって、早く戦いを終わらせて彼と前のような友人関係に戻りたいという思いもあるからだ。

「こういうことはな、俺みたいな大人や警察に任せればいいんだ。学生が出しゃばることじゃない。お前がやることは拓磨をあの世界から引き離して元の暮らしを送らせることなんじゃないのか？」

「……俺に協力って何をすればいいんですか？」

祐司の返事を受けた馬場はさらに話を続ける。まるで一気に畳みかけるような勢いを祐司は感じた。

「まずはウェブスペースにいる拓磨達の協力者と話し合いたい。彼らと連絡できるものはあるか？」

「だったらたっくんの携帯電話に電話するか、あるいは友喜の持っている携帯電話を使うか……」

「…友喜も持っているのか？」

「おそらく。俺は見たこと無いんですけどね」

馬場はそこまで聞くと言葉を切り、再び目を空に向け考え始めた。そしてしばらくして一言。

「その友喜の携帯電話を見つけてきてくれないか？　祐司」

「えっ!?　俺がですか？」

「ああ。俺は拓磨の携帯電話に連絡をかけてみる。友喜の物ってことはおそらく部屋にあるはずだ。探してくれないか？」

「いくら友達でも友喜の部屋に入るのはまずいんじゃないですか？」

それ以前に家宅侵入罪だ。いくら友達とは言え、言い訳は通用しない。

「今、家には誰もいない。全員友喜の見舞いに行っているはずだ。とは言っても面会謝絶で入れないと思うが少しでも彼女のそばにいてあげたいんだとさ。良い親を持ったな、あいつは」

馬場はジーパンのポケットを探るとピンクのリスのぬいぐるみが付いた鍵を取り出し、祐司に渡す。

祐司は手に持った鍵を見つめる。

「ずいぶん少女チックな鍵を持ってますね？」

「元は友喜の鍵だ。スペアキーができるまで彼女から借りてるんだ」

「……先生、本当にやるんですか？」

やる気はあるもののどうも気乗りがしなかった。全てを大人に任せ、自分たちは関わらない。確かにそれが一番の選択肢かもしれない。だが、たっくんがそれを認めるだろうか？　そもそも、たっくんはあまり目立ちたがらない性格だ。今回の騒動も大人に任せることができるなら、とっくに彼らに任せているのではないだろうか？

それができないということは任せることができないから。つまり、任せたとしてもどうにもならないからではないだろうか？

「お前は拓磨をこのまま殺し合いに参加させたままにしたいのか？」

馬場の言葉は落ち着いてはいるが冷たさを感じられる程淡々としていた。表現は正しいかどうかは分からないが、冷酷という言葉がぴったりかもしれない。

「もちろんそうは言ってないですけど…。たっくんにはたっくんの考えがあるからそうしているんじゃないかって」

「いくらあいつに考えがあってもそれが正しいとは言えないだろう？　あいつのやっていることは間違いだ。あいつを止めるのはお前なんだよ、祐司」

確かに俺はいつもたっくんに付いてきていた。でも、今回の騒動で彼にもできないことが多くあると分かった。

今こそ、彼から独り立ちするときじゃないのか？　彼の背後を歩くのではなく、彼の隣を歩いて行かなくてはいけないのだろうか？　それにはまず彼のためを思って、自分ができることをするんだ。たとえそれが彼の望まない行動であったとしても、いずれ分かってくれる時が来るかもしれない。

友喜ともいずれ仲直りできる時がくるのだろうか……。

「…分かりました。その代わり、必ずこの町を救って下さいよ？　先生」

「任せろ。何のために俺がいると思っているんだ？　もし見つかったら連絡をくれ。またここで合流しよう。それと拓磨の電話番号を教えてくれないか？」

「はい」

祐司は馬場に電話番号を教え立ち上がると、彼を笑顔で見下ろして笑う。馬場も笑い返し親指を立てる。祐司は鍵を握り締めると、馬場を背にして道路へと駆けていき、そのまま右折し不動ベーカリー方面へと向かう。

すでに明かりは民家から漏れ出る家庭の照明と、２メートル程頭上で虫がたかっている外灯だけになっていた。いつのまにか星も雲に隠れ、あたりはさらに薄暗くなっていた。

しかし、祐司の心はうって変わって希望と情熱に満ちていた。まるで日中に輝き、あらゆる物を照らす太陽のようである。

今度こそ自分自身の力で助けるんだ。俺自身の力で誰かを助けるんだ。そのために自分でできることをやるんだ。

祐司は駆け足の速度を上げ、あっという間に不動ベーカリーを通り過ぎ曲がり角を左折。勢いよく曲がったせいであやうくこけそうになった。

そのまま路地を直進すると、次の曲がり角をさらに左折。不動ベーカリーの裏手にある友喜の家『白木食堂』へと急いで到着した。

急に走ったせいで荒くなった息を整えながら、祐司は家を見上げる。普段なら出ているはずの暖簾(のれん)も見当たらない。2階や3階の窓も明かり1つ見えない。正面玄関の奥も暗闇しかない。本当に誰もいないようである。

祐司は正面玄関に近づくと、鍵の差し込み口にゆっくりと鍵を入れ回した。

金属が弾かれるような音が響き渡り、ゆっくりとドアを横に力を入れると地面を擦る音と共に玄関が開く。

「ごめんください」

祐司は確認のため声をかけてみたが、返ってくるのは静かな夜の沈黙である。

本当に留守にしているみたいだ。やっぱり友喜のことが心配なのだろう。

祐司は中に入ると玄関を閉めそのまま奥に進んでいく。そしてずっと昔友喜の家に来たときの記憶を頼りに左側のドアを手探りで発見した。

ドアを開くと目の前に大人2人で一杯になるほどの狭い玄関が現れる。

祐司は靴を脱ぐとそのまま階段をゆっくり上がっていく。静かな家を祐司が階段を踏む音が響き渡る。2階に到着した後、友喜の部屋を探しつつ3階に向かう。

（まるで泥棒みたいだ。まあ、似たようなものだ。いくら、町のためとはいえ勝手に家に入って友喜の電話を持ってくるんだから泥棒と変わらない。葵に知られたら大目玉だろう）

罪悪感に蝕まれながら祐司は3階へと上がり部屋を探す。友喜の部屋が見つかるのにそれほど時間はかからなかった。

祐司は深呼吸をして女性の部屋に入る覚悟を決めるとゆっくりと扉を開ける。中は廊下以上に真っ暗でさすがに照明のスイッチを探そうとしたが、不思議と周りの様子は分かった。するとぼんやりとだが、机の引き出しの辺りが光っているように祐司には見えた。

「……？」

不思議に思った祐司はベッドの前にある机に近づくと、ゆっくり引き出しを開ける。

そこには確かにスマートフォンが置いてあった。だが、液晶画面が輝いているわけではないようだった。祐司の目にはスマートフォン全体がぼんやりとだが七色の光を放っているように確認することができたのだ。

「これが……スレイドさんとの契約の証か」

ガーディアンと契約した者が持つことを許されるウェブスペースへと繋がる端末。友喜は今まで使用したことはなかったのかもしれない。だが、それで良いのだ。ウェブスペースなんてロクなことがありはしない。

「ごめん、友喜」

一言謝ると、祐司はズボンのポケットにスマートフォンをしまう。

そしてそのまま電気を点けることなく部屋のドアを閉め、1階へと戻っていった。そして、正面玄関を閉め鍵をかけるとそのまま公園へと向かった。

所要時間5分程。偶然スマートフォンが光っていたことが早期発見の鍵となった。祐司は歩きながら友喜のスマートフォンをもう一度手に取り見てみる。

深紅の色のカバーで覆われたものだ。たっくんの物と異なり折りたたみ式ではない。友喜が小学生の頃にスレイドと出会い、契約したという話だが学校でも現在普通に使われている型番だ。フォインの技術は日本の技術より先を進んでいたということだろうか？

それとさっきからずっと発光しているように見える。液晶画面の電源は付いていないにも関わらず、暗闇に浮かぶ鬼火のような印象を受けた。

不動ベーカリーの前をいつの間にか横切り、左手に公園が見えてきた。ブランコに揺れながら馬場が弾むように笑って電話で会話をしている。

そして、歩いてくる祐司の存在に気づいたのか目を向ける。その目を見た瞬間、体の中を冷水が移動するような感覚に襲われた。先ほど話したときのように教師として生徒を見るように温かい笑顔を向けているのだが、その目には待ち望んでいた物が来たような恍惚の光を祐司は垣間見た。

一瞬、祐司は足を止めたがその光はすぐに消えたものであったため、気のせいだと自覚し馬場に近づいていく。

「たっくんと話していたんですか？　馬場先生」

「いや、ちょっと他に話す相手がいてな。業務連絡みたいなものだ。いつも、何かあったら相談しなければいけない人がいるんだよ」

「へえ〜、あっそうだ。友喜のスマートフォン。たぶん、これで合っていると思うんですけど」

祐司は赤いスマートフォンを取り出すと、掌に乗せ馬場に見せる。馬場は再びにんまりと笑みを見せた。さっきと同じ気味の悪い光が馬場の目に浮かぶ。

（まただ。なんだろう、本当に気のせいだよな？）

祐司は不安を振り払い、馬場がスマートフォンを取るのを黙って見ていた。

「なるほど…。これが友喜の物か」

「これでたっくんや友喜はもうウェブスペースに関わらなくていいんですよね？」

「ああ、そうだ。良くやったな、祐司」

馬場の声はどこか上の空に聞こえた。先ほどからスマートフォンをいじくり、電源を入れようとしているらしいが一向に画面が点かないみたいだ。

「やっぱり、点かないか。まあいいか。あの人に任せよう」

独り言を呟き、馬場はジーパンのポケットにスマートフォンを入れる。

「じゃあ、俺はそろそろ帰っても良いですか？　葵も心配していると思うんで」

やるべき事は全て為した。後は馬場に任せよう。たっくんには文句を言われるかもしれないが、やはりこういう問題は大人に任せる方が一番だ。

「いや、実はもう1つだけお前には頼みがあるんだ」

「えっ？　まだですか？」

「ああ、心配するな。本当に簡単なことだ」

馬場は一瞬屈伸したように祐司には見えた。次の瞬間、祐司の髪をいきなり掴むと馬場は右膝蹴りを祐司の顔面にたたき込んだ。

祐司はボロ雑巾のように鼻と口から血を噴き出し、10メートル程吹き飛ばされ回転しながら地面に俯せに倒れる。

「死んでくれ、祐司」

祐司は激痛が残る顔で鼻と口から血を垂らし、目からは涙を流しながら馬場を見た。暗闇に立つその男は手負いの獲物を前に勝利の笑みを浮かべ、最後に仕留める作業を待ち望む獣そのものだった。

「あれ？　頭が吹き飛んだはずなんだけどな？　何で生きているんだ？」

不思議そうに首を横にかしげながら馬場が祐司に近づいてくる。祐司は逃げだそうともがいたが、その腹目がけて馬場は右足で蹴り上げる。

祐司の腹で骨が砕けるような鈍い音が聞こえ、空中をきりもみしながら吹き飛び５メートル程離れた地面に叩きつけられる。

祐司はこの瞬間、痛みで立つ気力が無くなった。

「馬鹿だよなあ、本当にお前は扱いやすい奴だよなあ？　おかげでずいぶん楽に事が運んだよ」

痛みでうずくまり、泣き叫ぼうにも喉の奥から血が溢れ出し、血のよだれで地面を染める祐司の横で馬場はしゃがむと髪の毛を引っ張り地面に叩きつけた。

「情けねえ奴だなあ？　お前は見ていると本当にイライラする奴だよ。なぜかって？　昔の自分を思い出しちまうからだ」

馬場は再び立ち上がると祐司の脇腹を蹴り飛ばそうとしたが、防衛本能からか祐司の両手がそれを受け止める。しかし、蹴りを食らった瞬間両手の骨が砕けるような衝撃と音が響き渡り、祐司は地面を10回転程転がりながらようやく止まる。

「昔の俺はガキが大っ嫌いで、教師やってるのも就職先が無かったから仕方なくやってたんだよ。何をやっても言うとおり動かねえし、うるせえし…。ほんと関わるだけイライラする奴らだった」

馬場は再び祐司に近づくと、祐司の右足を右手で掴み棒きれを投げるように祐司を投げ飛ばす。20メートル程吹き飛び、公園の樹木に背中を強打し祐司は地面に落下した。

「そうしたらある日、高校生のチンピラが俺に絡んできたんだよ？　どうなったと思う？　今のお前みたいに俺はボコボコにされたんだ。虫の息で病院送りだよ。いやあ、もう信じられねえくらいムカつく奴らだよなあ!?　俺の気持ち分かるだろ？　そうだよ、卒業式の日。お前もボコボコにされただろ？」

祐司はピクリとも動かなかった。そんな祐司の頭を左手で掴むと右足の蹴りを祐司の胸元にたたき込む。再び鈍い音と共に祐司は吹き飛んでいった。後ろにでんぐり返しを繰り返しながら公園の隣の民家のコンクリートブロックにぶつかると、人形のように力なく倒れる。そんな祐司に馬場は再び歩いて行く。

「偶然ていうのは恐ろしいよなあ？　お前がボコられた数日後、俺もボコられたんだから。俺もお前も元オタク、現実が嫌で空想に逃げることしかできなかった負け犬だ。お前なら俺の気持ち分かってくれるだろ？　祐司」

祐司は一寸も動かず血を流したまま倒れている。馬場はつまらなそうに歩みをゆっくりにするとのんびり祐司に近づいていく。

「けどなあ、俺はお前みたいな貧弱で能なしなガキじゃねえんだよ。俺は生まれ変わったんだ。ライナー波に出会ってな？　見ろよ、この体。銃弾も通さない無敵の体だぜ？　どうやって手に入れたと思う？　病院で携帯電話いじくっていたらいつの間にか砂だらけの世界にいたんだよ。そしたらいつの間にかこんな体になっていた。最高だろ!?　楽して力を手に入れたんだ！　もう笑っちまうよな？　はっはっは！」

気分上々で馬場が自慢げに身の上話を加速させる。もはや今まで親身になっていた教師である馬場達也はそこにはいなかった。そこにいたのは力を誇りに思い、力に酔う力自慢の人ならざる者。彼が持っていた人の心はライナー波に食い尽くされていた。原型が分からない程に。

「力を手に入れたらやっぱり試したくなるだろ？　まずは復讐だ。あのチンピラ共を病院から引き摺り出して砂の砂漠で肉片にしたときは最高だったなあ…。あいつらの肉が自然消滅したときのライナー波を食ったときは涙が出そうなくらい美味かった。そしたら、俺の力を認めてくれる奴らに雇われたんだ。見る目がある奴はいるもんだなあ？」

馬場は祐司の近くにたどり着くとしゃがみ、動かない祐司の顔の上で話を続ける。

「いつの間にか友喜を見張れって事になっちまってな。この赤い電話を取り戻せって言われたんだ。でも、ただ取り戻すのもつまらねえだろ？　だから、一芝居打つことにしたんだ。金城の携帯に細工したりして、最終的に最高の終わりを飾るようにな？　一体何だと思う？　なあ!?『教えて下さい』って言えよ！　気が回らねえゴミが！」

祐司は再び頭を掴まれ投げ飛ばされると、10メートル程離れたブランコに下半身が引っかかり上半身は勢いよく地面に叩きつけられる。ブランコは揺れて、引っかかっていた下半身もそのまま地面にずり落ち、うつぶせで祐司は地面に倒れる。同時にブランコの鎖もちぎれて破片になり祐司の上に降り注いだ。

「俺は英雄になりてえんだよ、祐司。ガキの頃からの夢を叶えるんだ。過程なんてどうでもいい、結果が欲しいんだよ。賞賛を受けたいんだ。この力を好き放題使って、賛辞の余韻に浸りたいんだよ！　そのためにはな……お前ら全員邪魔なんだよ。お前も拓磨もな？あの世界の事を知っている者は人間じゃ俺だけで十分なんだよ。まあ、というわけでトドメを刺すけど文句は無いよな？　無能なオタク君？」

少しも動かない祐司の頭目がけて足を振りかぶり再び蹴ろうとしたその時だった。

「祐司!!　いるんでしょ!?　どこなの!?」

馬場の耳に聞き覚えのある女の声が届いた。道路の方に人影が見える。

「ったく、お前も葵もどうしてイラつかせることしかできねえんだろうな。ガキの頃から変わってないな。まあどうせこの様じゃ死ぬんだから、その怪我見て貰って存分に泣いてもらえ。じゃあな？」

馬場は大笑いしながらそのまま祐司の背中を踏んで公園の奥に消えていった。

あたりには静けさだけが残った。夜の風に木々の葉が揺れる音。誰かの足音がこちらに近づいてくる音。そして悲鳴のような声が上がる。

祐司は気を失ってしまいたかった。だが、どうも体が言うことをきかない。意識が吹き飛びそうになったが、気絶はしなかった。何もできずボロ雑巾のようにされたときも意識だけは保てていた。おかげで馬場のベラベラと喋る小物臭い自慢話は丸聞こえだった。

為す術も無く馬場にやられているとき、祐司は以前にも同じ体験をしたことがあると思い出した。そう、小学校の卒業式。高校生のチンピラにボコボコにされたときだ。

やはり、自分は何も変わっていない。だが、今回はそれだけじゃない。

馬場に友喜の携帯電話を渡してしまった。あれがどんなものかは分からないが、スレイドさんと友喜の絆の証を渡してしまったのだ。

騙されていたとかそんな言い訳は必要ない。言えることはただ1つ。

自分はあまりに無力で、あまりに無能で行動すればするほど周りの足を引っ張るゴミだと言うことだけだった。

今の祐司にはそれだけを知れれば十分だった。それ以外にもう何もいらなかった。


同日、午後6時10分、祐司が馬場に会う少し前。桜町、駅構内。

拓磨は折りたたみ式の携帯電話を耳に当て、駅構内から階段を下りてきた。

「着いたぞ、ゼロ」

「拓磨。早速学習塾に向かおう！」

拓磨は全速力で高校へと続く一直線の歩道を駆けていく。

なぜ拓磨が桜町にいるのか？

その理由はウェブスペースでの第三者からの連絡にあった。

「『すでに警察が解決した事件の情報』？」

ウェブライナーから降りてきた拓磨は、突然の第三者からの連絡にウェブスペース内で使用できる携帯電話で会話する。

「ああそうだ。君たちの話を聞いたら非常に興味深いことに気が付いてね。この前のお礼に教えてあげようと思ってね」

「警察が解決した事件の情報なんて一般人には手に入らないだろ？　一体何を使ったんだ？」

（第三者は警察内部と繋がりでもなるのだろうか？）

ますます驚くべき情報網に拓磨は驚きを通り越して呆れていた。

「ただ見ただけさ。これ以上は秘密事項かな？」

第三者は加工した音声でとぼけてみせる。そのせいもあって妙に腹が立つ口調になっていた。

「……まあいい。せっかくその気になってくれたんだから教えてくれないか？」

「良いとも。ではまず始めに…君は『馬場達也』という人間を知っているかい？」

『馬場達也』。先月の自分なら知らないと答えただろう。だが、今の自分なら知っている。というより思い出したと言った方が良いのかもしれない。

「俺の小学校6年生の時の担任だ。最近、偶然出会う機会があったんだ。それから、何かと話を聞いている。今度、友喜のお母さんと結婚するみたいだな。挨拶に行かなければいけないかもな」

「もし、今度挨拶をするとき君は彼を病院送りにするかもしれないね」

第三者は小さく笑うと拓磨に意味深長な言葉を呟いた。

「……何のことだ？　何で俺が馬場先生をぶっ飛ばさなければいけないんだ？」

「『馬場達也』。30歳。住所は桜町桜高校付近の学習塾。現在独り身。塾生数39人。先生を辞めたにしては順調なセカンドライフを過ごしているみたいだね」

第三者は質問に答えず、話を進めた。拓磨は疑問は残ったがとりあえず話を聞くことにした。

「不動君。正直、彼についてどう思う？」

「『どう思う』だと？　あの先生とは小学校以来会ってないんだぞ？　どう思うも何もないだろ？」

「彼とこの前再会したんだろ？　正直小学校時代と比べてどうだった？」

（一体第三者は俺から何を聞きたいんだ？　こいつの質問の意図は何だ？）

拓磨は第三者からの質問に困惑しながらも正直に答えることにした。

（質問する以上は何かしらの意味があるはずだ。とりあえず話を進めた方がいいかもしれないな。そうじゃなきゃただの世間話になるが…）

「正直言って、不気味に見えたな。俺の小学校時代の先生の印象とまるで違った。祐司もそう思ったみたいだ。あの先生は小学校の頃、正直生徒から嫌われていた。ある生徒曰く『僕たちを物みたいに扱う先生』だそうだ。教師という立場上、表に出さないようにしていたが子供が嫌いって雰囲気が漂っていたようだ。俺も体育競技で成績を出す生徒の１人としてしか扱われたことはないと思っている」

「それが、今は子供からの人気は桜町の学習塾でも上位に入る程。保護者からも安心して任せられると評判の名教師らしいよ？　ずいぶん華麗な転身だね？」

「なあ、一体何が言いたいんだ？　はっきり言ってくれないか？」

しびれを切らして拓磨が第三者を問いただした。しばらくの沈黙の後、第三者が話を始める。

「今から僕は独り言を呟く。はっきり言って僕の話には何の証拠も根拠も無い。ただ、1つの仮説を話すだけだ。聞いてくれるかい？」

「……はあ、いいからさっさと言ってくれ。あまり暇じゃないんだ。こっちも」

拓磨はため息をつくと、諦めたように会話を受け入れる。

「君が小学校2年生の時、教師だった馬場達也は不良に暴力を振るわれ、生死の境を彷徨う」

突如第三者の口調が変わった。先ほどの茶化すような含みは一切無い。まるで淡々と教科書を音読するように話し始めた。

「場所は稲歌町内の病院。現在の御神総合病院付近に位置していた病院だ。経営悪化でこの病院は後に潰れる。その病院で、馬場達也はウェブスペースに引き込まれライナー波を浴びせられ偶然にも相良宗次郎と同じ超人になる」

「な…何言って」

拓磨は口を挟もうとしたが第三者は無視して話を続けた。

「以後、彼はリベリオスが現実世界で行動するための駒として利用される。彼の最初の任務はウェブライナーのガーディアンについての調査。調査対象は『スレイド・ラグーン』。『スレイド・ラグーン』の調査を進めていくにつれて、彼が接触したと思われる人間の少女を突き止める。その名は白木友喜」

拓磨はいつの間にか第三者の話に聞き入っていた。確かに何の根拠も無い空想話である。だが、第三者は確信を持って話していた。まるで全て調べ尽くしたかのように、事実を語るように話し続ける。

「彼女を調査する過程でガーディアンの力を盗むようにリベリオスから指示された馬場は一計を案じる。最初に彼は白木友喜の父親である金城勇に接触。当時小学校の先輩職員だった金城に接触するのは馬場によって他愛も無いことだった。そして金城勇の携帯電話に細工をし、携帯電話を使用すればするほどライナー波を浴びるようにする」

第三者は一呼吸置いた後、再び話を始める。

「この作戦の結果、ライナー波を浴び感情のコントロールが難しくなった金城とその家族の仲は崩壊。後に離婚に至る。そして白木友喜の小学校6年生の卒業式。渡里祐司は通りすがりの不良に叩きのめされる。この出来事がきっかけで彼と白木友喜との間に亀裂が入り、高校2年まで会話すら無い生活を互いに送る。一方、馬場達也は渡里祐司に暴力を振るった連中を追い、不動拓磨により入院していた彼らを退院後殺し食い物にする。この不良は現在に至るまで行方不明扱いになっていて、現在も捜索が行われている」

拓磨はただ黙っていた。黙っていることしかできなかった。

「白木友喜が母親の白木愛理と隣町の桜町へと引っ越した後、馬場は教師を退職し2人を追い桜町に引っ越し学習塾を開業。リベリオスからの援助を受け、理想の教師になる。そして彼の塾に1人の生徒が入ってきた。サッカー部の副キャプテン山中である。学生人気も高く、学力も良い彼に目星を付けた馬場は彼をライナー波で洗脳、傀儡とする」

拓磨は真剣な表情のまま黙っていた。

「傀儡と化した彼を用いて、馬場は白木親子と親しくなる作戦をとる。山中と白木友喜を接触させ続けた結果、白木友喜を自分の塾に入塾させる。偶然を装い、彼女と交流することでいつしか白木友喜の良き相談相手に馬場達也はなる。そして次の狙いを母親の愛理に決める。娘を介しての交流の末、2人は親密な間柄になり婚約まで至る。以上、僕の独り言はこれで終わりだよ」

拓磨は言葉を発することができなかった。

彼が言ったのはただの空想話である。それ以上でも以下でも無いのだ。それなのになぜ心に引っかかる？　妙な説得力が第三者の話には含まれている。

（それは…この話が事実だからでは？）

考えてはいけないことを拓磨は考え始めていた。

「妄想にしてはずいぶん笑えないことを言うんだね？」

拓磨の後ろから白衣をたなびかせゼロアがやってきていた。

「ただの独り言だよ。ゼロアさん」

「その独り言にいくつかケチを付けても良いかい？」

「どうぞ？　意見は多い方がより内容も鮮明になるからね」

ゼロアはしばらく考えた後、１つ目の質問を始める。

「君がいう馬場達也のことだが、変な行動がいくつか見受けられる。まず１つ目、馬場は何で祐司に暴力を振るった不良を殺す必要があるんだい？　君の話だと馬場の目的は『スレイド・ラグーン』の調査だろ？　祐司は契約者じゃない。祐司の事件に首を突っ込む必要なんかないじゃないか？　彼は全く関係なんだから」

ゼロアの質問に拓磨も納得した。だが、電話の相手の第三者は小さく笑い始める。

「何がおかしいんだい？　第三者さん」

「ふふふ…ごめんなさい。いやあ、素晴らしい所に目を付けたと思ってね。そう、確かに馬場と渡里祐司は目的上は何の関係もない。馬場の目的に渡里祐司という存在は一切含まれていないだろう」

「そうだろ？　だったら…」

「だけど、もし馬場という人間にとって繋がりがあったとしたらどうかな？　理屈の問題ではない、性格や思想などの内面上の繋がりがあったとしたら？」

「どういう意味だ？」

拓磨は第三者に話を進める。

「馬場と渡里祐司。2人には共通点がある。2人とも、アニメ好き。極端に言えば、オタクということだ。2人はオタクという共通点で繋がっている」

「それがどうした？」

拓磨は答えを急がせる。

「そう焦らないでくれ、不動君。馬場はリベリオスの力を使って、超人になった。つまり、彼はもう人間であることを捨てたわけだ。一方、渡里祐司はただの人間。そんな彼に対して理不尽な暴力が振るわれた。さて、馬場はどう思うだろうね？」

「何も思わないだろ？　だって馬場と祐司は赤の他人。関係ないんだ」

「なるほど。ゼロアさんは『何も思わない』に一票だね？　不動君は？」

拓磨は手を口元に当て、思考を巡らせた。しばらくして脳内に電流が走ったように驚きの表情を上げる。

「まさか…でもそんな馬鹿なことが…」

拓磨は自分の推理に自信が持て無かった。いくら何でもおかしい話だ。

「言ってみてくれ、不動君。君の答えが聞きたい」

第三者の答えを受け入れる優しい言い方に上手く巻かれ、拓磨は考えを口にした。

「自分が人間だったときの姿と祐司の姿が重ね合った。まるで…自分が暴力を受けているように思えた」

「さすがだ、不動君。僕もそう思うよ。調べたところ、馬場は学生時代にオタクであることが原因で仲間はずれにされたり、時には暴力を受けていたみたいだ。いくら彼が超人になってもそんな記憶を忘れられるとは考えにくい。渡里祐司の姿を見たとき、オタクというただそれだけの理由で不遇な扱いを受けていた自分を思い出してしまったんじゃないかな？　そして不良に憎しみを持った」

「だから……トラウマを思い出させたその２人の不良を殺したと？」

何ともゾッとする話だ。あくまで仮の話であるが、これが全て現実だとしたら肝が冷える。

祐司はオタクだが、非常に明るい印象を受ける。祐司を上手くコントロールしてくれる葵や周囲の人々の助けがあったからだろう。時に暴走することはあるが、基本的に相手が自分の趣味に対して無知であると理解した上で、相手に対して分かりやすくおどけて話しているためなのだろう。

対して、妄想内の馬場の行動はオタクの負の面を映し出しているように思える。自分の趣味に対して没頭するあまり、周囲との関わりを無くした者。よって、周りのことを考えていくことが難しくなってしまったのかもしれない。

そんなとき、ライナー波というとんでもない力に出会ったら…。

自分を変えて周りに接するのでは無く、周りを変えて自分と関わらせようとしたのだろう。

その結果、行動がエスカレートしていった。彼は強大な力を得たのだ。誰も逆らう者も止めようとする者もいなかったのかもしれない。いたとしても、それを全て排除していったのかもしれない。

祐司も周りの助けが無ければ同じようなことになっていただろう。そして、もちろん俺もだ。

「馬場は教師として生徒を守ろうとしたのではなく、ただ自分勝手に人を殺したと君は言いたいのかい？」

ゼロアは第三者に確認した。

「僕の推理ではね。もちろん、証拠はない。ただの妄想だけどね。ただ、僕はこの考えに確信を持っている」

第三者は機械で変えた声で自信に満ちて答えていた。

「次の質問良いかい？　第三者さん」

「どうぞ、ゼロアさん」

「なぜ、馬場はそんな面倒くさい作戦を取ったんだ？『スレイド・ラグーンの調査』なら、もっと簡単な方法があるだろ？」

ゼロアの問いに第三者は笑い始めた。そして笑いを抑えると、再び話し始める。

「ふふ…例えばどんなことを思いつきますか？　ゼロアさん」

「直接スレイドを調査すれば良いだろう？」

「『スレイド・ラグーン』というのは剣術の達人であると同時に戦闘のプロ。いくらライナー波で強化されたとはいえ、何の訓練も受けていない元教師のオタクが直接彼を調査するのは無謀なのでは？　そもそも、ウェブスペースの調査だったらリベリオスが行えば良いでしょう、彼らのホームグラウンドなんだから。よそ者の馬場にやらせるよりよほど安全で確実だ。そう思いません？」

第三者の答えにゼロアはグウの音も出ずにしばらく押し黙った。しかし、ゼロアは言葉を繋げる。

「だから、簡単そうな白木友喜の方から攻めたということかい？」

「リベリオスが人間を仲間にするのだとしたら、それは現実世界から調査するためだと僕は思う。白木友喜を押さえれば、それはスレイド・ラグーンにとって喉元に刃物を突きつけられるようなものだからね」

「ならばなぜ、直接彼女を襲わなかったんだ？　何年も面倒な手段を取る必要なんかなかったはずだ」

さらにゼロアは第三者に問う。

拓磨も同じような意見を思っていた。いくら何でも妄想内の馬場の行動は回りくどすぎる。

（1人の対象者の調査はそんなに時間がかかるものなのか？　本人を脅すなりしてしまえばすぐ終わるはずだ。なぜ何年も時間をかける必要がある。そこまで慎重になる理由はなんだ？）

　そこまで考えると拓磨はふとある考えに行き着いた。

（もしかして、慎重にならざるを得ない理由があったのか？）

「ゼロアさん。リベリオスがスレイド・ラグーンという重要人物の調査の全てを人間に任せると思いますか？　僕が人間を利用するなら、こうします。まず、スレイドの調査についてですが白木友喜への暴力は絶対に避けます。彼女を殺したら、スレイドとの繋がりも全て無くなるかもしれませんからね」

「誘拐や監禁なら？」

　ゼロアはさらに尋ねる。

「そしたら警察が動きます。ウェブスペースで殺人や誘拐、監禁なら警察の手も及びませんが、その場合スレイドに気づかれてしまう可能性が大でしょう？　つまり、白木友喜とスレイドに悟られないように調べる必要がある。ゼロアさん、そもそも『調査』ってそういう意味なのではないですか？」

　ゼロアはむっとするが、今度は拓磨が尋ねる。

「いくら何でも時間がかかりすぎてないか？　小学6年生から高校2年まで。調査ってそんなに時間がかかるものか？」

「組織への潜入捜査とかだと年単位かかってもおかしくないね。だけど、彼の場合もっと他にもやることがあったんじゃないかな？　だから、こんなに時間がかかった。まあ、僕の推論だけどね」

「リベリオスから依頼されたのはスレイドの調査だけではなかったということか？　まあ、せっかくこの世界に繋がりができたんなら色々利用できるかもしれないか…」

ゼロアと拓磨、そして第三者の間に再び沈黙が訪れる。各自、話についてまとめていた。

しかし、ゼロアと拓磨は改めて思った。これはあくまで仮説なのだ。いくら良くできているとはいえ、一個人の妄想。

「第三者。俺から…最後の質問を良いか？　お前の話が本当だったら俺は今すぐ行動しなければいけないからな」

「どうぞ、不動君」

「なぜ、馬場先生なんだ？　馬場先生に目を付けた理由は何だ？　ただの憶測か？」

「彼に目を付けた理由は２つ。１つは調査をすればするほど不自然を通り越して異常と思える程、白木友喜の周りに彼の姿があったこと。２つ目は警察の事件に彼が関与していたこと」

「何の事件だ？」

「不動君、桜町に行ったのなら聞いたことないかい？　今、桜町では行方不明者が続出しているんだ。過去、例を見ないペースでね」

拓磨はしばらく考えると思い当たる記憶を導いた。

祐司と友喜と一緒に行ったときだ。山中を追い、祐司の所に戻ったとき警察官がそんなことを言っていた気がする。確か行方不明者の写真も見せられた。

「実はね、行方不明者は全て馬場が経営している学習塾の生徒なんだ」

拓磨とゼロアは目を見開いた。

「何だって…？」

「当然、警察がこんな事実を見逃すはずがない。少し前に学習塾に対する家宅捜査が行われた。けど、結果は何もなかった。まあ、無くて当然なんだけどね。ウェブスペースに連れ込まれたら、証拠も何もあったもんじゃない。結局、警察は彼の関与を立証できなかった」

なんということだ。聞けば聞く程馬場への疑いが濃くなっていく。友喜だけではない、何の関わりもない一般人にも手を出したというのか？

「警察にその事実を話したらどうだ？　そうすれば…」

「そうすればどうなると思う？　ジョークには十分だと思うけど、まともに取り合ってくれる人がいるかい？　普通の人間には入ることもできない世界の話なんて誰が信じると思う？」

拓磨は第三者に提案に対し、第三者は冷たく言い放った。先ほどの口調とは打って変わり無慈悲で残酷なセリフに聞こえた。どうも、第三者は普通の人間がライナー波に関わることをお気に召さないらしい。

「行方不明者の安否は分からないのか？」

「残念だけど、不明だ。確かめに行きたくても超人相手じゃ僕に勝ち目は無いんでね。そこまで勇気も無いし、冒険心もない。さらに言えば、そこまでお人好しでもない。さっきも言ったが全て僕の推理であり、妄想だ」

「確かにそうだな。よし…分かった。じゃあ俺が馬場の学習塾に確かめに行く。色々はっきりさせにな」

拓磨の言葉に第三者は調子を変えず拓磨に問う。

「僕の妄想を信じるというのかい？」

「悪いか？　俺はあんたが確信に満ちて話しているように聞こえたんだが。だから、行ってみる価値はあると思った。今の俺なら超人相手でもあんたよりは対抗できるからな」

「……ここまで話したんだ、僕の本音を言おう。僕としては君にこれ以上ウェブスペースやライナー波と関わって欲しくない。一刻も早く普通の生活に戻って欲しい。だから、ウェブライナーを渡してくれないか？　あれを研究すればリベリオスに対抗する力を生み出せる」

突然何を言い出すのかと思えば、俺の心配をし始めた。

第三者。こいつの目的はやはり人々の平和なのだろう。だが、なぜだろう。あまりにも極端な思想が感じ取れる。ライナー波に自分以外一切関わらせないようにして、人々を守ろうとしているように思える。一言で言えば自己犠牲だが、日本全体に及ぶ問題を1人で背負えるのか？

拓磨はどこか自分によく似た雰囲気を第三者に覚えた。つい、この間まで全て自分1人でやろうとしていた自分にそっくりだ。

「悪いが、それはウェブライナーの中にいる奴と直接話してもらわないと困る。あれは俺の所有物じゃないんだ。でも、話し合いの場なら提供してやっても良い。ただし、1つ頼みがある」

「『条件』かい？」

「いや、条件じゃ無くて個人的な頼みだ。リベリオスから人々を守るため一緒に協力してくれないか？」

「前にも言ったけど、僕は君たちとは協力する気は無い」

第三者は若干苛立ちを含めた言葉を拓磨に言い放った。

（なぜだ？　目的は同じなのにどうして第三者は俺たちを拒む？　ひょっとして何か理由があるのか？）

拓磨は自問自答を行い、諦めのため息を出した。

「分かった。とりあえず、情報をくれたことに礼を言わせてくれ。助かった。それじゃあ、早速行くところがあるからそろそろ切らせてもらうぜ？」

拓磨は電源を切ろうとしたときだった。

「1つ教えてくれないか、不動君」

第三者が拓磨を呼び止める。電源ボタンの上にあった指を放すと拓磨は再び耳に携帯電話を当てた。

「何だ？」

「君はなぜ協力を求めるんだ？　はっきり言って、君ほどの力があれば助けなんかいらないだろう」

拓磨はしばらく口を閉じた後、息を吐くように答えを出した。

「俺はあんたみたいに情報網もコネもない。頭も良くない。ただ喧嘩が強いだけだ。暴力しか取り柄のない俺は人間の中でも底辺の存在だ。あんたに一目置かれる程の人間じゃない」

「謙遜はよしてくれ。過剰な謙遜は鼻につくだけだ。暴力だけの人間が町の人間を救うために戦うかい？　リベリオスとの戦いは1銭の得にもならない戦いだ。彼らを倒しても人に賞賛されることなんてない。賞金も出ない。下手したら君は警察に逮捕されて死刑にされるかもしれないんだぞ？」

拓磨は第三者の問いに考え込んでしまう。

イルからも言われたことだ。俺のやっていることはやればやるほど自分が傷ついていくことだと。

なぜ戦うのか。すぐに答えは出てこなかった。

拓磨はふと自分の手のひらを見つめた。巨大な体格に似合う大きな手。散々暴力で血を浴びてきた手だ。戦えばさらにこの手を染めることになる。いくら手を洗っても記憶は洗い落とせない。傷つけた奴のことは嫌でも頭に残る。

だが、それでも戦わなければならない。その答えは自然と心にあった。

「第三者さん、目の前に困っている人がいたら助けにいきたいと思わないか？　目の前で苦しんでいる人がいたらそれだけで嫌な気分にならないか？　その苦しみを取り除きたいと思わないか？　その方法がどんなに自分を傷つける行動でもだ。何かしたいと思わないか？」

「………」

第三者からの回答は無かった。拓磨はさらに会話を続ける。

「俺はな、どれだけ力を手に入れて化け物になっても人の心だけは忘れたくねえんだ。本当はこんな力使わなくても生活が送れるならそうしたい。だが、今はそうも言ってられない。俺がやらなければ、犠牲者が増えるんだ」

「そうだ。だから、周りを巻き込まないように行動するんじゃないのかい？」

第三者が言葉を繋げた。おそらく奴はこの答えにたどり着いて欲しいのだろう。１人で全ての責任を負って戦うことに。

だが、拓磨はさらに会話を進めた。

「俺もあんたと同じようにしようと思ったよ。そしたら、俺の友人に叱られた。『自惚れるな』ってな。そして気づいたんだ。俺はもう１人で戦っちゃいけないってことにな。俺に必要なのは『人を巻き込む勇気』だったんだ」

「一体何を言っているんだ？　人を巻き込んで犠牲者が出たらどうするんだ？」

　第三者は理解できないとばかりに反論した。

「もちろん、犠牲者が出ないように頑張るさ。俺が言いたいのは自分のことを全てぶちまけて一緒に戦ってくれる人を探す努力をしていかなければいけないってことだ。全ての人間に言うってことじゃない。信頼できる人を選び、話をして、協力を結ぶという当然のことをしていかなければならないってことだ」

「君の言っていることは理解できない」

「分からないならそれで良い。俺が今から行動していてそれを示していく。できれば、あんたにも協力してもらいたいんだけどな。もし、気が向いたら連絡をくれ。俺はいつでも待ってる」

「失礼する」

　温かな拓磨の言葉を冷たい言葉で第三者は打ち切った。

「う〜む、やはり断られたか…」

「第三者を味方にするつもりかい？」

　電話を苦々しく見つめる拓磨を背後からゼロアが尋ねた。

「ああ。目的は同じなんだ。それに…会話をしていて何だかあいつは昔の俺にどこか似ているように思えたんだよなあ…」

「ひょっとしたら君と同じような悪人面かもしれないよ？」

「ははは、そりゃいいな。良い友人になれそうだ」

ゼロアの茶化しを軽く返すと、拓磨は背後を振り向き、ゼロアと向かい合った。

「それじゃあ、桜町の馬場先生の学習塾に行ってくるぜ」

「第三者を信用するのは危ないと思うけどな。罠かも知れないよ？」

「だとしてもだ。行方不明者がいるとしたらほっとけないだろ？」

「……まあそうだね。リベリオスの手がかりがあるかもしれないし、リスクは承知で行ってみる価値はあるかもね」

ゼロアは目の前に手をかざすと光の渦を作った。

「もし、馬場達也が事件に絡んでいたらどうするつもりだい？」

「状況によるな。どうしてもの時は手を下す必要があるかもな」

「彼は君の先生だったんだろう？　大丈夫かい？」

「ゼロ。どうも俺は馬場先生がよく分からなくなってきたよ。もしかしたら、俺はとんでもない失態を犯したかもしれない。だから早めに手を打ちに行くんだ。目的はあくまで被害を出さないこと。先生本人のことは、はっきり言って後回しだ」

「よし、じゃあ行ってきてくれ！」

拓磨は光の中に入るとウェブスペースを後にした。現実世界に戻った拓磨はすぐさま稲歌町東駅に向かい、電車に乗車。桜町に着いたのはすでに6時過ぎだった。

「着いたぞ、ゼロ」

「拓磨、早速学習塾に向かおう！」

拓磨は高校への道を走り出した。すでに周りは暗く、車道を走る車はライトを点け始めている。人もあまり見当たらない歩道を走る拓磨の姿は非常に目立つものがあった。擦れ違う運転手の目はたびたび、大男の姿を凝視する。

「ゼロ、第三者の言葉が本当だとしたら、警察は馬場先生の家から証拠を見つけられなかったということだな？　馬場先生は事件に関係ないということで捜査は終了した」

「そうなるね」

拓磨は目の前から走ってくるライトを点けた自転車を右側に体を傾けて避けると、足を止めず走り続ける。

「隠したとなればおそらくウェブスペースだ。発見できるのか？　馬場先生が使用している道を」

「大丈夫だ。今度ばかりはこちらも色々時間があったからね。ウェブライナーにかける時間を他に割いたんだ、準備は万端。必ず見つけてみせる」

拓磨が桜高校にたどり着いたとき、高校は暗闇の中にひっそりと佇んでいた。夕闇はさらに濃くなり、周囲の電灯に群がる虫がはっきりと見えていた。

拓磨は高校を左手に直進すると、最初の曲がり角を右手に曲がる。すぐ左側に2階建ての鉄筋小屋があった。暗闇で細部までよく分からないが作られてからずいぶん経過した印象を受ける。白く塗られた塗装ははげかかって、鉄筋に錆（さび）が付き始めている。

拓磨はゆっくりと1階の駐輪場に入ると舗装されたコンクリートを眺める。

「なあ、ひょっとしたら隠された地下室があってそこに行方不明者がいるってことはないか？」

「仮に無断で作ろうとしても1階には駐輪場だけしかないみたいだけど？　地下室作りなんてやっていたら近所にすぐばれるだろう？」

「……悪い。そうだな、考えてみればその通りだ」

「ちなみに地面に対してスキャニングをかけてみたけど、空洞らしきものは見あたらないね。すごく小さいのがいくつかあるけど、これはアリの巣かな？」

（アリに対してはあまり良い思い出がねえな……）

拓磨は脳裏に甦る巨大アリとの戦いを忘れるように頭を左右に振ると、近くの階段をゆっくりと上り出す。

「拓磨。ライナー波の反応が…」

「ああ、俺も何となく感じる。どうやら……第三者は本当のことを言っていたみたいだな」

小声で互いに会話すると、階段を一番上まで上がり左側にあるスライド式のドアに手をかけようとした。

「拓磨、待ってくれ。学習塾のセキュリティを調べる。警報とかが鳴ったら大変だからね」

「お前が泥棒じゃなくて本当に良かったよ」

拓磨が心の声を呟いたとき、ゼロアから再び声がした。

「やっぱりセキュリティがかけられていたね。もう外したから入っても良いよ」

拓磨は手をドアにかけると、左側にドアをスライドした。右側に高さ1メートル、幅80センチメートルほどの下駄箱。左側にはスリッパが置かれていた。目の前には古い木目の廊下が敷かれており、途中の左側に取っ手の付いたドアがある。

拓磨は靴だけ脱ぐと靴下のまま中に入っていく。そして取っ手を握ると音を立てないようにゆっくりと引き、中をのぞき込む。

そこは教室だった。外の光が窓を通過して中を照らしている。全部で20脚の机が見える。人の姿は見受けられなかった。

拓磨は扉をゆっくりと引くと、静まりかえった教室に入っていく。

振り返るとドアの隣には電子黒板が置いてあった。授業内容を記録したり、再現したりできる次世代の黒板である。

「拓磨、あの黒板から強い反応が出ている」

「つまり、電子黒板がウェブスペースへの入り口ってことか？　驚いたな、生徒の目の前に堂々と入り口があったってわけか」

拓磨は部屋をゆっくりと見渡してみた。机と椅子と電子黒板以外、何もない部屋である。何かを隠そうとしても、そこが不自然に見えてしまう。

「隠しやすそうな場所に隠すと、警察が念入りに捜査して万が一の場合発見してしまうと考えたんじゃないかな？　だから、こんな隠す場所なんて無いところに入り口を作った。

何も無い教室なら、心理的に『何も無い』と思わせることも可能だからね。先入観って奴かな」

「ある意味意表を突いた馬場先生の策略ってことか。異世界に通じる穴だけでも十分だって言うのに。そうなると、よほど見つかりたくないものがあるってことだな？」

「ああ。馬場先生にとっても、リベリオスにとってもね」

拓磨の胸の携帯電話が小さなモーターが鳴るような音が鳴り始める。どうやら、ゼロアが作業を開始したらしい。拓磨は部屋をゆっくりと見渡す。やはり何も見つからない。

だが、拓磨の上から脅威は迫りつつあった。

『何か』はずっと教室にいた。拓磨達に見つからなかったのはその姿が見えなかったからである。『何か』は周囲と体を完全に同化させ、教室の天井に張り付き、拓磨達が油断をする隙を狙っていた。

そして、その時は来た。狙いは馬鹿でかい大男。奴が黒板の方を向いたとき、『何か』はゆっくりと自分の口から伸びる舌を床に向かって下ろし始めた。

これを獲物の首に巻き付かせ、窒息死させるのである。抵抗するようならさらに力を強め、首の骨を折る。巻き付かれたが最後、どうやっても相手は逃れるすべはない。見えているならまだしも、死角から攻められて対応できる生き物はそうはいない。

『何か』の舌はゆっくりと拓磨の背後へと下りていった。そして、ゆっくりと舌の向きを変え、拓磨に巻き付かせようとしたその時である。

『何か』は一瞬のうちに床に引っ張られ叩きつけられた。

そこから1秒も経過することもなく、顔を足で踏みつけられ、自分の首に自分の出した舌を巻かれ、思いっきり絞められていた。その感覚を感じとった後、骨が砕けるような音と共に『何か』の意識は途絶えた。

「た、拓磨!?　どうしたいんだい!?」

ゼロアは拓磨の突然行動に驚いた。

急に拓磨が動き出したかと思うと、次に見た時には巨大な怪物の首にロープのようなものを巻き付け、一気に絞め上げ怪物の首の骨をへし折っていた。

「やっぱり電子的なセキュリティだけでは物足りないと馬場先生も思ったみたいだな？　人間大の殺人カメレオンを放し飼いにしているなんて、良い趣味している」

拓磨の足下には2メートル程の赤い舌をだらんと伸ばした、1・5メートルほどの全身が真っ黒な巨大カメレオンが死体となって転がっていた。体はすでに光となり分解を始めている。

ただ、ゼロアは驚きを隠せなかった。何もライナー波の反応が出なかったのである。

「反応が無かった？」

「敵の技術の進歩だろうな。こっちがライナー波を探知するシステムを作ることを見越して、探知不能の怪物を作ったんだろう」

「いや、すまない。ほんの微弱だけどライナー波の反応は出ている。けれど電子黒板の反応が強くて掻き消されていたんだ。でも、こんな微弱な反応のモンスターを作るなんてどれだけ技術が進歩しているんだ…」

ゼロアは素直に敵を褒めていた。敵対するものとしてではなく、科学者として常に進化し続ける敵の技術を褒めざるを得なかった。同時に自分が戦っている相手がいかに強大であるかを嫌でも知らされた。

「拓磨、どうして分かったんだい？」

「部屋に入った時から何かに見られている感覚はあったんだ。そしたら微妙に上の方で空気が動いたような感じがして…。後はもう自然に体が動いていた」

漠然的すぎて拓磨の説明はゼロアには理解不能だった。スレイドならば理解できるだろうか。いずれにしても科学者である自分には到底思いつかない感覚の世界であった。

部屋は拓磨の乱闘の結果、机が壊れ、椅子が倒れていた。すると、胸の携帯電話からモーターのような音が消える。

「終了か？」

「ああ。けれど、中に敵がいるかもしれないから気をつけてくれ」

すると電子黒板の前に光の渦が現れる。拓磨は注意深く中腰になり渦の中を観察する。中は暗くて入ってみなければ分からなかった。猛獣が隠れていても外からでは確認不能である。

拓磨は渦の前に立つと顔を先に入れ、周囲を確認。

どうやら書斎のような場所だった。右側に机と椅子。机の上にはたくさんの書物が置かれている。ただそれだけの部屋だった。地面はコンクリートのようなもので固められている。

拓磨は安全を確認するとゆっくりと部屋の中に入り、机に近づく。

「馬場先生は異世界に別荘でも作って本を読む趣味でもあったのか？」

「拓磨。行方不明者はいるかい？」

拓磨は部屋全体を見回した。やはり何も無い。だが、異世界に部屋まで作って何もしないということはあり得ない。

すると、拓磨の目に光が小さく飛び込んでくる。拓磨は目をこらしてよく見つめた。机と椅子の背後にある高さ3メートル、横7メートルくらいの大きな壁。その壁に針ほどの穴が開いているのだろう、その隙間から光が漏れ出していた。

拓磨はゆっくりと壁に近づくとドアをノックをするように叩き出した。

（音が中で反響しているように聞こえる。中に空間があるのだろうか？）

「拓磨、中に空洞が！」

「ああ、分かってる」

拓磨は思いっきり目の前の壁を右足で蹴り飛ばした。拓磨の脚力は壁の耐えうる強度を超えていたようだ。蹴りを入れた部分が吹き飛び、拓磨はそのまま周りを蹴り続け、人1人入れるくらいの穴を作った。

そして穴の中に再び頭を入れる。その中で拓磨を待っていた者は望んでいたものであり、最も見たくない光景だった。

「何だ…？　これは…」

拓磨は思わず呟くと部屋の中に入っていく。

部屋は書斎よりも2倍ほど広かった。そこに置かれていたのは透明な人間がすっぽり入るカプセルである。カプセルの上にはホースのような管が設置され、それは天井へと伸び書斎へと通じていた。

カプセルの数は20台近く、その全てに人が入っていた。その全員がカプセルの中で寝ているようにじっとしていた。

「ゼロア博士、これはどういう仕組みだ？」

「どうやら、エネルギーを吸い取っているみたいだね。同時に中の人の生命維持装置みたいだ」

（生命維持装置？　馬場先生、一体ここで何をしていたんだ？）

疑問が積もる拓磨だったが、慌てて頭を現実に戻した。

「ともかく、中の人のためにぶっ壊して良いか？」

「そうだね。まずは管をカプセルから外してくれ」

拓磨はカプセルの上部分に付いている管を引きちぎった。同時にカプセルのふたが開く。中に入っていたのは70代くらい、男性の老人だった。拓磨は老人を持ち上げると、書斎を通って塾の教室に運ぶ作業を20往復する。全てが終わるとゼロアを呼んだ。

「ゼロ、救急車を呼んでくれ。それから、警察もだ。馬場先生を探してもらう」

「もう呼んであるよ。それと興味深い情報が仕入れられた。泥棒に間違われないように早くここを離れよう」

「行方不明者を置いていくのか？」

「今は馬場達也を探す方が先だろう？　こうなった以上、彼を放っておいたらとんでもないことになる。行方不明者なら大丈夫だ。ライナー波による汚染は進んでいない。治療をきちんと受ければ社会復帰できるよ。治療の方はおそらく第三者が関わってくると思うけど」

　拓磨は何もせず塾の教室に行方不明者を置いていくことに罪悪感を覚えたが、ゼロアに従い学習塾を後にすることにした。

「興味深い情報って何だ？」

　駅へと続く一本道を歩き、前から救急車やパトカーが学習塾に向かっていくのを眺めながら拓磨は胸ポケットの携帯電話に聞いた。

「馬場達也は学習塾を拠点にリベリオスの技術開発に協力していたみたいだ」

「……具体的にはどんな技術だ？」

「簡単に言えば人間にライナー波を当て、変化を記録することだよ。生体実験という奴だね。この実験は馬場が桜町で学習塾を開いたときから行っていたらしい」

（そうなると、友喜を追いかけて桜町に来たときから始めたということか）

　しかし、拓磨はおかしなことに気が付いた。

「ライナー波を人間に当てるんだよな？　そしたら超人か化け物になるんだろう？　捕らえられていた行方不明者達は1人もそんな人はいなかったが？」

「実は生体実験にはもう1つ理由があったみたいだ。人から生体エネルギーを抽出し、ライナー波に変える実験だよ。行方不明者は見事に被験者にされたわけだ。カプセルは被験者がライナー波の影響を受けないようにするための装置だったわけ。実験のために彼らの体を保護したみたいだよ」

　誰も化け物になっていなかったのは研究のためだったというわけか。何はともあれ、行方不明者達が無事で良かった。

　拓磨は安堵のため息をついた。

「拓磨、だけど被害者は1人出てしまったみたいだよ。君のよく知っている人物だ」

「…まさか、山中か？」

（確か山中は馬場の塾の生徒だったはず。なるほど、彼の体の異変はライナー波の実験の被害者だったためか）

　拓磨は蟹の甲羅のように変化した山中との戦いを思い出した。

「彼は塾が開講したときからの生徒みたいで、塾の中でも人気者で他の生徒の面倒見も良く、何より友喜に気があったことからターゲットにされたみたいだ」

「それは……何とも不運だな」

　拓磨は声を落とした。

（人に好かれる条件に恵まれていたからこそ、友喜に向けられる刺客に選ばれたわけか。これを不運と言わずして何と言おう？）

「山中は遺伝子的にライナー波に対する耐性が強かったらしい。だから、今まで変化は無かったんだ。でも、精神的におかしくなっていたみたいだけどね。馬場達也はそんな彼の奇行も利用したらしい。だが、奇行が過ぎて恋人関係にあった友喜との仲は解消。そんな彼を今度はストーカーとして用いたらしい」

「山中の両親は？　息子がおかしくなるのを黙って見ていたのか？」

（考えてみれば、そこまで息子が以前と変わった行動を取れば親は心配するものではないだろうか？）

「彼の両親は幼い頃離婚していて、彼を引き取った母も育児放棄で彼を捨てたらしい。それ以来養護施設育ち。施設の先生の前では優等生を演じていたらしい。たぶん、これもライナー波による洗脳を利用したものだろうけど。高校生の頃にはもう彼は自分が何者か、何をしているのか分かってなかったんじゃないかな？」

「ひどい話だ」

　拓磨はそれしか言いようがなかった。ゼロアはさらに話を進める。

「だが、私たちが邪魔に入ったせいで君を排除する必要に迫られたようだ。だが、まともにやったんじゃ君に勝てない。そして馬場達也に泣きついたら、さらにライナー波を与えられてついに体が耐えきれなくなって…」

「あの蟹の姿になったってわけか……。そう言えば、山中の持っていた怪物の玉はどうなった？　あれを渡したのは桜高校のＯＢとか言ってなかったか？　馬場先生は桜高校の卒業生なのか？」

拓磨の質問にゼロアはすぐには答えられなかった。口を動かす音がしたが声が出てこないようだった。

「どうした？　ゼロ」

「その件についてなんだが、どうやら馬場が吹き込んだらしい」

「……吹き込んだ？　何を？」

「馬場達也はいつ山中を切り捨てても良いように、そして自分に被害が及ばないように作り話を山中に仕込んでいたみたいだ。もし、ライナー波について調査する者が現れて自分たちのことが露見しそうになったらそれを偽りの証言とするように」

拓磨はさらに気が滅入った。恐ろしいまでに用意周到な計画である。もはや、山中の人としての自由など一切考慮に入れていない。彼が一体何をしたというのだろうか？　利用しやすかった、ただそれだけの理由で人生を崩壊させられたのだ。

今までの狂ったような態度はもしかしたら全て偽りの姿だったのかもしれない。本当の彼は友喜のことが好きでサッカー部の副部長を務め、人気のある好青年だったのだろう。

できれば、その時の山中と話をしてみたかった。もしかしたら、良い友人になれたかもしれない。

　彼を殺した俺にそんな資格は無いのかもしれないが。

「…どこからどこまでが偽りなんだ？」

　拓磨はゼロアに尋ねた。ゼロアは文章を朗読するように答えていく。

『ライナー波の怪物になるビー玉は桜高校のＯＢに校門のところでもらった。時間帯はパンを買いに購買に行ったとき』

『力をやるという言葉を相手が呟き、学校の外に移動させられる』

『最初はいらないと断ったが、タダでやると言われる。それを地面に払ったら怪物になる』

『これを使って殺人を起こしてしまう。怪物は男を吹き飛ばし、壁に叩きつけ動かなくなった』

　ゼロアが話し終わると、拓磨は感想を呟いた。

「そのまんまじゃねえか、あの時の山中の話と」

「彼は馬場達也に言われたとおりに説明したって事かい？」

「だが、あの時山中は友喜について説明の中に織り交ぜていた。洗脳されていても、彼女のことについては意志を持って話していたということだ。それだけ、友喜のことを大切に思っていたということだな。それで、それは今の話はあの部屋に書かれていたのか？」

「君が行方不明者を運んでいるときに部屋をスキャニングして彼の机の上にある書物を

データ化したんだ。実験隊による研究成果はもちろんだが、山中や友喜の行動、さらには自分自身のことまで書かれていたよ」

(馬場先生自身のこと？　つまり、先生は日記をつけていたということか？)

ゼロアはさらに話を進めた。

「超人になった馬場達也だが、生きていくのに必要なライナー波の量が年々増えていたらしい。ウェブスペースに漂うライナー波では彼にとって十分な効果を得られない。だから人さらいを始めたようだ。人から抽出し、変換したライナー波の方が彼に合っていたみたいだね。それから1年に一回人をさらえば良いのが、2人に増え、3人に増え……最近桜町で行方不明者が増加しているのはこれが原因みたいだ」

「ちょっと待ってくれ。相良の時はそんな症状は無かったと思うが？」

拓磨は相良の時の出来事を思い出す。そもそも超人はライナー波に上手く適応できた人間。ライナー波を得る必要はあるとしても、欠点はあまり無いように思える。ライナー波さえ入手できれば超人的な身体能力を発揮できるのだ。死とはほど遠く、餓死の心配も無い。馬場は相良と違ったのだろうか？

「すまない、拓磨。私は超人のことをあまり理解していなかったみたいだ。この日記を見る限り超人は最終的に化け物になる可能性が出てきた。それも普通の化け物よりも強力な奴だ。相良の場合は超人になってから期間が短いから症状が出なかったと思う。馬場達也は6年近く超人でいたんだ。何が起こってもおかしくない」

「それじゃあライナー波に汚染された奴は遅かれ早かれ、化け物になるのか？」

「早い段階できちんと治療を受ければ話は別かもしれないけどね。馬場はリベリオスの先兵として活動していて治療は受けていないようだね。その理由はともかくおそらく、もう手遅れかもしれない」

拓磨はゼロアの話からイルの言葉を思い出した。


『人は破裂しないようにより大きな強い体を求める。力はさらに入る。人はさらに強い体を求める…結果、この変化は止まることはない。止める方法は1つ。強い体を求めないように意志を無くすこと。つまり…殺すことだ。気絶では無理だぞ？　また起きて同じ事の繰り返しだ』


最初は自分の意識がライナー波に勝っているから自分の意志で行動できる。

これが相良や馬場のような『超人』なのだろう。

ただ、どんどんライナー波と触れ合っていくといずれ理性が膨れあがる欲望に負ける。自分で自分をコントロールできないようになる。ただ死なないように、ただ負けないように力のみを求めるようになる。自分の体を変形させても力を求めるようになる。

これが『化け物』の状態。ライナー波に抵抗力の無い人はいきなりこの状態になる。最終的に起こるのは暴走だ。

結論。最終的には全て怪物になる。

もし超人が化け物になったらどれだけ恐ろしいことになるのだろう？

そいつにリベリオスがさらに意志の力で動くロボットを与えたら？

抑えることのできない欲で破壊を繰り返す怪物になってしまうだろう。

止めるなら早く手を打たなくてはいけない。早急に馬場先生を止めなくては。

「ゼロ。今すぐ馬場先生を止める必要がある。化け物になる前に何としても食い止める。ライナー波に浸食されているなら、ライナー波の反応で馬場先生の場所は分からないか？」

しばらくゼロアから返事が無かった。20秒後ほどして返事が返ってくる。

「駄目だ。稲歌町には反応がない。これは私の考えだが、ライナー波の反応を消す装置でも持っているんじゃないかな？　さっきのカメレオンの怪物が作れたのなら、１人くらいの反応を消す物ができてもおかしくない」

「となると、友喜の身も心配だな。急いで戻ら……」

拓磨は不意に立ち止まった。いつの間にか桜町の駅がすぐ目の前に見える。辺りは帰宅ラッシュもピークを過ぎたようで閑散としていた。駅から漏れる光の下で、電車に乗ってきた乗客がタクシーを拾い拓磨の横を通過していく。

「どうしたんだい？　拓磨」

「…………」

ゼロアの問いに拓磨は答えなかった。

唐突に答えが降りてきた。学者は新たな解を得たとき、その解に驚き、そして恐怖に似た感覚に取り憑かれるのかもしれない。その答えの素晴らしさ、驚異から生まれる恐ろしさに。

まさに、拓磨が今持っていたのはその恐ろしさだった。目を見開き、自らの答えを頭で否定しようとするが、突然舞い降りた答えは否定を拒絶し心を支配する。

「拓磨、一体何が…」

「ゼロ。なぜ友喜は病院にいるんだ？」

ゼロアは自分の問いを遮って生まれた拓磨の問いに最初は理解できなかった。そんなもの当事者である彼が一番理解しているはずだからだ。

「友喜は自殺しようとして、療養のために入院しているんだろう？　君が実際に助けたはずだ。何でそんなこと聞いているんだい？」

「なぜ友喜は自殺したんだ？」

拓磨はさらに問いを重ねる。

「おそらく、ライナー波を使って死ぬように洗脳されたのかもしれないね。たぶん、馬場達也がやったのかも。山中と同じように。まあ、結果は失敗したみたいだけどね」

ゼロアは淡々と答えた。だが、拓磨はさらに重々しく問う。

「ゼロ。覚えているか？　第三者の推理では馬場先生は友喜をスレイドの調査のために利用しようとしていたんだ」

「まあ、そうだったね。彼女を生かしておくことでスレイドとの繋がりを確かめ、いずれはスレイドを捕縛なり殺すなりしようとしたんだろう。でも、それが何だい？」

「じゃあ何で……馬場は友喜を殺そうとしたんだ？」

拓磨はここで馬場達也を呼び捨てにした。ゼロアから最初に返ってきた返答は悩む声だった。

「ううむ……。それはたぶん、友喜が調査に必要なくなったからじゃないかな。だから、馬場は友喜を……ゆ…きを…」

ゼロアの声が恐怖を帯び途切れ途切れになり、最後には声が出なくなった。どうやら、ゼロアも気づいたようだ。俺たちはとてつもない勘違いをしていた。馬場の狙いはスレイド、そしてスレイドと繋がっている友喜だと思っていた。

しかし、友喜は殺されかけた。理由は1つ。彼女はもう必要なくなったからだ。

それはつまり、スレイドにたどり着くための見通しが立ったということではないか？

彼女は邪魔になったから消されそうになったのだ。

そう、馬場の狙いは友喜では無かったのだ。友喜などどうでも良かった。

「携帯電話だ。友喜がスレイドと結んだ契約の証。あの赤いスマートフォンだ。あれがあればいつでもスレイドの近くに行ける。あの光の渦を通ってな。馬場の狙いは最初からそれだったんだ」

「で、でもガーディアンとの契約は絶対的なものだ。君の持っている携帯電話は君にしか扱えない。当然スレイドの物もだ」

「ゼロ。今のリベリオスの技術力なら、ひょっとしたら明日にでも他の奴から扱えるようになるんじゃないか？」

　拓磨の質問にゼロアは否定することができなかった。驚異的な進歩を遂げているリベリオスの技術。この1ヶ月の間にそれを目の前で確認してきたゼロアにとって否定できるわけなかった。ゼロアの紫色の髪が生えた頭から一滴の汗が頬を伝わり流れる。

「ゼロ！」

　拓磨から緊張を破るように檄が飛ぶ。

「分かってる！　今すぐ携帯電話の確保に向かわせる。相手は祐司で良いかい⁉」

「頼む！　協力してくれれば良いが…」

　拓磨は駅に走って飛び込んだ。そして改札口の5メートル程手前にある階段から電車の時刻表を眺めた。次に来る電車は30分後。どうやら、入れ違いになったようだ。

（だったら、走る！　待っている時間さえ惜しい！）

　拓磨は階段を下りると稲歌町に向けて線路沿いに激走を始めた。タクシーも考えたが、こちらは駅前のタクシーが全て出払ってしまっていてすぐに無理と分かった。

　拓磨は走っている傍ら、紫色の電話で祐司を呼び続ける。しばらくして電話が繋がる。

「こちら、祐司殿の携帯です。拓磨殿ですか？」

出たのは丁寧な青年の声、スレイドだった。

「えっ？　祐司さん！　祐司はどこだ!?」

「スレイドさん！　祐司殿なら先ほど出かけましたが」

（出かけた!?　今日出かける用事なんてあったか？）

拓磨は混乱し、代わりにゼロアが話す。

「スレイド。馬場達也という人物に心当たりは!?」

「その方は友喜殿の新しい父親になられる方です。あの人がどうかしましたか？」

「彼は君を狙っている！　白木家に取り入ろうとしたのも、友喜の父親になろうとしたのも、もしかしたら全て彼の策略だったかもしれない。彼はリベリオスの手先だ！」

電話の向こうでスレイドが息を呑む声が聞こえた。次に聞こえたのはうろたえるような声。とても弱々しく、先ほどの精悍な声の持ち主とは別人のように聞こえた。

「そんな……まさか……私のせいで…」

「どうした!?　スレイドさん！」

「祐司殿を連れ出したのは彼なのです」

拓磨は一瞬耳がおかしくなったと思った。

（今、何て言った？　馬場が、祐司を外に連れ出した？）

「何分前だ!?」

「20分程前です！」

拓磨の問いにスレイドは瞬間的に答える。

結構前だ。何か一騒動起きてもおかしくない時間だ。

「スレイド。君は町中の防犯カメラを移動して祐司を探してくれ！」

ゼロアの命令にスレイドは答えることなく電話を切った。すぐに動き出したのだろう。

「拓磨、スレイドはそちらの世界で行動できない。誰か、人間の協力が必要だ」

拓磨は全力で暗闇の線路脇を走りながら必死に頭を考えさせる。

「……仕方ない、あいつなら協力してくれるはずだ。ゼロ、葵だ！」

「分かった！」

(できれば巻き込みたくなかったが…)

拓磨は苦虫を噛みつぶしたような顔をして、電話を再び耳に当てる。葵はすぐ電話に出なかった。今の時間は大体夕食の時間だ。料理の支度で出られないのだろうか？

3回程呼び出し音が鳴る。しかし、葵は電話に出ない。

(頼む、出てくれ！)

そんな拓磨とゼロアの願いが通じたのか、呼び出し音が突然終わりハキハキとした女性の声が出る。それと共に何かを焼いている音が響いていた。

「もしもし？　今料理中なん…」

「すぐに家を出て祐司を探してくれ！」

拓磨の切羽詰まった声に葵は驚いたようで、慌てて料理を止めたように物音が響き、焼く音も消える。

「ど、どうしたの？　祐司なら馬場先生と一緒に出かけたんだけど。何か友喜についてのことで」

「分かってる！　葵、頼む！　祐司を探してくれ！　警察を呼んでも構わない！」

「け、警察!?　呼べるわけないでしょ！　まさか、祐司もあんたの騒動に巻き込まれたの!?」

「俺も今からそっちに合流する！　頼んだぞ！」

拓磨は一方的に伝言を告げると、一方的に電話を切る。

「協力してくれるかい、彼女？」

「葵ならやってくれる！　長年の付き合いだ、それくらい分かる！」

拓磨は前を走る車を一気に追い越すと稲歌町へと向かった。

この電話から5分後、公園で血まみれで倒れていた祐司を葵が発見するのである。

だが、この日の夜は長かった。悲劇はまだ終わることは無かった。


同日、午後6時40分、御神総合病院、友喜の病室。

白く清潔感のある床を含め、六面の壁。部屋には中央壁沿いに大人が横になってもはみ出さない程のシングルベッド。その隣にある点滴を静脈に注射するための1・8メートル程の銀のスタンドと、それに吊された薬剤入りのバッグ。

ベッドの片側には大きな窓が付いていた。窓の反対の面にはスライド式のドアも付いている。そちらには通路があるからだ。ドアの前には2人の男性の警備員が張り付いている。

部屋の中は呼びベルがベッドに付いていて、物を置く机と椅子があるだけで非常に簡素だった。テレビも無ければ、部屋への携帯電話の持ち込みも警備員によって止められた。

友喜の母である愛理はそんな待遇を受けながらもベッドで寝転がっている娘の横でリンゴの皮を果物ナイフで剥いていた。

娘の病室への入室が許可されたのはつい先ほどである。今まで何度掛け合っても面会謝絶状態だったが、要望が受け入れられたのか分からないがようやく許された待望の対面。

娘は特にいつもと変わらない様子だった。顔に自分で引っ掻いたのか、頬に傷が見られるが自殺騒動まで起こしたとはとても見えない穏やかな顔だった。彼女は先はどからこちらに背を向けたまま、沈黙を保っている。

「ほら、友喜。リンゴ剥けたんだけど食べる？」

愛理は優しい声で、家から持ってきた白い陶器の皿に一口サイズで剥いたリンゴを乗っけると友喜に勧める。

「……お腹、減ってない」

「そう？　じゃあ、私が1つ頂くけど良い？」

友喜は母親に顔を向けないまま黙って頷いた。愛理はベッド近くの丸椅子に腰掛けるとそのまま一口リンゴを味わう。

「美味しい。旬は過ぎちゃったけどやっぱりリンゴは美味しいわね」

愛理はショートヘアと眼鏡を付けていないこと以外は、友喜をそのまま大きくしたような背格好をしている。服は友喜が運ばれてから家に帰っていないのか、お店のエプロンをそのまま着けていた。

「……ねえ、お母さん」

「ん？　何？」

ようやく口を開いた友喜に愛理は語りかける。

「何で何も聞かないの？　私、自殺しようとしたんだよ」

「でも、あなたは生きているじゃない。私はあなたが生きていてくれればそれで良いの。理由はあなたが話したいときに話せば良いわ」

「私、もう何が何だかわかんなくなっちゃったよ…」

友喜は肩を震わせ、涙をベッドに流し始めた。そんな友喜の背中を微笑みながら愛理は擦(さす)り始める。

「……最近、私たち喧嘩ばかりだったじゃない？　たまにはゆっくりと親子水入らずで話すのも良いと思うの。言いたいことがあるなら話してみなさい。お母さん、何でも聞くから」

しばらくして、友喜は泣き声で話し始めた。

「私…イジメにあっていたの。インターネットで。知らなかった…。ちゃんとみんなと仲良くなれると思ったのに」

「…そう。大変だったわね」

「みんな、桜高校の時のことを知っていた…。私が山中先輩と付き合っていたときのこと」

「昔は昔でしょ？　今はもうその先輩とは別れたんじゃないの？」

「別れても意味ない！　ずっと噂は消えない！　やってないことまで囁かれてずっと私を苦しめる！　もうヤダよ……。死にたいよ…私」

（いつからだろう、娘の苦しみに気づいてやれなくなったのは）

友喜が小学校の時。あの人と離婚してから私の中でバランスが狂ってしまった。あの人は突然、以前には考えられないほど苛立ちを表に出すようになった。毎日かんしゃく玉が破裂しているように怒鳴り散らしていた。

娘の世話で大変な時に、さらに大きな大人の世話。

耐えられなかった。その時の私は逃げたい気持ちで一杯だった。

卒業式直前だというのに無理矢理別れて、そのまま父の知り合いが貸してくれる桜町のアパートへ逃避行。それから父親からの仕送りと近くの飲食店で働く日々。充実はしていたが、それでもやはり夫のいない寂しさというものがあった。

友喜にも散々迷惑をかけてしまった。私たちの勝手な都合で彼女は友人も失ってしまった。

一番仲が良かった友達。不動君、葵ちゃん、そして祐司君。

特に祐司君との別れは凄惨たるものだった。普段は怒らない友喜があそこまで激昂したのも、本人達の問題もあるが家庭の事情のせいだろう。あのまま、離婚をしたとしてもこの町に住んでいればあのような状況は生まれなかったのではないだろうか。

そうすれば桜町に行くことも無かったし、友喜が辛い思いをするような別れ話も無かったはずだ。そして今のイジメもなかったはず…。

親として一番大切な時期の一番大切な友人関係を私は子供から奪ってしまったんだ。愛理は当時の自分の弱さを責め立てた。でも、もう過去はやり直せない。どんなに辛くても今を生きていくしかないのだ。

「ごめんなさい…友喜。ほとんどお母さんとお父さんのせいよね。あなたに辛い思いをさせて本当にごめんなさい。でもね、死ぬなんて言わないで。あなたはおじいちゃんやおばあちゃん、そして金城勇さんにとっても大切な宝物なの。自分で自分を壊しては駄目、辛いことがあったら私にぶつけていいから…。だからお願いだから死ぬなんて言わないで」

しばらくして友喜はようやく泣くことを止め、体を動かし愛理の方を見る。目は赤く腫れていて、頬には涙の跡が見受けられた。

「お母さんのせいじゃないよ。私は自分で友達を捨てていったんだから。自業自得だよ。この町に戻ってきても、やっぱり私だけ浮いている感じがするし」

「不動君達はあなたのこともまだ友達だと思ってくれてるでしょ？　大丈夫よ、きっと打ち解けて昔よりも良い友達になれるから」

　愛理の言葉に友喜は顔を曇らせる。

「祐司は……もう無理かな」

　たとえどんなに友情が芽生えていても1つの出来事で粉々になってしまうことがある。もう、祐司は私のことを許してくれないだろう。あの卒業式の出来事は修復不可能なほど致命的な一撃を2人に与えてしまったと思う。

「祐司君か……。あなた、彼のこと大好きだったもんね」

　愛理は眉を上げて、友喜を茶化して笑う。友喜は一瞬、きょとんとすると顔を赤くして慌てて訂正する。

「な、何言ってるの!?」

「あははは、あなたもう高校生でしょ？　祐司君についての反応、小学生の時からちっとも変わってないわ。子供の時のままよ。そうやって、自分の気持ちを表に出さずに相手をいじめるところなんかね。可愛いけど、そろそろ直した方が良いわよ？」

　友喜は気持ちを出した方が良いのか、抑えた方が良いのか分からず表情を迷わせるとそのまま顔を赤くしたまま黙ることを選んだ。

「私、不動君と祐司にひどいこと言っちゃった」

「どんなこと？」

　愛理の問いに友喜は素直に話せなかった。

不動君についてはお父さんを殺したこと。

祐司については……色々。

不動君については言ったら取り返しのつかないことになりそうな出来事になる気がする。彼はおそらく警察に捕まるかもしれない。でも、彼はそのことを覚悟しているみたいだった。

お父さんのことだって殺したくて殺したとは思えない。何か…理由があったのかな?

結局、友喜は話すことができなかった。

「ごめんなさい、お母さん」

「そう、無理に話さなくても良いわ。でも、祐司君についてはもう一度話し合った方が良いかもね」

「もう無理だよ。友達になんか戻れないよ」

「気になっていたけど祐司君にひどいことを言った時、彼が高校生に立ち向かわなかったから怒ったの?」

友喜はすぐに頭を横に振った。

「じゃあ何で?」

「祐司が私に本当のこと言わなかったから。せめて、言って欲しかった。ボロボロになっても、誰かに勝てなくても良いから話して欲しかった。お母さんの髪飾りが壊れた理由。でも……あいつは何も言ってくれなかった」

「でもね、友喜。祐司君はあの時脅されて…」

「分かってた！　高校生に何かされたことも何となく雰囲気で感じてた。でも、やっぱり話して欲しかった。それだけの勇気を見せて欲しかった。やっぱり…わがままだったのかな？」

愛理は1つずつ真剣に答える娘の姿に愛おしさを感じていた。

親による贔屓があるかもしれないが、と思う。良くできた娘だと。

あの年で好きな人の短所を見抜いて、相手を成長させようとしているとは。

今の私より小学校6年生の時の娘の方がよほど大人なのかもしれない。

「確かにわがままね。でも、良いわがままだわ。友喜、あなた良いお母さんになるかもね。少なくとも私は小学校の時に、相手に対してそこまで気を配れなかったから」

「けど……やっぱり自分の気持ちを言わないまま終わっちゃったからもう駄目だね」

「友達になる必要なんかないんじゃない？　恋人にしちゃえば？」

愛理はさらに一口リンゴを口に入れると美味しさに笑みを浮かべる。もはや友喜には母がふざけているようにしか見えなかった。

「恋人なんて無理に決まっているでしょ！　もう絶交したのに」

「私の友達なんて絶交した次の日には仲直りしてたけど？　それも前より仲良くなってね。喧嘩するのはお互いの気持ちを吐き出すって意味ではあまり悪いことではないと思うの。心に留めておくだけでは駄目なこともあるのよ、友喜。そういう意味では小学校の卒業式に人間として一皮剥けたと思わない？」

「だ…だから、私は……祐司の事なんて何とも…」

母のペースに巻き込まれ、友喜はしどろもどろになり始めていた。そんな娘に向けてリンゴの皿を差し出す。

「ほら、そんなに元気なら食べれるでしょ？　あなた、まだ高校生なんだからいっぱい失敗しなさい。失恋も経験したんだし、気持ちの整理がついたらそろそろ新しい恋でも探したらいいんじゃないの？　別に上手くいかなくたっていいじゃない。私だって生きてきて十回以上は失恋しているのよ？　辛くなったら頼っても良いからそれまで頑張りなさい」

友喜は母親とリンゴを交互に見ると、ゆっくりと手を伸ばして口の中に放り込む。

「お味はいかがかしら、お嬢様？」

母親は大富豪の令嬢を扱うように冗談めかして友喜に聞く。

「……美味しい」

味覚は嘘をつかなかった。

「でしょ？」

友喜はさらにリンゴをつまむと口に入れる。

「お母さん、何で馬場先生と結婚すると決めたの？」

唐突に友喜は愛理に尋ねた。

「あら、不満？」

「ううん。先生はとても優しくて、私がいじめられているときも親身になって相談に乗ってくれたから。良い人だと思う。でも、お母さんに年下好きの趣味があるとは思わなかったかな？」

「別に年なんて関係ないわよ。ただ、あの人を見ているとなんか引きつけられるというか不思議な気分になるの。とても良い気持ちで一緒にいて何をやっても楽しいというか…」

「あっ、私もそんな感覚だった。でも、今考えるとそこまで良いとは思わないんだけど」

素直に友喜は言葉を口にした。今まで頼れると思った人だが、急にそこまで頼りになるとは思えなくなってしまった。まるで夢から醒めたような感覚に似ている。

(何でだろう、入院してから何かおかしくなったのかな？)

「こら、お母さんの恋愛を邪魔する気？」

「いや、別にそんなつもりじゃ…」

親子2人でふざけ合っていると、突然ドアの外から何かが砕けるような鋭い物音が聞こえる。それと同時に起こる冷たい張り詰めた空気。2人は和やかな雰囲気を破った音に反応し、ドアの方を見る。

「今の音、何？」

「警備員の人が倒れたりでもしたのかしら？」

「お母さん、そもそも何で警備の人がいるの？」

「あなたがまた飛び降りないように見張っておくためなんじゃないの？　自殺未遂なんて

起こしたばっかりなんだし」

友喜はドアへと近づいていく母を見つめながら考えを巡らせた。

（そもそも、私は何で自殺なんかしようとしたんだっけ？　そうだ、掲示板にイジメが書き込まれていて…なんかそれですごくショックを受けちゃったんだ。でも、普段はそんなこと無いはずなのに何であの時は取り乱したりしたんだろう？）

冷静に考えると自分がなぜ自殺など起こしたのかよく分からず、頭の中を疑問が駆け回っていた。

「あの～、大丈夫ですか？」

愛理は声をかけたが応答が無い。ゆっくりとドアに手をかけると横にスライドさせた。

そこには母の姿より大きな男の姿が。

いつもと変わらないボサボサ髪。普段よりも汚れたジーパン。上に来ている服は黒いシミのような物が付いていていた。

馬場達也がそこにいた。

「あら、達也さん。友喜のお見舞いですか？」

「まあ、そんなところです。彼女のことが心配でしてね」

愛理は廊下で発した音の原因を確かめる。

「あれ？　警備の方は？」

「トイレ休憩と言って戻ってしまいましたよ。そもそも何で警備の方がいるんですか？」

「いや…それは私にも分からないので。あっ、ちょっと実家に電話をしておきたいんで、すいませんけど友喜の話し相手になってくれます？」

「お安い御用です。それと、お金は出すんで何かコーヒーでも買ってきてくれますか？」

馬場はジーパンから100円玉を5枚ほど取り出すと愛理に渡す。

「分かりました。ブラックコーヒーで良いかしら？」

「やはり結婚相手ですね。私の意見が筒抜けだ」

「お世辞が上手ですこと。それじゃあ、しばらく友喜のことお願いしますね？」

愛理は扉の外に出て行った。馬場はその後ろ姿を笑って眺めていたが、急に真顔に戻ると友喜の部屋に入り背後で扉を閉める。

「先生、お見舞いありがとうございます」

「ずいぶん元気みたいだね？」

馬場は嫌な物を見るような険しい顔つきで友喜を見下ろしている。どこか、その様子には焦りのようなものが友喜には感じられた。

「一時はすごく危なかったみたいです。発狂していて自分の体を傷つけたり…あまり覚えていないんですけどね」

「ああ、そうだ。自殺をするくらいだ。そうなって普通だ」

「正直、何で自殺をしようと思ったのか分からないんですよね…。不動君にはひどいことを言っちゃったし。『人殺し』って。何で彼のことそんな風に言ったのか自分でも分からなくて」

「いいや、あいつは人殺しだ。この世で消されるべき悪なんだ。正義の英雄によって肉片すらこの世に残さず消されるべき存在なんだ」

友喜は先ほどから自分と馬場の会話が成立していないことに気が付いた。

（なぜか知らないけど、先生は私のことを心配していないみたい。お見舞いに来てくれたんじゃなかったの？　それに会話もさっきから変。何か映画とかアニメで聞くような言葉を吐いている。昔はアニメ好きだとか言われていたけど、最近見始めたのかな？）

友喜は馬場に嫌悪感を表し、改めて馬場の目を見たときだった。不思議なものを見た。彼の両黒目がオレンジ色に光を放っているのである。初めは錯覚だと思っていたがどうやら本当みたいだ。

「先生、カラーコンタクト付けたんですか？」

「いいや、これは自前だよ」

「ふふっ、人の目が光るわけないでしょ？」

友喜は馬場のジョークを鼻で笑った。その時だった。もの凄い圧力が首にかかり、息が一瞬止まる。

自分の体は宙に浮いていた。両腕は反射的に首を掴む腕を握っている。馬場は冷めた目で宙づりになり喘ぐ友喜を見つめていた。

「せ……せ……ん…！」

「お前、俺を笑ったな？　いつも、お前らはそういう目で見てるんだよな？　人が好きでやっていることをロクに知りもしないで『キモい』だの『近寄るな』だの平気で俺にペラペラ喋って傷を付けるんだよな？」

友喜は振りほどこうと頑張ったが息をするのがやっとで空中で足をばたつかせる。

「お前はそんなことした覚え無いだろ？　無いよなあ？　自分のことを理解してくれる奴に恵まれているから、そんなこと気にしなくても生きているだろ？　俺はず～っと周りの顔色を窺ってきたんだ。喧嘩の強い奴にこびへつらって、時にはサンドバッグみたいに殴られ、服を破かれて全裸で川に落とされもしたよ。あの時は冬で川は凍ってた。危うく死ぬかと思ったよ。そんな俺を見てあいつら何していたと思う？　笑ってたんだよ、ドッキリやネタを見るみたいにな？　ひどいと思うだろう？　友喜」

友喜は頭を縦に必死に振る。とにかく、相手の喜びそうな答えに賛同しようとした。

そんな友喜の心を見抜いたのか、馬場は友喜の着ていた入院用パジャマの右半分を引きちぎった。中に着ていたインナーシャツも一緒に破け、右胸がさらけ出されそうになる。

友喜は悲鳴を上げようとしたが今度は馬場に口を押さえられる。

「適当に賛成しておけば難を逃れられる、そういうのが俺は一番嫌いなんだよ！　昔の俺を思い出させるんじゃねえよ！　言っておくけど、助けなんか来ないぞ？　人殺しの拓磨は俺が兵器でじっくり殺してやる。あっそうだ。喜べ、お前が大嫌いって言っていた祐司だけどな。俺が殺しておいたよ」

友喜の目が丸くなり、息をするのも一瞬忘れる。そのあと、魚のように友喜は暴れ続けたが馬場の強靱な握力は友喜の喉元を放さない。

「そうかそうか、そんなに嬉しいか？　あいつは結局負け犬だ。見ているとイライラする。自分で何かできると思って結局俺みたいな奴の食い物になる。パシリとして役立ってくれたよ。お前の携帯電話も持ってきてくれた。お礼に殺しておいた。あの怪我じゃ助からねえだろ、妙に頑丈だったのが気に食わなかったけどな」

友喜の目から涙が溢れだした。目の前の人物に何もできない悔し涙だった。

自分のせいで祐司を巻き込んだ。こんな奴に悩みとか愚痴を吐いたりしたから、私がスレイドさんと繋がっていたから、祐司を巻き込んでしまった。

「最初はお前を殺すはずだったんだけどな～。『適当に掲示板でっち上げてイジメを苦に自殺』というのが筋書きだったんだが、拓磨が助けちまった。だから、予定変更。お前は俺が無限の力を得るための売り物になってもらおう。まずは一緒に散歩しようか？」

すると、突然ドアが開いた。

「達也さん、友喜と仲良くやって……」

愛理が飲み物を手に抱えてきて、部屋の中に入ってきた。そしてすぐに目の前の光景に硬直する。

ベッドの前で最愛の娘の首を絞め宙づりにしている結婚相手。

異常。あまりの衝撃に愛理の中で心臓が大きく脈を打つ。持っていた缶コーヒーは地面に転がる。

「じゃあな、おばさん」

急にベッドの上に大人が悠々通れるほど大きな七色の光の渦ができると、馬場は友喜ごとその中に飛び込む。

愛理は大声で娘の名を叫びながら飛び込もうとしたが、その前に光の渦は消え彼女の体はベッドの上に弾む。

目の前で何が起きたのか愛理は理解できなかった。

だが、これだけは分かる。

娘はもう自分の手の届かないところに連れ去られてしまった。その事実を前に愛理は娘の名前を何度も叫びながらベッドを叩き続ける。

あまりの騒動に周囲の部屋の人々と医師が慌てて駆けつける。鎮静剤を打たれて落ち着くまで愛理は狂ったように叫び続けていた。


同日、午後6時42分、渡里宅。

すでに不動ベーカリーは店を閉めていた。店主の不在を周囲に教えるように明かりはすでに消えている。そんな不動家の前に1人の男が到着した。パンを買いに来たのではない。用があるのは目の前の家だ。

　不動拓磨は猛スピードで走ってきた車が急停止するように滑りながら渡里家の前で止まる。滑る過程で摩擦熱が発生し、靴の裏が焦げるような匂いがしたが気にすることなくそのまま渡里家に入っていく。

　葵に電話してから、ここまで走ってきたがまるで返事がなかった。祐司が怪我をしていた場合、病院に行っていることも考えられるだろう。だが、その場合は葵から連絡が来るだろう。

（何も連絡が無いということは何も無かったということなのだろうか？　祐司は普通に家に帰ってきているということなのか？）

　拓磨は玄関のチャイムを鳴らす。

「祐司は大丈夫かな？」

　ゼロアが胸のポケットから拓磨に聞く。

「何も連絡が無かった。まだ見つかっていないか、それともすでに帰っているかのどちらかだ」

　玄関前で待つ拓磨にインターホンから応答代わりに玄関がゆっくり開く。中から葵が現れると、手招きをした。

「おい、葵。祐司は!?」

「いいから来て」

　葵は真剣な表情で拓磨を呼んだ。

拓磨は門を開けると、中に入っていく。そして玄関で葵と対面した。服は上下紺のジャージを着ていたが所々に黒いシミが付いている。

「祐司は見つかったのか?」

「公園で寝てた」

「寝ていた!?　怪我は?」

「怪我なんかしてたら、ここで私がじっとしているわけないじゃない。無傷よ。ただ……ちょっと気になることがあるけど。1つはブランコが無くなって周りの地面がえぐれていたこと」

（ブランコが無くなった?　地面がえぐれていた?　何か暴力でも受けたのだろうか?）

「それと、もう1つ」

葵は自分のジャージを拓磨に見せる。

「ジャージが汚れていると思うけど、これなんだと思う?」

拓磨は見覚えがあった。相良の屋敷でも見た。自分の着ている学生服にも付いている。

「血か!?　祐司の血なのか?」

「祐司の服にべっとり付いていた。そう…だと思う」

葵は自信なさげに答えた。

「だったら、何で病院に連れていかないんだ!?　何でここでじっとしてる!?　祐司はここにいるんだろ?」

「だって、体に何も傷が無いのに血が出ると思う!?」

拓磨は葵を責めるが葵は負けじと反論する。

「吐血かもしれないだろ!? 内臓をやられているのかもしれない！」

「痣1つ付けずにどうやって内臓を破裂させるの？ 言っておくけど、普通に歩いて家に帰ってきたのよ？ 内臓なんか破裂していたらまともに歩くことなんかできないと思うけど」

拓磨は葵の反論に一瞬黙ったが、再び尋ねる。

「祐司は2階にいるのか？」

「ええ。一歩も部屋から出たくないんですって。何か…すごく怖い体験をしたみたい。何を聞いても答えてくれないし…たぶん不良にでも脅されたんじゃないかって」

不良なんかじゃない。おそらく馬場と会ったんだ。そして、何か暴行を受けた。

しかし、だとしたら何で傷を受けていないんだ？ 何で平気で家に帰ってこれる？ 人外の超人に暴行を受けたのなら一撃食らっただけでも重傷かもしれないのに。

拓磨は靴を脱ぐと葵の脇を通り過ぎて廊下を直進し、右に現れた階段を上がっていく。そして、上がりきると左に180度回転し奥にあるドアの前に行く。何度も来たことがあるから分かる。2人の父親、真之介の隣の部屋。祐司の部屋だ。

「祐司、俺だ。拓磨だ」

「……たっくん？」

ドアの向こうから声がする。まるで夢でも見ているように信じられないとばかりに聞き返しているようだった。

「お前には謝っても謝りきれない。怪我はしていないか？」

「……怪我はない。でも痛いよ、すごく。体も……心も」

拓磨は一瞬質問を止め、慎重に言葉を置き始めた。

「馬場に…会ったのか？」

「相良みたいだった。力を手に入れて舞い上がっていたよ。ライナー波のことも知ってた。自慢げにベラベラ喋っていたよ。誰もそんなこと聞いちゃいないのに。自慢したくて仕方なかったんだろうね」

「そうか…」

やはりライナー波に侵されていたか。しかもどうやらライナー波に飲まれかけているみたいだ。欲望が暴走しているのか？　だったら、早めに手を打たないとまずい。

「友喜の携帯電話は？」

「取られた」

馬場の狙いは携帯電話。こちらの予想は当たっていたみたいだ。そうなると、スレイドが危ないということになる。今、彼はどこにいるのだろうか？　おそらく、防犯カメラの調査を終えたならウェブスペースかもしれない。

「祐司、俺は……」

拓磨が話を始めようとしたとき、ちょうど胸の携帯電話が鳴った。

「ねえ、拓磨。馬場先生が祐司の携帯電話を取ったの？」

拓磨は携帯電話を取り出すと、開いて耳に当てる。

「ああ、そうだ。……もしもし？」

葵に返事をしながら会話に入る。

「もしもし、拓磨か？　お前の昔の先生だよ」

イヤミな言葉が電話の向こうから伝わってきた。

「……馬場先生」

「最近俺たちの活動を邪魔し始めているみたいで非常に目障りな人殺し君。ご機嫌いかがかな？」

「これ以上ライナー波に関わるのは止めて下さい。そして治療を受けて下さい。手遅れかもしれませんがやるだけやってみませんか？」

拓磨は相手の出方を窺い丁寧に言葉を返していく。

相手がどこにいるのか、これから何をしようとしているのか。

知るためには言葉の中から手がかりを見つけなくてはいけない。落ち着いた対処が何よりの前提だった。

「逆探知とか宇宙人にさせようとしていたら、無駄なことだぞ？　同じ宇宙人の仲間がそれを妨害するからな？」

「リベリオスと組んでいたんですか？　いつから？」

「教師に成り立ての頃だな。まあ、色々あって入院していたところをスカウトされたわけだ。俺には大いなる力があるってな。まさしく待ちわびたときだった。俺の中には隠された才能があって、それを発揮する機会が遂に来たんだ。お前のようにくだらねえことには使わねえ、この力で俺はなってみせる。英雄にな」

確かにこれは舞い上がっているな、悪い方向に。

拓磨は祐司の言葉を理解し、核心を知るために行動を起こした。

「それで、未来の英雄である先生が俺に一体何の用ですか？」

「はっきり言うとお前が邪魔なんだ」

なんと単刀直入な意見だ。『あんた、嫌い』と同じくらいスッキリした意見。

「俺に『死ね』って言うんですか？」

「いやいや、俺が殺さなきゃ意味がねえんだ。そこでウェブスペースに来て俺と戦え」

つまり自分の手で殺したいということか、英雄になるために。

（俺なら絶対なりたくないけどな、英雄なんて。いちいち人に頼られるし、何かあったら駆けつけなければいけねえし、カップラーメンを食べる時間も無い。昼寝もできねえし、金も儲からねえ。一生、人々の奴隷みたいに働いていって何もできなくなったらゴミみたいに捨てられる。そんな人生、何が楽しいんだろう？）

そんなに毎日言われたら飽きるから途中から『英雄（ひでお）』って呼んでもらうか？　最終的に

ヒデオに改名することになったら、ジョークを通り越してもう死にたいな。

結論、英雄は嫌だ。

非常に私情の入った英雄論を拓磨は展開した。

「生身で戦いませんか？　わざわざウェブスペースに行く必要なんて無いでしょ？」

「悪いが、お前に選択権は無いんだ。こちらには人質がいるんだ」

「……誰ですか？」

「俺の娘だよ」

拓磨の頭から一瞬で雑念が消え、風が吹き抜けるようにクリアになる。ほとんどまともに話を聞いていなかったが、耳が自然と会話に傾き聞いた者の背筋を凍らせるような恐怖がドスの利いた声に宿る。

「自分の娘を人質にする親がどこにいるんだ？　友喜はあなたの教え子だろう？　教師が教え子に手を出してどうする？　ライナー波で狂っているにしてもやりすぎだ」

「俺はもう親じゃねえ、それに教師でもねえ。何でこいつを利用しちゃいけねえんだ？」

「なるほど…。そういう理屈か。分かった、あんたがどういう奴なのかよく分かったよ。1つ言っておく。友喜はあんたの娘じゃない。俺に大切なことを教えてくれた金城勇という教師と、あんたに家庭を目茶苦茶にされても懸命に娘を守った愛理さんの子だ。望み通りそっちに行ってやる。それじゃあ自称英雄さん、サヨウナラ」

拓磨は冷たく最後の言葉を呟き携帯電話を切ると、ポケットにしまい込む。

「ねえ、拓磨。ウェブスペースって何？　リベリオス？　それから、友喜が人質ってどういうこと？」

「悪い、今はあまり時間がねえんだ。全て終わったら話す。約束しただろ？」

葵は拓磨の真剣な顔を察して、言葉を引っ込める。

「祐司。今の話聞いていたか？」

「…行かないよ、俺は」

即答だった。まるで拓磨の意見を予知したように祐司が答える。

「拓磨、私ここにいると色々聞いちゃいそうだから下にいるね。けど、本当に大丈夫なんだよね？　無事に解決できることなんだよね？」

「ああ、俺を信じろ。明日から普段通り学校に行く。友喜も祐司も一緒だ」

空気を読んだのか、質問をしたい気持ちを引っ込めると葵は拓磨の回答に安堵の表情を浮かべて、その場を離れて階段を下りていった。

拓磨と祐司の耳には葵が階段を下りる音が響いていた。そしてその音が突然止んだあと、拓磨は話を始める。

「怖い目にあうのは間違いない。けど…」

「そんなんじゃない!!　何でたっくんははっきり言わないんだよ!?『お前なんか足手まといだ！　俺たちに関わるな！』って！」

拓磨の声を遮り、ついに祐司は怒鳴りだした。だが、どことなく悲しみを帯びているように拓磨には聞こえた。まるで張り詰めた心が裂け、血が噴き出すように祐司は叫ぶ。ドアの奥で叫んでいるせいで声が反響し体全体に響き渡ってくる感覚だった。

「何もできなかったんだよ！　何かやろうとすれば全部空回りだ！　あの卒業式から俺は何にも成長してないんだ！　人から頼まれても物1つ届けられない！　みんなの役に立とうと思ったら、敵に重要品を渡すような使えないクズ！　最後はたっくん達を放って1人で逃げだそうとした最低な奴なんだ！　俺みたいな根性も何もない奴は、できる奴が何とかするまで震えて待ってるしか無いんだ！　たっくんみたいなヒーローが何とかするまで引きこもっていればいいんだ！　人より優れているところが何1つ無い俺みたいなオタクは永久に妄想の世界で彷徨っていればいい！　そうだろ!?　はっきり言えよ!!」

「祐司……」

まるで血を吐いているかのような祐司の叫び。拓磨は今まで見たことが無いような彼の様子に何も声をかけてやることができなかった。

「下手な同情なんかいらないんだよ！　その方が……俺も楽なんだ……。『無能』って言ってくれた方が…よっぽどスッキリするんだ……。早くトドメを刺してよ…！　もう何もしないからさあ!!」

吐く言葉も無くなったのか、扉の奥で嗚咽を漏らして泣く声が扉越しに響き渡る。

「祐司、お前は俺のことを買いかぶりすぎている。俺は…ヒーローなんかじゃないんだ」

「嘘つくなよ！　ロボットにだって乗れるし、とんでもなく強いじゃないか！」

「ああ、それ『だけ』だ」

祐司は拓磨の強調した言葉に意味が分からないように叫ぶのを止める。

「それ……『だけ』？」

「祐司、お前ならよく分かっているだろ。ヒーローっていうのは強いからヒーローなのか？　能力を持っているからヒーローなのか？　違うだろ。他人を守ったり、他人に対して優しい心を持っているのがヒーローなんじゃないのか？」

祐司は拓磨の言葉に黙ってしまう。その言葉は鋭く祐司の心に飛び込むと、彼の感性を動かした。否定などできはしなかった。今まで祐司が見てきたアニメ等での『英雄』というのはみんなそうであったからだ。どれだけ弱くても好きになれてしまうのはやはり彼らの人間性だった。強さなどおまけに過ぎなかった。

「その点、俺はどうだ？　これだけ恵まれているにも関わらず何1つできていない。金城先生は見殺しし、化け物と化した大勢のヤクザを殺し、同じように化け物になっちまった山中を殺し、自殺しようとした友喜を助けられなかった。おまけに今、馬場の人質に取られている。笑えねえだろ？　ヒーローなんてとてもじゃねえが呼ばれない。そんな資格は無い。『人殺し』の方がお似合いだ」

祐司は拓磨の話に聞き入っていた。いつの間にか涙は止まり、耳だけが冴え渡っていた。

「それにな、俺は正直お前が羨ましいんだ」

「お、俺が？　何も無いのに!?」

拓磨が自分に対して羨望を抱いているなんて毛頭も思っていなかった。

「『何も無い』？　そんなことないだろ、お前には好きな物に対しては寝る間も惜しんで視聴し続けるとんでもねえ精神力と情熱があるだろう？　俺にはそこまで何かを好きになったことも無いし、そこまでできる自信が無い。何かに対してそこまで一生懸命になれるのはそれだけで素晴らしい才能なんじゃないのか？」

「オタクなら誰でもできるよ、そんなこと！」

「だとしたら、俺はオタクを尊敬する。すごいとしか言いようがないだろ。お前はすごいんだよ、祐司。何も無いなんて言わせねえぞ？　俺は知っているんだからな、お前がとんでもない才能の持ち主だっていうことを」

祐司は拓磨の言葉に豆鉄砲を食らった鳩のようにポカンと口を開いていた。

今まで言われたことがなかった。オタクだと自覚して以来、それについて真正面から褒められたことなど一度も無かったのだ。むしろ、どこか負い目を感じていた。人から馬鹿にされたとき、「本当は自分はおかしいんじゃないのか？」と感じることは数知れず。オタクということはいつしか悪い事だと心のどこかにあった。

「祐司、本当はもっと早くお前に話すべきだったことだが言わせてくれ。俺と一緒に戦ってくれないか？」

さらに続けられる拓磨からの信じがたい言葉。

「何言っているんだよ？　何で俺なんだよ!?」

「俺はお前が良いんだ」

「何もできないんだよ！　たっくんみたいに強くないんだ！」

「ああ、それでも良い。必要なら俺にできることを全て教えてやる。お前がそれを望むならだけどな」

　２人の間には沈黙が流れた。拓磨はすでに言いたいことを言い切り、祐司の言葉を待つだけ。一方祐司はどう答えたら良いのか分からなかった。才能を言い訳に断ることはもうできない。

「怖くて動けなくなったり、足手まといになるかもしれないんだよ！」

「俺だって本当は怖いさ。それに足手まといになるのは俺って場合もあるだろ？　学校生活じゃいつも俺のせいでお前は風評被害にあっているしな。だったら、おあいこじゃねえか」

　祐司はさらに言い訳を封じられた。ついに黙り込んでしまう。

　たっくんが良いと言っても、ウェブスペースに行ったら何もできない。この前のようにウェブスペースに行ったとしても何もできない。一緒に戦うとしても何ができるのだろうか？

　祐司の心の中には自分に対してどうしても許せない感情が芽生え始めていた。

「あの……２人ともちょっと良いかい？」

　次に沈黙を破ったのは２人の会話の行方を端から眺めていた拓磨の胸の携帯電話だった。

拓磨は携帯電話を取り出すと画面を開き、ゼロアを見る。

「何だ？　ゼロ」

「実は、私もずっと祐司に言うことがあったんだ。もっと早く話しておくべきだったと後悔しているんだが、今こそ話すべきだと思ってね」

「俺のこと？」

「そうだ。祐司、1つ聞きたい。何で君は生きているんだい？」

ゼロアの口から唐突に言葉が放たれた。

「ゼロ、どういう意味だ？」

拓磨がゼロアに問う。

「ウェブライナーの修理が難航している時、私は別の研究を進めていたんだ。祐司、君の研究だよ」

「俺の研究？　俺よりたっくんの方を研究した方が良いんじゃないの？　超人的な強さを持っているんだよ？」

「初めて君と出会ったのはウェブスペースだったよね？　相良に君は殺されかけていた。君は葵を助けようと相良にとびかかっていたよね？　その時、私は目を疑ったよ」

ゼロアは祐司の言葉を無視して話し始めた。

「相良の超人的な強さにでしょ？　結局、俺はやられていたんだ」

「『何でこの少年はウェブスペースで動いていられるんだ？』ってことにね」

「ははっ、何言ってんだよ？　たっくんだって動いているだろ？　俺だって動けてもおかしくないだろ？」

　祐司は扉の向こうから馬鹿にしたように鼻で笑う。だが、ゼロアは首を横に振ると話し始める。

「普通の人間は全く動けないんだよ？　君も見ただろ、君の周りで気絶している稲歌町の人々の山を。そんな中、君はまるで公園を走るように動き回っていたんだ。この前、ウェブライナーを見に来たときも君は普段着のままこちらの世界に来ただろ？　あれは私がわざとやったんだ。本当ならいくら拓磨の友達でもライナー波が漂う世界に招くわけにはいかないからね。危険な行為をしたことは謝る。だけど、あの時私の中で確信が持てた」

「ゼロ、もしかして祐司はライナー波の抗体があるのか？」

　考えてみれば、祐司の反応はおかしいものがある。

　彼はウェブスペースに来たことがあるが、何も影響を受けていない。ライナー波の影響を受けた人々の反応を目の当たりにしている拓磨にとって、何も反応をおこさず平然としている祐司はどう考えてもおかしい。

「おそらく君と同じだ、拓磨。しかも、どうやらライナー波に対する能力は君より上みたいだ」

「だから、何度言わせるんだよ！　俺は何の力も無いじゃないか！　ライナー波は人を化け物にさせるんだろ!?　俺にはそんな力ないだろ！」

祐司の激昂にゼロアは涼しい顔で話を続けた。

「祐司、拓磨から渡されたライナー波測定器は？」

「えっ？　いきなり何だよ？」

「測定器はいまどこだい？　もしかして…壊れたんじゃないかい？　それも壊したわけではなく勝手に壊れていたとか？」

ドアの向こうから祐司が息を呑む声が聞こえる。どうやら図星のようだった。

「拓磨は傷を受けたとき、測定器を持っていた。すると、それをライナー波に分解、エネルギー化させて体に吸収することで自分の傷を癒やしたんだ。祐司、君の測定器はいつ壊れたんだい？」

「…たっくんに貰ったその日に。気が付いたら砕けていた」

「その時、怪我とかは？」

「してない」

ゼロアはそこまで聞くと、しばらく沈黙し再び口を開いた。

「もしかしたら、君はライナー波を吸収しやすいのかもしれないな。簡単に言えば、力を制御できていないんだ。無意識にライナー波を吸収してしまう。でも抗体があるから体は変化しない。強力な掃除機みたいなものかもしれない」

そこまで聞いたとき、拓磨はイルの言葉を思い出した。

『特に貴様の友人の若造なんぞ何があっても信じるものか！　あいつは力に飲み込まれるどころか、逆に私を食い尽くそうとしたんだ。それに負けじと対抗して、ライナーコアが出力増大の臨界を超え負荷で破損、力が漏れ出し大爆発だ。原因は全てあの若造だ！』

祐司のライナー波を吸収する力が強すぎたためにあの事故は起きたのかもしれない。そう考えれば全てに納得がいく。

それが今回の祐司が無事な理由である。馬場と接触して無事なわけがない。それでも、祐司は何事も無かったように帰ってきたという。

（なぜ、そんなことができたか？）

俺と同じ事が起きたからだ。馬場に受けた傷をライナー波で修復したから戻ってくることができた。

「ゼロ、あの測定器はライナー波で作ったからエネルギー化しやすかったのか？」

「そうだろうね。もしあの場に測定器が無かった場合、君は怪我を治すことができなかったもしれない。たまたまライナー波で作られた測定器があったから治せたのかも。そうなると…祐司。やっぱり最初の質問に戻ることになるんだ。馬場と会ったとき、君はおそらく暴力を振るわれたはずだ。葵のジャージに付いていた血はやはり祐司のものだったんだろう。そうすると、何で君は生きているんだい？　超人に暴力を振るわれて生きているのは奇跡としか言えない。測定器は今どこだい？　やっぱり、吸収されて無くなったのかな？」

「測定器は…引き出しにあるよ。馬場先生に襲われたときは持って行っていない」

ゼロアにとっては想定外の答えが返ってきた。

「あれ？　じゃあ何で君は生きているんだろうね？」

「知らないよ。殴られても蹴られても意識だけはあったんだ。体は痛かったけど、普通に戻ってこれた。打ち所が良かったんじゃないの？」

（本当にそうだろうか？）

拓磨は祐司の発言に疑問を感じ、もう一度自分に起きたことを考えた。

ライナー波は言わば意志に応える力だ。

強くなりたいと願えば体を変化させ、強くなる。

どこかの本で見たが人の体は常に生きるために活動しているらしい。だから、いずれ怪我は治る。

あの時、俺は無意識に『生きる』と願ったのだろう。だからライナー波はそれに応えた、俺の体を修復した。

祐司の場合も同じ事が起こったとしたとき、やはりライナー波が治したと考えるのが普通だろう。

（公園にライナー波があったということか？　どうも、何か引っかかる…）

拓磨は葵の言葉を思い出し、頭の中で整理し始める。

その中で1つどうも釈然としない部分があった。

『ただ……ちょっと気になることがあるけど。1つはブランコが無くなって周りの地面がえぐれていたこと』

おそらく祐司が暴行されたものだろうと思ったが、いくら何でも残骸は周辺にあるはずだ。

（馬場が持っていくわけがないし……もしかしたら何かに使われたということか？　ブランコや泥なんて何に使うんだ？）

そこまで思考を進めたとき、不思議と答えが姿を現した。あまりにも自然に生まれたので最初は違和感を覚えなかったが、改めてその答えが驚くべき物だと気づいたとき、祐司の身に起きたことが自分以上に常軌を逸したことだと判明した。

「もしかして…祐司、お前は周辺の物をライナー波に分解して体を修復したのか？」

「…拓磨、何を言っているんだい？　そんなことあるわけないだろう。ライリー波を物質にすることはできるが、逆は無理だ。あるとしたら、変化した物質が崩壊したとき。ライナー波で変化した怪物とかは死ぬとき光になるだろ？　ライナー波が全く関わっていない物質にそんなことができたら、何でもアリの理不尽な存在になってしまう」

拓磨の推理にゼロアは真っ向から反論した。

「祐司が自分の力を制御できていないとしたらどうだ？　おまけに祐司が瀕死の重傷だっ

たら？　体は何としても生きようとするからそのためには何だってするだろう？　それにそもそもライナー波はゼロ達の間でも不明な部分が多い存在だろ？」

　拓磨の説明をゼロアは何とか答えようとするが上手く言葉が見つからなかった。一瞬ゾッとしたような顔を浮かべると、黙り込んでしまう。身の回りで起きていることが理解できずに上手く受け止めきれないようだ。

「……祐司。悪いがあまり待たせると友喜の身が危険だから俺はそろそろ行くぞ？　お前はどうする？」

　長々と進めてきた話も終わらせるときが来た。

　祐司には何かしらの能力があることが分かったが、状況は話す前と変わっていない。結局は祐司自身がその気にならなければ意味はない。それにウェブスペースに来たとしても彼に何ができるかどうかは分からない。下手をすれば死ぬ。俺は祐司に死ねと言っているかもしれない。

　だが、俺はもう決めた。この決断は絶対に変えない。俺の最初の仲間になる奴がいるとしたら間違いなく祐司だ。

「………行っても何もできないよ」

「…そうかもな。でも、何もできないとしても何かしたいとは思わないか？」

「気持ちだけじゃ何もできないよ」

「できるできない以前に気持ちが無ければ何も始まらない。違うか？」

「…………たっくん、俺は」

拓磨は祐司の言葉に答えることはなかった。2人の会話は唐突にそこで終わってしまった。拓磨の存在が消えたような感覚が祐司に走る。祐司は慌てて、ドアを開けた。そこには消えていく光の渦があった。そして床に転がる拓磨の携帯電話。

祐司はおもむろに拓磨の携帯電話に手を伸ばす。別に行きたいわけじゃない。ただ、自分と拓磨との繋がりが切れてしまいそうな思いに襲われたからだ。彼の手が携帯電話に触れた瞬間、目の前の渦は完全に空気と一体化し、いつもと同じ2階の廊下と1階へと続いていく階段が現れた。

「『できるできない以前に気持ちが無ければ始まらない…』。俺の気持ちは…」

自分の言葉が自然に口から漏れ、頭の中で反芻する。頭の中で渦を巻いていた言葉を1つの形ある物へとなり、心の中に落ちた。絶望し、泣き崩れ、何度も打ち壊された小石のような意志がその形ある物に応え、1つ1つ積み上がり石垣へと成長していった。

そして渡里祐司の意志は不動のものとなった。

午後6時46分、ウェブスペース、リベリオス本部、司令室。

「最初はグー、じゃんけんポイ！」

「ああああ!!　ちくしょう、また負けた！」

無数の画面の前でキーボードを打つ、アルフレッド。その背後で四角いテーブルを置き、白衣姿のラインとフードをかぶったザイオンが椅子に座り向かい合っていた。テーブルの上には1・5Lのビール瓶と同じ量の赤ワインのボトル。そして2つのコップ。

ラインは大笑いして悔しそうにテーブルを叩き、ザイオンに自分のコップにワインを注がれるのを見ていた。

「大将、いくら何でも弱すぎだぜ？　酒飲みたくてわざと負けてねえか？」

「まさかまさか！　愛すべき部下に対してそんな無礼などできるわけないだろ？」

ラインはコップを掴むと一気に飲む振りをしてチビチビと飲み出す。

「ワインは美味いなあ、ザイオン！　はっはっは！」

フードの下でザイオンは目の前のボスの姿に引いていた。

「3リットルくらい飲んでるぜ？　さすがに限界だろ？」

「ザイオン！　リリーナを呼んでこい！　そのタコと話すな！」

目の前の画面を見続けて声だけでアルフレッドはザイオンに命令する。

「大将。秘書が来るまで潰れるんじゃねえぞ？　これから作戦会議だからな？」

酒で潰れて会議を欠席する組織の司令官など見たことがない。あまり他人のことなんか構わないザイオンも目の前の異常な男の姿に心配してしまった。

何せこの男の背中にはリベリオスの未来がかかっているのである。総司令官とはそれほどの責任があるのである。

ザイオンは席を立つと風のように消える。彼が消えたと同時にテーブルの奥にある自動ドアが開いた。

「博士えええ、全く最高の一日ですな!?」

のんだくれのラインはふらふらと立ち上がると、アルフレッドの背後へと近寄っていく。

「近寄るな、酒臭い！　やはり貴様は頭がイカレているな！　部下が基地の整備をやっているのにここで飲んだくれているとは！　情けない、恥を知れ！」

「暇だから飲んでもバチは当たらないでしょう?」

「『暇』だと!?　謎の爆発の正体把握、基地の損害の確認、ゼロア達の行動確認…やることは山ほどある！　これのどこを『暇』だと抜かす?」

ラインはアルフレッドの話を無視して席に戻り椅子に座ると、自分でコップのワインを再び飲み出す。

「一気にやることでは無いでしょう?　こっちは攻撃側で向こうは防ぐ側。こちらの損害は今のところゼロじゃないですか?　ライナー波があれば無限にロボットも武器も作れますし、研究の成果が実って怪物も作り出せる。兵力は無限大だ。相手はウェブライナー1体。あの爆発じゃ、離れていても機体に相当の被害が出ているはず…。何を急ぐことがありますか?」

「作るにしても時間がかかると言っているんだ！　我々の目的を忘れたわけではあるまい?」

その言葉を聞くとラインはコップを口に付けたまま、一時停止した。そして飲むのを止めるとテーブルにコップを置き、寂しげに答える。

「忘れることなんてできないでしょう…。大切なもののためですからね。でも、もう存在しない。だから、私たちがここにいるんでしょう？　そのためなら私は何だってやりますよ、博士。『何でも』ね」

「ふん、忘れていないならそれで良い」

その後、部屋の中にはアルフレッドがキーボードを叩く音と、ラインがワインを飲む時の喉の音だけが響いた。お互い沈黙を守り、自分の役割を果たす。

そんな中、来訪者が部屋にやってきた。

「ライン。あれ？　シラフに戻ってる？」

七色の液体の入った注射器を持って、金髪長髪美女が自動ドアをくぐり部屋に入ってきた。

「リリーナ。とりあえずそのタコに一発打っておけ」

「でもおかしくなってないでしょう？　博士」

「ははは、私たちはいつもおかしいんだ。リリーナ、薬をくれ」

ラインは笑うとリリーナから注射器を受け取り、自分の白衣をまくると右腕に注射を突き刺し、液体を体内に入れ空になったものをリリーナに渡す。

「あっ、ライン。あなたにお客さん」

「とうとう来たか…。今、彼はどこに？」

「格納庫。何か女子高生を檻に入れてたんだけど…。知り合い？」

　ラインはゆっくりと立ち上がると、嘲笑しながら自動ドアへと向かっていった。

「まあ言うなら新たな同志かな？　師よ、時間ができたら格納庫に来て頂けませんか？　人間の少女の扱いは師のほうが得意でしょうから」

「誤解を招くようなことを言うな！　ライン、そもそも何であの男をこの基地に招いた？」

　謎の大爆発の調査をしている最中、リベリオス陣営には1つの報告が伝えられた。

　それは新しい仲間を味方に引き入れることだった。バレルの計画の協力者であった人間にラインが目を付けたらしい。彼を基地に招き、彼に武器を与えるという。

「ん？　協力者を基地に招くことの何が悪いんですか？」

「奴からこの基地の場所が外部に漏れる危険があるだろう！　人間は信用ならん」

「問題ないですよ、私が保証します。それでは少女のことは頼みましたよ？」

「わしはロリコンではないぞ！」

　ラインはアルフレッドの念を押した発言に大笑いしながらリリーナと共に自動ドアを出て行った。

　廊下に出たラインはリリーナを背後に直進する。

「相変わらず博士とは仲が良いのね？」

「師と弟子は普通は仲が良いものだろ？」

「ザイオンとマスター・シヴァはそうは言えないみたいだけどね。マスターはザイオンのことを気にかけているように見えるけど…ザイオンからしたら師匠が偉大すぎるのかもね。いつも敵意を持っているみたい」

「何だ、お前にしてはずいぶん真面目なことを言うな？　いつもふざけていると思ったよ」

「あら？　私はいつも真面目よ？　それに女はいくつも顔を持つものだからね」

「実に恐ろしい、やはり女に熱を入れると身を滅ぼすというのは本当みたいだな」

2人は冗談交じりに会話をすると、廊下の突き当たりに現れたエレベーターに入り、1から10まで書かれたボタンから「1」と書かれたボタンを押す。

移動は5秒もかからなかった。一瞬体に衝撃を感じたと思うと、目の前のドアが両側に開き、独特な油と金属の混ざり合う臭いが鼻をつく。一瞬ラインはむせ返ると、格納庫へと一歩足を踏み出す。

周りには巡回に出るためのウェブスペースの砂地を走るためのバイクや、偵察用ロボットの腕や足のパーツが壁に掛けられていた。

格納庫に巨大ロボットは置かれていない。この格納庫は元々人間大の大きさの化け物が利用するような代物が置かれているため、巨大ロボットなんて置いたら天井を突き破ってしまう。巨大ロボットは専用の入り口を通り、地下または基地から射出する形で外に出撃する。全長100メートルもあれば戦闘こそ圧倒的だが格納は一苦労なのだ。

金属製の地面を歩きながら、ラインとリリーナは外からの光溢れる入り口付近へと向かっていく。

入り口付近には坊主頭、作務衣姿のバレル、フードをかぶった中国服姿のザイオン、その隣には中国服で白髪で2人より少しばかり大きい大男、マスター・シヴァが腕組みをしながら立っていた。

3人の目の前には1人の男が立っている。その隣には、6本の黒い柱に囲まれた空中を浮遊する檻に病院で着用する服を半分切り裂かれた少女が寝転んでいた。

男はボサボサ頭で、ジーパン姿ととてもラフな服装だった。しかし、その目はオレンジ色に輝いている。

「皆さん、待たせて申し訳ない」

ラインは待たせたことを謝った。

「大将。誰だ、この少女誘拐犯」

ザイオンは気に食わないという気持ち全開で吐き捨てるように目の前の馬場に言い放つ。

「戦利品と言って欲しいな？　何年もあんたらのために働いてわざわざ被検体を提供しに来たんだ。礼くらい言ってもらえねえか？」

「俺に殺されたら言ってやるよ。『死んでくれてありがとう』ってな」

売り言葉に買い言葉。ザイオンの痛烈な皮肉に現場の空気が悪くなってきたのを察してラインが3人の間に割り込む。

「申し訳ない、馬場さん。部下の口が悪くて。お互い顔を合わせるのは初めてですよね。私の名前はライン・コードと申します。リベリオスの総司令官をやらせてもらっています。

我々のために長年ご協力頂いて、頭が上がらない思いです」

ラインは頭を下げ、丁寧な挨拶を行う。そして握手を求めようと手を差し伸べたが、馬場は無視してザイオンの方を見つめたので手を引いた。

「部下のしつけは厳しい方が良いぞ、司令官さん？　二度と刃向かわないくらいにな。特に生意気なガキに対しては」

「てめえ……！」

「ザイオン、客人の前だ。控えろ」

再び喧嘩に火が付きそうだったので、ラインが鎮火した。ザイオンは近くのバイクを蹴り飛ばす。バイクは粉々に粉砕し、壁に破片が突き刺さりタイヤが壁にめり込む。そして肩を怒らせてエレベーターの方に消えていく。

「申し訳ありませんな、頭に血が上りやすい世間知らずでして」

「まあいいさ、俺は寛大だから水に流してやろう。それより、正式にあんたらに加わりたいんだ」

バレルは馬場の言葉に驚き、シヴァは眉1つ動かさず腕組みしたまま檻の中の友喜を見つめていた。

「バレルの指揮下では無く、ご自身の意志で動きたいと？」

「そうだ。力は手に入れた。今度は名声を手に入れたい」

「名声……具体的にどんな？」

「そうだなあ、最初は『誘拐された少女を救い出した町の英雄』くらいでいいか。本当はこいつは使い捨てのつもりだったんだが、生き残ったのなら俺のために尽くしてもらう」

馬場は檻の柱を叩きながら満足げに話した。

「申し訳ありません、頭が悪いのでお話がよく分からないんですが…。その少女を誘拐したのはどう見ても馬場さんでは？」

「それをでっち上げるんだろ？　俺が誘拐犯からこいつを救ったというふうにな。もちろん、口を合わせるために洗脳してな。おたくらそういうの得意だろう？」

「つまり、偽装誘拐を作ってその最大の功労者をお前にして賛辞を得たいわけか？」

ようやくシヴァが口を開いた。バレルはあまりの計画の陳腐さに呆れ果てて、反論する気も起きなかった。

「ふむ…なるほど、ではこうしましょう。それは賞品というのはいかがでしょうか？」

ラインは丁重に提案を出した。

「賞品？」

「ええ、さすがにそこまで一芝居を打つのだとこちらも色々と行うことがあります。馬場さんにはまず一汗流してもらって小さな名誉を受け取ってから、その大きな名誉を賞品として受け取るというのはいかがでしょうか？」

「俺にまだ働けと？　お前らのために何年やってきたと思っているんだ!?　俺は英雄になりたいんだ。無限の力を存分に使って崇められたいんだよ！」

　バレルは自分をひどく後悔し始めた。馬場を自らの協力者として選んだのはバレルである。協力者を探していた当時、最もライナー波の適応力があるのが馬場だった。

　確かに彼は何年もライナー波を浴びながら自我を保ち続けた。驚異的な適応力である。しかし、その結果、彼の心の中の欲望は膨らみ続け理性を吹き飛ばしてしまっていたらしい。

（彼が超人としてやっていていくため様々な手を回したが、さすがに今回ばかりは看過できない。とてつもなくつまらないプライドのためにリベリオス全体を動かすなどめってはならないことだ。これ以上、ライン様の手をわずらわせるわけにはいかない）

「馬場殿、それ以上は…」

「馬場さん。本当にその程度でいいんですか？」

　バレルの会話をラインは遮った。

「何だと？」

「確かに英雄は何かを為すから英雄なのでしょう。しかし、長年私たちに協力してくれたことは人に自慢できることでしょうか？　いえいえ、あなたにはもっと大きな功績が必要です。何せあなたには英雄になる方なのですから。少女誘拐如きで満足してはいけません。どうせならとてつもない大功績を得ませんか？」

「とてつもない大功績……なるほど、悪くねえな」

　馬場はふと考えると満足げににやけ笑う。

「しかし、そのためには邪魔者を始末しなければならない！　例えば…電脳将ウェブライナー。そしてそのパイロット不動拓磨、そしてゼロア。彼らを始末すればあなたの名誉は盤石と言えましょう。邪魔者のいない世の中で、我々はあなたをこの世の王にするため全力でバックアップします」

「まあ、あいつを巨大ロボットで殺すと最初から考えていたからな。よし、お前等のロボットの中で最強のものを寄こせ。どうせ、あいつらこいつを取り戻しに来るだろう。返り討ちにしてやる」

ラインは白衣の右腕の袖を人差し指で押した。押された部分が四角く青い光を放つ。すると、突然地響きが起こり、遠くの砂地が空へと盛り上がる。全員の視線が砂漠へと移り、その存在へとさらに移る。

それは巨人だった。全身灼熱のマグマのような赤い戦国武将のような甲冑を身に纏い、胸に×の形で交差する刀が描かれており、腰からは脚部を保護する布がはためいている。頭は2本角の鬼のような兜だった。

「すげえじゃねえか!?　あれは何だ!?」

「我がリベリオスの最新巨大ロボット、機体番号NLR－03。名称『神風（かみかぜ）』。軽量化に成功した『疾風（はやて）』の後継機で、単純な装甲強度を2倍、おまけに物理攻撃は表面に張り巡らされた『耐衝撃吸収膜』で50％以下に低下させる代物です。武器は以前と同じライナーエネルギーブレード。あらゆる物を貫きます」

「俺は剣なんて扱ったことないぞ？」

いくら武装がすごくても扱ったことのない武具を使うのは厳しい。テンションがハイな馬場であったがそれを考えるだけの知性はあった。

「大丈夫です。こちらの剣術の達人、バレルのデータをプログラムしました。あの中で適当に命令すれば相手を圧倒できます」

ラインは隣のバレルの肩に手を置く。バレルは正気ではないとばかりに目を見開き、ラインを見つめる。

「完璧だな。さすがは司令官さんだ」

「では、パイロットスーツの準備もありますので。リリーナ、シヴァ殿、申し訳ありませんが部屋へ案内して頂けますか？」

「ああ。だが、少女は丁重に扱え。バレル、後は頼んだぞ」

「こっちよ、新しい同志さん？」

シヴァは友喜を気にしているように一言付け加えると、リリーナと共に馬場を引き連れエレベーターへと向かった。馬場は観光旅行でもしているように気分上々で周りの武器を眺め歓声を上げている。

「さてと、バレル。何か言いたいようだが質問に答えようか？」

「このたびの件はライン様やシヴァ様に多大な迷惑をおかけして面目ありません。しかし、いくら何でもあの者を仲間に、同志に加えるなどとは…！」

　バレルはとてもラインの判断がまともであるとは思えなかった。いくらライナー波で超人的な力を手に入れたとは言え、礼節もわきまえないチンピラを加えるなど理解できない。

「やはり不服か？」

「恐れ入りますが、『はい』と言わざるを得ません。私の手下では駄目なのですか？　あの者は」

「『危険』すぎるだろう？　分かっている。だから配下に加えたんだろう？」

　ラインはバレルの言葉を引き継ぐと、先ほどザイオンが破壊したバイクの破片を巨大なチリトリとホウキで手慣れたようにかき集め、掃除を始める。

「分かっているならばなぜ!?」

「馬場は力を得たと言っていたが、あれはどう見ても力に食われている。長年自我を保ち続けたのは賞賛に値するが、いくら何でも限界だ。近いうちに化け物になるだろう。これは科学者である私の意見だ。師もおそらくそう言うだろう」

「やはり危険ではないですか？」

「けどな、バレル。化け物をロボットに乗せてみたいと思わないか？」

「……………は？　い、一体何をおっしゃっているんですか？」

　ラインは再び服の袖を押すと、近くに青いゴミ箱が突然現れ、中にバイクの残骸を捨てる。

「この前、超人である相良を乗せた。結果はともかくデータとしては完璧だった。次にお前を乗せた。これも最高のデータが手に入った。じゃあ、今度は化け物を乗せてみないか？　あのロボットに」

ラインはホウキで赤い鬼のような『神風』を指す。登場時は見えていた頭もすでに空高くあり見えなくなっている。

「新型のロボットなのですよ!?　地球人に渡すというのですか!?」

「ロボットなんていくらでも作れるんだ。それより、戦闘から得られるデータの方が重要」

「やはり、私が出た方が良いと思います。今度こそ、ウェブライナーを討ち取ります！」

「駄目だ」

ラインはホウキとチリトリを壁際に戻しながらきっぱりとバレルの意見を断った。

「バレル。あの馬場のおかげでどれだけ現実世界に混乱が生じたと思う？　私は言ったはずだ。あくまで隠密に行動しろと。行方不明者増大による警察の介入、それに伴り第三者の捜査、そして病院強襲によるそこの少女の拉致、おまけに一般人の前でウェブスペースへの入り口を開いたようだ。呆れてものも言えない。今回の情報操作は大佐に大変な迷惑をかけることになるぞ？」

バレルはグウの音も出ずに押し黙ってしまった。確かに今回はあまりに派手に動きすぎた。

「我々の目的のためには地球人の利用が必要だ。今回の騒動で警戒が増し、目的成就が遅れたらどうする？　悪いが、師に怒鳴られるのは勘弁だぞ？」

ラインは意地悪くバレルに笑いかけた。

「申し訳ありません。今回の奴の失態は私の失態です。出過ぎた言葉をお許し下さい」

「ははは、そう落ち込むな。大佐がきっと何とかしてくれる。悪いが今回は部下の活躍を私たちと眺めようではないか？　特等席でな。さてと、掃除も終わったし私たちも準備を開始しよう」

ラインは陽気にバレルの肩を軽く叩くと、振り返りエレベーターへと向かっていく。しかし、バレルは檻の中の友喜を見つめたまま石像のように止まっていた。

「ん？　どうした？　その檻はライナー波の影響を遮断する。人間の被検体に使うにしても完璧な状態だ。何か問題があるか？」

「ライン様。この少女に服を着せてもよろしいでしょうか？」

「……何？　服を？　どうして？」

「この姿を見るのは少々心が痛むもので、敵である地球人とは言え、まだ少女ですから。やはりいけないでしょうか？」

気絶した少女を憂い見つめるバレルの目をラインは見ると、そのまま友喜に視点を移した。服の半分がちぎれられている。馬場がやったのに間違いはないだろう。

別にこの少女がどうなろうと知ったことではない。ただ、地球人やフォイン星人である前に1人の女性としてこのまま放置していくのを心苦しく思うのは、ラインにもわずかばかり納得できた。

「ふっ、好きにしろ。だが、くれぐれも逃がすな？　大切な人質兼被検体だからな」

「感謝します。ライン様」

ラインは再び白衣の袖を押すと鋼鉄の床から畳まれた白いバスローブが床と共に上昇してくる。ラインはそれを掴むとバレルに向かって放り投げる。バレルはバスローブを受け取ると、檻の柱に手を触れる。すると、柱が外れ、中に入りちぎれた服の上からバスローブを気絶した友喜に着させる。

「お前は紳士だな、バレル」

「いいえ、ただ私にも昔は娘がいましたから。彼女がそのまま成長してればもう大人で一緒に酒でも飲めていたはず。大人になる前は娘もこんな姿をしていたのかと思うと…」

「感傷は命取りだ、バレル。地球人は敵であり、その子はお前の娘ではない」

ラインはバレルに釘を刺した。

「はい、分かっております」

「だが…お前のような奴がリベリオスにいることを私は誇りに思う」

ラインはバレルに微笑む。心から喜ばしいときは自然と笑みが浮かぶという。まさか、自分にもその感情が残っていることに驚くと共に悪くない気分になれた。

「ライン様…。ありがとうございます」

バレルはラインに頭を下げ、友喜に服を着せると檻から出る。檻の柱は自然と元に戻り、再び友喜を囲む。

「行くぞ、バレル。最高のショーを見物しようじゃないか？　ポップコーンが欲しくなってきたな？　キャラメル味の」

「リリーナ様に作って貰ったらいかがですか？」

「あいつは料理が苦手なんだ。ベッドプレイは上手いんだがな」

「もう少し節操をお持ち下さい」

バレルはラインに釘を刺し返した。

「相変わらず堅いなあ、お前は！　ははははは！」

2人は談笑しながらエレベーターへと向かっていった。


午後6時50分、ウェブスペース、ウェブライナー前。

拓磨とゼロアはウェブスペースにいた。目の前には巨大な白い壁がそびえ立っている。電脳将ウェブライナー。見た目はどうやら現実に戻ったときと変わっていないようだ。相変わらずスクラップ置き場行き確定のボロボロボディである。

「本当に動くのかい、拓磨？」

「大丈夫だ。あいつは信用できる」

ゼロアはため息を吐いた。

「その自信はどこから来るんだい？　飲み会で直るロボットだよ？」

「だから信用したくなるじゃねえか？　これで勝ったら爆笑ものだぜ？」

拓磨はにやつきながら背の低いゼロアを横目で見た。

「ポンコツに負けた侵略者か…。まあ、リベリオスの面目丸つぶれだろうね。足りないところは私たちでカバーすれば良いか」

２人はお互いに目を閉じると精神統一をした。そして数秒後、雑念を捨て目を見開く。

「必ず帰ってくるぞ、ゼロ！」

「当然だ。ここで終わるつもりはない！」

２人は光となりウェブライナーに吸い込まれていった。

拓磨は視界を光で覆われ、一瞬何も見えなくなったが再び見えるようになるといつもの操縦室に座っていた。ただ、そこは今まで見た光景ではなかった。まるで壊れた占いテレビのように壁にノイズが走っている。外はかろうじて見えるが視界不明瞭なことは変わりない。

「多少の無理は承知の上だ。始めるぞ！」

拓磨は椅子の両側にある球体と地面に足を着く。同時にウェブライナーがゆっくりとボロボロの体を動かし、起き上がろうとした。だが、重症の体を無理に動かす病人のようにその動きはあまりに遅い。

かろうじて右手で地面を支えるようにして、立ち上がった。動くたびに金属が割れるような音が響き、白い鎧の端が破片となって地面に落ちていく。

「不動殿！」

拓磨の耳にウェブライナーの足下から響いた声が伝わった。地面を見下ろすと、そこにはスレイドが囚人服姿で黒い鞘の日本刀を携えてウェブライナーを見上げていた。

「スレイドさん!?　今までどこにいたんだ？」

「申し訳ありません。防犯カメラ調査の後、皆さんの会話を聞いてウェブスペースで簡易ではありますが戦いに備えて武器を作っていました。それに思ったより手間取ってしまって。私も戦います」

すると、まるで重力など存在しないかのように砂を踏み切るとそのままウェブライナーの鎧を駆け上がり、ウェブライナーの右肩にスレイドは到着した。

「ゼロ、一体今のは何だ？」

スレイドの異常とも言える行動が拓磨には理解できなかった。

「訓練の賜物（たまもの）だよ」

「フォイン星人はみんなあんなことができるのか？」

「今のができるのはスレイド以外に数人くらいじゃないかな。ウェブライナーのガーディアンになるというのは今のができてもおかしくないということだ」

（今のが普通ならもうロボットに乗らずに生身で戦った方が良いのではないのか？）

拓磨はその考えを心の中にしまい込み、ゆっくりとウェブライナーの歩みを進めた。

歩くごとに鎧が軋む音がする。

「スレイド、現状は理解しているかい？」

ウェブライナーからゼロアの声が響く。

「友喜殿が人質に取られたことくらいしか」

「それだけじゃ無いんだ。実は…」

ゼロアは今まであったことをスレイドに早口で説明した。

「なんと…。そのような非道な行為を馬場達也が？」

「全て事実です。だからこそ必ず友喜を助け出す」

ウェブライナーから拓磨の声が拡大して響き渡る。

「馬場はいかがしますか？」

揺れる白銀の鎧の上でスレイドはさらに問う。

「状況によって。助けられれば助けるし、無理なら……分かりますよね？」

拓磨は淡々と答える。

「ずいぶんとあっさりした答えですね？　葛藤はないんですか？」

「全部ライナー波のせいだと思いたいが、イルの話だと今の馬場の性格は奴の本心の暴走とも取れる。悪いがライナー波で暴走したとはいえ、馬場の場合はあまり乗り気にはなれないな」

拓磨は本心を打ち明けた。

馬場には妙な腹立たしさを拓磨は感じていた。ライナー波で暴走しただけでは納得のいかない何かがある。独善的なドス黒い淀みきった欲望が噴出している印象を受ける。

「ところで……イルとは誰ですか？」

今さらな質問をスレイドは問う。

「後で教えるよ。本当は私も信じられないんだけどね。なんせ飲み…」

途中まで話したゼロアの言葉がウェブライナーの衝撃で中断される。ウェブライナーの右脇腹に七色に輝く光の剣が突き刺さっていた。スレイドは慌てて、鞘から刀身を抜き白銀の鎧に突き刺して落下を防いだ。

拓磨はウェブライナーを操縦し、その剣を引き抜く。抜いた部分から血のように七色の液体が溢れ出し、地面の砂を黒く変色させた。

「反応できなかった！　くそっ！」

拓磨は自分の力量を責め立て、剣が飛んできたと思われる右側にウェブライナーの体を傾ける。

そこには赤い2本角の鬼のような武者がいた。両手に自分の身長程の大きさの光剣を握り締めている。

「おいおい、そこは避けろよ？　拓磨」

鬼のようなロボットから、聞き慣れた言葉が響き渡る。

「まさか、馬場達也か!?」

ゼロアは信じられないとばかりに聞き返す。

おそらく、目の前にあるのは新型のロボット。いくらリベリオスの一員とはいえ、今までロボットでの戦闘経験もないような人間を乗せたことに驚愕していた。

「やっぱ新型は最高だな！　適当にやってりゃ動いてくれるし、こりゃ楽に勝てるな。しっかし、そんなオンボロでよく戦おうと思ったな!?　ははは！　もっとマシな奴はいのかよ？」

馬場の言葉に肩の上のスレイドは激昂して刀を向け、怒鳴りつけた。

「友喜殿は貴様の娘だろうが！　よく誘拐しようなどと考えついたもんだ！　恥を知れ！」

「あっ？　なんか、蝿がいると思ったらお前がスレイドか？　ずいぶん小さいんだな？そりゃ何年探しても見つからねえわけだ」

拓磨は馬場の余裕を見逃さなかった。ウェブライナーは手に持った奴の剣を投げつけようとする。接近しようとしても今のウェブライナーでは素早い動きは無理。格闘などもってのほかだ。

光剣の威力は十分に分かっている。奴のロボットに勝つには急所に突き刺し、一撃で優位を取るしか無い。

「おっと。誰が攻撃して良いなんて言った？」

武者型ロボットの目の前に6本の柱で囲まれた檻がウェブライナーの前を遮る。その中には白い服を着た人間の姿が確認できた。

ウェブライナーの手が一瞬止まる。その隙を見計らい、鎧武者は右手の光剣でウェブライナーの左腹を突き刺した。ウェブライナーの背から七色の液体が溢れ出す。

「ちくしょう…！　友喜を盾にするのか…！」

拓磨は歯ぎしりしながら剣を抜こうともがくように動かした。

「何か悪いか？　勝負は結果が全て！　勝てば官軍だろ⁉」

鎧武者は光剣を引き抜くとウェブライナーの腹に左足で蹴りをたたき込む。あまりの勢いに負けて、ウェブライナーは胸の装甲が砕けながら吹き飛ばされるとそのまま砂の上に仰向けて倒れる。倒れた衝撃で暴風が起き、砂が周囲に飛び散る。

「まあ、別に攻撃しても良いぜ。そしたら檻はバラバラ。友喜は高度100メートルからパラシュート無しのダイブだ。潰れたトマトみたいにさせたいか？　嫌だったらサンドバッグになりな、拓磨」

鎧武者は仰向けのウェブライナーに近づきまたがると、兜目がけて両拳を交互に叩きつける。拳と兜が接触するごとに金属同士が叩きつけ合う轟音が周囲に響き渡る。

だが、その状況をチャンスと考えていた者がいた。スレイドである。ウェブライナーが吹き飛ばされたとき、彼も吹き飛ばされた。無事に地面に着地はできたが、彼はとっさに砂の中に身を隠した。

彼の頭上を鎧武者が通過したとき、一気に砂から飛び出し鎧武者の体を跳躍で上りながら宙に浮かんでいる檻目がけて一気に飛び出した。

（ウェブライナーに気を取られている今が好機！　友喜殿さえ救い出せれば、戦況は一気に逆転する。檻を破壊し、宙で彼女を掴み現実世界へと返せれば……！）

跳躍した時は豆粒程の大きさだったが檻が徐々に大きくなってくる。スレイドは刀を振りかぶると柱に切りつけようとしたその時だった。

スレイドの耳に聞き慣れた呼び鈴が鳴った。友喜が自分に対して連絡するときに鳴る携帯電話の音である。

その音を聞いたとき、スレイドの目には巨大な赤い掌が迫っていた。先ほどまで目の前にあった檻は、霧のように消え代わりに鎧武者の掌が迫ってくる。

檻が移動した？　違う、檻じゃない。移動したのは自分だ。理解したときは全てが遅すぎた。

「蝿はうるせえんだよ!!」

巨大な鎧武者による蝿叩きビンタがスレイドに炸裂した。スレイドは瞬間的に日本刀を盾にしたがつっかえ棒にもなりはしない。刀を粉々に砕かれると、スレイド自身も弾丸のように放たれ地面に撃墜される。高い砂吹雪の中にその姿を消した。

鎧武者の中から呼び鈴が聞こえる。再び馬場の高笑いが聞こえた。

「どこでも繋がっているっていいねえ。少し改造すればお前は強制的にこっちに来なきゃいけなくなるんだからな。さてと、完勝だな。まあ、英雄になる男に戦いを挑もうなんざ無理って話だ」

ウェブライナーは兜を破壊され、人骨のような頭部が剥き出しになっていた。体の鎧は粉々に砕かれ、黒い筋肉が鎧の下で動いている。

　拓磨は壁が点灯している操縦室の床に放り出され、横たわっていた。両手を地面に突き体を起こすと再び操縦席に座る。その瞬間、額から血が一筋流れてきた。拓磨はかろうじて意識を保っている状態であった。

　馬場の言う通りである。完敗だ。少しくらいの力量の差なら何とかできると考えていたが甘すぎた。

　敵の武装は前回とそれほど変わっていない。では今回の敗因は何だろうか？

　ウェブライナーがボロボロ？

　友喜を人質に取られている？

　敵の機体が新型で色々機能が付いていて強いから？

　もちろん、それもある。だが、盲点だったのは馬場の実力である。長い間リベリオスと関わっていたためであろう、ライナー波を用いた作戦は完璧だった。特に友喜から奪った携帯電話をスレイドの行動を妨げるために改造していたとは思いもしなかった。

　単純に強いのである。力ではなく、頭脳面で。それに力が加わっているから手に負えない。

「ゼロ！　生きてるか!?」

　拓磨は天井に向かって叫んだ。

「かなり衝撃を受けたけど、何とか…」

苦しみ喘ぐようなゼロアの声が壁全体から伝わってくる。

拓磨は再び、ウェブライナーを動かそうと意識を集中する。

だが、事態は予想以上に悪化していた。

「ん!?」

拓磨は異常を悟ると何度も意識を集中した。だが、何も起こらなかった。

ウェブライナーは動かなかった。

どれだけ、訴えかけても体は動こうとしない。殴られ続けて、意識でも吹き飛ばされたのか寝転がったままである。

「ゼロ! ウェブライナーが動かない! 何があった!?」

「分からないよ! こっちも調べているんだが、システムが答えてくれない! 私を拒絶しているみたいだ!」

システムが拒絶? 壊れたのではなくて拒絶ってどういうことだ?

だが、理解不能な出来事はそれだけではなかった。

突然、地響きが鳴りウェブライナーがゆっくり体を起こし動き出す。

「拓磨、一体どうやったんだ!? こっちは何も操作していないのに」

「いや……俺は動かしていない」

拓磨はすでに球体と床の板から手と足を放していた。

拓磨は全く動かしていないのである。それにも関わらず、巨人は動き出すと白い鎧が粉々に砕かれ黒い肉体が丸見えになったボロボロな体で武者の前に立ちはだかる。

「お？　何だ、そんな体でまだやる気か？　もうゲームオーバーだろ？」

赤い武者はウェブライナーにトドメを刺そうと両手の光剣を握り締め、目の前で交差し身構えた。

すると、ウェブライナーは予想外の行動に出た。その場にいた誰もが思ってもみないような行動である。

砕かれた兜の口元から七色の液体を吐き出したのである。液体はそのまま地面の砂を黒色に染めると、消えた。そして立っていられなくなり両膝を地面に突き、右腕で体を支えていた。

まるで吐血である。

その行動に馬場は驚き、武者は数歩ウェブライナーから離れた。そして、すぐにリベリオス本部と回線を繋ぎ、連絡を取った。

「おい、今の見たか!?」

「もちろん、そちらの様子はこっちのモニターで確認していますよ」

ラインの震えた声が馬場の耳に伝わってくる。どうやら、彼でさえ今の事態が理解できないようだ。

「お前達のロボットは全員吐血をするのか？」

「するわけないでしょう？　吐血なんかしたらそんなのロボットじゃない」

馬場の問いは一瞬でラインに切り捨てられた。

そう、目の前にいるウェブライナーはあくまでロボットだと聞いている。

昔の姿とは異なっているが、ロボットのはずなのだ。

（ロボット……なんだよな？）

馬場の心には得体の知れないものを見るような恐怖が宿った。そして、恐怖を破るように雄叫びを上げると、両手の光剣を突き刺そうと突進してくる。

「避けろ！」

拓磨の叫びがウェブライナーの中に轟いた。ウェブライナーはその声に応えるように間一髪で左に横転しながら赤い武者の突進をかわす。

「びびらせやがって、吐血でもすれば俺が油断すると思ったのか？　拓磨！」

馬場の罵声が赤い武者の中から響き渡る。

拓磨は馬場の話など聞いてはいなかった。目の前の球体を握り、床を踏み、何度も意識を込めたがウェブライナーは微動だにしない。

完全にコントロール不能。今のウェブライナーは言わば暴走状態である。

「イル！　もしかしてお前が操縦しているのか!?」

自分も動かせない、ゼロアも締め出された。

そうなると、もう操れるのはライナー波の意志、イルしか考えられない。

どういう意図かは知らないが、こちらのコントロールを遮断しているのだろう。

「答えてくれ、一体何をやろうとしているんだ!?」

拓磨は再び部屋に響くように問う。だが、答えは無かった。

絶望的な状態の中、ウェブライナーの暴走という混沌が拓磨達に襲いかかる。

だが、さらなる混沌が戦場に現れた。

ウェブライナーと神風が戦っている最中、渡里祐司は光の渦から放り出されるような形で砂の中に飛び込んだ。

拓磨の携帯電話を使い、自分もウェブスペースへと考えたが携帯電話を開いた途端、急に目の前に光の渦ができて吸い込まれた。

そしたら、急に目の前に砂が現れ為す術無くダイブである。

祐司は口に入った砂を吐き出すと、目の前の巨人と巨人の戦闘を見上げていた。

手前にいる上半身が見えない程巨大な赤い武者が、両手に剣を持っている。これはおそらく、敵のロボットだろう。奥にいる白くてボロボロな巨人がおそらく、ウェブライナーだ。

(何であんなにボロボロなんだ?)

祐司はウェブライナーの状態を不思議に思いながらも、赤い武者に見つからないように砂の中に体を埋めるようにして隠れた。踏まれたら即死だが、見つかる可能性は低くなるだろう。

ウェブスペースに来たものの祐司は内心恐怖で震えていた。少しでも油断すれば動けなくなってしまうだろう。だがその恐怖を強い意志で持ちこたえている。「自分にできることをやりたい」、そして何より「友喜を助けたい」という揺るぎない意志によって。

そんな祐司の視界100メートル程前方に人の手のようなものが映っていた。体が砂に埋もれてしまっているが、手だけが砂の中から出ている状態である。そして痙攣するように震えていた。

（生きている、助けなければ！）

しかし意志はあったが、祐司は躊躇した。外に飛び出すことは赤い巨人に見られる危険が高くなる。全長100メートル近い巨人の足から逃げるのは不可能だ。見つかれば即終了である。

だが、放っておけば目の前の人の命が危ない。

祐司の心は前回ウェブスペースに来たときとは異なっていた。躊躇を払いのけ、心に喝を入れると砂の中から飛び出し手に向かって駆け出す。

100メートルがとてつもなく遠く感じた。だが、走っている彼の心には不思議と恐怖心は無かった。目の前の人を救うことで頭が一杯で恐怖を感じる余裕が無かったのだ。

幸運なことに赤い巨人武者は祐司のことなど気にも留めず、ボロボロのウェブライナーへと歩いて行った。

祐司は砂の中から出ている手を両手で掴むと、思いっきり引っ張り出す。中から口から一筋の七色の血が流れた男が現れた。

「スレイドさん!?　大丈夫ですか!?」

祐司の声にスレイドは目を薄く開けると、その目を祐司に向ける。

「祐司殿？　……なぜここへ？」

「自分にできることを探しに来たんです！」

「帰って下…さい！　ここは危険です！」

スレイドは歯を食いしばり右脇を押さえながらゆっくりと立ち上がろうとするが、ふらついて倒れそうになる。祐司は慌てて肩を貸す。その瞬間スレイドが苦痛の表情を浮かべる。

どうやら、体の骨が折れているようだ。

「危険だったら、なおさらスレイドさんを1人にさせられませんよ！」

「あなたが来て何になるというのですか？　あのロボットは決意だけでは倒せません！」

スレイドの厳しくとも祐司のことを気遣うセリフが飛んだ。しかし、祐司は真っ向から受け止めると言い放つ。

「俺はあいつを倒しに来たんじゃありません！　友喜を助けにきたんです！　そのために自分ができることを探しに来たんです！」

スレイドは目の前の祐司の変わりように驚いた。

これが部屋の中で自分の無力を嘆いていたあの少年だろうか？　前に見た時とは異なり、祐司の中には『芯』のようなものが加わったようにスレイドは感じた。

（私がいない間にこの少年に何が起こったというんだ？）

スレイドは決意に満ちた祐司の目を見つめると、彼の体を引っ張り、地面に伏せさせる。そして自分も隣に伏せると、早口で話し始める。

「状況は分かりますか？」

「ウェブライナーがやられている」

祐司は見たままを答える。

「そうです。この状況を何とかするのは奇跡でも起こらない限り不可能です。しかし、彼女を助けるのは可能かも知れません。彼女はあの檻に入っています」

スレイドは巨大な赤い武者の右膝付近を漂う柱で囲まれた檻を指さす。

「あれを壊すんですか？　どうやって？」

「それはこっちでやります。今から友喜殿との契約を破棄します」

スレイドは掌を空に向ける。その掌に七色の光が集まると赤いスマートフォンを形作る。

それをスレイドはそのまま握ると握力で粉砕する。

「ちょっと！　何して…！」

「質問は後にしてください。いいですか？　これから何とかして彼女を救出してあなたに彼女を任せます。あなたが通ってきた現実世界への入り口を出現させますから彼女と共に帰って下さい」

「スレイドさんは？　たっくんは？　ゼロアはどうなるんですか？」

「彼女を助けるんでしょう!?　今はそれだけを考えて下さい！」

祐司はスレイドの苦しそうな表情を見て悟った。

おそらく、スレイドさんはもう限界なのだ。喋るのも精一杯の状況で必死に友喜を助けるための作戦を考えてくれている。

この危機的な状況で自分たちの命すら危ないというのにわざわざ友喜を助けようとしてくれているんだ。その後のことは考えていない。たとえ、死ぬかもしれないとしてもだ。

祐司はスレイドの意志を汲み取ると力強く頷いた。その答えにスレイドは笑みを浮かべると再び赤い武者を見つめる。

「祐司殿、もう1つ仕事があります。一瞬で良いのであの赤いロボットの注意を引いてくれませんか？」

「叫べばいいんですか？」

祐司はやることを確認する。

「危険ですが…」

「やります！」

即答だった。

やはり、少年には何か重要な出来事があったようだ。明らかに強くなり、成長している。この先の彼の成長を見られないのは残念だが、せめて彼らの未来を作ってやらねば…。

スレイドは覚悟と共に祐司を押し出した。自分も風と共にその場からかき消える。

「おい、馬場『元』先生！　殺したはずの男が堂々の凱旋だ！　通知表には『中二病の俺が殺し損ねたしぶといオタク』って書いてくれよ！」

祐司は大声で天までそびえる巨人に向かって怒鳴りつける。

ウェブライナーの胸のコアに向かってトドメの光剣を突き立てようとした赤い武者の動きが止まる。

そしてゆっくりと祐司の方を向くと一瞬体を震わせた。

馬場は理解できなかった。それもそうだ。完膚なきまでボコボコにした男がウェブスペースにいるのだ、それも無傷で。まるで幽霊を見ている感覚だった。

「何で生きているんだよ…！　てめえも友喜も何で生きているんだああ！」

馬場が祐司を消そうと踏み出したときだった。

「イル！　一瞬で良い！　俺に操縦させろ!!」

馬場が祐司を見て、よそ見をしたとき拓磨も祐司の姿に驚いた。だが、それより赤い武者の足下にいる囚人服のスレイドの姿に目が向いた。彼の姿がノイズの入った画面で拡大される。おそらく、イルも気にかけたのだろう。口から血を流していた彼は苦しそうに右手の人差し指を天に向けていた。

拓磨は瞬時に指の先を見る。そこには友喜の入った檻が。

拓磨はその時、スレイドの意図を理解した。『檻を壊せ』と。

そして、拓磨は叫んだのだ。途端に舌打ちのような音と共にウェブライナーが動き出すようになる。

ウェブライナーは体を投げ出すように地面を蹴り、飛び出すと壊れかけた右腕の手刀を檻を掠めるように振り下ろす。手刀の勢いは止まらず砂に直撃する。その衝撃に壊れかけた右腕が耐えられるわけがない。ウェブライナーの右腕は粉々の破片となり砕け散った。ウェブライナーはそのまま赤い巨人の足下に轟音と共に倒れ込む。

だが、作戦は成功した。拓磨の絶妙なコントロールで振り下ろされた手刀は、檻の柱を2本ばかり砕き空中で檻が壊れ、友喜は重力に任されて落下していく。

その砂煙の中、スレイドはまずは赤い巨人武者に足に向かって跳躍しさらにそこを蹴って宙に浮いている友喜に向かって跳躍、彼女を抱きしめるように掴むとそのまま落下していく。

馬場はウェブライナーの行動から一連の計画を悟ると、携帯電話を使いスレイドを呼ぼうとする。

だが、スレイドはそのまま地面に降り立つと、友喜を体の前で抱えたまま風のように走り始めた。

「スレイド……さん？」

地面に着地したスレイドの衝撃で友喜は目を開ける。

（なぜ彼が目の前にいるのか？　今自分が何をしているのか？）

友喜は理解するには時間がかかった。

スレイドの契約破棄によって、携帯電話を使った作戦は無効化されていた。そのことを知らない馬場は何度も呼ぼうとして激昂していた。

「祐司殿、走って下さい!!」

スレイドは友喜を祐司に向かって放り投げた。そのまま、疲労の限界がきて動けなくなる。祐司は慌てて、彼女を受け止める。そして受け止められたことに驚いた。女性を抱きかかえるなんて経験は一度もなかった彼にとって、友喜は思ったより軽く感じられた。

「祐司!?」

祐司の登場に驚いた友喜は叫ぶが、途端に気持ちが悪くなり口を押さえる。

「走れないだろ?　だったらちょっと我慢してくれ!」

祐司はウェブスペースで気絶していた人たちのことを思い出し、そのまま友喜を抱えて走り出した。光の渦は100メートル程先にできていた。しかし、いくら彼女が軽いとは言え足場の悪い砂の上を人1人を抱いて走るのは思ったよりきつい。普段運動をしていないオタクなら尚更だ。

「馬鹿が!　逃げられると思ったか!?」

馬場は携帯電話を使い、友喜を呼び戻そうとする。スレイドの契約は切られていたとしても、友喜は契約を切っていないはず。

馬場の考えは当たっていた。だが、彼の手にある携帯電話には次の文字が現れた。

『通信エラー、転送できません。ライナー波の妨害を受けています』

「何でだあああああああ!!!」

　馬場は再び叫び、手にある携帯電話を握りつぶした。

　その間に祐司は光の渦まで50メートル程の地点にいた。息は切れ、走る速度は遅くなる。地面が砂のため足にかかる負担も相当なものだった。持久走大会のゴール前と同じ感覚を味わっていた。速く走りたいのに上手く体が動かない感覚だ。

「私のことは放っておいて！」

「嫌だ！」

　友喜の発言を祐司は即答で打ち落とす。

「このままじゃ2人とも捕まる！　下ろさないと私、祐司のこと一生恨むから！　だから逃げて！」

　友喜の心には罪悪感があった。祐司には祐司なりの事情があり、今までの行いがあったのだ。自分はそんなことをお構いなしに自分の都合を通した。そのせいで彼がどれほど傷ついただろう。どれだけ周りの人が迷惑しただろう。今回のこともそうだ。私がスレイドさんと一緒だったばかりに周りの人を巻き込んでしまった。私はただの疫病神。

　しかし、祐司はそんな友喜の発言を受け止め、走りながら大声で叫んだ。

「恨むなら一生恨め！　一生嫌いになって顔を合わさなくて良い！　俺はもう後悔したくない！　人を助ける！　友喜を助けるんだ！」

今まで友喜が見たことのない祐司がそこにいた。

あまりの迫力に友喜は言葉を失ってしまう。今の彼には何を言っても通用しないと思ってしまった。

これほど、祐司は頼もしかっただろうか？　こんなの祐司らしくない。もっと、だらしなくて情けない姿じゃないと祐司っぽくない。

でも、すごく嬉しい。すごく安心する。ありがとう、祐司。

友喜の心が幸福に満ちたとき、それを破る声が再び響き渡る。

「逃がすかあああ!!」

馬場の声がしたと思うと赤い武者はウェブライナーの右足を掴み、そのまま砂の上を引きずるように祐司に向かって投げ飛ばした。ウェブライナーは倒れているスレイドを押しつぶすように巻き込むと、祐司に向かって砂ぼこりを上げながら突き進む。まるで津波のようである。

祐司が背後の異変に気づいたとき、光の渦まで後2メートル程。ほんの腰の距離だが飛び込むには時間が足りない。

一緒に飛び込もうにも2人分抱えて飛べる程の力なんてない。火事場の馬鹿力なんてない。現実は残酷だ。だが1つ言える。

『俺たちの計画は成功だ』。

祐司はあらん限りの力で友喜を押し飛ばす。友喜の体は走った勢いもあり、ボールのように宙を舞った。友喜はその瞬間がスローモーション映像のようにゆっくりと感じられた。そして宙を飛ぶ彼女の目に最後に見えたのは、やるべき事を成し遂げ満足したように微笑み、背後の砂ぼこりに飲み込まれる渡里祐司の姿だった。

友喜は光の渦に飲み込まれたとき、彼の名を大声で叫んでいた。何1つ思い出も作れず、自分のために犠牲になってしまった大好きで大切な少年の名前を。

第六章「俺は混沌」

祐司の気分は良かった。為すべき事は為したためかもしれない。彼女を助けることができた。これで良かったのだ。心置きなく…死ぬことができる。

「起きろ、爆発小僧」

（あれ？　どこかで聞いたことがある声だな？）

確か前にウェブライナーに押しつぶされたとき、聞いたような…。

「私の話が聞こえなかったのか？　起きろ!!」

祐司はゆっくりと目を開けた。七色の光しか目に入ってこない。

確か、俺は何かに巻き込まれて死んだはずだよな？

「ということは……ここは天国？」

「つまらない寝言だな、吐くならもっと面白いことを言え。爆発小僧」

祐司は顔を傾けると声のする右側を向いた。

そこにいた、黒いのっぺらぼうが。本当にたっくんが言っていたとおりだ。全身黒タイツで覆われているみたいだ。

まるで珍獣を観察するように、10メートル離れたところから床に仰向けに寝ている祐司を見下ろしている。

「……あんたが助けてくれたのか？」

「『助ける』？　ふん、お前が勝手に入ってきただけだろうが。あのスレイドとか言う奴も一緒にな。気に入らなかったら放り出す。大人しく私の質問に答えろ」

祐司は起き上がり、立ち上がると体を見る。

どうやらどこも怪我は無いみたいだ。そして、イルに近づいていこうとした。

「近づくな！」

「えっ？　何で？」

突然の拒否に祐司は戸惑った。何か悪い事をしたのだろうか？

「貴様はそこで立って話をしろ。一歩でも近づいたらお前を外に放り出す。そのまま赤武者に踏み潰されて死ね！」

「わ、分かった。とりあえず、助けてくれてありがとう」

祐司は離れたまま、イルにお辞儀をする。

「理解不能な奴だ。あの不動拓磨以上に」

「たっくんを知っているの？」

「ああ、私を狂わせた張本人だ。こうしてお前と話しているのも『お前と話してみろ』とのあいつの提案だ」

案外律儀なんだな、人との約束を守るなんて。ひょっとしたら良い奴かもしれない。

祐司は目の前ののっぺらぼうがどうも嫌な奴には見えなかった。

「それで、何を話すの？　外じゃ馬場がウェブライナーを倒そうとしているんだよ？」

「ここは意識の中の空間だ。ここでの時間の流れは外とは異なる。長話になるから付き合ってもらう。拒否権は無い」

もはや、問答無用、独断専行、俺に従えタイプだ。

祐司はため息を吐くと、頷いた。

「貴様と不動拓磨の体はどうやらライナー波を吸収し、体を再生する力があるみたいだ。回復だけでは無くライナー波を自分の力としているのだろう」

「…へえ、俺は全然そんなの実感できないけど。たっくんは目茶苦茶強いから何となく分かるんだけどな」

「だから、お前はタチが悪い」

イルは吐き捨てるように祐司に言い放った。

「お前の力は意識下よりも無意識の時に主に力を発揮する。その力は不動拓磨など足元に及ばないくらい強力だ。ただ、力が強大すぎてコントロールができていない。だから、暴走する。この前のように」

「……『この前』？」

祐司はふと考えた。だが、やはり思い当たらない。もし、のっぺらぼうが言うとおり無意識で起こっているなら覚えていないのも仕方ないのかもしれない。

「お前のせいでウェブライナーはボロボロになった」

「えっ？」

「お前は自分の感情をコントロールできていない。感情を露わにする時は火山の噴火のようだ。その時、お前の力が発揮されたら周囲は多大な被害が出る。お前の力が強力すぎて、私はお前に飲まれそうになった。何とか、逃れようとしてライナーコアに負担をかけてしまい制御不能に…結果は大爆発だ」

祐司はゾッとして声が出なかった。つまり、今ウェブライナーが苦戦しているのは俺のせいだということだ。やはり、自分はたっくんに迷惑をかけていたのだ。本当なら馬場と対等以上に戦えているのかもしれない。それを自分は妨害していたのだ、それも無意識に。

のっぺらぼうがタチが悪いというのも納得だ。

「今の状態のウェブライナーが勝てるわけがない。不動拓磨は無謀な戦いを挑んでいる。ウェブライナーが破壊されては意味がない。私は逃げるために奴らから操縦権を剥奪した。だが…結局は1人の小娘のために全て無駄になるとはな。私も毒されたものだ」

祐司の心を罪悪感が蝕みそうになり始めるのを遮るように祐司に愚痴を言い放った。

「でも、友喜を助けられた！」

「すぐに馬場に連れ戻されるぞ？　その時に小娘は死ぬ。賭けても良い」

イルの回答を祐司は否定できなかった。所詮自分がやったことは悪あがきだったのかもしれない。

「お前には責任を取ってもらう、爆発小僧」

『責任』。これほどこの言葉を重い意味で受け取ったのは生まれて初めてかもしれない。普段の生活で使ってもそれなりの意味合いを持つのに、人の生き死にがかかり、全ての原因が自分にあるときに使われるこの言葉はまるで死刑宣告のように思えた。

イルは祐司に向けて手をかざした。

(レーザーでも放ってくるのか？)

恐れから祐司は目を閉じてしまい目の前が真っ暗になる。

「何を臆しているんだ？　さっさと目を開けろ」

イルがイライラしたように祐司に呟く。祐司はビビりながらゆっくりと薄目を開けた。目の前には直径4メートル程の巨大な球体が浮かんでいた。その中にはスレイドが仰向けで眠っている。

「スレイドさん!?」

祐司は球体に触れようとしたが、イルが球体を引っ張り祐司から遠ざける。

「スレイド・ラグーン。ウェブライナーのガーディアンの1人。剣術の達人でリベリオス幹部の1人、バレル・ロアンの友人。彼との戦歴、596戦596敗。全てこいつの凡ミスで負けている、典型的な負け犬だ。まあ、この戦闘力は使い物になるだろう」

「スレイドさんに何をしたんだ！」

祐司はイルに食ってかかった。

「こいつの記憶を調べただけだ。今後搭乗する者のデータを調べるのは当然だろう?」

イルは再び祐司に向かって赤い球体を押し出す。祐司は目の前で止まった球体よりもイルの言葉が気になった。

「『搭乗』って…?　まさか、スレイドさんをウェブライナーに乗せるの?」

「そうだ」

イルは当然だとばかりに呟いた。

「友喜も乗せるの!?　だって、ガーディアンと契約者は繋がっているんでしょ?」

「お前は見ていたはずだ、今のこいつは誰の契約者でも無い。こいつ自身が契約を破棄し、小娘の契約も破棄されている。どうやら、馬場が携帯電話を壊したみたいだな」

「えっ?　じゃあスレイドさん1人でたっくんたちに合流するの?」

イルは呆れてため息を吐いた。

「私は責任を取れと言ったはずだ。爆発小僧…いや、渡里祐司。お前がスレイドと契約しろ。そして共にウェブライナーに乗り、戦え」

急展開に祐司はポカンと口を開けていた。開いた口はふさがらない。ふさげるわけがない、こんなことを言われたら。

(俺が?　俺が友喜の代わりに契約する?　ただのオタクの俺が?)

「俺は力をコントロールできないいんじゃないの?」

「それを強制的にコントロールさせる力が目の前にある。球体に触れろ、お前は本来の力を半分ほどしか使えなくなるが戦えなくなるよりマシだ」

祐司は目の前の球体を見つめる。

「俺はただのオタクだよ？　何も戦う術を持ってないんだよ？」

「戦う術はスレイドが持っている。不動拓磨の場合と逆だ。お前はスレイドのサポートをすれば良い。何の問題がある？」

問題は山ほどある。ありすぎて言葉が詰まってしまい吐き出すことができない。

祐司はおもむろに自分の掌を見つめた。人を殴ったこともない小さな手。ゲームのやり過ぎでタコがあちこちにあるボロボロな手。

祐司はゆっくりと掌を目の前の球体に近づける。しかし、触れる10センチ程手前で手が止まった。

「どうした？　まさか怖じ気づいたんじゃないだろうな？」

イルは侮蔑の言葉を祐司に叩きつける。

「いや…ただ、良いのかなって」

「……何だと？」

イルは祐司の言葉が分からず聞き返した。

「俺みたいな奴が……力なんか手に入れて良いのかなって。俺はたっくんみたいに人間ができていない。一歩間違えれば俺だって馬場のように他人の迷惑を考えずに傷つける存在になるかもしれないんだ。だらしなく生きてきた俺に力を持つ資格があるのかなあって思ったんだ」

祐司は触れようとした手を下ろそうとする。

まさに本心だった。できればたっくんに協力したい気持ちがあったのは本当だ。だが、力を目の前にすると話は別だ。今回の騒動で嫌と言うほど、思い知った。自分は周りの人間の支え無しではここにいられなかったことを。自分はあまりに弱い存在なのだということを。

「ふふふ……ふはははははははは!!」

笑い声が祐司の目を上げた。目の前の黒いのっぺらぼうが腹を抱えて大爆笑をしている。

「な、何がおかしいんだよ！　俺は真剣なんだぞ！」

「ははは…おかしい奴だな!?　やはり不動拓磨の友人だ、力を前にして悩む者が本当にいるとはな！　滑稽だ、実に滑稽！」

祐司は目の前の黒いのっぺらぼうが笑い終わる前でイライラしながら待つことになった。

「『自分に力を持つ資格があるか』だと？　あるわけないだろう、貴様みたいな爆発小僧に」

「だ…だったら何で？」

「資格が無いなら手に入れれば良いではないか？　言っておくが今の貴様を見込んで力を渡そうとしたのではないぞ？　貴様の将来に賭けたのだ。貴様はこれから成長、変化、進化をして初めてその力を持つにふさわしい者になるのだ。少なくとも前に来たときとはずいぶん面構えが変わったように思うが？　ただの勘違いかもしれないが」

祐司は今の言葉で目の前の黒いのっぺらぼうが妙に好きになり始めていた。勘違いかも知れないがもしかして俺のことを励ましてくれているのか？

なんか背中を押してくれているような感覚を受ける。

「それにお前は妙に不動拓磨のことを信奉しているようだが、あいつはそんな大した奴ではない。ただ変な人間の化け物なだけだ」

「へ……変な人間の化け物？」

今まで聞いたこともない拓磨のあだ名に祐司は困惑した。

「人外の力を手に入れたのに人のように思い悩む。人の輪に加わる必要が無いのに人の輪を守るために戦おうとする。戦っても何を得ることも無いというのに力なき者のためにその力を使う。まるで意味が分からない。進化した者がなぜ進まぬ者を守る必要がある？実に無益だ」

「あんた…ひょっとしてその理由を探すためにたっくんに協力しているのか？」

祐司は笑いながらイルに問いかけた。

「分からないことは知りたくなる。あいつにただ興味があるからだ。深い意味はない」

「そうか…。なんか、俺もあんたのことは信用できる気がしてきたよ」

「それで、どうする？　渡里祐司。力を得るか？」

祐司は改めて目の前のスレイドが入った巨大な赤い球体を見つめた。

覚悟はすでに決まっていた。

意を決して祐司は球体に手を触れる。すると、まるで球体がミミズのように体を伸ばすと祐司の手を這い始め、そのまま全身を包んでいく。

顔以外を赤い粘液が包むと、轟音と共に赤い稲妻のようなものが空間に放出される。スレイドは突然の衝撃に目を覚ますと、地面に慌てて足を着いた。そして目の前の祐司の姿に絶句する。

祐司の姿は変わっていた。拓磨と同じような黒いコートと頑丈そうな戦闘服、両手にはグローブをはめ、両足は厚みのあるブーツを履いている。

拓磨と同じような服装だったが、紫色のラインの代わりに燃えさかるマグマのような灼熱のラインが服装に刻まれていた。

「スレイドさん、友喜の代わりに今度は俺があなたを助けます。まだまだ成長途中の俺だけど、現実世界の人々を守るために力を貸してくれますか？」

少年が戦士となる瞬間。スレイドの目の前には今まで見たことの無いような祐司がスレイドに手を差し伸べていた。

「……もちろんです。共に人々のために戦いましょう、祐司殿！」

スレイドは祐司の手を力強く掴んだ。

掴み合った両手が赤く輝くとその光がスレイドに伝わり、彼の黒い髪は燃えさかる炎のように赤髪となる。そして、２人の手はそれぞれ赤いスマートフォンを掴んでいた。

「よし、じゃあ貴様達のデータをウェブライナーにアップロードする」

イルの胸から虹色の触手が2本伸びるとそれぞれが2人の胸に突き刺さる。

その瞬間、イルは苦しむように片膝を突く。

「おい、大丈夫か!?」

「やはり…怪物の友人は化け物か。内容が濃すぎてよく分からん。一言で言うなら…『混沌』だな」

祐司の言葉に耳を貸さずイルは独り言のように呟くと、2人から触手を抜くと地面に溶けるように消え去る。

すると、突然自分のスマートフォンが震える。祐司はその黒い画面を見つめた。

「ライナーコード『カオス』、渡里祐司。ガーディアン、スレイド・ラグーン。ウェブライナーノ操作ヲ許可シマス」

機械音が携帯電話から響き渡ると、画面から虹色の光が溢れてくる。祐司とスレイドはその光に包まれると共に姿を消した。


同日、午後7時10分、リベリオス本部、司令室。

ラインは食いつくようにタブレットを眺めていた。シヴァ、バレル、リリーナ、ザイオンはアルフレッドの背後で無数のモニターを眺めている。神風の体に仕組まれたカメラの映像を中継しているのだ。

「実に素晴らしい、そう思わないか？」

背後でラインが椅子に座りながら前の同志に語りかける。

「そうか？　何か気味が悪いぞ、ウェブライナーって奴」

ザイオンが不快感を露わにして呟く。

「私もザイオンに同感。なんか…もうロボットじゃないでしょ？　なんていうか…生き物？」

リリーナも寒気がするように体を震わせながら、コーヒーを取りにラインの横を通り過ぎた。

「博士、戦況をどう見ますか？」

「そうだのう、99・9％でこちらの勝ちだな。兵器の差もあるが、相手は致命的な手負い。この勝負は始まる前に決していたようなものだ」

バレルの質問にアルフレッドは頬杖をつきながら、退屈そうに画面を見ている。

シヴァは黙りながら腕組みをして画面を見つめていた。

「辛いものがありますかな？　マスター」

アルフレッドは画面を見つめながらシヴァの方を声だけで問いかける。

「辛いとは？」

「ゼロアもスレイドもかつてはあなたと同じ志を持つ者だったのでしょう？　それが今は

な?」

敵対し、地球の一般人によって殺されかけている。何か思うものがあるかと思いまして
「特に思うことはありません。わしはこのまま彼らが終わるとは思っていませんので」

シヴァは淡々と答えた。その場に全員が巨体の老人に視線を向ける。

「ははは、マスター！　この状況で奴らが逆転できると思っているですか?　両腕もがれてあれはもう人と言うより芋虫ですよ?」

ザイオンは爆笑し、バレルの肩をバンバン叩く。バレルはザイオンを睨んだが、無視するとシヴァに問う。

「シヴァ様、どのような確信があってそのようなことを?」

「確信などない。ただ…勝負というのは何が起こるか分からん。特にライナー波が関わっている戦いでは相手を殺したとしても油断はできん」

「さすがはマスター！　ライナー波のことをよく分かってらっしゃる！　そう、フイナー波に不可能はないのです！　だから、私は欲しいのですよ！　ウェブライナーが欲しいのです！　ぜひとも研究したいんです！」

ラインは再びワインを飲み始め、シヴァに拍手を送る。

「リリーナ、その飲んだくれから酒を取り上げろ！」

「はいはいライン。今は戦闘中だからワインは後にして」

アルフレッドの命令でリリーナはテーブルの上からワインの瓶を取ると、代わりに湯気

が立つ熱々のコーヒーをラインに渡す。

ラインは残念そうに顔を振るとコーヒーを飲み始め、酔いを覚ます。

「とりあえず、彼にはどう伝える？　ライン」

「……あちっ！　馬場さんのことですか？」

アルフレッドの問いにラインはコーヒーをすすると、あまりの熱さに舌を出しリリーナにコーヒーカップを返した。

「馬場は奴らを殺そうとしているぞ。ウェブライナーの捕縛は諦めた方が良いんじゃないのか、大将。ここで始末した方が後が楽だぞ？」

ザイオンは笑いにも飽き、足で椅子を自分の下に引くとその上に腰掛けた。

ザイオンらしい現実的な意見だった。

「しかし、私は研究をだな…」

「ライン、研究ならウェブライナーをバラバラにしてもできるでしょ？」

「リリーナ様に賛成です。ライン様、禍根は早急に取り除くべきです。奴らが再び立ち塞がりでもしたらどれほどの被害が出るか分かりません」

駄々をこねるラインにリリーナとバレルが進言した。

反対3、賛成1。明らかにラインの分が悪い。

「師ならば…」

「賛成すると思ったか？　確かにウェブライナーは魅力的だが、今この状況を捨てるのは非常に惜しい。今までウェブライナーが無くても研究はできたんじゃ。ここは手堅く手柄を取っておいた方が良いじゃろう」

反対がさらに1票増えた。ラインは視線をシヴァに移す。

「マスターはどうなさいますか？」

「わしの意見はお前に譲る。組織のリーダーの判断に全てを任せる」

ラインに背を向けたまま、シヴァは答えた。

「票が増えても多数決で決まりか……。仕方ない、馬場さんと回線を繋いでくれ。ウェブライナーを破壊する。中の搭乗員はできれば確保、無理なら殺せ、以上」

落ち込んだラインはつまらなく呟いた。

「馬場達也殿、聞こえるか？」

「誰だ、あんた？」

アルフレッドはキーボードを一回叩くと目の前のモニターに向かって話し出す。すると、モニターから馬場の声が流れ出してくる。

「リベリオスの参謀兼開発を引き受けているアルフレッド・ライナーと言う。ウェブライナーを破壊し、搭乗員を皆殺しにしてくれ」

「言われなくてもそうするつもりだ。あんたらは黙って見てろ」

荒く返答すると、モニターの映像は地面で横たわっているウェブライナーに近づいていく。手に持っている光剣がカメラに映る。

「大将、俺はあんな糞野郎認めねえぞ。戻ってきたらその場で血祭りに上げる」

ザイオンは馬場の立ち振る舞いにぶち切れていた。

彼だけでは無く、その場の誰もが彼に対して良い印象は持っていなかった。あまりにも尊大すぎる態度が部屋の空気を居心地悪いものへと変えていた。

（やはり、ライナー波に飲まれかけている。感情を少しでも暴走させたら、その時があいつの死亡時刻だな…）

ラインは無情な目でタブレットを見つめながら考えていた。

すると突然液晶画面にノイズが走る。

「ん？」

ラインが反応したとき、奇妙な光景がタブレットに流れ始めた。

両腕を失い、白い鎧を失い、内部にある黒い人工筋肉のようなものが剥き出しのウェブライナー。その両肩に虹色の光が纏わり付いて白く輝いている。よく見ると、それは破壊される前のウェブライナーの肩の部分の装甲だった。

そのまま、虹色の光は本来腕がある部分を腰方面へと移動していくと、白い装甲部分の面積を増やしていく。

信じられない光景だった。腕が再生しているのだ。リベリオスの一員と現場の馬場、誰1人声が出せないでいると、ボロボロのウェブライナーに鋭いヒレのような刃が付いた逞（たくま）しい豪腕が戻った。

次の瞬間、ウェブライナーは生えた両腕で砂の地面を押し出す。腕を直した光は今度は胸から腰、そして両脚へと、まるで新品の服を着せるようにウェブライナーの衣装を整えていく。

ゆっくりと立ち上がるとき、そこには白い半月が付いたような特徴的な兜を身に纏った壊れる前の白い騎士が現れていた。彼の胸のライナーコアは大地の怒りで迸るマグマのように煌々と赤く輝く。兜から覗く騎士の鋭い目も紫から赤に変わっている。信念を持った者のように目の前の武者を睨みつけていた。

「おいおい、まだやられ足りないのか？　ご丁寧に修復機能もあるとは驚いたぜ、拓磨」

馬場は目の前の光景にあまり驚いてはいなかった。おそらく、体を修復する機械が内部にあってそれが働いたのだろう。ロボットアニメではよくある光景だ。ただ、だったら何でもっと早く修理しなかったかが謎だが。

ウェブライナーは立ち尽くしたまま動かなかった。白い騎士は目の前の光剣を両手に持った武者をじっと見つめている。

「おい、何で黙ってんだよ？　ギブアップは認めねえぞ、てめえを殺して俺は上りつめるんだ。英雄にな」

今度こそ認められる存在になるんだ。今まで俺を馬鹿にしていた奴ら全員を見返すために、俺の力を世間に知れ渡らせ証明するために。

親にも友人にも認められるどころか白い目で見られてきた。どれだけ知識を身につけようが所詮自己満足。結局、何も実らない日々がつまらなくなりオタクをやめた。

結局現実は俺を認めてくれない。俺よりも劣った奴らがなぜか成功していく。俺がやればもっと大きな成果を上げられるのに、誰一人気づきはしない無能ばかりだ。

だが、俺に転機が訪れた。この無限の力との出会いだ。俺は力を手に入れた。これでもうこんな腹立たしい世界に引きこもっている必要なんかない。

こんな世界何の意味がある？　気に入らねえことばかりだ。所詮、権力と力を持てば頂点になれるんだ。

変えてやる、全てを。俺の望むように、俺を認めるように、俺の為すがままに。その前に立ちはだかる奴は全て敵だ。妥協はしねえ、してたまるか！

「お前が邪魔なんだよ、ウェブライナー！」

武者は光剣をウェブライナーの輝くライナーコアに突き刺そうとしたが、それは叶わなかった。突如、強烈な衝撃波がライナーコアから放出されると赤い武者ははじき飛ばされる。急遽、姿勢制御プログラムが働き両足で地面を擦り光剣を地面に突き刺して倒れるのを防ぐ。

「何だ!?」

馬場の問いかけにも答えず、ウェブライナーはじっとしていた。

今の事態を理解できていないのは馬場だけでは無かった。ウェブライナーを操縦していた拓磨とゼロアもそうである。

友喜を助けた後、再びウェブライナーの操縦ができなくなり、為す術もなく赤い武者に投げ飛ばされスレイドと祐司を押しつぶした。

2人を殺したのはウェブライナー自身だった。

非常な現実に絶望と後悔が一気に2人を襲い、馬場への憎しみが高まったときだ。ウェブライナーが突如動き出したのである。しかも画面を見ると失ったはずの両腕が生えているのだ。

何が起こっているのか、訳が分からない展開に2人は困惑していた。

「ゼロ！　お前が動かしたのか!?」

拓磨は急にノイズが消え、鮮明になった周囲の映像を確認しながらゼロアに尋ねた。

「違う、私じゃない…。ウェブライナーが勝手に動いている」

(もしかしてまたイルが動かしているのか？)

拓磨の考えが出る前にゼロアの叫ぶ声が周囲からこだまする。

「これは……何だ!?　ウェブライナーのシステムが新しく書き換わっていく。それに私たち以外にこの中に誰かいる！」

困惑のゼロアの声が周囲から響いてくる。

(俺たち以外にウェブライナーに乗っている奴がいる？)

「誰だ!?」

「祐司とスレイドだ！　今、ウェブライナーを動かしているのは彼ら2人だ！」

「何だと？　あいつらが？」

ゼロアの報告に耳を疑った。前にも祐司はウェブライナーに入ったことがある。だが、動かしているなんて誰が想像できただろうか？

内外に混沌が渦巻くウェブスペースで新しい意志を秘めた巨人から、高らかに叫ぶ声が周囲に響き渡る。

「馬場達也!!　あなたは今まで何を学んできた!?」

突然発せられた重複した2つの声に馬場は困惑する。拓磨の声では無い。しかし、聞き覚えのある声だ。すぐに声の主が馬場には見当がついた。

「祐司、お前か！」

「あなたは長年、ささやかな幸せを大切にする人々が作り上げてきた日常を粉々に破壊した！　一体どういうつもりだ!?」

祐司の声だけではなかった。もう1人威圧の利いた声が祐司と同時に叫んでいた。馬場は堂々とした口調で対等に話そうとしてくる生徒に無性に腹が立った。それは力を得たにも関わらず成長を感じていない自分が空しく感じるのを誤魔化すためだと、彼は気づいていなかった。

「生徒の分際で教師に説教をするつもりか!?　大人しく友喜と死んでれば良いのによお！俺の半分しか生きていない奴が何を偉そうに語る！　オタクは黙ってろ!!」

「いいや、黙らない！　あなたは自らの欲望を果たすために1つの家族を崩壊させた。友喜や愛理さんは傷つき、金城先生は死んだ！　それだけは飽き足らず、大勢の人を犠牲にした！　これからどれだけの無実の人を巻き込んでいく気だ!?」

ウェブライナーから出る言葉を馬場は聞かないようにしたが、心に次々と刺さってくる。心底ムカつき、憎しみが沸点を超え爆発しかけていた。

「何が『無実』だ!?　奴ら全員俺を見下して話しすら聞こうとしなかった！　あいつら全員俺を傷つけたんだ！　これは正当防衛だ！　俺に刃向かう者は全て贄にして、食ってやる！　俺が生きるためにな！　仕方ねえだろ!?　俺は英雄になる男だ。選ばれた人間なんだ！」

「俺の考えは違う。１人の強大な力を持つ英雄などいらない！　特別な力を持つ英雄が必要な世界を作ってはいけないんだ！　だから、多くの人々を犠牲にして英雄になるあなたを俺は認めることができない！　先生、頼むから諦めてくれ！」

何度叫ぼうと打ち返してくるウェブライナーに馬場はズタズタに心を切り裂かれていた。その傷目がけて無限の力が飛び込んでくる。

赤い武者『神風』のコックピットは腹の部分に隠されていた。大人４人が余裕で入れる程大きな球体のような空間である。

無限の力はついに馬場を征服することに成功した。彼の体は風船のように鬱血したように赤黒く変色し膨れ出すと、両手と両足は丸太のように巨大化する。胴体はまるで壁のように分厚くなり盛り上がり、部屋の中は馬場の肉体で場所が埋まっていた。

彼の目はオレンジ色一色に染まり、閃光を放つ。

「てめえだけは絶対に殺してやる！　祐司！」

「馬場達也!!　これ以上の貴様の暴走を俺は認めない！　貴様を俺は絶対に許さん!!」

2人のやりとりを見守っていた拓磨の目の前に文字が現れる。

『装身』

「『装身』って何だ?」

拓磨は言葉の意味が分からず口に出してしまう。不思議と聞いたことのある言葉だった。今まで使ったことも無い言葉なのに聞いたことがある。それもつい最近聞いた覚えがある。だから、覚えがあるのかもしれない。

すると、祐司はその言葉に応えるようにウェブライナーを動かした。

突然ウェブライナーが巨体を素早く動かし、左足を一歩引く。そして腰を低くさせ、途中で片手で砂をつかむと両掌を向かい合わせにして力を溜める動作を行う。両掌の側に顔をつけ、目は赤い武者を睨みつけていた。

そこまでの動作で拓磨は気づいてしまった。

そうだ、この動作を俺は知っている。祐司が俺が警察署で取り調べを受けた帰りに不動ベーカリーの前でやっていたあのポーズだ！

赤い武者はポーズを取っているウェブライナーに飛びかかってくるが、再びはじき飛ばされる。先ほどまでとは威力が桁違いで赤い武者は後ろ宙返りをすると地響きと砂嵐を起こし、砂に降り立つと再び光剣を2本とも砂に突き立て勢いを殺す。

ウェブライナーの両手の間には砂を媒介に周囲から虹色の光が集まり始め、圧縮され次第に黒ずんでいき漆黒の球体が完成していた。まるで触れた物を飲み込む一点の曇り無き黒色の天体のようであった。すると、球体はウェブライナーの上下の掌にちぎれるように分裂して吸収される。

その瞬間、ウェブライナーは一気に左足を元の場所に戻す。その勢いのまま、日にも留まらぬ早さで左手を右眼前を横切るように鋭角を付けて天に伸ばす。この時右手は右腰の位置に固定されていたが、間髪入れずさらに右手を左眼前を横切るように鋭角を付けて天に伸ばす。

ウェブライナーの胸の前で両腕が交差し×マークが生まれる。手の先までピンと伸ばしてあり、触れたら怪我をすると錯覚しそうなほどのキレがそこにはあった。

ウェブライナーはそのまま腕の交差をほどくように、腕同士を擦り合わせながら胸の前で両掌を空に向ける。擦るごとに金属同士が擦れ合う音と共に爆発音のような衝撃が周囲に放出される。すると、両掌に宿っていた黒い球体が飛び出すと胸の前で再び1つになる。さらにウェブライナーの胸の赤いコアが輝き、赤い稲妻がコアから飛び出すと球体に吸収される。黒い球体は赤い稲妻を放電させせながら胸の前に浮遊していた。

「装おおおおおおおお身!!!」

祐司とスレイドの声が同時に響き渡ると、ウェブライナーは目の前の赤い放電をする黒い球体を下からすくい上げるように右手で天に向かって押し上げ突き出す。この時、左手は左腰の位置にあり握り拳を作っていた。

　天に突き上げた球体をウェブライナーは握り潰す。すると、まるで水風船を潰したように黒い液体がウェブライナーに落ちてきた。その量は拳大の球体からは想像付かない量で、まるで滝のように赤い閃光と黒い液体が白い騎士を包み、その姿は液体に飲み込まれ見えなくなる。

「馬場さん。状況を報告してもらえますか？　先ほどから映像のノイズがひどくてそちらの状況が分からないんですが？」

「分からねえ…！」

「…はい？　すいません、ノイズがひどいのでもう少しはっきりと…」

「分からねえって言っているだろ!?　ウェブライナーがいきなり特撮ヒーローになったんだよ!!」

　すると、黒い滝の中から二筋の赤い割れ目が滝の中で発光する。

　同時に衝撃波が再び起こる。だが、今度は今までのものの比では無かった。ウェブライナーを中心に半円状の黒い壁が外へ外へと急激に広がっていく。

　赤い騎士は全力で地面を蹴ると、バックステップを繰り返し目の前の黒い壁から逃げ続ける。

　黒い壁がどのようなものかは分からない。だが、馬場には妙な確信があった。この壁に触れたらまずい、それだけは絶対に避けなければならないと。

しばらくして黒い壁の膨張が停止すると、一瞬で収縮し壁が消え去る。

壁が消え去った後の地面は真っ黒に変色していた。

「何だ……？　あれは？」

馬場の視線は地面よりも爆発の中心にいる存在に注がれた。

その者は黒色の鎧で身を覆われていた。両足は黒鋼の長靴を履いたように重々しく光り、地面を踏みつけている。膝にある関節部分の人工筋肉は血管が浮き出るように赤く光る。

両腕からは白い騎士にあったヒレのような刃は無くなっていた。しかし、装飾が無くなったことで腕のラインが強調され、腕の太さが細くなったような印象を受ける。両腕とも黒色の装甲で覆われており、両掌の中央には赤い宝石が燦々（さんさん）と輝いていた。

胴体は逆三角形の筋骨隆々の体格を白い騎士から受け継いでいた。よく見ると腰が少し太くなったように見える。若干腹が出っ張ったような感じだ。その腹には金色で書かれた∞（むげんだい）の文字が浮かび上がっている。

一番特徴的なのはその頭部である。騎士の兜は跡形も無く消えていた。代わりにそこにあったのは角である。王冠のように角が空を貫くほど鋭く生えており、その下の両目はひび割れた大地のように亀裂が入り中から赤い光が放出されている。口元は鬼のような荒々しい牙が生えており、全身の関節部分が赤く光ることに連動して、黒い霧が口から溢れ出している。

両肩には丸い球体が取り付いており、そこには手に取り付けられた宝石の2倍程の大きさがある赤く丸い宝石が眼球のように前を睨んでいる。

そして黒い鎧に亀裂を入れ煌々と輝く赤い胸のライナーコアがそこにいる存在の強大な力を物語っていた。

一言で言うなら、そこにいたのは翼の無い悪魔のような存在だった。

目の前の存在はゆっくりと自分の変わり果てた両手を見つめると、胸のコアを触り今の姿の確認を始めた。自分でもその姿に驚いているようだった。

「これは…今までのウェブライナーの姿では無い…」

スレイドの声が驚嘆の声を漏らすと、赤い武者が一気に距離を詰めてきた。黒い存在はその動作に気づくと、背後に跳躍して相手の距離を取る。動きが白い騎士よりも身軽で500メートル程の距離を一気に飛び越し、地面に着地した。

「貴様は何だ!?　本当に電脳将ウェブライナーか!?」

馬場の戸惑いの問いが聞こえると、黒い存在は堂々と高らかに名乗りを上げ始めた。

「俺は混沌」

黒い存在は右腕を再び天に向かって突き上げると、そのまま左腰方向に右手刀を振り下ろし、間髪入れず左手刀を右腰方向に振り下ろし、右腕を後ろに引く。黒い存在の前を手刀が横切ったせいで×マークが浮かび上がる。その中心を掴むように右腕をアッパーカットのように前に突きだし、拳を力強く握る。

「カオス」

ウェブスペースに1つの事件が起こった。絶体絶命のウェブライナーを救い、自らの使命を果たすため、ライナー波は恐るべき事を引き起こした。

ウェブライナーの中に新たに渡里祐司、スレイド・ラグーンのデータを取り込み彼らの力を発揮できるようウェブライナーをアップグレード、その体を1から作り直したのである。

新たに生まれた漆黒の巨人。人々の平和と幸せを守るため、彼らを陰から救うため混沌より遣わされた『混沌』。

その名は「ウェブライナー・カオスフォーム」。

今、ウェブスペースに再び激震が走った。

同日、午後7時35分、ウェブスペース、大砂漠地帯。

「何が『混沌』だ！　姿を変えたくらいでな、粋がっているんじゃねえ！」

馬場の咆哮と共に赤い武者は突っ込んでくる。2本の光剣をカオスフォームの胸の装甲に突き立てるが、まるで光が飲み込まれていくように刃の部分が黒い装甲に吸い込まれていく。

「何だ!?」

「どうやら、黒い巨人にエネルギー攻撃は利かないみたいだな？」

祐司とスレイドは自分の能力を確認するように呟くと、ウェブライナーを動かす。赤い武者の両手を上から叩くと、頭の位置が下がった赤い武者の頭部目がけて右膝蹴りを叩きつける。光剣をウェブライナーに置き去りにしたまま、赤い武者は宙を仰向けに吹き飛び、背中から砂地に落下する。

「ちくしょうがあ！」

馬場の怒りの叫びと共に再び砂を水のように地面に流し赤い武者は立ち上がる。

赤い武者は腰に付いた光の刃が飛び出す筒を握ろうとしたが、手を放す。

（どうやら、エネルギー系の攻撃は通用しないみたいだな。だったら、物理攻撃なら利くんじゃないか？　完全無欠なロボットなんて存在しねえ、何かに特化したら何かがおろそかになるはずだ。ましてや相手は祐司だ。拓磨と違って喧嘩も強くないただのオタク。操縦者が下手くそな今の状況はかえってチャンスかもしれないな）

馬場はウェブライナーを潰す戦略を立てると、コックピットにある目の前の液晶画面で「1」と書かれた番号を押す。

馬場は最初から1対1の勝負をしに来たわけではなかった。どんなことをしてもウェブライナーに勝つために準備をして来たのである。

その1つが別のロボットによる援護だった。砂の中に5体程ロボットが起動を待ち、待機している。レーダーで発見されたときは堂々と飛び出せば良いだけの話。数で圧倒というのは戦術の基本だ。

ウェブライナーの背後でゆっくりと砂が盛り上がる。赤い武者を見ているウェブライナーは背後の動きに気づかなかった。

「馬鹿が！　隙がありすぎだあ！」

馬場の声と同時に黒い鋼の日本刀を構え、ウェブライナーと同じくらいの大きさのロボットが砂地からロケットのように飛び出してくる。剣先はウェブライナーの背中、ちょうどライナーコアがある部分に向いている。完全に裏を取った急襲。作戦は成功するかと思えた。

「左にかわせ、祐司！」

突然の声に反応し、ウェブライナーは左に大きくステップを踏む。先ほどまで胸があった場所を剣先が通過、間一髪でウェブライナーは急襲を回避する。

「たっくんか!?」

「祐司！　良くやった！　何が起こったかまるでわからねえが、背後の警戒は俺とゼロアに任せろ！　ゼロ、システムの方はどうだ？」

「システム良好。完全に復帰した。周囲からライナー波の反応を他に４つ確認。センサーの感度も上がっている…。本当に何をやったんだ、祐司？」

馬場にとっては予想外だった。すっかり、操縦者にばかり気を取られていた。どうやら、中に乗っている他の奴らにもできることがあるらしい。

「一気に攻めろ！」

　策の失敗を挽回するように、馬場は怒鳴り散らすと、周囲の砂から一気に作務衣を着たような武士姿のロボット『疾風』が飛び出し刀を振り上げ、ウェブライナーに襲ってくる。

「背後の奴からやれ！」

「了解！」

　拓磨の指示に祐司とスレイドが答えると、ウェブライナーが動き出す。

　右回りで振り向き、右足を軸に左足の回し蹴りを相手の刀に向かって側面からたたき込み、相手の刀をへし折る。

　ウェブライナーはそのまま、左方向から来た『疾風』の刀を白刃取りで受け止めると、そのまま相手の両手に移動させ、他の2本刀の背後からの振り下ろしを敵の刀を横にして受け止める。

　素早く流れるような動きで敵の一斉攻撃をかわしたが、そこで拓磨は気づいた。

　ロボットが1体足りない。

　拓磨はそのロボットを発見した。赤い武者に日本刀を放り投げ渡していた。

「そのまま押さえてろ！」

　馬場の雄叫びと共にウェブライナーに向かって突っ込んでくる。逃げだそうにもロボット達の力が強く、離れることができない。無理に離れようものならそのまま2体のロボットの刀に切られる。しかし、このまま待っていれば赤いロボットに串刺しにされる。

祐司とスレイドの判断は素早かった。力を抜くと、一気にロボット達から離れる。同時に止められていた刀が振り下ろされ、ウェブライナーの両胸に縦方向に溝ができる。中から血のように虹色の液体が溢れ出す。

「くっ！」

黒い巨人は砂の上を滑り、止まる。

「俺に串刺しにされるのは避けたか？　だが、どうやら物理攻撃は利くみたいだな。『混沌』というのはハッタリか？　武器も無く、手負いでどうやって俺に勝つ？」

馬場は事前の情報から分かっていた。巨大なロボットを修復するにはそれなりの施設が必要である。リベリオスの本部がその例だ。一方、ウェブライナーはまともな修理をせずに戦っていくことになる。

傷を受けたら大きく戦力をダウンするのだ。圧倒的な装備と数、明らかに勝機はこちらにある。いくら姿を変えようが無駄なあがきだ。

「俺は『混沌』」

「だからどうした？　混沌には勝てない。悔しかったら今の状況をどうにかしてみろ？」

馬場の挑発を無視して黒い巨人は足元の砂を一掴みすると天に向かって右手を突き上げる。すると急速に手の先に虹色の光を集まり、それを握りつぶす。光は雫となり、ウェブライナーの体に降り注ぐ。深い刀傷を負わされた溝にも光は落ちると、閃光と共に傷口が輝き、輝きが消えたときには装甲にできた溝が埋まっていた。

馬場は目の前で起きた出来事が訳が分からなかった。

装甲が一瞬で新品になった。

修理のような技術ではない。再生である。ロボットがやることではなく、生命体が行うべき行為をやってのけたのだ。しかもあり得ない速度で。

一体何なんだ、ウェブライナーっていうのは。

「何なんだよ、その力は…。邪魔なんだよ…、お前等がうざってえんだよ！　ウェブライナー!!」

心の中に得体の知れないウェブライナーへの恐怖が芽生えていた。その恐怖を打ち消すには叫ぶしかなかった。大声を張り上げ赤い武者を駆り立てウェブライナーに戦いを挑んでいく。

「ゼロ！　何か武器は無いのか!?　いくら何でも長期戦になるとこちらが不利だぞ！」

拓磨は冷静に状況を判断し、ゼロに指示を出す。いくら、再生能力が異常でビーム攻撃が利かないとしてもこのままでは数の差で袋だたきにされる。こちらから攻撃をしかけなければ為す術もなく、馬場の勢いに負ける。祐司やスレイドが使える武器が必要だった。

「白い巨人の武器やビーム兵器は全部使えない！」

「じゃあ、黒い巨人専用の武器とか無いのか!?」

今までの武器が使えないなら、新しい武器があって欲しい。それが無理だったら敵から武器を奪い取って戦うしかない。

「それは無いけど、武器じゃないが使える物なら1つある。何だこれは？『連結変換針』って書いてある。『修復』のカテゴリに入っているから、たぶんウェブライナーの体を修復するものだと思うけど」

「これ以上回復してどうするんだ！　さっき直したばかりだぞ！」

「知らないよ！　これしか無いんだ。どうなってるんだよ！」

目の前から来る黒い斬撃を回避しながら、揺れる部屋の中で拓磨とゼロアの怒鳴り合いが続いた。

この黒い巨人は防御面に関しては異常なまでに特化している。

急速な再生修復能力。エネルギー攻撃無効の装甲。

だが、攻撃面に関しては皆無と言っても良い。ハルバードやビームが使えず、唯一使えるのは回復用の道具だけ。

もしかして、黒い巨人は回復しかできないのか？

敵味方にかまわず、黒い巨人はまさに『混沌』だった。全てが意味不明で理解できない。

「何でも良い！　そいつを使わせろ！　あるだけマシだ！」

もう拓磨は半分ヤケクソで叫んでいた。

「分かった！　祐司、スレイド。道具を送る！　腹から出るみたいだから、受け取ってくれ！」

「了解！」

祐司とスレイドの声が響くと、突然黒い巨人のひび割れた目が周囲に向かって赤い光を振りまく。それだけでは無かった、ウェブライナーの装甲と隙間にある黒い人工筋肉が赤く変色すると、肉を突き破るように赤い光が四方八方に飛び出し、光に触れた地面を真っ黒に染め上げる。その光に1体のロボットが触れたが、耳をつんざくようなアラート音が響くと内部から爆発し、破片を周囲に振りまいた。

馬場の画面には『ライナーコア過負荷により暴走』と現れた。つまり、放たれている赤い光は膨大なエネルギーの塊である。馬場は危険を知り、ウェブライナーから離れた。

すると、ウェブライナーの腹にある∞マークが金色に輝く。そして、∞の2つの輪の中から白い筒のような物がゆっくりと前方に浮き上がった。ウェブライナーは叩り声と共に腹の2本の筒を掴むとゆっくりと引き抜く。

現れたのは黒い稲妻と赤い稲妻をそれぞれ走らせる、赤と黒の針だった。

黒い針はカオスフォームの全長の半分程の長さであり、赤い針に至っては黒い針の半分の長さである。

腹から引き抜いた黒い針をウェブライナーは天に掲げ、叫んだ。

「『カオス・トランサー』！」

「何だ、俺の真似か？　所詮エネルギーブレードだろ？　びびらせやがって。ネタはもう終わりだろ！」

馬場はツッコミを入れると、再び襲いかかってくる。

だが、道具を手に入れたカオスフォームは今までとはまるで違った。まず、先頭を突っ込んできたロボットの振り下ろされた刀を、右手の黒い針で横に払うとすかさず左手の赤い針を相手の右脇腹に突き刺す。

ロボットは一瞬、痙攣したようにしびれると目の光と胸のライナーコアが輝きを失い力なくその場に倒れた。

次に左側面からの右から払う横切りを、左手の赤い針をロボットから引き抜き垂直に立てて受け止めると、右手の黒い針を相手の胸のライナーコア目がけて突き刺す。コアを刺されたロボットはアラート音を放つと、内側から木葉微塵に爆発し、ロボットの破片がそこら中に飛び散る。

間髪入れず4体目が襲ってくる。刀身を真っ直ぐ前に向けた突きの突進だ。ウェブライナーは右手の黒い針をアンダースローで放り投げる。突進の勢いがついたロボットは避けることができず胸を黒い針で貫かれた。ウェブライナーは軽く跳躍し右手で赤い針の柄を握ると、黒い針の柄頭目がけて赤い針を掌で押し込む。すると、2つの柄が1つになり黒い針が赤い稲妻を帯びる。ウェブライナーは長さが2倍になった柄を握り直すとそのままさらに押し込む。

ロボットの体の針の触れた周りが虹色の光に変わっていき、ウェブライナーは針を一気に引き抜く。すると、まるで積み木が崩れるようにロボットの体が虹色の光となり分解され空気と一体化する。

「恐ろしい道具だ…」

ゼロアは突如現れた2本の針の性能に度肝を抜かれていた。

黒い針はおそらく相手にエネルギーを与える針。だから、貫かれた相手は容量オーバーで爆発した。

赤い針はおそらく、エネルギーを吸い取る針。だから、貫かれた相手はエネルギーを急激に吸われ、機能停止に追い込まれその場に倒れた。

そして2つを連結させたら、相手を光にする…つまりライナー波に変換する針。

確かに武器では無い。どれもが自分を回復させることに使用できる性能だ。

だが、武器では無いが下手な武器より恐ろしい道具だ。

しかもそれを使っている操縦者の技が凄まじい。まるで剣を扱うように2本の針を扱い、攻防揃って隙がない。

スレイドの剣術と祐司のライナー波に対する能力が融合した黒い巨人。これほど頼もしいとは思わなかった。

最後に残った2体のロボットに向けて、ウェブライナーは視線を送る。戦況がいつの間にか劣勢に追い込まれていることに、焦りを感じた馬場はもう1体のロボットから刀を奪い取ると、突撃命令を出し『疾風』を無装備で突っ込ませる。

当然、『疾風』はカオス・トランサーの餌食となった。だが、操縦者のスレイドはその行動に作為的なものを感じると、連結していた赤い針を素早く引き抜き分離させる。

予感は的中した。赤い武者が『疾風』の頭の上を飛び越えると2本の長刀を振り下ろす。その2本の針を横にしてカオスフォームは器用に受け止める。

下でライナー波に分解されていく『疾風』を踏みつけるようにして乗ると、ウェブライナーに向かって2本の刀先を向けて突っ込んでくる。

ウェブライナーは内から外に払うように針を動かし、突きを崩され一瞬無防備になった赤い武者の腹に素早く右前蹴りを入れる。さらに右足でそのまま地面を蹴り跳躍すると、右回転をしながら回し蹴りを赤い武者の右頬に直撃させる。全長100メートルの巨人とは思えない機動性であった。

何が起こったのか、理解する間もなく赤い武者は顔の装甲を破壊されると、そのまま地面を滑走し砂煙を巻き上げ、砂を胴体に浴びながら地面に大の字になる。

「馬鹿な…！　たかがオタクがこんなに強いわけがねえ！」

「馬場達也、貴様どこでバレルの武術を覚えた!?」

スレイドが単独で馬場に問いただす。

その時、ウェブライナーの中にいるもう1人がスレイドだと馬場は悟った。

「そうか…スレイド・ラグーン！　貴様が剣術を…！」

「バレルの剣術は長い間、あいつが日々研鑽に励み習得してきたものだ。一朝一夕で真似ることができるものではない。なぜ、一般人であるお前がその武術を扱える？」

スレイドは目の前の赤い武者の攻撃の間合いや攻めの頻度や防御を極力廃した戦闘パ

ターンから、バレルの剣術であることに気づいた。何度も手合わせした相手、ましてや古くから親交のあったバレルの動きは忘れたくてもできないものだった。

「時代は変わったんだよ。今ではデータさえあれば本人の動きを真似られる時代だ！　お前は一度もバレルに勝ったことが無いんだろ!?　だったら、お前に勝ち目はねえ！」

赤い武者は再び立ち上がると、刀を振り回しウェブライナーに襲いかかってくる。

赤い武者は左手の刀で振り上げを行うが、ウェブライナーが右手の赤い針で上から押さえつけるように受け止める。

赤い武者はさらに右手の刀でライナーコアを目がけて突きを行うが、カオスフォームは黒い針を外側から内側へ押すようにして針の表面で刀身を滑らせ刀をかわす。相手の胸に突き立てると想定し体を傾けていた赤い武者は刀を滑らされたことで体勢が崩れる。

ウェブライナーは右脇へ崩れるように倒れ込んできた赤い武者の腹部目がけて強烈な右膝蹴りを入れる。

衝撃は内部へ伝わったようで、馬場の息を止めるような声が聞こえる。赤い武者はよろけながらウェブライナーから離れ、片膝を砂に突いてしまう。

「ちくしょう！　何で当たらない？　てめえはバレルに勝てねえはずだろ！」

馬場は叫び散らしながら、再びウェブライナーに向かってくる。

右手の刀を振りかぶり、左から右へウェブライナーの頭部目がけて横切りをする。ウェブライナーはその攻撃を腰を落とし、しゃがむことでかわす。

だが、赤い武者はそれを予測していたように左手の刀をしゃがんだ黒い巨人の頭部目がけて突き刺す。だがウェブライナーは手首のスナップをきかせて素早く刀を打ち落とすように右手の赤い針で刀身を叩く。勢いが強すぎて刀先の向きが変わり黒い巨人の足先の地面に刀が突き刺さる。

「終わりだああ！」

赤い武者は横切りで振り切った刀の向きを変え、右から左に向かって横切りを繰り出す。通過地点にはウェブライナーの胴体があり、当たれば真っ二つにされそうな勢いだった。しかし、ウェブライナーは左手の黒い針を立てて受け止めたと同時に右手の短い赤い針を赤い武者の胸目がけて突き刺す。

「ああ…終わりだ」

スレイドの声が低く響くと、ウェブライナーは左手の黒い針を逆手に持ち、赤い針の柄頭目がけて叩きつける。2つの針が再び、一体となり黒い針に赤い稲妻が宿り、触れた部分から虹色の光を発生させていく。馬場が苦しそうに武者の中から悲鳴を上げる。

「ちくしょう！　何でだ!?　何で勝てない！」

「確かに貴様の剣技はバレルのものだ。だが、お前はバレルではない！　あいつの剣術はあいつが使ってこそ生きてくる！　いくらデータで誤魔化しても、それだけは模倣できなかったようだな！」

スレイドは当然のことのように叫ぶとカオス・トランサーをさらに押し込む。馬場の悲鳴がさらに強くなる。

「俺は英雄になるんだ！　てめえらなんかに邪魔されてたまるか！　俺は負けねえ。正義は俺にあるんだ!!」

赤い武者はウェブライナーのライナーコアを殴り壊そうと必死に手を動かそうとしたが、赤い武者の体は痙攣を起こしたように震えてまともに動かなかった。

「それがお前の正義か!?　俺たちの正義は人々を守ることだ！　俺たちは彼らのために絶対に負けられない！　この勝負、俺たちの勝ちだ！」

祐司とスレイドの声が一体となり、さらに強くカオス・トランサーを押しこむ。完全に胸部を貫き、背中まで黒い針身が飛び出ていた。すでに赤い武者の胴体は完全に光り輝いている。

「さらばだ！　馬場達也!!」

ウェブライナーは一気にカオス・トランサーを抜きながら2本に分離させると、腹の∞マークの輪の中に針をしまい込む。まるで刀を鞘に納めるような行動だった。その瞬間、馬場の絶叫と共に赤い武者は虹色の光をまき散らしながら消え去る。赤い武者と馬場達也はライナー波に分解され、ウェブスペースの空気へと消えていった。

辺りにはまるで最初から争いなど無かったかのように静寂が満ちている。ウェブライナーの姿は胸から突然赤い光を放り包まれると、光が消えた頃には白い騎士へと戻っていた。胸のコアと両目も紫色に輝いている。

戦いは終わった。ウェブライナーの変化によって、祐司とスレイドの参入によって。
だが、そこにあったのは何も感じられない空虚な気持ちと何も感じたくない空しい感情だった。

ウェブライナーの乗組員は1分程沈黙していると、スレイドが話を切り出す。

「ゼロア殿、不動殿。色々お手数をおかけして申し訳ありませんでした」

「いいや、スレイド。今回は君に助けられたよ、それから祐司。君もだ」

ゼロアの言葉に祐司は反応しなかった。

「祐司、大丈夫か？」

心配になり、拓磨が語りかける。

「たっくん…俺、人を殺しちゃったよ…」

祐司の反応にその場が再び沈黙に戻る。祐司の答えにどのように返して良いか全員が分からなかった。先ほど別人のように勇ましかった祐司も、急に拓磨達が知っている彼に戻り拓磨は確信した。

先ほどの祐司はスレイドと一体化したような存在なのだろう。性格もスレイドの性格が移り、勇ましくなった。決して祐司が変貌したわけでないのだ。

「祐司、馬場はもう戻れなかったんだ。完全にライナー波に取り込まれ欲望が暴走していたし、あのままでは他人を巻き込む危険性があった。犠牲が出てからでは遅いだろ？　今回は友喜も助けられたし、馬場に捕らわれていた人たちもおそらく今は治療を受けている。

全ては解決だ。君は今回の最大の功労者なんだ。あまり自分を責めないでくれ」

ゼロアが祐司をフォローしようと声をかけたが、祐司は何も返事をしない。

「やっぱり…慣れるしかないんかな？」

「それは違う。祐司、慣れては駄目だ」

祐司の発言に拓磨は素早く返した。

「慣れては駄目？　どういうこと？」

「俺は正直、お前が今の状態でホッとしている。誰だって罪を犯したら、お前みたいになるのが普通だ。これからも奴らと戦っていく中でこんなことは起こるだろう。けどな、祐司。絶対に慣れては駄目だ。慣れて、こんな戦いが普通になり罪を犯すことに何も感じなくなったら…」

「なったら？」

「俺たちはウェブライナーに乗る資格なんて無いだろうな。それこそ、力を持つ資格なんてないのかも知れない」

拓磨は心から溢れた言葉を呟く。まるで自分自身に言い聞かせているように。

祐司は拓磨の言葉を噛みしめるように黙り込んだ。

「…そうだよね。俺、これからも悩むよ。強くなっていきたいけど、これからも悩み続ける」

「それで良い、祐司。俺も悩み続ける。これからはより一層協力していかなきゃいけないからな。色々頼りにしているぞ」

「任せてよ。俺の方こそ、町の人たちを守っていけるように努力していく。これでアニメを見る時間は減っちゃうかも知れないけどね…」

その場を包んでいた重い空気にようやく笑いが宿った。共に1つの目的に向かうという喜び。

2人の高校生は改めて友情を誓い合い、リベリオスと戦うことを決意した。

それを微笑ましく側から見つめているのは遠い星から来た2人の宇宙人。

その場の全員にとって未来は不思議と明るく思えた。


同日、戦闘終了後、ウェブスペース、リベリオス本部、司令室。

司令室は水を打ったように静まりかえっていた。全員、モニターの映像で起きた出来事が今でも信じられないように黙り込んでいる。

馬場と連絡した後、画面のノイズはすぐに回復した。そして、見たのだ。

黒い巨人、『混沌』を。その圧倒的な力で馬場達を殲滅したのを見ていて、声を出した者は1人もいなかった。

「大将、あれはかなりヤバくねえか?」

「ああ、かなりマズい存在だな」

ザイオンの問いかけにラインは苦虫を噛みつぶしたように答える。

はっきり言って、予想を上回りすぎていた。

奇跡的に勝つならまだ分かる。新しい姿に変身するなんて誰が考える？　それもロボットが生命体のような再生能力を持ってしまった。おまけにオリジナルの強力な道具まで付いている。

もはや、ラインから笑顔は消えていた。恐ろしいことが考えられるからである。

（もし、この進化がまだ始まりに過ぎなかったとしたら？）

もはや研究どころではない。一刻も早い対策が必要になった。

「リリーナ。キョウに連絡を頼む。『任務終了次第、至急こちらに戻ってくるように』と」

リリーナは急いで部屋から飛び出していく。

「マスター・シヴァ、大佐に通信をお願いできますか？　現状報告と結果を確認して下さい」

「分かった」

シヴァは風と共に部屋から消える。

「ザイオン、スレイドが脱走した部屋を確認してきてくれ。ただ、急げ。すぐにこの地を離れる。スレイドがこっちの場所をゼロアに報告するかもしれないからな」

「5分で戻る」

「3分だ。急いで行動しろ」

ラインの命令にザイオンはため息を吐くと、シヴァと同じように消えた。

「バレル、あの巨人をどう思う?」

「間違いなくスレイドが乗っています。あの剣術は奴のものです」

「スレイドにあんな再生の力はあったか?」

「無いなあ。わしが調べたときはそんなの無かったぞ?」

アルフレッドが目の前のモニターの画面をキーボードを叩いて切り替え続けながら、きっぱりと答える。

「ということはやはり奴の契約者か…」

「しかし、ウェブライナーに乗れる地球人が何人もいるものでしょうか? そもそも、今のウェブライナーはまるで生き物では?」

バレルの言葉にラインは口元に手を当て、しばらく思考に耽ると再びモニターに視線を送った。彼の目の前には黒い巨人がこちらを睨みつけている。

「師よ」

「言いたいことは分かっている。すぐに解析を進める。お前は自分のやるべきことを進めろ」

アルフレッドはすぐにキーボードを叩き始めた。

「お手数をおかけします。バレル、少し話がある。付いてきてくれるか?」

「はい。一体どちらに?」

「ザイオンのところだ」

　2人は司令室を後にすると、ランプで彩られた廊下を進み、エレベーターへと向かった。

「ライン様、お聞きしたいことがあるのですが？」

「ん？」

　背後から尋ねられた言葉にラインは声だけで応える。

「本当に馬場達也を同志に引き入れるようと考えていたのですが？」

「もちろんだ。彼を地球人の同志として招き入れようとしていた。何かおかしいか？」

「いえ…ならば、大変無礼な質問をしてしまい申し訳ありません」

　廊下の突き当たりにエレベーター入り口が見えてくる。ラインはボタンを押すと、しばらく入り口が開くことを待った。

「『無礼』？　悪い、言葉の意味が分からないんだが」

「ライン様がその……同志である馬場の死を悲しんでおられるのを察することができず、不躾な質問をしてしまったことを詫びたのですが」

「悲しむ？　何で馬場の死を悲しむ必要がある？」

　ラインは笑いながら、甲高い音とともに目の前に到着したエレベーターの中に乗り込む。バレルもその隣に同乗する。

「えっ？　馬場は同志だったんですよね？」

「ああ、『地球人』の同志だ。何であいつらの死を悔やむ必要がある？　お前が死んだなら3日続けて号泣する自信があるが」

バレルはラインの考えがまるで分からなかった。

同志にも悲しむべきものと空気のような存在がいるのだろうか？　すでにラインの配下になって長い時が経つが、目の前の総司令官の考えは自分の理解を超える部分があった。それがどこか惹き付けられるラインの魅力でもあり、恐ろしくて抵抗することを失う彼の底知れぬ恐怖であった。

「もしかして……馬場は最初から使い捨てで？」

「もちろんだ。ただ、『英雄になりたい』とか言ったから私が命名した『神風』をプレゼントしてやった。見事に期待通りの行動を起こしてくれたよ。黒い巨人とかいう存在が無ければ傑作だったんだがな」

ラインは悔しがりながら、床を爪先で軽く蹴った。

「何で『神風』などという名前を付けたんですか？」

「おっ？　勉強不足だぞ、バレル。『神風特攻隊』って知らないか？　現実世界の日本という国が戦時中、飛行機ごと敵戦艦に突っ込んでいった英雄達のことだ。英雄になりたいあいつにはぴったりじゃないか？　見事に散ってくれたよ。だが悪いなバレル。あいつの名前は明日にも忘れそうだ。面倒だから今度からあだ名で『英雄』って呼んで良いか？」

（これが英雄を目指した者の末路というものだろうか？）

バレルは嬉々として笑うラインのそばで馬場のことを考え始めていた。

最初に馬場と出会ったのは病院の一室だった。奴は全身が包帯でぐるぐる巻きにされて、ベッドの上で泣きわめいていた。

突然携帯電話に現れた私のことを映像の一部とでも思うかのように、呪いの言葉を吐き続けていた。

自らの趣味のせいでコケにされてきた自分。そのせいで迫害を受け続けてきた人生。親には見放され、友人には近づくことすら許されず、不良にはサンドバッグのような扱いを受け続ける日々。やっとなれた教師という職業でも自分を好む者は教師も生徒も保護者も誰1人としていないという現実。

聞けば聞く程散々たるものだった。こちらの気が滅入る程に。

もちろん、奴のことは最初から利用するつもりだった。現実世界で利用する駒が欲しかったのだ。別に奴の事情など知ったことではない。

私の誘いにもすぐ乗った。ライナー波への適応能力はかなり高く、ライナー波の支配にも抵抗力があり自我を保てていた。それからこちらの命令を喜ぶように聞いて実行した。まるで犬だ。飼い主に忠実で素直に行動してくれる扱いやすい奴。

最終的に奴の心にあったのは人に認めて貰いたい、そのために特別な存在になりたいという英雄願望。それが暴走し、自我が保てなくなりそれを利用されあっけなく死んだ。

馬鹿な奴、哀れな奴。この言葉は確かにあいつにはお似合いかも知れない。

だが、馬鹿には馬鹿なりの、哀れには哀れなりの生き方があるのではないだろうか？

奴のような存在にならないと誰が言い切れるだろう。英雄願望など多くの人の心にある。

むろん、私の心にも。誰しもが馬場のような馬鹿で哀れな奴になる可能性があるのだ。

では私と奴の違いは何か？　ライン様は馬場を切り捨て、私を重宝してくれる。この違いは一体何だ？

剣術に優れているから？　長年リベリオスの一員としてやってきたから？

もちろん、それもあるだろう。だが根本的な事は単純だと思う。

私が、フォイン星の者だからだ。

ライン様はおそらく、そのことを基準に扱いを分けている。それも徹底的に。異常者である私から見ても異常であると感じる程に。

特にウェブスペースで活動するようになってからその動きは顕著だ。昔はそれなりに相容れぬ者に理解を示していたが、今となっては自らの考えに盲信にしている。

そのおかげで今のリベリオスが成り立っているわけだが、時々落ち着かない気持ちになるのはそのせいかもしれない。

バレルの中に数日前、監獄でシヴァに言われた言葉が甦ってくる。


『バレル、お前の正義は他人に胸を張って言えることなのか？』

（マスター、あなたの仰りたいことが今なら少しですが分かる気がします。ですが、私はもう決めたのです。自らの目的のために行動し、そのためには人としての心を捨てると）

思えば、スレイドはいつも人として一線を越えることはしていなかった。それが奴の甘さであり、敗因であった。

近いうちにまた、スレイドや彼の契約者と戦うことになるだろう。

（また私が勝つことになる。何度やっても同じだ。だが、その次は無い。確実に勝負を付けてやるぞ、スレイド）

バレルは心の中で楔（くさび）のように自分自身に決意を打ち付けると、自然と拳を握り締めた。

２人を乗せたエレベーターは甲高い音と共に停止し、ゆっくりと扉が開く。

無数の牢が壁に張り巡らされ、地面が泥で覆われた監獄部屋。すでに捕らわれている者は誰もいない。

スレイドが最近まで投獄されていた檻の前でザイオンはしゃがみ込みながら手を動かしていた。

「成果はどうだ？」

ラインはまっすぐ進み、ザイオンの背後に歩み寄る。バレルもその後に付いていく。

「自力で脱出は無理だな、大将。穴を掘った形跡も無いし、牢の鍵は制御室から電子錠が掛かっている。脱出しようとしても、エレベーター前のカメラが激写。たちまち警備の怪物達が送り込まれる」

「だがあいつはここを出られた。一体どうしてだ？」

ザイオンの説明にバレルは質問を挟む。

「あんた、俺の説明聞いてなかったか？　『自力』じゃ無理って言ったんだ。つまり？」

ザイオンは馬鹿を見るように笑い声を漏らしながら、ラインに答えを求める。

「脱出するための協力者がいた。そういうことだな？」

「さすが大将。ハゲとは大違いだ」

バレルはザイオンを睨みつけたが、ザイオンは両手を上げて降参のポーズを取った。

「待って下さい。それではリベリオス内部に裏切り者がいるということですか？」

身内に裏切り者。その考えはあらゆる信頼を壊し、疑いの種を同志の心に撒く。反逆者が捕まるまで、誰1人としてまともに信用できなくなる。下手な作戦よりも効果的な戦術だった。

「それしか考えられないだろう？　そいつは制御室からスレイドの檻を開け、監視カメラを無効化。万が一に備えてライナーモンスターの警備配置をこの部屋から一掃した。見事見事、敵ながら拍手ものだよ」

ザイオンの説明にラインは口を開いた。

「そこまでもう調べたのなら、もう証拠は出ているんじゃないか？　ザイオン」

「残念ながら、大将。痕跡が1つも無いんだ、俺も驚いたよ。制御室に行くのだって、極厚な警備をくぐり抜けなければいけないのにまるで空気みたいにスーッて突破。まさに超人技だな。そういや…超人って言えばリベリオスにも1人いたよ〜な」

ザイオンのわざとらしいセリフにバレルはその意図を察知すると、怒鳴りつけた。確かにその人物はフォインの生ける伝説である。しかし、とてもありえないことだった。少なくともバレルは信じたくはなかった。

「馬鹿か！　貴様は、マスター・シヴァを疑っているのか!?　自分の師を疑うとは、身の程知らずにも程がある！　あの人に全てを教えて貰った恩義を忘れたのか!?」

「だって、マスターなら何したっておかしくないし。あの人なら、素手でウェブライナーぶちのめすことだって夢でも何でも無い。なあ、大将？」

ザイオンは笑いながらバレルの怒鳴り声をフード越しに耳を塞いで防ぐと、ラインに話をふる。

ラインはしばらく答えを出さなかった。口元を手で隠しながら考え込む。

（ありえない、ありえてはいけない。きっと、ザイオンの戯れ言に決まっている）

シヴァは武術の世界において知らぬ者がいないほどの存在であり、バレルにとっても憧れの1人である。武術的な強さもそうであるが、人間的にも卓越しており彼の指導を受けたいという者は後を絶たなかった。

一時期、年齢的な問題という理由から世俗から離れ山に引きこもっていたが、再び戻ってきたときは歓喜したものである。ましてや共に戦えるとあっては、バレルにとってこれ以上の喜びは無かった。

バレルは希望にすがりつくようにラインの答えを待った。

「ザイオン、マスターの監視を頼む。お前なら弟子という立場もあって監視はスムーズにいくだろう？」

「仰せのままに」

ザイオンは手を回し、仰々しく一礼するとエレベーターへと向かっていった。

「待て、ザイ…！」

「止めるな、バレル」

ザイオンを止めようとしたバレルを一喝すると、ラインはエレベーターに入っていくザイオンを見送った。エレベーターがゆっくりと上昇していくとバレルはラインを向いて話し出す。目から炎が噴き出しそうなほどの勢いだった。

「何を考えているんですか、ライン様。よりにもよって疑っているのはマスターですよ？　ザイオンの戯言（ざれごと）を信じるというのですか？」

「お前もザイオンの言葉は否定できないだろう？　マスターなら何でもやりかねない。確かにあの人は味方にするとてつもなく強力な存在だ。だからこそ、敵にしたときのリスクは常に考えておく必要がある。今回の対応は最悪の事態を防ぐための一手だ」

ラインのなだめるような説明に納得しかけている自分がいた。その自分がバレルは無性に許せなかった。

「ですが…！」

「それに、あの人はウェブライナーのガーディアンだ。ゼロア、スレイド。ガーディアンは今までウェブライナーに近づき強大な力を得ている。今のウェブライナーにさらに力を与えるのは危険だ。これ以上、あの巨人を化け物にしてどうする？」

バレルはラインの発言を何1つ否定できなかった。拳を震わせると、悔しそうに歯を食いしばっている。

そんなバレルを見て、ラインは冷たく言い放つ。

「バレル、お前はしばらく居住区で謹慎だ。一歩も外に出ることは許さん。理由は分かっているな？」

「………今回のウェブライナーの責任ですね？」

「それと、お前の頭を冷やすためだ。今のお前は私情を入れすぎている。まあ、私も人のことを言えた義理ではないけどな。師も言っていたがお前はやはり優しすぎるのかもしれない。いつかそのせいで命を落とさないことを祈っているぞ」

ラインはエレベーターへ向かおうとして、通り過ぎるときにバレルの肩に優しく手を置き、呟く。

「すまないな、バレル」

悲しそうな声と共にラインはエレベーターの方へと向かっていった。バレルは背後を歩いていくラインの姿を振り向くこと無く、じっと地面の泥を見つめていた。

背後でエレベーターが動く音が耳に聞こえる。だが、バレルにとってそんなこと気にも留めなかった。

そんなことより重要なことが心の中を生き物のように動き回る。

俺が…優しすぎる?

つまり、俺はスレイドのように心を捨て切れていないということか?

俺とあいつは同じだということなのか?

そんなはずはない。俺が今まで奴に勝ててきたのは心を捨て、剣術に全てを注いできたからだ。雑念を払い、一切合切を剣に賭けてきた。そのはずなのだ。

もし、俺があいつと同じだというなら…なぜ俺は勝ってきたんだ?

バレルは疑問に頭から押さえつけられるようにふらつきながら、エレベーターへと向かっていった。

その疑問が彼をこれから悩ませ続けることになるとは、バレルはこの時思いもしなかった。


同日、午後8時00分、渡里家、2階。

巨大な移動式収納棚とそこに収まる数々のDVD、漫画雑誌で雑然と散らかっている祐司の部屋。すっかり日も暮れ、物音1つ立たず暗闇が足元に絨毯のように敷かれた部屋に突如光の渦ができると拓磨と祐司はその中から出てきた。

「すっかり真っ暗だな。あれ、俺の携帯電話は?」

「たっくん、あの携帯電話を置いていくのはさすがに危険だよ。誰かに使われたらどうするの？　俺みたいに」

暗闇の中、ウェブスペースに移動する際に床に置いてきた携帯電話を探す拓磨を祐司が側から注意した。

「そうだな、後でゼロアに言ってみよう。携帯電話を改良してくれるかもしれない」

「この部屋からウェブスペースに行ったから、たぶんそこらへんに転がっていると思うけど。あっ、ほらあった」

祐司は床に手を伸ばし、どこからともなく折りたたみ式携帯電話を手に持つと拓磨に渡した。

何気なく携帯電話を見つけ出したその視力に拓磨はただ驚くばかりだった。

「よく見えたな？　俺なんか何があるのかさっぱり分からねえぞ？」

「どうやら視力が良くなったみたい。これでさらにビデオ鑑賞がはかどるというものだね」

大いなる力を手に入れたにも関わらず、祐司はそのことにあまり関心が無いようだった。どうやら、彼にとっては争いよりも日常の出来事の方が大切らしい。

祐司らしいと言ってはそれまでだが、少なくともこの調子なら力による暴走など起こることはないだろう。

「さてと、問題は友喜だな。祐司、覚悟しろよ。あいつに質問攻めにされるからな」

「それは勘弁だなあ…」

2人は部屋を出たとき、ドアの隙間から廊下を確認した。ライトは点いているものの友喜の姿はどこにも見えなかった。

どうやら2階にはいないらしい。2人は部屋を出ると、廊下を歩き階段へと向かった。

「俺は先に帰るかな。叔父さんと叔母さんに色々話さなきゃいけないこともあるし」

「えっ!? そりゃずるいよ。ウェブスペースのことなんてどう説明すれば良いの? それに馬場のことも」

「こういうのはお前の方が得意だろ?」

「ただのオタクの趣味だと勘違いされるよ! たっくんが経験長いんだから説明するべきだろ!」

2人は小声で説明の押しつけあいをしながらゆっくりと階段を下りていく。

1階の廊下は半分暗く、半分明るかった。廊下にライトは点いていないものの、キッチンの方から光が漏れているせいで地面の落ちているホコリまでよく見える。

どうやら、誰かがキッチンにいるらしい。話し声もせずに黙っているのは違和感があるが。

2人は廊下に降り立つとキッチンの方を見た。

「どうやら俺は邪魔になりそうだから、後はよろしく」

拓磨はこれから起こる出来事を予知したようにすかさず去ろうとする。

「あっ! ちょっと、たっくん!」

　拓磨を捕まえようと、祐司が移動すると足音が大きく響き渡る。その音を聞きつけたようにキッチンから音が。いきなり廊下のライトが点灯、同時にドアが開く。

　そこには泣き腫らした顔の友喜と彼女より一回り大きい葵が驚いた表情で立っていた。

　どうやら、２人のことを心配で泣いていたのだろう。

「良かった…２人とも無事だった…！」

「ええと、いやその…あっ！」

　目から大粒の涙をこぼし、眼鏡を濡らしながら泣いて喜んでいる友喜の反応に祐司が困っていた。服は葵の古着を着ている。その時、拓磨はすでに靴を履き、家から出ようとしていた。

「ちょっと！　一体、祐司と何をしていたの!?」

　葵が大声で拓磨を呼び止める。

（なんと、友喜から何も聞いていないのだろうか？　さすがに泣いている相手にそこまで追及しようとは思わなかったらしい）

「葵、安心しろ。祐司が全部説明してくれる。友喜、今回一番頑張ったのは祐司だ。手料理でもやってねぎらってやってくれ。今日は有頂天でも問題ないぞ？　それから、病院への連絡も忘れるな？　一応友喜は患者だからな」

　拓磨は笑いながら、２人に言葉をかけるとそのままドアを閉じ、そそくさと正面の不動ベーカリーへと戻っていった。

はっきり言うと、友喜達への説明よりもっと難関なことが待ち受けていたのである。

拓磨が知る限り、最も恐ろしい生き物『喜美子』。彼女へどのように説明すれば良いだろうか？　おまけにしばらく家に帰っていないのである。食事もまともにありつけていない。おそらく、怒りも最高潮で話そうにもまともに取り合ってくれないかもしれない。

リベリオスとの戦いを考えれば、今後このような状況になることは想定できる。いずれは話さなければいけないのだ。黙ったままではいられない。

「拓磨、大丈夫かい？」

胸ポケットの携帯電話からゼロアの声が響いた。

「大丈夫じゃない。はっきり言って馬場の100倍くらい怖い。叔母さんは稲歌町飲食業界のボスみたいな人だからな。凄まじく広い顔とコネを持っていて、関わっていないものを見つけるのが難しいくらいだ」

「君がそれほど恐れるとは相当だね」

「なに他人事のように言っているんだ？　お前が説明するんだぞ？」

拓磨の発言にゼロアは息の詰まるような音を立てた。

「うえっ!?　わ、私が!?」

「俺がいくら言っても証拠を見せない限り、叔母さんは信じてくれない。本当はウェブスペースに連れて行ければいいんだが危険が大きすぎる。お前の姿を見せれば、少なくとも証明にはなるだろう。そしてお前が話すんだ。色々まとめて全部だ」

「わ、私は科学者であって…説得には自信がないんだが」

「論文発表とかで話したことはあるだろ？」

「私はいつも資料の準備とかだったんだが」

「だったら良い機会だ。死力を尽くせ。油断していたら息の根を止められるぞ？　今の叔母さんは最高に機嫌が悪い。確信できる」

　胸ポケットで震え、怯えるゼロアを無視して拓磨は裏路地を通り不動ベーカリーの裏に回る。そして扉の隙間から光が漏れる玄関にたどり着くと、ゆっくりとドアを開けようとした。

　鍵がかけられていた。

「動くな」

　拓磨の背後にドスの利いたオカンの声が。それと同時にドアが開き、叔父の信治が心配そうに玄関を開いた。

「拓磨、心配したぞ」

「貴様、今までどこで何をやっていた極悪人。正直に答えなければ整形手術だ。イケメンアイドルグループの１人として骨格から変えてやる！」

　叔父が光の影響もあり菩薩のように見え、背後の暗闇から怒りに燃える叔母を魔王のように感じた。

「叔母さん…それだけは勘弁してくれ」

「とにかくまずは夕食！　中に入る！」

拓磨は連行される受刑者のように中に入っていくと、廊下を進み台所へとたどり着く。テーブルの上には山盛りのカレーライスと山盛りのポテトサラダが拓磨の椅子の前に置かれていた。

「久しぶりの食事で、すげえ美味そうに見える…」

「ゴチャゴチャ言ってないで、早く座ってモグモグせい！」

独特の日本語を使い、エプロン姿の喜美子は水をコップに注ぎながら拓磨の前に置く。

拓磨は椅子に座るとモグモグとカレーライスとポテトサラダを食べ始める。

叔父と叔母はテーブルの向かい側に並んで座り、拓磨の食事を眺めている。

「拓磨、それで何があったんだ？　しばらく帰ってもこなかったじゃないか。やっぱり携帯電話を持ったほうが良いんじゃないか？」

「友喜ちゃんの飛び降り現場にいたらしいけど、何がどうなっているの？」

ようやく喜美子が普通のしゃべり方に戻ると、拓磨に質問をぶつけた。拓磨は一旦スプーンを置くと胸ポケットの紫色の携帯電話を開いてテーブルの上に置き、液晶画面を2人に見せる。

「実は…2人とも。俺は今宇宙からの侵略者と戦っているんだ。これは別の世界に行ける道具。白衣の男が見えるだろう？　名前はゼロアと言うんだ。彼のおかげで今の町の平和は守られている」

自分でも頭がおかしくなったような発言に耐えながら、拓磨は必死に言葉を選び2人に説明をする。

信治と喜美子は携帯電話の液晶画面をじっと見つめ、氷のように固まっている。携帯電話からも何も返答は来ない。ゼロアがどのような姿でいるのか、拓磨には分からなかった。

「拓磨、早く食べて2階に行きなさい。明日は学校でしょ？」

淡々と喜美子が携帯電話を見つめながら拓磨に指示をする。

「えっ!?　でも俺はまだ…」

「拓磨。少しばかり席を外してくれないか、頼む」

拓磨に一瞥しながら信治が念を押す。

拓磨は予想外の叔父と叔母の反応に驚きながら、夕食を急いで食べ終わるとキッチンを後にした。

(どうも変だ。おかしな言動をしていると分かっているはずなのに、2人の様子がまるで驚いた様子を見せていない。何でだ？)

あまりにも不自然な2人の様子がどうしても気になる。

そこで拓磨は行動を起こした。2階に行ったように足音を立てながら、階段のそばに隠れキッチンの様子を見つめた。

「お久しぶりです…お二方」

ゼロアの声が響いた。

（えっ？『久しぶり』？　ゼロアはこの家に偶然来たんじゃなかったのか？）

拓磨の疑問をよそにキッチンで会話が始まる。

「本当に久しぶりね。その顔、できれば二度と見たくは無かったわ」

「止めなさい、喜美子。彼にもどうしようもない出来事が起きてしまったんだ」

喜美子の敵意剥き出しの言い方を信治が隣でたしなめる。

信じられないことに叔父と叔母はゼロアと面識があるらしい。いつ、どこで出会ったのだろうか？

拓磨の理解を超えた出来事が数メートル離れたキッチンで起きていた。

「何であなたはこの人を庇うの？　この人達が勝手に始めた戦いで私たちがどれだけ被害を受けているか分かっているの!?」

喜美子の怒りがキッチンに響き渡った。

「…ただ謝ることしかできません」

「それで何？　今度は拓磨を巻き込むの!?　あの子はねえ、ただの人間なの！　普通に生きて生活してこの家を継ぐ夢もあるどこにでもいる高校生！　あの子を殺し合いに巻き込んで何がしたいの!?」

「地球の人々を守りたいんです」

「だったら、あなただけで守りなさいよ！　あんたたちの戦いでしょ！」

「彼の力が必要なんです！」

「知らないわよ、そんなこと！　出て行きなさいよ、今すぐ地球から！」

「出て行けば地球上全ての人類がライナー波で汚染され、地球人はこの世から消滅します!!　私に負けることは許されないんです！　だから、ご子息の力を借りたい！　皆さんの協力が必要なんです！」

「都合の良いことばかり言って…」

「いい加減にしなさい!!」

ゼロアと喜美子の口喧嘩に信治が終止符を打った。今まで聞いたことの無いような叔父の怒号。

途端にキッチン全体が静まりかえる。

「喜美子、ゼロアさんは我々を守ろうと頑張ってくれているんだ。同じ星の者に敵対して、我々の味方であろうとしてくれている。その彼に対してその言い方は何だ？　彼がいなければ我々はすでに死んでいたのかもしれないんだぞ？」

「わ…私はただ…拓磨のことが…あの子のことが心配で…」

泣き声のような声を出し体を震わせる喜美子の姿が見える。叔母の泣いた声なんて拓磨は初めて聞いた。今日はとにかく予想外が多すぎる一日だった。

「とにかく落ち着きなさい。ゼロアさん、妻が取り乱してしまい申し訳ありませんでした」

「いえ…私は罵倒されるべき立場なのです。我々のせいで地球の皆さんには迷惑をかけてしまっているわけですから」

「……拓磨がいれば、戦いには勝てますか？」

「正直に言います。戦況は限りなく劣勢です。しかし、彼と彼の友人の助けがあり何とか生きながらえている状況です」

会話を行う人が変わり、信治とゼロアの会話が始まった。お互いに冷静に落ち着きながら言葉を交わしている。この時の叔父の姿は妙に頼もしく、いつもこの姿であれば良いのにと拓磨はつい欲望を出してしまった。

「息子のことをこういうのは変ですがお聞きします。拓磨は一体なんなんですか？　喧嘩の強さ、高校生にしては大人びすぎた心構え、そしてあの面影。まるで…」

「信治さんのお兄さん、不動拓也の生き写しみたいだと。そうお思いなんですね？」

『不動拓也』。拓磨にとって生まれてきて初めて聞いた名前だった。そもそも、我が家の血筋はほとんどいない。親戚が集まって何かを行うことも無いし、この3人の暮らしを今までしてきた。

そもそも親戚の姿を見たことが無い。

叔父も叔母も自分の家系については何にも言わず、すでに亡くなっている方が多いのかと自分の中で結論づけていた。

「兄には子供の頃、数回会っただけです。私の父親は武術家で格闘術を組み合わせた護身術を看板に道場を経営していました。時代のせいか経営は上手くいかず、父と母は離婚。兄は父に引き取られ、私は母に。頼る親戚もおらず、母子家庭で育ちました。喜美子も同じようなものです。母が亡くなった後、私は孤児院に引き取られそこで同じような境遇の妻と出会ったんです」

信治は丁寧にゼロアに向かって話を続ける。

「ねえ…ゼロアさんだったかしら？」

ようやく落ち着きを取り戻した喜美子が話に参加を始める。

「はい」

「拓磨には何て話しているの？　あなたたちの世界の事」

「7割近くは真実を話しています。ただ…私と彼とのことについては数週間前に初対面ということに。他にもいくつか、情報を改ざんしています」

（どうやら、ゼロアは嘘をついていたようだ）

俺について彼はずっと前から知っているように聞き取れる。

「拓磨からこの前聞いたのよ。物置に携帯電話があるって。適当に取り繕ったけど…あなたのことを思い出したのよね。だって、赤ん坊の拓磨を連れてきたのはあなたなんだから」

再び、新しい事実が飛び込んできた。

（なんと、赤ん坊の時からゼロアは俺を知っているようだ。もしかしたら、俺の出生についても知っているかもしれない。俺が誰の子で、どうやって生まれてきたのか？）

いつの間にか知的好奇心が拓磨の中に芽生え始めていた。

「…あの時は頼れる相手がもうあなた方しかいなかったものですから」

ゼロアは声のトーンを落として、話し始めた。

この声色に思い出したくない事実に触れ、自分の心の傷口を開いたことを後悔しているような印象を拓磨は受けた。

「正直、子供がいない私たちに彼を育てる機会を与えてくれたのは感謝している。でも、私は彼を戦わせるために育てたんじゃないの。1人の人間として普通の生活をしていくために育てたの。もし、拓磨を巻き込むんだったら私たちに絶対に相談してから行動して貰いたいの。今回みたいなことは無しにして」

「分かっています。こちらとしても無理な相談だということは重々承知しています」

喜美子は覚悟を胸にゼロアに話しかける。ゼロアも重々しく喜美子の言葉を受け取り、話を返した。

「ゼロアさん、私も大筋は喜美子と同じです。ただどうしても拓磨が戦わなければいけないなら、そうすることで他の命が救えるなら、彼をあなたに預けることを了承します。ただし、1つだけ条件を飲んで貰います。必ず彼を生きて返して下さい。頼めますか？」

「命に代えてご子息はお返しします。ご協力感謝します」

拓磨はゆっくりと立ち上がると音を立てずに階段を上り始めた。

一歩一歩階段を上がるごとに、現実世界から遠のいていく感覚に陥る。

(ゼロアは俺に嘘を吐いてた。なぜそうするしか無かったのか？　おそらく、今の俺が聞いたらショックを受けると思ったからではないだろうか？)

自分のことについては正直知りたいと思っている。だが、今は別のことで心が満たされていた。

安心する気持ちである。

叔父と叔母も俺のことを普通の人間ではないと知っていた。それでも、俺のことを育ててくれた。それも人間として育てようとしてくれたのだ。これほど感謝することは他に無いだろう。2人の努力により、この世界で浮いた存在ながらも何とか社会の一員としてやってくることができたのだ。

自分は本当に幸福なのだろう。だからこそ、その恩に報いなければならない。自分を育ててくれた家族に、友人に、そして近所の人々、この町そのものを守らなくてはならない。

この戦いは周囲への恩返しの意味も入っている。

拓磨は信治と喜美子の対応を見て改めて戦いの意味を深めることができた。

2階へ戻った拓磨は、廊下一番手前にある自分の部屋の扉を触れるとゆっくりと中に入り、電気を点ける。

いつもと変わらない部屋がそこにあった。何週間も帰ってこなかったような気分だ。非常に新鮮な気分だった。

拓磨は引き出しから宗教ジャージを取り出すとボロボロの制服から解放され、ベッドの上に崩れ落ちるように座り込んだ。

ようやく一段落ついた戦い。だが、おそらくすぐに次の戦いが始まるだろう。祐司の助けが無ければ、今回の戦いで死んでいたかもしれない。

やはり、協力が必要だ。とりあえず、今後は仲間を集めることに注力した方が良いのかもしれない。もしかしたら、協力してくれる奴がこの町にいるかもしれない。

それに第三者の動向も気になる。今回接触してきた奴だが、少なくとも敵ではない。何とか話し合いの場を持ちたいが、次の接触を待つしか無いか…。

拓磨は次の戦いに向けて、頭の中で整理していると突然部屋の扉がノックされる。

「拓磨、ちょっといいか？」

「叔父さん？」

信治の声がしたと同時に扉がゆっくりと開き、信治が部屋の中に入ってくる。そこには神妙な面持ちの信治が紫色の携帯電話を手に立っていた。

「拓磨。ゼロアさんから色々聞いたよ。これから、お前はリベリオスという組織と戦わなくてはいけないみたいだね」

「ああ、やるしかねえんだ。もう何人も犠牲者が出ている。今回はたまたま友喜を助けられたが、放っておいたら取り返しがつかなくなる」

「そうか…。どうやら祐司も協力する話だが、大丈夫か？　祐司はお前程強くないだろう？」

拓磨は叔父の言葉に思わず吹き出してしまった。

「ははは、叔父さん。あいつほど敵に回すと恐ろしい存在はいないよ。今回最大の功労者は祐司だ。今回の経験で祐司は成長した。もう昔のあいつじゃない。俺が頼るくらいの存在になったんだ」

「お前の年頃は成長が早いな。昨日と今日ではまるで別人になることもあるから、私のような中年にはとても理解できないよ」

信治は微笑を浮かべると拓磨に近寄り、携帯電話を拓磨に手渡した。

「ゼロアさんには色々念を押しておいた。本当なら、お前ではなく警察が対処できるような相手なら良いんだが…」

「そうだな、俺もそっちを望んだが…まあ現実はそう上手くいかないもんだろ？」

拓磨はベッドの上に携帯電話を置いた。

「叔父さん、俺は変わり果てた姿の人間を何人も殺したんだ。いずれ、警察に捕まるかもしれない」

拓磨は重々しく呟いた。やはり、どうしてもこのことは言っておかなければならないことだ。自分が楽になりたいという気持ちもあるが、義務のようなことを感じていた。叔父や叔母を巻き込む以上は言っておかなければならない。これ以上、嘘は吐きたくなかった。

「そうか…。それは……すごく大変だな」

信治は深く息をすると、ゆっくりと問いを返す。

「相手が化け物の姿だったとかは言い訳に使いたくない。俺は…」

「拓磨。1つ、約束してくれないか？」

拓磨の言葉を遮るように信治は拓磨を見下ろしながら、微笑んで唐突に声をかけた。

「約束？」

「ああ。敵を倒すことより、人を助けることを優先してくれないか？　ワガママな考えだということは分かっている。どんな理屈をこねても戦わなければならないこともあることもな。けど、やはりお前には人として行動して貰いたいんだ。どれだけ状況が変わり戦っていこうとそれだけは変えないと約束してくれ」

それはまさに叔父の願いだった。

どれだけ変わろうと絶対に変えてはいけない部分を拓磨に持たそうとしている。言わば『軸』を与えようとしているのだと拓磨は思えた。それを断る道理は彼には無かった。

「分かった。これから色々迷惑をかけるかもしれないが、それだけは守る」

「大丈夫、警察の方もきちんと話せば分かってくれるさ。だから、お前は自分にできることをしなさい。私たちはいつでもお前の味方だ。とりあえず今日は早く休みなさい。休んでないんだろう？」

「…ありがとう、叔父さん」

「お前を引き取ったときから、普通の日々は送れないことは覚悟していたんだ。これくらい何ともないさ」

叔父は戯（おど）けるように声を出すと、そのまま部屋を出て行こうとする。

「あっ、そうだ。叔母さんは何か俺に言ってなかったか？」

「ん？　…おおっ！　忘れるところだった。喜美子からは一言だ。『やるからには勝て』」

実に叔母らしい一言だった。

「その言葉も受け取っておくよ」

「あまり喜美子に感化されるなよ？『言葉より拳』の意見はあまり好きじゃないんだ」

叔母の事を考え、苦々しく顔を歪めると叔父はそのまま部屋から出て行った。

しばらく、部屋に沈黙が訪れる。拓磨は隣の携帯電話を拾い上げると中を開いた。

「ゼロ。色々迷惑をかけてすまないな。叔父達の説得もやらせてしまって」

「拓磨、実は君には嘘をついていたことがあるんだ。君と私は物置の対面よりずっと前に会っているんだ」

ゼロアは画面の中で頭を下げて拓磨に謝罪してきた。

「さっき隠れて聞いてたよ。俺のことを色々知っているみたいだな？」

「君についてはまだ分かっていない部分も多いんだ、これは本当のことだ。もちろん、祐司についても」

「ひょっとして祐司の赤ん坊の頃も知っているんか？」

ゼロアは黙って頷いた。

（つまり、俺と祐司は何か事情があるってことだ。ライナー波を吸収し体を成長や回復させる力も俺たちの出生に関係があるということ。また、面倒なことになってきやがった）

「…まあ、必要なときに教えてくれ」

拓磨は考えるのを止めてあっさりと言うと風呂に入るために立ち上がった。

「えっ!? 気にならないのかい？『不動拓也』のことや君の生まれたときのことを」

「じゃあ聞くが、知らなくて何か問題でもあるんか？ それは俺個人の問題だろ？ 正直、リベリオスと戦うことと学校の生活だけで精一杯で、余計なことで頭をパンクさせたくねえんだ。俺たちは過去を生きているんじゃなくて、今を生きているんだぜ？」

正直、これ以上悩み事を増やしたら頭がどうにかなりそうだ。必要な事態じゃ無い限り遠慮したかった。

「確かに今のところは何も思い当たる問題は無いが…」

「じゃあ、どうしても必要になったら話してくれ。それにまだ俺たちのこと解明できてないんだろ？ 正確な結果報告を頼む。祐司もこれから色々大変だろうからな。生まれ話どころじゃないだろう」

拓磨は立ち上がるとそのまま部屋を出て行こうとしたが、ふと気が付いたように机に向かうと引き出しを開ける。

そこには拓磨にとって忘れられない『恩』が置いてあった。

「『人を助けることを優先しろ』…か。まずは身近なことから始めるか」

拓磨は呟くと引き出しをそのまま閉め、踵を返し部屋を出て行く。

終　章「祝品」

激戦から数日後、午前10時23分、稲歌町東地区、墓地。

墓地。言わずと知れた死者と向き合う場所である。特にお盆やお彼岸には人で賑わい、普段は閑散な場所に声が踊る。

そんな場所に特に行事もない休日、しかも午前中に人が来ることは非常に稀であった。本日、拓磨と祐司、そして友喜とその母愛理は1つの墓碑に向かって合掌していた。

『金城家』と命名された黒い墓石の前には、色とりどりの花々が挿された2つの青い透明な花瓶。花瓶の下には同じ石で作られた線香を入れるための石が置かれ、中で先端を赤く輝かせた緑色の線香が4本、独特の匂いと共に薄い煙を立ち昇らせている。

「ごめんなさいね、2人とも付き合わせてしまって」

「いいえ、本来ならもっと早くここに来るべきだったんです。俺をわざわざ連れてきてくれて、感謝しています。愛理さん。そして…ご主人を見殺しにすることをしてしまい申し訳ありませんでした」

合掌を終わらせた愛理が自分よりも背の高い2人に向かってかけた言葉に、拓磨が答え頭を下げた。

目の前にあるのは金城家の墓。すでに亡くなった金城勇先生はこの下に眠る予定だった。だが、すでに彼の遺体は光となり消えてしまっている。

気持ちの問題といえばそれまでなのかもしれない。だが、亡くなった者として彼と向き合うとき一番良い場所はどこかと考えれば、自然とこの場所に足が向いたわけである。

「顔を上げて、不動君。あなたはあの人の最期を看取ってくれたんでしょ？　後悔しているんだったら、次は後悔しないように頑張りなさい。それにあなたに言わなきゃいけないのはお礼よ。友喜を助けてくれたんだから。まさか、私の知らないところで大きな騒動が起きていたなんて知らなかったから。あの人を失ったことは残念だけど、あなたが気に病むことはないわ」

愛理はあの夜の後、祐司と友喜の話を聞き、スマートフォンの中のスレイドの姿を見て、ようやく状況を飲み込めた。謎の異空間に馬場と共に連れさらわれた友喜を祐司が病院に連れてきた瞬間、娘の名を叫びながら喜びと感謝で娘に抱きついたという。

「礼をするなら、祐司に言って下さい。彼が友喜を助け出したんです」

「確かめておきたいんだけど、それ本当？　あの時の祐司が今でも信じられないんだけど」

友喜は疑うように目を細めると、拓磨の横の祐司に視線を送る。

「ほ、本当だってば！　なあ、スレイドさん!?」

「もちろんです。あの時は祐司殿の活躍でうまく乗り切ったのです」

　シャツの右胸に入れた赤いスマートフォンに同調を呼びかけると、すぐにスレイドの声が響いてきた。

「友喜、何でスレイドさんのことをずっと私に言わなかったの？」

「お母さんに？　信じるわけないでしょ！　携帯電話の中の友人の話なんて」

　母親の愚痴に娘は真っ向から反論した。

　確かに普通ならば信じるのも難しい。たまたま、この親子だから受け入れられたのもあるかもしれない。

　拓磨と祐司は、改めて恵まれた関係を持ったことを自覚した。

「金城先生の件はどうするつもりですか？」

「彼の両親はまだご健在だから、行方不明者届を警察に出してもらえるように話をしてみるわ。私はもう彼の身内じゃないしね。亡くなったことは隠すということになるけど、周囲への配慮を考えるとそれが良いのかもね」

　拓磨の質問に愛理が真剣に答える。

　情報を打ち明ける相手は注意して選ばなければならない。誰彼構わずやろうものなら世間は大パニックになる。それこそリベリオスの思う壺（つぼ）だろう。

「この2人みたいに葵が聞き分けが良かったらなあ…」

「祐司が言ったんじゃ全部オタクの妄言扱いされて終わりに決まっているでしょ？　人選ミスよ、人選ミス。ねえ、不動君」

「面目ない」

友喜の睨みつけるような視線に拓磨と祐司は視線を外した。

あの後、葵にも自分たちの状況のことを話したのだ。祐司が巻き込まれた以上、葵にも理解を求める必要があった。

だが、ここで説明役を間違えたのが致命的だった。祐司はペラペラとウェブスパース、ウェブライナー、リベリオスなどと専門用語を使い、葵に説明したがいくら言っても葵は理解を示さなかった。

挙げ句の果てには「あんた、アニメと現実の区別もつかなくなったの？　これだからオタクは…」と見下される始末。

スレイドを出して説明しても、「また意味の分からないものに無駄使いして！」とどうやら喋るお友達ソフトとして認定されたらしい。

このままではいけないと友喜も助け船を出して説明したのだが、一度燃えだした疑いの種火は業火となり広がり、何の意味も為さなかった。全ては出始めをしくじったのが敗因である。

「友喜、ずいぶん変わっちゃったんだね…」と友喜の今後を大きく左右されるようなオタク認定発言をされ、友喜の心はズタズタに傷ついた。

困った祐司と友喜は拓磨に文句と共に泣きついたが、いくら拓磨が説明しようがもう遅い。言えば言う程被害は広がる一方であった。

しつこく葵を拓磨は説得しようとしたが、最後はぶち切れられ「そんな凶悪面でいつまでも妄想世界に引き込んでいたら『顔面凶悪罪』で警察に通報してやるから！」と意味の分からない罪まで着せられ、全ては失敗に終わった。

「大丈夫、葵ちゃんもいつかは理解してくれるわよ」

「そうだといいんですけどね…」

愛理の言葉に拓磨は返したが、その優しさが心に痛かった。

「あなたたち、この後の予定は？　せっかくだから、お茶でもどう？」

愛理は高校生３人に提案した。

「私は買い物に行こうかと思っているんだけど。色々買わなきゃいけないものもあるし…」

「あら、だったら祐司君に付き合ってもらえば？　１人だと心配だし」

愛理の言葉に友喜は母親を睨んだが、それも一瞬で終わり顔を赤らめて叫び始めた。

「な、何言ってるの？　何で祐司を連れて行かなきゃいけないの？」

「別に〜？　特に深い意味は無いけど、あなたにはあるのかしら？」

娘を茶化す母とは2人にとっては新鮮だった。喜美子にしても葵にしても、隙が全く無いためこんな光景自体、TVドラマを除いたら初めてかもしれない。

「や、山中先輩の件もあるし…しばらくはあまり男の人と一緒には…」

「『男の人』とか完全に意識しているじゃねえか？」

「不動君！　あなた、どっちの味方!?」

拓磨は愛理と同じように薄ら笑いをしながら友喜を見下ろした。友喜は憤り、拓磨にも噛み付いてきた。

「あの…友喜」

空気を読んだのか、祐司が友喜に切り出す。

「な…何?」

「良かったら…付いていってもいいかな? 君が良ければだけど…」

友喜は眼鏡を曇らせ、俯くとしばらくそのまま停止し始めた。口からぶつぶつと呟き、どうすれば良いか頭の中で必死に考えているように見える。

「…40分後。稲歌町中央駅前」

「えっ? その格好じゃ駄目なの?」

今日の友喜は、上は赤いTシャツに下はジーンズ。非常にラフな格好だった。

「い、色々女には準備することがあるの! 遅れるかもしれないから、黙って待ってて!」

そう言うと腕をブンブンと振り颯爽と3人の前を横切り、舗装された石畳の道を通ると姿を消した。

「あらあら、体は大きくなってもまだ子供ね」

「…愛理さん。実は渡したいものがあるんです」

友喜の可愛らしい逃走を見届ける愛理に拓磨は切り出すと、茶色い封筒を差し出した。

「えっ? 何かしら?」

「金城先生にタクシー代を肩代わりしてもらったんで、叔母がこれを渡すようにと。先生が亡くなってしまったんで、どうすれば良いか迷ったんですがやはり愛理さんに渡す方が良いかと思って」

　愛理は茶封筒を受け取り、中身を確認すると笑みをこぼしそのまま拓磨に返した。

「悪いけど、私はもう彼と離婚した身なの。このお金は受け取れないわ」

「じゃあ、先生のご両親に…」

「不動君。彼はあなたに奢ったのよ。それに生きていたとしても彼はお返しなんて受け取らなかったはず。少なくともおかしくなっちゃう前の彼はそういう人間だった。あなた、まだ高校生なんだからもっと自分のために使ったらどう？」

　拓磨は茶封筒を見つめると、それを受け取りそのまま隣の祐司に渡す。

「祐司」

「えっ!?　な、何で俺!?　せっかくのお金なんだから、たっくんが使ったら？　ただでさえ貧乏なのに」

「違う。お前にやるなんて一言も言っていない」

「へっ？」

　祐司は拓磨の意図が理解できず呆然としていた。

「お前が友喜に何か買ってやるんだ」

「お、俺が友喜に？」

「ああ、金城先生が生きていたら間違いなく大切な娘のために金を使ってやるだろう。だがもう金城先生はいない。この金は友喜のために使われるべきだ。だったら、お前が友喜のために使ってやれ。これからは俺たちが友喜を守らなきゃいけない。特に、祐司。お前はこれからもっと頑張らなきゃいけないんだ」

拓磨は笑みを浮かべ、茶封筒を祐司に差し出した。

祐司はゆっくりと茶封筒を受け取ると、拓磨を笑顔で見上げた。最近見た中で一番の笑顔だった。

「たっくん…ありがとう」

「髪飾りでも買ってやったらどうだ？　小学校の時の謝罪も含めて。安物でもお前が買ったものなら喜ぶと思うぞ？」

「うん！　本当にありがとう！」

祐司は拓磨に何度も礼を言うと、そのまま手を振り墓を後にしていった。

「不動君。あなた、祐司君の父親みたいね？」

愛理は拓磨の一連の流れにすっかり感心してしまった。

「頑張った奴には褒美が必要でしょう？」

「…そうね。なんか、今のあなたが一緒だと安心してしまうわ。祐司君も成長したかもしれないけど、あなたも成長したんじゃない？」

「だったら、嬉しいですね」

拓磨は愛理と共に金城家の墓を背に両脇に墓石が置かれた小道を歩いて行く。

「それで、あなたはこれから予定があるの？」

「とりあえず、馬場と山中の供養をしたいと思うんですが。墓も分からないし、困っているんです」

「彼らはあなたを殺そうとしたんじゃないの？」

「倒してそれで終わりという風にはなかなかいかないでしょう？　あいつらを倒したことは忘れてはいけないことです。奴らもライナー波によって人生が変わったことは間違いないですから」

「そう、だったら私もご一緒しようかしら。2人のお墓知っているし。帰りにお茶でもご馳走するわ」

「残金が2円しかないんで喜んでご馳走になります」

拓磨と愛理は晴れやかに笑いながら、墓を後にした。背後の金城家の墓は太陽の光を浴び、黄金のように輝きを放っている。

新たな仲間、渡里祐司とスレイド・ラグーンが加わりますます混乱を極めるリベリオスとの戦い。

そして新たな進化を見せた未知の巨人ウェブライナー。果たして次はどのような戦いが起こるのか。

再び彼らに戦いが起こることは必至であった。

著者プロフィール

吉田 和照（よしだ かずてる）

1991年生まれ

群馬県出身

公務員

著書『電脳将ウェブライナー』（2020年、文芸社）

イラスト協力会社／株式会社 i and d company：岡安俊哉

電脳将ウェブライナー 2

～ Plague & needle call Chaos ～

2024年 3 月15日　初版第 1 刷発行

著　者　吉田 和照

発行者　瓜谷 綱延

発行所　株式会社文芸社

〒160-0022　東京都新宿区新宿1－10－1

電話　03-5369-3060（代表）

03-5369-2299（販売）

印刷所　株式会社暁印刷

ISBN978-4-286-24800-4